KB234139

隨筆의 구성과 양식

결혼기념

부부 기념사진

▲가족사진(1983년)

▼필자 문학비(선운산)

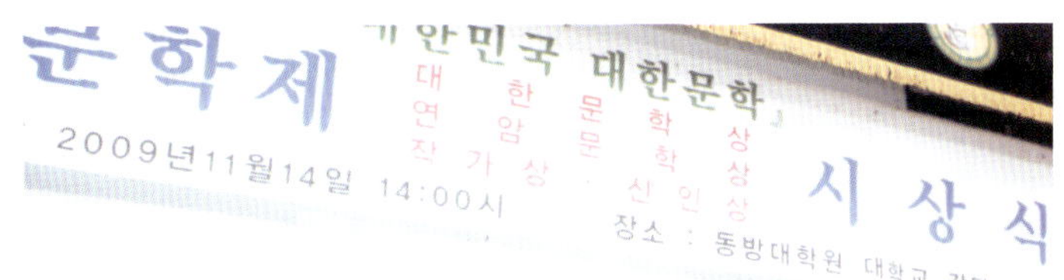

1

1. 대천문학제 2009년 11월
   2, 3.정년퇴임식 장면

2

3

회갑기념

한국수필문학 수상기념

김동리 이사장 님과 함께

윤재천, 반숙자 선생과 함께

1. 원광대학교 박길진 총장과 조경희 장관과 함께
2. 『한국한시감상』 출판기념회
3. 시인 박항식, 권진회 선생과 함께

수필의 문턱에서

수필의 城 안에서 살아온 지 어언 반세기에 이른다. 어쩌면 내 생애를 뒷받침 해준 것이 수필이란 성이 아닌가 한다. 그만큼 나는 수필을 쓰는 일에 자긍하면서 한 생을 보내왔다.

7~80년대만 해도 수필인구가 그리 많지 않았다. 그리고 발표 지면도 넉넉지 않았다. 그런 틈바구니에서 한 편의 수필이 발표 된다는 것은 행운을 얻은 것 같은 행복이었다. 글이 좋고 나쁘고를 떠나서 글을 쓰는 자부심만으로도 자랑스러웠다. 그래서 젊은 시절은 신명났고 삶이 무척 행복했다.

한때는 글을 쓰는 일에 매달린 적이 있었다. 방송국 칼럼을 맡아 매주 방송한 적도 있고 신문칼럼에 연재한 적도 있었다. 그래서 일요일도 토요일은 물론 새벽에도 글을 쓰는 일에 매달렸다.

그러나 90년도부터 글을 쓰는 일에서 멀어졌다. 잡지 주간 일도 바빴지만 그보다는 건강이 좋지 않아 병원을 드나들면서 글 쓰는 신명을 잃어버렸다. 그 밖에 지역적인 문제로 인하여 힘겨운 세월을 감내해야만 했다. 지금도 그 상처는 아물지 않고 있다.

원고 청탁이 오면 반기는 마음으로 허겁지겁 즐겁게 써오던 시절이 그립다. 그리고 수필이라는 장밋빛 울타리 속에서 꿈을 누리던 그때가 그립다.

여기에 묶어내는 글들은 그동안 각종 지면과 세미나에 발표했던 원고들이다. 1부에서 3부까지는 작품론이라면 4부는 월평이고 5부는 세미나

에서 발표한 글들이다. 묶어두지 않으면 뒷날 흔적없이 사라질 것 같아서
엮어내게 되었다.

　되돌아보니 문학을 같이한 동지의 얼굴들이 떠오른다. 그 가운데 이 세
상을 떠난 문우도 있다. 그러나 여전히 내 곁에는 좋은 문우들이 참 많다.
특히 여기에 언급되는 문우들의 얼굴들은 더욱 정겹다. 그분들의 가슴 안
에도 평화가 깃들기를 바란다.

2011년 10월
일산 산황동 우거에서
저자 정 주 환

제1부
순수, 그 의미의 성

1. 전북수필문학상 수상기념
2. 한국수필문학상(정봉구, 김태길, 조경희)
3. 동포문학상 수상기념(황금찬 선생과 함께)

기독교적 잠언적(箴言的) 제합성(齊合性)

1. 문학이란 성을 찾아서

　문학이란 특별한 성이 아니다. 일상을 살아가는 인간의 숨소리가 모두 문학이다. 그런데 사람들은 문학을 특별한 성곽(城郭)으로 구축하려 든다. 나와는 상관없는 그리고 나와는 너무 먼, 어떤 이방적 세계로 울타리를 치려 든다. 그러나 우리의 일상 속에 녹아있고 일상의 틀 속에 잠재해 있는 것이 문학이다. 초라한 이웃집 아저씨의 삶 속에도 하찮게 보이는 시장 모퉁이의 할머니의 가슴 언저리에도 문학은 생생한 강줄기가 되어 도처에 숨어있다. 조금만 관심을 가지고 사물을 대한다면 모두가 작품의 소재요 대상이 된다.

　그러나 그 소재와 대상만으로 작품이 탄생되는 것은 아니다. 그것을 어떠한 상징의 옷을 입혀 의미화 하는가에 따라 수필의 얼굴이 된다. 수필이나 소설을 막론하고 표현의 종착지는 감동이지만 그 감동이 우리에게 변화로 다가설 때 충분한 행복감을 주게 된다. 이러한 수로(水路)는 하루 아침에 완성되어지는 것이 아니다. 수많은 습작과정과 노력의 반복 속에 달성되어지는 것이다. 따라서 작가 강효순 역시 고등학교 때부터 문학의 수로를 만들기 위해 노력한 사람이다. 중·고등학교 때 백일장대회에서도 많은 상을 휩쓸기까지 문예 반장을 지내면서 많은 작품을 읽고 쓰기를 수없이 반복한 사람이다. 게다가 미국 이민생활의 역경 속에서도 문학에 대한 열정을 버리지 않고 글을 써왔기 때문에 백일장대회에서 입상을 하는 등의 행운을 안았던 것이다. 그런 그가 어느 날 내게 원고 뭉치를 이메일로 보내왔다. 그리고 나에게 조심스럽게 타진해 왔다. 그의 목소리는 여간 조심스러워 하는 게 아니었다. 하지만 그의 작품은 이미 녹아 일가를 이루고 있었다. 게다가 삶을 풍요롭게 가꾸고 삶의 깊이를 천착할 수 있는 지혜의 보고들이었다.

사실 나는 강효순의 작품을 고등학교 때부터 대하여 온 사람이다. 그리고 그의 작품을 읽을 때마다 감동하지 않은 적이 없었다. 인간이 존재하는 그리고 살아갈만한 내재적 이유를 그의 작품 속에서 오래 전에 발견하였기 때문이다.

2. 고백, 그의 초월성(超越性)

『별 속에 숨은 사람』 속에는 강효순이 어떤 인품의 소유자인가를 잘 알 수 있다. 때로는 감동하고, 때로는 전율하고, 때로는 웃고, 때로는 시원하고, 때로는 평안함을 준다. 그만큼 그의 수필에는 맑은 영혼이 담겨있다.

작품 「눈물이야기」에서는 일상의 엄격한 삶을 발견할 수 있다. 그는 "어지간해서는 눈물을 흘릴 줄을 모르는 여인"이라고 자신을 소개하고 있다. 그가 울지 못하는 데는 눈물이 없는 독한 여인이어서가 아니다. 되레 그 반대다. 여인의 무기인 눈물을 비굴하게 사용하지 않는 내면의 엄격성을 지닌 단단한 인내력 때문이다. 정확하게 말하자면 정직성이지만 한편으로는 자존심일 수도 있다. 진짜 자존심은 상대를 제압하기 위함이 아니라 자신을 기만하지 않는 진실성이다. 이처럼 그의 수필에는 수많은 강직의 여백성을 동반한다. 자신의 미완성의 수필화를 통해서 독자가 참여할 수 있는 통로를 제공해 주고, 더 나아가서 그 자신의 존재론적 가치성을 보여주고 있다 해도 좋을 것이다. 마지막 장면의 걷잡을 수 없이 흐르는 눈물에서도 잘 말해 주는 것처럼 그는 금세 눈물을 흘리는 가냘픈 여인이기도 하다. 그러나 그는 쉽게 눈물을 허용하지 않는다. 그것은 비겁함을 용서하지 않는 그의 강직성이라고도 할 수 있다. 과거 의절(儀節)의 여인상이 어쩌면 화자 강효순의 모습이었던 것을 감안하다면 그의 내면성을 짐작할 수 있을 것이다.

그는 이처럼 자신을 꾸미거나 과대 포장하지 않는다. 그래서 그의 글은 곧고 꼿꼿한 신선미가 있다. 대개의 수필 가운데는 자신을 과대 포장하거나 사회를 이죽거리는 수필이 많다. 그런데 그녀의 수필에는 그런 글이 한 편도 없다. 그만치 그는 순수한 여인이다. 그러면서도 가슴 뜨거울 정도로 인간적인 애정이 넘실대는 여인이다.

「주책바가지」의 수필에서도 소박하면서도 진솔한 삶의 정신이 섬섬이 드러난다. 인정 때문에 세 번의 실수를 겪는 내용이다. 한 번은 지인에게 인사를 하기 위해 낮은 자세로 적극 다가섰고, 두 번째는 인정을 안겨주기 위한 순수한 마음이었고, 마지막 장면은 인간적인 너무도 인간적인 행동이 그만 착각으로 이어진 사건이었다. 여기에서 세 개의 사건들을 아주 위트있게 그려 놓고 있다. 수필이라기보다 한 편의 콩트를 읽는 재미성까지 갖추고 있다. 사건들은 한 인간의 주체적인 정적인 행동의 표현이라면 그 행동을 평가하는 바 주체는 인간이기보다 어떤 의식을 존중하는 사회의 오만성에 대한 고발적 기능을 가지고 있다. 그런데 인간들은 그 오만함을 소위 품위라는 개념들로 받아드리고 있는데서 인간 사회의 모순성을 드러내고 있다. 진짜 인간의 마음은 아름다운 인정을 소유하는데 있다. 진정한 인정 앞에는 사실상 어떤 형식이나 예의가 힘을 잃어야 한다. 그것이 상식이다. 그러나 사회는 어떠한 형식 앞에 상식이 무너질 때가 많다. 화자의 정스러운 행동은 자녀들을 대하는 태도에서도 가슴 넓은 모상(母像)으로 잘 나타나있다. 수십 번이나 운전 시험에 떨어진 아들아이에게도 상처를 주는 말 한 마디 하지 않는 그 여유에서 화자의 자비성을 접하게 된다.

쌜쭉해진 나는 '에크, 인물 났다'를 속으로 몇 번이고 되뇌었다. 입만 열면 아이의 자존심을 건드릴 말이 튀어나올 것만 같아서 입을 꾹 다물고 열심히 저녁을 먹고 있는데 아이가 진지한 얼굴로 연습 할 때의 기쁨이며, 연극이 끝난 뒤의 감격 등을 이야기 하는 것이었다. 나는 순간 부끄러워지고 말았다. 작은 부분을 맡고 감격하여 열심을 낸 저 아이가 얼마나 큰 역할을 한 것인가. 생색나는 역할만 생각했던 나의 마음을 돌아보게 한 것이다. 무대 뒤에서 그 극 전체를 위하여 또 관객인 우리를 위하여 얼마나 정성으로 공을 던졌겠는가?

큰 일이든 작은 일이든 그것이 사회를 구성하는데 도움이 되고 구성원들이 어우러져 하나가 되고 사회사업이 확장 된다면 무엇이 크고 무엇이 작다 할 수 있겠는가. 작은 일에 충실한 자라야 큰일도 성실하게 감당할 수 있다고 성경에도 나와 있지 않는가. 오히려 작은 부분을 맡고도 저 아이처럼 감격할 수 있는 순수함으로 살아간다면 얼마나 좋을까.

그 극 전체는 망쳤을지라도 소질이 없는 내 아이가 주역을 맡았다면 흐뭇해 했을 내 이기심을 들킨 것 같아서 쑥스러워졌다. 지혜가 부족하면서도 내가 아니면 안 될 것 같아 고집부리며 열심을 냈던 일들이 혹 다른 사람의 재능이 발휘될 수 있는 기회를 막지 않았었나 가슴 뜨끔하게 했다.

―「한 달란트의 충성」

이 수필 역시 한 편의 코미디를 훔쳐보는 것처럼 유쾌하기까지 하다. 학교 연극제 출연한다며 관람하러 오라는 딸아이의 성화, 그리고 할리우드에서 교섭이 올지도 모른다는 모정의 설레이는 상상력은 날개를 달고 영롱한 금빛으로 반짝거린다. 그리고 연극이 진행되는 동안 그 모정은 흥분된 감정을 추스리지 못한 채 딸 아이의 출연만을 기다린다. 그러나 딸 아이의 얼굴은 끝까지 무대에 나타나지 않고 연극은 막을 내린다. 그 허탈감, 좌절감이야 더 말해 무엇하랴. 사실은 딸아이는 얼굴도 나타나지 않은 단역에 불과한 역할이었다. 그런데도 몇 달 전부터 극성스러웠고, 연극이 공연되는 날은 온 가족을 들뜨게 성화를 부렸다. 보통의 어머니라면 그간의 과정을 생각하는 것만으로도 분노를 감당하기 어려웠을 것이다. 그러나 화자 강효순은 그러한 자신의 순간적인 허상을 회개하면서 조직 속에서 열심히 최선의 몫을 다한 딸아이의 충직성을 더 사랑한다. 발짝처럼 치민 분노를 의지로 잠재우기란 쉬운 일이 아니다. 그런데 그는 이성적인 의지로 제어하고 긍정적인 사고력으로 딸아이의 또 다른 미래를 추구하고 포섭한다. 화자처럼 이렇게 아름답게 살아갈 수 있다면 우리에게는 이미 종교 같은 것은 필요치 않을 지도 모른다. 그리고 선이니 악이니 하는 것조차 구별할 필요도 없을 것이다. 이렇듯 화자 강효순은 지혜를 열어주고 천사같은 형상으로 우리의 가슴을 시원하게 해준다. 게다가 수필의 구성 또한 문학적으로 아주 잘 짜여 있어서 수필의 맛을 배로 증가시킨다. 앞의 수필에서 보다시피 한 편의 수수께끼 같은 구성법을 취하고 있는데서 글의 솜씨가 예사롭지 않음을 알 수 있다. 완전한 기전승결의 구조를 이루고 있는 시적인 구성법이다. 이런 작품은 작가보다도 독자에 의해서 그 작품성이 더 확보되어진다.

3. 종교적 제합성(齊合性)

　인간은 현실적인 자아와 이상적인 자아와의 이중 구조를 이루고 있다. 따라서 이상적인 자아가 현실에서 매혹되지 못했을 때 강한 충돌을 일으킨다. 그 찌꺼기가 바로 불만과 불평이다. 이러한 이중 구조를 해소하기 위해 선인(先人)들은 일찍부터 자신을 낮추는 겸허를 가르치고 있다. 그러나 사람들은 그러한 진리를 외면하려 든다. 사실 인간은 이성 잃은 군중에 불과하다. 무엇이 옳으냐는 명석한 판단력보다는 감정에 치우치는 것이 군중의 심리다. 예수를 십자가에 처형해 놓고 박수를 친 것도 군중이었다. 그것이 바로 현재를 살아가는 나 자신의 모습임을 사람들은 깨닫지는 못한다. 그래서 비극은 계속될 수밖에 없는 것이다.

사실 지금에서야 말하지만 눈가루 뿌려지는 것 같은 통과 뮤직 박스는 언제나 마음을 흔들어 놓았다. 그리고 그것을 볼 때마다 어린아이처럼 투명해지는 마음이었다. 그리고 갖고 싶었다. 언제 큰마음을 먹고 사리라 벼르고 벼렸지만 뜻을 이루지 못했었다. 아이들이 생일이나 크리스마스에 갖고 싶은 것이 있으면 말하라고 한다. 그때마다 이 두 가지 중 하나가 튀어나오려고 했지만 스스로 자제를 하곤 했었다. 엄마라는 체면 때문에 어린아이들이나 좋아할 물건을 웃음거리가 될까봐서 차마 입밖에 꺼내지 못하였다. 언제나 짝사랑하는 소녀마냥 가슴에만 담고 있었는데 내가 만든 추리와 어울린다고 생각했는지 어떤 손님이 가져다 논 것이다.

— 「싼타가 주고 간 선물」

사람의 삶이란 결국, 알 수 없는 것들의 연속이라고나 할까. 무엇을 얻으면 어떻고 잃으면 어떻단 말인가. 어린이들이 장난감을 얻으면 일주일을 못 넘기고 금세 싫증을 느끼듯, 인간은 사물을 소유하는 순간 의미를 상실하고 만다. 이와 같이 인간은 어린애처럼 목적한 것을 획득하지 못하면 삶의 가치를 손상당한 채 상심한다. 인간이 소유나 혹은 집착에 매이면 그 삶은 언제나 속박당할 수밖에 없게 된다.

그런데 강효순의 수필에는 그런 시시한 것들에 속박당해 자신을 지치게 하는 불만의 목소리가 없다. 사물을 명민하게 관찰하고 지혜있게 바라보는 혜안으로 가득 차 있다. 하찮은 나무에서 물그림자에 이르기까지 그 속에서 자연의 이성과 이치를 담고 있다. 철학이 인간의 암호를 푸는 작업이라면 강효순의 문학은 바로 그것을 풀어내는 철학이다. 그렇게 강효순의 작품은 어떤 사물을 대하든 그 속에서 사물의 자연성을 발견해 내고 있다. 이런 것들은 영성이 발달된 작가만이 풀어낼 수 있는 과제다. 인간이 제아무리 나이를 많이 먹었을지라도 그런 영성을 갖추지 못했다면 그 삶은 거칠 수밖에 없다. 한 인간의 삶의 무늬가 찬란한 것은 영성 때문이고 보면 강효순의 문학은 그런 영지를 확보한 셈이다.

결국 삶이란 자(自)와 타(他)와의 관계다. 물질이 타일 수도 있고 인간이 타일수도 있고 가족이 타일수도 있다. 그 타를 어떻게 수용하느냐에 따라서 삶의 형태는 달라진다. "처녀가 애를 배도 할 말 있다."는 속담은 인간의 의식은 단순하지 않고 변명의 대상이 된다는 것을 말하고 있다. "글 못하는 사내 필묵 탓하고, 떡 못하는 계집 안반 탓하고 장님이 넘어지면 지팡이 탓한다."는 속담도 마찬가지다. 이렇듯 인간은 자신에게 관대하다. 항상 모든 문제의 해결점을 자신이 아닌 타에서 찾으려 한다. 그래서 해결의 실마리를 찾지 못한다. 그런데 작가 강효순은 모든 것을 자기 탓으로 돌리는 순백의 혼을 가지고 살아가고 있어서 모든 문제가 쉽게 해결된다. 이것은 기독교 신앙에서 획득되어진 것으로 그의 돈독한 신앙심을 잘 알 수 있다.

반백의 십대, 얼굴의 주름에게도 세월에게도 빼앗기지 않는 젊은 그녀에게 고관대작 부인들의 교양이나 고상함을 만들어 내라 하면 종달새에게서 노래를 빼앗은 격일 것이다. 하지만 그녀에게서는 도도함도 비굴함도 아닌 당당한 양반의 품위가 자연스럽게 풍겨 나오는 멋스러움이 있다.

흐르는 구름 속에서도 하나님의 손길을 읽을 줄 알고, 작은 새들의 지저귐으로도 감동할 줄 알며 먹구름 속에서도 멜랑 꼬리 문화를 끌어낼 줄 아는 그녀는 정녕 무엇도 범할 수 없는 하나님에게서 온 분홍 바람임이 분명하다.

그 마음은 어떻게 생겼나 너무나 궁금하여 살짝 문 열어 보면 마음 바로 옆에 하나님께서 날마다 필터 새로 바꾸어 주시는 정화조 같은 기도의 창고가 심령 밑바닥에 놓여져 있음을 안다.

밥맛이 없는 사람, 가슴을 답답하게 하는 사람, 말거리를 궁하게 만드는 사람, 말이 통하지 않는 사람, 말 건네기 어려운 사람과 마주 할 때, 그녀 앞에 서 보라. 어떤 조화를 볼 수 있을 것이다.

바쁘게 돌아가는 세상 숲 속 산책로의 의자, 언 손 녹이고 싶은 난로, 난로 속의 구수한 냄새 풍기는 군밤 같은 존재, 그래서 나는 그녀 곁에 있으면 늘 행복하다.

아, 지금 당장 그녀이고 싶어라.

—「그녀이고 싶어라」

작가 강효순의 삶을 깊숙이 들여다 볼 수 있는 수필이다. 그는 일상의 모든 사물에서 항상 좋은 점만을 취하려 든다. 그래서 그의 수필에는 공격성이 없다. 마른 소리도 없고 비난도 없다. 모두가 자신의 삶에 대한 반성과 회오와 제합과 융합의 미의식이다. 그래서 더욱 읽고 싶은 친근감이 있다. 수필은 다른 문학과 달라서 비교적 자기 노출이 심하다. 진짜 자기의 모습은 감추고 겉만 표현한다. 자기 자랑이요 너스레 타령이 홍수를 이룬다. 그래서 수필은 재미없다고 한다. 그러나 강효순의 작품은 그것을 뛰어넘는다. 그런 너스레나 타령이 없고 허접스러운 자기 발광이 없다. 오직 진지한 자세로 인생을 굽어보고 되새김질하는 잠언 같은 목소리만이 등장한다. 고립의 세계가 없고 갈등과 번뇌로써 자신을 죽이는 그런 목소리 대신 오직 인간을 숭화시키고 목욕시키는 신선함으로 탐닉해 있다. 그래서 그의 수필에서는 정신적인 에너지를 얻게 된다.

인간이 경험하는 삶의 모습은 음풍농월의 격양가는 아니다. 경험의 내용은 거의가 반복되는 일상이지만 그 가운데 참으로 기절초풍할 정도의 엉뚱한 일도 부딪친다. 그것들은 원인과 결과가 분명한 것들도 있지만 그렇지 않은 것이 대부분이다. 때에 따라 날씨가 달라지듯이 인간의 감정도 상황에 따라 달라진다. 이러한 변화를 축소해보고자 인간은 도덕이라는 것을 만들어 놓았고 풍속과 전통이라는 것을 전수시키려 든다. 그러나 현대에 와서 이러한 우리의 전통 문화가 흔들리고 있다.

그러나 강효순은 실로 눈물이 날만큼 우리의 전통을 그대로 수용하면서도 그 부족함을 가슴 아파하고 있다. 인간은 심리적으로 자신을 기만해서라도 다른 사람 앞에 자아를 드러내고자하는 심리를 가지고 있다. 문학 창작은 어쩌면 이런 심리 변화를 그리는 것인지도 모른다. 그러나 강효순의 작품에서는 이런 상업주의적인 자아를 발견할 수 없다는데 신선감이 있다.

가슴이 아팠다. 미국에 오신지 오륙 개월 정도 되신 듯한데 회갑을 맞으신 것이다. 한국에서는 인천에 있는 큰 교회를 개척할 때부터 섬겨 오시다가 이민

오셨다. 사업을 하셨다는 바깥어른께서 미국에 오니까 전화기가 조용하고 찾아오는 사람이 적어서 좋다는 농담을 가끔씩 하셨다. 그러나 그 속에는 분명 외로움 반 농담 반이 섞여 있음을 직감할 수 있었다.

사실 권사님의 고국 생활은 너무 바쁘셨을 것이다. 자애로우시고, 남을 먼저 생각해 주시는 인품, 편안하게 해주시는 부드러운 미소, 이런 사랑으로 인하여 권사님을 찾아오는 사람이 많았을 것이다. 만나면 그냥 기뻐서 오는 사람, 아픔 마음을 호소하려는 사람, 답답한 일에 해결을 얻고 싶은 사람, 궁한 것을 채우고 싶은 사람, 사람 사람으로 둘러싸여 외로움을 모르고 사셨으리라.

—「카드에 쓴 글」

이 수필은 현실적인 자아와 도피한 대상으로서의 타아와의 구조로 되어 있다. 대상으로서의 자아는 이미 경험 세계로서 존재했던 자아다. 그러므로 타아는 또 다른 자아일 수 있다. 따라서 현실적인 자아는 또 다른 자아와 함께 동거해야만 하는 책임을 가지고 있다. 이는 모든 사람이 기피하고 싶어하는 대상이다. 그런데 화자는 그것을 도피하지 않고 두 개의 자아를 취하며 살아가고 있다. 이런 모순된 삶 때문에 화자는 천녀(天女) 설화에 나오는 천의(天衣)를 입고 살아가는 여인이다. 지나치게 과장된 비유일지 모르지만, 그러나 천녀라는 표현을 사양하고 싶지 않은 것은 사물과의 관계에서 대처하는 강효순의 인격 때문이다. 그만큼 강효순은 오늘날 다시 만날 수 없는 사람이다. 그는 따질지도 모르고 대들지도 모른다. 그렇다고 누구에게 너울거리는 그런 성격도 더욱 못된다. 오직 깨끗함으로 제 자리를 지킬 뿐이다.

조금만 눈높이의 방향을 바꾸거나 욕심에서 초월하면 인간의 삶은 얼마든지 행복할 수 있다. 빈(貧)과 부(富)의 관계, 선(善)과 악(惡)의 관계, 성(成)과 패(敗)의 관계, 고(苦)와 락(樂)의 관계, 자아와 타아의 관계 속에서 시선의 초점을 몇 도로 맞추느냐에 따라서 순간적인 반응이나 충격을 해소할 수 있다. 그런데 사람들은 그런 균형을 잡지 못하고 항상 자아를 그대로 정착시킨 채 물상만을 놓고 사고하고 판단하려 든다. 여기에서 그 충격을 흡수하지 못하고 좌절하고 방황하고 자신을 나락으로 내미는 군중들이 얼마나 많은가.

몇 년 전에 우리나라의 소설가 최인호 선생이 대상 임상옥에 대하여 쓴 '상도'를 읽을 기회가 있었다. 소설의 중간 부분 어디쯤엔가 서울 장안을 드나드는 모든 사람의 성이 몇 가지나 되느냐는 이야기가 나온다. 놀랍게도 그 답은 딱 두 가지의 성씨만이 있다고 했다. '해'가와 '이'가. 이 부분에서 나는 상당히 충격을 받았었다. 소설을 끝까지 읽고 나니 두 가지의 성씨로 일관 시켜버리는 대답을 여인의 입을 통해 말하게 되었다는 것 외에는 그 주변의 장면들이 선명하게 살아나지 않았다. 물론 주인공 임상옥은 사람을 으뜸으로 알고 사람 얻는 것을 재물 얻는 것 이상으로 치던 선하고 유순한 인품을 가진 모든 사람이 본받기에 충분한 사람으로 그려져 있다.

그런데 어찌하여 최인호 선생은 선한 상인 임상옥을 쓰면서 나약한 여인의 입을 통하여 그런 말을 하게 하였을까. 이상적인 상도덕은 주인공 임상옥을 통하여 보여 주었지만 인간 삶의 바른 길을 보잘 것 없는 여인을 통해 전달한 것이 더욱 효과가 있었으리라고 생각했던 것일까.

그녀의 말에 따라 앞에 있는 모든 사람은 해를 주는 사람이 아니며 이익을 주는 사람이다. 사람을 식별하는 눈을 가졌다면 그런 사람은 참 교활한 사람일 것이다. 자연히 해를 주는 사람은 돌아보지도 않고 이익을 줄 수 있는 사람만 졸졸 따라 다니면서 헤헤거리게 될 것이니까 말이다. 그러나 이런 식별의 눈을 가진 사람들을 지혜 있는 사람이라 말하기도 한다니 아무래도 나는 지혜자라는 명칭은 영원히 얻을 수가 없을 것 같은 직감이 든다.

내가 누군가를 해가와 이가로 규정짓는다면 자신도 누군가의 해가가 될 수가 있고 이가 또한 될 수가 있다는 것을 알아야 한다. 여태껏 누군가에 의해 그런 규정을 받고 있으리라고는 생각조차 못했었다. 불행하게도 상거래도 아닌 현 생활 속에서 그런 식별 능력을 갖고 있는 사람을 얼마 전 만나고 말았다. 그의 옆에 있으면 아예 해가로 내쳐져 있는 느낌을 받는다. 처음에는 무척 슬펐다. 아니 화가 났다. 자기에게 손해를 끼친 적도, 그렇다고 아프게 한 적도 없었다. 그런데 나를 무시를 하고 있다는 생각에 분노를 짓누르기가 어려웠다. 그러다 그의 입장을 바꾸어 생각해 보았다. 내가 해를 주지는 않았지만 이익을 주었던 적도 한번도 없었다는 사실이 떠올랐다. 그리고 앞으로도 그의 이익을

위한 무리 속에는 결코 들어갈 수가 없다는 것도 알았다. 그는 불행히도 '상도'
속의 여인의 말처럼 해가와 이가로 모든 사람을 분류하고 있었던 것이다.

—「이가와 해가」

수필이라는 이름보다는 한 편의 참회록을 읽는 마음이다. 이렇듯 그의
수필을 읽다보면 마음이 엄숙해진다. 우리의 삶이 왜 버거워지는가에 대
한 해답을 얻게 된다. 강효순의 작품은 일상의 삶을 소화하는 지혜의 문
학이다. 불교에서는 이러한 삶을 '깨우친 삶'이라 하고 유교에서는 '도덕
적 삶'이라 하고 기독교에서는 '은혜의 삶'이라 한다. 그런데 더 재미있
는 것은 이러한 주제를 그는 의도적으로 만들어 내고 있지 않다는데 있
다. 말하자면 문학적 구성미를 취하려 하지 않는다. 그저 꾸밈없이 자신
의 생각을 그대로 열거할 뿐이다. 그런데도 잠언적 지혜를 주는 것은 그
의 정신이 맑기 때문이다. '글은 바로 그 사람이다.'라는 말이 아니라도
작가 마음의 결정체가 바로 글이 되어 나오는 것이라면 우리는 그의 글을
읽으면서 수필을 읽는 이유를 발견하게 된다.

4. 체험의 굴절과 문학적 자아(自我)

그의 수많은 작품은 하나같이 보석처럼 반짝인다. 이웃에 대한 얘기도
그렇지만, 자녀에 대한 얘기도, 사물을 대하는 마음 자세도, 어떤 일을 처
리하는 것도, 세상을 살아가는 마음가짐도, 어떤 이치를 터득해 자기화하
는 영법을 가지고 있다. 그것을 바로크적인 기질이라고 표현해도 좋을 성
싶다. 그만치 그는 높은 창조력을 가지고 있다. 이것은 인간으로 태어난
영광인지 모른다. 무엇을 창조하고 무엇을 자기화할 수 있는 그 창조력은
신 다음에 인간이다.

잔디에 물주기 위한 스프링클러가 시원하게 물줄기를 뿜어댄다. 그 물줄기
의 잔해들이 콘크리트 보도 위에 흘러들어 맑은 거울이 된다. 어떤 곳은 손바

닥만하고 어떤 곳은 방석만 하고 또 어떤 곳은 밥상만한 제각기 다른 크기의 얕은 웅덩이를 만들어 내고 있다.

웅덩이들은 쨍하고 내리쬐는 햇빛을 담아 눈을 부시게도 하고, 더러는 작게 흔들리는 나무 가지와 잎을 비추고, 또는 푸른 하늘을 배경으로 한가히 떠있는 구름조각과 회색의 담과 담을 타고 올라간 담쟁이 넝쿨까지도 안고 있다. 저마다 비추고 있는 방향들을 따라 되받아 아름답게 장식하고 있다. (중략)

어느 날 새로 시작한 사업 때문에 울면서 나의 문을 두드린 친구가 있었다. 아직 자리를 잡지 못한 사업 때문에 고민하고 있었다. 동양여자 만만하게 보고 생떼를 쓰는 손님, 쌓여지는 부채 등 사업으로 인해 오는 어려움만으로도 충분한 한숨거리였다. 거기다가 살붙이 하나 없는 이국 생활의 외로움으로 인해 생기는 중압감 때문에 성실하게 이행할 수 없는 주부의 모습으로 인해 생겨지는 가족들과의 갈등도 심했다. 그녀의 생활은 실로 도미노 게임이었다. 하나가 넘어지기 시작하자 그 이웃, 또 그 옆으로 번지고 번져서 삽시간에 가장 중요하고 중심이 되는 가정까지도 흔들리는 것을 하소연하기 위해 한보따리의 한숨을 내 앞에 펴놓았다. (중략)

이런 나에게 물웅덩이 거울은 참 좋은 교훈을 주고 있었다. 힘이 모자라면 힘이 있는 그곳을 비추면 되는 역할 말이다. 비록 내 모습이 어정쩡하고 뒤뚱거리는 걸음에다가 시골 티 줄줄 흘러 매끄럽지 못하며 가진 재산도 재치도 재능도 또한 지혜조차 없는 것이 사실이다. 그러나 다행히 내 속에는 아름다운 모습들을 가진 많은 분들의 본보기가 담겨져 있다. (중략)

누군가에게 기쁨과 희망을 주는 일이라면 열심히 나눌 것이다. 어려움은 나누면 반이 되고 기쁨은 나누면 배가 된다 했다.

—「내게 있는 것」

화자 강효순에 있어서의 원초적인 회귀는 사랑이라는 제합(齊合)과 융합(融合)의 잠언적(箴言的) 지족미(知足美)다. 이러한 지족미가 그의 문학적 바탕을 이루고 있다. 이것을 다른 말로 제합과 융합의 문학 세계라 할 수 있다. 이것을 크게 확대하면 하나의 가족의식(家族意識)이라고 표현할 수도 있다. 사람의 삶이란 결국 알 수 없는 것들의 연속이요, 불안한 미지의 세계일뿐이다. 그러나 우리에게 이러한 미의식이 존재하기 때문에 인간은 외롭지 않을 수 있다. 이국의 이민생활에서 이러한 인정은 더욱 절대적 가치로 다가섰는지도 모른다.

따라서 그의 수필은 자신의 삶을 되돌아보고 반추하는 그런 철학적 깊이의 골을 이루고 있다. 긴박한 삶의 호흡 속에 진지한 회오와 반성, 그리고 거울 같은 양심의 울림과 잠언적인 깨끗하고 쾌활한 신의 목소리가 여울이 되어 우리의 영혼을 맑게 하고 있다.

시적 소요(逍遙)와 침잠의 미학

— 김길웅의 수필세계

1. 예술적인 수필

수필을 잡문이라고 말하는 사람이 있다. 그리고 신변잡기라고 비하하는 평론가도 없지 않다. 그러나 모두 지각없는 사람들의 군말이다. 이 말에 강력히 항의하는 평론가가 있다. 그가 조우석이다.

> "참 희한한 게 '잡문(雜文)'이라는 말이다. 시, 소설은 어엿한 자기 이름(서정, 서사)을 가졌는데, 나머지는 이름 없는 글, 그래서 이도 저도 아니란다. 누가 이런 황당한 분류를 했을까. 문학하는 이들이 그랬다. 편지, 일기, 신문의 기사, 칼럼, 사설 그리고 광고카피, 논문까지 모두 잡문이라며 도매금으로 처리했다. 이게 맞는 분류일까. 영어는 우리와 다르다. 문학 이외의 글을 테크니컬 라이팅(technical writing), 즉 실용문으로 분류한다. 글쓰기 시 교육도 철두철미 이것 위주다."
>
> — 〈중앙일보〉, 5월 7일

필자는 그간 수없이 수필이 신변잡기의 글도, 잡문도, 사실의 고백도 아니라는 것을 수없이 주장한 바 있다.

진정한 예술문, 즉 수필문학이란 개체의 천인격 속에 스며드는 선한 정감의 진실무위한 표현이요, 어떤 원리에 얽매이지 않고 말의 그물에 벗어나지도 않는 그 오묘성(奧妙性)을 지니고 있다. 그리고 강렬하고 핍진한 현실감을 주며, 또한 거리낌 없는 개성의 묘사와 함께 일렁이는 정감은 이지보다도 더 강렬한 힘이다. 정과 이가 하나되고 진과 선이 통일을 이루는 가운데 속기(俗氣)를 벗어나는 우아함으로 인간의 마음을 정화시키는 마력을 지닌 것이 수필의 특징이다. 한마디로 진리가 실용을 떠나서 정취가 될 때 그것을 수필(예술문)이라 한다. 이것은 양웅(揚雄)의 이른바 '언어는 마음의 소리며 글씨는 마음의 그림이다.' 라는 말과 통할지 모른다.

김길웅 평론가의 수필을 읽으면서 수필은 엄연한 예술문이라는 것을 또 다시 확인하게 된 것도 이런 논리에 값하고도 남기 때문이다. 이제 그 증명을 위해 논리의 문을 열기로 한다.

2. 율동하는 정서의 바다

1) 삶의 의미 찾기

'살아간다는 말과 살아가고 있다' 는 말은 엄격한 차이가 있다. 전자는 그의 삶이 주종적이라면 후자는 그의 삶이 주체적이라 할 수 있다. 목적 없이 살아가는 삶은 생명이 주어졌기 때문에 어쩔 수 없이 목숨이 소진할 때까지 살아가는 삶이라면, 후자는 목적이 분명한 자발적인 삶을 의미한다. 세상에서 가장 아름다운 모습은 가을 내장산의 화려한 풍경화가 아니라 땀을 뻘뻘 흘리며 일하는 노동자의 모습이다. 이렇듯이 땀 흘리는 성실함 속에 창조의 역사가 흐른다. 김길웅은 바로 그런 삶을 살아가고 있다. 그가 시를 쓰고 수필을 쓰는 이유가 극명하게 드러나고 있는 것도 이런 연유와 무관하지 않을 것이다.

오랜 시간, 혼자 닫힌 공간에 가위 눌러 있었구나.
가령 맞바람에 남루로 나부끼더라도 떠올라야 하는 것이지.

떠나기 위해 다소간에 흔들리며, 흔들린 만큼 더 부셔져 내려야 하는 것이지.
내가 나를 마주하기

―「책머리에」

그의 수필집 『느티나무가 켜는 겨울 노래』 서문의 일부분이다. 그는 글 쓰는 이유를 '내가 나를 마주하기' 라 고백하고 있다. '내가 나를 마주하기' 는 삶의 응시이면서 살아가고 있음의 존재이유다. 우리의 생명이 소중하듯이 그의 존재이유도 확실하고 분명하다. 인간의 생명이 소중한 것은 신비스러운 사고의 힘을 갖고 있기 때문이라면 김길웅은 충분히 그에 값하고도 남은 바 있다. 인간은 우연히 해외로 떠나는 선박 속에 끼어들게 된 생쥐의 운명일지 모른다. 선박 속에서 곡식알도 얻어먹을 수 있겠지만, 뜨거운 열과 숨막히는 공포감도 함께 맛볼 것이다. 그러나 인간은 그 생쥐와는 달리 엄청난 창조의 기적을 창출할 수 있는 사고력(思考力)을 가지고 있다. 시지프스의 돌덩이처럼 우리가 살아가면서 애써 갖고 있는 즐거움의 바윗덩어리가 내일 아침 굴러 떨어지는 한이 있더라도 목숨이 다하는 날까지 살아가야할 필요가 있다면, 김길웅 역시 창작이라는 그런 자부심에 생명력을 두고 있으리라 생각된다.

나는 어떻게든 깨어나고 싶었다. 육십 년을 내리 잠들었던 혼몽이 그 잠 속에서 한꺼번에 깨어나고자 했다. 통음 뒤 한 잔 해장술처럼 존재에 대한 인식의 날을 버리기 시작한 것일까. 자유가 속박의 다른 모습임을 안 것은 놀라운 자기응시의 전리품 같은 것이었다.

나는 두리번거리며 내 정신의 위안을 갈망했다. 돌쩌귀 삐걱거리며 문이 열리고 있었다. 혹은 소리 없이 내 의식의 문이 열리고 있었다. 귀먹고 눈멀었던 내게 느닷없이 문이 열리고 있었다. 시는 짜릿한 개안이었다. 나는 다박다박 시 속으로 들어가 다짜고짜 그를 부둥켜안았다.

시는 내게 정신의 구원이었다. 십 년을 더 걸어 온 수필의 길 위에서 시를 만났다. 뒤돌아보지 않고 그냥 걷기로 했다. 굽이굽이 내 앞에 놓인 길을 걸으며 나는 어느새 춤을 추고 있었다. 섬의 바람이 내 춤의 추임새임을 자각하면서

나는 몸을 떨었다. 춤에 몸을 놓았다. 나는 광기의 춤을 추고 있었다. 오름을 가
파르게 흘러내리는 억새밭 한복판에 서서, 산등성이 팔부능선을 딛고서, 혹은
섬을 삼킬 듯이 파도로 달려오는 바다에 빠져들어 허우적거리며 춤을 추었다.

—「십이월 삼십일」

눈을 뜨고 숨을 쉬고 있다는 그 자체는 신비로울지 모르지만, 그 생명
체를 위해 어떻게 살아야 할 것인가에 대한 고민은 궁극적인 진리를 향한
인간 의식의 존재를 전제로 한다. 사무엘 베케트의 『고도를 기다리며』에
서의 질문처럼 우리가 추구하는 것은 그 해답이 정확하지 않더라도 '고
도'를 기다린다는 사실만은 확실한 것처럼 김길웅도 그 '고도'를 찾아나
서고 있음이 확실하다. 정년을 한 뒤, 그는 상당기간 권태와 무의미 속에
자신을 묻고 답답함에 자학하다가 '고도'를 발견하게 되었을지 모른다.
그가 찾은 '고도'는 어쩌면 토템의 가무(歌舞) 같은 것, 말하자면 시(詩)라
는 창작의 가무를 발견하게 된 것이다. 그런데 그는 왜 수필에 만족하지
못하였을까 하는 의문이 없지 않지만, 아마 또 다른 변신을 꿈꾸고 싶었
을 것이라 생각된다. 새로운 장르에 대한 도전은 수필 창작에 있어서 이
정화(理情化)의 작업을 거치면서 시의 묘미성에 오랫동안 잠재의식이 싹
터 왔을지도 모른다. 그것은 그의 문학의 이차적인 깨어남으로 보아도 될
것이다. 왜냐하면 그의 수필은 예전의 수필과는 전혀 다른 시적인 수필을
도입하고 있는데다가 너무도 완벽한 문학성을 갖추고 있기 때문이다.

2) 사이득지(思以得之)의 시풍(詩風)

김길웅은 시는 '정신적인 구원의 작업'이라고 그의 수필「십이월 삼십
일」에서 고백한 바 있다. 그만치 그는 시를 사랑하는 사람이다. 그래서
그럴까. 그의 수필은 대부분 수필이라기보다 시형을 취하고 있다. 차라리
산문시라고 하는 표현이 더 정확할지 모른다.

단풍은 가을빛의 본체이면서 그 행간이다. 운문이고 산문이다. 본체에서 빨아낸 빛은 시이고, 행간으로 넘쳐 나온 진액은 수필이다. 울긋불긋 물들었다는 표현은 단풍의 겉만 만지작거렸을 뿐 빛의 본질이 아니다. 현상은 표면이지 내면이 아니다. 단풍 든 숲에 들어섰을 때 그대로 물들어버릴 것 같은 현기증이 이는 것은 착각이 아니다. 대상에 몰입하는 광기 띤 병증이다.

—「가을빛」

가을의 마음, 가을의 가슴, 가을의 숨결, 가을의 영혼을 속 깊이 들여다보면 안다. 가을이란 말만으로도 하 해맑아 소스라치게 되는 것이다.

—「만추서정」

가을이다.
술보다 커피, 커피보다는 시를 생각하게 하는 계절.
잎이 지고 있다. 잎을 밀어내는 나무와 지는 잎 사이 공간에서 내 사유는 자유롭다. 낙엽의 장면을 평면화해 절제와 사념의 이미지를 시로 받아쓰기하고 싶다.

—「내 마음 속의 가을」

가을을 소재로 한 세 편의 수필이다. 가을의 정경이 그리움으로 화하고 그리움이 또 다시 갖가지 추경(秋景)으로 변하여 그리움인지 모르게 은유되고 있다. 가을빛이 자기화 되었기 때문에 정취가 면면하고 그리움은 물화되었기 때문에 그 운치가 이르지 않는 곳이 없다. 문장은 팽팽하고 긴장감이 도는데다가 물이 흐르듯이 부드럽고 돌이 구르듯이 매끄럽다. 가을에 대한 진한 영혼의 울렁임, 싱싱하고 윤기있는 묘사, 율동적인 메타포를 지니고 있는 호흡이 작작(灼灼)한 복사꽃 향기를 풍기고 있다. 그의 수필은 시가 되어 빼어난 은수(隱秀)를 이루어서, 한 가지 생각에 만 가지 생각이 담겨있고, 뜻은 얻고 말은 놓아버리는 기교 때문에 미묘한 맛이 넘치고, 경(景)은 상(象) 밖에 생기기 때문에 많은 것을 총괄하고 있다. 뿐만 아니라 현실적인 자연 생활 속에서 하나의 현실을 초탈한 이상 세계를 창조해 내려는 그의 고뇌가 면면한 물결을 이루고 있다. 게다가 선경으로 인경을 비유하고, 인경으로 선경을 나타내는 도연명처럼 추경(秋境)으로 정경(情景)을 비유하고, 정경(情景)으로 추경(秋境)을 비유하고 있다. 유아지경(有我之境)인 가을의 풍광을 무아지경(無我之境)인 풍광으로 융화하고 있는 선시(禪詩)라고나 할까. 공적(空寂)한 선경(禪境) 가운데 자신을 맡기는 문장 기법은 가히 도화유수격(桃花流水格)이다. 그러니까 상(象) 밖의 상과 경(景) 밖의 경(象外之象, 景外之景)으로 뚝에 오른 물고기를 얻음이라고나 할까. 세존이 꽃을 쥐자 가섭이 미소를 지었다는 원리다.

3) 완적의 비애가 흐르고

글이란 문자에 지나지 않는다. 하지만 글이 귀중한 까닭은 뜻이 있기 때문이다. 그리고 뜻이란 작가가 추구하는 세계다. 따라서 뜻을 추구하기 위해서는 작가는 숲을 만들어낸다. 그리고 그 숲 속에서 즐거운 새소리도 들리게 하고 때로는 섣달 그믐밤 시린 달빛을 볼 수 있게도 한다. 그러면 김길웅이 조성한 숲은 어떤 모습일까.

> 그 해의 회상은 아픔입니다. 아픔의 기억, 아픔의 시간, 아픔의 소리로 점철합니다. 이리저리 잘리고 뜯기느라 푸른 시절에도 날개를 달 수 없었습니다. 옴치고 앉아 서러움에 울먹였던 날들이었습니다. 낮게 몸을 놓았기에 그렇지 키를 돋우거나 한번 어깨라도 으쓱댔으면 무너지고 말았을지도 모릅니다. 허구한 날 바람과 눈과 어둠 속에 에워싸여 있었으니까요.
>
> 그러나 좌절은 죄악입니다. 날아오르지 못한 대신 꽃을 달았습니다. 아픈 기억 너머 노란빛으로 돋아난 자리에 한 점 바람 머물다 간 뒤, 그대를 사모해 날아와 사뿐 내려앉는 노랑꽃에 노랑나비.
>
> ―「배추꽃」

> 내 번데기는 언제였으며 음습한 데서 무슨 꿈을 꾸었을까.
> 내가 애벌레로 난 것은 언제쯤의 일이었을까. 초등학생 때였겠지. 머릿속에 단 한 장의 퇴락한 그림으로도 남아 있지 않다. 나는 과연 날았던 걸까. 날짐승

으로, 허공을 한 번이라도 제대로 날았던 걸까.

나이 들어 내가 한 수분(授粉)은 진정 꽃과 나비, 쌍방의 합의를 이뤄냈던가. 단지 일을 저질렀던 허방 친 내 생애의 실수는 아니었는지.

지금이라도 내 자리로 귀환하고 싶다. 내 생애의 이 지점에서 일을 저지르면 어떨까. 그래야 진행이 오고 그 뒤가 완성인데. 저 팔랑거리는 나비를 보라.

— 「나비생애를 보다」

완적(阮籍)이 품은 뜻은 원대하고 깊었다. 그러나 잔인한 정치적 숙청과 일가의 패망으로 그는 뜻을 이루지 못했다. 당시 일류급에 속하는 하안, 혜강, 이육 등이 살해당하거나 처형당하였다. 그리하여 완적의 작품은 무한한 슬픔과 아픔이 담겨있다.

그런데 이상하게도 김길웅의 작품을 읽으면서 그런 생각이 떠올려지는 것은 나만의 생각일까. 어쩐지 김길웅 역시 그 같은 재주와 포부를 가지고 있으면서도 그 뜻을 펴지 못한 날개 꺾인 봉황새의 눈물을 보는 것만 같다. 비록 작품 속에는 한탄이나 비애가 구체적으로 드러나지 않았으나 그의 심층 속에는 우수어린 혼란이나 아픔과 비애가 심각한 일면을 이룬다. 초탈하고 싶지만 초탈하지 못하고 체념하고 싶지만 체념하지 못하는 번뇌를 작품 속에 감추고 있다.

회상은 아픔이라고 했다. '아픔의 기억, 아픔의 시간, 아픔의 소리로 점철' 되었다고 고백하는 것을 보면 어지러운 시대상황을 가슴 아파하고 현실세계를 경멸의 시선으로 바라보는 한이 숨어있음을 발견하게 된다.

「배추꽃」이나 「나비생애를 보다」는 어쩌면 자화상을 그려 놓은 게 아닌가 하는 생각이 들었다. '날아오르지 못한 대신 꽃을 달았습니다.' 의 꽃은 복잡하고 매우 어지러운 정서의 표현으로 그 속에 슬픔과 아픔이 침중하게 받쳐있다.

3. 소요와 침잠의 세계

어떤 색(色)이든 스스로 지니는 성질이 있다. 화가는 그 고유의 성징을 끌어내어 그림을 그린다. 그림에 있어서 쓸쓸함과 스산함이 느껴졌다면 화가는 색의 배합을 잘 하였기 때문이리라. 한 폭의 그림은 백지라는 공간 위에 선과 색의 내달림이다. 색과 선이 사람의 마음을 난잡하게도 하고 슬프게도 하고 정갈하게도 하듯이 문장도 이와 같다. 문자가 색깔이라면 선은 그 율조다. 그 율조와 문장이 적절하게 배합되었을 때 사람의 마음을 애잔하게도 하고 사람의 마음을 시리게도 한다.

'문장에도 주인과 손님이 있다. 주인이 없는 손님을 오합(烏合)이라 한다'고 왕부지는 말한 바 있다. 비유(比喻)는 손님이다. 김길웅의 수필은 하나의 주인을 세워서 손님을 기다리게 한다. 그래서 문장이 서로 융합하고 화합한다. 그만치 문장이 정교하다. 그리고 한 줄도 제(除)하거나 가(加)할 필요가 없다. 글자 배치나 단어 배치가 신묘하리만치 정교하다. 허튼 소리도 없고, 문장이 지루하지도 않다. 문장은 소요하는 선비의 기풍이 있지만 그러나 외로운 나무 가지에 앉아 먼 산을 바라보는 쓸쓸함이 도처에 깃들어 있다. 그것을 침잠이라 표현해도 좋고, 아니면 아무도 없는 산하에서 외롭게 눈물 쏟는 나그네라 표현해도 좋을 듯하다. 끝으로 완적의 시 한 구절로 그의 정신 속에 흐르고 있는 마음을 담고자 한다.

> 황학과 참새가 똑같이 취급됨을 슬퍼하니
> 눈물이 흐르는 것 그 누가 막을 수 있으리.
>
> — 爲黃雀哀, 涕下誰能禁

隨筆의 구상과 의미의 다양성

— 김애양의 수필정신

1. 허정(虛靜)의 의식

산다는 것은 무엇일까? 그리고 왜 살아야만 할까? 행복과 불행, 결실(缺失)과 회복, 어둠과 밝음, 악과 선, 성공과 실패 등의 짝으로 이루어진 양분의 법칙에서 인간은 살아간다. 때로는 악이 득실거리는 현장에서 가슴앓이를 하고 때로는 살아갈만한 사랑의 여울에 웃음 짓는다. 바닷가 모래가 되어 씻기고 쏠리다보면 닳고 헐어서 새로운 광채를 쏟아낸다. 그 광채 그 빛, 그것이 진정 살아갈만한 의미는 아닐까.

김애양의 수필을 읽으면서 떠오르는 편린들이다. 그의 수필을 읽으면서 산다는 것에 대해 많은 생각을 갖게 된다. 어떤 광채 같은 신비함이 가슴으로 치어 오르고 알 수 없는 비애들이 무지개가 되어 춤을 추게 한다. 오색 감정이 반복되면서 계곡물이 되어 풀리고 감기를 거듭하는 그 이유는 무엇일까.

김애양의 가슴에 풀어져 나오는 허정(虛靜)한 목소리 때문일 터다. 허정은 가슴 속이 텅 비어 갖가지 생동하는 형상의 현실적 경상(景象)이 자연스럽게 용솟음쳐 들어오고 붓 아래서 기려(奇麗)함을 피워냄을 의미한다. 만약 세속의 잡념에 꽉 차있으면 결코 뛰어난 작품을 창조해 낼 수 없다.

개인의 득실(得失)을 따지고 온종일 이해관계에 마음이 멎으면 옹졸한 괭이에 걸려 붓이 뒤틀린다. 그런데 김애양의 작품에는 그러한 뒤틀림이 없는 대명(大明)의 세계를 발견하게 된다. 속된 생각을 다 쓸어내고 가슴에 대나무 바람 소리를 몰아 철철 흥이 넘치게 하는 데는 작가의 인식의 틀이 객관화 되었다는 것을 의미한다. 장자가 말한 것처럼 "속된 일이 몸을 에워싸는 것도, 속된 마음이 정신을 에워싸는 것도 없다." 오로지 맑고 정결한 마음으로 가슴이 탁 트여 밝은 형상이 거듭거듭 방출되고 있음을 볼 수 있다.

"어머님은 어떻게 이걸 구별하시나요? 정말 같은 것 아니에요?"
콩나물은 대가리가 훨씬 크고 색깔이 노랗다는 것과, 숙주는 줄기가 통통하지만 연약하여 쉽게 부러진다는 등 그 둘의 차이점을 설명하다가 숙주와 콩나물을 구별 못하는 사람 중의 하나인 친정오빠가 떠올랐다. 오빠는 밥상머리에서도 늘 책을 보는 등 공부를 열심히 하여 의과대학 교수가 되었는데 콩과 팥을 똑같이 생각하며 맛을 분간하지 않는 특성을 가졌다. 콩밥도 팥밥도 잡곡밥인 점에서 같은 것이라고 우기면서 배만 부르면 먹는 목적은 같다고 말하곤 했다. 머릿속에 대의가 가득 찬 사람들은 그런 사소한 것이 하나도 중요하지 않은가 보다. 그렇다면 쓸데없는데 예민하기 그지없는 나는 공연한 걸 분별하느라 허튼 것에 에너지를 너무 많이 소비하며 사는 것이 아닐까? 현대의 지식과 정보의 홍수 속에서 허우적거리며 휩쓸려가지 않도록 나도 뇌세포 속을 정돈해 가면서 단순하게 살기를 노력해봐야겠다.
— 「단순함을 향하여」

미국에 거주하는 며느리 집에서 일어난 사건을 희화한 수필이다. 옛말에 숙맥불변(菽麥不辨)이란 말이 있다. 콩과 보리도 구별 못하는 생뚱맞은 사람을 의미한다. 화자의 며느리도 숙주나물과 콩나물을 구별 못하는 숙두불변(菽豆不辨)이었던 것. 생각하면 답답하고 심장이 오그라드는 일이다. 그러나 화자는 더 이상 시비를 멈추고 인간관계에서 생채기가 될 만한 안개를 거둬낸다. 허정은 이처럼 사람의 마음으로 하여금 일체를 포괄하고 일체를 통찰케 한다. 이는 장자의 천도(天道)와 통하는 마음이다. 장자는 "성인의 마음이 고요한 것은 마음이 고요해서가 아니라, 만물이 그의 마음을 어지럽게 할 수 없기 때문에 고요한 것이다."[1]라 했다. 사람이 국부적인 감정에 치우치게 되면 조화로울 얻을 수도 조화로움을 들을 수도 없다. 그래서 장자는 인간의 인식이 높을 때 다른 사람이 보지 못하는 것을 볼 수 있다고 하였다. 그것은 바로 형체가 없는 가운데 홀로 밝음과 어둠을 보고 소리가 없는 것을 듣는다는 뜻이다.[2]

화자가 숙주나물을 콩나물로 생각하는 것은 잡념의 간섭을 버린 것이고 허탈과 비난을 숨기는 것은 선입견을 배제한 것이다. 이처럼 허정에 진입하게 되면 그 지혜가 해와 달이 만물을 비추고 그 마음이 우주를 환하게 한다. 화자 김애양은 그런 자연의 이치를 잘 알고 있다. 그래서 그의 글은 정연하고 순차적이다. 논리의 전개 속에서 관계를 중시하고 주관적인 고집을 포기하는, 그래서 인정물리(人情物理)를 극적으로 강화 강화시키고 있다. 따라서 꽤 높은 수준의 수양을 지닌 작가로 나타난다.

2. 신사(神思)의 깊이

문학 가운데 가장 중요한 것은 상상의 문제다. 상상은 문학 창조의 영혼이고 작품은 바로 상상의 결정체다. 따라서 문학 뿐 아니라 모든 예술은 상상을 중심으로 펼쳐진다. 이 문제를 제기한 사람은 아리스토텔레스(B.C.384-B.C.322)다. 그는 상상과 판단을 서로 다른 방식으로 보았다. 상상은 마음이 바라는 바를 따르는 것이라면 판단은 일종의 감각으로 진실이 따른다. 그러나 많은 상상은 허구적이다. 따라서 상상은 한 번도 경험해보지 못한 것까지도 창조할 수 있다. 천상묘득(遷想妙得)이란 말이 그

1 聖人之靜也, 非日靜也善, 故靜也, 萬物無足以橈心者.
2 示乎冥冥, 聽乎無聲, 冥冥之中, 獨見曉焉, 無聲之中, 獨聞和焉.

것이다. 이는 작가 자신의 기묘한 상상 내용을 구체적인 언어로 부치는 것을 말한다. 천의무봉(天衣無縫)도 같은 내용이다.

잔이 차면 햇빛을 마신다. 세례 받는 신자처럼 거룩한 심정이 되어 천천히 그리고 온몸으로 잔을 들이켜 본다. 날마다 같은 잔으로 마시지만 맛은 왜 그리 다른지 모르겠다. 기분이 좋은 날의 햇빛 맛은 달콤하고 매혹적이지만, 화나고 찌푸린 날엔 황사를 마신 듯이 텁텁하고 우중충하기도 하다. 처음엔 빈잔을 마시는 스스로의 모습이 민망해서 어떤 표정을 지어야 할지 몰라 했던 것도 사실이다. 날마다 반복하면서 햇빛 음미시간은 점차 다채로운 표정을 갖게 되었다. 햇빛을 맛본다는 건, 온몸을 햇빛으로 가득 채운다는 건 모쪼록 경건하고도 신성한 느낌에 틀림없다.

이따금씩 다른 이들에게 잔을 권하면 그 속이 비어 있음에 당혹해 하곤 했다. 그러나 햇빛이 차있다는 설명을 하면 누구나 기꺼이 맛있게 잔을 비웠다. 그래서 세상엔 햇빛을 싫어하는 사람은 아무도 없다는 걸 알게 되었다. 혹자는 의사인 내가 권하니 각별히 건강에 좋은가 보다고 어떤 의미를 부여하기도 한다. 물론 햇볕이 비타민 D를 합성시켜서 구루병 예방을 한다는 건 잘 알려져 있다. 하지만 내가 햇빛을 마시기 시작한 연유는 그런 의학적인 차원이 아니다. (중략)

오늘도 한잔의 햇빛을 들이켜면 나의 몸 구석구석 세포는 태양빛과 열기로 포화된다. 남아도는 태양 에너지로 넘치는 나의 열망들을 상쇄시키는 것이다. 이렇게 태양이 날마다 위로하는 한 나는 부족함을 느끼지 않으리라…….

— 「햇빛 마시기」

이 세상에 햇볕을 마시는 사람이 있을까. 그러나 예술에서는 가능하다. 아니 햇살이라는 줄을 타고 하늘에 오를 수도 있다. 그래서 문학의 세계는 넓고 광활하다. 그리고 황홀하다. 작가는 자신의 상상을 햇살이라는 물질적인 형상으로 옮겨 갔고, 그래서 햇살도 살아있는 에너지가 되어 심리적 효능으로 그것도 아주 깨끗하고도 순결한 세공을 거쳐 구체적인 형상으로 비춰준다. 상상이란 생활 현상과는 부합하지 않는 상황이 나타날 수도 있을 뿐 아니라 강렬한 감정 활동을 수반하기도 한다. 그리고 작가의 파란 많은 감정 활동은 풍부하고 다채로운 상상 활동을 촉발시키고 격화시켜 감흥을 일으킨다. 그래서 유협은 상상이 피어오를 때 "산에 오르면 정이 산에 가득하고 바다를 보면 뜻이 바다에 넘친다."[3]고 했다. 여기에서 햇살은 일종의 의경(意境)이다. 의경은 마음에서 얻은 것이지만 작가는 그것을 구체적으로 묘사하지 않고 햇살을 보관하는 잔(盞)을 빌려 독자로 하여금 묵묵히 뜻으로 깨달을(會以意) 수 있도록 암시하고 있다. 조식은 "맑은 달이 높은 누각을 비추니, 흐르는 빛에 바로 배회하고 있네."[4]란 시에서 본래 부인이 맑은 밤에 홀로 서서 시름하고 그리워하는 간절함을 말한 것이지 달을 읊은 것이 아니듯이 화자 역시 햇살을 읊고자 한 것이 아닌, 어쩌면 주체 못하리 만큼 넘치는 화자의 열정을 표현하고 있다고 해야 할 것이다. 중년인 화자는 태양만큼이나 뜨거운 열정을 주체 못해 또 다른 열기를 탐함으로써 선리(禪理)를 체현하고 있음을 발견하게 된다. 버러지가 우글대는 세상에서 이런 선리(禪理)를 취할 수 있다는 것은 대단한 축복이다. 인생은 어차피 일회 생이다. 그러므로 꿈꾸는(상상) 자만이 행복을 쟁취할 수 있는 것이다. 고리키(Maxim Gorky)는 「소련의 문학」이란 글에서 "신화는 일종의 허구이다. 허구는 객관적 현실의 총체 속에서 그것의 기본 의의를 추출하고 아울러 형상으로서 체현한 것이고(중략), 이렇게 하여 우리는 현실주의를 갖게 된다. 그러나 만약 객관적 현실 속에서 추출한 의의에 다시 바라는 가능한 것을 더하고 아울러 이것으로 현상을 더 풍부하게 한다면 우리는 낭만주의를 갖게 된다."는 논리처럼 화자의 상상은 한 잔의 햇살 속에서 무한한 절대미로 옮겨가는 공간을 확보하게 된다. 공간은 점층법으로 더욱 확대되어 허전함도 함께 맛보게 하는 겹친 솜씨가 한층 놀라움을 준다.

---

3 登山則情滿於山, 觀海則意溢於海.
4 明月照高樓, 流光正徘徊.

　　환자가 의사에게 "살려주세요."라고 하듯이 의사는 신에게 매달려 환자를
　　멋대로 치료한 저를 "살려주세요."라고 기도해야만 할까? 치료를 잘못하면 환
　　자와 보호자에게 혼날 터이고, 치료를 잘하면 신에게 혼나야 하는 게 의사의
　　영원한 운명이라니……

—「살려주세요」

　장자는 많은 상상을 통하여 그의 철학을 설명하였다. 그의 철학의 중심
은 자연의 도를 우주만물의 본원이고 동시에 또한 우주만물의 변화와 발
전의 규율이라고 보았다. 추상적 형이상학인 도(道)를 무엇보다도 더 높게
보고 주체적인 형이하학적인 물(物)을 깎아내리고 부정하였다.

　「살려주세요」란 제목이 의미하듯이 실로 절박함을 담고 있다. 그러나
인간에게는 한계가 있다. 비록 의술이라는 물리적인 형이하학적인 조건
으로 최선을 다 하지만 그 결과는 무형의 형이상학적인 조건에 그 답을
묻고 있다. 인간의 생명은 자연(신)에 있고, 인간에게 있지 않는다는 것을
주술적인 물음으로 해답을 유도하고 있는 작품이다. 뛰어난 문학이란 이
처럼 말이 뜻의 밖에 뛰어넘는 데 있다. 만약 구체적인 말과 뜻에 집착하
다면 좋은 작품이 아니다. 따라서 김애양은 작품「살려주세요」에서 아스
클레피오스의의 신화를 빌어 사람의 생명을 살리고 죽임이 의사에게 있
지 않다는 것을 분산과 정돈을 통해 구체적인 형상 속에 융화시켜 놓고
있다. 이런 상징 기법은 형을 잃어버리고 뜻만을 취하는 표일(飄逸)한 우
아미를 강화시키고 있다.

3. 통변(通變)의 운용

　통은 문학 창작 과정 중의 기본적인 경험이라면 변(變)은 시대의 흐름과
발전 내지 작가의 특색이다. 예컨대 해가 가면 달이 오고 달이 가면 해가
오며, 더위가 오면 추위가 오고 추위가 오면 다시 해가 온다. 사물은 이러

한 변화 발전 가운데 생산되고 성장한다. 변하면 소통하고 소통하면 관계가 건강해진다. 따라서 변화가 있어야 비로소 통할 수 있고 통할 수 있어야 새로운 변화를 가져온다. 이를 문학에서는 창신(創新)의 원리라 부른다. 창신이 없는 문학은 발전은 물론 고리타분하다. 따라서 옛날의 문장이 있고 오늘날의 문장이 있듯이, 옛날로써 지금을 대신할 수가 없다. 자연의 도에는 정(正)도 있고 변(變)도 있는 것처럼, 정과 변은 때에 관계되고 변화된다. 그 무궁무진한 변화를 씨줄 삼고, 작가 내심에 축적된 개성을 날줄로 삼아 종횡무진으로 가슴에서 흘러나온 것을 적는 것이 통변이라면 화자 김애양은 이에 능한 작가로 보아도 무방하다. 작품의 초입이 이채롭다. 본래 자동차가 가지고 있는 힘을 말하기 위해서 여행이야기를 꺼낸다. 이는 본론을 말하기 위한 일종의 암시다.

렌즈를 끼지 않았던 걸 자각한 순간부터 갑자기 무능해진 나는 수술실 한 복판에서 어찌할 바를 몰랐다. 미간을 잔뜩 찌푸린 채 환자에게 코가 닿도록 고개를 숙이고서야 가까스로 수술을 마칠 수 있었다. 집에 돌아오는 길에 운전대를 잡지 못한 건 더 말할 나위가 없다. 그때의 경험을 나는 초능력이라 부른다. 잠재력에다가 조금 허풍을 붙인 이름이다. 이렇게 나도 모르게 예비해놓은 능력이 있어 또 언젠가 유사시에 발동할 것이라고 굳게 믿고 산다.

200Km를 달릴 수 있는 승용차를 100Km로 유지해야 안전하고 경제적이라고 하듯이 우리는 더 잘 할 수 있는 능력들을 제한하고 억제하기만 하는 건 아닐까? 비상시에만 작동하겠다면서 다양한 능력들을 감추고 또 아끼며 사는 건 아닐까?

―「나의 초능력」

화자는 응급실에 위급한 환자가 도착하였다는 다급한 전화를 받고 서둘러 병원에 도착한다. 그리고 곧장 응급 수술이 진행된다. 그런데 이게 어이된 일인가. 수술 부위를 꿰매야 하는데 눈이 보이지 않는 것이다. 뒤늦게야 해체한 렌즈를 착용하지 않았다는 사실을 알고 당황하지만 초능

력을 발휘하여 차분하게 대처하게 된다. 일종의 통변의 변화를 통해 숨어
있는 에너지를 발휘한 것이다. 덕분에 수술은 무사히 마치게 된다. 능력
이란 인간이 사용하고 있는 마스크 속에 숨어있다. 그래서 그 정체가 불
분명하다. 인간에게 숨어 있는 잠재 능력을 다 찾아 사용한다면 사회는
초능력적으로 변화 발전할 것이다. 화자는 잠재된 무한한 능력을 자동차
의 성능까지 동원하여 친절하게 설명하고 있다.

「나의 초능력」은 활달 명쾌하고 솔직하며 직접적으로 아무런 수식도
가하지 않고 차분하다. 얼핏보면 타인의 생명에 그렇게 담담할 수 있는
것 같지만, 그러나 사실은 이와 정반대다. 당시 특수한 조건하에서 깊
이 있게 생명에 대하여 최선을 다하여 적극적으로 대처하고 있음을 표
현하였다. 만약에 화자가 당황하여 차분하게 대처하지 못했다면 엄청
난 피해로 작용했을 것이다. 게다가 작품이 군더더기가 없다는 게 장점
이다.

하루는 체격이 좋고 활달한 청년이 찾아왔다. 이런 저런 이야기를 나누다 자
신이 대학 가요제에 참가했다던 경력을 말하더니 청하기도 전에 목청을 가다
듬어 멋진 발라드를 한 곡 뽑았다. "날 모두 다 주고 싶어, 널 위해서라면. 오직
나만이 네 가슴에 숨 쉴 수 있게."로 시작하는 조장혁의 〈러브〉였다. 아무리 노
래를 잘 하는 사람이라 해도 초면에 반주도 없이 가사를 외워 즉석에서 부르기
란 쉽지 않을 것이다. 열창을 마친 그의 콧등에는 땀방울이 송송 맺혔다. 뜬금
없이 안에서 노랫소리가 흘러나오자 간호사와 환자들이 문 앞을 기웃거리다가
노래가 끝나자마자 이내 박수로 환호를 했다. 그만큼 잘 부르는 노래였다.

진료실에는 늘상 통증이나, 치료, 질병 등의 건조한 낱말들만 맴돌기 마련인
데 모처럼 이곳에 가요가 흐르니 그 감각이 색달랐다. 파격이라고 할까?

—「잃어버린 노래」

사람마다 재능이 다르고 기질이 다르고 성격이 다르다. 글과 문장은 그
사람의 재능과 성격을 그대로 반영한다. 일찍이 유협은 그의 문심조룡에

서 작가의 개성을 다음과 같이 설명한 바 있다. 가의(賈誼)는 재능이 뛰어나기 때문에 글이 간결하고 체는 맑으며, 사마상여(司馬相如)는 오만하고 방종하기 때문에 사치스럽고 이치 넘치는 문장을 구사했다. 양웅(揚雄)은 침착하고 조용한 성격을 지녔기 때문에 뜻은 숨고 맛은 깊으며, 유향(劉向)은 간략하고 평이한 성격 때문에 흥취가 맑고 솜씨(일)가 넓다고 했다. 여기에서 화자 김애양 작가를 굳이 비유하자면 가의(賈誼)와 양웅(揚雄)의 성격을 닮은 작가가 아닌가 한다. 그의 문장은 간결하면서도 맑은 마음과 정서가 녹아 흐른다. 「잃어버린 노래」에서도 그 같은 분위기가 강하다. 주장이 없는 것 같지만 깊은 뜻이 숨어 있고, 간결한 문장 안에 의사의 깊은 정이 녹아 흐르고 있는 가운데 강한 풍유(諷諭)를 안고 있다. 문학은 궁중 속의 애완용이 아니다. 아름다운 삶을 향한 목소리다. 따라서 「잃어버린 노래」 속에는 인간을 향한 강한 휴머니즘의 절박한 목소리가 담겨있다.

4. 마무리

지금까지 김애양의 수필을 허정과 신사, 통변을 중심으로 「단순함을 향하여」, 「햇빛 마시기」, 「살려주세요」, 「나의 초능력」, 「잃어버린 노래」 등 다섯 편을 살펴보았다. 시는 감정에 의지하는 것이라면 수필은 사물을 구체적으로 묘사하는데 있다. 전자의 성격은 화려하고 아름다운 반면 후자는 맑고 분명하다. 그러나 더 좋은 수필은 그 양자를 병합하는데 있다. 인간의 정은 팔극(八極)을 달리고 마음은 천리 길의 절벽 위를 달린다는 말이 있다. 김애양의 수필이 바로 그런 수필이다. 정을 쏟고 생각을 쏟고, 형상을 묘사하고 소리를 묘사하는 가운데 서정이 들어있다. 그리고 그 서정 속에는 정(情)만 들어있는 것이 아니라 리(理)를 붙이고 있다. 만약 정(情)만 붙이고 리(理)를 뺀다면 생명 있는 작품이 될 수 없다. 문학은 반드시 천리(天理)에서 출발하는 것은 너무나도 당연한 논리인데도 많은 수필들이 그것을 놓치고 있다. 하지만 김애양은 그런 창작 원리를 모두 수용하고 있어서 찬사를 보내고 싶다. 또한 그의 수필은 지난날의 여러 경험들을 회고적 시점에 의해서 한 곳에 수렴함으로써 통일적 구조를 완벽하게 이루고 있을 뿐 아니라 무한한 상상력을 동원하여 생동감 있게 재생하는 놀라운 시선을 갖고 있다. 그래서 다음 행보가 기다려진다.

정(情)으로 풀어내는 삶의 의미

— 김영남의 수필세계

1. 인연의 길

작가 김영남 씨와 필자와의 만남은 4년 전이었다. 어쩌면 그와의 만남은 필연인지도 모른다. 왜냐하면 화자는 오래전부터 글을 써온 사실상 글쟁이었기 때문이다. 그런 그가 붓을 놓고 오랫동안 몸살을 앓고 있었다. 거기에는 상당한 이유가 존재했음을 발견하게 된다. 화자는 사대부 가정에서 부덕(婦德)을 닦은 정숙한 여인이다. 그리고 학창 시절엔 공부도 잘했지만 책임있는 자리에서 일하는 재원(才媛)이기도 했다. 게다가 당당한 성격을 겸비한데다가 취미로 수필을 써서 지방 신문에 발표하는 재미까지 지닌 것을 보면 그의 삶은 한 마디로 활기가 넘쳐났을 것이다. 그런 그에게 사랑하는 남편을 만날 수 없는 저 세상으로 보낸 것은 여간한 충격이 아니었을 것이다. 남편과 화기애애한 부부의 따스한 정으로 행복을 낚으면서 살았던 그가 3남매를 남겨두고 떠났을 때의 상실감은 실로 산하가 무너지는 아픔이었을 것이다. 그 후 아픔을 딛고 부산에서 머물다가 아이들을 따라 일산으로 이거해 왔다. 다정한 이웃 하나 없는 낯선 환경에서의 적응은 쉽지 않았을 것으로 사료된다. 그는 상당 기간 어둠의 터널 같은 한(恨)의 세월 속에 우울한 나날을 음료수를 들이키듯이 마셔댔을 것이 분명하다.

나는 수 년 동안을 특별한 일 아니면 외출도 안하고 사람 만나는 것을 꺼리며 살고 있었다.
그런 내가 나를 조금이라도 탈피해 보고 싶고, 또 마음과 생각을 글로 잘 표현할 수 있으면 얼마나 좋을까 하는 생각으로 수필 강좌에 등록을 했다.
집에서는 엄마가 조금 달라질까 싶은지 아들딸이 무척 좋아하고 잘할 수 있을 거라며 격려와 용기를 줬다. 하지만 개강일이 다가오니 '이 나이에…' 라는 생각이 자꾸만 망설이게 하고 자신감을 눌렀다.

— 「글방 처음 가던 날」

수년 동안 특별한 일이 아니면 외출도 하지 않고 집에 칩거했다는 고백에서 알 수 있듯이 그는 그렇게 많은 시간을 어둠의 차일에 싸여 있었다. 그런 그가 어느 날 글방을 찾아왔다. 우울에서 탈출하지 않으면 안 될 것이라는 그의 대단한 작심에다가 적극적인 자녀들의 효심도 함께 작용했을 것이다. 아직도 생생하게 떠오르는 기억은 화자의 첫 인상은 허물어질 정도로 우울한 모습이 마른 장작처럼 보였다. 그가 하루 이틀 시간의 흐름에 따라 아픔을 글로 하나하나 토해내기 시작하면서 그의 얼굴에도 반짝거리는 생기가 돌기 시작하였고 한 번도 거르지 않고 글을 꼬박꼬박 써오는 부지런함으로 회원들의 귀감이 되어 주었다.

어쩌면 화자 김영남 씨에게서 문학이 없다면 삶의 탈출구가 없었을지 모른다. 최근에 시·수필 등을 읽는 환자뿐 아니라 작가가 된 심정으로 글쓰기를 즐기는 환자에게서 놀라운 치료효과가 나타났다는 보고서가 아니라도 자기의 내면세계를 털어냄으로써 자신을 짓누르는 걱정과 두려움, 긴장 등에서 벗어났으리라 생각된다. 따라서 작가 김영남 씨에게서 수필은 그의 가슴에 꽂아야할 운명 같은 존재였을지 모른다. 그가 붓을 놓은 정지의 시간에도 그는 마음속으로 글을 써 왔던 것이다.

2. 인간미의 변형들

1) 삶과 품성 그리고 행복 찾기

‘글은 곧 그 사람’이라고 뷔퐁이 말한 것처럼 글을 만난다는 것은 작가의 품성을 만나는 일이요, 작가의 품성을 만나는 일은 글을 만나는 일이기도 하다. 품성은 그 사람이 지닌 인격이다. 그리고 살아가는 내용에 대한 반영이다.

일찍이 공자는 말했다. ‘교묘하게 후려대는 말솜씨와 얼굴에 거짓 표정을 꾸미는 사람 치고 착한 자가 적다(學而三).’고 했듯이 김영남 씨의 평소의 모습은 교언영색(巧言令色)과는 담을 쌓은 솔직하고 너무 희어서 금방 때가 탈 것만 같은 성격의 소유자다. 그의 성격이 수필에서도 고스란히 드러난다. 처음부터 끝까지 그의 수필은 담백하면서도 간결성을 잃지 않고 있다. 허세도 없고 과장도 없고 오직 진솔과 정채(精采)만이 존재한다. 그의 문장 어느 한 대목도 허술하지도 않지만 현란하게 채색하거나 언어를 화려하게 장식한 흔적도 찾기 힘들다. 오직 그의 글 속에는 물에서 이는 정(情而物興)과 정에서 이는 물(物而情觀)만이 존재할 뿐이다. 그것을 장자(莊子)는 ‘아름다움은 정신에 있고 표현에 있지 않다(形殘而神全)’는 말과 그 맥을 같이하고 있다고 본다. 예술의 최고 경지는 인위(人爲)에 있는 것이 아니라 자연에 존재하듯이 수필 또한 최고의 미는 정신의 혼에 존재한다. 비유가 잘 될지 모르지만 그의 수필은 잘 다듬어지고 곱게 뿌리내린 무처럼 응결된 정채(精彩)미와 함께 언어의 간결성으로 집약할 수 있다. ‘그림을 그리는 자는 털을 삼가지 않으면 모양을 잃어버린다.’고 문제를 제기한 설림훈(說林訓)의 주장처럼 그는 작은 것에 수식을 두기보다는 근간인 정신에 집중하고 있다.

뿔레하노프(1856-1918)는 예술은 사람들의 감정도 표현하고 또 사람들의 사상을 표현하지만 결코 추상적으로 표현하는 것이 아니라 생생한 형상을 표현하는 것이며 이것이 예술의 가장 중요한 특징이라 말했듯이 김영남 씨의 수필 세계도 그러하다. 요컨대 우회적인 기법보다는 직핍(直逼)적이고 현상적인 것에 초점을 두고 있으며, 허무를 담아내기보다는 물(物)을 통하여 그것을 순리로 담아내는 감동법을 구사하는 냉철(冷徹)성을 잃지 않고 있다.

> 마당이 있는 주택에서 살다가 아파트에 오니 갇힌 것 같고, 공중에 떠 있는 것 같은 느낌이 영 마음을 편치 않게 했다. 낯가림이 심한 나는 30여 년을 살아온 곳에 대한 미련은 크고, 새로운 곳과의 만남엔 아주 서툴렀다. 그렇게 1년여를 살다 보니 어느 정도 익숙해지고 사람은 누구에게나 장단점이 있듯이 모든 것에는 양면성이 있다는 걸 생각했다.
>
> 닭장 같다고 배척했던 아파트에서 주택보다 더 편리한 점을 찾았다. 문단속의 용이함이라던가, 효율성 있는 냉난방도 그렇고, 8층 높이에서의 시원함도 그 중의 한가지다.
>
> —「일산에 살며」

이는 「일산에 살며」의 중간부분이다. 그의 평범한 일상성이 어떻게 문학화 되고 그것을 생활의 에너지로 받아들이는지에 대한 일면성을 엿보게 된다. 세상에 행복을 바라지 않는 사람은 없을 것이다. 그러나 행복이 어디에서 출발하는지를 알려고 노력하는 사람은 그다지 많지 않다. 아인슈타인이 '성공이란 자기가 치른 값 이상의 것'이라고 말한 것처럼 행복의 도형 역시 마음가짐이 바람직하지 않으면 얻을 수 없는 전리품이 바로 행복이란 울타리가 아닌가 생각된다.

거울은 세월의 흐름에 따라 그 기능을 상실할 수 있지만 인간정신은 세월의 흐름에 따라 삶의 오묘(奧妙)함을 표출하게 된다면 작가 김영남 씨에게서 그것을 더욱 확인하게 된다. 그것은 연륜에서 오는 가치의 창출이라 해도 좋다.

> 나는 사람 복이 많다. 특히 조카 복이라면 나 따라 올 사람이 없을 것이다.
> 나는 7남매 중 막내고 남편은 6남매 중의 막내다. 양쪽 열세 가정에서 탄생

된 조카들이 50명이 넘는다. 결혼 초 시댁 조카들의 수가 워낙 많으니까 이름
과 순서를 적어놓고 외웠다.

지금 저출산으로 불원간 나라의 위기까지 생각하게 하는 현실에 비하면 그
야말로 격세지감을 느끼고도 남는 일이다.

나하고 네 살 차이나는 조카로부터 서른 초반까지 다양한 연령대를 이루고
있다. 거의 다 결혼을 했고 그 자녀들, 그러니까 내게는 손자뻘인 아이들이 대
부분 결혼적령기라 결혼 시즌이면 여기저기 바쁘다. 양쪽 집안이 충청도이니
행사가 주로 청주나 천안 온양 등에서 이루어지고 제천이나 강경까지 갈 때도
있다.

— 「나는 부자다」

「나는 부자다」의 일부분이다. 여기에서 작가 자신에 대한 삶의 가치를
의미화한 글이다. 여기에는 작가 자신에 대한 조명도 있지만 어떻게 사는
것이 바람직한 삶인가에 대한 해답이 들어 있다. 사물에 대한 세계는 작
가의 내면화에 투사되어 다시 그것이 작품으로 응결되는 것이라면 그것
은 독자들에 대한 삶의 목표를 제시하는 질문이기도 하다. 요컨대 부자라
는 것은 돈만을 그 가치로 삼을 수 없는 내면의 무한한 행복 지수이기도
하다. 보다 중요한 일은 행복이란 작은 것에 존재함을 의미하고 있음을
눈여겨보아야 한다. 예컨대 집안의 대소사를 놓치지 않고 즐겁게 찾아다
니는 일이나 조카들의 얼굴과 이름을 종이에 적어 놓고 마음속에 담아두
는 일도 그 중의 하나이다. 이런 행위는 작가의 애정이 섭렵되지 않으면
수행될 수 없는 일이고 보면 삶의 타당성이 무엇인가에 대한 해답을 독자
들에게 제시하고 있다. 이렇듯 작가는 애정으로 단장된 우리 시대의 거울
같은 존재가 아닌가 한다.

2) 가족사랑 그 신음의 언덕

문학은 한 마디로 인간구원이나 삶의 질을 향상하는데 목표를 둔다. 다
양한 사회의 혼잡 속에서 어떤 악이나 미덕을 추출하여 그것을 렌즈에 구

축함으로써 독자들은 그 장치를 통하여 쉽게 다가갈 수 있는 장치인 것이다. 그러므로 문학의 표현은 단순하지 않다. 특히 가족이란 집단은 어떤 논리로도 해석할 수 없는 초월성을 지닌 윤리성에 놓여 있다. 자연을 정복하고 다른 동물을 지배하는 것보다 더 높은 게 윤리의식에 있다면, 가족이란 관계는 그보다 훨씬 높은 상위적인 개념이다. "가족은 행복을 저축하는 곳이요 그것을 채굴하는 곳이어서는 안 된다. 얻기 위해서 이루어진 가정은 반드시 무너지지만 주기 위해서 이루어진 가정은 무한한 행복을 창출한다(內村鑑三)." 한 마디로 가정이 희생과 사랑으로 뭉쳐져 있을 때 튼튼하고 견고한 가정으로 자리하게 되지만 어떤 것을 얻기 위한 목적으로 구성된 가정은 반드시 비극을 낳고 만다. 오늘날 문제의 가정들을 보면 대개 희생보다는 채굴하기 위한 목적이 담긴 가정이라 볼 때 그곳에는 생물학적 본능보다는 유기체적인 기적의 집단이다. 그런 면에서 어머니라는 존재는 여자이기 전 커다란 구원의 존재로 자리매김하고, 아내의 자리는 모성으로 이미지 된다.

1995년 2월 10일 금요일 흐림

당신 그러고 누워 있는지 6년이 넘었습니다. 나 당신 가여워 죽겠어요. 어제 아침 7시에, 또 오늘 새벽 6시에 경기(驚氣)를 했습니다. 이렇게 연달아 한 적은 없는데 왜 이러는 건가요?

당신 괴로워하는 것 차마 못 보겠어요. 어디가 어떻게 아픈지 말을 못하고 요즘엔 글씨도 안 되니 답답하기 이를 데가 없습니다. 손으로 가리키고 눈으로 깜박이는 반응도 왜 안 합니까? 밥 먹다 사래 들려 파래지도록 기침하고 힘들어 하는 것 보는 일도 정말 괴롭습니다. 내가 더 아프다면 엄살이겠지요.

이렇게라도 떠 먹여야 하고 먹어야 하는지 먹고 사는 게 참 치사하다는 생각이 듭니다.

여보! 나 지금 당신 잠든 얼굴 들여다보고 그렇게 잠자듯 편한 나라로 가라고 기도했습니다. 내 생각하지 말고 당신 편하면 그렇게 하세요. 당신 가고 나면 후회할 텐데 하도 답답하고 안쓰러워 그런 생각했습니다. 그 생각이 나를 또 슬프게 합니다.

지금 내 몸 속에는 설움이 목에까지 차 있습니다. 그래도 내일은 일어설 것입니다. 아무리 힘들어도 당신을 위해 나를 살겠습니다.

앞으로도 당신을 귀찮아하지 않고 알뜰한 맘으로 보살필 수 있도록 지금의 내 마음 변하지 않기를 간절히 기도합니다.

— 「병상일기」

여기에서 간과할 수 없는 것은 김영남 씨의 희생정신이다. 그것은 아내로서의 경계를 훨씬 뛰어넘는 모성애적인 긍정적인 희생관이다. 그의 가슴 깊숙한 저쪽에서 용광로처럼 솟아오르는 뜨거운 희생은 우리들의 마음을 뜨겁게 달군다. 7년동안 병상에서 신음하는 남편, 그런 처참한 형상 앞에서 한 숟갈의 밥을 먹이기 위해 두 시간의 소요를 비석처럼 기다림과 인내로 감내한 데서 한 편의 열녀전을 읽는 기분이다. 더 정확하게 말하자면 식물인간이나 다름없는 병석의 남편을 지치고 허물어질만도 한데 그는 희망을 버리지 않고 정성을 쏟아냈다. 그랬기에 그는 병간호의 와중에도 운전 면허증을 취득하는 적극성을 보였을 것이다. 남편이 어느 정도 호전되면 차에 태우고 맑은 바람 쐬이고 싶은 희망의 출렁거림 때문이었다. 그러나 남편은 그에게 희망을 빼앗아 간 채 만날 수 없는 저쪽 땅으로 여행을 떠나고 말았다. 그래서 결국 장롱면허가 되고 말았다는 고백에서 감동 이상의 슬픔을 안게 된다.

50이 넘은 나이에 몸이 아픈 남편을 보살펴야 하는 입장에서 시간을 낸다는 것이 그리 쉬운 일이 아니었다. 항상 뛰는 마음으로 학원을 다녔다.

그러나 운전을 배우면서 작지만 내게는 큰 목표가 있었다. 거동이 부자유스러운 남편에게 시원한 바다와 구름과 바람을 보여주리라 생각했었다.

— 「장롱면허」

「장롱면허」는 제목이 암시하는 것처럼 단순한 면허증이 아니다. 그것은 그의 희망이 담긴 정신이면서 그의 정절 같은 한 여인의 침윤된 사랑의 증표이기도 하다. 김영남 씨는 이런 끈끈한 애정을 바탕으로 바람과 같은 사유(思惟)를 담아내고 있다. 그의 사유의 바탕은 일과성이 아니라 그의 삶의 바탕을 이루고 있다. 자아(自我)가 독립된 개체가 아니라 가족과 분리될 수 없는 말하자면 유기적(有機的)인 자아로서 살아가고 있음을 발견하게 된다.

> 내가 늦게 결혼해서 첫아들을 얻고 기뻐하고, 둘째로 딸을 낳아 소원이 이루어진 것에 감사하며, 셋째를 낳고는 부자가 된 것 같은 마음에 행복해하고 있는 동안 우리 부모님들은 세월 따라 이별 저쪽으로 자꾸만 가시고 있었다.
> 세월이 나를 거쳐 가면서 가슴 아프고 때로는 억울한 마음이 들도록 가져간 것도 많지만, 얻어 깨우친 것도 적지 않다. 내려놓고 비우는 것을 어렴풋이 알 것 같고 받는 것보다 주는 기쁨이 얼마나 큰 것인가를 알게 했다. 비우면 채워지는 이치를 법정스님의 「텅 빈 충만」을 읽고도 젊었던 그 시절엔 이해하지 못했다.
>
> —「세월이 주고 간 것」

「세월이 주고 간 것」에서도 일체감에 대한 실체의 현상들이 혁혁(赫赫)하게 드러난다.

우리들이 잊고 살아가는 서정어린 필치로 엮어내는 작가가 김영남이다. 그러면서도 가장 여성적이면서도 모성애적인 공유체험을 하게 된다.

3. 꿈의 실현을 위한 무늬 만들기

> 어머니 떠나신 지 30년이 넘었지만 그 삶의 무늬들이 각각의 모양으로 뚜렷하게 떠오른다. 동그라미 속에는 어떤 경우라도 나를 믿어주시던 무늬가 들어 있고, 네모 안에는 긍정의 사고가 그려져 있다. 또 다른 모양에는 나보다 못한 이를 배려하고 사랑하라는 준엄한 그림이 그려져 있다.
>
> —「내가 그리는 무늬」

「내가 그리는 무늬」는 작가의 어머니에게 터득된 작가의 미래지향적인 정신이다. 예로부터 자식은 부모를 닮는다고 했다. 그래서 청소년 때의 교육이 중요한 가치로 떠오르는 것도 그런 연유에서이리라. 수필이 언어로 그리는 형상화라면 자식은 그 부모가 그린 풍경화라 할 수 있다. 살아감이란 부모로부터 받은 의식의 깨어남이라면 문학은 그에 대한 생명을 구체화한 작업이다. 작가 김영남 씨가 그리는 무늬는 바로 그 어머니에 대한 그 오묘한 체온을 증언하는 일이라는 것을 깨닫게 된다. 그의 어머니가 조카를 친자식처럼 키워냈듯이 김 작가의 의식 또한 그 어머니를 찾아가는 여행이란 것을 발견하게 된다. 그가 「가슴으로 사는 법」을 터득하게 된 것도 그런 연유에서이리라.

어른들이 옳고 바르게 사시니까 존경하고 따르는 것이라고 올케 언니는 말하지만 누구나 그렇게 따뜻하게 살 수 있는 것은 아니기에 더없이 고맙다. 나도 그렇게 살도록 노력해야지 다짐했고 그것이 고마움을 갚는 일이라는 걸 생각한다.

셋째 언니가 인천에서 효부상을 받고 다섯째 언니가 당진에서 효부상 받은 것도 그런 영향이고 맥락일 것이다. 셋째 언니는 자기 남편을 낳아준 홀로 계신 시어머니가 고맙고 안쓰러워서 정성을 다했다고 한다. 그리고 다섯째 언니는 대농가의 장손 며느리로 들어가 청춘에 혼자되어 유복자까지 아들 둘을 둔 처지였다. 그럼에도 늙어 병드신 시조부모가 그렇게 불쌍하고 가엾어서 잘 할 수밖에 없었단다.

자연히 언니들의 자식들도 땅에 물 스며들 듯 보고 듣는 것이 교육이 되었고, 우리 아이들에게도 교과서적인 역할을 해주고 있으니 내겐 덤으로 얻어지는 복이 참으로 큰 것이다.

아무에게도 세월은 비켜가지 못하는 법, 착할 줄 밖에 모르는 올케 언니도 골 깊은 산을 몇이나 넘어 그 나이 이제 팔순을 넘겼고 약해진 모습에 가슴 짠할 때가 많다.

우리 형제들이 마음으로 받들고 있지만 그 분의 인고에 비하면 어디 몇 십분의 일이나 되겠는가?

문명이 발달되어 살기가 편해지면 사람들 마음은 이기주의 성향으로 가는 것일까? 요즘은 애 안 키워 주려는 시어머니, 시부모 안 모시려는 며느리들이 점점 보편화되어가는 것이 상식인 것 같아 안타깝다.

―「가슴으로 사는 법」

　김영남 씨의 수필에서 아쉬움이 있다면 보다 더 다양한 묘사력의 결여다. 그것은 어찌보면 장점일 수도 있겠으나 문학의 울타리가 폭 넓고 보면 기교라는 다양성이 요구된다.

　아무튼 우리는 모두가 행복하기를 원한다. 우리는 생명이 존재하는 한 최대로 행복할 수 있는 공간을 모색할 수 있어야 한다고 생각할 때 김영남 씨의 수필에서 그러한 생명력을 발견할 수 있을 것이다.

　한 작가에게 너무 많은 것을 요구하는 것은 무리일지 모르지만 그의 수필이 더 높이 날개를 달고 창공을 나르기를 기대한다.

동양의 윤리성, 그리고 그 위대성

— 김향자의 수필세계

1. 무엇이 문학적 기교인가?

김향자의 첫 번째 수필집 『개미발을 밟았어요』를 읽은 이후, 두 번째 수필집 『나도 詩 지어 놓은 것이 있는디』를 읽었다. 여기에는 50편의 수필이 게재되어 있다. 『개미발을 밟았어요』의 수필집을 상재했을 때, 나는 몇 번이고 창문을 열며 감탄하기를 반복했던 기억이 난다. 이번에도 그 같은 일을 반복했음을 밝히지 않을 수 없다.

제2수필집 『나도 詩 지어 놓은 것이 있는디』는 우선 그 제목이 이채롭다. 그리고 그 사투리가 투박하리만큼 걸죽하다. 이는 그의 어머님에 대한 일화를 중심으로 쓴 수필의 제목을 그대로 책제(冊題)로 사용한 것이다. 그러니까 어머님에 대한 그리움을 더욱 확대해 보고 싶은 작가의 열망이 내심으로 표출되었다고 생각된다. 우선 작품을 대하면 도덕적인 쾌감이 감미로움을 준다. 문학은 글자를 통한 정신의 세계이다. 그것이 우리의 삶을 즐겁고 아름답게 만들어 주며, 우리의 마음을 고양시켜 줄 때 문학적 가치로 상승되는 것은 말할 나위 없다.

모든 문학은 직간접적으로 인간적인 드라마의 표현이라면 인간 문제를 떠난 문학은 존재할 수 없다. 그 중에서도 인간 문제의 고귀한 정신성을 다룬 문학이 김향자의 문학세계라 할 수 있다. 그의 첫 번째 수필집『개미발을 밟았어요』는 장애아를 지도한 수기적인 교육 수필집으로써 장안의 화제를 불러일으킨 바 있다. 장애아의 의식과 태도를 집중 분석하고 보통 사람과 차이점을 중심으로 개개인에 알맞은 처방을 통하여 지도한 고백적 수필집이었다. 장애아들을 동격 인격자로서 대우하고 그에 걸맞은 교육적 방법을 통하여 정상아로 끌어올리는 존엄한 인간적 승리가 그 속에 깨소금처럼 고수하게 들어있다. 장애아란 정상아가 아니다. 정상적인 사람들의 기준으로 그들을 대하면 실패한다. 그러므로 깊은 사랑과 심오한 철학이 존재하지 않으면 그들과 동행할 수 없다. 신앙은 복음에 대한 믿음이라면 교육은 그 신앙에 대한 실천을 뜻한다. 그리고 신앙은 하늘나라의 구원이라면 교육은 병든 자들에 대한 치유의 효험이다. 따라서 교육적인 바탕에는 독실한 그리스도적인 사랑이 밑받침되었던 수필집이었다.

야스퍼스의 말과 같이 신앙의 진리는 객관적 불확실 앞에서 실존의 내면적 확신과 모험적 결단을 요청하는 것이라 한다면, 김향자는 무제약적이고 대치불가능한 장애아들을 확신 속에 이성적 사유의 한계를 넘어서는 교육적 지도를 가한 체험담이다. 나는 다시 힘주어 말한다. 그리고 과장하지 않고 권한다.『개미발을 밟았어요』라는 수필집, 그리고 그의 두 번째 수필집『나도 詩 지어 놓은 것이 있는디』를 모두가 읽어보기를 바란다. 분명 정신이 번쩍 들게 하는 계기가 될 것이고 병든 우리들의 영혼에 가일침의 효과가 주어지리라 믿는다.

부모도 어쩌지 못하여 포기한 아이들을 밤낮을 구별하지 않고 아이들과 대결하고 관용하고 기다리는 인내를 통하여 훌륭한 아이들로 키워낸 그의 희생과 의지 앞에 일관된 교육적 효과가 얼마나 소중한 것인가를 문학적 기교를 빌어서 통쾌하게 드러내고 있다. 따라서 교육자의 사명은 그리스도로부터 주어진 증여라는 것을 명확하게 보여주고 있다. 적절한 수사를 통한 가식 없는 문장은 교육적 수기라는 단순성을 떠나, 신앙의 진리로 재구성해 놓은 것 같은 절절함을 보여주고 있다. 앞으로 누군가가 『개미밭을 밟았어요』를 소재로 드라마로 재구성하여 여러 독자에게 방영하는 계기가 주어졌으면 싶다. 그만큼 이 수필집은 그냥 읽고 넘어가기에는 아쉬움이 크다.

여기에서 그의 수필에 대한 논의를 일단 접어두고 그의 걸어온 길을 간단하게 살펴보고 그의 수필 속으로 여행해 보는 것이 좋을 성 싶다.

그는 전남 고흥 출신(1940)으로 광주 사범대학을 졸업 후, 초등학교 교사로 재직하였고, 조선대학교 경제학과를 졸업 다시 중등학교 교사로 전직한다. 중등학교에서 40여 년 동안 교직 생활을 하면서 전남대학교 교육대학원에서 상담심리를 전공, 장애아 학생들을 지도하기에 이른다. 1995년 《수필과 비평》으로 등단 이후, 광주여류수필문학회, 전라수필문학회 회장을 역임하였고, 현재는 한국문인협회, 국제펜클럽 한국본부 회원과 한국수필문학회 이사와 광주광역시 문인협회 부회장, 그리고 소금꽃 문학회 회장으로 있다. 2003년 《대한 문학상》을 수상하였고 수필집으로는 『개미밭을 밟았어요』(2003)를 상재한 후 본격적인 문학 활동을 전개한다.

2. '위대한'의 실제성

작가라면 누구나 위대한 작품을 낳고자 갈망한다. 시간과 공간을 초월하여 많은 사람들에 의해 회자되고 모든 사람들에 의해 기억되는 그런 작품을 남기기를 소망한다. 그러나 위대한 작품을 낳기란 쉬운 일이 아니다. 왜냐하면 위대한 작품을 낳기 위해서는 먼저 작가 자신이 위대한 정신을 갖고 있지 않으면 안 되기 때문이다. 그것은 건강한 사람만이 건강한 자녀를 낳을 수 있는 이치와 같을 것이다.

톨스토이의 「이반 일리치의 죽음」, 헤르만 헤세의 「싯다르타」, 사르트의 「구토」, 도스토예프스키의 「지하실의 수기」, 단테의 「신곡」 그 밖에 괴테, 밀턴, 유고 같은 작가들은 불후의 명작을 낳았다. 그들은 한결같이 위대한 사상가였고 위대한 철학가였으며 위대한 종교가였다. 이렇듯 위대한 작가들만이 위대한 작품을 낳는 것은 너무도 당연한 일이다.

그러나 '위대한 사상' '위대한 정신'이 그들만의 전유물이 아닐 것이다. 조그마한 구멍가게를 운영하면 바르게 살아가고자 하는 사람의 정신 속에도, 불의에 물들지 않고 사랑과 희생정신으로 살아가는 시장 아주머니의 의식 속에도 '위대한 정신'을 얼마든지 찾아볼 수 있다.

김향자의 수필작품이 그런 '위대한' 관형사를 붙이기에 충분하다. 그 이유는 차차 밝혀지겠지만, 그의 글 속에는 우리가 고민하고 번민하는 문제를 통털어 해결해 내고 있다. 예외 없이 안타까운 우리 사회의 현실적인 진단이나 개인적인 푸념에 그치지 않고 삶의 깨달음을 환기시킴으로써 문학의 본령인 '감동'과 함께 강한 '호소력'을 무난히 이뤄내고 있다. 즉 문학의 힘이 종교의 힘 못지않다는 것을 인정하지 않을 수 없을 만큼 설득하지 않는 설득이 우리가 잃어버린 것을 다시 찾게 하는 강한 흡인력으로 독자들의 가슴 속에 파고든다. 또한 구술(口述)같은 친근한 문장은 어떤 호소력보다도 내면 깊이 스며드는 감화력과 함께 이 땅에 문학이 존재하는 이유를 극명하게 보여준다.

우리 사회는 날로 거칠어 지고 있다. 거친 사회를 수정하기에는 이미 종교도 힘을 잃었다. 이제 문학이 그 자리를 채워주어야 한다. 우리 사회를 살만한 이상적인 사회로 만들 수 있는 유일한 수단은 종교가 아니고 오직 문학(예술)이라고 역설한 매슈 아놀드(Matthew Arnold, 1822-1888)의 말은 더욱 설득력을 얻게 된다.

인간 유일성은 생텍쥐베리에서 시작해서 풀라톤 데카르트, 파스칼, 베그르송과 예수와 공자에 이르기까지 줄곧 주장되어온 것들이다. 그것은 기독교의 큰 산맥이면서 유교의 포괄적인 내용이기도 하다. 즉 인간은 정신 속에는 참다운 인간성, 인간의 본질을 찾아야 한다는 것이다. 그래서 내 부모형제는 물론 이웃에게까지도 윤리적 기능을 수행할 것을 강조하고 있다는 것을 인지 못하는 사람은 아마도 없을 것이다. 그런데도 우리 사회는 그러한 가르침을 외면한 채 생물체로서의 인간적인 삶을 영위해 가고 있는 우리들에게 활시위를 당기는 경각심을 던져 주는 동시에 그것이 액션화 되면서 행복이 어떠한 것인가를 명백하게 보여주고 있다.

김향자의 한결같은 수필 주제는 인간의 본질을 찾아 나서는 데 있다. 그것은 「백세의 삶을 위하여」에서도 같은 맥을 이루고 있다. 우리 인간은 한 물체, 한 동물로서의 인간이 개나 돼지와 근본적으로 무엇이 다른가에 대한 자문과 함께 스스로 인간에 대한 가치나 존엄성에 대한 해답을 준다.

이렇듯 그의 정신적 위대성은 강한 책임감이라 할 수 있다. 참다운 삶, 아름다운 생명은 책임감을 동반한다. 책임감은 언제나 윤리를 동반하고 희생을 동반하고 사랑을 동반한다. 그것은 용기일 수도 있다. 여자이면서 장애아를 현장에서 이끈다는 것은 용기 같은 책임감(사명감)을 갖지 않으면 수행할 수 없는 사명들이다. 그 책임감은 김향자 선생 수필의 원천인 셈이고, 그리고 앞으로 그가 지향해 나갈 삶의 철학일 것이라고 생각할 때 그는 이미 성공한 인생을 살아왔다고 보여진다.

3. 문학의 넓이와 폭

18세기 영국에서는 애디슨(Joseph Addison, 1672-1719)과 스틸(Richard Steele, 1672-1729)이란 두 수필가는 그의 작품 'Spectator와 Tattler'을 통하여 당시 런던 시민들의 매너를 세련시키고 순화시키는데 크게 공헌하였고, 룻소의 '민약론'과 몬테스큐의 법정신이 군주정치를 민주정치로 변화하는데 커다란 힘을 발휘했듯이 김향자의 수필집 『나도 詩 지어 놓은 것이 있는디』를 통하여 우리 사회의 타락된 윤리를 복원하고 비인간적인 삶에 대한 자성을 촉구하는 계기가 될 것이라 확신한다.

흔히들 독자는 작품 속에 드러난 사회적 문제점이나 불의(不義)한 현실을 수동적으로 수용할 뿐, 그 속에 드러난 문제를 해결하는 적극적인 자세를 포기한다고 생각한다. 좋은 문학작품은 독자들을 감동시킬 뿐만 아니라, 한걸음 더나가 그 독자들로 하여금 어떤 행동을 자극하게 한다. 수필이나 소설을 읽고 그 작품 속에 나오는 주인공처럼 생각하게 만들 뿐만 아니라 그런 생각을 실제 행동으로까지 옮기는 경우가 우리의 현실 속에 얼마든지 존재하기 때문이다.

괴테의 『젊은 베르테르의 슬픔』이나 뒤마의 『삼총사』를 읽고 당시의 젊은이들이 소설의 주인공처럼 행동을 하였고, 스타인 벡은 그의 유명한 소설 『분노의 포도』를 통하여 가난한 임금 노동자들의 고통을 해소하는 데 역할을 다 하였다. 이렇듯 문학작품이란 사회에 미치는 파장이 엄청나듯이 김향자 선생의 수필 역시 반사적으로 우리 사회의 거짓과 자기기만(自己欺瞞)의 횡포를 발견하게 되고 윤리적 인간으로 회귀하는데 절대적 계기가 되리라 생각한다. 또한 돈과 권력, 섹스와 향락으로 일관된 삶을 살아온 사람들에게 통상적인 면책권을 박탈함으로써 진정한 삶의 본질적 문제에 접근하는 극적인 인식의 계기가 될 것이라는 점에서 독자의 호감을 주기에 충분하다. 더욱이 그의 작가적 역량은 도덕적인 경험들을 과시하지 않고, 전개되는 삶의 외부적인 조건을 도덕적으로 수용하고 실천함으로써 암호적인 가르침을 주고 있다는 사실이다. 그러니까 신변적인 넋두리나 개인적인 향수 따위 같은 것에 머무르지 않고 삶에서 우리가 해결하지 않으면 안 될 문제를 착실히 이루어 냄으로써 문학적 가치를 높여주고 있다.

> 작년 유월 중순경이었다. 당신의 86회 생신이 있기 한 달 전쯤에, 아홉 명의 아들딸에게 손수 전화를 하셨다. 내용인즉 '금년 당신의 생신 때는 생전에 이루어야 할 중대사를 발표하겠으니, 국내외를 막론하고 내외간은 필히 참석할 것이며, 가급적 손자들도 데리고 오라' 는 간곡한 부탁 말씀이었다.
>
> 무슨 일인지 몹시 궁금했다. 은근히 큰딸임을 내세워 미리 귀띔해 줄 수 없느냐고 어리광을 부려 보았지만, '그 날, 참석한 자식들만 알 자격이 있다' 며 딱 잘라 거절하셨다. 참고 기다리기로 했다. 궁금한 건 다른 형제들도 마찬가지였다. (중략)

이윽고 생신 상이 들어오고, 대가족이 빙 둘러앉자, 막둥이 동생이 익살을 떨었다. 장난감 마이크를 노모께 들이대며, "형제 여러분, 몹시 궁금하셨죠? 저도 그랬으니까요, 잠시 후 오늘의 주인공이신 신덕순 여사님의 특별 담화문 발표가 있겠습니다." 그러자, 마치 각본을 짜 놓은 듯 노모께서 장난감 마이크를 받아들고, 대뜸 한다는 말씀이 "누가, 컴퓨터 제일 잘하냐? 컴퓨터에다 내 카페 하나만 만들어 주라, 카페 이름은 내 이름석자를 따서 '신덕순 카페'로 해라, 그 카페에다가 특별 담화문인지 뭔지를 발표하겠으니 그리 알아라. 이상이다."하시는 것이었다. 우리는 어안이 벙벙하여 서로의 얼굴만 쳐다보았다.

—「신덕순 카페」

참으로 아름다운 장면이다. 이러한 폭과 깊이를 지닌 가정이 오늘날에도 존재한다는 사실이 믿어지지 않을 만큼 신선한 충격을 우리에게 가져다준다. 옛날에는 충효의 행위에 어긋나면 목을 베는 참형을 가하기도 하였다. 그런데 지금은 자유와 인권이라는 개념으로 이런 사상을 모조리 몰수당하고 말았다. 그러다보니 부모를 학대하고 길거리로 내 모는 일들이 심심찮게 일어나고 있다. 더욱이 전통문화에 대한 교육의 실종은 윤리의식을 이탈시키는데 동조하고 있다. 인간화보다는 개인화의 이데올로기는 가치관에 순종하는 것이 아니라 편리주의에 굴종하고, 자성하는 삶이 아니라 타인에게 전가하는 삶으로 변질된 시점에서 「신덕순 카페」는 윤리의 중대성을 긍정적으로 보여주고 있다. 정치도, 경제도, 문화도 교육까지도 인권이라는 편의 속에서 윤리를 묶어둔 채, 삶의 방법만 존재할 뿐 본질에 접근하고 있지 않는 실로 무서운 현실이다. 인간의 본질은 도덕성이요 양심이다. 이런 도덕성의 문제는 우리가 합심하여 해결하지 않으면 안 된다. 특히 부모에 대한 학대 같은 문제는 더욱 심각한 현안으로 떠오르고 있는 현실에서 위의 인용문은 한 가족의 아름다운 삶을 통해서 우리 사회의 모두에게 규범을 보여주는 커다란 지침이 된다. 분명히 말해서 우리의 삶은 우리의 인격이 우리의 세계가 '무엇인가'에 의거하여 결정된다. 그렇다면 혼탁한 사회는 미성숙된 인격체의 구성이라 할 수밖에 없다면 우리의 미래는 어두울 수밖에 없다.

그러나 우리가 절망하지 않고 희망을 가질 수 있는 것은, 아직도 이 땅에 90노모의 명령을 받아들이는 가족이 존재한다는 사실이다. 하나님의 명령에 거부하면 죄가 되고 그 명령을 따르면 반인륜적인 살인자가 되는 모순 속에서도 아브라함은 고뇌하지 않고 외아들 이삭을 번제물로 바치는 순종을 보여 주었듯이, 그의 가족들은 이런 아브라함과 같은 믿음으로 자녀에서부터 손자에 이르기까지 90노모의 명령에 순종한다. 다양한 개성들이 집합된 구성체가 가족이다. 그런데 하나님의 명령처럼 모두가 순종하고 따른다는 것은 그 자체가 신앙의 구현이고 현실적 증명이다.

조카들도 이 카페에 자주 드나든다. 저희들끼리 이 카페의 별칭을 '움직이는 족보', '21세기 사랑방'이라 고 명명했다. 대견스러운 일은 카페에 글을 올릴 때는 한글로, 그것도 맞춤법과 어법에 맞게, 한글의 받침을 생략하거나 은어를 쓰지 않고 꼬박꼬박 경어로 표기한다는 점이다. 스스럼없이 어른들에게 고민거리를 털어놓고 상담을 청해 올 때도 있다. 외국에서 낳고 자란 이민 2세들과 모국어로 정담을 나눌 수 있음은 하늘이 내린 축복이라 자위해 본다.

―「신덕순 카페」

어머님의 명령에 따라 만들어진 카페가 문을 닫지 않고 많은 자손들이 이용하고 있다는 것은 또 하나의 신선한 충격이다. 더욱이 손자들까지 방문하여 할머니께 문안을 살피고 있다는 사실은 공부라는 이름에 매몰된 현실에서 충격이라 표현하기에 무리가 없는 비중을 안고 있다.

문학은 심성의 질서에 의한 인식이고 보면 「신덕순 카페」의 윤리적인 가화(佳話)를 소재화한 수필은, 어떤 호소력보다 더 강하게 독자의 가슴을 깨우친다. 이것이 바로 문학이 주는 효용적 가치라면 김향자 선생은 수필가로서의 충분한 역량을 독자에게 이미 제공한 셈이 된다. 더욱 이채로운 것은 「신덕순 카페」의 운용이 가족과 가족 간에 소통의 끈끈한 정으로 이어지고 있다는 점은 거시적인 안목으로 볼 때 우리 사회를 활성화 시키고 우리에게 살아갈 용기를 준다는 사실이다. 사실, 인간이란 것은 알 수 없는 것들의 연속이라면 주어지는 환경이 중요한 요소로 작용하기에 이른다. 그러므로 그것을 하나씩 풀어주는 어떤 주체가 요구되는데 그 주체가 「신덕순 카페」인 것이다. 우리가 꽃을 보지 않았다면 마음 속에는 이미 꽃이 자리할 수 없듯이 어머님을 향한 진심어린 심령을 발견할 때, 우리도 그 아름다운 심령을 내 것으로 공유할 수 있다고 생각할 때, 부모를 중심체로 형성된 가정은 분명 사회적인 힘으로 작용할 수밖에 없을 것이다.

저는 어머니와 통화를 하면서 이런저런 이야기를 하다가 101세까지만 살아 달라고 합니다. 우리 가문에서 기록을 한 가지 세워놓자고 하면서. 물론 어머니는 펄쩍 뛰십니다. 심신이 이렇듯 건강하시니 100세를 넘게 사신다면 그 얼마나 좋은 일이겠습니까? 어머니는 이제 90세가 되셨으니 100세를 넘는 것은 충분히 가능한 일입니다. 우리 모두 조금만 노력하면 성취의 기쁨을 누릴 수 있으리라 확신합니다.

국가적 차원에서 '노벨상 프로젝트'라는 것이 운영되고 있다는 기사를 본 적이 있는데 각계각층의 사람들이 우리나라에서도 노벨상 수상자를 한번 배출해 보자는 공통된 목표를 가지고 헌신적으로 열심히 노력하고 있다는 내용입니다. 우리도 '어머니 백세 프로젝트'를 운영할 것을 제안합니다. 우선 공감대를 형성한 후, 어머니께서 100세 이상 살아야 하는 당위성 확립, 그러기 위하여 당신께서는 어떤 마음가짐을 갖고 무슨 일을 해야 하며 우리들은 각자 무슨 일을 실천에 옮겨야 하는가. 프로젝트의 성공을 위하여 어떤 조직과 시스템을 만들어 운영해야 하는가. 재정확보 방안 등 일목요연하게 정리한 매뉴얼을 작성하여 보관하면서 실천해 나가면 하는 생각을 해 보았습니다. 물론 인명은 재천이고 명대로 살고 가는 것인데 부모님의 수명을 프로젝트의 대상으로 삼는다는 것이 과연 타당성이 있는 것인가? 의구심도 있지만 그건 생각하기 나름이라는 결론을 내렸습니다. 요즈음에는 무엇이든지 관리하기 나름입니다. 건강관리, 정신건강관리, 영양관리, 운동관리, 스트레스관리, 대인관계관리, 삶에의 의욕관리 등등. 어머니께 단기계획과 10년 이상의 장기계획표를 작성하여 보여 드린다면 동조하리라 믿습니다. 예를 들어 2006년 11월에는 어머니 다니시

는 절에 모셔다 드려서 1개월 정도 계시도록 하고, 2007년 여름에는 우리 가족
들과 해수욕장 민박에서 1주일 정도 놀다 오고, 2008년 봄에는 외국 사시는 형
님들이 다니러 오시고, 어머니 몫으로 5년 만기 적금통장도 개설해 드려서 어
머니 이름으로 매월 복지시설에 기부도 좀 해 드리고… 상상의 나래를 펴자니
행복해 집니다. 어찌됐든 제가 마음만 앞서 두서없이 이런저런 이야기를 써봤
는데 부디 이것이 시발점이 되어서 이에 대한 논의가 활발하게 전개되기를 기
대해 봅니다.

막내 동생 올림

―「백 세의 삶을 위하여」

참, 대단한 가족들이다. 아니, 위대하다고 표현하는 것이 옳을 성싶다.
그러나 더 중요한 것은 우리의 눈을 번쩍 뜨게 하는 사건이라는 점이다.
그만큼 그의 수필은 잘 만들어진 예술적 가치로 나타나고 있다. 문학은
원리적 노력과 추상적 작용으로는 현실을 일반론적으로 수용하기에는 부
족하다. 그래서 '케이스 바이 케이스'의 사상(事象)적인 기법을 취하고 있
는데 김향자는 그런 기법을 유감없이 발휘하고 있다. 때로는 큰 그물로,
때로는 작은 그물을 쳐서 진실의 편편(片片)을 건져 올리려는 노력이 그것
이다. 길든 의식을 후려치고, 길든 눈을 뜨게 하고, 길든 귀를 열려주는
것이 김향자의 문학적 힘이라면, 그 힘은 바로 테일러(C. Taylor)의 문학
적 빛깔이다. '선연하게 하는 데는 단순한 진술만으로는 부족하기 때문
에, 인간으로 하여금 정신 차리게 하는 것이 문학적 빛깔'이라는 것이 테
일러의 사상이다. 아무튼 김향자의 수필의 힘은 인류의 타락된 윤리를 말
하는 대신, 잘 갖추어진 자신의 체험을 드라마틱하게 묘사하는 등의 작업
으로 문학적 힘을 가한다. 그의 작품 「정도봉」, 「외할머니」, 「나의 살던
고향」, 「때늦은 후회」, 「아버지의 병환」, 「조카들의 조수가 되어」, 「신덕
순 카페」, 「고백」, 「백세의 삶을 위하여」, 「나도 詩 지어 놓은 것이 있는
디」 등이 동일성상의 맥락을 이루고 있다.

4. 경륜과 품격

　문학 창작에 있어서 품격의 문제는 중국 고대 문예 이론 가운데 중요한
문제로 다루어 왔다. 그것은 작품의 내용과 형식이 서로 통일된 특징적인
미학으로 문여기인(文如其人)과 관계가 있다. 이는 나중에 인재 선발을 하
는데 중요한 잣대가 되기도 했다. 문학 풍격의 형성은 작가의 예술 창작
의 성숙의 표지로써 그것은 작가의 깊은 예술적 실천을 통하여 끊임없이
경험을 총결해야만 비로소 획득될 수 있다. 작가가 왜 그 작품을 쓰고자
했는가에 대한 해답이기도 하다. 그의 작품 「버스 속의 인심」이 바로 그
런 예라 할 수 있다. 화자가 소시민적인 삶을 통하여 우리가 어떻게 살아
가는 것이 올바른 삶인가를 잘 보여주고 있는 장면이다.

　　출근길이었다. 막 시내버스에 오르려는데 친정어머니 연세쯤 되는 할머니
　한 분이 내 바로 뒤에 서 계셨다. 꽤 무거워 보이는 짐까지 들고 있기에 부축해
　서 먼저 올려드렸다. 내가 할머니의 짐을 들고 오르는 순간 출입문이 급히 닫
　히는 바람에 그만 문틈에 끼어 버렸다. "아얏"하는 비명소리에 놀란 기사가 재
　빨리 문을 열어 주지 않았더라면 큰 변을 당하고 말았을 것이다. 한동안 머리
　가 멍해지더니 오른쪽 어깨가 쑥쑥 아리기 시작했다. 눈물이 찔끔찔끔 쏟아지
　는데 운전기사도, 그 광경을 목격한 출입구 쪽 승객들도 그저 내 얼굴을 멀뚱
　멀뚱 쳐다만 보고 있었다. '그까짓 일을 가지고 무슨 엄살은, 그런 일쯤이야 일
　상 있는 일인 걸 뭐' 하는 듯한 표정으로 눈도 깜짝하지 않았다. 아무리 삼풍백
　화점 붕괴와 같은 대형사고를 보았기로서니 해도 너무한 일이었다.

　　　　　　　　　　　　　　　　　　　　　　　　　　　—「버스 속의 인심」

　조비(曹丕, 187－226)는 '문장은 기(氣)를 주로 한다(文以氣爲主)' 는 것을
제기하였는데, 이 기(氣)는 주로 작가의 기질과 개성의 특징을 가리킨다.
그것은 도덕수양과 종교적 수행에서 얻어지기도 하지만 태생적으로 갖추
어진 성품이기도 하다. 김향자의 9남매 모두가 부모에 대하여 한결같은
효의 표출로 보아 태생적으로 획득되어진 기로 받아들이는 것이 자연스

러울 것 같다. 「버스 속의 인심」 역시 그 같은 그의 정신세계의 일환으로 정적인 정서를 자극하는 진지한 삶의 진미(眞美)를 보여준다. 일상생활의 화두에서부터 부부간의 정갈한 삶의 관조에 이르기까지, 그의 반듯한 삶의 편편들이 보편적인 경험의 세계로 치환해 놓은 특징이 그의 수필세계라고 해도 될 것이다. 창작에 있어서 이런 독특하고 선명한 기품을 드러낸다는 것은 매우 중요한 일이다. 그것은 이미 작가의 세계관으로 정착되었음을 의미하기 때문이다. 이야기를 바꾸어 교육자로서 장애학생을 지도한 수기적인 수필 한 편을 살펴보는 것으로 본 논의를 마감하려 한다.

벅찬 가슴을 이기지 못하여 칠판에다 「스무 살에 쓴 이름 석 자」라는 제목의 즉흥시 한 편을 썼다. 시라기보다는 학생부장에게 솔직한 내 심정을 토로했다고나 할까.

> 새로 페인트칠한 교장실 하얀 벽에
> 삐뚤삐뚤 써놓은 이름 석자
> 온통 낙서범을 잡는다고 야단법석이지만
> 태어난 지 스무 해만에 처음 쓴 이름 석자라는 걸 안다면
> 축하할 일이지 벌 줄 일은 아니다
> 처지에 따라 정상을 참작하는 것이 사람 사는 이치인 걸.
>
> —「스무 살에 쓴 이름 석 자」

슬픈 한 편의 에피소드를 읽는 것 같은 수필이다. 스물 한 살에 들어서야 이름 석 자를 겨우 썼다면 그 학생이 어떤 수준에 있었는가를 잘 알 수 있을 것이다. 그의 고백은 계속된다. 스무 살 난 서군을 담임하기 시작한 지는 2년여 만에 이름 석 자를 겨우 쓴 셈이다. 처음에는 좋아하는 음식 이름부터 시작하여 가수, 탤런트, 축구 선수, 야구 선수 이름 익히기 등 관심 분야를 중심으로 낱말과 어휘를 차례차례 지도했다는 고백은 교육자의 길이 얼마나 많은 인내와 사랑이 필요한지를 보여주고 있다. 열심히 지도했건만 효과 없이 드르렁드르렁 코를 골 때는 보통 사람은 절망하기

에 충분할 것이다. 그러나 그는 절망하기 보다는 잠자는 아이에게 상의를 벗어 덮어주는 자애로운 어머니로 돌아간다. 최초로 서군에게 지도한 낱말은 '라면' 이었다. 그가 유별나게 라면을 좋아해서이다. 서군을 지도한 과정을 잠시 살펴보자.

> "네 이름은?"
> "서정준이요."
> "내 손에 들고 있는 식품 이름은?"
> "라면"
> "그래, 잘 알아 맞추었으니까, 라면을 끓여 줄 거야."
> 물을 끓이면서,
> "정준아, 지금 물이 끓고 있는데 무얼 넣지?"
> "라면이요."하고는 재빨리 봉지를 찢었다. 라면을 넣고, 수프를 넣고, 달걀을 넣어 먹기까지의 과정을 수없이 되풀이하면서 '라면' 이라는 낱말을 익히게 되었다. 더 나아가 끓는 장면을 보여 주면서 '김' 이라는 낱말을 가르쳐 주었고, '보글보글' 이라는 말을 배우게 했다. 맛있게 먹으면서 '맵다' , '짜다' , '싱겁다' 의 의미도 터득하게 되었다.
>
> ― 「스무 살에 쓴 이름 석 자」

슬픈 얘기로 돌리기에는 너무 유머러스하고, 유머러스한 얘기로 듣기엔 엄청나게 슬픈 내용이라 할 수 있는 체험적 수필이다. 그러나 우리가 분명히 말해 두지만 많은 사람은 이러한 아이 앞에 가르치고자 하는 의욕보다는 먼저 좌절하고 굴복된다는 사실을 염두에 둔다면 작가에 대한 품격을 헤아리고도 남을 것이다.

5. 그의 위대성 앞에

이제 김향자의 수필에 대한 결론을 맺으려 한다. 그에 앞서 인간이 살아가면서 통과하는 일상의 문(門)은 한 가지이지만 그 드나드는 것에 따라

문의 넓이는 다르다는 생각을 갖게 된다. 세상의 모든 현상과 사건들을 남에게 넘기고 이유를 둘러대는 사람이 대부분인데 김향자는 그런 인간과는 전혀 다른 세상을 살아가는 과정이 참으로 우리들로 하여금 고개 숙이게 만든다.

필자의 과문한 탓에 돌려야할지 모르겠지만 내가 읽은 수필집 가운데 그렇게 넓은 공간의 마음의 문으로 천사와 같은 삶의 체험을 담은 수필을 읽은 기억이 나지 않는다. 그래서 나는 그에게 '위대한' 이란 관형어를 붙이는데 주저함이 없다.

어쨌거나 앞으로도 김향자는 사물에 밝고, 정리(情理)에 끈끈한, 하나의 거울 같은 우미(優美)한 인간으로, 그래서 앞으로 그의 수필을 많이 읽을 수 있는 기회가 주어지기를 바랄 뿐이다.

생명의 분출과 우주성

— 박영덕의 수필세계

1. 수필의 본령

수필문학은 그 기능에 따라 서사적 수필, 서정적 수필, 담론적(의론) 수필 등으로 구분할 수 있다.

대부분의 수필은 서사, 서정, 담론의 세 가지 요소를 지니고 있는 가운데 하나로 녹아나 있게 마련이다. 그런데 담론성에 치중하는 산문은 현대 문학사에서 통칭 '에세이'라 칭하고, 서사와 서정, 이 두가지 요소를 병행하는 산문을 '미셀러니'라 한다. 서정성에 치우친 산문은 기본적으로 서사적 요소가 빠져있기 때문에 내용이 아주 간결하고 세련되어 있으며 상당히 시적이다. 이것이 바로 시적수필이다. 다른 말로 산문시라고 해도 무난할 것이다. 서사성에 치우친 산문은 30년대부터 반봉건적 사상 계몽 운동과 보수문인파의 논전의 필요성으로 인해 담론성 문장이 발달하게 되었는데, 비수나 투창처럼 문장이 짧고도 예리한 것이 그 특징이다. 근대 이광수 이후의 문학으로 산문창작 중에서 커다란 발전을 보이면서 심원한 영향을 끼쳤다. 논리적인 논법으로 시대의 병폐를 폭로하고 공격을 가하는데 예술적 아름다움과 웅혼함으로 독자들을 일깨우기에 충분하다.

그러나 뭐니뭐니해도 수필의 본령은 시적 수필이라 할 수 있다. 논리나

설득은 광활한 시대를 이끄는 계몽적이거나 선동하는 데는 적당할지 모르나 문학적 목적을 달성하는 데는 한계를 가지고 있다. 하지만 시적 수필은 우리의 영혼을 달래고 어지러운 마음을 침잠시키며 깊고 심오한 데까지 끌어올리고 있다.

박영덕의 수필은 어느 쪽인가? 논리나 설득이 아니고 균형을 가진 감수성이 풍부한 시적 수필로 분류할 수 있다. 논리나 이성으로 삶의 철학을 터득할 수 없는 것처럼 수필 또한 어떤 절대논리나 이론으로 써 질 수 없다는 것은 누구나 다 아는 사실이다. 따라서 박영덕 수필 또한 성숙된 인간의 가치를 노래한 수필로 평가될 수 있다. 안정된 정서를 바탕으로 세상의 아름다움에 취한 그윽하면서도 순수한 그의 정신세계를 박영덕 자신이 터득한 철학적 사상을 문학적으로 접근하여 놓고 있다. 이제 그의 수필의 특성을 살펴보는 증명의 자리로 들어가 보기로 하겠다.

2. 정감의 깊이와 생명력의 분출

문학이란 무엇인가? 넘치는 생명력의 분출이라고 간단하게 대답할 수 있을 것이다. 인간의 윤리는 인간의 자유를 구속하려들고 철학은 그것을 잠재우려들고 법은 그것을 단속하려들지만 문학은 그것을 더욱 확대시키려 든다. 그래서 문학은 진실하고 참되다. 독자가 문학을 즐겨 읽는 이유도 그 진실의 달콤한 열매를 맛보기 위해서라면 박영덕의 수필문학은 그에 충분히 값하고도 남는다. 「스물 셋에 만난 꽃」이란 작품에서 그것을 엿보기로 하자.

> "스님, 대나무도 꽃이 핍니까."
> "꽃은 피는데, 피면 큰일이지요. 일 났습니다."
> 스님들의 뒤를 쫓아 황망걸음이 된 나는 한 곳에 이르자 그만 숨이 탁 멎고 말았다. 환했다. 환하디 환했다. 수좌들의 부산함 건너 비로전 위쪽 경내가 온통 하얀빛으로 피어올라 있었다.

—「스물 셋에 만난 꽃」

범어사의 대나무에 꽃이 핀 것을 두고 쓴 글이다. 대나무는 70년 혹은 백 년에 한 번 꽃을 피우는데 그것은 지기(地氣)가 약해져서 생명력을 더 이상 버틸 수 없을 때 일어나는 현상이다. 그러니까 죽림은 남아있는 잔력(殘力)을 모두 쏟아내어 하루 동안 꽃을 피우는 것으로 그 일생을 마감한다. 그런데 화자는 거기에서 어떤 두려움 같은 경외감을 체득한다. 그것은 대나무의 의상(意象)에서 내 안에 들끓고 있는 어떤 가면 같은 위선을 느끼게 되고 그것을 확대하여 욕망이라는 인간 본연의 모습을 공개한다. 따라서 인간의 위선을 죽화(竹花)로 되돌려 놓고 있다. 이것은 자연의 서경에서 삶의 배경을 다시 생각하게 하는 이중 효과를 거두는 장치라 하겠다.

이렇듯 문자가 문학이 되기 위해서는 문자(文字)가 말을 하게 한다. 표피적인 주장이나 단순한 언어가 문학이 될 수 없는 것은 이런 이유에서다. 그릇에 담아놓은 물상을 독자가 그것을 여러 가지로 감상하고 각기 다른 의미를 표출해 낼 수 있다는 것은 바로 독자의 참여를 의미한다. 참여라는 말은 어떤 물상(物象)을 전달하는데 그치지 않고 그 물상을 느끼게 하는 것을 말한다. 그런 문장이나 문체를 살아있는 글이라고 한다. 박영덕의 수필이 바로 살아있는 문학이라 할 수 있음은 하나의 정감을 우리들로 하여금 뚫고 들어가 체험하게 하기 때문이다. 『달개비 꽃에는 상아가 있다』도 같은 맥락이라 할 수 있다. 달개비 꽃은 분명 하나의 자연물에 지나지 않는다. 그런데 박영덕은 이러한 의상을 자신의 내면에 포화시켜 독자로 하여금 상아라는 또 하나의 독창적인 의상(意象)을 추출하여 삶의 철학성을 체험화 시키고 있다. 이러한 체험화는 독자로 하여금 삶 자체를 의식하게 하고 무한에서 유한에 대한 추구이며 현실에 대한 일탈의 작용이다. 그것이 바로 문학의 효용성이며 인간을 인간답게 살게 하는 효소 작용이기도 하다. 따라서 인간은 이 효용성을 통하여 삶의 지혜를 찾고 질서의 폭을 넓힌다. 그러나 더 좋은 글은 이러한 의미를 수용하면서 수 필의 구성이 안개 속이나 꽃밭을 걷는 아련함과 즐거움이 함께 할 때 한 층 문학의 생명력을 얻는다. 그래서 서정성이다. 서정이란 숨어있는 인간 의 감정의 밭을 일구어내는 일이다.

> 둘은 각 차종의 장단점을 들어가며 양보 없는 말씨름을 하더니만, 건널목에 서 신호 대기를 하면서 오른쪽 남자의 입에서 그만 해서 는 안될 말이 튀어 나 왔다.
> "하긴, 자네 취향 이상한 것은 여자 고를 때 알아 봤어."
> 순간 둘 사이에는 살벌한 정적이 흐르고 괜히 성가셔진 나는 때마침 바뀐 신 호를 타고 서둘러 그 자리를 피해 버렸다.
>
> ─「타인의 취향」

길을 걷다 우연히 두 사람의 대화로 글이 시작된다. 한 사람은 레저용 지프차를 제일로 친다고 하고, 또 한 사람은 미끈한 세단을 최고라고 주 장한다. 각기 서로 다른 주장을 하다가 종내는 남의 약점을 건드리는 것 으로 감정은 폭발하게 된다. 그러나 화자는 두 사람을 비판하지 않고, 과 거 자신의 박티꽃에 대한 잘못된 인식을 통하여 시비곡절의 판단을 독자 에게 맡기는 화법을 취하고 있다. 이는 물(物)과 아(我)를 분명히 나누지 못하는데서 오는 혼란을 독자에게 인식시키려는 수법이다. 자기의 의사 에 다른 사람의 동정을 구한다는 것은 분명 잘못된 일이다. 그러나 화자 는 잘못된 일까지도 강압적인 논의를 피하고 독자에게 우회적인 수법으 로 판단을 유도하고 있는 노련미를 취하고 있다. 이렇듯 좋은 수필은 독 자에게 강요하거나 사람을 속되게 하지 않는다. 이런 수필의 수법은 도처 에 나타난다. 「묘공에게 고함」, 「인간적인 스토리를 위하여」, 「어머님 사 진」, 「주문」, 「산당화를 떠나보내며」 등 많다.

3. 인정화(人情化)된 미감과 쾌감

사물의 형상이란 인간 내면의 정취에 대한 반조다. 그러므로 사물의 심오성과 천박성은 인간정신과 밀접한 관계를 이룬다. 사고가 깊은 사람은 사물을 보는 눈 역시 깊고, 뜻이 얕은 사람은 그 시각 또한 얕다. 창문을 예로 들어보자. 햇살과 공기를 통하게 하기 위한 수단이라는 단순 사고를 가지는 사람도 있을 수 있겠지만, 객관화된 사물로 보는 사람도 있을 것이다. 즉, 창문을 열려진 의식으로 보고 거기에서 흐르는 사물의 객관화를 통하여 또 하나의 나를 인식하고 감사하는 마음을 일게 한다. 그러니까 인생과 우주의 오묘한 이치를 하나의 창문에서도 탐색해 낼 수 있는 것이다. 이렇듯 화자 자신의 뜻과 정취를 사물에 작용할 때 사물은 비로소 내가 바라보는 바의 형상으로 나타나는 것이다.

「신영주팔경(新瀛州八景)」 역시 같은 맥락에서 취급될 수 있을 것이다. 이는 이정(移情) 현상을 통하여 어떤 물상(物象)에 우주적 생명화 작업으로 물상의 현상을 자신에 흡수하여 자기도 모르는 사이에 저절로 사물을 형상화하는 작업이다. 영주팔경의 하나하나를 지면 관계로 일일이 설명을 부여할 수 없지만, 성산설주(成山雪柱), 명경일로(名景一路), 송악망해(松岳望海), 이월복수(二月福壽), 한라세우(漢拏細雨), 한라설화(漢拏雪花), 밀월행객(蜜月行客), 탐라미인(耽羅美人) 등은 제주도의 비경을 또 다른 시선으로 생명화 내지 인정화 한 것이다.

「가을 소나타」에서도 그러한 언어의 감각을 잘 보여준다. 바람, 비, 나그네, 추일단상 등 모두 네 작품을 보여주고 있는데 언어를 운용하는 감각이 예사롭지 않다. 「바람」 한 편을 읽어보자.

우수수, 잡목 숲을 흔들어 대는 바람 소리에 눈을 떴다.
은성한 불빛만이 숲을 이룬 도시의 한 가운데서 그토록 청청한 바람 소리를 들을 수 있다는 것은 큰 행운이었다.
창을 열고 심호흡을 해 본다. 한 줄기 세찬 바람이 섬광처럼 얼굴을 스치고 지나간다. 어디서 온 것일까. 어디를 떠돌다 온 것일까. 바람은 세상 곳곳을 떠돌며 침잠해 있는 영혼들을 깨운다. 흡사 보이지 않는 빛과도 같다고나 할까.

아스라한 기억의 저편.

바람을 만나보고 싶어 안달을 하던 계집아이가 있었다. 언니가 일러 준대로 동산에 올라가 숨이 턱에 차도록 달려 봤지만 바람은 저 혼자만이 아는 소리로 웅얼대다가 멈춘 발길과 함께 사라져 갈 뿐이었다.

"이브, 고 계집애 때문이야."

초조(初潮)가 있던 날, 바다가 보이는 언덕에 앉아 사월 해풍에 얼굴을 맞대고 섧게섧게 울었다.

"바람이 될 테야, 나는 죽어서 바람이 될 테야."

왜 그리도 수치스러웠는지. 아무 일도 없다는 듯 그저 무심히 반겨주는 바람을 타고 하얀 포말 이는 파도 속으로 꼭꼭 숨어 들고만 싶었다.

지금도 바람은 세상을 순례하다가 불면의 가을밤을 보내는 이 있으면 창문이라도 가만히 흔들어 주고 간다.

―「바람」

작품을 읽으면 우선 입에서 쾌감이 도는 것을 느낄 수 있다. 그리고 음악적인 리듬 또한 한 편의 시를 대하는 쾌감을 가져다준다. '손님은 돌아가셨어도 다향이 혀 안에 남아 맴돈다.(客去茶香餘舌本)'는 한 편의 시를 읽는 것 같다. 여기에는 이정적(移情的) 은유 말고도 왕반(往返), 장단(長短), 경중(輕重)의 규율이 언어의 리듬으로 작용으로 갔다가 다시 돌아오는 시적 운용 방식을 쓰고 있는데서 오는 효과다. 이를 두고 강백석(姜白石)은 '글(文)을 글(文)로써 하면 공(工)하고, 글(文)로써 하지 않으면 묘(妙)하다.'라고 말한 바가 있다. 그러니까 공(工)은 일정한 규율이라면 묘(妙)는 그 정신이 골수(骨髓) 속에 깊숙이 스며든 것을 말하는데, 글이란 지나치게 어떤 법도나 형식을 따지면 좋은 글이 되기 어렵다는 말이다. 그러니까 좋은 수필이란 어떤 형식에 있는 것이 아니고 자연스러움을 취하되 그 자연스러움 속에 어떤 형식이 취해진다는 말이기도 하다. 박영덕의 작품 어느 것을 대하든 그런 현상을 발견할 수 있다. 그의 「여름별곡」, 「겨울과 봄 사이」, 「어머니를 향한 일곱 개의 은유」 등 이러한 작품을 추리자면 한 없이 많다. 그러나 여기에서 지면 관계상 논의의 자리는 줄이겠지만, 「어머니를 향한 일곱 개의 은유」에서 보는 것처럼 그는 어머니의 책, 어머니의 뒤주, 어머니의 노래, 어머니의 길, 어머니의 꽃, 어머니의 나들이, 어머니의 밥이란 소주제를 가지고 어머니의 존재를 확인하려 드는 동양사상의 근원적인 사상을 엿볼 수 있다. 이는 불교의 '부라만'이라는 개념, 도교에서의 '도'의 개념과 분리될 수 없는 실체와 현실들이 통일된 사상이라 할 수 있다.

4. 빛과 언어의 상상

문학이란 어쩌면 구름 속에 가린 한 채의 누각을 만들어 내는 일인지 모른다. 그 누각 속에서 마음을 달래고, 세상을 노래하고, 흥을 돋구는 일이다. 따라서 문학에서 상상은 바로 인간의 마음을 달래는 빛 바로 그것이다. 그래서 문학을 '구원으로써의 미'라고도 한다. 이것은 감각으로써의 만족을 주고 힘을 주고 용기를 줌을 의미한다. 이러한 힘은 없는 것을 만들어내는 것이 아니라, 이미 인간 내면에 존재한 의상(意象)을 객관화 한 것이다. 화가가 드넓은 풍경을 묘사하고, 조각가가 거친 돌 속에서 사랑의 신을 만들어 내고, 작가가 무수한 언어를 가지고 인간 구원의 목소리를 높인다. 이는 혼란한 정경 중에서 필요없는 부분은 제거하고 필요한 부분만을 골라서 아름다운 형상을 지어내기 때문이다. 다음 작품을 보자.

꽃샘바람 불던 그날 아침, 분에 담긴 그 꽃의 줄기가 생맥 없이 얼어 있었다. 늦추위에 상한 모양이었다. 줄기 끝에 맺힌 진홍빛 꽃망울들을 어쩌려고 그런 것이었을까. 옮겨놓지 못한 스스로를 탓하며 발을 동동거렸지만 이미 때가 늦은 듯했다.

잎과 줄기는 갈수록 뻣뻣한 한지같이 갈색으로 말라 갔다. 조롱조롱한 꽃망울들이 아까워 마른 줄기에 물을 주어 보았지만 빈 집 두드리는 격이었다. 그런데 어느 날 아침, 수상쩍은 꽃망울 하나가 눈에 잡혔다. 꽃대에 망울 하나 꽃

잎을 벌겋게 열고 있질 않은가.

추위는 누그러질 기미가 없는데 하루 이틀 새로 다른 꽃망울들도 벌어지기 시작했다. 신기한 일이었다. 꽃은 거의 달포를 죽음과 삶의 경계에 매달려 그렇게 피어나고 있었다. '죽은 것이 산 것을 붙잡고 있다'고 절창한 이가 있더니 저 꽃이 그런 것일까. 혼신을 기울인 마지막 꽃 잔치, 저리 곱게 진홍으로 피워냄으로써 죽어도 죽지 않는 법을 깨우쳤는가.

냉랭한 세파에 마르고 지친 우리인들 다시 틔울 꽃망울 하나 어찌 없으랴. 그간 하찮은 것들에 눈이 팔려 깨닫지 못하며 살고 있었을 뿐. 피우려는 의지 일심으로 모으면 마지막 순간에도 꽃은 피어나는 것. 죽어가던 나무가 피워낸 저 꽃, 지고 나면 그 뿐이라 누가 말 할 수 있으리. 그것이 영원인 것을.

— 「사생화(死生花)」

「사생화(死生花)」에서 보여주는 것처럼 박영덕은 철저히 철학적 사상성 밑에 수필을 창작하고 있다. '死'는 '生'으로 화하고 '生'은 '死'로 변하여 '生'인지 아니면 '死'인지 모르게 한다. 그리하여 자연에서 인간의 속성을 발견할 수도 있고 인간에서도 자연의 속성을 배우는 그 자연성을 말하고 있다. 즉 인간이 자연이라면 자연 또한 인간일 수밖에 없음을 자연스럽게 보여주고 있다. 죽었는가 하면 살아있고 살아있는가 하면 죽어있는 게 자연성이다. 그것을 더욱 확대하면 죽어있다는 말은 살아있다는 말이며 살아있다는 말은 상대적으로 죽어있다는 말이기도 하다. 그럼으로 죽음과 삶은 둘이 아닌 하나다. 박영덕은 이러한 순리의 철학적 메시지를 들려주고 있다. 우리 인간은 죽을 때까지 만족을 얻지 못하더라도 생과 사가 둘이 아닌 것은 어쩔 수 없는 일이다. 그러므로 박영덕은 인간에게는 동물과 달리 살아가야만 하는 초월적 삶을 우리들에게 권유하고 있는 것이다.

어느 새 목 줄기를 타고 흐르는 땀, 손수건을 꺼내 닦으려니 파라솔이 벗겨진다. 황급히 고쳐 들으려니 스스로가 우스워진다. 자연이 그리워 밖으로 나왔으면서 자연의 중심인 태양은 가리지 못해 안달이라니. 선승들의 말대로 나는

한낱 '소 등에 앉아 소를 찾는 어리석은 중생' 일지 모른다. 아무리 흐르는 시
냇물의 모습이 지장의 모습이요, 솔바람 소리가 관음의 소리라 할지라도 그것
은 어디까지나 해탈삼매의 법어 아니던가.

— 「백양사에서」

언어의 상상을 통하여 인간의 이중적 태도를 보여주고 있다. 그러니까
'백양사'라는 정경의 시의를 이용해서 독자를 자연스럽게 시선을 끌어
모으면서 우리들에게 어떻게 살아가야 할 것인가를 암시해주고 있다. 어
쩌면 정말 보람있는 인생은, 적나라한 우리들의 거짓없는 모습을 지각함
으로써 시작될 수 있다는 것을 터득하게 된다.

5. 언어의 절제성과 우주성

작가란 천지를 두루 돌아다녀 이르지 않은 곳이 없다. 허공을 나르며 땅
을 바라보고 땅에서는 허공을 바라보며 감정을 격동시킨다. 때로는 옛 땅을
어슬렁거리기도 하고 추억 속에 담긴 우정의 숲을 거닐며 눈물을 흘리기도
한다. 그것이 작가의 특권이다. 박영덕은 그 특권을 잘 구사해 내고 있다.
감정의 기복이 필요할 때는 감정의 기복으로 승부를 걸고 긴밀한 연결이
필요할 때는 그에 맞는 문장을 구사하고 있는 작가가 바로 박영덕이다.

따라서 박영덕의 작품의 출발은 언제나 따뜻함과 평온함으로 시작된
다. 사건 전개도 물이 흐르듯 순리와 자연스러움을 바탕으로 하되 앞에서
논의한 것처럼 반드시 철학의 깊이를 깔고 있다. 소재 또한 항상 자신의
신변적인 담론이 아니라 풍윤(豊潤)한 정서를 바탕으로 주위에 시선을 쏟
고 있다. 그러면서 항상 절제된 언어로 평범한 소재를 중후한 진리로 끌
어올리면서도 산뜻한 감칠맛을 주고 있는 작가다. 그래서 그의 문장은 언
제나 탱탱하고도 보드랍다. 그것은 그의 따스함을 간직한데서 우러나오
는 정서가 아닐까 생각된다.

삶의 본질적 의미탐구

― 박영덕의 수필

1. 수필가 박영덕

박영덕은 90년대 《월간문학》을 통해 등단한 작가로 많은 사람들이 그에게 후한 점수를 주고 있다. 선한 눈으로 세상을 바라보는 순수의 의미도 있겠지만 섣부른 언어의 기교보다는 풍부한 체험을 바탕으로 수필의 형상화를 꾀하는 작가로, 그야말로 실존적 깨달음 위에서 삶의 의미 탐색을 평이면서도 온화하게 그려나가고 있기 때문이 아닌가 한다.

수필집 『달개비 꽃에는 상아가 있다』에 수록된 60여 편의 작품을 필자는 해설 부분에서 「생명 분출과 우주성」이라는 제하에 상당부분 이미 논한 적이 있지만, 여기에서는 새로운 다른 각도에서 작품을 논하고자 한다.

우선 박영덕의 수필을 읽어보면 이채롭고 흥미가 있는데, 그것은 응결된 순리의 정서를 담고 있기 때문으로 보인다. 그의 작품은 때로는 준열하고도 엄정하게 때로는 과거의 체험 속에서 그 근원을 하나하나 캐내고 있다. 「문」, 「모여 있는 불빛」, 「스물 셋에 만난 꽃」, 「주문」, 「어머님의 사진」 등의 다섯 편의 수필 속에서도 그것을 쉽게 발견할 수 있다. 그래서 수필이 읽기에 편하다. 특수한 체험이 아니라 일반적인 체험이다. 그런데도 그의 작품이 주목을 받을 수 있는 것은 삶의 일체성에서 얻어내는 공감대 때문일 것이다. 이 세상은 온통 사시(斜視)의 시각으로 덮여 있다. 왜곡, 비난, 굴절, 증오, 은폐 등 실로 시답지 않은 언어들로 넘쳐난다. 그런데 박영덕은 그런 어쭙잖은 내용들은 과감히 삭제하고 오직 우리의 전통성에 바탕을 두고 삶의 실존성을 보여주는데서 그의 수필의 아성이 있다.

2. 문, 그 전통미의 생동감

박영덕의 수필 대부분은 이 땅의 전통적 정신들이 살아서 생동감 있게 풀풀거리고 있다. 그것을 다른 말로 민족 정서라고 해도 될 것이다. 그 가운데 「문」은 그 대표성이라 할만하다. 첨예하게 드러난 한국인들의 정서를 '도전', '회한', '교감' 등의 세 개의 언어를 통해서 '문'을 복선적으로 그려주고 있다. 사회의 주체는 인간이고, 사회의 전통은 고아한 인간미를 전제로 형성된다. 인간이란 얼마든지 방탕할 수 있고 얼마든지 다듬어 질 수 있다. 최근 들어 인간을 정제하기보다는 그대로 방임해 두는 것을 시대의 미덕으로 인식되고 있는데, 이는 사회 규범의 일탈로 편리한 수단은 될 수 있을지 몰라도 고아한 인간 사회를 창조할 수 없게 된다. 왜냐하면 사람은 행위를 통하여 사람을 평가하고 위대한 사회를 만들어 낼 수 있기 때문이다. 작가 박영덕은 이 점을 늘 초초한 마음으로 바라보고 있는지도 모른다. 사람의 행위는 성격을 만들어 내고 성격은 바로 사회의 분위기를 이끄는 척도가 된다는 것을 그는 이미 많은 경험을 통해 충분히 통찰하고 있기 때문이다.

첫 번째 문은 '도전의 문'이다. 그것을 작가는 '지옥의 문'으로 표현하고 있다. 지옥이란 표현은 바로 무언가 잘못되어 있음을 은근히 고발하고 있는 것이다. 잘못된 점을 인식하면서도 거대한 메카니즘의 흐름을 그 누구도 막을 수 없는 현실을 너무도 안타까워하고 있다. 이것은 심각한 위협이기도 하다. 여기에서 우리는 삶의 모순과 함께 인간의 정체성(正體性)에 대한 허구를 발견하게 된다. 그것을 박영덕은 지옥으로 지목하고 있다.

두 번째 문은 '회한의 문'이다. 회한(悔恨)은 뉘우침이요 한스러움이다. 이것은 못다 이룬 꿈일 수도, 혹은 잘못 살아온 것에 대한 뉘우침일 수도 있다. 물론 인간이라면 회한이 없을 수 있으랴. 그러나 작가가 말하는 회한은 그런 일반적인 회한이 아니라 자손의 번영에 대한 회한이다. 문은 인간이 늘 드나드는 출입구로 아무 소재라도 제작이 가능하다. 그런데 왜 춘양목일까. 여기에 이 글의 포인트가 있다. 춘양목(春陽木)은 바로 종교를 대신할만한 기원이 들어있는 문목이다. 이 나무는 경상도 춘양면에서만 산출되는 나무로 목질이 단단하다. 말하자면 천 년의 수명을 누리는데다가 짙은 향을 가지고 있어서 문목으로는 일급이다. 그러나 여기에서는 이런 경제성에 가치를 두고 있는 것이 아니다. 집안의 영광과 번영을 기원하는 상징성에 그 의미가 있다. 따라서 춘양목의 제작된 문은 부귀를 만들어 내는 창조의 문이면서 자손의 길상을 용출하는 주문적인 문으로 인식되어왔다. 이렇게 우리 조상들은 어떤 일에 심원한 의미를 담았다. 그러니까 작가는 우리 사회의 전통성의 붕괴를 아버지의 회한을 빌어서 암시적으로 표현하고 있는 것이다.

마지막으로 '교감의 문'이다. 교감(交感)은 서로 간에 감정을 나누는 일이다. 그 옛날 규방의 아녀자들은 바깥출입이 자유롭지 못했다. 그래서 외부와는 단절된 생활이었다. 말하자면 유폐된 안방의 깊숙한 공간에서 유한(幽閑)의 미를 가지고 정절(貞節)을 닦고 고아한 품성을 기르는 일에 전념하였다. 그러다보니 때로는 답답함도 없지 않았으리라. 그래서 봉창문을 통해서 유한한 심정을 달랬을 것이다. 그러고 보면 봉창문은 여자에게 얼마나 위대한 숨통의 구실을 했겠는가.

그러나 여자로서 이런 엄숙하고도 엄격한 절제와 절도가 없었다면 그 옛날의 춘향이와 같은 정절을 다듬어 낼 수 있었겠는가. 인격을 다듬고 가꾼다는 것은 통제와 절제가 아니면 이룰 수 없는 일이다. 많은 사람들의 시선을 끌고 마음을 움직이는 특수한 힘은 이런 절제 속에서 생성되고 여러 측면에서 복잡하게 나타난다는 사실을 작가는 잘 알고 있다. 과거의 저명한 분들이 이러한 행동미 속에서 인격이 형성되었고 보면 박영덕은 그것을 역설적으로 표현하고 있는 것이다. 그러니까 박영덕은 우리 민족 정서를 세 개의 문을 통해 복선적으로 보여줌으로써 우리들의 삶의 의미를 보여주고 있다.

3. 삶, 그 의미를 찾는 여행

인간이란 생존을 위한 기본적인 구성이 완성되었다고 해도 만족할 수 없는 것이 인간의 속성이다. 무언가 항상 결핍을 느끼고 무언가 항상 새로운 것을 향해 부단히 고민을 던지는 존재다. 무엇에 포만감을 얻었다고 해서 만족하지 못한다. 그래서 항상 새로운 것에 도전하려 한다. 그렇게 인간은 복잡한 의식을 가지고 있다.

『죽음의 수용소』라는 소설에서 빅터 프랭클은 인간의 이런 점을 의미화하고 있는데 박영덕의 수필, 「모여 있는 불빛」, 「스물 셋에 만난 꽃」, 「주문」, 「어머님의 사진」도 같은 맥락이라 할 수 있다. 「모여 있는 불빛」에서는 가족이란 집단 속에서 혈육의 의미를, 「주문」에서는 부모의 복잡한 마음을 주문이란 형식을 빌려 생의 의미를, 「스물 셋에 만난 꽃」은 자연의 본질을 통해서 생명의 의미를, 「어머님의 사진」은 시어머님의 구어를 생동감 있게 묘사하여 효의 의미와 중요성을 절묘하게 표현하고 있다는 점을 감안한다면, 박영덕은 우리의 아름다운 전통을 바탕으로 곤고한 일상에서 삶의 의미를 우리에게 보여주고자 노력한 흔적이 역력하다.

인간은 늘 의미 찾기를 하고 있다. 삶이 만족하지 못하다는 것은 의미를 찾지 못했다는 말이라면, 친구를 찾는 노력도, 가족이 한 불빛 아래 모여 오순도순 하는 것도, 자손의 번영을 위한 부모의 단심 같은 주문(呪文)도, 죽음을 준비하는 한 노파의 사진 속에서도 그 의미를 추구하는 일이라는 것을 작품 속에서 보여줌으로써 문학이 추구하는 구원으로써의 목적을 충실히 이행하고 있다는 생각이 든다.

문학은 어떤 장식품이 아니다. 문학적 아름다움을 들려주어야 한다. 따라서 수필에서의 의미 찾기는 독자로 하여금 그 작품을 읽히게 하는 요건이면서 아름다움을 들려주는 복음이기도 하다. 따라서 네 개의 주제들은 바로 박영덕이 우리에게 들려주는 찬송가라는 생각이 든다.

4. 맺음말

프랑스의 소설가 플로베르는 일찍이 글을 쓰는 일은 산을 옮기는 것보다 더 어려워 때로는 하루 종일 한 줄도 못쓰고 지워버리기를 수백 번이나 거듭하였다고 고백하고 있다. 어쩌면 박영덕도 그런 어려움이 있었을지 모른다. 이런 고난의 작업을 작가 박영덕이 굳이 수행하는 것은 '인간은 의미를 찾는 존재' 라는 것을 확인시켜주는 동시에 인간들에게 '자유로운 공간' 이 있음을 인식시켜주고, '인간이 되는 길' 이 무엇인가를 깨우쳐주기 위한 작가의 정신이 깃들어 있다.

문학은 인간의 영혼을 위해서 그 책임을 완수할 때, 비로소 작가로서 제 몫을 다했다고 생각한다면, 박영덕은 이에 충분히 값하고도 남음이 있는 작가다. 특히 그는 사대부의 전통적인 우리의 정서와 정신들을 옮겨보기 위해 애쓰는 작가라는 것을 다섯 편의 수필을 통해서 짐작하고도 남음이 있다. 어떤 의미에서건 문학이 우리의 삶과 별개일 수 없다면 박영덕은 그 길을 착실하게 수행하는 우리 시대가 원하는 작가가 아닌가 한다.

담론적 소탈성의 정신도(精神圖)

― 배금자 수필세계

1.

　문학이란 인간의 의식 활동을 깨우치고 삶의 인식을 터득하게 하는 것이다. 이러한 깨우침과 터득을 극대화하기 위한 것이 작품이다. 시는 언어를 감추는데 충만성이 있다면 수필은 그것을 노출시킴으로써 화재의 묘미를 맛보게 하는데 있다. 시는 의미의 노출을 꺼려하기 때문이요, 수필은 심상을 풀어가기 때문이다. 그러므로 시는 화자의 기교를 요구하지만, 수필은 화자의 심상에 그 생명이 있다 할 것이다. '그 글을 읽고 그 사람을 모른다면 되겠는가?' 라는 맹자의 외침도 바로 그 사람의 심상의 도가 그 글 속에 있다는 선언이라는데 이의를 제기할 사람은 없을 것이다.

　'배반하는 사람의 말은 부끄럽고, 마음속으로 의심하는 사람은 그 말에 가시가 있고, 떳떳한 사람의 말은 적고, 조급한 사람의 말은 많고, 착한 자를 무고하는 사람은 그 말이 놀고, 지조를 잃은 자는 그 말이 비굴하다' 고 역전(易傳) 계사(繫辭)편에 씌어져 있다. 이는 언어는 문사의 풍격과 정신상태 내지 성격과 깊은 관계를 맺고 있음을 말해주고 있다. 따라서 배금자의 정신의 세계도 그 권내에서 발견될 수 있다.

2.

배금자의 작품 해설에 앞서 그의 약력을 잠깐 훑어볼 필요가 있다. 작가의 살아온 길과 작품의 특질과는 서로 관련이 있기 때문이다. 그는 전북 부안에서 출생했고, 91년 부안에서 발행하는 《서림저널》이라는 신문사에서 공모하는 소설 「무상을 넘어서」가 당선되었고, 그 후 《현대수필》로 등단(1995), 본격적으로 문단활동을 시작하게 된다. 그리고 「포커스 전북저널」에 「사라져가는 자국들」이란 제하로 수필을 연재하는 등 그의 발걸음은 멈출 줄 모른다. 또한, 〈교원신문사〉에서 공모하는 교원 수기가 당선(2002)되는 것을 보면 혁혁한 필치를 구사하는 작가임을 확인할 수 있다. 그러니까 그는 수필가 이전에 소설가로 활동해 온지가 11년째 접어들고 있다. 그런 경륜 때문인지 그의 필력이 튼튼하고 사물에 대한 묘사력도 탄탄하다. 그만큼 그는 전형적인 노력가이면서 학문에의 지향성이 뚜렷한 질경이풀처럼 강한 인내력과 함께 탁월한 재능을 가진 작가다.

그의 수필집 『질경이도 꽃이 핀다』는 제목이 상징하는 것처럼 화자의 정신을 단번에 파악할 수 있는 언표라는 것을 쉽사리 발견하게 된다. 질경이는 생명력이 강인하고 많은 사람으로부터 짓밟히면서 살아가는 식물이다. 그러면서도 쓰러지지 않고 다시 일어서는 인내심은 가히 일품이다. 어쩌면 화자 자신이 그런 인생을 살아왔고 지금도 그 길을 걷고 있는지도 모른다.

삶에 있어 방향을 지시하는 힘의 의지가 필요하다고 믿었던 니체가 삶의 의지를 창조해야 한다고 주장했던 것처럼 강자는 자기 통제에 매우 충실하다. 배금자 역시 질경이처럼 자기 통제에 얼마나 충실한 삶이었는가를 「지각, 도약을 위한 일보 후퇴」에서 그것을 잘 보여주고 있다.

중학교를 졸업한 후 공장에 다녔다. 입이 부르트고 혓바늘이 돋아 음식을 삼킬 수 없을 정도로 야근까지 하며 열심히 일했다.
그곳에서 깨달았다. 내가 설자리가 아니라는 것.

무엇보다 또래의 아이들처럼 교복을 입고 학교에 다니고 싶었다. 피곤한 몸
으로 집으로 돌아오는 길에서 마주치는 여학생만 보면 가슴이 저리고 눈시울
이 뜨거웠다. 절로 눈물이 주르르 흘렀다. 피곤함은 아무것도 아니었다.

현실이 아무리 힘들다해도 나는 학교에 다녀야 할 사람이라고 생각되어졌
다. 하지만 집안을 돌아보면 그 꿈은 항상 이지러지고 상처투성이가 되었다.
하늘이 도왔던지 삼촌의 도움으로 여학교에 시험을 치렀다. 체력검사가 이미
끝나 있어서 순전히 이론 점수만으로 응시했다. 그때는 체력검사 후에 입시가
있었다. 공부할 수 있다는 것이 뛸 듯이 기뻤다. 그러나 기쁨도 잠시 학업을 제
대로 마칠 수 있을지 늘 불안에 떨어야 했다. 통학차에서 내려 집으로 가는 오
분여의 시간은 아수라장인 집 생각으로 머릿속이 복잡했다. 어디론가 떠나버
리고 싶고, 돈을 벌어야 한다는 생각으로 가득했지만 그럴 수 없었다.

—「지각, 도약을 위한 일보 후퇴」

어렵고 힘든 환경 속에서도 자신을 가치 창조자로서 파악했다는 것은
매우 중요한 일이다. 그것은 자기 충족적인 매너를 가진 존재자만이 할
수 있는 일이어서 어떤 초월적인 존재에 비굴하게 의존성을 거부하는 속
성이 있다. 그것은 엄격한 논증보다는 문학적 스타일을 구사하는 수수께
끼 같은 삶을 지닌 자여서 허위의 가능성을 제거하는 니체의 스타일을 소
유하고 실천한 작가라는 생각을 갖게 된다. 그의 다수의 수필들이 소설적
인 기법을 유지하고 있다는 사실이 그것을 입증해 주고 있다.

책가방을 빼앗고 방구들을 파버리겠다고 을러대는 아버지의 욕지기가 하루
일과의 시작이었다. 저녁이면 술에 취해 이유 없이 어머니와 자식을 때리고 밥
상을 뒤엎었다. 밤새 잠을 자지 않고 자신이 살아온 생을 피눈물로 반추하는
아버지를 보는 것은 가슴 저린 아픔이었다. 슬픔이었다. 서글픈 증오였다.

도저히 아버지 밑에서는 학교를 마칠 수 없을 것 같아 겨울 방학 때 어머니
를 졸라 읍내에 자취방을 얻어 집을 나왔다. 무슨 일이 일어날 것 같아 살얼음
판을 걷는 것처럼 불안했지만 어머니만은 갖은 어려움 속에서도 끝까지 밀어
주었다. 등록금은 장학금으로 면제받고 아르바이트를 하면서 학교를 마쳐보리
라는 계산이었다. 초등학생과 중학생 과외를 했다. 힘들다는 생각은 들지 않았

다. 아버지의 부릅뜬 눈과 욕설을 듣지 않아도 되었고 잠을 줄여서라도 그동안 허기진 공부를 할 수 있다는 것이 뿌듯했다. 그래서 다른 친구들이 제주도로 수학여행을 떠났을 때도 한 오라기 아쉬움 없이 즐겁게 겨울 날 준비를 했던 것이다.

—「나의 하루」

자서전적인 그의 수필 속에서 인간의 참된 본질에 대한 우리의 이해를 확장시킨다. 그리고 개인의 가치관, 인간 존재의 목적, 인간의 도덕적인 책임, 인간과 인간의 구별에 대한 것들을 심각하게 각성시킨다. 이러한 그의 육화된 생활이 그로 하여금 작가로 성장시키는데 큰 협조자가 되었음을 어렵지 않게 확인할 수 있다. 그래서 배금자의 수필은 독자로 하여금 깊은 영감을 주고 그것을 체험화 한다. 체험화란 화제를 전달하는 것이 아니라 그것을 우리들의 심상에 깨닫게 하고 그것을 터득하고 각인시켜 준다는 의미이다. 그러면서도 그 판단을 독자 스스로 내리게 하는 여유를 준다. 「향기나는 사람」, 「사는 이야기」, 「달맞이 꽃, 그 기다림의 연서」, 「검정고무신」, 「똥」 등이 바로 그런 유의 작품이다. 화자는 작품을 통하여 우리에게 무언가 신선하게 느끼게 하고 우리로 하여금 무언가 새로움을 향수하게 한다.

자취방은 늘 습했다. 축대 밑에 블로크를 찍어 만든 창고를 자취생을 들이기 위해 개조한 방인데 외풍이 심하고 여름이면 축대에서 흐르는 빗물이 그대로 부엌으로 방으로 벽으로 스며들었다. 아궁이에 습기가 차서 연탄불을 피워도 금방 꺼지곤 했다. 주위에서 베니어판에 전기 코일을 깔면 추위는 견딜만할 거라는 얘기를 해주었다. 목공소를 찾아가 부탁했다. 아저씨가 짬짬 하면서도 장판을 제작해 주었다. 덕분에 추위는 조금 가셨으나 아찔한 순간을 여러 번 경험해야 했다. 따뜻함을 바로 느끼고 싶은 마음에 장판 위에 아무것도 깔지 않고 잠을 잤다. 어디론가 빨려 들어가는 느낌에 놀라 퍼뜩 눈을 떠보면 몸이 말을 듣지 않았다. 전기에 감전되었던 것이다. 그럼에도 불구하고 장판에 담요를 깔고 자는 것은 잘 되지 않았다. 오그라진 몸을 녹이느라 고꾸라져 잠이 들어

번번이 전기에 감전되는 위험을 감수하면서도. 죽음은 멀리 있는 것이니까. 아무에게나 오는 것이 아니니까.

그 방에서 두 번의 겨울을 보내고 고등학교를 가까스로 졸업했다. 다른 동창들보다 이 년 늦게 교복을 벗을 수 있었다. 그 해 총무처 시행 공무원 시험을 치르고 발령을 받았다.

—「왕구지」

배금자의 수필이 우리에게 안식을 주고 문체의 꽃다발 속으로 흡입되게 하는 이유는 소설적인 수법의 유니크한 맛 때문이기도 하지만 그 속에 우리가 잊어서는 안 될 인간 고유의 도덕적 상응성 때문이다. 그는 「왕구지」에서도 진정 인간이 추구해야할 그리고 잃어버려서는 안 될 도(道), 즉 문학에서 미의 구실이 무엇인가를 깨닫게 한다. '한 밤을 눈물로 지새워 보지 않는 사람하고는 인생을 논하지 말라' 는 말이 있듯이 인생을 모르면 그 깊이성도 모른다. 그 깊이성은 작품에 있어서 매우 중요한 철학적 가치로 나타난다. 따라서 배금자의 수필 속에는 인간의 삶이 무엇인가를 극명하게 보여 준다는 사실은 그만큼 그의 정신세계가 철학적 밀도가 있다는 말이기도 하다. 그러므로 그의 자서전적인 수필 속에는 인간이 어떻게 살아야 하는 물음에 대한 해답을 찾을 수 있다.

3.

삶의 진실을 외치고 그 너울을 잠재우는 것이 문학이라면, 문학은 우리의 곁에 존재할 수밖에 없고 또 그것을 수용할 수밖에 없다. 그래서 문학의 진실에 작가의 의해서 확인되고, 삶의 미학은 인간에 의해서 만들어진다는 것을 알 수 있다.

봄볕이 화창한 어느 날, 학원 수업이 끝나자 그녀가 팔을 이끈다. 원생들이랑 자기 집에 가서 점심을 먹자는 것이다. 밥이 되는 동안 군고구마도 먹고 과 일도 깎아 먹으며 웃음의 도가니에 빠진다. 상을 차리면서 쉬임없이 조잘댄다. 야들야들한 그녀의 목소리를 들으면 흉내내고 싶어진다. 약간 비음이 섞여 간드러지는 말투는 살살 온몸에 감긴다. 절로 웃음을 머금게 한다.

―「향기나는 사람」

「향기나는 사람」이란 제하의 글이다. 움막집에서 사는 한 여인이 밝게 살아가는 이야기를 형상화한 수필이다. 형상화란 우리가 미처 발견하지 못했던 사물을 구체적으로 독자들에게 보여주는 장치다. 그러므로 형상화는 체험이란 실험이 없으면 불가능한 것이다. 그의 수필이 우리의 가슴에 닿는 것도 진한 체험적 실험에 의해서 발생한 것이기 때문에 우리의 의식을 새롭게 한다.

플라톤은 진선미를 자신의 것으로 보고 그것들을 제시하려고 했듯이 배금자 역시 인간에게서 그 자연성을 보여주려는 노력이 「수선화 미소」, 「동냥박적에 수실을 달어?」, 「칼점 치는 아이들」, 「빈 집」, 「그녀가 가는 길」, 「배나무 아래서」, 「도깨비 시장 여인들」, 「미역국 좀 끓여드려!」 등 작품 전체에 담겨 있다.

원래 진선미는 자연성에 있다. 그것을 모방하려는 것이 고대 시대의 정신의 기조였듯이 배금자 작품의 소탈성은 바로 그 진선미의 자연성을 옹립하는데 있다 해도 무방하다. 그것은 어쩌면 신(神)의 존재의식에 대한 찬미라고도 할 수 있을 것이다.

문학 작품의 품격의 형식은 여러 가지 요소가 서로 작용한 산물이다. 주관과 객관이 작용하고 특수한 심미적 이상, 개성적 기질, 생활의 내용, 예술적 수련 등이 집합되어 획득되어지는 것이다. 따라서 상식의 허를 찌르는 전환적인 발상의 비법을 발견할 수 없는 소이도 그의 산문같은 역동적인 삶을 살아왔기 때문이라고 볼 때 그는 앞으로도 질긴 산문에 더욱 적응적인 습성을 보일 것으로 생각된다. 사실, 배금자의 수필은 작품 속에 등장하는 상처뿐인 사람들에게도, 긍정적인 미학으로 전개되는 정서

미를 함축하고 있어서 유현(幽玄)의 광채를 우리들의 가슴 깊이 심어주고 있다.

흔히들 우리 인생을 눈물의 고해라고 한다. 정말 이 세상은 고해로 차 있을까. 물론 순간순간의 시간의 역사는 고통이 없지 않다. 그러나 그 속에 잔잔한 기쁨도 켜켜이 잠재해 있는 것이다. 더욱이 꿈과 미래를 안고 이 세상을 살아간다면 비록 하잘것 없고 보잘것없는 존재에도 원만한 즐거움을 확보하고 있는 것이다. 배금자의 수필을 만난 필자 역시도 그러한 생의 기쁨을 『질경이도 꽃이 핀다』에서 마음껏 경험하는 행복을 맛본다.

꽃들, 그 변용의 행복도

— 서순초의 작품세계

1. 서언, 작가의 고백

문학이란 작가의 사상에 의해서 공간이 확보된다. 그 공간은 작가의 의도적인 삶이면서 소망이기도 하다. 개성이 있다는 것은 작가의 공간 개념을 의미하기도 한다. 융은 그것을 정신구조라는 이름으로, 무의식의 그림자와 내적 인격 내지 외적 인격의 탈이라고 언급한 바 있다. 문학의 결산은 그에 따른 총체적인 결합이라는 말로 정리된다.

이렇듯 살아있다는 존재의 의식 앞에는 반드시 행동과 사상이 동반된다. 사상이라는 말이 거창하다면 정신이라고 해도 좋다. 일상성의 도정은 모두 그 정신에 의해서 행동이 수반되고 그 행동은 정신에 의해 지시 받는다. 그리고 그 정신은 작품에 반영된다. 그렇다면 서순초의 문학 세계는 어떠한 방향일까. 논의에 앞서 서문을 통해서 그의 고백을 엿듣기로 한다.

나는 자신을 치장하여 없는 마음을 만들어 보여주는 재주가 좀 어설픈 사람이다. 글을 쓰면서 꾸밈없이 순리에 따라 삶을 살았다. 쌀 일어 따뜻한 밥 짓고, 새끼 낳아 기르며 짬 내어 세상 구경하는 내 삶이 자연스럽게 글로 잉태되었다고 말하고 싶다.

있는 그대로를 풀어내되 문학적 향취를 잃지 않으려고 마음을 썼고, 자연스러운 표현들이 인위적으로 포장되지 않기를 늘 고민했다. 공교로운 손길로 꾸미기보다는 내 색깔 그 자체로 내 몸에서 익은 언어를 그대로 직조하였을 뿐이다. 그래서 글의 곳곳에 낯선 어휘와 표현이 박혀 있지만 일부러 손대지 않았다. 나만의 색깔로 지니고 싶은 부분들이기 때문이다. 부족하고 비어 있는 것이 많은 것도 알지만 무리해서 채워 넣지는 않을 것이다. 다만 여백으로 비워 두되, 앞으로의 생을 살아가면서 느끼는 만큼 깨달은 만큼 겸손한 마음으로 천천히 채워 넣겠다.

—「서문」

여기에서 주목할 점은 "쌀 일어 따뜻한 밥 짓고, 새끼 낳아 기르며 짬 내어 세상 구경하는 내 삶이 자연스럽게 글로 잉태되었다고 말하고 싶다."와 "내 몸에서 익은 언어를 그대로 직조하였을 뿐이다."라는 대목이다. 농부는 농작물을 키우는데 온 정성을 다 쏟듯이 작가 서순초는 '쌀 일어 밥 짓고 빨래하고, 애들 잘 기르는데' 온갖 정성을 다 쏟아 붓는 내조의 여인으로 충실하게 살아간다는 고백과 함께 '내 몸에 익은 언어'라는 단어를 만나게 된다. 필자는 작가의 고백대로 그의 수필의 두 형태의 가지를 찾아 집중적으로 논의하려 한다.

우리가 작품을 읽으면서 행복을 느끼는 것도 작가의 이런 다양한 배설을 통해서 여러 형태미의 소스(soure)를 음미할 수 있게 된다. 작가의 배설 속엔 작가의 고귀한 고통과 경험, 시대적인 정신, 삶의 방향 등 총체적인 정서와 함께 인생사의 어떤 가치의 수로(水路)를 구축한다. 비록 작품을 생산하는 일은 고통이 수반할지라도 작가가 거기에 빠져들 수 있는 것은 그 과정 속에서 생명체의 희열이 획득되어지기 때문이다. 따라서 작가가 세상을 보는 눈은 자기 자신을 나타내는 일로 일관된다. 달리 표현한다면 작가 자신의 정신구조를 나타내는 변용의 예술이다. 따라서 서순초가 바라보는 세상은 때로는 「꽃」, 「사물」, 「계절」, 「그리움」, 「우정」, 「행복」, 「인생」, 「사모곡」 등 일정한 대상과 의미를 찾아 연결고리를 이루면서 자기 합리화와 변용의 통로를 다양하게 연출하고 있다. 그러나 작품의 핵심의 주제는 가족과 가정이라는 형태로 집약된다. 이미지의 결합이나 경험의 시화과정이 모두 가정의 행복을 확보하고 그것을 윤리적으로 완수하는데 주안점을 두고 있다.

2. 탁월한 언어, 그 이미지화

서순초의 문학적 언어는 깊고 깊은 정원을 연상케 한다. 조선조 정원처럼 수목과 화초를 적당하게 배치하여 여유와 낭만을 가득 담고 있듯이, 그의 문학적 언어는 유기적인 언어배치를 특징으로 깔끔하고 단아하면서도 재치있게 언어처리를 하고 있다. 화자가 말한 '내 몸에 익은 언어' 일지 모른다. 사실 사람들이 어떤 이치를 깨달을 수는 있지만 그것을 언어로 적당하게 의미화 하기는 쉬운 일이 아니다. 그런데 화자는 사소한 사건이라도 그것을 표현하고자 할 때 살아있는 경상(鏡像)처럼 생생하면서도 탁절(卓絶)한 묘사력을 가지고 있다. 그것은 선천적인 작가의 역량을 가지고 있지 않으면 불가능한 일이다.

> 나는 요즈음 사랑에 빠졌다. 삼삼한 사랑 놀음에 그만 눈이 멀어버렸다. 외기러기 짝사랑이라고 해도 좋다. 세상에 피어난 꽃 중에 무슨 꽃이 저리도 앙증맞고 예쁘고 사랑스러우랴. 노랑 내리닫이 옷을 입고 푸른 잔디 위에서 나풀나풀 춤을 추며 뛰어 다니는 모습이 마치 번데기에서 벗어나와 날개 짓을 열심히 해대는 한 마리 노랑나비. 깔깔깔 까르륵— 또래의 아이와 신이 나서 웃는 소리가 은쟁반에 옥구슬 굴러 가는 소리이다. 아니 조약돌 틈새로 졸졸졸 흐르는 시냇물 소리이다. 앞뒤 꼭지 똥 내밀어 못난 듯 귀여운 아이의 얼굴을 쳐다보면, 얼마나 개성 있는 창조주의 위대한 작품인가 새삼 느끼게 된다.
>
> —「꽃 중의 꽃」

언어의 직공이란 말이 있듯이 그의 언어의 소통은 시원하면서도 맛깔스럽다. 공이 구르는 듯한 리듬감, 시원한 언어구사, 핍진한 단어 선택이 마치 능숙한 목수가 연장을 자유자재로 다루듯이 언어의 대패질이 시원스럽고 매끄럽다. 해와 달은 하늘의 존재를 알리고 풀과 나무는 대지의 존재를 나타내듯이 그의 문장은 자연의 문체를 표현하는데 부족함이 없을 정도로 완숙의 경지를 유지하고 있다. 수필 작가들이 범하기 쉬운 사건을 설명하려는 것을 화자는 가급적이면 억제한 채 묘사의 방법을 취하고 있다. 또 하나는 글이 호수처럼 평정을 이루고 있다는 사실에 주목할 필요가 있다. 그것은 작가가 평온과 온유한 마음으로 세상을 살아가고 있음을 말해주는 동시에 관조와 침잠의 경지에 도달해 있다는 말이기도 하다.

세상에서 가장 쓸쓸한 얼굴을 하고서 막내는 노여움을 삭이지 못해 한참이나 훌쩍 거렸습니다. 나는 갑자기 가슴이 쿵 내려앉으면서 눈앞이 흐려졌습니다. 막내를 살펴보니 과연 열이 설설 끓었습니다. 순간, 자신이 부끄럽고 아이에게 미안하여 몸 둘 바를 몰랐습니다. 느닷없이 거실에 놓여있는 군자란에 생각이 미칩니다. '그래, 막내 네가 저 군자란이었구나. 서리가 내린 줄도 모르고 창문 없는 베란다에 무심코 내 버려둔 화초였구나. 비, 바람, 찬 서리에 온 몸을 파르르 떨었을 군자란. 아늑한 거실 한쪽을 그리워하며 주인의 손길만을 묵묵히 기다리던 저 군자란이 바로 너였구나. 위로는 언니들 아래로는 남동생. 그 애매한 서열 속에서 항상 너는 덤인 듯 설자리가 없었다. 어쩌면 세상에 첫 울음을 터트릴 때부터 외로움을 탔었는지도 몰라.' 생각해보니 막내에게 너무도 무심한 엄마였습니다. 형제가 많다보니 순하고 조용하기만 한 막내에게 내 눈길이 뜸했던 것이 사실입니다.

— 「꽃들의 반란」

「꽃 중의 꽃」에서 이미 작가의 이미지화에 대한 기교를 살펴본 바와 같이 「꽃들의 반란」 역시 「꽃 중의 꽃」에서처럼 '꽃'은 단순한 사물이 아닌 혈육을 이미지화한 사물이다. 화자는 다식구(多食口) 속에 살아간다. 특히 하나 밖에 없는 화장실 앞에서 아침이면 모두들 울상이 된다. 늦게 깨웠다고 징징거리며 책가방을 투닥투닥 챙기는 녀석, 누가 금세 새 양말만 골라 신어 버렸다며 툴툴거리는 멋쟁이 셋째, 거기다가 아침을 거르면 안 된다는 금기사항 때문에 껄끄러운 얼굴을 하고 식탁 앞에 우두커니 앉아있는 입시생까지 그야말로 집안의 아침 풍경은 도떼기 시장이 된다고 화자는 엄살 떨고 있다. 큰언니는 첫째라고 우대해 주고 작은언니는 고3이라고 비위를 다 맞춰 주지만 막내는 그런 울타리에서 소외당하고 있음을 어느 날 우연하게 발견하게 된다. 화자는 여기에서 경험적 자아에서 현실적 자아로 돌아오게 된다. 그것은 언젠가 돌보지 못해 시들어가는 군자란이 바로 내 아이라는 생각에 퍼뜩 정신을 차리게 되는데서 자아의 불일치를 발견하게 되는 것이다. 그 영향은 가치관으로 작용하게 되고 그 가치관은 문학적으로 이미지화되어 이상적 자아로 환치된다. 따라서 작가의 엄살은 짜증이 아니라 한 가정의 행복도이다. 여기에서 작가의 예술적 구상은 한 가지에서 만 가지 상을 획득하는 기발함을 보여주고 있다. 무수히 어지럽고 복잡한 현실 현상에 대한 반복적인 사고를 통하여 최후로 모아지는 예술 형상 속에 작가의 윤리적인 의식이 더욱 강하게 부각되는 것도 이런 기법의 묘미 때문일 터다. 예컨대 화자는 그 많은 식구들을 끌어가면서도 어떤 불만이나 갈등으로 연속되거나 깨어진 자아를 발견할 수가 없다는 점이다. 육체가 피곤해지면 영혼의 세계는 더 풍부해지고 신체가 수척해지면 해질수록 정신은 더 맑아지는 어떤 예지 같은 숭고미를 찾을 수 있는 것도 작가의 경(景)이 정(情)을 극복한 심상에서 얻어진 현상일 것이다.

3. 꽃들의 반란, 그 공화국

일반적으로 도가의 문예사상이 낭만주의 사상과 관계가 있다면 현실주의 문예사상은 유가(儒家)사상과 연계가 매우 밀접하다. 유가는 입세(入世)를 중시하고 현실적인 인의예지를 중시한다. 서순초의 문학은 도가의 초현실적인 것이 아닌 현실을 중시하고 있기 때문에 천선(天仙)이 아닌 인성

(人性)을 바탕으로 하고 있다. 따라서 화자의 수필은 과장이나 허세를 배격하고 오직 진(眞)을 제창하는데 주력하고 있다. 일찍이 사공도(司空圖)는 묘사의 착안점은 창작 대상의 내재된 정신의 실질에 대한 묘사여야 한다고 제창한 것처럼 화자 서순초는 그런 논리에 충실하고 있다. 그래서 화려함보다는 의경(意境)의 창조에 중점을 두고 있다하겠다. 다시 말하자면 인공적인 물리보다는 자연성과 윤리성에 집중돼 있다.

그가 말한 '내 색깔'에서 바로 이런 정신을 찾아볼 수 있다. 「빨강머리 사연」이나 「대물림된 근검절약」에서 현대 주부에게서는 찾아볼 수 없는 복종의 미를 인식하게 된다.

> 거울 속에 빨강머리를 한 초로의 여인이 빙긋 웃고 있다.
> 생전 가야 손톱에 매니큐어 한 번 곱게 바른 일 없고 눈썹 한번 제대로 다듬을 줄 모르던 맹탕 같은 여자, 그런 그녀가 어느 날 뜬금없이 설익은 단풍 같은 머리를 하고서 거울 속을 들여다보며 난해한 미소를 흘리고 있다.
> 몇 시간 후 도착하여 현관문을 따고 들어서는 순간 남편이 인기척을 했다. 소파에 앉아 있는 그와 눈을 맞추지 않으려고 머리를 두 손으로 살짝 가리고 고개를 반대쪽으로 튼 채 안방으로 종종 걸음을 쳤다. 그것도 모자라 쿵당 거리는 가슴을 여며 쥐고 화장실로 들어가 문을 잠가 버렸다.(중략)
> 그러나 짓궂게 따라 들어오는 남편 왈, "살다보니 별일도 다 있네그려. 00야! 네 엄마 머리에 불붙었다! 물 좀 떠와라, 물……."
>
> ―「빨강머리 사연」

과거를 회상하는 길은 절망과 수난보다는 온기와 만나야 한다. 그리고 결합된 가정의 윤리는 의무감 이전에 절실성의 자비가 그 바탕이 되어야 한다. 「빨강머리 사연」은 두 화소의 축으로 되어있음을 발견하게 된다. 그의 문체는 수많은 언어를 포용하는 함축성을 담고 있기 때문에 비어 있음에서 채워져 있음의 공간을 발견하게 된다. 우리의 전통적인 유교 윤리관 속에는 인종(忍從)이 굴종이 아니라 또 다른 지혜의 미로 승화되어 결국 사랑이라는 환한 꽃으로 탄생되고 있다. 전통적인 유교문화가 우리 사회를 이끌어 온데는 그러한 본질성이 넉넉하게 자리하고 있었기 때문에 그 맥을 이어갈 수 있었던 것이다. 그리고 그런 가정만이 부모에게 위험이 있고, 좋은 자녀로 성장시킬 수 있는 터전이 되었을 것이다. 쑥맥인 것 같으면서도 과감하고, 허약한 것 같으면서도 강인하다. 그러면서도 지금까지 알고 있던 한(恨) 많은 여인이 아니라 당당하면서도 정 많은 여인의 삶을 보게 된다.

> 오랜만에 식구가 한 자리에 모인 저녁 시간이었다. 다리를 쭉 펴고 앉아서들 한담을 즐기는데 큰아이가 실색(失色)을 하며 바짝 다가왔다. 나는 순간 귓불이 빨개지면서 본능적으로 치마 속에 발을 감췄다. 그러나 허사였다. 질색을 하는 내 반응과는 달리 볼썽사납게 허물어진 한심한 내 발을 기어코 아이의 무릎 위에 올려졌다.
> "에게, 여자 발이……"
> 발바닥은 마치 시루떡에 지적 일어나듯 두꺼운 각질이 덕지덕지 거리고, 발꿈치는 거북이 등처럼 쩌억 벌어졌으니 그럴 수밖에.
> 남편은 내 쪽을 힐끔 쳐다보더니 한 마디 거들었다.
> "에고, 저 발도 고생이 말이 아니로군. 역마살이 낀 주인 덕에 어느 하루인들 편히 쉴 날이 있으리. 그런데다……."
>
> ——「발」

「발」에서 계비 간택을 하던 영조 때의 비화를 떠오르게 한다.

계비 간택에 나온 여인들에게 영조는 "어떤 물건이 가장 깊은가?"라는 질문을 던진 바 있다.

어떤 여인은 산이 깊다고 말하고, 어떤 여인은 물이 가장 깊다고 대답하였다. 그러나 한 소녀는 사람의 마음이 가장 깊다고 대답하였다. 영조는 어째서 그러느냐고 되물었다.

"모든 사물의 깊이는 헤아릴 수 있지만 유독 사람의 마음만은 헤아릴 수 없기 때문입니다."라고 소녀는 대답하였다. 임금이 또 다른 질문을 던졌다.

"어떤 꽃이 가장 좋은가?"

어떤 여인은 연꽃을, 어떤 여인은 모란을, 어떤 이는 해당화라고 대답하였다. 그러나 소녀는 목화꽃이 가장 아름다운 꽃이라고 대답하였다.

임금이 그 이유를 물었다.

"다른 꽃은 모두 일시적으로 즐기는데 그치지만 목화꽃은 꽃으로도 완상하고 목화로 옷을 만들어 입기 때문에 가장 좋은 꽃입니다."라고 대답하였다. 그 소녀는 중궁으로 간택되었고 영조의 좋은 내조자가 되었음은 물론이다.

요즘 부부들은 내조의 의미와 방법을 잘못 이해하고 있다. 내조는 단순한 시중이나 사랑 놀이의 대상이 아니라 여성 자신을 행복하게 하는 묘약이다. 바쁘고 분망하고 그래서 자신이 축소되고 작아지고 돌아볼 수 없는 시간을 작가는 반복하면서도 볼멘 소리를 모른다. 가정이란 울타리에서 그는 그 순수의 영역을 지키는 숙명 같은 대답을 갖고 있기 때문이다. 오직 푸른 녹음과 꽃과 열매는 나무의 지고한 생명이듯이 화자 역시 의식의 중심을 남편과 아이들에게 두는 것이, 주부라는 그 이름값이 꽃과 열매로 그 위치를 확보하고 있다. 인간이 산다는 것, 그리고 살아간다는 것을 순리라는 측면에서 진리를 받아드리지 못했다면 작가의 입에서는 한탄과 절망과 불만과 앙칼진 목소리가 마구 튕겼을 것이다.

흥미는 열망을 달성하는 속도에 먹힌다면 작가의 흥미는 바로 자신의 희생이다. 그리고 그러한 희생은 그만의 행복의 위호(衛護)의 수단이기도 하다. 그러니까 그의 문학의 원점은 철저히 가정에서의 원융(圓融)의 자리를 만들어 내는 일이다.

4. 정신적 가치와 의식의 그림

세상에는 존재의 의미가 주어진다면 그것을 찾아나서는 것이 작가다. 작가는 어떤 사물을 의미화하기 위해서 치밀한 설계도를 만들고, 설계도 속에는 반드시 내포와 외포의 작업이 동원된다. 그의 수필 「비렴가」 속에서도 잘 드러나고 있다. 그에게 있어서도 지난날 많은 간난(艱難)의 세월도 존재했을 것이다. 그런데 그의 수필 속에는 그러한 암흑이 그려져 있지 않은 점도 우리가 눈여겨 보아야할 점이다. 그만큼 그는 비록 여인이지만 호탕하면서도 낙천적인 성격의 소유자임을 알 수 있다. 그래서 군색스럽고, 옹알대고, 가냘프고도 여린 감정을 찾아볼 수 없다. 대담하면서도 노골적이다. 선이 분명하면서도 굵다. 다소 투박한 토장 맛이라고나 할까. 진한 청국장 맛이라고나 할까. 아무튼 그는 우리 민족의 정신을 담고 있는 전통적인 맛이다. 그의 수필 한편을 만나보자.

> 그런 그가 어느 날 충격스런 모습으로 나타났습니다. 얼굴 전체를 다리미로 다려 놓은 듯 쫙 퍼져 있는 게 마치 새로 한지를 발라 놓은 것 같았습니다. 슬슬 눈치를 봐 가면서 우스갯소리를 하였더니 그녀가 소리 내어웃는데 입만 원을 그리며 휑하니 벌리고 있을 뿐, 다른 부위가 미동도 않고 있더라고요. 그런데 너무도 부조화인 것은 턱 바로 밑에서부터 가슴팍 부위까지가 영락없는 칠면조 목덜미처럼 형편없이 쭈글거리는 것이 왠지 우울해지면서 인생이 서글퍼지더란 말입니다. 어쩌다가 소위 얼짱이 몸짱이 풍미한 세상이 되어버렸는지. '최고'라는 가치관이 그 원인이요, 그 주범은 기성세대들이란 생각이 듭니다. (중략) 이 사회가 멀쩡한 얼굴을 뜯어 고치게 하고 허벅지 지방 제거 수술을 부추기고 눈을, 가슴을, 엉덩이를 치켜세우는 데 일조를 하고 있다는 것입니다. 한편에서는 굶어 죽는다는데 또 다른 한편에서는 예뻐지기위해, 날씬해지기 위해 아낌없이 돈을 뿌려대는 이 판국을 노래로 불러 보자면 아마 "짱 타령"쯤이 될 겁니다.
>
> —「짱타령」

인간의 눈에는 인식의 창이 열려있다. 그 인식의 창은 사물을 판단하는 지적 기준을 설정하고 그에 대한 내외연을 통하여 작가의 사상이 던져진다. 「짱」에서는 지적 화자를 감추어놓고 '짱'이 되기 위한 한 여인을 설정해 놓고 있다. '짱'은 분명 화자와 합치되지 않는 분열적이면서 이질적인 인물이다. 우리 주위에 얼마든지 존재할법한 인물을 등장시킴으로써 의미의 확장을 통해 독자로 하여금 그 여인을 제단하게 만든다. 그리고 작가는 최종적으로 그에 대해 판결한다. 깊고 심오한 문학도 결국 작가의 바라봄에서 시작되는 것이라면 서순초의 역량을 우리가 헤아리기에 충분한 이유가 될 것이다.

5. 미래를 향해서

많은 작가들이 이 땅 위에 존재한다. 그들은 나름대로 각기 다른 목소리를 가지고 당당하게 활동하고 있다. 그러나 서순초처럼 전통적인 윤리관 위에 글을 쓰는 작가는 보기 드물다. 그는 내조의 의미를 통해서 진정 여권이 무엇인가를 보여주는 작가라는 점에서 우리가 주목하여야 할 것이다.

평화의 땅에서 자란 꽃은 인간의 마음을 아늑한 안식처로 안내한다. 그리고 짙은 향기를 풍긴다. 포연 속의 꽃보다는 훨씬 값지다. 그만큼 넉넉한 마음으로 받아주고 옹호하는 이가 많기 때문일 터다. 고뇌와 우울보다는 친화적이면서도 향기로운 가정과 일상의 동력을 담은 그의 수필은 전통의 이름으로 새롭게 피어나 우리의 가슴을 열어주고 있다.

특히 그의 언어의 선택은 정밀하고 섬세하다. "어머니의 글을 읽을 때 무릎을 칠 때가 한 두 번이 아니다."라는 따님 김은성의 말이 아니라도 「안개」라는 수필에서 발견할 수 있듯이 푸짐한 전라도 언어를 구수하면서도 정치하게 처리하는 솜씨가 작가로서의 굳건한 자리를 차지하고 있음을 알게 된다. 앞으로 서순초 작가는 어떠한 미래를 향하여 뛸지 아무도 예측할 수 없다. 날렵한 문학적 소양을 이미 충분하고도 넉넉하게 갖추고 있기 때문이다.

내면의 미학성

— 서원순의 수필문학 세계

1. 목욕작가의 일인자

서원순은 《수필과 비평》 출신 작가다. 그는 오래전부터 글을 써왔기 때문에 그의 문장은 흠을 느낄 수 없을 정도로 탄탄하고 찰지다. 데뷔한 지 얼마 되지 않았지만, 《수필과 비평》에 「목욕」이란 제하에 연재할 만큼 그의 작품은 초기부터 완벽한 수준을 갖추고 있다. 필자를 비롯하여 많은 독자들은 「목욕」 코너를 너무도 재미있게 읽고 있다는 평이다. 그만큼 그의 작품은 대단한 마력을 가지고 독자들에게 다가왔다. 그의 품성이 덕스러운 만큼 작품 또한 대중을 끌어안고 있는 데는 그만한 이유가 있다. 문장이나 구성이 정제된 짜임을 이루고 있는 점이 그것이다. 예컨대 「목욕」 말고도 「꿈속의 바람」, 「황진이와 이 밤을」, 「콩과 꽁깍지」, 「시계」 등 전반적으로 많은 작품이 균형을 이루고 있다. 문장의 구사법도 다양하지만 문장의 짜임새와 기교의 처리 등이 놀라울 만큼 세련미가 있다. 게다가 내용이 풍부하고 표현 또한 현학적이지 않고 절제미를 가지고 있다. 그만큼 그의 문학은 초기부터 상당한 수준에서 출발한 작가다. 이렇게 그는 수필을 잘 알고 쓰는 작가였다는 점을 밝혀둔다.

2. 내면성의 진실

흔히 수필을 사실의 기록으로 생각하는 사람이 있다. 그러나 사실의 기록은 문학이 될 수 없다. 작가란 무엇을 만드는 사람, 즉 이 세상에 존재하지 않는 사건을 처음으로 창조하는 사람이다. 따라서 사실을 기록하는 사람은 작가라기보다 기록자라는 표현이 적당할 것이다. 창작이란 하나님께서 천지창조를 했다는 의미의 말과 상통한다. 이 세상에 없었던 것을 새로이 만들어 내는 작업, 그것이 바로 창작이다. 그러니까 창작은 하나님이 천지를 창조할 때 신의 뜻대로 빚어내듯이 작가 역시 작가 의도대로 빚어내는 것이 작품이다.

따라서 작품이란 작가의 체험에서 얻어진 인간 존재의 의미를 아름답게 드러내놓는 일이요, 상과 상을 적절하게 구축하여 형상화하는 작업이다. 만약에 수필이 미적 체험을 획득하지 못한다면 일반 산문이나 논설조의 글에 머물고 말 것이다. 그러므로 수필이 문학이 될 수 있느냐, 될 수 없느냐 하는 것은 많은 위험을 안고 있다. 따라서 그 위험의 선을 알 수 있는 사람은 바로 '언어'의 조율사라 할 수 있다. 창작 중 생각을 집중시킨 결과 그 구상이 가장 미묘한 단계에 들어갈 때 주체와 객체의 융합일체의 경계에 이르는 것을 말한다.

서원순의 글은 이렇듯 자신도 모르게 자신을 묘사대상으로 변이시켜 주체로 하여금 완벽하게 객체화하는 우월한 수법을 구사하고 있다. 「목욕(사랑의 샘)」같은 작품이 그 좋은 예다. 이 작품은 우리의 삶을 새롭게 인식시켜 주고 있다. 삶이 새롭다는 것은 삶의 정결성에 가치를 둔다는 의미다. 그러니까 작가가 만들어 놓은 언어 속에 뛰어 들어가 독자가 자기 자신의 삶을 체험해 보는 것이다. 여기에서 체험이란 언어의 미적 대화일수도 있겠고, 삶을 아름답게 변화하는 정신적인 질량일수도 있다. 화자는 목욕탕에서 알몸을 담그는 그 편안함 속에서 어머니의 양수 속에서 열 달을 보호받았던 은혜의 포만감을 맛본다. 그리고 어머니에 대한 의미를 새롭게 인식하는 개안이 열린다.

"정녕 다시 가보고 싶은 곳이 있다면 본래성으로 회귀하고픈 어머니의 탯속
이다. (중략) 생명이라는 것으로 태어나서 가장 편안하고 걱정 없는 시간이 있
다면 어머니의 몸속에서의 열 달보다 더 좋은 시절은 결코 없었을 것이다."

이러한 고백은 현재의 자신을 부정하는 것이 아니라 내재적 행복을 비
틀어 구가하고 있다.

여기에서 로오렌스의 독창적인 성관(性觀)을 생각해 보게 된다. 그는 성
에 대해 상당히 긍정적인 방법을 취하고 있다. 기독교에서는 성을 향락의
수단으로 보는 부정적 관점에 비해 로오렌스는 『사랑중의 여인들』에서
생식을 위한 물질로써 자연주의만도 아니고 향락주의만도 아닌, 신비주
의적 행위로 규정하고 있다. 한 인간이 모든 것을 초월하여 우주적 어떤
궁극의 목적과 조화를 이루는 유일한 통로라는 것이다. 서원순이 탯속의
자신을 상상하는 것 역시 이런 관점에서 자신을 성화(聖化)시켜 놓고 있음
을 알 수 있다.

첫 독자인 남편이 묻는다. 이번에는 누구를 벗길 참이냐고? 시부모님,
친정아버지, 동서들 벗기고, 남편과 아들딸 다 벗기고, 스스로도 벗었으
니 이제 슬슬 외간남자 벗길 차례가 아니냐며 웃는다.

벗긴다는 사실은 진실한 모습으로 돌아감을 의미한다. 모든 거짓에서
이탈하여 새로운 자아로 회귀하는 일종의 깨달음이다. 화자는 바로 그런
미적인 내면에 자신을 벗기고 있다. 그러나 그 벗기기가 생리적인 것을
넘어 종교적인 것으로 다가가는 것은 가족이란 창조의 법칙의 테두리 속
에서 주체와 객체를 초월하여 근원적인 하나로 조화를 의미한다. 따라서
화자가 말한 '벗는다는 것은 투명한 세계로 회귀한다.' 는 의미이기도 하
다. 이것은 우리의 삶의 원천이면서 삶에 대한 귀향을 새롭게 판단하고
새로운 의식을 돋게 함의 화법이다.

또 다른 작품 「목욕(그리움)」에서는 미적 대화의 절정을 이룬다. '못난

나를 이쁘다고 안아주고 업어주었다던 고모님들은 뺨이고 손이고 사정없
이 깨물어 울리는 통에 친정어머니는 속이 상한 때가 많았다. 피는 못 속
이는지 나도 새끼들을 물고 빨면서 키웠다.' 에서 화자는 떠나고 독자와
작품만이 남아 대화하는데서 가족과 친척의 사랑의 심리적 구조가 일원화
하고 있음을 발견 된다. 이렇듯 좋은 수필은 수필가는 떠나고 오직 독자와
대화의 채널만 남는다. 그것은 작품과 독자가 일체 속에 몰입되기 때문이
다. 이렇듯 좋은 작품은 하나의 심상과 심상이 결합해서 어떤 이미지로 전
달되어 그것을 터득하게 한다. 그러니까 터득이란 전부를 내어 주는 것이
아니고 어떤 하나를 통해서 많은 것을 추출해 내는 것이다. 다시 말하자면
언어가 문자로 표현되지만 그 뜻은 문자 밖에서 찾아내는 일이다.

그리고 또 다른 「목욕」에서는 화자가 다시 그 어머니의 자리에 앉게 된
다. 그리고 우뚝 커버린 자녀들 앞에서 마음껏 사랑을 퍼부었던 그 옛날
자리로 회귀를 염원한다. 그 원천성에 형이상학적 의미를 부여하면서 그
것을 이정화(移情化)화 시켜 놓고 있다. 이미 하나의 성(城)을 구축하여 화
자의 품속을 떠난 하나의 외로운 섬이 된다. 이와 같이 그의 글은 때로는
나르시스가 되어 대하처럼 유유히 흘러가면서 온갖 어류의 서식처가 된
다. 그리고 독자는 화자를 이해하는 그래서 철저하게 새로운 통로로 자아
를 찾는 나르시스로 동화된다. 사실 우리의 삶이라는 게 바로 그러한 나
르시스적인 미래지향적인 삶인지도 모른다.

그의 「목욕」 작품에서 화자가 아버지의 알몸을 씻기며 아버지와 농을
거는 내용은 아주 이채로우면서도 아름답다. 남녀라는 모순된 구조를 넘
어 부모와 자식이라는 심리적 구조가 포화된 애정으로 우리들의 정신 속
에 찬미가 부여되고 있기 때문이다. 아버지의 그 쭈글쭈글한 '고추'를 가
지고 농담을 할 수 있는 특권은 이 세상에 오직 딸이라는 혈육밖에 없을
것이다. 그것은 오직 서원순이라는 작가만이 할 수 있는 일인지 모른다.
그만치 서원순은 누구에게나 천녀(天女)같은 부드러움과 자애(慈愛)의 마
음을 가지고 있다. 부녀간의 애정어린 농은 아들도 며느리도 할 수 없는

대화다. 딸이 아닌 다른 사람은 건넬 수 없는 차원 높은 농담이다. 비록 생물학적으로 이미 소실된 생명체에서 부친에 대한 심한 허탈감과 비애감에 대한 발로다.

인간은 삶의 규범을 만들기도 하고 그것을 파괴하기도 한다. 그것이 문학에 있어서는 더 말할 나위 없다. 문학에서는 때로는 도덕을 파괴하여 새로운 숨구멍을 만들어 낸다. 그래서 문학은 철학보다도 어떤 이념보다도 훨씬 가치 있는 것이다. 그런데 수필가들은 그 담을 뛰어넘기를 두려워한다. 이것은 작가의 특권을 포기한 것이다.

프로이트의 심리학을 빌리지 않더라도 꿈이라는 것은 일종의 카타르시스의 발산이다. 그래서 우리 인간은 현실에서 얻지 못했던 것을 꿈에서 획득한다. 그런데 그 꿈 가운데는 비윤리적인 것이 대부분을 차지한다는 사실이다. 도저히 도덕으로 용납할 수 없는 꿈들이다. 이것이 꿈의 속성이다. 따라서 인간이 꿈을 꾸는 자유가 있다는 것은 행복이다.

사실 인간이 이런 꿈을 꾸게 되는 것은 무엇 때문일까. 그것은 넘치는 생명력에 대한 분출구다. 강한 생명력의 에너지가 삶의 욕망을 짓누르고 분출하게 되는 것이 꿈이다. 「꿈속의 바람」은 화자가 외간남자와 꿈에 바람을 피우는 이야기를 담고 있다. 이런 꿈은 누구나 흔히 겪어 보는 일이다. 프로이트의 정신 분석학에 의하면 꿈속에서 근친상간을 이루는 것은 내재적인 그리움 때문이라 하였다. 문학은 이런 사실성을 통해 인간이 가지고 있는 정신적인 내재성을 노래하기 위해 존재한다. 그러나 이러한 사실을 단순히 바람피우는 이야기로만 끝을 맺었다면 자칫 바람기 있는 여인으로 오해될 소지가 있다. 하지만 화자는 여기에 남편의 사타구니를 차는 화제를 넣어 이 작품을 새로운 국면으로 전환시키는 해학적인 구성법을 취하고 있다는데 작품의 우월성이 있다.

이렇게 그가 목욕(性)이란 소재를 자유로이 다룰 수가 있다는 것은 삶에 자신감 때문이요, 일상에 진실이 있기 때문이다. 인생에 자신감과 자신의 삶에 진실성이 결여된 무언가 숨기고자 하는 결핍이 존재한다면 이 소재는 다루지 못했을 것이다. 그만큼 화자는 가족에게 남편에게 어머니로서 아내로서의 따스한 사랑의 체온을 마음껏 주었음을 알 수 있다.

「황진이와 이 밤을」은 화자가 취미생활로 하는 우리의 국악의 멋스러움에 대하여 피력했고 「콩과 콩깍지」는 자연과 인간을 콩과 콩깍지로 비유해서 쓴 수필이다. 그러니까 자연과 인간은 둘이 아닌 하나라는 의미로 오늘날 심각한 대기의 오염과 물의 오염, 소음 등 절실한 현실의 문제를 고민하고 있음도 눈여겨볼 만하다. 사회의 심각한 고민을 글을 통해 독자와 나눈다는 것은 작가의 임무이기도 하다.

특히 「황진이와 이 밤을」의 마지막 문장은 우리 국악의 멋스러움을 아주 감칠맛 있게 표현하고 있다.

산속에 앉아 선비가 불어주는 대금의 애간장 끊는 가락에 달빛을 타고 훌쩍 과거로 떠나간다. 시조로 시름을 달래던 황진이가 벽계수 이야기를 들려주며 한숨을 쉬면 그녀의 마음을 달래려고 나는 법구놀이에 육채 칠채로 장고를 친다.

3. 애정이 넘치는 미학성

짧은 지면을 통해 작가의 작품세계를 서술한다는 것은 그 자체가 무리일 것이다. 더욱이 서원순은 젊은 작가로 앞으로 성장 기간이 무척 길다. 앞으로 그의 문학의 세계는 무궁무진하게 발전할 것이다. 필자가 그렇게 생각하는 것은 화자의 인연을 소중하게 여기는 신뢰성에서 된 소이다.

아무튼 서원순의 수필을 한마디로 특징 짓는 것은 무리지만 앞에서 이미 언급했듯이 「목욕」에서 보는 것처럼 그의 수필은 지나친 수식이나 눈부신 현란성이 아닌 그의 진솔한 미학성에 있다. 사건의 기술이나 사물의 묘사(描寫)보다는 복합적인 형상성에 치중하고 있기에 묘미가 있다. 따라서 논리나 상의 형상 속에서 정서적 생채와 힘을 극적으로 구사하면서도 맑고 그윽한 서정을 표출하고 있어서 글에 깊은 정감이 돈다. 문학이란 바로 이런 미적 심리를 통해서 인간을 감동시키고 새로운 삶을 향해서 끌고 갈 때 훈감스러운 맛을 더 한다. 현란한 문장은 찬란하고 아름답지만 영혼성이 빈약하고 소박한 문장은 반대로 현란함 대신 영성이 풍부하다. 그래서 소박한 문장은 허상과 과장보다는 재치와 기지를 살려 우리의 가슴에 던져 부는 혼의 문학이라고 결정짓게 된다. 그의 소박하고 편안한 인상과 함께 그녀만이 갖는 수필의 장점이 아닌가 한다.

한국 수필이 안고 있는 문제로 양적인 것은 극복되었지만 질적인 문제가 과제로 남는 이때, 서원순 같은 작가가 우리 수필문단에 배출되었다는 것은 지극히 다행한 일이라 생각된다. 그것은 지금까지의 그의 수필을 두고 한 말이 아니라 한 문장을 쓰기 전에 숙고하고 연구하는 그의 노력이 엿보이기 때문이라 생각한다. 서원순은 가정적으로 깊은 시련을 겪었고 그것이 인생의 거름이 되어 살아가는 것이 무엇인가를 알았을 것이다. 그러기에 앞으로 더욱 깊은 맛을 우려내는 수필가로 우뚝 성장할 것이라 판단된다.

순수, 그 의미의 성(城)

— 소묘란의 수필정신

1. 소묘란 수필의 출발

소묘란의 수필 출발은 1990년 초부터가 아닌가 한다. 광주 YMCA 문예 강좌를 받으면서부터였다. 따라서 본격적으로 문단활동을 시작한 것은 《시와 의식》에 등단(1991)하면서부터였다. 그 후 그는 《남도수필》 동인으로 활동하면서 활발한 작품 활동을 하였고, 《수필과 비평》 편집인으로 일하면서 전성기를 이루었다. 그 뒤 《광산문인협회》가 발족하면서 사무국장으로 문단에 적극적으로 관여하였고, 현재는 《대한문학》 편집인으로 활동하면서 화보 에세이 연재를 맡았다.

이렇듯 소묘란은 무려 14년여 동안 작품을 써왔다. 그런데 이제 처녀 수필집을 상재하면서도 못내 자신을 다음과 같이 고백하고 있다.

> "아무것도 모르면서 무엇을 말하고자 하는 자체가 부끄럽다. 하지 말았어야 할 일을 한 것 같은 생각에 사실 염려가 크다."
>
> ―「서문」

이렇듯 수필을 대하는 그의 정신은 조심스럽다. 그만큼 문학을 신성시하고 문학을 사랑하는 작가다. 사실 그는 지금도 수필가라는 말을 사양하고 있다. 문학 앞에서 언제나 소녀 같은 순순한 마음으로 고결하리만큼 청순한 마음을 가지고 있다.

한 마디로 소묘란은 '정(情)이 풍부한 사람'이다. 이해와 독선 속에서 살아가는 세상에서 소묘란 만큼 훈훈하고 넉넉한 마음을 가지고 살아가는 사람이 흔치 않다. 그는 큰 정자나무다. 많은 사람을 품어주고 많은 사람을 안아주고 많은 사람에게 안식과 쉼을 주는 덕인(德人)이다. 그러면서도 늘 손해보고 살아가는 사람이다. 언제나 따스한 정감을 안고 살아가는 그의 서민성은 작품 세계에서도 드러난다. 그의 애틋한 정은 겨울의 백설이 세상을 설경으로 수놓듯이 그런 환상성을 꿈꾸는 소녀같은 사람이다. 아마 소묘란 같은 사람만 존재한다면 이 세상은 법이 필요없을 지도 모른다. 그렇게 착하고 그렇게 순후하고 그렇게 부드럽다.

그의 수필집 『지금도 그곳에는』은 그간 틈틈이 써온 60여 편의 작품이 실려 있다. 1부는 탐미적인 사랑을 집중적으로 다루었고, 2부는 가정에서 일어나는 이야기를 모은 것들이다. 그리고 3부는 자신에 대한 문제를, 4부는 자연을 보고 느낀 것을, 5부는 우리들의 삶을 심층 있게 다룬 것들이고, 6부는 고향을 중심으로 아버지에 대한 그리움을 적고 있다.

그의 작품을 일일이 읽으면서 느낀 것은 아직도 채워지지 않은 어떤 여한(餘恨) 같은 순수의 발상이 아직도 그의 가슴 언저리에 충일하게 그러면서도 아주 현란하도록 아름답게 몽환적인 꿈결로 출렁거리고 있다. 그러니까 그는 객체의 충돌을 아직도 수용하지 못하고 소녀적인 순수의 감성을 그대로 노출시키고 있다. 그러면 그 순수의 감정은 어디에서부터 출발된 것일까. 그것을 살펴보는 것이 이 글을 쓰는 목적이라 할 수 있다.

2. 순수, 그리움의 불꽃

어떻게 하면 가장 밀도 있는 작품을 구성하느냐는 문제는 앞으로도 꾸준한 연구의 대상이지만 문학성의 결정적인 요소는 언어의 중시성에 있다 할 것이다. 그래서 문학은 언어의 연금술이라 말하기도 한다. 문학과 비문학의 차이도 언어의 중시, 즉 문학적 장치문제라면 문학의 언어는 사실의 전달에 있는 것이 아니라 독자로 하여금 느끼고 깨닫게 하는 데 있다. 작가의 의식을 수용하고 체험화해서 작가의 의식 속으로 밀도 있게 접근함으로써 독자가 작가 곁으로 다가서게 된다. 그러므로 문학적인 언어는 단순한 진술이 아니라 상징적인 언어의 숲을 탐색하는 장인이어야 할 것이다. 그러면 소묘란은 그 언어의 숲을 어떻게 탐색하고 운용하고 있는가를 다음 작품을 읽어보자.

> 가을이 곱다.
> 붉게 타는 단풍은 석양 노을 만큼이나 아름답다. 눈시울이 시리도록 고운 가을이다.
> 산바람을 타고 내려오는 단풍은 골짝 골짜기마다 붉게 물들어 있다. 천연의 색마다 아름다운 빛깔들이다. 갈색은 갈색대로 설레임이 있고, 적색은 적색대로 극치의 아름다움이 있다.
>
> ―「가을, 그리고」

언어의 중시성은 충분한 언어의 교감 속에 주제를 향해서 자연스럽게 작가의 감정이 매체될 때 확연하게 표출된다. 다시 말해서 작가의 감정이 움직여서 언어화 되는데 그 언어의 영상 속에 작가정신이 자연스레 상응할 때 그 운용의 묘미가 우러난다. 그것을 상응의 원리라 할 수 있는데 소묘란은 그 원리를 적절히 운용하고 있음을 발견할 수 있다. 현상세계와 잠재된 우주의 질서를 한폭의 그림으로 확장시켜서 자연의 질서와 생성의 흐름을 이화해 시적 역동성을 주고 있다. 따라서 그 작품은 최초의 지각 가능성으로 전이되어 맺임과 풀림을 반복하면서 변화무쌍한 자연의 원리 속에 함몰시키는 역동력을 지닌다. 그래서 그의 작품은 묘미가 있다. 이렇듯 그는 언어의 조탁 과정이 경험적인 이미지를 활용하여 심상을 통하게 하고 수용자로 하여금 그것을 깨닫게 하는 멋을 부린다.

1) 아버지에 대한 그리움

인간이란 참으로 복잡 미묘한 존재여서, 주체와 객체라는 두 개의 축이 끊임없이 반복하여 충돌한다. 그 충돌을 극복하는 데는 두 가지 방법이 있다. 하나는 그것을 정복하는 길이고, 또 하나는 그것을 수용하는 길이다. 그러나 이성에 의해서 억압받은 것은 무의식 세계에서 계속 잠복하여 반란을 일으킨다. 그것을 꿈이라고 프로이트는 설명한다.

소묘란이 아버지에 대한 강한 집념을 버리지 못한 것도 바로 프로이트의 설명으로 가능할 수 있을지 모른다. 그는 왜 아버지에 대한 강한 집념을 그토록 버리지 못하고 있을까. 그것은 어쩌면 내면의 충돌 속에 빚어진 갈등을 충분히 수용하지 못하는 데서 오는 저항적인 현상일 것이다.

> 십 년 전, 말간 옥색 한복을 입으시고 홀연히 나타나시어 평시처럼 제겐 엷은 미소 한 번 흘리시고 훌쩍 떠나시던 아버지. 너무 놀라 깨어 보니 꿈이었습니다. 그런데 꿈에서 깬 후 왠지 모를 불안함으로 어찌할 바를 몰라 했는데 결국 한 통의 전화가 가슴을 '쿵' 하고 내려앉게 했습니다. "아버지 돌아가셨다"라는 오빠의 말 한마디는 청천벽력이었습니다. 비록 천리 먼 길 떨어져 있어도 항상 제 곁에 계신 듯하였던 아버지. 출가한 딸집에 친정아버지가 찾아가는 것이 무슨 예의에 어긋난 일이기라도 한 듯 단 한번도 발길 주지 않으셨던 무정하신 아버지. 먼 길 떠나실 줄 미리 아셨는지, 일가친척 다 찾아 보셨으면서도 '눈에 넣어도 안 아플 내 자식이라' 하시던 평상시 그 말씀은 어이 하시고 딸 사는 것 한 번 돌아보시지도 않은 채 그리도 급하게 우리 곁을 떠나셨습니까. 5월의 나비처럼.
>
> ― 「5월에 띄우는 편지」

아버지에 대한 추억이다. 즐거우면서도 즐겁지 않다는 헤르만 헤세의 말처럼, 소묘란은 살아있으면서도 살아있지 않은 아버지에 대한 강한 집착력을 버리지 못하고 있다. 아버지로부터 유별난 사랑을 흡수하면서 자

라왔는데 그 환상을 현실의 삶에서 충분히 보상받지 못한 결과에서 빚어
질 수도 있지만, 그것보다는 소녀적 이상에 대한 동경, 또는 프로이트의
분석을 원용한다면 새로운 질서를 창조하기 위한 몽환적인 꿈으로 해석
될 법하다.

그러나 필자는 환경적인 요소라기보다는 변증법적인 사상이라 보고 싶
다. 어떤 예술적 작품이든 내부적으로 많은 모순을 안고 있듯이 이 세상
의 모든 형상은 모순에서 출발하고 모순에서 끝을 맺는다. 앞에서도 언급
했지만 그것은 부정(父情)이 그의 가슴을 관통하고 있다는 사실은 아직도
행복한 환경에서 벗어나기 싫은 것이다. 이것은 복잡한 모순 관계를 어떻
게 정확하게 인식하고 처리할 것인가 하는 것은 자각의 기교문제와 밀접
한 관계가 있다.

소묘란은 그 모순의 해탈방법을 이제는 다시 찾을 수 없는 부정(父情)에
서 얻고자 한다. 그것은 충분히 균점되지 못한 현실보다는 그 이상향을
아버지에게서 얻고자 하는 강한 욕구의 발산을 변증법으로 처리함으로써
자연스레 내면의 충돌을 소화해 내고 있는 것이다. 앞으로도 소묘란이 붓
을 멈추지 않는 한 그리고 그가 이 세상에 존재하는 한 주체와 객체의 두
개의 개체들이 끊임없이 반복하여 충돌할 것이다.

> 남자라면 식사 때 반주 한 잔 정도는 마실 줄 아는 게 좋지 않을까. 그러면
> 경직된 시간들을 지혜롭게 풀 수도 있고 술 한 잔의 정취 속에 정담도 나눌 수
> 있을 것이기 때문이다.
> 그런데 술이라면 밀밭만 걸어도 취할 정도로 담을 쌓은 남편을 만나게 되어
> 술의 운치를 맛볼 수 없게 되었다.
>
> —「술의 매력」

이렇듯 소묘란의 갈등은 동질성의 미확보에 대한 연민이다. 술을 마신
다는 것은 동질성에 대한 회복이며 자아에 대한 진실 탐구에 대한 해법일
수 있다. 그래서 작가는 술에 의지함으로써 밝은 세계를 한정적인 공간으

로 끌어들이려 한다. 그런 의미에서 그에게 술은 일종의 해방공간이요, 삶의 완충지대이다. 즉 억압된 자아 세계에 무의식의 세계를 접함으로써 또 하나의 해방된 자아의 공간을 확보하고자 한다. 그러니까 작가 소묘란은 술의 미학 속에서 자기류의 확립을 위해 술의 묘미를 근원으로 확보하자는데 소이가 있는 것이요, 술 자체에 의미를 둔 것은 아니다. 아무리 악담을 퍼부어도 소묘란에게 있어서 술이 주는 진실만큼은 그 누구에게서도 만나지 못할 것을 잘 알고 있을 것이다. 영양 과잉의 해소를 위해 예술이란 놀이가 형성되었듯이 그의 영혼의 위안은 한 잔의 술이 주는 정취 속에서 충분히 잠재될 수 있을 것이다.

2) 탐미적 사랑

> "사랑이라는 말은 넓은 영역을 넘나들기 때문에 간단히 정리할 수는 없는 포괄적이고 추상적인 용어이지만 용어 자체만으로도 따스함을 느끼게 된다. 종교에서의 사랑은 '구원의 영역'을 그리고 꽃을 사랑한다는 말엔 '좋아한다' 라는 뜻을, 이성을 사랑한다는 어의에서는 '행복' 이라는 개념을 도출하지만, 모두 친근미로 다가서고 싶은 의미를 생성한다."
>
> — 채수영, 『시적장치와 의식의 성』(푸른사상, 2002), p184.

소묘란의 수필에서 떠받치고 있는 또 하나의 기둥은 바로 이러한 탐미적인 사랑이다. 좀더 엄밀히 말하자면 소묘란은 이러한 사랑의 터널 속에 어떤 행복을 느끼고 있는지도 모른다. 키에르케고르는 인생의 가치를 탐미적 관계, 윤리적 관계, 종교적 관계 등 세 단계로 설정한 바 있는데, 소묘란은 탐미적 세계에 심취해 있다고 할 수 있다. 탐미적 세계는 바로 예술적인 세계로 감각미를 추구하는 세계다. 감각미는 유적인 아름다움의 미로 접근될 수도 있다. 그러나 시인 바이런과 위고를 좋아했던 디다러스는 '감각미는 진리의 탐구와도 통하는 세계' 라고 예술적인 진실을 높이 강조한 바 있듯이, 소묘란 또한 표현하고자 하는 아름다움은 바로 반육체적이고 정적인 정신세계에 맞닿아 있다.

> 내가 말이 없음은 말하고 싶지가 않기 때문이 아닙니다. 할 말이 없기 때문
> 입니다. 말하지 않아도 알 수 있는 것을 굳이 말로 표현하려함은 말로 표현하
> 려는 것이 무리이기 때문입니다. 유창하고 화려한 갖가지 말을 다 동원한다 하
> 여도 가슴 깊은 곳에 깃든 뜻은 어떠한 언어로도 전달할 수 없을 것입니다. 그
> 러기에 말수가 적은 사람일수록 행동언어라는 제2의 언어로 표현하게 됩니다.
> 눈빛만으로 전달하는 언어가 있다면, 혼신을 다해 뜻을 전달하려는 행위예술
> 도 있지요. 언어가 통하지 않는 사람들에게는 손짓, 발짓 뿐 아니라 온몸으로
> 구사하는 바디랭귀지 또한 표현 방법이기도 합니다.
>
> ―「사랑은」

탐미적인 세계는 어느 한 사람에게 향한 특별한 사랑이 아니라 '꿈꾸
는 행복' 그 자체다. 그것은 일정한 대상에 존재하는 것이 아니라 그저
꿈꾸는 자체로써 만족하고 행복을 느낀다는 사실이다. 꽃, 산, 강, 물, 초
목, 나무, 바다, 하늘, 또 시, 노래, 여행 같은 것일 수도 있고 술 같은 기
호식품일 수도 있다. 그러나 그 탐미적인 정체는 철저한 진실과 순수성에
있다는데 우리는 안심해도 된다.

> 그런데 어찌된 일입니까? 그토록 싱그러운 시간이었는데도 그토록 아름다
> 운 하루였는데도 봄바람은 자꾸만 제 가슴속을 시리게 파고들었습니다. 그것
> 은 너무 좋아 눈물이 나는 그런 감정과는 다른 것입니다. 그렇다고 못다한 한
> 같은 것이 있어서도 아닙니다. 그 고운 꽃 빛을 바라볼 때마다 저는 울고 싶어
> 지는 서러움이 밀려오곤 하였습니다.
>
> ―「그리움인가」

체르니셰프스키는 '생활은 곧 미다' 라고 했다. 우리가 이해하고 바라
는 세계는 아름다움의 본체를 가지고 있다는 것이다. 그것은 사람의 희
망, 동경, 열망을 품으며 아름다움을 위해 분투하는 것이 우리들의 삶이
라는 것이다. 이러한 색채 있는 삶 때문에 인간의 생활은 더욱 숭고하고

이상적이라 할 수 있다. 그러나 이와는 크게 다른 저속한 삶으로 돈과 명예, 허위와 과장, 망상과 질시로 온 육체를 꽉 채운 그런 삶도 있다.

그런데 소묘란은 심미 이상의 필연적인 소산을 수필로 표출시키고 있다. 소묘란의 눈에는 아름다운 자연의 정물 속에서 잃어버린 시간의 아쉬움을 애련한 그리움으로 꽃피우고 있다. 그것은 작가의 승리의 눈이라 할 수 있다.

> 바람이 분다.
> 소슬한 가을바람이 불어온다. 가늘게 떨고 선 여인의 가슴에 가을바람이 인다. 바람이 불면 내 곁을 떠난 사람들이 하나 둘 그리워진다.
> 바람은 을씨년스런 내 사념에서 그리운 이들을 불러내고 또 그들을 몹시 그리워하게 만든다. 바람소리에 끌려 작은 뜰을 나서니 포도 잎사귀가 바르르 떨고 있다. 종내 떨어지고 말 것을 안간힘을 쓰며 서너 차례 일렁이다 기어이 땅 위로 곤두박질치고 만다. 어느새, 뭇 낙엽들도 나무 밑둥을 덮고 있다.
>
> —「바람처럼」

사람들은 동일한 환경 속에서도 서로 다른 체험을 갖는다. 어떤 사람에게는 무의미하기 짝이 없는 환경이 다른 사람에게는 아름다운 환경으로 다가올 수 있다. 바람에서도 그렇다. 바람은 우리의 일상에서 흔히 만나는 소재다. 그리고 그 바람은 자연의 목소리요, 자연의 노래다. 화자는 바람이라는 자연의 암호를 통해서 먼지 묻은 일상의 번민을 모두 털어버린다. 그러나 그 속에는 회억과 그리움이 뒤엉켜 온다. 그래서 무위자연의 삶의 자세로 회귀한다. 이처럼 화자는 거대한 데서 소재를 취하는 것이 아니라 일상의 자연 속에서 소재를 찾아 그것을 이화한다. 그래서 수필이 난해하지 않으면서 친근감이 있고 부드럽다. 인간의 정신적인 욕구는 하나에 치우친 것이 아니라 언제나 움직이고 이동한다. 이 같은 그의 정서적인 흐름은 다양성을 연출해 낸다. 여기에 작가의 재능이 따른다. 화자의 응시의 시선을 통해서 현실에 대한 이해의 폭을 넓혀주고 삶을 깨닫게 하는 소이도 여기에 있다.

　　무화과나무의 뿌리를 보면서 이런 생각을 해 보았다. 내 뿌리는 어디까지인
가 하고— .

—「뿌리」

　　"몹쓸년들"
　　달빛이 스며드는 정지바닥엔 그 할머니의 골 깊은 수심의 그림자가 짙다. 그
모습을 훔쳐보아야 하는 내 가슴에도 차디찬 얼음덩이 하나 올려놓은 듯 시리
고 아프다.
　　유정한 달빛이 오늘은 왜 저리 무정할까.

—「달빛 무정」

　　그러나 걷잡을 수 없는 서글픔에 진저리치게 될 때에 다행스러운 것은 떠올
려 지는 사람이 있어 그나마 위안이 될 수 있습니다.

—「사랑하는 사람에게」

　　이 비 그치고 나면 해맑은 얼굴로 굳어진 일상에서 다시 태어나지 않을까.
—「이 비 그치고 나면」

　　장자는 '나비'를 통해서 인간 인식의 한계를 재미있게, 그러면서도 인
간 사고의 극을 보여준 바 있듯이 화자 역시 우리들의 삶의 한계를 작품의
결미에서 어김없이 보여주고 있다. 결국 독단적인 인간의 오만을 부정적
으로 암시하여 줄 뿐 아니라 인간이 "어떻게 살아야 하는가?"하는 질문을
독자들에게 던져주고 있다. 그러니까 화자는 사물을 공리적인 시선으로
바라보는 것이 아니라 심미적인 관점으로 본다. 그러나 그 흐름의 원동력
은 무엇인가? 이미 굳어버린 잠재성이 소멸되지 않고 봄이면 새싹이 어김
없이 솟아나듯이 순수의 존재입자들이 그의 가슴을 열고 솟아난다.

3) 삶의 의미, 그리고 나

　　인간이란 존재는 무엇일까? 조금만 더 깊이 생각해보면 우습기 짝이

없다. 아침에 일어나 세수하고 옷을 입고 욕망이 가득한 눈으로 출근한다. 그리고 그곳에서 벌어온 돈으로 먹고, 마시고, 뒹굴고, 잠자고, 깨어서 일터로 나간다. 맛있는 음식을 먹음으로써 만족해하고 좋은 집에 삶으로써, 그리고 좋은 색시를 곁에 둠으로써 웃는다.

그러나 이런 조건이 모두 갖추어졌다고 해서 행복의 조건이 갖추어진 것일까. 아니다. 그렇다면 무엇이 인간의 행복이란 말인가. 정답이 없다는데서 우리는 또 한 번 갈등하고 고민해야 한다.

화자는 이러한 인간의 모순을 너무도 잘 알고 있다. 그래서 그는 한 마리의 산새가 되고 싶은지도 모른다.

> 내 마음은 북한산 구릉 위를 날아다니는 산새이고 싶다.
> 세속의 온갖 인연과 별리하고 청아한 골짜기 맑은 물위를 차고 나르는 산새이고 싶다.
> 새벽녘 울려 퍼지는 고승의 목탁 소리에 심연을 일깨우고 산짐승 울음소리에 함께 어우러져 지저귈 수 있는 깊은 산 깊은 골의 산새이고 싶다.
>
> —「가릉빈가」

> 방하착. (放下着).
> 놓아라. 미련과 욕심 사랑과 미움 그 모든 것들을.
>
> —「욕심, 그것에서 벗어나면」

대부분의 많은 작가들이 이러한 인생의 문제에 대하여 집착하기 마련이다. 카프카, 볼테에르, 사르트르, 앙드레 말로 등 수없이 많다. 그 가운데서도 톨스토이는 이 문제에 대하여 더 많은 집착을 보여 왔다. 그 결과 톨스토이는 인생의 행복이 세속적인 성공이나 부귀에 있지 않다는 것을 찾아냈다. 그것은 바로 '희생과 봉사'였다. 비록 화자 소묘란이 톨스토이의 의식에 접근하지 못했다할지라도 그는 모든 것을 놓는 일(放下着)만이 행복의 접경지대라는 깨달음을 이미 확보했음을 알 수 있다. 그래서 그의 수필은 읽기에 넉넉하고 우리에게 모든 것을 벗어나게 하는 즐거움이 있다.

4) 무의식 속의 그리움의 꽃밭

　사물에 대한 인식은 주체와 객체에 의해서 결정된다. 즉 자아의 지각과 주어진 현상(환경)이 결합되어 새로운 생각을 낳는다. 그러나 그 생각은 다시 경험과 병합되면서 수정 보완된다. 그러나 유년의 근원적인 인식은 현상과 반항하면서 내부에서 절대적 종교적인 가치로 승화되어 특별한 경우가 아니고는 절대 지워지지 않는다. 그것은 미완성에 대한 소외의식이 작용할 때 더욱 거세게 요동친다. 이와 같이 인간의 의식의 내부에는 무의식이 끊임없이 작용하여 의식을 방해하고 있다. 그래서 작가의 체험은 의식 세계와 무의식의 세계를 배회하고 있다. 그래서 작품은 작가의 무의식까지도 환하게 보여주고 있다 하겠다.

　화자의 작품에서 경험적인 인식, 즉 일상적 차원의 개체적 경험이 그리움의 불꽃으로 확장되었음을 볼 수 있는데, 그것은 주체와 객체의 공존을 전제로 나아가는 두 개의 융합에서 획득되어진 꿈이 그리움의 불꽃으로 녹아내린 결과인 것이다. 그것은 높은 곳을 향하여 오르는 시지프의 주체와 객체의 갈등을 극복하려는 그런 고통의 갈등은 아니다. 어디까지나 순수의 완성된 삶으로 향하는 즐겨 부를 수 있는 신화적인 노래라 볼 수 있다. 작품의 실체에 대한 분석과 평가는 물론 수용자에 의해 결정되겠지만, 그의 수필은 동원된 언어 자체가 매우 정선된 것이어서 문학적 가치로써 충분히 평가 받을 수 있다고 생각된다.

　그러나 작가의 정신은 한 마디로 순수를 향한 그리움의 불꽃이라 할 수 있다. 이것을 비틀어 표현한다면 몽환적인 추억여행이라고 해도 될 것이다. 하기야 어찌 소묘란 뿐이겠는가. 인간은 나름대로 삶에서 이루지 못한 절대적인 병증을 갖고 있다. 자아의 절대 앞에 그것이 언어의 영상으로 표출되고 노래되어 계시 세계로서의 평온으로 다가온다. 그러면에서 소묘란의 수필은 더 많은 날개를 달고 꽃을 피워낼 것이다.

제2부
정화된 영적공감의 세계

1. 남도수필 출판기념회
2. 전라수필 출판기념회
3. 『일산에세이』 출판기념회

정화된 영적공감의 세계

— 오정순의 수필정신

1. 오정순의 비밀

오정순은 1948년 전남 광양에서 태어났다. 68년 광주 교육대학을 졸업하고, 바로 경기도 안산 초등학교에 근무하다가 1년 만에 사표를 던진다. 교사는 누구나 선호하는 직업이다. 그런데 그는 사표를 던진 것이다. 오만함 때문이 아니다. 인간적인 배신감 때문이다. 그렇게 그는 용기있는 사람만이 결행할 수 있는 대담한 모험가다. 그의 사표의 변을 「마지막 가위소리」에서 다음과 같이 적고 있다.

> 한 집단의 선배가 바람막이가 되지 않고, 후배를 화살 받이로 앞세운다면 누가 따를 것인가. 규칙의 노예가 되고, 개근에 목을 맨 학창시절의 융통성 없는 삶의 경종이었다. 반응 없이 참다가 줄을 놓아버린 것은 사는 기술이 부족한 탓이었다.
>
> — 「마지막 가위소리」

필자는 솔직히 이런 용기가 없다. 그래서 오정순의 용기에 박수쳐 주고 싶은 감복을 어찌할 수 없다. 그 대담성, 그리고 과감성은 아무나 행동에 옮길 수 없다.

톨스토이가 사랑을 실현한 사람이라면 소크라테스는 사회의 정의를 실현한 사람이다. 이 두 사람이 역사적으로 선구적인 인간이라면 오정순 역시 그 정신적인 면에서 이들과 같은 대열에 들어선 사람이라고 해도 무방할 것이다. 톨스토이나 소크라테스의 시대도 오늘날처럼 가식적인 사람이 대접을 받으며 호화스럽게 살아갔다. 예술가를 비롯하여 모든 상층부의 지식인들은 권위와 형식을 빌어 은폐 속에 비윤리적인 부정을 깔고 평안을 누렸다. 그런 음지의 계곡을 차단하고자 나선 사람들이 바로 톨스토이나 소크라테스라면 비록 빈약한 목소리지만 오정순의 정신 속에도 그런 맑고 깨끗한 정의의 피가 도도하게 흐르고 있다는 것을 부정하지 못할 것이다.

그가 사표를 내고 4개월이 지난 어느 날, 자신의 힘으로 일을 얻어보고자 하는 순간, 교육잡지 《새교실》에 응모한 교단 수기가 당선되었다는 통보를 받고 원고료를 받으러 갔다가 인연이 되어 출판사에 근무하는 새로운 전기를 맞게 된다.

그런데 첫 급료가 8천원이라는 것이 확인되는 순간, 뜨겁게 고여 드는 눈물의 고통을 참을 수 없었다고 고백한다. 그는 "행동하지 않은 선은 없는 것과 같고, 짓밟히는 선은 무능이다."라는 생각이 차오르자, 사장 앞으로 달려가 눈물을 삼킨다. 교사봉급의 3분의 1에 해당하는 급료라는 것을 안 사장은 교사의 봉급보다 30프로가 많은 액수를 올려주겠다고 약속한다. 그렇다면 오정순은 사장이 놓치고 싶지 않은 인재였다는 것을 어렵지 않게 확인된 셈이다. 얼마나 깨끗하면서도 당당한 도전인가. 오정순의 깨끗한 정신은 이질적인 사회 문화에 정면으로 대응하면서도 어떤 숙명적인 간난에 대해 조금도 두려워하지도, 그렇다고 뒷전에서 노닥거리며 비굴하게 구는 그런 범상한 사람이 아니라는데 인간적인 매료를 느끼지 않을 수 없다.

"부끄러운 줄 모르고 일 처리하는데 아연해지지 않을 수 있다면 그곳에 남아 있을 수 있지만, 나는 용납할 수 없었다."는 오정순의 고백에서 그가 어떤 삶의 형태를 취하고 있는가를 이해하기에 부족함이 없을 것이다. 그는 「텅빈 하늘을 바라보며」에서 그가 꿈꾸었던 자신을 보여주고 있다.

> 한때 나는 수녀가 되고 싶었다. 막연하게 수녀원은 정신적인 무균지대일 것이라 믿었다. 제복에서 풍기는 정결함과 화장기 없는 얼굴, 다소곳한 자세와 부드러운 음성은 그 길을 걷고 싶게 했다.
>
> ― 「텅빈 하늘을 보며」

결국 그는 수녀원을 찾아가 상담자에게 맡겨진다. 그 순간, 수녀원의 냉엄한 분위기와 수녀들이 자신을 밟고 걷는 것 같은 적막함과 숨막히는 분위기 속에서 상실당한 불멸의 빛을 발견하고 되돌아오게 된다.

이렇게 그의 정신은 수정과 같이 맑다. 그가 꿈꾸었던 무균지대가 수녀원이 아니라, 바로 오정순의 내면에 그대로 잠식되어있다는 생각이 든다. 남의 부정을 용납 못하는 사람이라면 자신의 부정도 용납되지 못하는 사람일터, 그렇게 청정지대에 살아가는 사람이 오정순임이고 보면 그를 수용하지 못한 우리 사회가 얼마나 오염되었는가를 알 수 있을 것이다.

2. 천상묘득(遷想妙得)의 미학

출판사에 입사하게 된 계기가 아니더라도 오정순은 글을 쓰지 않으면 안 되었을 것이다. 그만큼 그는 글에 재능을 지니고 있음을 그의 수필에서 엿볼 수 있다. 그의 필력은 이미 《새교실》 잡지사의 교단 수기에 당선됨으로써 탄탄한 문장력을 지닌 작가임을 인정한 바 있지만, 여섯 권의 수필 속에서도 문장에 하자가 발견되지 않는 것은 문학적 재능이 예사롭지 않음을 확인할 수가 있다. 그래서 그는 등단하자마자 중견작가로 주목을 받기에 이르렀을 것이다.

그의 첫 수필집, 『그림자가 긴 편지』(1995)를 비롯하여, 『언젠가 우리는 문 앞에 서 있다』(1999), 『나는 사람 꽃이 좋다』(1999), 『지갑 속의 쪽지 한 장』(2003), 『놀며, 그리며, 생각하며』(2006), 『태어나서 돌까지』(2007) 등 여섯 권의 수필집에서 아주 튼튼하면서도 무게 있는 수필을 보여주고 있다.

그의 첫 수필집 『그림자가 긴 편지』의 72편 가운데 「텅빈 하늘을 바라보며」를 좀더 언급하지 않을 수 없다. 아름다움을 보려면 그 자신이 아름다워야 한다는 말을 어디선가 들은 것 같다. 오정순의 아름다운 영혼은 그의 정신 속에 이미 알갱이로 꽉꽉 채워졌음을 발견할 수 있다. 정취와 사물의 자태(姿態) 사이에 맑은 영혼이 흘러오고 흘러감을 문장 사이사이에서 맛보게 된다. 그것은 세속세계와 신선(수녀원) 세계에 대한 묘사력에서도 발견되고, 문장 어느 부분이나 그러한 청교도(淸敎徒) 정신을 엿볼 수 있다. 세속의 삶의 그리움은 신선세계를 그리워하다가 시들고 지는 것이라면 오정순의 문학세계는 차라리 그 세계를 정복하였다고 말하고 싶다. 왜냐하면 그는 대책없이 사표를 낸 후, 위장 출근을 하면서도 심각한 후유증이나 후회 같은 정신적인 알레르기를 발견하지 못했기 때문이다. 오히려 그의 저력에는 생명에 대한 의지가 활활 넘쳐나고 있었다는 것은 그가 달인 같은 경지에 와 있지 않고는 어려웠을 터다. 이것은 삶의 큰 축복이며 의지이기도 하다. 「바퀴벌레의 진실」에서 보는 것처럼 일상을 돌파하여 본래적인 실존으로 비약하는 것이 철학의 근본이듯이, 하나의 물상(物象)을 통하여 인간의 해체된 진실을 회복하기 위한 융합성이 그가 지니는 수필의 정신도이다. 구체적으로 말한다면 그녀는 인간 존재의 내면적 근원성이 혼돈과 소외라는 비극적 실체를 통하여 우리들의 삶의 방향을 짚어주고 있다. 「가루내기」, 「파를 뽑으며」, 「성북동 감이 익을 때」 등 어느 수필을 막론하고 예술적 사유의 넓은 폭과 깊고 광대한 영혼성의 자리를 보여준다. 그녀가 보여주고자 하는 미학성은 본질상 사물에 대한 관념을 통하여 세공된 삶의 형태라 할 수 있다.

신선은 천지를 두루 다니며 이르지 아니한 곳이 없듯이 그의 의상(意象)

은 때로는 하늘을 날아오르기도 하고 때로는 땅을 헤엄치는 기세를 가지고 있다. 그것을 좀더 과장한다면 천상묘득(遷想妙得)의 기법을 취한다고 말할 수 있을 것이다. 그의 「휘파람 소리」는 전화 한 통의 목소리에서 영혼의 날갯짓을 발견하게 된다. 이 글에는 허구가 전혀 없으면서도 허구적인 요소를 느낄 만큼 아주 환상적인 기쁨까지 갖게 한다. 같은 느낌을 갖게 하는 수필로써 「영웅과 쪼다」를 들 수 있다. 일상성의 이야기를 소재화한 이야기이지만 일상성의 이야기가 아닌 심오한 철학성을 담고 있다. 그것은 풍유성의 묘미라고 하겠다. 이 글은 작가가 그대로 토해버리지 않고 오랜 세월 입으로 머금고 있다가 토하는 비밀 주머니 같은 형식을 취하는 필법의 묘미다. 이런 글은 정을 쏟되 감정에 의지하지 않았고 의상(생각)을 쏟되 무거운 이지(理智)가 들어있어 깊은 맛이 우리의 영혼을 울린다. 이런 글은 작가 자신이 맑은 영혼의 소유자가 아니면 맛을 낼 수 없다. 「수필로 쓴 처방전」도 같은 맥락에서 이해된다.

소녀와 달리, 나이든 사람의 삶이 지나치게 반듯해 보인다면 그의 마음은 감옥일 수 있다. 약점이 드러나고 실수하는 것이 사람의 존재양식이기에 자연스럽게 신과 동물과의 중간자로서 본성을 인정하는 것이 인간답다.
—「수필로 쓴 처방전」

문(文)의 자각은 미학의 개념이라면 이 수필은 심미(審美)의식을 짙게 깔고 있다. 화법에 '형(形)을 그리되 그 뜻(意)을 그리지 않아야 한다.'는 말이 있다. 오정순의 「수필로 쓴 처방전」이 바로 그런 글이 아닐까. 그 뜻을 얻기 위해 형을 잊어버린다는 것은 매우 중요한 일이다. 이렇듯 그는 물상(物象)의 생생한 묘사를 통하여 사물의 본질적 특징을 잘 전달하여 주고 있다. 약을 보강하기 위해 강을 때리는 의학적 수법이 수필에 그대로 전용되고 있는 것이다.

3. 영적(靈的) 공감의 세계

제3수필집 『나는 사람 꽃이 좋다』(1999)는 제목이 암시하듯이 그녀의 신앙적으로도 상당한 영적 오름을 알 수 있지만, 수필의 풍모 또한 상당히 변모되어 감을 확인할 수 있다. 한 권의 수필집 속에 162편의 수필이 담겨있다는 것은 그 변모를 의미하고 있다. 눈치 빠른 독자는 이미 감지하고 있을 터이지만 이 때부터 그는 짧은 수필을 터치하기 시작한 것이다. 제4수필집 『지갑 속의 쪽지 한 장』(2003)에서도 140편의 수필을 보여주고 있는데 이는 작가의 변신을 의미한다. 짧다는 것은 우화적인 의미가 담긴 수필이라는 의미도 있겠지만, 바쁜 현대인들에게 읽히는 수필을 제공하고자 하는 화자의 의도된 작업이기도하다. 그래서 그의 수필 속에는 우리들의 영혼을 적셔줄 철리적(哲理的) 문학성이 담겨 있다. 그의 문학이 보여주고 있는 것은 합리적 가치가 문제되는 시대에 있어서 크게 주목 받고 관심을 일으키기에 충분하다. 실존 철학의 경우 자기의 내면적 사유에만 집착하다보면, 합리성과 사회성을 상실하여 반사회성을 야기하게 된다. 그것을 오정순은 그런 모순적인 철학을 기피한다. 그녀에게는 고상하고 아름다운 도덕 풍조와 새로운 형태의 인간적인 심령의 혼이 그의 내면에 이미 자라고 있기 때문에 물상을 모서리에서만 살피는 우를 범하지 않는다. 그러기에 그의 글은 물화(物化)의 경지를 이룬다. 그 가운데 「귀여운 투정」이란 한편의 수필을 보자.

추석 무렵, 출근하려고 대문을 나서던 남편이 아내에게 문단속 잘 하고 다니라고 권하였습니다. 살림한지 30년이 훌쩍 넘은 베테랑 아내에게 이제 막 가정을 돌아보게 되는 직장인의 우려 깊은 지시사항은 귀에 곱지 않습니다.

"보물 1호가 나가는데 뭐 가지고 갈 게 있을라고…"

— 「귀여운 투정」

남을 헐뜯는 병에 걸린 사람의 처방전에는 '사랑의 알약 약간'과 '정성이 깃든 선물 한 꾸러미'라 적혀 있습니다. 원인과 병명을 알면 치료가 빠르지요.
　물질과 마음을 같이 하여야 환자는 회복이 빠릅니다.
　주의 사항에 '기교는 백해무익'이라 적혀 있습니다. 진실만이 효력을 냅니다. 그런 환자일수록 의사의 처방에 아주 민감합니다.

—「사랑이란 처방」

　김소월의 「진달래꽃」을 읽는 기분이랄까, 아니면 「잠언」을 읽는 듯하다고 할까. 아무튼 재미있고, 색깔이 있고, 감칠 맛이 있다. 그렇게 그녀의 글은 참 좋다. 영혼에 약이 되고 마음에 평안을 준다. 많은 말보다 하나의 침묵이 좋다는 것을 오정순의 글을 읽으면 실감이 간다. 중언부언하는 긴 수필이 짜증스러운 것은 별 것도 아닌 말을 너무 늘어놓기 때문이다.
　'글은 모양이 없는 그림이고, 그림은 소리가 없는 시다.'라는 말이 있다. 좋은 수필이란 작가가 하고 싶은 말을 직접 다 말하지 않는다. 물상을 빌어다가 그 물상이 대신하게 말하게 한다. 그러니까 좋은 글은 작가가 말하고 싶지만 작가가 다 말하지 않고 말을 감추고 숨겨둔다. 그것을 찾아내는 것은 독자의 몫이다. 그래서 훌륭한 독자는 숨은 그림을 찾기 위해서 탐색을 하는 재미를 갖게 된다. 「귀여운 투정」이 바로 그런 글이다. 「젓가락 가족」에서는 주인의 섭리대로 살아진다는 신앙적 인생의 진리 속에 우리가 삶을 불평하기엔 너무 짧은 인생이란 생각이 들었고, 「삶을 연주 합니다」에서는 조그마한 기름덩어리가 뇌혈관을 막아 생명 하나를 허무하게 무너뜨린다는 이야기가 작은 것의 위력을 새삼 느끼게 했다. 그리고 「눈물의 해석」에서는 슬픔과 고통의 해석을 어떻게 하느냐에 따라서 한 개인의 삶이 달라질 수 있음에 공감했다.
　최근에 나온 『놀며, 그리며, 생각하며』(2006)는 70편의 아동심리에세이가 그림과 함께 재미있게 집필되었다. 어린이와 함께 하는 현장에서 심리치료요법에 그림과 글을 접목시켜 응용하고 거기서 길어올린 추상적 개념을 글로 형상화하여 실감하게 하는 새로운 분야를 개척하고 있다. 어린 아이들의 책은 아이들에 대한 특별한 애정을 가지고 있지 않으면 손 댈

수가 없다. 그런데 그는 어린이들의 내면을 깊이 이해하고 공감하며 글을 통해 표나지 않게 사랑으로 안내한다. 생활 속의 감동을 형상화시키는 그녀의 글 솜씨는 때로 '아!' 하는 감탄사를 불러일으키기도 하고, 한편으로는 쾌감을 안겨주기도 한다.

작가 오정순의 글에서는 교육자로서의 면모가 돋보이고, 해맑은 삶이 보여진다. 그녀의 사랑과 열정은 창작능력으로 이어지고 있기에 대단한 작가라는 생각을 감출 수가 없다. 그녀의 작품 속에는 세상을 사랑하고, 사람을 사랑하고, 하느님을 사랑하는 메시지가 편편마다 녹아 있어 많은 사람에게 감동을 준다. 그것은 그가 이미 신앙인으로서 부끄럽지 않은 삶을 살고 있다는 증거일 것이다.

4. 마무리

미국의 소설가 다니엘 호나돈은 수많은 작품을 집필했는데, 그 가운데 소년 소녀를 위해 6개의 전기문을 썼다. 오정순도 그에 못지않게 좋은 작품을 쓰리라는 것을 『놀며, 그리며, 생각하며』(2006)를 대하면서 확신할 수 있다. 다니엘 호나돈이 큰 작가가 될 수 있었던 배경은 오직 '진실의 탐구'라는 문학적 인식이 앞섰기 때문에 가능했던 것처럼 오정순 역시 같은 맥락의 작가여서 즐거운 마음으로 미래를 기대한다. 그의 제4수필집 『지갑 속의 쪽지 한 장』의 서문에서 그 같은 희망을 발견했기 때문이다.

> 서로가 살아가는데 따뜻한 위로가 되고 사람 냄새로 해서 눈시울을 적실 수 있고, 삶에 유익을 주는 일이라면 그 쪽으로 관심을 쏟자. 남을 위하는 일이 나를 위하는 일이고 나를 위하는 일도 나를 위하는 일이기 때문입니다.
>
> ― 「서문」

　　오정순은 영적 신앙을 바탕으로 하는 글로 세상을 더욱 아름답게 만들려는 의지를 가졌으므로 그녀의 사명감이 완성되는 날이 올 것이다. "이 세상 그 무엇보다 아름다운 것은 정말로 '사람 꽃' 이 아니겠는가?"라는 그녀의 말대로, 모든 사람들에게 영적으로 흡입되는 날이 올 것이다. 노바리스도 그랬지 않은가. "인간을 만드는 것, 그것이 바로 문학이다."라고….

구원으로써의 이상주의

— 소국 오차숙의 수필정신

1. 수필을 위한 전제

섭섭한 얘기 같지만 수필 작가들은 너무 안이하다. 남이 쓰고 남이 말한 것에 길들여져 있다. 수다한 일상성의 이야기, 천편일률적인 형식, 평범한 화제성, 잡다한 신변성, 그런 진부함에 머물러 있다. 그래서 수필은 지루하고 나태하다는 평을 받는다. 그것에 대한 해답을 채수영의 '수필과 인간학의 함수(『한국문학의 자화상』, 고려원)' 에서 잘 지적하여 주고 있다.

> "수필은 상상력보다는 현실의 경험적 요인에 중점을 두고 있다는데 문제점이 있다. 이를 극복하는 방안은 상상력과 사실성의 조화와 무한의 변경을 개척하는 일이다. 시는 상상력의 기저에서 가장 민감하고 소설은 사실성을 어떻게 구조의 미학으로 만들 수 있는가를 염려하였다면, 수필은 현실과 어떻게 결합하는가에만 충실했다고 할 수 있다. 이는 문학의 미감을 외면하는 우를 범했다는 사실을 인정하지 않을 수 없다. 문학의 세계에서 상상력과 작가가 살고 있는 현실과의 결합이 어떤 경로로 결합되어야 하는가를 가늠하는 논리가 원용하지 못했던 것이다. 작가는 현실을 살고 있기 때문에 현실의 경험 요인은 결국 상상력을 촉발하고 키우는 온상이라는 점을 외면해서는 안 될 것이다."

여기에서 우리는 수필의 방향과 그 문제점을 생각하게 된다. 상상력은 문학의 소재에 대한 영적인 가치와 존재를 해석할 뿐 아니라 사물의 생명을 통찰하는 미학이다. 그런데 많은 작가들은 이를 외면한 채 너무 경험적이고 사실적인 요인에 집착하고 있다. 문학이란 어둠 속에서 눈을 뜨는 작업이다. 그리고 개별화된 성정(性情)에 새로운 세계를 창조하는 미학이다. 인간의 '의지'라는 파편들이 부서지고 쪼개지면서 현란하게 발산하는 그 불빛들은 인간의 영혼을 맑고 따스하게 하는 작업이다. 특히 수필에 있어서는 더욱 그렇다.

우리 수필계의 현실은 미학적 상상력에 인색하다. 사실성에 너무 집착하고 실제만을 고집한다. 추상이든 구상이든 수필도 문학인 이상 미적 쾌감이 본령이 되어야 하는 것은 당연한 일이다. 그리고 아름다움과 즐거움에 대한 동시성을 지녀야 한다. 그런데 수필의 유한성에 갇혀 무한성을 뱉어내지 못하고 있다.

오차숙의 수필은 이와 다르다. 우선 그가 다루는 소재와 주제도 그렇거니와 수필의 형식 또한 파격성의 신선함, 게다가 마력인 언어의 다양성에 매력이 집중된다.

2. 탐색과 응답

소국(素菊) 오차숙은 1953년 제주에서 태어났다. 1995년 《창조문학》을 통하여 「정」 외 4편의 시로 데뷔하였다. 1997년에는 《현대수필》을 통하여 수필로도 등단하였다. 등단한 이듬해인 1998년에 『콘크리트 속의 여자』를 첫 수필집으로 시작하여 제2수필집, 『태풍이라도 불었으면』(1999), 『번홍화』(2003), 『가면축제』(2006), 『수필문학의 르네상스』(2007)를 상재하였다. 시집으로는 『레일 이탈을 꿈꾸고 싶은 날』(1999), 『아름다운 구속』(2001)을 냈다. 그가 발표한 작품은 수필이 무려 200여 편에 이르고 시도 150여 편에 이른다. 그 후 2007년에는 『장르를 뛰어넘어』란 수필선집을 선보이고 있다. 이런 왕성한 활동은 흔하지 않는 일이다. 그런 힘은 어디에서 분출되었을까. 그 분출의 원력은 여러 차원에서 이해될 수 있다. 고통스러운 삶의 해탈일 수도 있고, 자아 탐색일 수도 있겠고, 역상(逆象)으로서 초월적 환상일 수도 있다. 그렇다면 오차숙의 근원적 정신은 어디에 기초하고 있을까. 그 해답을 서문에서 찾아보자.

> "나는 언제부터인가 삶의 무력감에 회의를 느끼기 시작하였습니다. 현실의 팍팍한 축에 의해 헉헉대는 자신을 발견했을 때, 정신만 혼미해질 뿐 남은 게 없음을 알았습니다. 보잘 것 없는 삶을 살더라도 살아있는 영혼에서 자신의 가치관을 찾고 싶었습니다. 주체성을 찾는 것만이 의식을 추스르는 마지막 몸부림이라는 것을 알았습니다.
>
> 이 글은 영혼의 표출이며 희로애락이 빚어놓은 흔적들입니다. 내면의 혼란과 아픔— 한 여인이 토해내는 잿빛그림들입니다."
>
> —「콘크리트 속의 여자」 서문

> 글은 춤사위가 아닐까요.
>
> 봄날에는 햇살을 유혹하고, 여름에는 불꽃으로 솟아납니다. 가을에는 신음하는 영혼을 매만지고, 겨울에는 상처를 다듬으며 침묵을 배우기도 합니다.
>
> 제목을 '나르시시즘의 자유'로 정하고 싶었으나 뜻대로 되지 않았습니다. 몇 작품은 일종의 자기애(自己愛)에 빠진 분위기이기 때문입니다. 때문에, 글밭 사이에서 알 수 없는 연가를 목청껏 노래했습니다.
>
> —「태풍이라도 불었으면」 서문

오차숙에 있어서 수필이란, 무력감에서 탈출하기 위한 수단이며, 영혼의 표출이며 희로애락이 빚어놓은 그림자라 했다. 그리고 춤사위라 했다. 춤사위란 신명 나는 일이다. 그 신명의 무기(誣欺)는 무엇일까. 현재라는 시간 속에서 그가 쓰지 않으면 안 될 사유를 정확하게 무어라 딱 잡아 말할 수 없다. 그의 우회적인 고백을 볼 때 사회적인 성 차별의 이데올로기 이성에 대한 감성의 반란 등에 대한 해체작업이다. 예컨대 이미 소멸해버린 추억 · 이별 · 사랑 · 죽음 같은 일은 일상적인 고통이나 여성의 진지한 고민, 전통에 대한 도전, 풍부한 감성의 갈등, 그것들은 아주 사소하고도 미미한 욕구에 대한 좌절이다. 그러나 그에게만은 아주 심각하면서도 대단한 일일 수 있다. 이 점은 매우 중요하다. 이것은 철학의 문제와 정감의 문제와 관련이 있기 때문이다. 철학은 의지와 세계관의 문제이고 정감은 분석과 상상의 문제이다.

그러면 오차숙의 수필의 고민은 어디에 있으며 그가 지향하는 지향점이 무엇인지 차차 규명해 보기로 한다.

3. 파격, 그리고 청신한 언어들

굴원은 초현실적인 형상을 빌려 현실적인 내용을 표현했지만 장자는 현실적인 형상을 빌려 초현실적 이상을 상징하였다. 오차숙은 굴원 쪽이다. 그가 사고하고 그리워하는 쪽은 초현실적인 세계다. 정신적으로 순일한 사랑에 젖고 청정한 세계에 안식을 취할 수 있는 도(道)에 가까운 이상적 초월의식이다. 그러기에 그가 토해내는 언어들은 빛을 발한다. 낭만적인 언어의 정조가 한없는 상념을 자극하여 독자의 영혼 속에 젖어든다. 그것은 근원적인 삶에 대한 이상향을 향한 묵념이다. 화자는 타락되고 병들고 위험한 세계를 거부한다. 그것이 오차숙 수필의 건전성이다. 「오늘처럼 쓸쓸한 날엔 태풍이라도 불었으면」의 '태풍' 이나 「고독은 잔인하다」에서 그 '고독' 은 공간적 부재의식이며 이상에 대한 초월성에 대한 도도한 부르짖음이다. 화자의 정서는 강렬하다. 그리고 짙다. 그런데 현실은 그에 값할 적당한 대상을 찾을 수 없다. 대상이 없는 현실은 언제나 고독하다. 부조리한 현실은 늘 숨차다. 허허한 가슴은 늘 비어있다. 고독하고 빈 가슴을 채우기 위해 더 순수해지기 위해 그는 쓰고 또 쓰기를 반복하였을 것이다.

인간의 체험은 사람마다 풍경이 다르다. 어떤 이의 풍경은 아름답고 어떤 이의 풍경은 답답하고 어떤 이의 풍경은 가슴이 뜨겁고, 어떤 이의 풍경은 아프다. 그래서 인간은 허덕이고 현재의 나를 악독하게 긁어댄다. 그러나 오차숙은 굴원이 선인과 함께 노는 것처럼 순일하고 봄빛 같은 그리움의 그네를 타고 정령(精靈)이 되어 아름다운 이상을 추구하는 미학을 발산한다. 자신을 못견디게 볶아대지 않고 자아를 분로하고 슬픔에 목매지 않는다. 그의 수필의 비밀이 여기에 있다. 그의 상상의 나래는 창공을 나는 한 마리의 봉황처럼 종횡무진하는 가운데 우리의 영혼에 날개를 달아준다. 때로는 아름다운 궁전을 짓고 때로는 솔로몬과 대화하고 때로는 천상의 선녀가 되고 때로는 오만한 밀실의 여자가 된다. 가슴에 소낙비도 뿌리고 자연과 대화하면서 신의 영역까지 유영한다. 수사법도 다양하다. 현실의 형상이나 고사(故事) 내지 사례를 운용하여 상징하고, 순응하면서 원숙한 자신의 빛깔을 유지하기 위해 은수(隱秀)와 의경(意境)을 사용한다. 무수히 어지럽고 복잡한 현실 생활 현상에 대한 반복적인 사고를 통하여 자기 인식, 삶의 가치를 생생하게 물화(物化)한다.

오차숙은 고백한다. "우리는 인간일 수밖에 없다.(한 번은 소망하고 싶은 사랑)"라고. 그 목소리는 설득력 있게 변증한다. 촉촉한 목소리로, 처절하면서도 정감 넘치게, 감흥(感興)적인 목소리로 부르짖는다. 그가 추구하는 이상은 날개를 달고 하늘과 땅을 오르내리면서 많은 독자들에게 또 하나의 환상적인 기쁨을 안겨준다. 탱탱한 언어로, 힘차고 그러면서도 야멸찬 음성으로, 싱싱한 고기들이 물 속을 유영하듯 우리의 영혼 속에 유영한다. 시원한 바람이라 해야할까. 영혼을 달래주는 맑은 물소리라고 해야 할까.

여름의 뒤끝에서 신선한 바람이 불어온다. 콘크리트 속, 내 모습에 감사하며 거울 저편의 나를 바라본다.

— 「콘크리트 속의 여자」

스스로 콘크리트 속의 여자이기를 자처하는 오차숙은 평온하면서도 순일한 현실적인 자아의 모습이다. 그는 현실을 옹호한다. 그리고 대립하기를 싫어한다. 영혼의 안식과 만족을 위하여 초자아적인 공간을 유영하는 방법을 택한다. 그것이 그의 문학 정신이다.

그래서 그의 언어는 때로는 가슴에 반란을 느끼다가도 그것을 침묵으로 잠재우고, 그러다가도 안개가 되어 꽃나무 숲에 살며시 날개를 접는다. 시어가 된 문장은 마치 야광주를 쟁반 위에 올려놓듯 둥글게 굴리다가도 어느 대목에서는 묘득(妙得)의 빨간 열매를 맺는다. 때로는 침울한 현실과 고통스러운 희생을 묘사함으로써 영혼의 정화와 정신의 위로를 구하고, 때로는 허의 작용을 통하여 환상을 취해 영혼의 만족과 신의 은총을 구가하기도 한다. 말하자면 바람이 변화무쌍 휘몰아치다가도 구름을 흘려보내고 그 사이로 한 마리 학을 날리듯이 그의 문장은 경쾌하고 날렵하다. 구질구질하거나 꾸깃꾸깃하지 않다. 탱탱하고 경쾌한 리듬감이 있다. 그것은 오차숙의 성정의 일면이리라.

4. 번홍화 그리고 상상력

인간은 자유로운 의지의 동물이면서 또한 자유롭지 못한 커다란 유리컵 속에 갇혀 살아가는 구속된 존재다. 그래서 즉자(卽自)와 대자(對自)의 경계를 넘나들며 고통하고 갈등한다. 태초 인간의 근원 속에는 낙원이라는 단일화된 세계가 보장되었다. 그곳에는 고통도 '너와 나'도 없었다. 그런 일자(一者) 공간을 욕망의 파편들이 거부하면서 인간들 사이에 고통과 갈등을 낳았다. 그것은 결국 인간들이 스스로에게 뱉어놓은 오물이다. 그래서 인간은 늘 꿈꾼다. 이상 세계에 대한 이상이다.

그러나 그런 이상적 공간은 애시당초 존재할 수 없는 허상이다. 여기에 화자의 갈등이 증폭된다. 현실과 이상의 갈등은 현실적 자아와 이상적 자아의 충돌이다. 이 두 모습의 자아는 돌파구를 찾기 위해 여러 가지로 분

출될 수 있다. 바람 없는 숲으로 화할 수도 있고 의식없는 나무로 화할 수
도 있다.

화자는 자아를 대치하는 방법에 있어서 적극성을 띤다. 갈등과 분노를
하나의 섬으로 용해시키거나 아름다운 유리구슬로 장식하는 미학의 군주
가 된다. 그것은 제3수필집 『번홍화』에서 잘 드러나고 있다. 화자는 친절
하게도 '번홍화(番紅花)'는 '술람미' 여인을 상징한다고 친절하게도 해설
을 달아준다. 술람미는 아가서(구약)의 주인공으로 솔로몬의 목가적인 시
상(詩象)의 여인이다. 그리고 솔로몬은 그 여인을 향하여 애절하면서도 그
리움을 한없이 토해내고 있다. 어쩌면 술람미 여인은 실존하지 않는 전설
적인 여인일지 모른다. 그런 전설 속으로 화자는 몸을 숨긴다.

그 꽃의 잎사귀는
초코빛 향기 영적인 옷으로 휘장을 두른
술람미 여인

잠근 동산 살며시 열어
들여다보면
흰색꽃
자색꽃
아름다름, 아름다름
요염하게 웃어

덮은 우물, 봉한 샘
뚜껑을 열면
만삭의 달빛이 가득히 피어

산새도
들새도
다가설 수 없는 꽃
허브나라에만 숨어 터지는

색 있는 번홍화

—「番紅花」

굳이 수필집 이름을 『번홍화』라고 명명한데는 그만큼 강렬하고도 공격적인 이상(理想)세계를 표출하고 있다. 말하자면 '번홍화'는 오차숙 자신이 환치된 주인공이다. 작품이란 무한성이면서 의식의 투사라고 볼 때 화자 자신은 술람미 여인으로 쉽게 유추가 가능하다. 왜냐하면 화자는 광적이랄 만큼 새로운 미적 세계를 추구하는 삶을 염원하고 있다. 그의 작품「바람아 불지 마라」,「순간의 열정은 창백한 것」,「차라리 구명조끼를 벗고 싶다」,「심청사달」 등 어느 장을 열어봐도 그는 현실을 벗어나고자 하는 미적 공간을 마련하고 있다.

　• 모든 것은 나를 나답게 주어진 길에 고개 숙이게 하지만, 진정한 의미로서의 나는 아니다. 나는 급류에 휩쓸려 떠내려가는 익사 직전의 생명에서 탈피하고 싶어 황금빛 생명선, 붉은빛 구명조끼를 입고 있을 뿐이다.
　• 나에게는 두 갈래의 길이 있다. 전혜린이나 루 살로메 같은 여자가 되거나, 이름 없는 수녀나 비구니가 되는 것….
　• 새벽녘 물기를 머금고 피어난 풀꽃처럼, 조촐한 수녀나 비구니가 되어 신앙 안에서 마음을 다스리며 살아가고 싶다.
　• 미친 듯이, 미친 듯이, 어디론가 줄행랑을 치고 싶다.

이런 대처 방식은 장자(莊子)처럼 인간 인식의 한계를 재미있게, 그러면서도 무한하게 뻗어나가는 인간 사고의 극치의 절정이라 할 수 있다. 현실과 꿈을 진정한 실체와 합일화해 보고 싶지만 그 현실이라는 세계는 마치 밤하늘 가득한 구름 속에서 떠돌아다니는 잡힐 것 같으면서도 잡히지 않는 선녀의 치맛자락에 불과하다는 것을 화자는 이미 깨닫는다. 그래서 다시 현실의 공간을 보호하려 드는 모성애가 발동하기도 한다. 여기에 화자의 고민이 따른다.「한척의 여객선」의 고백에서 볼 수 있듯이, '정겨운 승객들'을 바라보면서 자신이 소홀하게 살아온 세월을 회고하고 있다. 회고는 지나온 삶에 대한 자각이다. 화자의 강한 도덕성이 터치되고 있다. 화자는 유교를 기반으로 성장하였을 뿐 아니라 한국 성서대학교를 졸업하였다는 사실만 보아도 그의 가슴에 항상 하나님을 가슴에 묻어두고 있음을 확인할 수 있다. 『아름다운 구속』이란 기도 시집에서 그 증거가 확보된다. 경험의 자기화를 통해서 현실과 또 다른 세계는 유일한 그의 도피처다. 그러니까 그가 추구하는 이상의 세계는 작가 정신의 여과기(濾過器)라 할 수 있다.

비유가 될지 모르지만 알베르 카뮈의 작품 「칼리큘라」가 상기된다. 황제 칼리큘라는 미친 사람처럼 밤중에 궁 밖에서 달을 바라보며 그 달을 소유하고 싶어 한다. 그의 광기는 낭만적인 것에 그치지 않고, 이유없이 충신들을 괴롭히고 학살한다. 실로 달을 소유하고 싶어 하는 욕망이 충신들을 재물 삼는다. 그것은 광증 환자나 잔인한 인간성을 가진 사람이 아니면 터무니없는 일이다. 차라리 황제 칼리큘라는 광인(狂人)이었다면 좋았을 것이다. 그러나 그는 조금도 하자가 없는 정상적인 사람이라는데 고민이 있다. 그런데도 왜 그 같은 잔인무도한 행위를 자행하였을까. 이유는 간단하다. 자신의 소원이 이루어질 수 없다는 현실을 인식했기 때문이다. 그리고 인간으로선 할 수 없는 한계성 그 자체가 바로 그 이유라면 '번홍화'로 환치된 화자 역시 그런 추상적이고 초월성을 갖지 않고서는 견디지 못했을지도 모른다. 그것을 다음 글에서도 확인된다.

세상은 하수구처럼 혼탁해 있지만, 환상의 유희는 무엇보다 아름답다. 거리에는 안개가 자욱하게 깔려있지만 환상의 세계는 샘물처럼 아름답다. 환상을 꿈꾸는 것이 나의 우울이기도 하고 기쁨이기도 하지만 정신을 세척시킬 수 있는 기회가 되어야 한다.

— 「심청사달」

『번홍화』 전편에서 화자는 독특한 화법으로 일상어와는 동떨어진 환상의 언어를 전개하고 있다. 때로는 냉소적으로, 때로는 풍자적으로, 때로는 역설적으로, 때로는 상상과 현실을 왕래하면서 다원적이고 확산적인 시법논리를 구사하고 있다. '예술가의 실체'에서도 언어를 유리알처럼 마음대로 구슬리고 있다. 엘리어트가 말한 '청각적 상상력'과 리듬 효과를 자유롭게 반복하면서 초현실주의 의식이 그의 정신 속에 활성화되고 있다.

5. 성(性), 그리고 가면

초월적 이상 세계를 향한 그의 수필 정신을 멈추고 『가면축제』라는 성(性)에세이를 가담하기로 한다. 나는 『가면축제』에 대해서 "능란한 언어 구사와 사실적 소재로 재미있고 실감 있게 다룬 에세이다. 성지식이 부족한 사람들의 인식을 바로 잡고 조화를 이끌어내는 책으로 생각된다."[1]에 평한 바 있다.

아무튼 보수적인 우리 사회의 분위기를 감안할 때 공개적으로 성 에세이를 내놓는다는 것은 과감하고도 대단한 담력을 필요로 한다. 어쩌면 이것은 거대한 민중의 폭력과 맞서 싸울 수 있는 용기에 해당된다고 생각된다. 그가 일거에 많은 독자들의 시선을 주목 받을 수 있었던 것도 그런 대담성의 용기 때문일 것이다. 그만큼 오차숙은 모험성을 지닌 담력 있는 작가다. 말하자면 여걸이다.

톨스토이는 대문호였으면서도 상당한 호색가였다고 전한다. 맥심 고르키가 톨스토이를 방문하여 며칠 묵고 있는 동안 톨스토이와 산책하게 되었다. 산책 도중 야스야나 포라나 공원 벤치에 앉아있던 톨스토이는 고르키에게 물었다.

"러시아의 문학을 만들고 지탱해온 것이 뭣인지 아는가?"

---

1 《한국수필가》, 2006 봄·여름호.

모른다고 대답하자 톨스토이는 고르키의 옆구리를 꾹 찌르면서 공원에서 청소하는 젊은 여인의 허리를 가리켰다.

"저 허리에 모든 게 다 들어있어. 러시아의 문학도 다 저 허리에서 나온 거야"하고 톨스토이는 장난스럽게 웃었다. 말하자면 여체미(섹스)에서 문학의 뿌리가 존재한다는 것이리라. 또한 미녀(美女) 상드는 15세 때부터 연애를 시작하여 65세까지 무려 200명 이상의 남성을 농락했다고 한다. 의사·정치인·기업인·할아버지·학생·놈팡이·음악가·미술가·문필가·손자뻘 되는 남자애까지 어떤 대상이든 마음에 들면 수단과 방법을 가리지 않았다고 한다. 이같이 성(性)은 인간 뿐 아니라 모든 생태에게 있어서 깊숙이 자리 잡은 영원한 본능의 욕구다. 그것을 김완섭의 '창녀의 정의(『창녀론』, 천마)' 에서 잘 밝혀주고 있다. 어떤 대가를 위해, 그것이 사랑 받기 위한 것이든, 쾌적한 환경을 얻기 위한 것이든, 장래를 보호 받기 위한 것이든 상관없이 몸을 허락했으면 그 자체가 창녀라는 김완섭의 주장에 동의하고 싶다. 그런데 우스운 것은 그 자신이 창녀이면서 창녀들을 경멸하는 여자들이 많다는 사실이다. 그것은 우리 사회에서 여자의 성은 어린시절부터 최대한 억제당하고 표현해서는 안 되는 잠재의식 가운데 깊숙이 자리 잡게 되었기 때문인지도 모른다. 남녀를 불문하고 인간은 가냘픈 몸뚱이에 의지하여 살아가면서도 그것을 외면한 채 지존적인 가면의 탈을 쓰고 살아간다. 이에 오차숙은 그 위선의 탈을 벗겨보고자 시도한 작가라는데 우리의 시선을 끌기에 충분하다.

나도 뱀이 허물을 벗어내듯 에덴동산의 회복을 위하여, 덕지덕지한 위선의 옷, 그 찬란한 가면의 옷, 검붉은 죄악의 옷을 훌훌 벗어버리고 싶다.

―「서문」

『가면축제』를 집필하게 된 동기다. 서문의 요지로 볼 때 화자는 성을 통하여 남녀의 실존적 존재를 벗겨보겠다는 의지가 담겨있음을 확인하게 된다. 화자는 "나는 어떤 타입의 여성일까"에서 남자와 여자는 "이중적인 개념을 완전한 사랑인 인격적 관계로 승화(昇華)시키기보다 상대를 하나의 모형으로 설정하기 위해 가면축제를 벌이는 것이다."라고 토로하고 있다. 그러니까 "서로가 진지한 사랑의 관계보다는 화려한 액세서리 '멋있고 근사한 여자와 남자를 갖고 있다는 것' 자체에 목표를 둔다." 이런 모호한 태도로 인해 상처 받게 되고 남성과 여성 모두가 성욕이나 친밀성을 동시에 융합시킨다는 것이 어렵고 그 자체에 수치스러움으로 다가서기 때문에 남녀간 진실한 만남이 어려워진다고 지적하고 있다. 그러나 여기에서 '진실한 감정'은 어디까지인가 하는 구체적인 분석이 미약하다. 이와 같이 48편의 성 에세이는 우리의 호기심을 불러일으키기에는 충분하나 실증적이고 구체성이 부족해서 인간의 가면을 벗기기에는 만족스럽지 못했다는 생각이 든다. 그 대신 지금까지 도외시해 온 성차별의 이데올로기 시각에서 문제 삼는 페미니즘 수필이다. 따라서 여성의 여권 신장 목소리를 가한 계기가 되었을 것이다. 그 예로 「한 눈 팔지 말고 나만 쳐다 봐」에서 '여자도 자기 자신을 아껴야 한다.', 또는 '여자도 의식적으로 자기 자신을 소중하게 관리하고, 누구에게도 자신의 가치보다 자신을 낮게 대우하는 것을 허용하지 말아야 한다.'는 주문이 그것이다. 화자의 권리선언은 너무도 당연한 일이다. 여자라는 운명으로만 살아온 여성들에게 화자는 여자라는 이름을 탓할 것이 아니라 짓밟히며 살아나온 과거에서 깨어 나와야 한다는 의지는 우리가 귀 기울여야 할 것이다.

6. 더 많은 미를 향하여

소국(素菊) 오차숙에게는 수필집 5권이 있다. 그러나 지면의 한계 때문에 『번홍화』와 『가면축제』 두 권의 후기 작품에 초점을 두었다. 『콘크리트 속의 여자』와 『태풍이라도 불었으면』의 전기 작품은 참된 실재를 파악하고 긍정을 찾아가는 심리 반응이라면, 『번홍화』와 『가면축제』 두 권의 후기 작품은 현실의 본질적인 고민을 담고 있다. 전자는 작품이 왕성한 여름날의 풀빛덩어리면서 풍성미를 가지고 있고, 후자는 가을날의 단풍처럼 환화(幻化)된 기교의 진지한 맛이 있다.

전기 작품은 현실적 자아에 대한 고발이라면 후기 작품은 이상 세계에 대한 초월적 미학이 강하다. 그러면서 작품의 흐름은 언제나 욱일충천한 패기가 넘쳐나고 활달한 문장과 활발한 언어가 대칭을 이루면서 활활 타오르는 장작불처럼 힘차다. 내용 또한 자연과 인사를 포함한 객관적 사물에 대한 소산이라기보다는 자신의 개인사적인 삶에 대한 의미부여라는 점에서 다른 작가와 차별성이 있다.

현실이라는 공간은 늘 이상적이지 못하다. 제한적이고 구속적이다. 그리고 천하는 언제나 순탄하지 못하다. 그래서 백거이(白居易)를 비롯한 많은 시인들은 자기 위안으로 문학을 통해서 이상의 세계를 펼쳤듯이 오차숙 역시 그 같은 차원에서 심미적 의경을 펼치고 이상적 존재로 환치되기를 바란다.

아무리 사회가 변화되어도 인간의 근원적인 삶의 형태는 고독하고 고통스러울 수밖에 없다고 볼 때, 고고하면서도 환상적이고 초월적인 오차숙의 목소리는 더욱 힘찬 나래로 남을 것이다. 그러나 그의 유교적이고 기독교적인 정신은 모든 것을 활활 털지 못하고, 다시 제 집을 찾는 한 마리의 새처럼 귀소성을 벗어나지 못할 것이다. 그것은 그의 강한 현실 인식 때문이다. 앞으로 또 다른 미학적 목소리를 기대하며 붓을 접는다.

관조적(觀照的) 현재성의 문제

— 신규수의 수필정신

1. 세월을 아끼는 사람

이상한 인연이라고 할까. 나는 아직 신규수를 만난 적이 없다. 그렇지만 우리는 서로 상봉 이상의 깊은 안면을 가지고 있다. 그것도 아주 속속들이 꿰뚫어 잘 알고 있다. 어떤 신비력 때문은 아니다. 그렇다고 누구한테 들어서도 아니다. 작가의 습작 시절, 수필 통신강좌를 통해서 나와 인연을 맺었다. 그는 교육자로 독실한 기독교 장로로써 우직할 정도로 꼿꼿한 성격의 소유자다. 게다가 오직 정도(正道)를 고집하는 외골 인생으로 살아가는 조선의 선비라는 생각을 잊은 적이 없다. 때로는 너무 피곤할 정도로 근면 성실하고 때로는 융통성이 없을 정도로 올곧은 마음으로 한 일에 매달리는 성실한 사람이다. 한 번 맺은 인연을 놓지 않으려는 기독교 정신이 몸에 밴 그의 정신 속에는 조선의 선비 정신이 빽빽이 자리하고 있다.

특히 5년여 만에 제3수필집을 상재하는 것만 보아도 그의 작가 정신이 얼마나 치열하고 얼마나 근면한가를 알 수 있다. 퇴직한 후 오직 수필에만 매달려 남은 인생을 화려하게 불태우고 있다. 노인정에서 화투를 잡고 빈둥대는 삶에 비하면 참으로 값지고 행복한 삶이다. 그의 서문에서 보듯이 '나는 내일 지구의 종말이 오더라도 오늘 사과나무를 심겠다.' 는 것이 그의 금도(襟度)의 정신이다. 참으로 활기 있게 살아가는 그 자체만으로도 우리의 귀감이 된다. 게다가 그는 전혀 욕심이 없는 허허한 자세로 노년을 장식하고 있다.

그의 제3수필집에는 7부로 나뉘어졌다. 1부는 「삶의 현장」, 2부는 「만남의 광장」, 3부는 「가을에 떠난 여인」, 4부는 「사색의 창가」, 5부는 「벙어리 공직자들」, 6부는 「세계의 풍물」, 7부는 「예수의 향기」 등 66편의 작품이 실려 있다. 그러면 그의 수필을 중심으로 작가 정신을 개략이나마 살펴보겠다.

2. 삶의 철학적 운동성

우리는 항상 현재라는 실존에 삶이 전제되어 있다. 그러므로 인간은 누구나 현재성을 벗어날 수 없다. 현재성을 부정하는 것은 삶을 부정하는 일이며, 현재성을 일탈하면 그늘진 역사를 안게 된다. 현재성은 삶의 현장일 뿐 아니라 인간 누구나의 당면문제이다. 형이상학은 형이하학에 기초를 두듯이 현재성은 미래의 터전이 된다. 충동적인 삶의 의지는 역사를 반전시키지 못한다는 쇼펜하우어의 말이 아니라도 정제(整齊)된 삶을 터치하지 않으면 결코 깨어난 미래가 존재할 수 없다. 신규수는 이러한 현재성에 대한 문제에 대해 많은 시선을 보내주고 있다. 이는 작가의 애족적 정신이기도 하고 애국적 충정이기도 하다. 그의 수필 태반이 이런 현재성을 가지고 있어서, 우선 이해하기 쉽고 가장 매혹적인 현실의 문제를 삶 자체로 끌어올리고 있기 때문에 수필이 생동감이 있다. 그리고 현재성의 문제점을 집요할 정도로 철학적인 운동성을 직설적인 화법으로 독자들에게 접근하기 때문에 작품을 읽는 명쾌성이 있다.

「과거를 묻지 마세요」는 우리 시대에 새겨두어야 할 말들이 아닌가 한다. 과거사에 해방될 자가 과연 몇이나 존재할까. 과거 회귀는 역사의 수레바퀴를 멈추게 하는 일이다. 과거는 용서하고 미래를 향해 전진해야 한다. 그 속에 국가의 미래가 있다. 그런데 지금 정부에서는 과거사 정리로 인해 역사를 정체(停滯)시키고 있다. 그래서 우리 사회는 새로운 전기를 만들지 못하고 혼돈의 늪을 벗어나지 못하고 있다. 「교만병」에서는 인간의 치부를 고발하고 「생활은 경쟁이다」에서는 목적을 향해 열심히 살지 않으면 성공할 수 없다는 정신을 환기시켜 주고 있다. 「칭찬 합시다」에서는 칭찬의 효용성을 다시 일깨워주고 있고, 「마음의 정원을 가꾸며」에서는 어떻게 살아가는 것이 위대한 삶인가를 보여주고 있다. 「잃어버린 가지 한 포기」에서는 뽑힌 자리에 새로 꽃을 심으면서 우리 사회의 미혼에 대한 사회적 문제점을, 「친미와 반미」에서는 현 정부의 경솔함을, 「전시 작전통제권 환수 이상 있다」에서는 국방의 위기를, 「벙어리 공직자」에서는 무너진 공직자의 기강을 걱정하고 있다. 그 밖에 「처녀엄마」, 「집 없는 설움」, 「근검절약」, 「뒤가 깨끗한 사람」, 「정치판에 뛰어든 학자들」, 「장점과 단점」, 「역전승」, 「얻은 것과 잃은 것」 등 현실적 윤리적 근간에 문제를 접근하고 있어서 논설문처럼 글이 시원시원하다. 「철학이 있는 인생」에서는 목표 있는 삶을 살지 않으면 안 된다는 작가적 정신이 선명하게 드러나 있다. 작가에게 있어서 동시대의 시대에 고민하고 갈등하지 않으면 인도자로서 지식인으로서 그 본래의 행동을 투척하지 못한 병든 작가가 되고 말 것이다. 그만큼 신규수는 그의 삶의 좌표가 명확하고 선명한 현실적 철학의 운용성을 지니고 지닌 작가라 할 수 있다. 산다는 것이 그저 그런 것임을 그의 수필에서는 명쾌하게 보여주고 있다. 말하자면 굽이굽이 달려드는 인생의 험난한 고행과 고난이 그의 글 속에 아름다운 나무 무늬처럼 수놓아 있어서 살맛나는 인생이라는 것을 보여주고 있다.

3. 윤리적 공감의 세계

글이란 삶을 발견하는 일이다. 삶을 발견하지 못한 사람은 어떤 소재를 작품화 할 수 없다. 좋은 글이란 바로 새로운 삶을 발견하고 그것을 터치하는 일이다. 사람은 항상 어떤 상황에 놓인다. 현재성의 상황을 제대로 읽지 못하고 넘어가는 부류가 일반인이라면 그것을 찾아서 문제점을 탐색하고 어떤 진리를 찾아내는 것이 작가다. 특히 우수한 작가일수록 기묘한 이치를 충분히 접근하여 고통스러운 현실을 정화시켜 삶의 위로를 준다. 그의 글의 흥미로움이 여기에 있다. 독자가 찾아내지 못했던 신비한 세계의 조명을 작가를 통해 읽을 수 있다는 것은 값진 일이다. 그래서 작품은 인류의 구원이면서 신의 메시지가 아니겠는가.

우리가 장사해서 돈을 버는 일도 중요하고 자식 잘 키우는 일도 중요하지만 이 보다 더 중요한 일은 사람답게 사는 일이 아닌가. 내게 주어진 시간과 부여받은 일을 성실하게 감당한다면 많은 사람들에게 환영을 받을 것이다.

— 「낙엽이 주는 의미」

내가 장로가 되었을 때는 성령이 충만하여 경건한 신앙생활을 열심히 하였다. 그러던 내가 30년 세월이 흐르고 난 지금 내 신앙생활을 점검해보니 초심을 잃고 그때의 경건한 신앙심은 어디로 가고 심령이 세속화 되어버린 느낌이다.

— 「초심을 잃은 까닭」

말 못할 사연을 품고 있는 사람일수록 가을이 되면 생각을 많이 한다. 달 밝은 가을 밤에 사랑하는 임이 그리워 잠 못 이루는 계절이 가을이다. 귀뚜라미가 울면 잠이 오지 않고 지난날이 그리워진다. 새벽에 일어나니 섬돌 밑에서 귀뚜라미 우는 소리가 내 맘을 사로 잡는다. 귀뚜라미 소리에 가을이 익어가고 생각이 익어간다.

— 「가을에 떠난 여인」

세 편의 글의 일부를 인용해 보았다. 그의 문학 정신은 진지한 삶의 궤적의 알갱이로 꽉꽉 차 있음을 발견하게 된다. 분명 그의 문장은 물결치는 비단 같은 매끄러운 맛은 아니다. 그러나 그 실토란 같은 철학적인 사고로 여물어 있다. 그래서 어떤 미태보다도 더 훨씬 무겁고 값지다. 이렇듯 그의 문장에서 문학적 장치인 허구의 세계를 취하지 않고 있지 않기 때문에 환상미는 부족하다. 그러나 그것이 되레 독자에게 가슴 시원함을 줄 수 있다. 간헐적인 안개비가 아니라 한꺼번에 쏟아지는 소낙비가 시원하듯이. 그것은 어쩌면 그 자신이 기교 없는 솔직한 삶을 살아왔다는 반증일지 모른다. 기독교라는 종교적인 생활에서 획득되어진 철학이기도 하겠지만 그보다는 그의 타고난 천품의 고운 결이 그렇게 다듬어졌으리라 생각된다. 사실, 우리의 삶은 너무 단순하다. 꾸미고 치장하다보니 화려하게 보일 뿐이다. 거창하게 꾸미면 꾸밀수록 그만큼 거짓이 많이 내포되었다는 의미도 된다. 그러나 작가는 인간적인 확고한 의지를 투영하여 사물의 문제점을 논술조로 접근하는 수법을 사용하고 있어서 명료성이 있다.「낙엽이 주는 의미」는 그의 정돈된 사고와 체험된 삶의 현장에서 체득된 진리라면「초심을 잃은 까닭」은 인간은 인간의 속성을 벗어나지 못하는 기독교인의 솔직한 고백이기도 하다. 그래서 목사의 믿음은 장로의 믿음을 못 따르고, 장로의 믿음은 집사의 믿음을, 집사의 믿음은 성도의 믿음을 못 따른다는 속설이 생겼을지 모른다. 계속되는 일상의 반복적인 삶 속에서는 본래의 자기의 원형대로 회귀하는 것이 인간의 본래성이라면 인간에게는 그 어떤 장치도 결국 천품을 받지 않고는 한계를 넘어설 수 없다는 의미가 된다. 거짓 믿음과 거짓 행위가 교회 안에 득실거린다는 강한 메시지를 작품 안에 담고 있다.「가을에 떠난 여인」은 아득한 미궁 속에 빠지는 허무를 안고 있지만, 그렇다고 절망스러운 무상에 함몰되지 않고 지나온 세월에 대한 자신의 해답을 얻기 위한 정제성(整齊性)으로 보여진다. 이렇듯 그는 욕망과 갈망을 구분하는 명징성을 가지고 있는 작가다. 하나의 물상(物象)을 통하여 인간의 해체된 진실을 회복하기 위한 통합과 융합성이 수필의 중심점을 이루고 있는 것이 그의 수필의 세계다. 그러므로 그의 수필의 정신은 언제나 무거운 영감의 이지(理智)가 발현된 강한 영체성(靈體性)을 담고 있어서 거부감이 전혀 보이지 않는다. 그의 글에 허구라는 묘미를 살리지 못한 허점이 있음에도 불구하고 우리들의 가슴에 감동을 주는 것은 바로 이런 영체성 때문이 아닌가 한다.

4. 마무리

지금까지 신규수의 수필을 주마간산(走馬看山)격이지만 살펴보았다. 그의 작품에서 우리가 안고 있는 현재성에 대한 문제와 각박한 세상살이에서 잃어버렸던 민족 정서의 순박성, 그리고 보감같은 생활철학, 보통 사람들의 일상의 순수함을 다시 찾을 수 있었으며 인간이 무엇을 위해 살아야하는가에 대한 진지한 해답을 얻을 수 있다. 따라서 그의 수필 제목에서 보여주는 것처럼 '우리의 삶이 문학이고, 문학이 바로 우리의 삶이' 라는 등식의 흥미성을 갖게 된다. 일상 대화를 하듯이 어떤 현재성에 대한 문제가 떠오르면 단숨에 한편의 수필을 독파할 정도로 그의 내면의 철학과 쉽게 접근할 수 있다. 작가 자신이 스스로를 은폐하거나 속이지 않고 예수같은 인간적인 고백성이 그의 글 전편에 흐른다. 물상(物象)의 생생한 묘사를 통하여 사물의 본질적 특징을 전달하여 주면서도 자신의 환경을 혐오하거나 비관하지 않고 감사한 자세로 받아드리면서도 어떤 이질적인 문화를 대하면 거침없이 토해버리는 화법은 통쾌하기까지 하다. 따라서 현란한 문장 구사나 중언부언성이 없는 것은 그의 사상의 개념의 확고성 때문이다. 그래서 그의 글은 더욱 실감난다.

한 사람의 작가가 창작집을 상재한다는 것은 그만큼 우리 사회에 응축의 빛을 발하는 일이라 할 때 그는 노년들어 매우 값진 일을 하고 있다는 생각된다. 따라서 제4집에서는 그의 언어를 자유롭게 하면서 종교적인 암시를 짙게 깔린 그의 종교적인 영음이 가득 담긴 목소리를 기대한다.

수필로 살아온 수필적 인생

― 윤재천의 『청바지와 나』를 중심으로

1.

윤재천, 그의 이름 뒤에는 화려한 수식어가 따라 붙는다. 교수, 수필가, 《현대수필》 발행인, 한국수필학연구소소장, 한국수필학 회장 등 참으로 굵직굵직한 어휘들이다. 이러한 수식어는 일정한 사회적 지위를 말해 주기도 하지만 무거운 책임감도 주어진다. 그런 책임감을 한 톨의 흠도 없이 수행해 온 사람이라는 것을 그의 행적이 객관적으로 입증하여 준다.『수필작법론』,『수필문학의 이해』,『수필작품론』,『여류수필작가론』,『현대수필작가론』,『나의 수필쓰기』등 중량있는 저서만을 보아도 그가 얼마나 수필계를 위하여 한 평생을 일해 왔는지 확인할 수가 있다.

사실 한 개인이 창작과 학문을 겸한다는 것은 어려운 일이다. 창작은 정감이라면 학문은 논리다. 때문에 서로 다른 두 선을 넘나든다는 것은 쉬운 일이 아니다. 그런데 그는 학문에 충실하면서 창작활동에 열의를 바쳐왔다.

현대수필이 본격적으로 정착될 1970년대부터 그가 수필에 관심을 가지고 수필연구에 혼신의 노력을 기울였다. 당시 수필인구는 아주 미미할 무렵이다. 그런데 그는 이에 관심을 가지고 수필 현장에 뛰어들어 작가로서, 수필이론가로서 그 몫을 다해 왔다.

특히 《수필학》은 순수학술지로써 10년의 역사를 지녔다는 그 한 가지 사실만으로도 그를 수필계의 거목으로 지목하지 않을 수가 없다. 앞으로 《수필학》이 중심이 되어 수필을 탐색하고 연구해온다면 한국 수필은 또 다른 모습으로 독자 앞에 나타나리라 생각된다. 따라서 순수 수필학문지인 《수필학》은 세계 어느 나라에서도 찾아 볼 수 없는 오직 한국에만 존재한다고 볼 때 그 의미는 실로 크다 하지 않을 수 없을 것이다.

이러한 왕성한 힘은 어디에서 솟아났을까. 무엇보다도 수필에 대한 애정이었으리라. 그리고 학문에 대한 열정이 그를 그렇게 뜨겁게 달구어 놓았으리라. 그것을 우리는 흔히들 장인 정신이라고 하는데 여기에 그러한 단어가 적당할지는 모르겠지만 그는 그러한 장인 정신으로 오직 수필에만 매달려온 것이다. 게다가 그의 인생의 깊이는 바다와 같이 넓고 깊어서 많은 사람들을 포용하고 있기에 일을 진행하는데 고난이 없었던 것으로 생각된다. 그에게서 느끼는 정감은 만날 때마다 느끼는 감정은 따스한 인간적인 동질감이다. 바쁜 시간을 틈내어 대접하여 보내려고 하는 심지에서 문학을 떠나 인생의 선배로서 경애감을 감출 수 없다. 그러니까 너무도 인간적인 냄새가 자글거리는 애정 앞에 고개를 숙이지 않을 수 없었던 것이다. 그가 수필문학을 택하게 된 연유도 어쩌면 이러한 인간적인 측면과 상관성이 있을지도 모른다.

> 수필은 작가와 독자가 혼연일체를 이루는 인간의 진실을 규명하기에 적합한 인간학이다. 문학의 존재 이유가 인간과 삶의 진실을 밝히는 것이라면 그 목적에 가장 근접된 것이 수필이다. 작가가 적극적으로 시대의 아픔을 고발하고 치유하는 주체가 될 때 인간 사회는 타락의 속도를 늦추게 되고, 자정능력을 확보하게 된다.
>
> ― 「수필은 인간학이다」

그는 문학의 존재이유를 인간과 삶의 진실성에 두고 있는 것도 그 정감에서 연유했으리라. 그리고 시대의 아픔을 고발하는데 초점을 둔 것도,

그것을 치유할 수 있는 방법을 수필에서 찾은 것도 인간적인 정감에서 산출되었으리라고 생각된다. 따라서 그가 깊이와 넓이로 사람을 대하는 것역시 그러한 측면에서 보는 것이 좋을 것 같다. 그러면 그의 『청바지와나』를 중심으로 그의 수필세계를 여행해 보자.

2. 인생의 길잡이로서의 수필

어떤 사람이 글을 짓는 중정(中正)의 법을 사명자(四溟子)에게 물었다. 그는 대답하기를, "같음과 같지 않음의 사이를 귀중하게 여긴다. 같으면 너무 익숙하고 같지 않으면 너무 생소하다. 이 둘은 쉬운듯하지만 실은 어렵다. 그것을 잡는 것은 손에 있고, 그것을 주재하는 것은 마음에 있다. 가령, 그 견고함을 벗어날 수 없다면 가까우면서 익숙하지 않고, 멀면서 생소하지 않을 수 있다. 이것은 오직 초탈하여 깨달은 자만이 얻을 수 있다."

이 말은 사명시화(四溟詩話)에 나오는 말로써 동(同)과 부동(不同)의 예술적 경지를 말해준 것이다. 그러니까 창작이란 동과 부동의 중간의 경지를 취할 때 참다운 예술이 될 수 있다는 것이다. 즉, 사실이되 사실이 아니어야 하고 사실이 아니되 사실이어야 한다는 것이다. 이 말은 수필의 사실과 허구가 무엇인가를 꿰뚫어주는 말이라 생각된다. 그의 수필집 『청바지와 나』에서 '수필은 인간학이다' 라는말도 바로 이러한 사상에서 빚어진 것이 아닌가 한다. 여기에서 인간학은 윤리적인 설교를 말하는 것이 아니다. 문학적 장치에 의해 저절로 읽혀지고 재미있게 읽게 해주는 묘미를 말한다. 좋은 수필은 사실도 아니고 그렇다고 허구도 아니다. 사실을 어떻게 의미화 하느냐는 것이요, 그 의미가 어떻게 사실에 바탕을 두었느냐에 있다. 그러니까 진짜를 가짜로 여겨야 하고 가짜를 진짜로 보아야 하는 경지다. 이른 바 반쯤 생소하고 반쯤 익숙한 전형화다. 이런 주장은 벨린스키(Belinsky)가 제기한 '잘 아는 낯선 사람' 이란 단어를 생각하게 한다. 그는 「고독이 아름다운 계절」에서 고독이 주는 의미를 통해서 새로운 환생의 법칙을 말함으로써 현실 생활 가운데 무수한 진실한 현장을 정련해 낸 것이다. 「꽃의 비밀」에서도 유약(幼弱)의 묘사를 통하여 견강(堅剛)의 이치를 강조하고 있다.

미국의 진보적인 문학인이자 비평가로 활약하고 있는 수잔 손택(Susan Sontag)은 '형식은 내용의 일종이고 내용은 형식의 한 측면이다' 라고 말하며 '픽션 같은 에세이, 에세이 같은 픽션을 쓰고 싶다' 고 말했다. 그녀는 이성의 압제로부터 벗어나 감각에게도 일정 지분을 할당하겠다는 신세대 문화를 이성과 도덕의 잣대로만 다룬다는 건 너무 비현실적라고 보았다. 그런 의미에서 윤재천의 수필관은 수잔 손택의 메타(meta) 비평적 관점과 많이 닮아 있으면서 낯설음의 문학적 환치법을 놓치지 않고 있다. 그것은 다음 글에서 더욱 확인된다.

> 한 가지 분명한 것은 수필이 문학의 한 장르이며 예술의 한 분야인 이상 그것은 끊임없이 변화해야 한다는 것이다. 변하지 않는 것은 답습이며 아류에 불과하기에 창작의 세계에서는 죽음과 같기 때문이다.
>
> —「머리말」

여기에서 변화성은 무엇을 의미하는 것일까. 전래적인 답습에서 벗어나고자 하는 새로운 창작의 기법성에 강조를 둔 말일 것이다. 현재에 안주하여 시대의 흐름에 맞게 변하지 않는다면 결코 미래의 문학이 될 수 없다. 현대에 와서 퓨전음악, 퓨전요리가 각광받듯 그는 수필도 퓨전(fusion) 또는 메타(meta) 수필로 변화해야 한다고 말한다. 형식의 자유로움이라는 수필의 특성을 최대한 긍정적인 방향으로 발전시켜 시 같은 수필을 쓰고, 소설 같은 수필, 희곡 같은 수필을 시도할 필요가 있다는 뜻이다. 신문독자투고란에서 흔히 볼 수 있는 원고지 서너 장 분량의 짤막한 글이라도 삶의 진실성이 깃든 것이라면 수필의 한 분야로 포용할 수 있어야 한다는 것이다. 문체 또한 지나치게 고도의 기교나 현학적인 문장만을 고집하는 경향도 변해야 한다. 평범한 문체로 글을 쓰더라도 삶에 대한 깊은 통찰이 들어가 있으면 충분히 독자들에게 감동을 줄 수 있다.

이처럼 수필에서 '변화의 중요성'을 강조한다는 데서 예술의 형상성에 얼마나 중요한 의미와 가치를 두고 있는가를 잘 알 수 있다. 상(象)에는 자연의 상(象)이 있고 사람이 만들어 놓은 상(象)이 있다. 예컨대 천지자연의 모습이나 객관적인 사물은 자연의 상이라면 '외로운 수레에 귀신을 싣고, 닭소리가 하늘을 오른다'는 마음으로 엮어낸 상상의 상은 인조의 상이다. 여기에서 닭은 용렬한 사람이 높은 지위에 오름에 대한 해학적인 비판이다. 이러한 예술의 형상성을 윤재천 교수는 수필에 있어서 변화의 축으로 보고 미래 문학에 대한 기대를 걸고 있다.

3. 청바지 그리고 변화

'변화'에는 긍정적인 의미의 변화와 부정적인 의미의 변화가 있다. 이 수필집에는 두 가지 종류의 변화의 모습이 적절히 병립하고 있다. 하나는 봄, 여름, 가을, 겨울과 같은 계절의 변화 즉 자연의 변화이고 다른 하나는 인간의 변화이다. 흥미로운 것은 자연의 변화는 긍정적인 모습으로 묘사되고 있는데 반해 인간의 변화는 부정적인 모습으로 묘사되고 있다는 점이다.

> 눈은 이내 녹기 때문에 아름답고, 아름다울 수밖에 없다. 얼마동안 자리를 차지하고 있다 사라지는 것이 끝까지 버티며 주변을 어지럽히는 것보다 몇 배 더 아름답다. 겨울은 끝이 아니라 싱싱한 꿈틀거림이고 출렁이는 파도다. 그것은 분노가 아니다. 그냥 일어섬이고 주저하지 않음이다. 그것은 원래의 자리로 돌아오는 계절이다.
>
> ― 「고독이 아름다운 계절」

> 인간은 얼마나 많은 변신의 가능성을 갖고 있는가. 순간적인 상황과 시대의 흐름은 끊임없이 보호색을 강요하고 있다. 그 속에서 자기 본래의 색채를 간직하는 일은 현대인에게 지극히 힘든 일인지도 모른다. 가치관이 흔들리는 사회일수록 변신을 살아남기 위한 수단과 방법으로 통용되어 술수와 방책으로 이

어지곤 한다. 외눈박이 세상에서는 두 눈을 가진 사람이 비정상인으로 인정받
듯, 순결한 인성이 소외당하고 짓밟히는 세계에서는 능란한 카멜레온만이 지
혜로운 존재로 추앙받게 된다.

—「변신」

철이 들었다는 말을 한다. 철이 든다는 말은 마음을 비울 줄을 안다는
것이다. 그리고 계절이 오고가듯 나아가고 물러설 때를 안다는 것이다.
나서지 말아야 할 때 나서고 진정 나서야 할 때 나서지 않는 어리석음을
범하지 않는다는 뜻이다. 철이 든다는 말은 비단 일정한 나이가 되면 저
절로 얻어지는 수식어가 아니다. 때를 아는 자야말로 진정 철든 사람인
것이다. 그런데 현대인들은 어떠한가? 물질적인 이득을 위해 나아가고
물러서며 또한 변화한다. 자연의 변화를 공존(共存)을 위한 변화라고 한다
면 인간의 변화는 남이야 어떻게 되든 상관 않고 나만 잘 살면 된다는 식
의 변화가 아니라 사물에 대한 이치를 터득하는 변화이다.

군자화이부동(君子和而不同) 소인동이불화(小人同而不和)이다. 군자는 화
합하되 부화뇌동하지 않고 소인은 같이 하면서도 뇌화부동한다. 여기에
서 화(和)는 동의 차이요, 관용(寬容)과 공존(共存)의 논리다. 반면에 동(同)
은 차이를 인정하지 않고 획일적인 가치만을 추구하는 것을 말한다. 즉,
지배(支配)와 합병(合倂)의 논리다. 이렇게 보면 앞서 말한 자연과 군자, 인
간과 소인은 좋은 대구를 이룬다. 작자는 이 수필집을 통해 철모르는 인
간들을 질책하고 자연의 변화를 그 대안으로 내세우면서 올바른 삶의 가
치에 대해 역상적인 현상을 규명하고 있다.

청바지와 캐주얼을 즐겨 입게 된 것은 지나치리만큼 형식에 매달려 규격화
된 채 살아온 내 젊은 날에 대한 일종의 반란이거나 보상심리에 기인한 결과인
지도 모른다.
이제는 눈치 보는 일에서 벗어나 마음을 비우고 살고 싶다. 아무 데나 주저앉
아 하늘의 별을 헤아리고, 흐르는 물줄기를 바라보며 돌아갈 수 없는 시간들이

모여 사는 곳을 향해 힘껏 이름이라도 불러보기 위해서는 청바지가 제격이다.
—「청바지와 나」

불합리한 사회에 순응해 그저 아무 말 없이 살아가는 것도 보기 좋은 모습은 아니지만 평생 투덜대며 살아가는 것도 그리 보기 좋은 모습은 아니다. 젊어서는 혈기왕성하게 뭔가 바꿔보겠다고 목소리를 높여보는 것도 좋다. 하지만 나이가 들면서는 조금씩 타협할 줄도 알아야 한다. 그것이 때로는 비도덕적이고 비합리적이더라도 타협을 구할 때가 있다. 자신의 의지와는 상관없이 집단의 이익을 위해 옳지 않은 편에 서야할 때도 있을 것이다. 이때 그는 고뇌하게 된다. 바로 이러할 상황에서 청바지는 그에게 있어 일종의 탈출구 역할을 한다. 이러한 물화의 경지가 문학의 심령화이다. 그러니까 자유분방한 마음은 수필을 통해 비로소 자유로워지는 것이다. 그 자유스러움은 때로 일부의 반대에 부딪치고 평단의 혹평을 받기도 한다. 그렇지만 그는 '진실은 보탬도 덜함도 없고 어떤 비난에도 의연할 수 있는 용기를 필요로 한다' 라고 말하며 그것을 글을 쓰는 자의 몫으로 담담히 받아들인다.

4. 마무리하며

일흔을 넘긴 나이에 변화를 주장한다는 것은 그리 쉬운 아니다. 그는 노년에도 청바지를 즐겨 입는다는 고백했다. 그에게 있어 청바지는 일상의 굴레로부터의 탈출구이며 수필을 쓰는 정신도이기도 하다. 청바지를 입는 마음으로 글을 쓰기 때문에 글 속에서 그는 항상 젊고 건강하고 자유롭다. 그런 그의 사상이 깃들여 있는 수필집 『청바지와 나』는 우리 수필 문학의 현재에 대한 깊은 통찰로 단절된 과거와 미래를 잇는 가교로써 역할을 할 것이다. 그리고 이번의 그의 행적을 담은 기념문집으로 인하여 그의 문학적 업적이 크게 평가되고 높이는 계기가 되었으면 하는 바람이다.

모상(母像)의 생명화(生命化), 그 자연미
— 은옥진의 수필세계

1. 환경, 그 물화

언어를 수단으로 하는 문학은 필경 살아온 환경과 일치한다. 그것은 작가의 의식이요 사상이다. 예술적 사상은 작품 속에 담겨진 내용만을 지칭하는 것이 아니고 그 창작 방법과 표현의 변증법까지 포함한다. 가령, 음색(音色)과 물화(物化), 형상(形像)과 법도의 자연성 등 직간접적으로 감관에 호소하기 때문에 문학의 힘은 작가의 역량과 깊은 관계를 이룬다. 문학은 언어의 힘을 빌려 표현하지만 구상(構想)은 독자의 협동을 얻어 무궁무진한 이미지로 전개되기 때문이다. 그러므로 작가의 언어 차용이 매우 중요하다.

문학은 비록 추억을 회상하고 사건을 전달하지만 담고 있는 내용은 결국 천상(遷想)의 증언으로 귀결된다. 때로는 낮은 자의 가치를 높이고 때로는 핍박 받는 자를 위무하는 등 구원의 메시지로써 목적이 있겠지만, 최종 결론은 가치 있게 사는 것이 해답이다. 비록 문학에서 죽음을 찬미하더라도 본질은 생명을 기리기 위함일 것이다.

필자는 은옥진의 수필을 읽으면서 문학적 생명력이 넘실거리는 감흥을 주체하지 못한 것도 그러한 연유에서일 것이다. 어려운 시대를 살아오면서도 투철한 사대부 정신을 담거나 올곧은 사회 현실이 투영된 것으로써 신변잡기의 범주를 벗어나고 있다. 수필은 살아온 시대를 외면할 수 없다. 양반은 얼어 죽어도 짚불을 쬐지 않는다는 말이 있듯이 범절 있는 가정에서 성장하였기에 우리들에게 많은 가치를 부여하고 있다.

2. 어머니의 향수, 그 영원한 모상(母像)

본 논의를 위한 분석 텍스트는 수필집 『사연』(미리내 발행, 1999.11.20)과 『매화 가지에 꽃댕기』(사과나무, 2002.6.5) 두 권이다. 그런데 수필집 두 권의 표지화가 모두 꽃으로 장식되어 있음도 주목의 대상이었다. 첫 번째 수필집의 제목은 『사연』인데도 불구하고 굳이 표지화에 코스모스를 선택하게 된 것부터가 '꽃'이 작가에게는 중요한 사상의 자리에 있음을 잘 보여준다. 두 번째 작품집 역시 고고한 매화를 멋지게 그려 넣었다. 그러니까 작가의 사상은 '꽃'이라는 거대한 플롯에 의해 수필정신이 집중되고 있음을 말해주고 있다. 이에 필자는 사상적 관점에 초점을 맞추어 그의 수필 세계를 살피려고 한다. 감관과 구상에 따른 논의는 다음 기회로 미루고 여기에서는 어머니의 향수 그 영원한 모정, 둘째는 꽃과 나무의 아름다운 인생관에 대하여 어떤 관점을 가지고 살아가는가에 대하여 탐색하려 한다.

> 글쓰기의 처음은 어머니를 기억하고 싶어서였습니다.
>
> —「후기」

작가의 문학관이라고 할까. 아니면 창작 배경이라고 할까. 아무튼 글을 쓰게 된 동기가 특이하다. 어머니에 대한 그리움에서 발화되었다는 고백이다. 그렇다면 작가의 사상 속에 어머님이라는 위치가 매우 깊숙이 확보되고 있다는 것을 증언하고 있는 셈이다. 이렇듯 그의 사상적 배경이 되기까지는 효심(孝心)이라는 단순한 차원을 넘어 작가의 정신에 교화되고 정련되어 어쩌면 종교보다도 더 높은 곳에 모상(母像)이 자리매김하고 있음을 알 수 있다. 스승 같은 존재이면서 스승보다는 더 편안하고, 다정한 친구 같지만 친구보다는 훨씬 더 믿음직스러운, 그러면서도 봄볕처럼 안온함을 갖는 심미 대상이 어머니다.

한국사회의 전통적인 가정교육은 어머니가 책임을 다하였다. "한 사람의 양모(良母)는 백 사람의 교사에 필적(匹敵)한다."는 말처럼 어머니가 누구냐에 따라 규수의 인격이 형성되었던 시대의 환경 속에 은옥진은 성장하였다. 따라서 당시는 가문이 매우 중시되었고 반상의 차별성 또한 엄격하였다.

불상(佛像)이라는 조소(彫塑) 형상은 바로 신과 상의 결합, 즉 신은 상으로써 통하는 산물이라고 보았듯이 작가 역시 어머니를 빌려 모정을 형상화시킴으로써 폭발되지 못한 축적된 효심을 발화시킨 절실한 감정의 원형이라 판단된다. 그만치 그의 모상(母像)은 성장의 환경 속에서 이미 구원의 여상(女像)으로 세포(細胞)화 되었음을 짐작할 수 있다. 따라서 그의 모상은 이황 선생의 어머니처럼 효행의 수범이었고 꽃 같은 자연 진리의 성자였음을 헤아리기에 충분하다. 그러기에 다음에서 보는 것처럼 화자 은옥진 선생은 어머니에 대한 그리움을 많이도 표출하였다.

• 안 계신 어머니가 아직도 내 가슴에 자리하듯 큰 항아리의 추억은 오래오래 기억될 것이다.

— 「항아리」

• 지금은 안 계시는 어머니는 가끔씩 막내 동생의 이야기를 들려주었다.

— 「종이학의 기원」

• 그림을 볼 때마다 정감어린 어머니를 만나게 되고

— 「벗은 나무의 동화」

• 어머니는 치맛자락에 누워있는 나를 덮어주며 부채질을 해준다.

—「꽃물들이던 저녁」

• 집을 나설 때 어머니는 아침나절 들를 곳과 점심 먹은 후에 갈 곳을 오빠에게 일러주었다.

—「세뱃돈」

• 팔순의 어머니는 중년이 넘은 딸에게

—「산당나무에 저녁노을」

• 맛깔스런 솜씨를 흉내낼 때 어머니를 만납니다.

—「어머니 가신 자리」

• 남편에게 친정어머니 생신이라는 말을 하기가 왠지 쉽지 않았다.

—「말하는 달력」

• 어찌 마련해서 닭곰탕을 해 주셨는지 물어 본 일없이 어머니는 세상을 뜨셨다.

—「말복의 홍초」

꽃과 나무는 자연의 상징적인 모델이기 전에 어머니로부터 받은 정신적인 영원한 향수였다는 사실을 보여주고 있다. 그러기에 그는 작품마다 어머니를 떠올렸을 것이다.

주역에 "절도 있는 여성이 한 가정을 이롭게 한다(家人利女貞)"는 말이 있다. 여성이 바람이라면 남성은 불이라는 것이다. 바람이 부는 대로 화기(火氣)는 일어난다. 동으로 불면 동으로 서풍이 불면 서로 번진다는 것이다. 그러므로 한 가정에 있어서 여성의 역할은 막대하다는 것이다. 따라서 그 어머니의 사람됨이 너그럽고 인자해야 하며, 양순하고 공경스러움에 따라 그 여식도 조심스럽고 말이 적은 인격적인 성으로 자란다는 것이다. 그러한 모델의 여정(女貞)을 지닌 어머니들이 자녀들을 성년이 될 때까지 가르치고 훈육했던 조선 사회였다. 은옥진 역시 그러한 충실한 내훈(內訓) 속에 성장하여왔기에 정절의 여인상을 보여주고 있다. 그렇지 않고서야 어머니가 한 편의 아름다운 시(詩) 같은 존재로 등장할 이유가 없었을 것이다. 따라서 수필의 주요 소재로 삼고 있는 꽃과 나무에 대한 미감도 어머니의 모성에서 이화(異化)되고 전이(轉移)된 미감이라 생각된다. 어머니가 아름다운 꽃으로 변하고 그 꽃으로 인하여 일생동안 어머니의 치맛자락에 젖고 싶은 결합된 정감이라는 데 주목할 필요가 있다. 그러기에 화자는 어머니를 말하지 않고는 문학을 말할 수 없었을지 모른다. 심청이의 효심이 다시 연꽃으로 부활된 것처럼 화자 역시 주관적인 감정(母像)과 객관적인 현실(꽃)이 통일되고 형상화 되어 꽃으로 피어났으리라는 것을 추량하기에 어렵지 않다. 수필가 정재춘도 그의 글(독후감)에서 다음과 같이 적고 있음을 주목하지 않을 수 없다.

매화가지 꽃 댕기에 숨은 사연을 찾아 책장을 넘긴다. 표지 그림처럼 책에는 꽃을 소재로 한 수필이 많다. 꽃을 사랑한 저자의 소중했던 유년의 세월이 담겨있다. 그 세월은 전통이 살아 숨쉬던 세월이고, 함께 한 주변 사물과 속 깊은 사연을 간직한 추억의 세월이다. 읽다보니 꽃 뿐 만이 아닌, 나무를 소재로 한 수필이 더 많이 나옴을 안다. 그는 테마수필 「나무」를 연재한 경력이 있다.

이렇게 꽃과 나무는 책의 중심 소재이다. 저자가 자라온 환경 깊숙이 스며있는 까닭이다. 마당 넓은 꽃밭에서의 유년 시절, 그곳에서 갖가지 향기로 피어난 개나리, 국화, 봉숭아꽃, 목련꽃 등 다양한 꽃들과 만난다. 그리고 태산목, 향나무, 석류나무, 호두나무 등의 커다란 나무와도 교감한다. 자연물인 그들이 책 속에서는 그냥 자연물이 아니다. 잊지 못할 추억의 산물이며 그리운 아버지, 어머니에게 다가갈 수 있는 애틋한 사랑의 메신저다.

— 「자연 속의 꽃과 나무 : 정재춘」

사적인 얘기지만 은옥진 선생을 처음 대했을 때 안온함을 넘어 경건함이 다가왔다. 그의 외모에서 풍기는 이미지도 그렇지만 그는 지금까지도 매사에 정중함을 잃은 적이 없었다. 그의 언행 또한 너무도 온유하고 엄숙하면서도 정갈하다. 예(禮)로서 다듬어진 언사, 편중되지 않은 사고, 정중한 몸가짐, 자랑하지 않는 지혜, 절제된 언어, 편벽되지 않는 사고 등 난초 같은 품성은 우아한 귀부인으로서 대접 받기에 조금도 부족함이 없다. 이런 범절은 하루아침에 형성된 것이 아니고, 오랫동안 교화되고 다듬어져 인격에 배인 것이리라.

선생은 세상을 일과성(一過性)으로 살아가지 않는 진지함과 함께 균형을 가진 사고력을 지니고 있다. 그것은 그의 모상(母像)으로부터 본받은 범절에서 우러나온 덕행일 것이다. 그만큼 작가는 자신에게도 엄격하지만 남에게도 각도가 있는 삶을 보여준다. 그러면서도 나무나 꽃이라는 자연물의 묘사에서 보여주듯이 사람들에게 많은 애정으로 대할 뿐 아니라 실천적 덕목으로서 정관적(靜觀的) 조화로움의 자세를 잃지 않는 요즘 세상에 보기 드문 작가라 생각된다.

돌쟁이는 과자를 손에 쥔 채 눈물범벅이고, 여자아이는 잇자국이 난 사과를 쥐고 있었다. 목포에서 두 아이를 데리고 기차에 오른 애 엄마는 화장실을 간다며 자리를 뜬 뒤 돌아오지 않는다 했다. 아마 애를 버리고 간 것 같다고 했다. 애 엄마를 찾지 못하면 시 당국에 넘겨져 고아원으로 가게 될 것이라고도 했다.(중략)
기차에 아이를 버린 엄마는 무슨 사연 때문이었을까. 아이를 버리기까지 몇 번이나 기차에 오르내렸을 텐데. 정작 버리고 나서도 그 기차 속을 정신없이 헤매고 다녔을지도 모를 일이다.

—「겹치는 영상」

정(情)이라는 우물을 파 놓고 '버려진 아이'와 '버려진 개'의 운명을 독자의 협동을 통하여 그 해답을 구하고자 하는 수필이다. 짐승과 인간이라는 상호 배치되는 관계지만 생명이라는 존재 앞에서 동일선상의 정감을 얻어내고자 하는 작가의 요구가 극대화된 작품이라 할 수 있다. 수필은 논리나 설득이 아니다. 평형감각 속에 신리(神理)를 통하여 인간의 가슴을 휘어잡는 시정(詩情)이다. 따라서 수필은 우리들의 삶의 모습이요 독자의 노력을 통하여 정답을 확보하도록 유도하는 정취감이다.

　　　　　　　　　　　　　　　　　　　　　　　　—「장애인의 편지는」

한 장애인의 편지다. 여기에서도 우리가 얼마나 행복한 존재인가를 스스로 찾아내도록 유도하고 있음을 발견할 수 있다. 수필은 인간의 마음을 담아내는 그릇이고 담겨진 정화수 같은 정수(精水)를 마시는 일이다. 「장애인의 편지」는 순백의 정화수 속에서 불평불만이 얼마나 오만한 자세인가를 스스로 찾아내도록 유도하는 절절함이 담겨있다. 이렇듯 그의 수필에는 인간과 교감(交感)하는 체온의 나눔이고 선을 넘어 의미로 나눌 수 있는 삶을 영위하고 있다. 이것은 그의 삶의 태도를 보여주는 것이면서 인품을 나타내는 일단이기도 하다.

3. 꽃, 나무 아름다운 인생관

중국(中國) 『예기(禮記)』의 미학관(美學觀)은 "미란 인간의 마음에 존재한다(美惡皆在其心)"고 보았다. 또한 명대(明代)의 유심주의(唯心主義) 사상가 왕수인(王守仁) 역시 "마음 밖의 사물은 없다(天下無心外之)"고 주장하였다. 그러니까 일체의 미적 사물은 사람의 마음 속에 존재한다고 보았다. 예컨대 꽃을 보지 않았을 때는 아무런 반응이 없다가 꽃을 보는 순간에 꽃에 대한 미감이 작용하게 되듯이 마음이 작용하지 않고는 아름다움도 꽃의 화려함도 존재할 수 없다는 것이다. 말하자면 미는 사물 자체 내에 존재하는 것이 아니라 감상하는 이의 마음속에 이미 내재되어 있다. 이 같은 논리를 18세기 영국의 미학가인 흄(D. Hume)도 같은 주장을 편 바 있다.

사실 사물이란 보는 사람의 견해에 따라 각각 다르게 나타난다. 추하다는 말이나 아름답다는 말 역시 그 사람의 견해요, 참되고 속되다는 말 역시 한 사람의 견해다. 그러기에 마음의 여유가 없으면 아름다움도 행복도 느낄 수 없다. 한 그루의 소나무를 바라볼 때도 그렇다. 나무를 정감적 측면에서 보는 것과 실용적인 면에서 보는 것에 따라 서로 다른 양상으로 나타난다. 작가의 심미적(審美的) 내재성이 존재할 때 비로소 소나무의 청정미를 발견할 수 있지만 마음이 엉클어져 있을 때는 전혀 실감할 수 없게 된다. 본래 모든 사물은 아무런 의미도 없다. 하지만 사람의 내적 정감에 따라 그 의미를 부여하기 때문에 이미지화 된다. 그러므로 개체에 따라 전혀 다른 결과를 낳는다.

> 하늘이 환하다. 궂은 날씨 때문에 움츠리고 있던 뜨락 꽃들이 활기를 되찾는다. 우중충 하던 맨드라미가 한결 산뜻해졌다. 앞만 무성하던 분꽃 떨기는 노란색, 분홍색 꽃을 터뜨려 꽃밭이 싱싱하다.
>
> —「꽃물 들이던 저녁」

> 식물도 인간처럼 생각하고, 느끼고, 기뻐하고, 슬퍼한다. 예쁘다는 말을 듣고 자란 난(蘭)은 더욱 아름답게 꽃을 피우고, 볼품없다는 말을 들은 장미는 시들어 버린다. 떡갈나무는 나무꾼이 다가가면 부들부들 떨고, 홍당무는 토끼가 나타나면 사색이 된다. 제비꽃은 바흐와 모차르트, 재즈를 좋아하고 록음악을 싫어한다. 장바구니 속의 야채는 뜨거운 물에 익히거나 불에 구워질 자신의 운명을 생각하며 비명을 지른다.
>
> —「꽃은 슬프다」

과연 문학적인 수필이란 어떠한 것일까? 사물을 객관화 하여 그 속에서 어떤 의미를 탐색해 내는 일이다. 일상성, 자연물 심지어 동물에 이르기까지 문학이라는 프리즘을 통하여 그것을 반조시키는 일이다.

「꽃물 들이던 저녁」, 「꽃은 슬프다」에서 보는 것처럼 작가는 꽃이나 나무를 한 인격체로 객관화 시켜서 창조적인 정감을 발화시키고 있다. 원래 문학이란 "자기 자신을 그 처지에 갖다 놓는 일이요(設身處地)요, 사물을 체득하여 미묘한 경지에 들어가는(體物入微) 특성이 있다." 그러니까 사물(花木)을 묘사할 때는 작가의 마음속에 뚫고 들어가서 잠시 그 사물이 되어보는 일을 완벽하게 수행하는 일이다. 그것은 생명을 스스로 향수하는 일이요 우주와 생명을 나누는 일이다. 그런 점에서 은옥진의 수필은 문학성을 완벽하게 갖추고 있다.

인성이 다방면인 것처럼 수요(需要) 또한 다방면이다. 사물 자체를 진선미에 관점을 두지 않고 실용성에 무게를 두면 모든 사물은 한낱 상품성에 지나지 않는다. 그러니까 정(情-작가)과 경(景-화목)이 서로 융화되고 조화될 때 미적 가치성을 지니지만 그렇지 못할 때는 하나의 의미 없는 사물에 지나지 않는다. 따라서 궁핍한 자에게는 경(景)보다는 한 숟갈의 밥이 절실하듯이 경이라고 해서 모두 아름다운 존재가 되는 것은 아니다. 작가의 정감이 작용하여 응화되고 상승 작용을 할 때 미학적 가치성을 지니게 된다. 일찍이 왕부지(王夫之)는 "가뭄의 혹심함을 걱정하는 사람만이 그 뜨거움을 더 한다."고 말한 것처럼 자연성에 정취감을 갖고 있을 때 미학적 기능을 갖게 된다. 따라서 은옥진의 내면에 이미 화목(花木)에 풍부한 애정이 존재하지 않았다면 '여숫골 호야나무'도, '반송'도, '은행나무'도 단순한 식물로 남을 뿐이다. 그러나 그런 나무와 꽃들에게 의미화를 하였기 때문에 그 속에서 무궁한 사랑과 용서, 포용과 인내라는 도덕성에 대한 각성을 완곡한 암시를 받고 있다. 즉 기존의 자연주의적 환경의 파괴는 문명이라는 새로운 이기주의로 전락하는데도 불구하고 사람들은 표피적인 화려함에 치우쳐 그 생명의 존엄성을 외면당하고 있음을 내포하고 있다는 점에서 문학적 탄력을 지닌 것이다.

공장이나 공사장에서 나는 진동음, 혹은 행상이 외치는 마이크 소리가 몇 데시빌이니 하지만 나도 온종일 들려오는 경적과 소음 때문에 바람이 들어다 주는 먼 곳 소식을 전하지 못합니다.

—「향나무가 한 말」

고승 혜원(慧遠; 334~416)은 "형상과 이치는 비록 다르지만 단계와 길은 점차적인 것이 있고, 정함과 거칠음은 진실로 다르지만 깨달음에도 또한 원인이 있다."고 그의 저서 『만불영명서(萬弗影銘序)』에서 말한 바 있다. 작가 역시 향나무의 영묘한 형상(모델)을 만들어 서로 다른 사람들의 마음을 열어서 사람들의 깨우침을 열어 주고자 하였다. 그러니까 나무와 꽃이라는 경(景)을 그리는 작가의 심리 속엔 그의 어머니의 혼으로부터 유로(流露)된 사상이라 생각된다. 노바리스는 "인간이 된다는 것, 그것이 예술이다."라고 하였듯이 은옥진의 신묘(神妙)한 깨우침 속에는 사람이라는 거대한 거목이 자리하고 있음을 엿볼 수 있다.

옛 문장 속에서 비(比)를 손님으로, 부(賦)를 주인으로 했듯이 화목(花木)은 손님이라면 정(情)은 주인인 작가다. 따라서 작가가 말하는 화목(花木)은 단순한 자연의 일부가 아니라 그의 정신 속에 자리하고 있는 본향이기도 하다.

4. 문학의 역할

작품을 읽는다는 것은 작품 속의 내용을 파악하는 일이요, 내용을 파악한다는 것은 작품을 해석하는 일이며, 작품을 해석한다는 것은 작가의 사상을 엿보는 일이며, 더 나아가서 작가의 사상과 동화되는 일이다. 은옥진의 수필을 읽으면서 느낀 것은 '어떻게 살아야 잘 사는 것일까?'에 대한 물음에 대한 해답이 그 안에 진지하게 들어있다.

현대를 살아가는 사람들 가운데는 인간의 가치관을 잃어버린 채 부나비처럼 오직 부와 명예만을 좇는 삶들이 너무도 많다. 삶에 있어서 주어(主語)가 있어야 하는데 그것을 상실한다면 개인도 그렇지만 사회 역시 불행한 사회가 되고 말 것이다. 어우러져 살아가는 사회라는 울타리에서 자신의 이익만을 추구할 수 없는 어떤 사명감 같은 것을 은옥진의 수필 속에서 탐색된다. 그것을 굳이 인애(仁愛)와 정직, 그리고 투철한 국가관과 종교관, 남을 배려하는 그런 단순하게 결정지을 수 없는 포괄적인 엘리트로서의 자세 같은 것을 자연(花木) 속에서 진지하게 낚아낼 수 있다. 이런 사람을 '사회의 어른'이라고 이름 붙여도 좋을 것이다. 신령의 기쁨을 맛보는 사람은 행복한 사람이며, 그런 행복을 모르는 사람은 영혼의 외로움을 느끼는 불행한 존재라는 생각이 든다. 형식주의 논리와 구조주의 논리를 원용하여 문학의 사회적 기능을 외면하기도 하지만 결국 인간이 사회적 존재라는 것을 인식한다면 문학의 역할을 부정하지는 못할 것이다. 작가의 작품 속에는 등장하는 꽃과 나무는 어머니의 이미지를 간접화법으로 이화한 기교이면서 또한 모정과 부정(父情)이 함축되었다는 점을 말하지 않을 수 없다. 따라서 깊은 사고와 언어의 정선, 그리고 시대적인 사명감과 우리 시대의 정신을 은옥진의 수필에서 더 탐구되고 논의되기를 후배들에게 주문하면서 아쉬운 마음으로 붓을 놓는다.

정서의 교직(交織), 그 절조(節調)의 미

— 소리(笑里) 이애용의 가슴에서 들리는 소리

1. 수필을 쓰는 이유

사람이 글을 쓰는 이유는 무엇일까? 어쩌면 살아가야할 이유를 말하는 것과 일치하지 않을까. 적어도 소리(笑里) 이애용에게만은 이 말이 더욱 설득력이 있을지도 모른다. 그만치 그는 글을 쓰는 일에 매우 행복해하고 있다. 1년 여만에 한 권의 수필집을 상재할 만큼 60여 편의 글을 썼다는 사실은 그 정신의 치열성 말고도 값진 어떤 의미를 발견하였기에 가능하였으리라 믿는다.

한 편의 글은 자신의 자화상을 그리는 행위라 할 때, 그는 수필 속에서 과거의 삶을 되새기면서 미래의 자화상을 수놓고 현재의 삶을 정화하고 있다. 거기에서 나를 찾아가는 즐겁고도 행복한 보물을 발굴하는 여행길임을 자각하고 자신의 삶을 보다 거시적으로 파악하는 미지의 대상이기에 가능했을 것이다. 사실, 인간은 뚜렷한 임무가 없이 일상이 너무 한산하고 적요하면, 그때부터 정신적인 고통이 시작된다는 사실은 의학적으로 이미 밝혀진 바 있다. 많은 우울증 환자 가운데는 할 일 없는데서 시작된다는 보고가 그것이다.

특히 창작활동은 자신의 정화이기 전에 또 하나의 의미를 찾아가는 어

떤 소명을 완수하는 일이기에 해산의 기쁨과 함께 삶의 가치성을 얻게 된
다. 더욱이 삭막한 세상에 글을 쓰는 즐거움을 획득한다는 것은 천상의
행복을 맛보는 일이라 해도 좋을 것이다. 그래서 작가는 그 창작의 고통
을 고통이 아닌 또 다른 유토피아로 느끼고 있는지 모른다.

특히 이애용의 창작적 촉수는 타인의 재주를 뛰어 넘는 것이어서 그의
작품은 지고성(至高性)을 확보한다. 여기엔 변용하는 기교는 물론 순수라
는 안정감에서 평화라는 정적 무드를 형성하고 있다. 게다가 이조 여성적
인 순수와 절제력으로 섬세함을 유지하면서도 지난 세월 민족적 상처와
치유되지 못한 유년의 아픔들이 녹음 짙은 잎새에 햇살이 튀듯 그런 상흔
이 남아 있음을 발견하게 된다.

2. 의식의 성

문학이란 우리의 일상과 밀접한 관계를 맺고 있을 뿐 아니라 끊임없이
관계를 이루는 떼려야 떼어 놓을 수 없는 의식의 성들이다. 다르다면 일
상은 혼잡한 것이라면, 문학은 체계적이라 할 수 있다. 하지만 우리가 생
활하고 있는 영역은 한정되어 있다. 우리가 지구의 모든 사람과 교제할
수 없듯이 한 작가의 경험과 체험 역시 한정될 수밖에 없다. 이처럼 작가
의 사회적인 환경과 시대적인 배경에 따라서 느끼고 생각하는 것이 다를
수밖에 없을 것이다.

1) 혈육의 정감

인간의 의식 속에는 다채롭고도 미묘한 움직임이 끊임없이 일어나기를
반복한다. 이러한 심리 현상에는 그 자체만으로 독립되어 있는 것이 아니
라 과거라는 경험 속에 축적되고 조직된 것들이다. 그러므로 『이상한 나
라의 앨리스』의 동화에서 보는 것처럼 고양이는 사라졌지만 그 징그러운
고양이의 울음소리는 남아있게 된다. 그만치 의식은 사라지지 않고 성장

하면서 계속 그 자리를 확보하고 있다. 따라서 인간의 인식은 외계 사물에 대한 반영으로서 감성적 인식과 이성적 인식의 과정을 통해서 고착화되고 두 인식은 상호 교류하면서 합법성을 낳게 된다.

특히 나를 중심으로 볼 때 부모는 이 세상에 나를 존재하게 하는 원류다. 따라서 한 작가는 죽을 때까지 그 부모에 대한 애정을 담고 살아간다. 모든 사람들이 아버지를 회상하고 어머니를 추상하는 것 역시 동일현상이라 할 수 있다.

> 캄캄한 터널 속에 희미한 손전등 불빛처럼 뿌옇게 아버지 생의 움직임 하나하나가 느린 동작으로 환각처럼 다가온다. 짙은 눈썹과 오똑한 코, 숱이 많았던 까만 머리, 큰 눈에는 언제나 우수가 서려있었고, 까무잡잡한 피부에 큰 키, 무성영화시대의 잘생긴 미남배우를 닮은 내 아버님을 생각하면 숨 막히는 그리움이 내 가슴을 친다.
>
> 이 아름다운 청년에 반해, 시집온 달빛속의 박꽃 같은 엄마는, 늘 아버지를 그리움과 존경하는 마음을 가슴에 묻고 한 평생을 살다가 가셨다. 공무원이셨던 아버지를 따라 전근을 자주 다니셨던 엄마는 그 때마다 동네 아낙네들이 외국인과 산다고 수근 데곤 하였다고 싫지 않은 표정으로 자랑처럼 말씀하시곤 하였다. 그만치 내 아버지는 이국적인 남성미를 지닌 분이셨다. 사십이라는 젊은 나이로 짧게 살다 가신 내 아버지를 생각하면 인생무상이란 말조차 사치스럽게 느껴진다. 아무 죄도 없는 내 아버님이 젊음을 제대로 누려보지 못하고 이데올로기의 희생자가 되었다는 것은 너무도 억울하고 분하다. 내 마음이 이렇게 억울한데 돌아가신 내 아버님의 한과 눈물이야 오죽하겠는가. (중략)
>
> 어느 하늘아래 이름 모를 땅에서 살고나 계신 것일까, 아니면 슬픈 영혼으로 별이 되어 그리움과 한을 안고 초승달 주위를 맴돌고 있는 것은 아닐지, 우주를 유영하는 수많은 별들 중에 내 마음의 별이 있다면 아버지의 별과 함께 초승달 옆에 반짝이는 작은 별이 되어 못 다한 사랑으로 영원이 지켜드리고 싶다.
>
> ― 「아버지의 눈물」

아버지에 대한 그리움을 담고 있는 수필이다. 효자이고 애처가이셨던 아버지, 출퇴근 할 때마다 할아버지께 두 무릎 꿇고 인사하는 것을 하루도 거르지 않으셨던 아버지의 모습에서 양반 가문의 후예임을 어렵지 않게 인식할 수 있다. 게다가 앞마당 감나무에는 언제나 할아버지께 바칠 굴비가 매달려 있는 것을 볼 때 뼈대 있는 집안이었음도 함께 느낀다. 그런 아버지를 아니, 그렇게 행복한 가정의 평화를 깬 것은 바로 6 · 25라는 참극이다.

젊은 날의 아버지의 화려한 모습이 전쟁의 희생물이 되었음은 이만저만한 아픔이 아닐 것이다. 지금도 초승달이 뜨는 날이면 아버지의 슬프고도 잘생긴 얼굴이 달 속에 오버랩 되면서 보고픔과 그리움이 물결처럼 스며드는 작가의 가슴에는 엄청난 분노가 들어있을 것이다. 그러나 그는 그러한 감정을 털고 아버지에 대한 사랑의 깊이와 넓이에 대한 의미를 초승달이라는 이름으로 고통스럽게 담아내고 있다. 초승달은 아무도 보아주지 않는 동틀 무렵에 외롭게 떠오르는 달이다. 그리고 한과 슬픔이 들어있는 달이다. 너무도 고통스럽고 지친 사람만이 잠 못 들어 보는 달이다. 그것은 죽어 있는 아버지가 아니라 다시 초승달에 재생되어 있는 아버지의 모습이다. 초승달은 사라지지만 그러나 한 달이 지나면 다시 떠오르는 달이다. 그것은 망각이 아니라 또 하나의 생존이기도 하다. 효녀 이애용은 지금까지 애잔한 아버지를 가슴에 담고 살아왔고 앞으로도 그렇게 살아갈 것이다.

이씨 집안의 종손으로 태어난 내 동생은 탄생과 동시에 집안에 행복과 웃음을 안겨주었다. 태어나던 날 할아버지는 태(胎)를 태워 강물에 띄우려 옆구리 바구니를 끼고 정신없이 가다가 불씨가 솜옷에 붙은 줄도 모르고 걸어 가셨다고 한다. 아마 그분의 그때 심정은 대를 이을 수 있다는 감격과 조상님께 체면을 세울 수 있게 되었다는 희열감으로 가슴 벅차 있었지 않았을까. 그 때 입은 화상으로 오래 고생을 하셨다고한다. 이 귀한 아이가 백일이 가까워 오자 엄마는 아침마다 머리카락 하나 흐트러짐 없이 정갈하게 빗어 넘기고 아이를 예쁘게 치장시켜 등에 업고, 동네 백여 집을 찾아다니며 한집에 쌀 한주먹씩 얻어 오셨다. 어떤 집에서는 문전 박대 당하고 어떤 집에서는 귀한 아들이라고 쌀을 많이 주려고 했다한다. 그렇게 한 주먹씩 얻은 쌀로 백 개의 백설기를 만들어

정성껏 포장을 한 다음, 백일 날 아침에 아이를 등에 업고 사람이 많이 다니는
사거리 길목에 서서 한사람에게 한 덩이씩을 백 사람에게 나누어 주셨다고 한
다. 어떤 이는 의심으로 받으려 하지 않았고, 어떤 사람은 하나 더 달라고 조르
기도 하더란다. 이렇게 하는 것이 아이가 장수할 수 있다고 믿었기 때문에 그
런 정성을 다 바친 것이다. 그런 엄마의 정성이 백일해로 생사를 넘나들면서도
살아남을 수 있었고, 치열했던 전쟁의 틈바구니에서 건강하게 살아남을 수 있
었다고 믿고 싶다.

—「백일잔치」

인간이 살아가는 땅 위에는 무수한 명분들이 있다. 그 명분을 이탈하면
삶의 일상에서 이탈당하는 방랑자로 취급되는 것이 사회의 전통방식이
다. 그 가운데 가문의 대를 이을 자손을 두지 못한다는 사실은 당시 무서
운 형벌에 해당되었다. 그리고 가문을 닫는 일은 막심한 불효의 하나로
사회의 멸시적 존재였다. 그만치 우리 조상들은 조상을 숭배하고 가문을
귀히 여겨왔다. 뿐만 아니라 예의바르고 상호 교류하는 습성을 익혔다.
어른과 어린 아이들의 항렬, 어른을 찾아뵙는 인사법, 경사를 축하고 흉
사를 조문하고 부조를 보내는 일, 청하고 부르고 맞고 보내는 일등 미풍
양속을 지닌 민족이었다. 화자는 그러한 화기 넘치는 집안에서 성장하였
음을 알 수 있다.

그러나 지금은 물레방아 대신 전기 모터를 사용하면서 인간의 의식이
많이 달라졌다. 조상도 전통도 없다. 그저 살아가기 편하면 그만이고 나
좋으면 그것으로 만족이다. 부끄러움도 없고 질서도 없다. 하지만 용(龍)
이라는 동물은 현실에 존재하지 않지만 그 존재에 대한 관념을 가지고 있
듯이 인간의 의식의 뿌리에는 신에 대한 신비성 내지 조상에 대한 흠모성
을 우리의 머릿속에서 지울 수는 없는 귀속성으로 회귀되고 있다. 그것은
인간의 삶을 경건하게 하는 증거이면서 삶의 본질을 지향하는 규범이다.
나뭇잎도 한철을 지나면 결국 땅으로 내려오고 지하의 물도 시간이 지나
면 다시 하늘로 승천하는 것이 원리라면 조상이 이어온 전통은 그 법칙에

서 이탈될 수 없는 값진 원법이다. 그리고 그러한 전통을 받들고 살아온 우리 어머님들의 세대는 허무라는 말 대신 아름답고도 성스럽다고 해야 할 것이다. 따라서 화자 역시 그런 어머니를 모셨기에 그 어머니의 품성을 닮아 마음가짐과 몸가짐을 단정하게 유지하고 있음을 발견하게 된다.

2) 아픔, 그리고 고달픔

문학이란 자신의 의식을 찾아나서는 여행이다. 무조건 걷는 여행이 아니라 일정한 도정을 찾아 채색된 낙원을 더듬는 일이다. 여기에서 낙원은 아픈 추억까지 포함한다. 사계절 속엔 겨울도 있고 험난한 폭풍우도 있고 보면 살아간다는 것은 그리고 삶의 즐거움은 그것까지도 당연한 여정으로 받아들이지 않을 수 없다. 왜냐하면 삶이란 아픈 것을 빼놓고는 취급될 수 없는 것이기 때문이다.

> 병자세례를 받은 언니는 제대로 기도문 하나 외우질 못했다. 그럼에도 여행지의 발자국 마다 눈물의 기도로 새기며 다녔다. 평생의 지은 죄를 기도로 쏟아내는 것 같았다. 그 뜻을 알기에 마치 성지 순례를 하듯 가는 곳마다 성당을 찾았다. 한번 들어가면 나올 줄 모르고 성모상 앞에서 눈물의 촛불로 기도드리는 언니모습은 지금껏 보지 못한 경건하고도 엄숙했다. 언니는 전쟁 속에 태어나 평생을 전쟁과 함께 살아 온 세대로, 인내와 용기가 필요했고 피해 의식 속에 살아야 했기에 억세고 강인한 성격이 되어있었다.
> 돌아오는 길에서도 심한 아픔의 통증을, 뉴욕에서 마지막 선물로 사준 묵주를 손안에 꼭 쥐고 묵주의 한 알 한 알 속에 고통을 새기며 기도드리고 있었다.
>
> — 「언니의 기도」

유협은 창작의 개성을 네 단계로 나눈 바 있다. 재(才)와 기(氣)와 학(學)과 습(習)이 그것이다. 재는 작가의 재능이라면, 기는 작가의 기질이요, 학은 학식과 수양이요, 습은 생활적 환경과 문화적 환경이라 했다. 따라서 재와 기는 선천적인 방면이라면 학과 습은 후천적인 영향에 속한다. 이

네 가지 방면이 서로 각기 다르기 때문에 문학의 양태는 천자만태(千姿萬態)인 것이다. 대개 재와 기를 가진 사람은 문장이 품격을 넘어 오만하고 방종해서 안중에 사람을 두지 않기도 한다. 이상이나 김삿갓이 그 같은 사람에 속한다. 따라서 일반적으로 많은 문인들은 학과 습을 그 모태로 하고 있다.

그러나 작가들은 적든 크든 자신이 타고난 네 가지 기질이 섞여 풍격을 형성하기 마련이다. 그리고 고착된 풍격을 상당한 창작기간을 거쳐야 완전히 형성되어 자리잡게 된다. 그러므로 작가의 독특한 풍격을 형성하기가 쉽지 않은 일이다. 이 부분을 중국에서조차 매우 중시하여 왔다. 이는 창작활동에 있어서 자각하지 않고는 얻을 수 없는 부분이기 때문이다. 풍격을 다른 말로 체(體)라고도 한다. 그것은 성령의 깊은 체험을 의미하기도 한다.

소리(笑里) 이애용의 글에는 역시 평담진미(平淡眞美)한 순수의 풍격을 형성하고 있다. 「언니의 기도」나 「두만강가」에서 보는 바와 같이 시대적 사상적인 아픔과 그리움이 담담하게 펼쳐지고 있다. 때로는 애틋하면서도 섬세한 여인의 향취를 풍기고, 때로는 모성애의 부드러운 감촉미가 들꽃처럼 자연스럽게 피어나고 있다. 이러한 글은 귀함이 평담에 있어서 오장을 통하게 하고 때로는 순수에 있어 그 진미가 가슴을 깨끗하게 씻어주는 청풍(淸風)같은 힘이 있다.

> 아프지 않으면 드리지 못할 기도가 있다.
> 아프지 않으면 믿지 못할 기적이 있다.
> 아프지 않으면 듣지 못할 말씀이 있다.
> 아프지 않으면 접근하지 못할 성안이 있다.
> 아프지 않으면 우러러 뵙지 못할 성안이 있다.
> 아, 아, 아프지 않으면 나는 인간일 수조차 없다.
>
> — 미우라 아야꼬

종교적인 향취가 바람을 타고 하늘로 솟구치는 기도문이다. 화자 자신
이 미우라 아야꼬가 좋아하는 기도문을 취한 것은 절묘한 화자의 종교적
인 의식의 반영이라 해도 될 것이다. 글은 항상 작가의 의식과 동반하기
때문이다. 따라서 소리(笑里) 이애용의 풍격의 미는 지고지순하되 절조의
청풍을 가지고 있다.

> 마음고생이 많았던 20여년의 세월이 흐른 어느 날 시어머님께서 곳간 열쇠
> 를 주면서 "이제 네가 살림을 맡아서 잘 하라"고 하였다. 평생 곳간 열쇠로 한
> 이 많았던 언니는 열쇠를 내던지고 대성통곡을 하였다고 한다. 얼마나 한이 많
> 았으면 그랬을까. 그 후 언니는 곳간에 열쇠를 채우지 않았고 누구나 자유롭게
> 드나들 수 있도록 개방 하였다.
>
> ―「곳간열쇠」

기쁘면 기쁜대로 서글프면 서글픈대로 반응하고 자각한다. 씨줄과 날
줄이 서로 얽혀 하나의 천을 이루듯이 인간의 삶도 반응과 자각이 함께
직조된다. 따라서 겉으로 보기에는 너무 행복해 보이지만 더 많은 아픔을
지닐 수도 있고, 겉으로는 천해 보이지만 더 많은 행복을 지닐 수도 있다.
소리는 그 같은 현상을 언니의 삶에서 읽은 것이다. 언니는 강원도 부잣
집으로 시집갔다. 그러나 행간에 자유가 없는 언니의 삶은 너무도 고달프
고 힘들었음을 본다. 그러기에 열쇠를 받아든 날 통곡을 쏟아내었지 않았
겠는가. 그 생명체 속에는 많은 고통을 감수했기에 통곡의 울음을 토해냈
던 것이다. 우리민족이 일제에서 해방이 되던 날 통곡했던 그 울음과 일
치할지 모른다. 그만치 큰 기쁨은 눈물을 주고, 큰 슬픔은 웃음을 준다.

3) 삶의 순리성

추억이라는 공간에는 많은 그리움이 있다. 그것은 잃어버린 것에 대한
애착일지 모른다. 그래서 사람들은 항상 잃어버린 것에 더 많은 애착을

가지고 살아간다. 떠난 열차가 더 아름답듯이 다시 붙잡을 수 없는 추억은 언제나 새로운 행복으로 다가온다. 그래서 추억이라는 공간의 이미는 그 상상이 더 확대되고 갈증현상은 더 깊어진다.

> 할머니라는 이름으로 소녀 같은 연푸른 꿈을 꾸고 있는 나는, 어쩌면 몽유병 환자는 아닐까. 지금 행복하게 흔들리고 싶다.
>
> —「행복이 넘치는 인생」

「행복이 넘치는 인생」의 말미부분이다. 소녀 시대를 넘어 대학시절, 그리고 숙녀 시대의 희망에 넘치고 발랄한 황금기를 그리고 있는 글이다. 긴 바람이 산등성이를 넘고 골짜기를 나오는 것 같은 신비감과 함께 큰 산 허리를 돌고 돌아 하늘로 치솟는 산새 날갯짓 같은 우아미를 담고 있다. 그러나 이제는 노년기에 접어든 나이다. 하지만 정신적으로는 그때를 놓치고 싶지 않은 아쉬움을 "행복에 흔들리고 싶다"는 말로 함축하고 있다. 아직도 풀꽃 향이 풀풀거리는 작가의 의식 속에는 놓치고 싶지 않는 젊음이 타고 있다는 것은 그만큼 생의 환희가 넘실거리고 있다는 증거이기도 하다.

여기에는 인간이 왜 사는가에 대한 물음이 주어진다면 그 해답도 함께 유동(流動)하고 있다고 할 것이다. 언어의 기능은 이점에서 복합적인 기능을 가지고 독특한 뉘앙스를 선사한다. 그것이 문학의 효용이요, 언어의 맛이다. 그만치 소리 이애용은 언어의 맛을 최대한 살리는 재능을 가지고 있을 뿐 아니라 정신적인 건강미를 지니고 있다. 나이가 젊다고 해서 나이가 적은 것이 아니요, 나이가 들었다고 해서 또한 나이 든 것은 아니다. 꿈을 갖는 순간부터 젊음은 확보되고 꿈을 잃어버리는 순간부터 나이가 늙어간다. 지미 카터는 꿈을 잃으면 그때부터 늙은이라고 그의 자서전에서 밝힌 바 있다. 모네는 76세에 그림을 그리기 시작했고 도스토예프스키는 94세에 창작활동에 계약서를 제출하였다는 것은 그들에게 꿈을 잃지 않았기에 가능한 일이었을 것이다.

3. 절조미의 수필가

이애용은 전전(戰前)시대의 작가다. 민족의 아픔이 무엇인가를 손수 체험하고 경험하였다. 그러기에 두만강가에서 북한을 바라보는 작가의 시선은 간장을 끊는 아픔이었을 것이다. 그의 목소리는 "두만강 푸른물"이라는 유행가를 부르는 데서부터 이미 목이 젖어 있음을 본다. 그리고 한없이 속울음을 쏟아냄을 본다. 북한에 대한 정경을 그려낸다는 것은 바로 북에 대한 물리(物理)를 그려내는 일이다. 물리는 하나의 현상 속에서 북한 인민들의 전체적인 삶을 들여다 볼 수 있는 장치다.

> 낮은 강물 수위를 이용하여 북한으로 부터 탈북자들이 늘어나고 있기 때문에 살벌한 경계가 펼쳐지고 있는 것이다. 하지만 대부분 붙잡혀 북한으로 이송되어 진다. 그날도 마치 굴비 엮듯이 줄줄이 엮여 두만강 다리를 짐승처럼 끌려가고 있었다. 며칠 전에도 강을 건너다 잡힌 모자가 코뚜레를 당해 끌려가는 처참한 형상을 목격한 바 있다. 말로만 듣던 장면을 목격하는 순간 숨이 멎을 것 같고 명치끝이 아파오는 고통을 느꼈다. 이념과 사상이 무엇이기에 저토록 비참한 운명으로 살아야 하는 것인지 답답함을 넘어 울분이 솟구쳤다.
>
> ―「두만강가」

양공(襄公)은 좌전의 공자의 말을 인용하여 "말은 뜻을 충족시키고, 문은 말을 충족시키며(言以足志, 文以足言), 말에 문이 없으면 행하여도 멀지 않다(言之無文, 行而不遠)"라고 하였다. 이처럼 언어라는 것은 사람의 심지를 전달하기 위해 봉사하는 것이고 보면 언어의 기용은 작가에게 무거운 책임이 따른다. 이런 점에서 소리의 문장 기법은 충분히 체현하고도 남는다. 그것은 말의 질서를 매우 정교하게 다루고 뜻을 취하기 위해 적당한 기교를 마음껏 다루고 있는데서 확인된다. 즉, 작가가 앞에서 두만강가를

산책하면서 북한 민족의 정의와 심지를 리얼하고 깊이있게 천명한 부분
이다. 그리고 결론에 우리민족이 어떻게 살아가야 할 것까지를 제시하고
있다는 점이다. 그 결론 부분을 다시보자.

> 알고 보면 지금 우리가 누리는 자유와 행복이 애국지사들이 흘린 피의 대가
> 인지 모른다. 그런데도 우리는 나 자신의 노력으로 얻은 평화라고 착각하면서
> 살아가는 것은 아닌지 반성해 보는 계기가 되었다.
> 　지금도 두만강 넘어 북한 땅에서는 지옥과 같은 삶을 살고 있는 우리 동포들
> 이 있다는 현실은 너무도 슬프고도 가슴 아프다. 하루 빨리 통일되어 다함께
> 자유와 행복을 누리는 삶이되기를 기원해본다.
>
> 　　　　　　　　　　　　　　　　　　　　　　　　　　—「두만강가」

소리의 수필은 이상적인 지향보다는 자연과 현실에 대한 본질을 구가
하는데 중점을 두는 절조(節稠)의 목소리를 지니고 있다. 지금 우리는 평
화 속에 살아간다. 그런데도 그 평화를 인식 못하고 난동을 피우는 진보
그룹들에 대한 강한 질타가 숨어 있는 글이다. 따라서 작가가 지향하는
철학의 세계는 평화와 안정이다. 탐스럽고 유혹적인 것보다는 침잠 속에
서 자연의 이치를 일궈낸다. 그것은 충분한 인생의 체험에서 얻어진 것이
리라. 그의 언어는 언제나 뜻을 충족시키고 문체는 언제나 말을 완결짓는
그래서 언어의 기교와 맛을 최대한 발휘하는 작가적 능력을 소유하고 있
다. 앞으로 그의 여행은 어디까지 갈지 흥미롭게 지켜볼 부분이다.

한국적 정신의 본향

— 이연희의 수필세계

1. 삶의 해명

이연희의 첫 수필집 『인도(人道) 가는 길』을 추석 전날 단숨에 읽었다.

먼저 이 글을 읽고 느낀 점은 세련된 문장으로 사물을 다양하게 바라보며 꽤나 차분하면서도 섬세하게 자기의 심경을 그린 문학적 인식의 깊이였다. 언제 이렇게 공부했나 싶게 나의 시각을 매료시켰다. 하나의 사물을 일관성 있게, 그러면서도 깊이있는 안목으로 작품화하고 있는 데는 놀라지 않을 수가 없었다.

인간이 이 세상을 산다는 것은 일상과의 무수한 대결이다. 때로는 가까운 사람과 대결해야 하고 때로는 가족과 대결해야 하고 때로는 낯모르는 사람과 대결해야 한다. 그러나 무엇보다도 괴로운 것은 자신과의 대결이 아닐까 한다. 다른 말로 자신의 인격과의 투쟁이다. 그 투쟁에서 패배할 때 사람들은 더 큰 고통을 겪는다. 이 대결을 프루스트는 "참다운 삶이 발견되고, 해명된 삶(체험)에 접근하는 하나의 수단"이라고 말한 바 있다. 그렇다. 우리는 삶의 일상의 대결 속에서 스스로 그 해결방법을 모색해 낸다. 해결방법에는 여러 가지가 있을 수 있다. 도덕적인 방법도 있을 수 있겠고, 실정법에 의뢰하는 방법도 있을 수 있겠고, 자신의 피해를 감내하는 방법도 있을 수 있겠다. 그 해결방법, 그것이 바로 그 사람의 삶의 철학이다.

글쓰기란 바로 이러한 해결의 과정에서 얻어진 짙은 인간의 내면적 고백이라 할 수 있다. 그래서 글은 바로 그 사람이라고 했는지도 모른다. 우리는 일상의 대화에서 사람의 존재적 가치를 확인할 수 있듯이 글에서도 삶의 모습을 발견할 수가 있다. 단 한 줄의 글, 단 한 편의 글에는 어떠한 식으로든지 사람이 안고 있는 사유와 철학에 내재되어 있다. 훌륭한 문학이란 자연스러운 감정의 발로라고 했는데 그가 가지고 있는 사유의 철학이 일관되고 철저할 때를 두고 한 말일 것이다.

2. 순수의 향수와 동경

이연희의 수필집 『인도(人道) 가는 길』에는 모두 50편이 게재되었다. 수필집 제목이 의미하는 것이나 각 부마다 붙여진 제목에서 그가 무엇을 추구하고 무엇을 생각하고 있는가를 어렴풋이 알 수 있다.

먼저 각 부의 제목을 한번 훑어보자 「참 괜찮은 만남을 위하여」, 「사랑의 향기」, 「내 마음의 풍경소리」, 「가슴으로 흐르는 강」, 「안개, 그리고 바다」, 「초가지붕에 박꽃 피고 지고」로 되어 있다.

한마디로 이 제목이 상징하는 것은 이상에 대한 새로운 세계의 동경이라고 할 수 있겠다. 다시 말하면 아름다운 낭만이 출렁거리는 꿈꾸는 순수의 세계라고 해도 좋을 성싶다. 그만치 그는 아직도 소녀의 순수성을 버리지 못하고 이상을 추구하며 살아가고 있다. 얼마나 아름다운 마음인가. 아마도 순수의 마음은 하얀 빛이라면 푸른 빛깔은 싱그러움이다. 인간의 발걸음이 닿지 않은 그대로의 원초지대이다. 그는 그런 원초지대에서 지금 살아가고 있다.

> 사람이 사람에게 다가서는 일, 즐겁고도 험난한 고행의 길이다.
>
> ―「인도(人道) 가는 길」

문학은 완정성(完整性)을 최고의 미덕으로 여긴다. 그것은 경험을 새로이 종합한 형상화로, 종합하기 전의 의상(意象)은 산만하지만 종합 후의 의상은 조화되고 정리된 것이다. 이것이 바로 정감이다. 정감의 농도에 따라 작품의 맛과 빛깔이 달라진다. 그래서 수필에서는 정감을 매우 중요시 여기고 있다.

다른 사람과의 마주침, 그것을 경계하는 것은 그만큼 다른 사람을 신중하게 대한다는 의미이다. 그것은 일종의 순수의 마음으로 받아들일 수 있다는 의미이기도 하다. 맑은 영혼에 상처를 주고 싶지 않은 마음, 그래서 자기를 더욱 가지런히 하고 싶은 경험적인 정감 위에 기초한 작품이다.

인간은 모두가 자기중심적이다. 그 중심의 원에 서면 사시적(邪視的) 시각으로 상대를 평가한다. 때로는 헐뜯고 때로는 철저히 매도한다. 그래서 우리는 맑은 영혼에 심한 풍파를 일으키는 것이다.

> "인간은 홀로 살아갈 수 없는 사회적 존재이기에 사람과의 사귐은 불가피하다. 그 과정에서 마음을 주고 정을 나누는 일은 흐르는 물의 이치와 다를 바 없다. 그러나 언제부터인가 나는 말의 허구성에 시달리면서 누군가와 인연 맺는 일을 두려워해 왔다."
>
> —「한마디의 말」

「한마디의 말」에서 보는 것처럼 그가 한마디의 말 때문에 얼마나 많은 영혼의 상처를 당하였는가를 잘 보여 주고 있다. 그래서 길에서 마주치는 사람에서조차 조심스런 마음을 갖게 되는 것이다.

사람들은 모이면 누군가를 화제에 떠올려 안주거리로 삼는다. 자기들은 그러한 권역에서 벗어나는 특별한 존재로 인정한다. 씹고 뱉는 인간, 그 뱉는 만큼 인간은 악랄한 것이다. 따라서 그의 순수의 마음은 그것을 감당할 수 없었을 것이다.

이 세상에 남의 입질에 오르지 않을 만큼 완벽한 사람은 아무도 없다.

장미에서는 장미의 향이 나고 풀에서는 풀의 향이 난다. 따라서 인간은 인간 고유의 냄새를 가지고 있다. 성직자까지도 인간적인 속성을 벗어날 수가 없다. 인간은 오직 인간일 뿐이다. 그 이상도 그 이하도 아니다. 다만 다소 다를 뿐이다. 따라서 인간은 누구나 남을 평가하는 눈을 지니게 된다. 그러므로 그녀는 순수의 영혼을 다치고 싶지 않아서 사람들을 만나기를 꺼려하는 순수미를 지니게 되었을 것이다. 그녀는 결국 손해보면서 살 수밖에 없다.

은밀한 구석까지 내보여도 흉되지 않을 듯싶어 오래도록 같이 있고 싶은 사람, 타인의 아픔까지를 사랑하며 포용하므로 돌아서는 즉시 다시 보고 싶은 충동이 일어나는 그런 사람, 그런 이웃, 그런 친구를 누구든 좋아하는 순수의 의미를 지켜가고 있다.

3. 미지의 세계에 대한 투영

수필이란 체물입미(體物入微)다. 사물을 체득하여 미묘한 경지에 들어가기 위해서는 설신처지(設身處地)해야 한다. 자기 자신을 그러한 처지에 가져다 놓지 않으면 경지에 들어설 수 없는 것이다. 작가 자신의 세계에 들어가 잠시 그 세계에 안주해 보는 것이다. 그 대표적인 작품이 「별난 하루, 별난 아침」이다.

> 한 모금, 두 모금 입술을 축였다. 의도적이 아닌 단순행위였는데 그의 포로가 되고 말았다. 싫지 않았다. 그럼에도 왜 자꾸 눈물이 흐르는 것일까? 어떤 의미의 눈물이란 말인가. 흐르는 눈물마저도 무미건조한 무색무취의 물에 불과하단 말인가. 아무런 생각 없이 흑흑 흐느껴 울고만 싶은 건 또 무슨 마뜩찮은 심사란 말인가.
>
> —「별난 하루, 별난 아침」

여기에서 보여 주는 눈물의 의미는 무엇일까. 자기 삶에서 오는 불만이라기 보다는 무어라고 말할 수 없는 인생의 어떤 공허감일 것이다. 사람들은 때로는 그러한 공허감에 눈물지을 때가 많다. 알 수 없는 공허감, 무언가 채우지 못한 절절함, 그것은 인간 자신만이 갖고 있는 비밀스러운 모습이기도 하다. 인간이란 원래 무언가를 가득가득 채우기를 원하고 있다. 그러나 채워지지 않는 게 인간의 욕망이다. 채우면 또 다른 그릇이 비어 있다. 그래서 인간은 늘 고독해 하고 있는지도 모른다. 그러나 그 고독에서 예술이 탄생되고 문학이 탄생되고 놀이문화가 탄생되었다.

우리의 삶 가운데 인간의 의지대로 되는 일은 기실 얼마 되지 않는다. 자기의 삶도 자기의 마음대로 하지 못하는 인간, 누군가의 힘에 의해서 살아가는 인간, 그런 인간을 보는 시각이 성숙되고 내밀해짐을 다음 글에서 발견할 수가 있다.

사랑받고 인정받고 싶은 그들의 욕구가 충족되지 않았을 때, 정서불안이나 미움, 시기, 질투, 분노, 원망 등등의 복합적인 감정의 소용돌이가 비뚤어진 행동으로 나타나고 있었다. 부모 또는 친구, 선생님이나 가족간에 끊임없이 일어나는 갈애의 욕구가 억압되어 받아들여지지 않았을 때, 결국 자기 자신을 사랑하는 일마저 포기하게 되는 절박한 상황으로 그들을 몰아내고 있었다.

—「자기 사랑의 길」

관조를 통해서 내면적으로 접합된 수필이다. 이 수필의 특징은 긴장감 없이 객관적으로 허심탄회하게 묘사되어 있다. 수필가는 자기로부터 나온 정감을 객관적으로 검토해 보며 다른 사람으로부터 나온 정감을 반드시 뚫고 들어가 체험해 본다. 그래서 독자와 쉽게 어울리게 되는 것이다.

인간을 둘러싸고 있는 환경과 인간 내면이 갈망하고 있는 욕구는 늘 대결한다. 그것이 때로는 충돌하고 화해하면서 우리의 삶을 얼기설기 수놓아 간다. 그 가운데 가족과의 대결은 사랑이란 이름으로 더욱 심하게 나타날 수도 있다. 그 대결의 화해가 쉽게 이루어지지 않을 때 심각한 지경에까지 몰고 가는 현실을 관조를 통해 적고 있다.

따라서 "순리대로 살라고 하지만 때때로 삶은 노력한 만큼, 땀 흘린 만큼, 베푼 만큼 돌아오지 않을 때도 있으므로 마음 아프다."「순도 99.9%의 선량」에서 순리대로 살아가지 못하는 우리 현실의 부조리성을 허심탄회하게 전해 준다. 氏는 이 세상을 순리대로 살아가고자 했을 것이다. 그러나 주어진 환경이 그것을 허락지 않는다. 다음 글에서도 그는 대결을 피하고 있음을 볼 수 있다.

> 서먹해진 이웃이 있다면 화해의 악수를 청하는 넉넉함으로 첫날을 열어 보리라 마음먹는다. 주부로서, 엄마로서, 사회인으로서 인정받고 싶고 사랑받고 싶다.
>
> ―「하정」

새해 첫날을 맞이하면서 쓴 글이다. 하정은 새해를 맞이해서 드리는 인사다. 첫 날을 맞이해서 서먹해진 이웃과 웃고 싶은 것이다.

> "살면서 우리는 넘어지고 깨어지며 크고 작은 어려움에 직면하게 된다. 누구를 막론하고 행복과 불행은 선택할 수 없는 운명 같은 것이기도 하다.
>
> ―「일상에서」

「일상에서」에서 보는 것처럼 그는 우리에게 다가오는 행복이 결코 우리들의 노력만으로 되어지는 것이 아님을 깨닫는다. 이렇게 그는 심도 높은 인문정신을 지니고 있음을 볼 수 있다. 무엇을 보든지 좌절이나 절망의 시선으로 바라보지 않고 순수의 마음으로 화해하고 해결하려는 인간답게 살려는 높은 의지라는 점이다. 이 시대를 아름다운 감성 속에서 살아가려는 인생론적인 이야기가 수채화처럼 펼쳐 있다.

4. 여인(麗人)에 대한 삶의 추구

여인(女人)은 누구나 여인(麗人)이 되고 싶어 한다. 그것은 참으로 바람 직한 일이 아닐까. 남자는 남자가 되어야 하듯이 여자는 여자의 모습을 갖추어야 하는 것은 너무도 당연한 모습이다. 그녀는 바로 그러한 여인으 로 살아가고 싶은 것이다.

여인들은 언제나 아름답기를 갈망한다. 여자가 화장대 앞에 앉아 오랜 시간 머무르고 싶은 때는 언제일까? 아마도 누군가에게 예뻐 보이고 싶을 때, 이를 테면 분홍빛 사랑이 싹트려 할 때가 아닌가 한다. 그 순간만큼은 최상의 아름 다움을 추구하지 않을 여자도 없을 테니까. (중략)

사시사철 같은 분위기를 갖는 것도 좋겠지만 때로 과감한 변신으로 일상의 단조로움에서 벗어날 줄도 아는 생동감 있는 패션 감각이 현대여성의 매력이 아닐까 싶다.

— 「아름다워지세요」

아이들 생각과는 무관하게 내 욕심대로 휘둘렀던 독선이 그들 가슴을 멍들 게 했고, 사랑이라는 이름으로 다그쳐 왔던 미련함이 나를 슬프게 했다. 서로 잘해 보자는 의도였지만 결국 깨진 그릇이 되었다는 느낌이 들었다. 사실 아무 것도 아닌 일로 유독 큰 아이만을 들볶았으니 참으로 어이없는 노릇이었다.

— 「고장난 풍금」

어딘가 쓸쓸하고 균열이 생기는 목소리였다. 그 여자의 음성은 수화기 속에 갇혀서 울고 있었다. 평소의 그답지 않았다. 낮은 목소리와는 상반되게 내 목 소리는 긴장감으로 고조되었다. 늘 차분하고 조신했던 그녀가 아니었던가.

— 「사랑의 향기」

날이 밝으면 창문을 활짝 열어놓고 바람을 기다렸다. 어떤 날에는 하던 일마 저 접어두고 사슴처럼 길어진 목으로 기다렸다. 이따금 바람이 불 때마다 가족 모두의 관심은 챙챙챙 울어 줄 풍경소리였다. 작은 울림으로도 감탄사를 연발하던 아이들과 나, 가슴 가득 환희였다.

―「내 마음의 풍경소리」

「아름다워지세요」, 「고장난 풍금」, 「사랑의 향기」, 「내 마음의 풍경소리」 등 네 편을 무작위로 뽑아 보았다. 「아름다워지세요」에서는 여인으로서의 소박한 마음을 적고 있다. 과감하게 변신하여 일상으로부터 탈출을 꿈꾸는 글이다. 그것은 연인의 지적 모습이기도 하다. 그러한 지적 아름다움을 지니고 싶은 화자는 여인(麗人)으로 살아가고픈 것이다. 그리고 「고장난 풍금」에서는 어머니로서의 자성의 마음을 적고 있다. 부모들은 사랑이라는 이름을 빌려서 자녀들을 혹독하게 다룬다. 그러나 그것이 사랑일까? 결코 사랑이 아니라는 것을 우리는 쉽게 접근할 수가 있다. 사랑은 끝까지 어루만져 주는 일이다. 참고 인내하는 일이다. 그런데 많은 부모들은 자기들의 기대치에 따라 주기를 바란다. 그렇지 않으면 보채고 들볶는다. 그것은 어디까지나 부모의 욕망이지 자녀에 대한 사랑은 아니다. 「사랑의 향기」는 장미 한 다발에 대하여 감격해 하는 이웃집 뽀삐네 이야기다. 여인은 이렇게 조그마한 일에도 쉽게 흥분하고 삶의 행복감에 젖는다. 「내 마음의 풍경소리」는 행복에 젖은 자신의 심경을 그리고 있다. 사람들이 불행해 하는 것은 정작 불행해서가 아니라 행복을 확인할 줄 몰라서라는 것을 느끼게 된다. 온 식구들이 건강하다는 것 사실 하나만이라도 우리는 얼마든지 행복할 수 있는 것이다.

이렇듯 이연희씨의 수필들은 사물의 격동과 맥박, 호흡과 리듬이 적절한 조화를 이루면서 문장의 세련미를 이루고 있다. 문장이란 그저 기록한다고 해서 문장이 되는 것은 아니다. 완벽한 문장을 이루려면 문장의 리듬감까지도 살려내야 한다. 리듬은 운문에만 있는 것이 아니다. 산문에도 리듬이 있다. 리듬이 있는 문장은 우선 독자에게 읽기 편하게 한다. 그 다음 구성의 긴축성 내지 담고 있는 주제성이다.

인간의 기억 세계는 참으로 복잡하고 미묘하다. 그 가운데 여인의 마음은 더욱 다양하고 복잡하다. 여자라는 이름 때문이다. 그래서 그런가. 요즘은 여인들의 실체를 알 수 없을 정도로 허공만을 짚고 살아가려고 한다. 붙잡지 못할 것을 붙잡기 위해서 이상하게 변하여 가고 있다. 그런데 이연희 씨의 봄비 같은 촉촉함을 안고 있다는 것이다. 여인으로서 아름다운 꿈을 갖고 있으면서도 결코 신세대와 같이 어떤 선을 벗어나지 않는 그의 전통적인 여인상을 그대로 간직하고 있다 함일 것이다.

5. 심안을 통한 명징성

사물은 눈으로 보지만 마음으로 인해 판단된다. 그리고 영혼에 의해 깨닫게 된다. 그것을 흔히 오성의 세계라고 한다. 이연희 씨는 그런 오성의 눈을 지닌 작가다.

모든 사물에는 표면과 이면이 있다. 눈을 가진 존재라면 누구나 표면을 바라볼 수 있다. 그러나 이면은 오성의 심안을 지닌 자만이 바라볼 수 있다. 그래서 그의 글은 설렘 같은 들뜬 분위기나 자기를 드러내놓으려는 과장이 없다. 차분한 목소리로 인생을 여행하고 있는데 그것은 작품 하나하나가 교호작용을 이루면서 내면적인 철학성이 담겨져 있기 때문이라고 생각된다. 따라서 50편의 수필 전부가 간단한 회고적인 취미에 머물러 있지 않다는 것도 높이 사고 싶은 점이다. 그리고 작품 하나하나에 깊은 주제성을 놓치고 있지 않다는 점도 기억해 두고 싶은 면이다. 주제가 없는 글은 작품이 아니다. 주제는 얼굴이다. 이연희 씨는 이러한 완벽성을 우리에게 보여 주고 있다. 앞으로 우리에게 더욱 우아하고 심도 있는 작품을 보여주리라 기대한다.

인간적인 그러면서도 진실함

— 성산 이재봉의 수필정신

성산(聲山) 이재봉은 2년 전에 『인간적인 것이 가장 합리적이다』라는 수필집을 상재(上梓)한 바 있다. 그러니까 정확히 2년 반 만에 다시 제2수필집이 나온 셈이다. 그것은 무엇을 말하는가? 성실하게 살아간다는 말이요, 가슴에 담아있는 무궁무진한 얘기를 가슴에 안고 일상을 즐겁게 살아가고 있다는 얘기다. 그것은 달관된 인생을 살아간다는 말이다. 그래서 그런지 화자의 글은 단순한 얘기가 아니라 우리의 가슴을 울리고 우리의 영혼을 맑게 하는 기도소리처럼 평안함을 준다.

수필집 『인간적인 것이 가장 합리적이다』에서 "나는 내 모든 것을 내 자식과 손자들에게 전하고 싶어 이 글을 쓴다. 안락(安樂)한 삶보다는 소욕지족(小慾知足)하는 충만한 삶을 살라고 당부하고 싶다. 비록 미숙한 글이지만 내 모든 것을 담아내고 싶었다."라고 적고 있는 것만 보아도 화자의 정신을 쉽게 파악할 수 있다. 성산 이재봉은 양반 정신으로 이 세상을 살아가고 있다. 그리고 우리의 삶이 참으로 경건해지는 느낌을 받는다. "우리는 왜 사는가? 참된 삶이란 무엇인가?"라는 두 가지 질문이 한꺼번에 풀리는 해답을 얻게 된다.

제2수필집 『웬만하면』에서도 제1수필집의 연속편이라 할 만큼 작가의 아름다운 삶의 얘기가 우리의 마음을 풍요롭게 해 준다. 제목에서 이미 암시를 받았겠지만 웬만하면 참고 살라는 작가의 정신이 비단처럼 아름답게 펼쳐져 있다.

모든 사람들이 이 세상을 살아가지만 그 삶의 방법은 각기 다르다. 여기에 인간의 가치가 담겨있다. 명예만을 위해서 살아가는 사람도 있을 터이고 돈만을 추구하면서 살아가는 사람도 있을 터이다. 그러나 명예와 돈은 인간의 가치와는 상관없는 일종의 장식물에 불과하다. 참다운 삶은 어떻게 살아가는 것이 참된 것인가를 물으면서 살아가는 일이다. 자신의 삶을 자신에게 질문하면서 자신을 되돌아보고 그러면서 자신을 단속하는 삶을 살아가는 사람은 훌륭한 삶을 살아가는 사람이다. 그것은 배움과는 상관없는 정신적인 문제이다. 그래서 더욱 어려운 것이다.

화자는 부모에게는 자식으로서 효를 다하고 아내에게는 남편으로서 자애롭고 가장으로서 자녀들에게 도리를 다하는 성실하면서도 깨끗한 선비정신으로 오늘을 살아가는 현대판 양반이다. 나는 작가의 글을 읽으면서 나 자신을 되돌아보는 계기가 되었다. 아마도 정상적인 사람이라면 작가의 글을 읽고 감동을 받지 않은 사람은 없을 것이다. 판자촌에서부터 시작한 그의 삶은 참으로 간난(艱難)의 역사였지만 좌절하지 않고 살아온 것을 보면 고개를 숙이지 않을 수 없다. 그런가하면 아파트 앞 정원에 한 개의 붉은 감을 보면서 쓴 한 편의 수필에서 화자가 아름다운 정신과 마음을 접할 수가 있다. 이렇듯 아름다운 마음으로 살아가는 사람은 역시 행복이 그 속에 잠재해 있다는 사실도 터득하게 된다.

화자의 글은 흥미가 있다. 흥미성은 여러 측면에서 발현된다. 신기한 얘기 때문일 수도 있겠고 인간의 본능을 자극하는 소재일 수도 있을 것이다. 그러나 작가의 글은 그런 것과는 거리가 있다. 소박한 선생의 삶의 지혜와 자연 속에서 자연과의 교감하는 영혼의 소리와 인간과 인간 속에서 느끼는 감칠맛 나는 인간적인 향이 가득 출렁거린다. 그래서 재미가 있다. 여기에 좀 더 지적인 것이 가미된다면 더 좋은 수필이 될 것이다. 그러나 그것은 지금 성산이 그곳을 향하여 부지런히 달리고 있기 때문에 머지 않아 우리에게 선사해 주리라 믿는다. 앞으로 쉬지 않고 더욱 가속화하여 우리에게 많은 얘기를, 그리고 그 자손들에게 하나의 잠언적인 가르침을 주는 얘기가 계속 나왔으면 하는 기대를 해본다.

수필을 쓰는 이유와 가치

— 이재봉의 수필세계

1. 좋은 사람, 그리고 열정

이 세상에는 많은 사람이 살아간다. 그 가운데 좋은 사람도 있고 나쁜 사람도 있다. 어떤 사람이 좋은 사람일까? 참으로 답변하기 어려운 질문이다. 왜냐하면 어떤 사람에게는 좋은 사람이 또 다른 사람에게는 그렇지 않을 수도 있기 때문이다. 그것은 순전히 이해관계에서 표출되는 현상이기도 하겠지만, 그렇지 않을 수도 있다. 좋고 나쁨은 단순한 감정일 수도 있고 또 다른 경우도 있다. 그러므로 평가는 단순하지 않다. 아무튼 인간에 대한 평가는 어떤 인연이 좌우되기도 하고 막연한 추측이 결정짓기도 한다. 나 역시 몇년 전 좋은 사람이라고 생각했던 사람이 뜻밖에 내게 참담함을 안겨주어 적지 아니 당황하고 교류를 단절한 일이 있다. 그래서 어느 특정 인물에 대해 좋은 사람이라 단정하지 않기로 했다. 그만큼 좋은 사람이라고 단정하기까지는 오랜 세월이 필요하다는 것을 깨달았기 때문이다.

그런데도 불구하고 성산(聲山) 이재봉에게만은 좋은 사람이라는 호칭을 단호히 붙여주고 싶은 심정이다. 무조건적이라 해도 좋고 그에게 풍기는 어떤 인품 때문이라 해도 좋다. 아무튼 나는 성산(聲山)에게 알 수 없는 인간적인 매력을 가지고 있다. 그에 대한 이유를 언급하라면 인격적 감화력 때문이라 대답하고 싶다. 우선 그의 첫 인상이 약간은 촌스러우면서도 꾸밈이 없는 그런 분위기가 자연스럽고 부담이 없다. 게다가 일상성의 대인적(對人的) 자세가 진지함에서 어떤 신뢰성을 갖는다. 게다가 과묵하면서도 구도적이고 자성적인 멋스러움이다. 생의 포커스를 언제나 광명 쪽에 두는 현명한 지혜를 가지고 살아가는 철학이 참 좋다. 특정 종교가 없으면서 내심에 굳굳한 종교심이 있고, 연약한 것 같으면서도 강직한 힘을 가지고 있는 성산(聲山). 더욱이 어린시절, 어머니를 잃은 불운한 가정환경 속에서도 오늘날 늠름한 선비의 자세를 잃지 않았다는 것은 그에게 빛나는 행운이라기보다는 순전히 그가 쌓아온 정신적인 규모라 할 수 있다. 그는 삶의 자세가 단단하고 올곧은 선비의 정신으로 오늘을 살아왔다.

이런 개인적인 정감을 가지고 이 글의 말문을 열게 되는 이유를 의아해할 독자가 있을지도 모르겠다. 그러나 그 이유는 간단하다. 적어도 작품과 인간이 일치한다면 그보다 더 좋은 일은 없기 때문이다. 이제 그의 수필집 『바라볼수록 정이 들고』를 중심으로 성산(聲山) 이재봉의 수필의 문학적 가치와 그 작품이 얼마나 값진 성과를 나타내고 있는지 각론을 통해 살펴보기로 하자.

2. 수필의 숲을 찾아서

수필집 『바라볼수록 정이 들고』는 그의 제3수필집이다. 이것은 작가로서 일단은 대단한 업적이라 할 수 있다. 이미 데뷔 이전부터 수필을 써온 작가였고 수필에 생을 쏟을 만큼 오직 수필만을 위하여 살아온 작가라는 사실을 감안한다면 그는 이미 수필계의 중진이라 해도 모자람이 없을 것이다. 그렇지만 남 앞에 나서기를 삼가는 성격이 그의 입지를 좁혀 놓은 셈이다. 그러나 앞으로는 그의 문단 활동이 왕성할 수 있는 계기를 만났지 않나 싶다. 《대한문학》 작가회 회장직을 맡았기 때문이다.

이번에 발표된 60편의 수필은 그냥 막연하게 쓴 수필이 아니라 하나의 의미를 찾기 위해 정열을 바치고 있음을 알 수 있다. 이런 작가적 태도를 지녔기에 짧은 기간에 제3수필집을 상재하는데 가능했을 것이다.

> 책과 문자가 없었다면 우리는 문화와 전통을 계승하지 못했을 것이다. 책이 없다면 퇴락한 영혼을 정화해 갈 수 있었을까. 책은 인류가 남긴 가장 숭고한 유산이다. 책을 통해서 깨달음의 인생을 살아갈 수 있다. 살아오면서 겪은 모든 인생사는 인생이기에 당연히 겪어야 할 일이다. 다양한 삶의 지혜를 남기는 것 이 값진 유산일 뿐이다.
>
> —「서문」

그의 독서관이다. 책을 통해서 삶의 지혜를 깨닫고 깨달은 지혜를 다시 책으로 남기게 된다는 것이다. 그래서 그는 책을 통해서 영혼을 맑게 하고 거기에서 깨달음의 인생을 살아간다. 그리고 그 깨달음의 다양한 삶의 지혜를 다시 생산하는 것이 값진 유산이라는 것이다. 유산이라는 것은 자손들에게 남겨주는 일종의 재산이다. 재산에는 물질적인 것과 정신적인 것이 있다. 물질은 없어지지만 정신적인 재산은 영원히 남는 것이다. 그의 나이 이미 종심(從心)의 나이었고 보면 단순하게 자신에게 고백하기 위한 여담은 아닐 것이다. 그것은 분명 자손에게 남기고 싶은 간절한 유언(遺言) 같은 것으로써 그가 살아온 지난 세월에 대한 편린들을 그 후손들에게 들려주고 싶은 강렬한 욕구일 것이다. 그러기에 그의 붓은 뜨겁고도 강렬하다. 이제 그 정신의 세계를 구체적으로 유영(遊泳)하기로 하자.

1) 글과 신명

신명난다는 말이 있다. 이 말을 뒤집으면 재미라 할 수 있다. 그러나 중요한 것은 신명성이란 삶의 자세가 긍정적이라는 사실이다. 긍정적인 자세는 남을 내 가슴으로 끌어오는 삶이다. 그러니까 나와 너가 서로 대치되는 것이 아니라 하나로 녹아나는 삶이다. 직설적으로 표현하자면 스스로를 사랑하고 타인을 사랑하는 방법 속에서 살아간다는 말이다. 사실, 현실적 자아와 이상적 자아가 합치되고 일치되는 삶은 택자만이 가능한 일이다. 인간의 비극은 불일치에서 불만들이 생산된다. 이러한 그의 융합의 정신은 바로 창작정신에서 확연히 드러난다.

> 문학으로 품어내는 깊은 내면의 중요성과 문학이 살아 있음이 그래도 이 각박한 사회에서 살아가는 보람을 나 자신도 느끼고 독자들도 느끼고 공감대를 이루면서 보다 아름다운 세상 만들기에 일조를 하는 것 아닌가 하고 생각해 본다. '글사랑' 문을 두드릴 때마다 '글사랑' 여인님들에게 사랑이란 이름으로 감사를 보내고 싶다. 모든 것이 아름다움으로 다가오고 행복의 조건이 되어주는 '글사랑' 회원님들의 사랑 노래를 조용히 눈을 감고 떠올리면서 감사드리고 싶다.
>
> ―「글 사랑」

문학이 그에게 얼마나 소중한 정신적인 구실을 하는가를 알 수 있다. 문학의 존재로 인하여 그는 이 세상에서 자존가치를 느낀다는 것이다. 그리고 글을 쓰는 목적은 보다 아름다운 세상 만들기에 일조를 한다는 자부심이다. 이처럼 글을 대하는 자세가 확고하고 단단한 작가가 몇 사람이나 될까.

그래서 글을 쓰는 동안은 그는 신명성에 도달하게 된다. 이것은 매우 중요한 일이다. 신명이 있는 글은 작가도 즐겁지만 독자에도 즐거움을 주기 때문이다. 이 세상에는 얼마나 많은 작품들이 쏟아져 나오는가. 그런데 대부분의 글에는 신명이 없다. 불만이요 너덜거림의 회심이다. 그런데 성산의 목소리는 언제나 신명과 흥이 강렬한 에너지를 준다. 잘 풀어진 글, 잘 아우러진 글, 그것은 바로 신명의 소산이다. 신명이 있는 글은 알차고 옹골차다. 그것은 잘 익은 사과처럼 사근거리는 여운이 있다. 그래서 독자로 하여금 심장 깊숙이 전달된다.

글을 쓰다 보니 자기 자신을 속이고는 글을 쓸 수 없다는 생각과 비굴해서도 아니 된다는 생각을 가져 본다. 글이란 소신을 걸고 써야 한다는 자부심으로 비평할 것은 순수한 마음으로 비평도 해야 되고 자신을 버리고 독자의 정을 느끼며 메마르지 않는 정으로 써야 한다고 생각도 해본다. (중략)

서예를 하고 그림을 그리고 문학을 하다 보니 빈방에 홀로 있어도 마음은 늘 충만하다. 항상 바쁘다. 예전에는 한시도 가만히 홀로 있지를 못했다. 홀로 있으면 가슴이 벌떡거리고 많은 쓸데없는 상념들이 괴롭히곤 하였다. 그러나 지금은 모든 만상이 즐겁다. 그래서 명상을 통해서 혼자 있는 시간을 오히려 즐긴다.

―「흘러버린 세월 뒤에」

그의 작가적 자세다. 그는 다음 문장에서 "자기 삶의 철학, 사물을 보고 느낌, 이 모든 것을 아름다운 예술문학으로 승화시켜 마음의 세계를 평화롭고 아름답게 꾸미는, 그래서 독자와 함께 즐기기 위해서" 글을 쓴다고 서술하고 있다. 대단한 자부심이다. 게다가 그는 자신을 속이는 글을 쓰지 않는다고 고백하고 있다. 그러니까 그의 글은 적어도 위선이나 거짓이 들어있지 않는 솔직한 고백이라고 할 수 있다. 그것이 문학적 성과를 거두었느냐 하는 문제와는 별개다. 적어도 글에서만은 솔직해야한다는 그만의 철학적 신념이 작용하였을 것이다.

2) 우리 시대의 우화(寓話)

역설과 패러독스가 시의 특성이라면 심상(心象)을 풍부하게 하는 것이 수필의 특성이라 할 수 있다. 시대의 구호가 시라면 시대의 선언문이 산문이다. 화자는 우리 시대가 안고 있는 고민을 포착하여 날카로운 목소리를 보내고 있다. 특히 그는 노인문제를 사회적으로 이슈화하기 위해 그가 생각하고 있는 고뇌를 털어놓고 있다. 말하자면 세대간의 갈등을 해체하기 위한 우리 시대의 수로(水路)라 할 수 있다. 그에게 있어서 웃음보다도 눈물이 많은 것은 시대적인 아픔 속에서 살아온 전전 세대로서의 아픔이 상존하고 있기 때문일 것이다.

요즈음 노인들은 홀로서기 연습이 부족한 사람들이다. 대가족 세대에서 살
아왔고 가난하게 살면서 자식에게 가난을 대물림하지 않으려고 오직 자식만을
위해서 희생으로 살아온 사람들이다. 그래서 홀로라는 것이 더 외롭고 무서울
것이다. 이럴 줄 알았더라면 노후대책이라도 착실히 세워 놓을 걸 후회의 한숨
만 쉬며 홀로임을 절감할 것이다. 그 외로움은 좁은 공간에 녹아내릴 것이다.
착각이었다. 노후에 자식에게 의지하려는 것도 착각이요 옛날처럼 어른 대접
받을 거란 생각도 착각이었다.

―「사람은 누구나 홀로이다」

근대화로 인해 발생한 삶의 모순을 고발한 수필이다. 문학은 시대의 산
물이면서 사회의 거울이라는 측면이라는 볼 때 정당성을 인정할 수 있다.
우리 사회는 너무도 빨리 사회적 변혁을 가져왔다. 몇 년 사이에 농촌문
화가 사라지고 도시 문화로 전환되면서 핵가족화 되었다. 그러다보니 노
인들의 설자리가 없어졌다. 국가적인 정책이 따르지 못하면서 노인들에
게는 반문화적 사회로 수용된 것이다. 이것은 국가적 우민정책이 낳은 실
책이다. 이는 엄청난 사회적 부작용으로 나타났을 뿐 아니라, 우리 사회
의 전통성을 허물어버리는 악순환을 가져오고 말았다.

오늘의 노인들은 일제로부터 수많은 핍박과 박해를 받으며 살아왔다. 암울
한 일제치하와 6·25전쟁, 그 시대에 헐벗고 굶주리며 살아왔다. (중략) 독거노
인이 늘어가고 젊은이들이 외면하고 정부마져 무관심하니…

―「경로의 자리」

이렇게 그는 우리 시대의 비극적 속도감을 명쾌하게 전달하고 있다.
오늘날의 노인들은 유민이다. 국가에서 하는 일이란 고작 전철표 하나를
달랑 선물 받았을 뿐이다. 그리고 어쩌다가 자선단체에서 점심 한 끼로
만족할 뿐이다. 그러나 한 끼를 해결하기 위한 대열은 피난민이나 난민
같은 대우에 눈물이 나올 지경이라는 것을 아는 사람은 그리 많지 않을
것이다. 오늘의 노인들은 분명, 유민(遊民)이다. 인도(人道)의 정의도 자유

의 평등도 잃어버린 유민이다. 작가 성산은 이 점을 몹시 가슴 아파하고 있다.

3) 순리적 사고

사법부의 법이 인위적인 것이라면 순리와 이치는 자연법이다. 우주는 온통 자연법으로 장치되어 있다. 따라서 우주에 존재한 모든 물체는 자연의 순환법칙을 따르지 않으면 안 된다. 그런데 인간만은 그것을 거부하려 든다. 여기에서 심각한 부작용이 발생한다. 순리라는 것은 바로 자연의 법을 옹호하고 순행하는 것이다.

'글은 곧 사람이다.' 라는 뷔퐁의 말도 바로 이 순환의 자연법칙을 두고 한 말이다. 글 속에는 그 사람이 들어있다. 인격이 들어있고, 성격이 들어있고, 감정이 들어있고, 철학이 들어있다. 세상의 이런저런 이야기 속에서도, 자연이나 일상의 잡다한 화제 속에서도 인생 역정의 다양한 화두 속에서도 우리를 일깨우는 자연 순리의 진리가 숨어있다. 「가난과 사행심」, 「굳세어라 금순아」, 「노을 」, 「가을의 무정」, 「봄비」, 「허수아비」, 「고향은 타향」, 「그 사람의 그림자」, 「다양함 속에서」, 「둥글게 둥글게」, 「숲 속에서」, 「거울 속에 비쳐본 나」, 「無心」 등 어느 수필을 읽어도 자연의 순리와 자연성의 이치를 드러내는 것이 이재봉 수필의 원형이다. 그의 수필에서 재미적인 요소를 띠는 것도 자연의 순리를 접하다보면 저절로 작가의 화제에 말려가게 된다.

자만심은 어디에도 상존한다. 교육수준이 높으면 높을수록 심할 수밖에 없다. 우리가 군대생활을 할 때는 그런 일이 없었다. 무조건 상사에게 복종하는 것으로 알고 있었다. 모욕적인 인권이 침해를 당하면서도 당연한 것으로 받아들였다. 군대문화는 명령 계통이기 때문이다. 그런데 지금은 인권문제가 군대에서까지 논의되자 그 같은 일이 발생되었을 것이라는 생각이 든다.

—「자만심의 그림자」

사물의 원리를 바라보는 작가의 시선이 참으로 예리하다. 민주주의라는 것은 개인의 자유를 허용하는 것이지만, 그 자유는 무한한 자유를 허용하는 것은 아니다. 적어도 다중의 이익이나 질서를 파괴하지 않는 공동의 이익을 추구하는 선에서 허용된 자유다. 예컨대, 군의 특성상 명령에 죽고 명령에 순종하는 집단이다. 총을 들고 적과 싸워서 자국민을 보호하는 임무를 띤다. 그래서 엄격성이 존중된다. 거기에 이의가 있을 수 없다. 그런데 우리 사회는 인권이라는 이름으로 모든 기강이 무너지고 있다. 가정의 윤리가 해체되었고, 학교의 교권이 파괴되었고, 군의 질서가 붕괴되었고, 국가의 기강이 무력해졌다. 경찰이 불법 시위대로부터 구타당하는 나라는 한국밖에 없다. 약간씩 차이를 드러내기는 하지만 이처럼 이재봉의 수필은 사회의 문제에서부터 윤리문제, 개인의 문제에 이르기까지 화제를 자연의 순리에 두고 이를 접근하고 있다. 새삼스러운 말 같지만 수필다운 수필은 말의 유희가 아니다. 사물을 올바르게 바라보고 판단하고 그것에서 삶을 깨우칠 수 있는 어떤 명상물일 때 심미적 요소로 다가온다. 성산은 이런 문제까지 자연의 순리의 논법으로 풀어내고 있다. 그리고 인간에게는 인내가 얼마나 중요한가를 가르쳐 주고 있다. 특기할만한 유머장치가 없는 것도 그의 순리적인 기법 때문이다. 그것이 이재봉의 수필의 약점이면서 장점이기도 하다.

> 자기 혼자서 생각하고 그것이 옳다고 인정하고 또는 잘못이라고 부정해버린다. 인생문제에서부터 남의 허물, 심지어는 정치나 종교까지도 자기 논리만으로 생각한다. (중략)
> 자기의 생각과 똑 같은 현상이 일어날 때는 혼자 동조하며 웃어도 본다. 그리고 생각지도 못했던 어려운 일이 닥칠 때도 자기 혼자 중얼거리게 된다. 어떻게 해결해야 할지 자기혼자 무언의 대화를 나눈다.
>
> —「무언의 대화」

삶의 숲은 봄에서 여름을 만들고 여름은 다시 가을과 겨울을 만든다.

그것이 자연성의 도정이다. 바로 이재봉은 그런 자연성의 도정으로 진입하기 위해 무언의 대화를 통해서 해법을 찾아간다. 마음을 통하면 천리가 보인다는 말은 바로 이재봉의 「무언의 대화」 같은 심리적인 정화 작용을 두고 이른 말일 것이다. 심안이 떠지는 것은 지혜를 획득할 때 가능한 것이듯이 이재봉은 이런 자기만의 대화, 즉 부단한 사고 속에서 원숙한 경지를 얻게 된다.

문학이란 형상화를 창조하는 과정에서 허실의 결합으로 형성된다. 그러나 그 두 요소 중에 하나는 보조수단으로 작용하듯이 그의 삶의 진지성도 「무언의 대화」 속에서 참을 찾기 위한 대화는 임시 방편으로 동원된다. 그것은 참 구도자의 자세이기도 하다.

4) 사랑의 털옷

대곡만극(大哭罔極), 계모와의 갈등, 이것은 지상의 인간관계에서 가장 상처받기 쉬운 대상의 하나다. 그래서 한과 그리움이라는 이분법을 취하고 있다. 한은 서러움이 축이라면, 그리움은 고통의 올이다. 그래서 일생을 두고 사람의 가슴을 떠나지 않는다.

> 생각하면 필자는 유년과 십대를 잃어버린 세월이었다. 남는 것은 아무 것도 없었고 억울하고 아쉬움뿐이다. 철썩 철썩 밀려오는 무인도의 설움뿐이었다. 때로는 좌절도 해보고 절망도 해 보았다. 슬퍼도 해 보았고 그리워도 해 보고 외로움에 울기도 해 보고 절망의 늪에서 허우적거려도 보았다. '이것은 역으로 내 인생에 큰 수확이다.' 하고 생각해 볼 때도 있다.(중략)
>
> 나는 눈물이 많은 사람이다. 나와 상관없는 남의 일에도 울고 TV를 보면서도 비극적인 장면이 나오면 눈물을 흘린다. 같이 울고 나면 속이 후련해진다. 옆에 누가 있을 때는 창피하리만큼 눈물을 흘린다. 그러나 세파 때문에 울어본 적은 없다. 어떤 것을 피해본 적도 없고 부딪칠 것은 다 부딪치며 의연하게 살아왔다.
>
> — 「나는 누구인가?」

　순리대로 살아간다는 것도 어렵지만 아픔을 원망으로 가슴에 담지 않는 일도 어려운 일이다. 깊은 성찰의 삶을 살아가지 않는 사람에게는 도저히 바랄 수 없는 일이다. 그런데 이재봉의 수필, 60여편 가운데 뚜렷이 기억에 남는 것이 이런 가난을 극복한 성찰의 정신이 담겨있다. 대개 많은 수필 가운데 관념적이거나 피상적인 수필들이어서 읽고나서도 뚜렷히 기억에 남지 않기 마련이다. 그런데 이재봉의 수필 편편이 우리의 가슴에 영화처럼 선명하게 각인되는 것도 이런 자신의 속내를 숨김없이 털어놓으면서도 그것을 순리의 기법으로 처리해 놓기 때문일 것이다. 글이란 언어에 의해서 조직되고 그것으로 인하여 인식의 매개 구실을 한다면 이재봉은 그런 언어 조직에 탁월성을 지녔다고 해도 될 것이다. 말하자면 단순화된 언어보다는 그것이 치밀하면서도 적절한 묘사력을 가하고 때로는 사실적 수법으로 연결고리를 이어주기 때문인 것이다.

　　정이란 무엇인가? 그 정이 무엇이기에 그토록 그리워하며 사무치도록 가슴을 울리는가. 이 사회에는 모정이 그립고 사무쳐 우는 사람이 왜 그리도 많은가. 인간 사회는 정으로 이루어 졌고 그 정 중에서도 모정만큼 진한 정은 없다. 그래서 그 정이 그립고 사무쳐 우는 것이다. 모정이 사무쳐 우는 사람, 모정이 그리워 우는 사람, 모두가 사무치고 그리운 병에 울고 그 병을 치유하지 못하고 이 사회에 원망의 씨를 뿌리는 사람도 있다.

—「어머님의 정」

　어머니를 잃어버린 그 아픔은 우리들의 심장 안에 숨어 있다. 심장은 무엇인가? 인간의 정신이다. 그래서 분명하고 명료하다. 그러나 심장 안에 이성만 들어있다면 고통은 없을 것이다. 그러한 차가운 심장은 인간에게는 허용되지 않는다. 우리는 정 때문에 때로는 웃고, 때로는 운다. 그것은 윤리적인 관념이나 도덕적인 규제 위에 머물기도 하고 스스로 그것을 허물어뜨리기도 한다. 천륜만은 이성과 감성을 함께 아우르고 있다. 그래서 정은 변하지 않는다. 사실 지식의 전달은 문학에서 그리 대단한 것이 아니다. 창조적 감성의 미적 탐구라고 할 때 「어머님의 정」은 문학으로 충분히 값을 하고도 남는다.

3. 수필의 숲에서 사는 사람

이재봉의 수필 가운데는 사시사철 새들이 노래하고 자연이 숨쉬는 아릿다운 고향같은 전원이 어우러져 있는 작품도 많다. 그곳에는 노루도 토끼도 사슴도 새도 가난한 사람도 잘 사는 사람도 다 같이 어울려 사는 우리들의 에덴동산이다.

그래서 그의 수필에는 과거의 아픔의 흔적들은 존재할지라도 허무의 이야기나 회색빛 우울한 정서가 없다. 안온한 햇살과 포근한 마음과 정겨운 화제들이 언덕 위에 꽃처럼 피어난다.

때로는 특수층을 힐난하거나 야단치는 경우가 없지 않지만 그것은 공동 선을 향한 그만의 행복선언은 될지언정 험담이 아니다. 그리고 그의 언어의 응축, 감수성의 독특함은 이재봉만이 가질 수 있는 장기라 할 수 있을 것이다.

아무튼 성산의 수필문학의 특성은 동양적 사물관과 서양적 이성관이 한테 어울려져 그 내면 세계가 깊이 침잠되고 투과되어 생명의 가치관을 높이 드러내는데 있다.

제3부

진실재에 대한 본질적 추구

1. 『꿈이 오는 길목에서』
   출판기념회
2. 신세훈 이사장과 문학기행
3. 『영원으로 피어난 사랑의
   숨결』 출판기념회

진실재에 대한 본질적 추구
— 장원의의 수필세계

1. 글과 선비

우리나라 과거의 선비들은 으레 글을 써왔다. 때로는 시를 짓고 때로는 산문을 쓰고 때로는 글을 음영하면서 자신들의 소회를 풀어냈다. 그것이 선비들의 일상의 생활이면서 마땅한 도리로 여겨 왔다. 그래서 선비라면 몇 권의 저서를 가지고 있지 않은 사람이 없었다. 그것은 가문의 영광이면서 선비의 격을 평가하는 척도이기도 했다. 왜 그들은 그렇게 문장을 즐겨 쓰면서 한 평생을 살아왔을까.

문장이란 모름지기 우주만상의 근원에 대한 해설이다. 그리고 작가란 바로 천지의 밝은 이치와 선령(仙靈)한 기운을 꽃으로 피워내는 소임을 담당한 사람들이다. 뿐만 아니라 정신을 정화(精華)시키고 성정(性情)을 다스리기 위해서 시(詩)와 부(賦) 짓기를 게을리 하지 않았던 것이 우리나라 선비상이다. 그러기에 그들은 하늘의 때와 인간의 때를 알았고 나가고 물러설 때를 알았다. 이 모두가 문장에서 터득된 묘리이었고 보면 한 편의 글을 쓴다는 그 자체가 하나의 수양의 방편이었음을 알 수 있다.

장원의(張源義) 박사의 창작 활동도 그 같은 수덕(修德)의 차원의 결과라고 본다. '감사' 하는 마음을 가진 자만이 축복의 눈이 열리듯이 미적 생활에 대한 추구가 향수어린 작가로 만든다. 사실 장 박사는 그의 직업상 의사로서 매일 지친 시간을 보내는 일상 속에서 살아가고 있다. 그런데도 열심히 창작 생활을 하고 있다는 것은 현실 생활의 무의미에서 탈출하고 픈 강렬한 욕구의 발로였으리라 생각된다.

2. 진실재(眞實在)의 여행

장원의(張源義) 박사는 첫 수필집 『빈자리엔 情 뿐이랴』를 이미 상재한 바 있다. 그런데 4년이 지난 지금 또 다시 두 번째 수필집 『백년이 지난 후에』를 상재하였다. 하루를 쪼개고도 모자랄 직업인데도 불구하고 그는 오직 글에 미친 사람처럼 틈이 없이 오직 글 속에서 여가를 보내고 있음이 증명된다. 그리고 얼마 전에는 시인으로 다시 데뷔하는 저력을 발휘하기도 했다. 얼마나 대단한 응집력인가. 이런 과정을 보더라도 그가 얼마나 성실하고 글에 열정을 가지고 있는가를 잘 알 수 있다. 그가 왜 그토록 글에 취해서 살아가는가에 대한 해답을 들어본다.

책을 읽거나 글을 쓰고 있으면 오욕칠정으로부터 벗어나 마음이 안정되고 카타르시스에 빠져든다.

—「바닥이 보이는 우물」

그가 왜 글을 쓰게 되었는가에 대한 해답이다. 그는 직업문인이 아니다. 직업문인은 생활의 수단으로 글을 쓰는 사람이다. 글을 쓰지 않으면 안 되는 것은 직업 작가들이다. 그래서 그들은 글을 쓰지 않으면 안 된다. 그러나 장원의 박사는 경제적인 문제와는 전혀 상관없는 취미 작가이다. 써도 좋고 안 써도 좋다. 그런데 그가 글을 쓰지 않고 못 배긴다는 사실은 매우 중요한 의미를 내포하고 있을 것이다. 옛 선비들은 글을 모르는 사람은 야비하고 촉박한 사람에서 벗어날 수 없다고 한 표현을 상기할 필요가 있다. 동일한 이유는 아니겠지만 그가 한 편의 글을 쓰는 것은 자신의 카타르시스를 녹이는 작업이라 했다. 거기에는 골프도 있고 바둑도 있을 것이다. 아니, 장박사는 이미 골프계의 일인자로 프로의 자격을 오래전에 획득한 한 사람이다. 그러나 이런 것들은 잡기에 해당된다. 그것을 이미 경험했던 사람이다. 그러므로 창작을 통하여 조각난 마음의 파편을 녹여 내고 싶었을 것이다. 기독교인에게 있어서 기도드리는 행위와 흡사하지 않을까 생각된다. 그러니까 문장으로 화기(和氣)를 얻고, 문장으로 무궁한 의경(意境)의 세계를 노래하고 싶은 충일된 감정의 응집이라 말할 수 있을 것이다. 이런 점에서 볼 때 그의 추억 찾기의 여행은 그에게 바로 행복 찾 기의 작업이면서 사물의 원리를 탐색하기 위한 정신적 정화(淨化)의 수행 이라 해석된다. 그의 수필 편편이 인의의 미경(美境)과 인정물리(人情物理) 의 포회를 술회한 것이나 추억 찾기의 그리움이나 자연을 순회한 물경(物 景)의 서정성에서 그 같은 정신이 잘 나타난다. 인의는 인간 삶의 질서라 면 물리는 순환의 이치다. 그리고 추억이란 인간이 살아있음에 대한 과거 지향적 공간이라면 물경은 호흡하는 공간이다. 그리고 이 모든 것들은 살 아있음에 대한 생명의 증표인 것이다. 인간이 살아간다는 것은 무엇인 가? 그것은 상실의 과정을 의미한다. 우리는 매일 무엇인가를 얻은 것 같 지만 사실은 잃어가고 있다. 그것은 젊음이란 가장 소중한 자산을 파괴하 는 것이 삶의 현장이기 때문이다. 인간이 노쇠하면 노쇠할수록 충일된 감 정을 잃어가는 것은 바로 생명의 상실을 의미한다. 따라서 과거를 추억한 다는 것은 그 상실된 것을 획득하는 찰나요 그것이 획득되어질 때 진실재 (眞實在)는 행복의 자리에 머무를 수 있는 행복한 공간을 확보하게 된다.

지금까지 살아오면서 수많은 기로에서 방황한 적이 있다. 그 중에서도 중학 교를 졸업하고 나는 중대한 기로에서 고민해야만 했다. 아버지 말씀이 가정형 편이 어려우니 1년을 쉬었다가 읍내에 있는 고등학교에 가라는 것이었다. 시골 에서 농사일을 할 바에야 고등학교는 뭐 하러 가느냐며 나는 일꾼들과 함께 일 을 했다. 밤이면 냇가 언덕에 누워 수많은 별 가운데 나의 별을 찾느라 밤을 새

웠다. 내 마음은 답답한데 하늘의 별들은 나를 놀리기라도 하듯 초롱초롱 빛나
고 있었다. 비록 반짝이는 샛별은 못 될망정 흔적도 없이 긴 꼬리를 남기고 사
라지는 별똥별은 되지 않아야지 하는 생각이 들었다.

그것을 나에게는 채워지지 않는 목마름, 어쩌면 영영 채워질 수 없을지도 모
르는 목마름 앞에서 새로운 샘을 구하려는 염원이었다.

—「갈림길」

이는 추억을 찾아가는 구체적인 현상이다. 가난이란 울타리 속에서 아
찔한 순간을 더듬어보면서 잃어버릴 뻔한 자신의 존재에 대한 발심(發心)
에서 우리는 연민의 정을 느끼게 된다. 여기에서 '별'은 당시의 답답한
현실적 고통에서의 해방을 암시한다. 이처럼 장원의 박사가 작품의 제재
로 삼고 있는 것은 가장 일상적인 삶이며, 인간과 인간 사이의 일, 순후
한 자연적인 환경을 모티브로 하고 있다. 그것은 추상적인 관념의 세계
가 아니라 그 자신이 영원한 진실재(眞實在)에 머무르고 싶은 염원이다.
인간은 인간이 잃어버려서는 안 될 풍속이 있고 도리가 있다. 그것은 인
생의 의미를 오직 종교적인 입장에서만 찾을 수 있다는 톨스토이의 사상
과 일치하는 현상이다. 다시 언급하거니와 그가 글을 쓰는 이유가 이미
지적한 대로 진실재에 대한 그의 정관적(靜觀的) 수양법이라 해도 무방할
것이다.

3. 글과 도(道), 그리고 백년의 꿈

예로부터 시문(詩文)을 즐기는 것은 자신의 삶을 옛 사람의 품성을 닮고
자 함이었다. 천지의 이치는 한이 없고 사물의 변화는 끝이 없다. 그것을
탐구하고 그것을 자신의 수행으로 받아드리기 위해서 옛 선비들은 시문
속에 자신의 삶을 맡겼듯이 장 박사 역시 같은 반열의 삶을 살아가기 위
해서 글을 쓰고 있음을 앞에서 확인한 바 있다. 글을 사랑한다는 것은 내
포된 맑은 영혼에 대한 염원의 분출이다. 인간은 몸과 정신으로 되어있

지만 사실은 정신이 주인이다. 몸을 부리는 것은 정신이요 육체가 아니다. 장자는 기형(畸形)으로 불구가 된 '인기지리무신(闉跂支離無脤)'과 큰 혹이 난 '옹앙대영(甕盎大癭)'이 위령공과 환공의 환대를 받은 고사를 들어, 아름다움은 정신에 있지 몸에 있지 않다고 거듭 설명한 바 있다. 문학이 시대를 이끌어가는 것은 바로 정신문화의 푯대이기 때문이다. 그래서 문학은 때로는 종교를 대신할 수 있고 초탈한 삶을 극복할 수 있는 안내자이기도 했다. 화자 장원의 박사의 글 쓰는 작업은 다음 글에서도 그 중의 하나임이 분명하게 드러난다.

> 사회나 단체, 좁게는 가정에서도 위계 질서가 있어 윗사람은 아랫사람을 포용해주는 아량이 있어야 하고, 아랫사람은 윗사람을 받들어주는 공경의 예가 있어야 하지 않을까.
>
> —「짜고 친 고스톱」

한 마디로 말하여 그의 문학 정신은 당송 때 유행했던 문이재도(文以載道)에 그 정신이 있다하겠다. 그만큼 그는 양반세대를 살아왔고 동양정신을 철저히 학습한 세대이기도 하다. 그래서 천리(天理)를 교조로 하고 언리(言理)를 중시하는 삶을 영위하였음은 너무도 자연스러운 일이다. 그의 수필 「헛짚기」, 「바가지」, 「대박」, 「언어의 꿈」, 「천당과 지옥」, 「패션의 추억」, 「부자 도강기」 등 어디에서도 인간 정신에 글의 초점을 두고 있음을 발견할 수 있다.

> 너무 약삭빠르면 예지를 잃는 법, 잔꾀를 부리거나 한 번에 일확천금을 꿈꾸는 사람에 비하여, 우리 사회는 아직도 시지프의 숙명처럼 주어진 환경에 순응하며 성실하게 살아가는 사람들이 훨씬 많다.
>
> —「헛짚기」

문학 최고의 경지는 진솔한 삶에 대한 표백이면서 고백이다. 공자는 이러한 기본적인 사상에서 출발하여 도의 경지를 끌어올렸고 장자는 그것을 만물의 근원으로 보았다. 그러나 더 중요한 것은 문학이란 말과 뜻을 뛰어넘는 작가의 정신을 간과해서는 안 될 것이다. 그것을 시에서는 해설할 수 있는 부분이 있고 해설할 수 없는 부분이 있다는 말로 대신한다. 수필에서도 마찬가지다. 문장도 중요하지만 문장만을 따지는 것은 글에 대한 흐름을 보지 못하는 것이다. 한 그루의 나무에 머물러 있으면 산세를 파악할 수 없다. 글을 감상할 때는 하나의 자연을 감상하는 자세로 보아야 참 의미를 발견할 수 있다. 옛날 고수(高叟)가 지탄 받은 것은 작품의 정신을 보지 못했기 때문이다. 따라서 「헛짚기」에서 복권을 꿈꾸는 사람, 월척을 꿈꾸는 사람 보물찾기의 일, 석유 탐사의 일화에서 언외(言外)의 의미를 탐색하여야 한다. 한 마리의 양을 놓고 양의 외피만을 두고 그것이 흰색이냐 검은 색이냐, 암컷이냐 수컷이냐의 구별보다는 자연의 묘를 체득하는 것이 중요하듯이 「헛짚기」에서도 삶의 본질을 접근하여야 할 것이다. 이는 얻은 듯하나 잃은 것이 있고, 멀었던 듯하나 다시 가까워지는 자연의 오묘성(奧妙性)을 말하고 있다. 본시 예쁘다. 뚜렷하다는 것이 당초에 예(禮)를 설명하는 것이 아니지만 자하(子夏)는 이것으로 예를 터득하였듯이 장 박사는 헛짚기라는 물상 속에 참된 진리가 있음을 말해 주고 있다. 이것은 모두 말 뜻 밖에서 얻은 것이요 문장에 구애되지 아니한 것이다. 이렇듯 그의 작품 대부분은 언사(言詞) 밖에 참된 의미를 끄집어 읽어내야 장원의 작품을 완독했다고 할 수 있을 것이다.

인간의 삶은 자연의 도(道)를 벗어날 수가 없다. 사시(四時)와 육기(六氣)가 엇갈리고 변화하되 그 차이를 잃지 않는 것처럼 인간 또한 그 순리를 벗어날 수 없다. 그런데 현대인들은 그것을 벗어나려는 꿈을 꾸고 있다. 과학이라는 이름을 동원하여 자연의 이치를 조작하고, 인간의 두뇌를 통하여 신을 지배할 수 있다는 오만성의 작태를 부린다. 화자는 이러한 자연의 역행되는 모순을 힘주어 절규하고 있다.

무병장수는 인간의 본성이다. 그러나 오래 사는 것도 좋지만 그 시대, 그 장
소에, 그 연령에 알맞게 살아야 한다고 한다.

—「백년이 지난 후에」

장원의의 '알맞다'는 표현은 자사(子思)가 말한 중용의 도와 일치하는
대목일 것이다. 물상(物象)은 스스로 물이 될 수 없다. 오직 도를 얻을 때
물로써 가치를 발휘하는 것처럼 우리의 삶도 도를 획득되었을 때 인간으
로서 가치가 존중됨을 장원의 박사는 우리들에게 조용히 들려주고 있는
것이다.

4. 삶의 풍경화

거듭 말하지만 장원의 박사의 수필은 사물의 원리를 탐색하고 인의의
아름다움과 인정물리(人情物理)를 술회한 인간 정신의 정화(精華)로 나타난
다. 한 마디로 그의 문학정신은 현실 생활 가운데 무수한 진실한 현상을
정련해내는 일이다. 그것을 옛 사람들은 수행 내지 침잠(沈潛)의 생활이라
일렀다. 그의 수필 편편 속에서 화(和)한 기운을 만나게 되고 담담한 마음
을 얻게 되는 것도, 공리와 명예의 마음을 버리고 선적(禪寂)에 잠심(潛心)
하는 미적 정신세계에서 표출된 것들이다. 그것은 농촌의 정서가 길러낸
순수의 진실재에서 우러나온 것이다. 이는 우리의 삶이 어떠해야 하는 것
을 제시하는 질문이면서 해답이고, 우리들에게 진실의 문을 열어주는 큰
대문이기도 하다. 따라서 좋은 글은 인간의 영혼을 살찌우고 아름다운 문
장은 우리의 삶을 윤택하게 한다는 것을 우리들에게 절실하게 깨우쳐주
고 있다.

잠언지향(箴言指向)의 내적탐구

— 정인자의 수필세계

1. 서언 그리고 인간

왜 그럴까. 정인자에게는 감히 '우리'라는 표현이 불쑥 튀어나오는 이유는. 그 이유를 곰곰이 생각해 보았더니 그럴만한 개연성을 참 많이 가지고 있다는 생각이 들었다.

첫째는 그의 맛깔스러운 인간적인 품격 때문이라는 생각이 먼저 떠올랐다. 현대를 배신의 시대라 한다. 그런데 정인자에게는 그런 것과는 별개로 살아가는 고운 품성을 지녔다. 흔히 여성들에게 있을 법한 변덕스러움이 없다. 그것은 정인자만이 갖는 독특한 개성이다. 그리고 그 개성은 인품으로 나타난다. 언제나 일관된 마음으로 한번 맺은 인연을 소홀하게 대하는 법이 없는 절도 있는 진중한 삶을 살아가고 있다. 이것이 여성에게 얼마나 필요한 일인가. 올곧고 깨끗하고 그러면서도 한결같은 마음가짐으로 살아간다는 것은 쉬운 일이 아니다. 이렇듯 나와는 문학이란 이름으로 한 울타리 속에서 살아간지 근 20년에 이르지만 처음 만났을 때 그대로의 고결한 여성스러움을 보여주고 있다. 그런 마음 때문인지 나는 항시 가족이라는 느낌을 받아왔다.

아무튼 한국 사회에서는 '우리'라는 단어를 많이 쓴다. '우리'라는 말

속에는 가까운 무리라는 의미도 있겠지만 한 가족으로서의 깊은 관계를 나타내는 단어이면서 어떤 끈끈한 관계에 놓여있는 한 집단의 의미이기도 하다. 심지어 자기의 아내나 남편까지도 '우리 남편', '우리 아내' 라는 말을 쓸 정도로 '우리' 라는 말에 너무 익숙해 있는 민족이다. 그만큼 우리 민족은 이웃을 한 가족의 개념으로 생각하며 공동체 속에 살아간다고 생각해보면 '우리' 라는 말이 크게 결례되지는 않은 언어인 것 같다.

두 번째는 그의 번득이는 기지와 해학은 그의 문학 세계를 활기 넘치게 한다. 그의 가슴 속에는 상대를 행복하고 유쾌하게 웃겨주는 해학이라는 보물을 가지고 있다. 그래서 만나는 것, 그 자체로서 언제나 즐겁고 행복하다. 해학은 재주와 기지가 넘치지 않으면 안 된다. 그런데 그는 그런 재주를 가지고 있다. 그래서 그는 재치와 기지로 언제나 좌중을 압도한다. 같은 말이라도 그가 표현하면 분위기를 한층 승화시킨다. 따라서 그가 함께하는 자리에서는 언제나 포복절도의 웃음 속에 함몰되어있는 자신을 발견하게 된다. 그래서 그를 대하는 시간이면 언제나 즐겁다. 사람에게 웃을 수 있는 분위기를 제공한다는 것은 얼마나 큰 축복된 일인가. 나는 그와 만날 때마다 늘 축복받는 마음을 갖게 된다.

세 번째는 같은 세대라는 의미에서 느끼는 친숙미다. 우리 세대는 순박한 인정을 안고 살아온 세대들이다. 6·25라는 어려운 전란의 시대를 겪었고 보릿고개라는 가난도 맛본 동질성을 가지고 있다. 생각해보면 눈물 난 세월을 살아온 5, 60대들이다. 게다가 고향이 비슷하다는 이점 때문에 모든 것을 넓은 마음으로 다듬고 있을 것이라는 생각이 든다.

네 번째는 수필이란 인연으로 만남이 이루어졌기 때문에 직업에서 느끼는 어떤 동료의식 같은 것이 머리에 인식되었을 것이라는 생각이다. 게다가 수필동인으로 활동하고 있기 때문에 각별한 정을 더욱 유지하고 지냈다는 데서 '우리' 라는 생각이 들었을 것이다.

나는 그가 평소에 가장 존경하는 여고시절의 수필의 대가 최병호 교장 선생에게 해설을 부탁해 보라고 여러 번 사양해 왔다. 그러나 본인의 뜻이 간절하기에 붓을 잡게 되었다. 그가 작품을 써 온지 무려 15년 성상이 넘는데도 불구하고 침묵 속에 조용히 살아온 정련된 작가다. 봉황새가 만리를 날기 위해서 잠시 멈추고 있는 순간이라는 생각 때문에 두려운 마음이 든다. 그만큼 그는 수필 한 편을 가지고도 무섭도록 조탁하기를 만 번이나 하는 그런 정밀한 작가이다. 여기에 그의 서문을 잠깐 기록해 본다.

처음엔, 언젠가는 나도 선배님들처럼 예쁘게 책을 내야지 생각했다. 세월이 흐르면서 슬그머니 생각이 바뀌었다. 세상엔 굶어 죽어 가는 사람도 많은데 시답잖은 내 글에 돈들이지 않는 편이 사회에 공헌하는 길이라고 단정했다. 나태함에 대한 변명치고는 그럴듯했다. 그렇다고 한 줄의 글도 쓰지 않고 산다는 건 너무 힘들고, 예순 살까지만 그럭저럭 유지하자고 생각했다.

심경에 변화가 온 것은 작년 겨울부터다. 한쪽 구석에 방치했던 내 글들이 좀 안돼 보였다. 잘났든 못났든 자신이 뿌린 씨앗은 스스로 거둬야하는 게 아닌가 싶었다. 글 속에서 나와 함께 했던 인연들을 사장시키고 싶지 않다는 욕심도 생겼다. 그 동안 수필집 보내주었던 많은 분들께도 부끄럽고 죄스러운 마음이 들었다.

외면했던 내 글들을 모아 다시 읽어보았다. 최선을 다하지 못했다는 자책감에 얼굴이 홧홧거렸다. 고해하는 심정으로 고치고 다듬었다. 10년 전의 느낌과 생각이 지금과는 또 달라 쑥스러운 부분도 있었지만 그냥 싣기로 했다. (중략) 책을 낸다는 것은 역시 두렵고 떨리는 일이다. 여전히 부끄러움은 가시질 않는다.

—「서문」

요즘은 문단 주변에는 데뷔한 지 일 년이 못 되는데도 작품집을 선뜻 발간하는 용기있는 작가도 많다. 아직 완성을 위한 출발 단계라는 것을 망각한 채 섣불리 작품집부터 발간하고 보는 것이 문단의 현상인데 정인자는 문단에 얼굴을 내민 지 무려 15여년이 넘는데도 서두르지 않았다. 이런 일련의 자세만 보아도 정인자가 얼마나 문학에 신중한가를 헤아릴 수가 있다. 그만큼 문학을 대하는 정인자의 태도는 조심스러우면서도 진지하다. 문학에 대한 두려움, 문학에 대한 진지성, 문학에 대한 경외심, 문학에 대한 조심성, 이런 정신으로 정인자씨는 작품을 집필해 왔고 앞으로도 그런 자세로 집필하게 될 것이다.

그런데 어느 날 다급하게 수필집을 상재하겠다고 원고 뭉치를 내밀었다. 나는 그 원고를 읽으면서 역시 '정인자'라는 말을 되내기 수십 번이었다. 즐거운 대목에서는 저절로 무릎을 쳤고, 절묘한 문장에서는 탄성을 질렀고, 슬픈 대목에서는 바야흐로 탄식하기를 몇 번이었다. 감정적 요소와 상상의 활동이 적절하게 조화되면서 물화합일(物化合一)의 경계를 잘 이루고 있는 좋은 수필을 참으로 오랜만에 만난 기쁨을 갖게 된 것이다.

2. 허무 그리고 응답

일찍이 맹자는 '그 시를 외고 그 책을 읽고 그 사람을 모른다면 되겠는가?'라고 만장(萬章) 편에서 피력한 바가 있다. 글이란 정(情)이 움직여 말로 나타나고 이(理)가 합하여 문장으로 완숙된다. 이 말은 '문여기인(文與其人)'라는 말과도 상통하는 의미로 글이란 화자의 내심적 정신 상태의 외재적 표현 방법이라고 본 것이다. 그러니까 표현의 내용, 즉 한 편의 글 속에는 화자의 사상적 성격과 정신적 기질이 그 언사에 명확하게 드러남을 알 수 있다. 그렇다면 정인자의 작품에는 그의 정신이 어떻게 드러나 있을까? 작품 내용을 구체적으로 살펴보기 전에 그의 수필집 『해 돋는 아침이 좋다』를 먼저 규명해 보는 것이 좋으리라 생각된다. 물론 작가는 글과는 상관없는 제목을 붙였다고 그 이유를 다음과 같이 적고 있다.

> 책 제목은 글과는 상관없는 『해 돋는 아침이 좋다』로 정했다. 노을이 타는 석양을 무척 좋아했는데 언제부터인가 해 돋는 아침이 더 좋아지는 것을 느꼈다. 동창이 밝아오면 뭔가 또 할 수 있다는 가능성과 희망을 부여받는 은총의 시간을 맞는 느낌이었다.
>
> ― 「서문」

그러나 책 제목은 그 글의 전부를 암시하고 있기 마련이다. 특히『해 돋는 아침이 좋다』는 본문 제목에 없는 새로 창작되어진 이름이다. 그렇다면 그 속에는 작가의 내면의 사상이 고스란히 집약되었다는 것을 어렵지 않게 짐작할 수 있다. 왜냐하면 그런 제목을 만들기까지는 작가의 고심이 많았을 것이다. 제목은 작가의 주사상이라 해도 크게 틀리지는 않는 말하자면 작가가 평소 가지고 있었던 사상, 즉 제목은 글 전체를 암시하는 부분이면서 작가의 근본정신을 담고 있다고 할 수 있다.

우선 '해'와 '아침'에서 상징하는 것은 무엇일까? 새로움에 대한 탄생적 의미와 함께 '빛'과 '희망' 같은 것을 연상해 볼 수 있겠다. 말하자면 생명 존재에 대한 환희와 기쁨에 대한 응결의 수단이라는 유추가 가능해진다. 왜냐하면 53편의 작품 가운데 절반이 넘는 40여 편이 인간의 삶의 문제를 깊이 다루고 있는데서 '해'와 '아침'의 의미가 더 확대되기 때문이다. 작가는 이순의 나이다. 그렇다면 '자기는 절대로 죽지 않을 것이다'라는 그 발랄의 치기를 이미 넘긴 나이다. 따라서 죽음과 멀리 떨어져 있는 것이 아니라 언제 불어올지 모르는 바람 같은 존재로 어필될 때가 너무도 많았을 것이다. 그것은 가까운 친인척들의 죽음 속에서 그리고 그의 어머니의 죽음 속에서 그 같은 의식이 정착되었으리라는 것을 어렵지 않게 추량할 수 있다.

아주머니와 단짝처럼 지냈던 시누인 당신 형제들과 마주앉아 벌써 아저씨의 재혼 문제를 거론하고 있다. 팔은 안으로 굽는다고 했던가. 아니, 어쩌면 남은 사람의 고통을 더 헤아리기 때문인지도 모를 일이다. 나는 너무 피곤하여 거실의 의자에 털썩 주저앉았다. 처음으로 사람의 운명하는 모습을 지켜본 내 가슴은 울먹임으로 미어지는 듯 했다.

베란다엔 뜨거운 햇살이 내리 꽂히고 있었다. 언제였을까. 행복에 겨운 모습으로 뜨거운 감자를 호호 불며 맛있게 들던 그분의 모습을 본 것이….

―「삶의 둘레」

삶의 본질적인 문제가 '배신'과 '실리'라는 이중적 판단의 잣대가 묵시적으로 깔려 있는 가운데 허무의 그림자를 덮고 또 하나의 빛이 강하게 짓누르고 있다. 그러면서도 이 작품에서는 강렬한 감동활동을 수반하고 있으면서 다채로울 상상 활동을 촉진시켜 생을 격화시키며 삶의 본질적인 문제를 진여(眞如)의 문제로 확대 재생시켜 놓고 있다. 이것은 윤리관이라는게 삶을 중심으로 형성되었다는 관점에서 화자의 마음을 서성거리게 하고 있음을 여실히 보여주고 있다. 따라서 '해'와 '아침'의 의미는 젊은이가 사고하고 헤아리는 '해'와 '아침'의 의미와는 본질적으로 상반된 강렬한 무언가를 추구하고 있음을 확인할 수 있다. 그것은 조금도 이상할 것이 없다. 석가는 허무라는 꼬리표를 감추지 못했기 때문에 출가를 했지 않았던가. 그렇다면 정인자의 위치에서는 너무도 당연한 과정이라 할 수 있다. 사실 살아있다는 것은 '한 줄기 강렬한 빛'을 발하고 있는 '욕구의 눈을 뜨고 있으면서' '윤리적인 것'과 등식시켜 삶의 문제를 정면으로 도전해 보려는 것이다. 그러나 정인자는 도덕적 상상력 또는 윤리적 세계관으로만 삶의 세계를 이해하려고만 하지 않는 초극의 의지를 구체화 하려는 것이 바로 '해 돋는 아침이 좋다'로 노출된 것임을 이해할 수 있다.

사실 살아있다는 것은 벅찬 환희요 기쁨이다. 그리고 아침 햇살같은 강렬한 빛이다. 살아있음의 즐거움, 넘치는 생명력의 환희, 그것만으로도 인간은 행복할 수 있다. 아니, 우리는 그것만으로도 충분히 감사할 수 있고 즐거울 수 있다. 따라서 산다는 의미를 화자는 이미 묻고 답한 셈이 된다. 찾으면 찾을수록 한없는 미궁에 빠지는 삶의 특성이지만 가볍게 탐색하면 우연하게도 생명 그 본체에 있음을 발견하게 된다. 결국 화자 자신이 문제를 내고 문제를 푼 셈이다. 그 문제의 질문과 해답이 바로 『해 돋는 아침이 좋다』가 아닐까.

3. 재기 그리고 해학

아리스토텔레스는 '운율'을 만드는 기술은 가르칠 수 있어도 '은유'를 만드는 기술은 가르칠 수 없다고 했다. 이 말은 창작에는 어떤 반드시 특별한 재능을 가진 사람이 있다는 말일 것이다. 그러니까 창작에는 어떤 가르침보다는 뛰어난 재능을 타고나지 않으면 안 된다는 논리이기도 하다. 이 말을 바꾸어 말하면 예술이란 인위적인 것이 아니라 자연스러워야 한다는 의미이다. 인위적인 것은 어떤 일정한 법칙이 있다. 그 법칙대로 외워서 자르고 붙이면 된다. 그러나 좋은 작품은 예술이기 때문에 작가의 고심한 흔적을 감추고 자유로이 유유자적하는 느낌을 주어야 한다. 마치 산골짜기에서 흘러내리는 물줄기처럼 그렇게 자연스러우면서도 평화로움을 주어야 한다. 그것이 훌륭한 예술작품이요, 재능있는 작가만이 해낼 수 있는 일이다.

다시 목욕탕으로 돌아와 쭈그리고 앉는데 전화벨이 또 울린다. 방금 전 그 전화인가 싶었지만 혹시나 해서 수화기를 집어 들었다.

"오늘 시간 있으면 좀 만납시다."

역시 그 청년의 목소리다. 직감적으로 장난이다 싶어 아무런 대꾸 없이 뚝 끊었다. 그러한 내 태도가 괘씸하다는 듯 전화벨에 불이 붙는다. 아침부터 날씨도 푹푹 찌는데 철딱서니 없는 한 젊은 사내녀석의 하루가 저렇듯 무료하게 열리고 있다니! 영문을 몰라 뛰쳐나오는 시어머님이 다른 급한 전화이면 어떡하느냐고 나무라신다. 다시 수화기를 집어든 내 귓전에 숨가쁘게 질러대는 남자의 목소리. 아니, 아직도 얼굴 어딘가에 여드름이 송송 돋아있을 듯한 소년의 목소리라고 해야 더 정확한 표현일 것 같았다.

"연애 좀 하자는 데 뭐가 그렇게 어려워요? 다같이 젊은 처지에."

기가 막힌다. 녀석의 말대로 젊은 처지라면 오죽 좋으랴. 마음 같아선 큰소리로 야단쳐주고 싶지만 생각을 바꿔 유화작전을 쓰기로 했다.

"얘, 오늘 내가 얼마나 바쁜데 아침부터 이렇게 귀찮게 구는 거냐?"

"그러니까 만나자는 대답만 하면 간단한걸 가지고 뭘 그래?"

어렵쇼! 내 반말 투에 녀석도 대뜸 반말이다. 도대체 내가 몇 살 인줄 알고

그러느냐고 했더니 서슴없이 나이를 물어온다. 그래서 너 만한 자식도 있는 아
줌마라고 했더니 뜻밖에도 녀석은 잠시 침묵이다. 이윽고 믿어지지 않는다는
듯 "그렇게 안 들리는데?"

"사실인 걸 어떻게 해. 그러니까 빨리 네 할 일이나 하렴!"

녀석은 또 잠시 침묵한다. 의외로 순진한 구석도 있구나 싶은데 다음 순간,
그러한 내 느낌을 야유하듯 녀석은 버럭 고함을 질러댔다.

"그래 알았다. 이 할망구야!"

전화는 끊겼고 갑자기 주위는 적막 속으로 잦아들었다. 녀석이 던진 할망구
라는 세 글자만이 고소해 죽겠다는 듯 킬킬 되살아났다. 스스로의 착각에 화가
나서 뱉은 소리겠지만 내 친절에 대한 보답치고는 너무 고약하질 않은가.

—「목소리 촌극」

흔히들 수필의 특성을 해학과 기지라고 말한다. 그러나 이 말은 논리에
전혀 맞지 않는 주장이다. 그것은 해학과 기지는 평범한 작가는 쉽게 접
근할 수 없는 부분이기 때문이다. 해학은 다분히 희극적인 요소다. 희극
성은 사물의 내재적 본질과 그것의 외적 표현 형식과의 모순을 말한다.
식물 혹은 무기물인 산이나 돌, 강, 물 등은 희극성을 띠지 않는다. 그러
나 동물들이 관중들의 상상 중에 의인화될 때 희극화 된다. 그것은 현실
에서 객관적으로 존재하는 특정한 모순의 반영이기 때문이다.

「목소리 촌극」에서도 그 같은 현상이 추출된다. '어떤 본질'은 다른 본
질의 가상 밑에 숨어있는 것인데 숨어있는 화자의 본질을 발견하지 못한
젊은 청년이 뒤늦게 노출되고 역량간의 갈등으로 비화되면서 그것이 웃
음으로 희화된 장면이다. 이처럼 해학과 기지는 언급했듯이 아무나 구사
할 수 없는 재치와 재능을 필요로 한다. 그런데 정인자는 그것에 아주 능
숙한 재능을 가지고 있다. 이것은 그만큼 천재적인 재능이 있음을 말하고
있다. 이런 작품은 「손녀와의 데이트」를 비롯해서 「건망증」, 「실버댄스」
등 많은 작품이 이에 대신한다.

아무튼 해학은 악하고 추하고 낡고 거짓인 것을 폭로 조소하는 한편 새
롭고 선량한 것을 찬미, 찬양, 옹호하는 사회적 기능을 갖는 것이라는 것

을 감안할 때 「목소리 촌극」에서는 그에 충분한 효과를 얻었다고 생각되
어진다.

> 환상일까. 안개는.
> 시야에 펼쳐진 모든 풍경들이 꿈꾸는 듯한 모습이다. 누군가 희미하게 그려
> 놓은 스케치처럼 세상이 소멸해버릴 것 같은 안타까움과 적막감.
> 사람들의 움직임도 우주 공간에서 부유하는 것처럼 굼떠 보인다.
> 갑자기 수도원으로 변해버린 걸까? 사람들의 눈빛도 참회에 젖은 듯 순해
> 보인다. 깊어 보인다.
> 그리운 사람이 있어 목 놓아 부른다 해도 소리의 반향마저 삼켜버릴 듯 안개
> 는 거대한 물거품이다.
>
> ―「안개」

인간은 자연계와 더불어 생활한다. 인간이 생존하자면 자연계와는 한
시각도 떨어질 수 없는 우리의 신체와도 같은 존재다. 그것은 인간이 자
연계의 한 부분이기 때문이리라. 그래서 인간은 그 자연을 한 인간의 세
계로 끌어들이기를 원한다. 소위 인간화된 자연이다. 인간화된 자연은 인
간의 미적 대상으로 흥취와 애호를 불러일으키고 인간에게 창조적인 역
량과 지혜의 보고가 된다. 그것을 문학에서는 물화(物化)라고 한다. 정인
자의 「안개」 작품이 그것을 잘 보여주고 있다.

흔히 문학에 있어서 '형상에 비긴다' 는 것은 주로 객관 사물의 표상을
가리키는 것이고 '사물의 상태를 본뜬다' 는 것은 사물의 내부의 원리를
가리키는 것이다. 다시 말해서 전자는 언어의 섬세하고 치밀함을, 후자는
이치의 합당함을 가리키고 있다. 이러한 형상 논리는 사물을 물화하는데
절대 필수요건이다. 그것은 『대학(大學)』에서 말하는 격물치지(格物致知)에
합하는 말로 그리고자 하는 사물을 뜨겁게 사랑하고 사물의 특징을 장기
간 관찰하고 연구한 결과에서 획득되어지는 것이다. 즉 화자 정인자의 마
음과 몸은 온통 묘사 대상인 안개에 경주되어 있었기 때문에 털만큼의 인

공적인 흠이 없이 자연스러운 가운데 초탈감을 주고 있다는 것이다. 장주의 나비가 두 가지 일로써 구별이 있는데 그것은 물화의 세계에서는 나비와 자신이 하나가 되는 그런 경지다. 그것은 칸트가 말한 '상상력과 자유로운 오성의 유희'와 맞물린다. 수많은 상념의 표상들이 어지럽게 움직이면서 혼란을 이루다가 그것들이 갑자기 정지되면서 어떤 질서가 발견되는, 그런 경지가 바로 정인자 씨의 「안개」다. 따라서 '안개'는 쉬르의 이미지를 안고 신성의 세계에 진입하는 그런 치지(致知)의 세계라 할 수 있는데, 지면 관계상 여기에서는 생략하기로 한다. 아무튼 화자의 안개에 대한 형상화에 대한 의지는 정신을 일탈하는 초일세계의 정신계라 할 수 있다. 그만큼 작가의 창작정신은 우주를 달리고 그 위에 보자기를 펴는 정신을 일관하고 있음을 발견할 수 있다. 그러기에 그의 작품마다 침중한 맛을 준다.

결국 그의 작품은 현실적인 삶 속에서 하나의 현실을 초월하여 이상 세계를 만들어 내는 그러면서도 다분히 잠언적인 창조작업으로 그의 삶을 격화시키고 촉진시키는 재생의 본질성에 접근하고 있다는 것이 작품의 특징이라 하겠다. 그것은 문학은 감정을 표현하고 성령을 펼쳐내야 할 것을 중시한 중국의 왕사진(王士禛)의 사상에 접근한다.

4. 결론 그리고 문학성

한 마디로 문학이란 직접 혹은 간접적으로 인간적 드라마의 표현이라 할 수 있다. 인간의 문제를 떠난 문학은 존재할 수가 없다. 그러므로 문학을 만난다는 것은 곧 인간의 삶을 만나는 일이고, 작품을 읽는다는 것은 한 인간의 삶을 천착한다는 의미이기도 하다. 그 가운데 인간의 문제를 가장 집요하게 다룬 문학이 실존문학이라면 인간의 나상을 적나라하게 다룬 문학은 수필이라 할 수 있다. 대부분의 수필들이 일상생활의 내면을 그대로 일정한 틀에 넣는 작품이 다수를 이루고 있는 것도 이런 현상 때문이라 할 수 있다. 예컨대 너무 교훈적이라든지 아니면 일상의 재미없는 화재를 형식화 하는 그런 경우다. 그래서 수필을 흥미 없는 문학이란 오해를 불러 일으켜 놓기도 한다.

그런데 정인자 씨의 대부분의 작품들은 그런 것들을 완전히 벗어났다는데 그에게 높은 점수를 주고 싶다. 그의 대부분의 작품이 그러하듯이 그는 상상의 과정 가운데 '사물을 집중하여 사물을 표현하는 것' 을 '크고 중요한 점을 깎아서 파내는 것' 에 도달한 것이다. 그 대표적인 작품이 「고수부지에서」, 「제라늄」, 「시어머님 영전에」, 「깨어진 꿈」, 「대기실 정경」 등이다. 이것이 예술의 사유중의 현실에 대한 형상적인 정령 가공과 전형화의 과정이다. 흔하고 평범한 생활현상이지만 예술가의 개조를 거치면 서투른 말도 교묘한 뜻을 품게 되고 평범한 일도 간혹 새로운 뜻을 싹틔우게 되는 경우다. 독자가 훌륭한 작가에게 고개를 숙이는 것은 그의 작품에서 얻은 감동 때문이라면 나는 다시 정인자 씨에게 고개를 숙이고 싶다. 그의 수필은 함축적이면서도 잠언적이고 그러면서도 새로움을 주는 창조적이다. 그래서 나는 평자라기보다 한 독자로 남고 싶어지는 것이다.

한(恨)과 원망, 그리움의 정신도

— 정정웅의 작품세계

1. 오래 묵은 원고(原稿)

내가 정정웅(鄭正雄) 씨를 알게 된지는 지난 가을이다. 불과 4개월 남짓 되는 시간이지만 나와는 30년을 살아온 것만큼이나 깊은 관계가 형성되었다. 그것은 같은 혈족이어서도 그렇겠지만 그보다는 그가 집필한 낡은 원고뭉치 때문이다. 나와는 그동안 친분 이상의 인연이 일가(一家)라는 혈연 속에 존재해 왔다. 그런데도 그간 서로 일면식이 없이 지내다가 종중(宗中)의 문제로 알게 되면서부터 교류가 시작되었다.

처음 그의 사무실을 찾았을 때 종보(宗報)에 대한 이야기로 한참동안 대화를 나누다가 그가 주도 편찬한 가승보(家乘譜)를 발견하게 되었고, 그러다가 그 동안 틈틈이 집필한 수필 뭉치를 읽게 되었다. 그가 내민 원고 뭉치에서 몇 편의 글을 즉석에서 읽게 되었다. 그 자리에서 나는 실로 그의 높은 문학적 식견이 범상치 않았음을 발견하게 되었다.

문장은 작은 기술이다. 목수가 기술이 없으면 톱질을 할 수 없듯이 글도 기술이 없으면 한 줄의 문장도 엮어낼 수가 없다. 글이란 아주 간단한 것 같지만 사실은 복잡하다. 우선 문장이 되어야 하고, 문장은 다음 말을 받아 연결하는 고리를 이어주어야 하며, 고리를 이어주는 말은 다시, 그 속에 뚜렷한 주제를 간직하고 있어야 하고, 주제는 일관성과 통일성을 가지고 있어야 한다. 또한 문장은 미학적으로 조화되어야하고, 조화된 틀은 단단하게 균형을 이루는 가운데 작가의 투철한 사상성을 담고 있어야 한다. 게다가 글을 쓰는 일은 노동이다. 노동 가운데 중노동이다. 이렇듯 글을 쓴다는 것은 생각보다 간단치 않다. 그래서 아무나 글을 쓰는 일에 접근하지 못할지 모른다. 지식인이라고 해도 한 권의 산문집도 못 내는 이유가 여기에 있다.

그런데 사업가 정정웅 사장은 이런 어려운 일을 완벽하게 수행해 낸 것이다. 그것도 편편의 글을 무리없이 전문가 못지않게 집필했다는 것은 실로 대단한 일이 아닐 수 없다.

특히 성정(性情)을 다스리고 교화를 펴서 당세에 그 뜻을 전하고 세인을 울리는 데에는 수필이 절대적 효용성을 발휘한다. 따라서 수필 쓰기가 쉬운 것 같지만 사실은 호걸스러운 글재주가 아니면 소기의 성과를 거둘 수가 없다. 그런데 그는 누구한테 문장을 배우거나 정확한 이론적인 근거를 얻어 듣지 않았는데도 불구하고 어떤 경지를 이루고 있는 것은 실로 대단한 일이라 아니할 수 없다. 아니, 혼자의 습작으로 달필의 경지를 이룬다는 것은 범상한 재주가 아니고는 어려운 일이다

아무튼 나는 그날로 원고뭉치를 내 집으로 들고 와서 곧장 출판사로 넘기게 된 것이 그와 남다른 인연을 갖게 된 것이다.

2. 뿌리 깊은 상흔(傷痕)

이제 그의 수필을 내용을 중심으로 화제를 바꾸어보려 한다.

우리 민족은 타 민족과는 달리 많은 아픔 속에서 살아왔고 현재도 그런 삶을 살아가고 있다. 멀리로서는 주변 강대국의 빈번한 침탈과 가까이로는 왜적과 민족 분단의 아픔을 간직하고 있는 민족이다. 여기에서 우리는 뿌리 깊은 한과 서러움, 울분과 고통, 그리고 증오심과 자괴감을 가지고

있는 것이 민족의 공통적인 감정이요 정서다.

그 가운데 누구보다도 더 큰 고통을 안고 살아온 분이 바로 정정웅 작가다. 지금도 그는 그 아픔을 잊지 못하고 있다. 그것도 그럴 것이 그의 선친이 전직 경찰관이었는데 6·25 변란시 경찰의 손에 의해서 재판은커녕 변명 한마디 해보지 못하고 살해된 것이다. 이것은 참으로 민족적 비극의 아이러니라 아니할 수 없다.

운명이란 그런 것인가. 아버지는 살기 위해서 공산당에게 충성을 하고 풀려났지만 그것은 순간의 위기를 모면하는 것에 불과했다. 그래서 아버지는 S씨와 함께 경찰에 자수하기로 약속되었다. 그런데 아랫마을에 내려 가셨다가 후퇴했던 인민군들이 다시 국군을 쳐부수고 서울을 진격한 후 계속 남으로 내려오고 있다는 정보를 입수한 뒤부터는 일단 몸을 피신하여 좀더 관망하기로 하였다. 만약 자수 한번 잘못했다가는 이제는 어떤 변명도 못하고 열두 식구가 죽어야 할 판이었기 때문이다. 아버지로서는 신중에 신중을 기해야 할 순간이었다. (중략)

한순간에 전 가족과 함께 죽을 수도 있고 살아남을 수도 있는 곡마단의 줄타기와 같은 6·25! 조금만 말 잘못하면 열두 가족 모두가 생매장 될 뻔한 그 순간을 아버지는 용케도 슬기롭게 넘겼는데 되레 그것이 화근이 되어 우리의 경찰의 손에 죽었다는 사실이 너무도 억울할 뿐이다.

—「억울하게 돌아가신 내 아버지」

아마도 화자의 생애에 가장 우울하고 암담했던 시절이라 생각된다. 더욱이 그때 어머니의 나이 이제 겨우 28세였고 보면 아직도 처녀의 때를 벗지 못한 청춘이 아닌가. 그런 어머니가 청춘을 한 속에서 살아갔던 아픔과 고통도 감내하기 어려웠겠지만 어린 나이의 정정웅 역시 그에 못지 않은 아픔을 안고 살아갔음을 발견할 수 있다. 화자의 나이 겨우 열 살 정도의 어린 나이다. 이제 한참 어머님에게 응석을 부리며 포근한 사랑 속에 성장하여야할 시기다. 아니, 어머니가 인생의 전부였던 성장기의 소년이다. 그 시기 어머니가 없이는 살아간다는 것은 하늘이 무너지는 절망 같은 일이기에 어머니에 대한 집착은 더 클 수밖에 없을 것이다. 그런데 그 시기 남편을 잃은 아녀자들이 개가를 하여 새로운 삶을 시작하는 장면을 목격하는 화자로서는 어머니에 대하여 한없이 조바심을 가졌으리라. 그것은 정상적인 아이들로서는 이해할 수도 없는 불안과 고통이 화자를 지배하였으리라는 안타까움을 버릴 수 없다.

"청수 어매도 시집가서 잘 산다요. 조앙리 댁도 빨리 시집가서 편하게 살지 물라고 고생하고 살아."

그 말을 듣는 순간 정신이 핑 돌면서 눈물이 멎었다. 괜히 많은 사람들이 보는 앞에서 어리광 한번 부리자는 뜻이었는데 내가 좀 심했나 싶었다. 그때는 6·25 전란으로 젊은 사람들이 많이 죽어 20대 과부가 마을마다 몇 사람씩 있었다. 젊은 여자가 어린 자식 하나, 둘씩 데리고 어렵게 살아가는 그 모습을 어떻게 모두 표현할 수 있을까? 나는 아무 소리 못한 채 그 죽 한 그릇을 어떻게 비었는지 모르게 비우고 준비되어있는 지게를 지고 밖으로 나왔다.

"누구든 내 어머니를 중매하는 사람은 꼭 복수를 하고 말겠다."

초등학교 6학년 때쯤으로 생각된다. 어떤 건장한 남자 한분이 우리 집 대문을 열고 들어오더니 어머니하고 귓속말을 했다. 나는 긴장된 마음으로 두 분의 동정만 살피고 있었는데 아니나 다를까 내가 의심한대로 대문 밖으로 두 분이 나가시는 것이다. 저 못된 분이 우리 어머니를 꼬여 데리고 떠나려는 것이 틀림없다. 나는 그대로 달려 나가 어머니 허리를 꼭 잡고 "안돼, 안돼"하며 울부짖었다. 할 수만 있다면 그 남자를 죽여 버리고 싶은 마음이었다. 나는 어머니 없는 세상을 살 수가 없을 것 같았다. 그래서 어머니께 계속 애원을 하였다. 그러나 어머니는 고개를 나와 반대편 방향으로 향한 채 할아버지, 할머니와 잘 살고 있으면 다시 데리러 오시겠다며 눈물을 지으셨다. 나는 그래도 어머니 허리를 놓지 않고 "안돼, 안돼"만 되풀이하고 있는데 그 못생긴 남자가 뚜벅뚜벅 내게로 와서 내 어깨를 잡더니 사정없이 내동댕이쳐 버렸다. 나는 공중에까지 떴다가 땅으로 떨어졌다. 그 남자는 어머니 팔을 잡아끌고 집 앞에 있는 공동 우물가를 돌아 모퉁이로 사라져버렸다. 나는 억울하고 분해서 두 다리를 뻗고 엉엉 울었다. 한참을 "어머니, 어머니"하며 울고 있었다. "어쨌냐, 어쨌냐"하며 나를 마구 흔들어 눈을 떠보니 꿈이었다.

—「어머니의 노래」

같은 사건에 대한 체험이라도 본질적인 가치와 수단으로서의 가치는 서로 다르다. 수필에 있어서 가치는 정신의 근저에서 우러나오는 본질적인 외침이다. 그것은 때로는 윤리적인 관성이나 환경적인 관성의 통제를 받는다. 또한 술의 발효 과정과 같은 것이어서 일정한 재료를 배합하였을지라도 온도에 따라서 술의 맛을 결정짓듯이 화자의 본성에 따라 분출내용이 상이하게 표출된다. 그러니까 정정웅 수필가는 당시 애통하기 그지없는 당시의 심정을 절절하게 그리고 있다. 그렇지만 환경이 좋은 부유층의 아이들에 대해서 냉소와 비판을 가하지 않은 침잠된 필치를 구사하고 있다는 점은 심리적으로 인덕의 가치성에서 획득되어진 것으로 본다. 그렇지 않다면 사회를 멸시하거나 가해자를 능멸하거나 차단하는 강한 어조로 복잡한 감정을 표현했을 것이다. 그러나 정정웅 수필가는 오직 눈물 어린 정경을 물음에 대한 주체로서 잘 조절하여 아름다운 비단에 직조하여 곱게 펼쳐놓고 있다.

자아(自我)란 경험적으로 존재하는 현실적 자산(資産)이다. 무엇을 어떻게 경험하고 어떻게 판단하느냐는 절대적 자아의 몫이다. 그것을 자각(自覺)이라는 말로 대치할 수 있는데 정정웅 수필가가 자아에 대한 자각(自覺)을 획득하지 못하였다면 피폐된 인생을 살아왔을지 모른다. 그러나 그는 가장 가까운 그것도 옆집에 존재하는 이웃으로부터 재기가 불가능한 엄청난 상실 속에서도 다시 몸을 은신할 수 있는 언덕을 쌓아 오늘에 이르렀다는 것은 이상적(理想的) 자아(自我)로서의 완벽성을 얻게 된 것에 대해 박수를 보내주지 않을 수 없다.

3. 자괴감(自愧感), 지극한 효성(孝誠)

현대 사회의 특징은 윤리 부재다. 산업사회가 도시화 되면서 자연과의 단절을 가져왔고 동시에 부모에 대한 효를 일탈 당하였다. 따라서 정신적인 황량함은 황금 제일주의가 파생되면서 가정이 점점 무너지고 있는 현

실이다. 이는 진정한 자아의 상실을 의미하고 더 나아가서 인간 존재의
붕괴를 의미한다. 날 수 없는 새는 이미 새로서의 기능을 상실했다면 윤
리부재의 인간은 인간임을 거부하는 행위와 동일하다 하겠다.

그러나 인간은 자신의 의지와 상관없이 춤추는 피에로일 수가 없다. 철
저히 자신의 의지 속에서 삶을 영위해야 한다면 어떤 의미로든지 일탈된
윤리를 회복하여야 한다. 그런 의미에서 정정웅 수필가의 글은 우리 사회
에 절대적 가치로 등장한다.

> 한없이 그립다. 그리고 너무너무 보고 싶다. 이 세상 인간이라면 어느 누구를
> 막론하고 언젠가는 자기 부모와 헤어지게 되어있지만, 그 헤어지는 시기가 언
> 제냐에 따라 그 한도 달라지는 듯싶다. 나는 59세 때 어머니와 영별하였으니 노
> 년에 가깝다고 보는 것이 타당할 것이다. 그 나이쯤 되면 돌아가신 며칠만 생각
> 나지 바로 잊어버리기 마련이다. 자기생활에 동분서주하다보면 모두 잊기 마련
> 이라는데 나는 노년에 이르렀지만 아직도 어린아이처럼 벗어나지 못하고 있다.
> 내 숙부님도 어려서 어머니 잃었지만 끄떡없이 잘 살아가고 있는데 나만은 소
> 년처럼 보채고 심지어 울기도 몇 차례. 어떤 때는 아내보기도 민망스럽다. 한번
> 은 누구나 영별하게 되는 자연의 순리(順理)다. 그런 이치를 난들 어찌 모르랴.
> 그러나 보고 싶은 걸 어찌 참을 수 있단 말인가. 어른 같은 생각은 잠시뿐! 금세
> 소년으로 돌아가 어머니가 장성 외가에 가시고 안 계시면 버스가 넘어 오는 '기
> 째' 만 쳐다보다가 해가 넘어가면 집 모퉁이로 돌아가 누가 볼세라 때가 잔뜩 묻
> 은 주먹으로 눈물 훔치던 시절이 자꾸만 생각나 견딜 수가 없다.
>
> —「그리운 내 어머니」

대부분의 인간들은 자신의 안일과 오직 출세만을 위해서 급급한 나머
지 가족을 등한시 하는 경우가 너무도 많다. '나는 누구인가?' 라는 질문
보다는 오직 '나는 절대자이다' 라는 생각으로 묶여있다. 그래서 때로는
가족을 힘들게 하고 때로는 폭군으로 등장하기도 한다. 그리고 이웃들에
게 거들먹거리고 목에 힘을 준다. 그러나 이런 인간 행위를 톨스토이는
지극히 경멸하였다. 그것은 남을 속이는 일이기도 하지만 자신을 속이는

일이기 때문이다.

카프카의 작품 『변신』의 주인공 그레골 삼사는 온 가족을 위하여 희생한다. 따라서 그는 그 가족의 절대적인 존재였다. 그런데 그가 어느 날 하루아침에 뜻하지 않게 벌레같은 불구의 몸이 된다. 처음에는 온 가족이 적극적으로 간호했지만 그의 몸이 회복될 기미를 보이지 않자 가족으로부터 외면을 당하게 된다. 외모상으로는 독충으로 변모했지만 의식을 갖고 있는 그는 사실상, 마음이나 정신 활동은 변모 이전과 동일하다. 그러나 생물학적으로는 예전과 현재는 상이하다. 따라서 가족들은 생물학의 편에서 그를 대하려 든다. 얼마나 슬픈 일인가. 윤리 회복이란 변모 이전의 그레골 삼사와 똑같이 취급해야 하는 당위성을 전제로 하는 것이기 때문에 사실상 현실적으로는 쉽지 않은 일이다.

오늘을 살아가는 많은 사람들은 40년 후 자신이 자녀로부터 그레골 삼사와 같은 처지가 되리라고 생각하는 사람은 없을 것이다. 그러나 산업사회로 변천하면서 윤리가 급격하게 변모되어가는 것을 부정할 수 없다면 그 가능성은 절대성을 지닌다.

진정한 인간은 물질적인 욕망을 넘어서 정신적인 생활을 함으로써만 인간다운 생의 의미가 주어진다. 그 가운데 효행은 인간 행위의 절대적 우위성을 차지한다. 그런데도 오늘날 한국의 작가들은 이러한 정신적인 가치성을 지켜나가지 못하고 있다. 정치에 대한 참여는 매우 민감한 반응을 보이면서도 무너지는 윤리에 대하여서는 외면해 온 것이 사실이다. 여기에 정정웅 수필가의 작품으로 그것을 대신하고 있음을 우리는 부끄러이 생각하여야 할 것이다.

기계적인 것은 오차의 범위를 허용하려 들지 않을지 모르지만, 그러나 그것은 사고의 가치성이 없다. 따라서 윤리적인 것은 물질로써의 효용성은 없지만 삶의 가치성으로서는 절대적인 재산이다. 문학이란 이러한 삶의 진지성을 묻는 것이라면 정정웅의 수필은 이 시대가 요구하는 그 값을 다했다고 본다. 그리고 지금도 이런 지효(至孝)의 보물적인 사람이 존재한다는 데 대해 큰 기쁨을 느낀다.

4. 비분강개(悲憤慷慨), 그의 애국심(愛國心)

뿔레하노프(1856-1918)는 "예술은 사람들의 감정도 표현하고 또 사람들의 사상을 표현하지만 결코 추상적으로 표현하는 것이 아니라 생생한 형상으로 표현한다."고 하였다. 이것이 예술의 가장 중요한 특징을 논한 것이라 할 수 있다. 이런 이론은 동양에서도 얼마든지 찾아볼 수 있다. 예컨대 '시로써 뜻을 말한다(詩以道志)'는 장자(壯者)의 논리, 또는 '시는 말이 그 뜻이다(詩言是其志也)'라고 한 순자(荀子)의 논리가 그것이다.

이처럼 말에는 뜻도 들어있지만 감정도 들어있고 그 속에는 어떤 사상도 포함되어 있다. 그러나 더 중요한 것은 그 사상 속에 이(理)가 없으면 그 말은 반드시 편벽성에 치우치고 만다. 그런 글은 대중의 호응을 얻지 못한다. 특히 수필은 절대적으로 그 이(理)에 순응하는 글이다. 그러므로 사물의 이치를 깨우치지 못하는 글은 싱겁고 깊이가 없다.

그런데 정정웅 수필가는 사물의 근본을 잃지 않는 가운데 이치를 따라 성정(性情)을 자연스럽게 펼치고 있어서 글이 맛깔스럽다. 게다가 지혜와 생각이 깊고도 원대하여 고금에 대하여 감회를 일으키고 독자의 마음을 분발시키는 탄력을 가지고 있다. 이런 소이(所以)는 화자의 천품이 순수(純粹)하고 행실이 독실하고 그 사고의 폭이 깊기 때문이다.

인간의 삶에 있어서 가장 근본적인 것은 도덕이다. 도덕 가운데 더 중요한 것은 충효다. 나라에 충효(忠孝)가 무너지면 국가가 무너진다. 오늘날 우리 사회가 혼탁하게 된 배경은 충효의 상실에서 빚어진 현상이다. 이를 일컬어 윤리 부재의 사회라 칭한다. 따라서 인간 사회에서 가장 무서운 것은 빈곤이 아니라 윤리의 일탈이다. 그러한 자본주의를 학자들은 천민자본주의라고 말한다. 천민자본주의의 특징은 정경유착(政經癒着)으로 나타나고 나아가서는 빈부격차를 가져오게 된다. 이런 사회가 지속되면 혼탁과 좌절의 심각한 후유증을 앓게 되고 나중에는 국가가 무너지는 엄청난 형벌로 나타난다. 이런 사회를 경계해야 하는데 그 누구도 여기에 관심을 갖지 않고 있다.

이 점을 정정웅 수필가는 가장 걱정하고 있다. 이것은 강한 애국심이 아니면 분출될 수 없는 일이다. 「8·15의 비극」에서도 그 같은 정신이 잘 나타났다. 아직까지 8·15의 해방을 민족적인 비극으로 말하는 것을 나는 보지 못했다. 그런데 화자는 그것을 강하게 비판하고 있다. 사실 8·15 해방은 우리 민족에게 기쁨이기도 했지만 또 하나의 비극이기도 하다. 6·25라는 동족상잔의 아픔이 지금까지도 계속되고 있는 현실이 그것이다. 따라서 아직도 우리 민족은 강대국의 틈바구니에서 고통받고 있다. 그는 정치와 경제는 물론 교육과 사법부의 잘못된 관행까지를 두루 언급하고 있는데 이는 바로 우리 사회의 미래를 걱정하는 충성에서 우러나온 사상들이다. 이렇듯 글이란 것은 마음에서 우러나온 생각으로 이치를 말하는 것이고 내용을 지키는 것이다. 그래서 내용이 단단하지 못하면 갈팡질팡하고 내용을 꾸미려고 들면 말이 간사하게 된다. 따라서 말로 표현되는 것을 보고 그 사람의 정신을 알 수 있는 것이 바로 글이다.

필자가 애국심에 찬 정정웅 수필가의 작품을 일일이 열거하지 않더라도 작가의 작품을 읽다보면 저절로 파지되겠지만 「5·18 묘역을 참배하고」를 한 편 감상해 보겠다.

그런데 다른 지역에서 데모하다가 경찰의 최루탄이나, 압사, 고문 또는 분신이나 투신자살한 사람까지 성지에 안장시킨 후 앞서와 같이 추모행사 한답시고 수십 명, 수백 명이 떼 지어와 확성기를 차려놓고 떠드는 행사는 주객이 전도된 일이다. 더 더욱 경계하고 싶은 것은 피가 끓는 젊은이는 정의감이 살아 있고 의로움을 큰 덕목으로 삼으며 살고 있는데 자기도 모르게 소영웅심에 사로잡혀 자신도 이런 곳에 묻히고 싶은 마음으로 죽는 일에 두려움 없이 과격한 데모를 할까 무섭다.

그래서 1980년 5·18때 광주에서 희생당하신 분 이외는 누구도 이 묘역으로

오면 안 된다는 생각이다. 그리고 추모행사를 하려거든 분향소가 마련된 중앙
에서 해야 할 것이다. 그런데 큰 확성기를 틀어놓고 다른 묘역까지 침범하면서
떠든다는 것은 바람직하지 못한 처사다. 이곳을 찾는 참배객은 그분들 보다는
1980년 5 · 18때 광주에서 군부독재와 대항하여 싸우다 나라를 지키라는 군인
의 총에 희생되신 분들이 잠든 묘역이다.

— 「5 · 18 묘역을 참배하고」

5 · 18 묘역은 민주화를 실천한 영령들의 무덤이다. 그런데 노사 투쟁을
하다가 또는 이런 저런 이유로 민주화 투쟁이라는 수식어를 붙여 5 · 18
묘역으로 안장되는 사례가 있는 것은 5 · 18의 정신을 훼손하는 일이라는
화자의 주장은 매우 균형적이다.

이렇듯 그는 우리 주변의 잘못된 환경들을 지적하고 그 대안 등을 구체
적으로 제시하고 있다. 그러나 더 중요한 것은 씨가 펼치는 문장은 사실
을 상고하되 그것이 이치에 어그러지지 아니한다는 점이다. 그렇다고 이
를 중히 여기고 정을 가볍게 여기는 일이 없다는 데에 작품의 특징이 있
다 하겠다. 그것은 지혜와 생각이 모두 다른 사람보다 뛰어나지 않고는
되지 않을 것이다.

5. 한(恨)과 원망(怨望)

사람의 마음이 헤매일 때는 지혜가 동이 나고, 생각이 얕은 곳에서는
일이 궁하게 된다. 그것은 여기에서 끝나지 않고 사회의 폐해로 나타난
다. 이런 사람이 어떤 일을 주장하거나 모사하게 되면 작은 일이라도 꼬
이게 된다.

특히 글이란 이런 편협된 생각을 가진 사람은 범할 수 없는 영역이다.
횡으로 넓은 우주를 종으로 유구한 고금의 일을 두루 살피는 안목이 무엇
보다도 중요하다.

특히 정정웅 수필가는 문장을 짓는 일이 본업이 아닌 사업가다 그런데

도 이토록 평이하면서도 간결하고 타당하면서도 깊은 맛을 자아내는 필치로 시대를 걱정하고 잘못된 사회를 질타하는 목소리를 들을 수 있다는 것은 대단한 일이라 하지 않을 수 없다. 더욱이 청소년을 선도하는 봉사 활동을 보면서 우리는 이 시대의 살아있는 거인이라는 생각이 든다.

결론지어 말하자면 정정웅 수필가는 의롭고 정에 무르며 이해타산에는 어둡고 의지가 강하며 매사에 성실하고 가족을 지극히 사랑하는 절의의 인간이다. 그의 글 대부분에서 그러한 정신을 발견할 수 있다. 우리 사회가 작가와 같은 절의의 정신으로 살아간다면 대한민국은 이미 세계의 강국이 되었을 것이라는 생각을 굽힐 수가 없다.

효에 깃든 한의 문학

— 정정웅의 인간과 문학

인간이란 서로의 만남에서 시작되는 것이 아닐까? 태어날 때는 부모와 만나고 자라면서 친구와의 만난다. 이어서 동창이란 관계, 친구라는 관계, 친척이라는 관계가 형성된다. 그래서 인간(人間)이다. 인간(人間)에서 간(間)은 사람과의 관계란 의미다. 따라서 사람들이 살아간다는 것은 결국 너와 나와의 관계 형성을 이루고 있다는 말이기도 하다. 그 가운데는 악연도 있고 선연도 있다.

나와 정정웅 사장과 만난 인연은 종친 일에서부터 시작된다. 어느날 종친의 일로 정 회장의 사무실을 찾았을 때 두툼한 한 권의 책을 보여주었다. 고급 양장으로 된 파보(波譜)였다. 이런 혼란의 시대에도 혈족(血族)에 큰 의미를 두고 사는 분이 존재한다는 사실에 실로 놀랐다. 아니, 존경스러웠다고 해야 더 정확한 표현이 될지 모르겠다. 그리고는 두둑한 원고 뭉치를 내게 보여주었다. 수필집을 내기 위해서 잘 아는 교수에게 평을 부탁했다는 사실도 알려주었다.

이렇게 정 회장과 나와의 만남은 시작되었다. 참으로 의미 있는 만남이었다. 그 후 필자와 일체감을 이루는 계기가 되었다. 그 뒤 회장은 문단에 등단하였고 이어서 수필집을 상재(上梓)하기에 이르렀다. 따라서 나는 정

회장과의 만남을 우연이 아닌 어떤 필연으로 규정짓고 싶다. 숨어있던 그의 역량이 단숨에 드러나는 계기가 되었고 그의 높은 문학적 업적을 마음껏 펼치는 순간이 되었다.

그런데 그 뒤 정 회장은 또 한 번 내게 원고뭉치를 들고 나타났다. 그리고 발문도 부탁하였다. 나는 원고를 찬찬히 읽으면서 옛날부터 전해 오는 민담 하나가 문득 떠올랐다.

강가에 한 마을이 있었다. 강여울이 여간 거친 것이 아니었다. 그러다보니 가끔씩 배가 뒤집히는 사고가 간간히 일어났다. 그렇다고 배를 이용하지 않을 수도 없었다. 교육수단이나 생필품이 강 건너에 있었기 때문이다.

그런데 어느 날 또 전복 사고가 일어나고 말았다. 그날은 장날인데다가 바람이 몹시 거센 날이었다. 장에서 돌아온 마을 사람이 그 사정을 마을 영감님에게 알려주었다.

"어르신, 어쩌면 좋습니까. 오늘 댁의 아드님이 탄 배가 뒤집혔는데요."

"그래, 내 아들만은 무사할 걸세."

"그랬으면 얼마나 좋겠어요. 귀가할 때 저는 먼저 배를 탔고 댁의 아드님은 뒷배에 오르는 것을 제가 똑똑히 봤거든요. 그런데 제가 탄 배가 강을 거의 다 건너왔을 즈음 댁의 아드님이 탄 나룻배가 강 한가운데서 기우뚱하더니 뒤집히고 말았거든요. 날은 저물고 강을 건너려던 장꾼은 많은데다가 강풍이 워낙 사나워 한 사람도 살아나지 못했답니다."

"그래, 하지만 내 아들만은 결코 사고를 당하지 않았을 걸세. 내 아들은 내가 믿거든."

"그랬으면 얼마나 좋겠어요. 우리 마을 아무아무와 같이 탔었는데요."

"만 사람이 백만 말을 하더라도 나는 내 자식만은 꼭 믿지, 반드시 신이 보호할 거라는 사실을."

마을 청년의 걱정에도 노인은 조금도 흐트러지지 않고 초연하였다. 하룻밤이 지나갔다. 그 노인의 말대로 죽었다던 아들이 집으로 돌아왔다. 마을사람들은 으아했다. 죽은 줄 알았던 사람이 살아왔으니 반가운 마음보다는 물귀신이 아닌가 더 의심이 갔다.

"이게 어떻게 된 일인가. 꼭 죽은 줄로만 여겼는데…"

"그래, 친구 말대로 배를 타긴 탔지. 그러나 여러 사람이 아우성을 치며 배에 오르기에 고기밥이 될 것 같은 예감이 떠올라 배에서 도로 내렸다네."

"그러면 그렇지. 내 아들은 위험한 곳에 갈 사람도 아니지만, 그보다는 신이 늘 보호하고 있다는 것을 나는 믿고 있다네. 그래서 마을 사람들이 슬픔에 빠져있지만 나는 태연한 밤을 보냈던 거라네."

그의 원고를 읽으면서 민담이 떠오른 것은 결코 우연만은 아닐 것이다. 그간 그의 이미지에 대한 영상이 옛날에 들었던 민담에 정착화 되어 나도 모르게 뇌리를 스쳐갔으리라 생각된다. 그의 민담이 의미하는 것처럼 정 회장은 특별한 인물이란 생각을 지울 수가 없다. 우선 그는 한국 전란으로 인한 엄청난 피해자다. 가슴에 담을 수 없는 고통 속에서 인내의 세월을 감내하며 오늘에 서 있다. 그것도 아주 꿋꿋하고 당당하게 한 그루 소나무처럼 푸르게 살아왔다. 비록 상처를 입었지만 강한 바람에도 꺾이지 않고 거목으로 우뚝 서서 의연하게 세상을 내다보고 있다. 얼마나 기쁜 일인가.

그 당시엔 지극히 일부를 제외하곤 사실은 죄인은 없었다. 죄인이라면 38선을 잘못 그은 국가가 죄인이라고나 할까. 그런데도 공산주의자들의 손에 죽으면 우익이었고, 경찰의 손에 죽으면 좌익이 되었다.

—「6·25세대가 보는 세상」

6·25의 변란은 아무 죄 없는 백성들을 좌익과 우익으로 몰아세워 죽이고 또 다시 보복하는 참극이 연출되었다. 그에게 허물이 있다면 이런 비극적인 환경에서 태어났다는 것일 것이다. 6·25는 우리 민족에게 무의미한 이데올르기의 놀음판이었지만, 사실은 가진 자와 못 가진 자의 대결이었다.

정정웅 사장의 선고(先考)는 구한말 혼란의 시대에 경찰관을 역임한 바 있다. 그의 선친이 지식인이었기 때문에 국가로부터 선발 당하게 된 소이요 다른 이유가 없었다. 그런데 그 직업 때문에 덫을 씌웠다.

사실 선친은 후덕한 분이어서 그런 직업이 맞지 않았던 사람이다. 그러나 국가의 명이었고 보면 시대적으로 감당할 수밖에 없었으리라. 원래 선친은 남에게 싫은 소리를 못 하는 덕인이었기 때문에 경찰관으로 근무하면서도 주민의 온갖 편의를 다 보아주었는가 하면 지역을 위해 많은 덕행을 베풀었다. 그것이 선친에게는 또 다른 비극의 전초전을 만드는 계기가 되고 말았는지도 모른다. 왜냐하면 좌익들은 신뢰를 획득하기 위해서 덕망 있는 분들을 강제로 회유하였던 것이다. 당시는 인간의 목숨이 파리 목숨 같은 것이어서 언제 누구의 손에 죽을지 모르는 시대였기에 그런 회유를 물리칠 수는 없는 일이었다.

나는 어머니를 붙잡고 오열했다.
"누가 내 어머니를 이렇게 때렸어! 어머니 누가 이랬어? 왜 맞았어?"
그 순간은 내 집이 불탄다는 것도 잊고 있었다. 아들이 그토록 큰 소리 치며 울고 있었지만 어머니는 신음만 하고 계실 뿐 아무 말씀이 없으셨다. 어머니를 붙잡고 울고 있을 때 할머니와 고모가 나타났다.
우리 집은 대형 목조집이라 불꽃의 기세가 더욱 억세었다. 이미 타버린 숯불덩이와 지붕짚재 불덩이는 아무도 옆에 다가올 수 없도록 뜨거운 열을 내 뿜고 있었다.
잠시 후 할아버지가 돌아오셨다. 할아버지는 가마니 위에 신음하며 누워계신 어머니를 보시더니 두 다리를 뻗으시며 대성통곡을 하셨다. 나는 할아버지가 그렇게 큰 소리로 우는 것을 처음 보았다.

— 「집이 불타던 날」

그의 선친이 경찰이라는 직업 때문에 좌익의 눈을 피해 숨어 지내다가 결국 은신처가 발견되어 붙잡혀가게 되었고, 살아남기 위해 좌익에 입당하지 않을 수 없었던 상황이었다. 만약 회유를 물리치게 되면 전 가족을 반동분자로 몰살하겠다는 협박에 다른 선택의 여지가 없었던 것이다. 그것이 빌미가 되어 수복과 함께 다시 선친은 경찰의 손에 의해 피살되는 억울함을 당하였고 마을에서, 그것도 옆집에서 집에 불을 지르고 그의 모친에게도 엄청난 고문을 가하는 수모를 당하였다. 초등학교 1학년이란 어린 나이에 그런 처참한 장면을 목격한 그로서는 일생을 동심 속에 아픔을 가둬두고 성장하게 되었으니 그 아픔이 얼마나 컸겠는가. 하지만 정회장은 이런 슬픈 운명 속에서 피멍을 묻고 한평생을 살아오면서도 좌절하거나 낙담하지 않고 꿋꿋하게 오늘을 잘 견뎌왔다. 슬픔을 분노로 격화시키지 않고, 원수를 보복의 칼날로 다스리지 않은 채 더 큰 야망과 소망으로 자신을 채찍질하고 다스려서 백지 위에서 신화를 만들어 냈다. 그리고 비록 중소기업이지만 CEO가 되고 지역 사회의 상공회의 중임을 맡는가 하면 지역사회를 위하여 봉사활동을 하는 등 적잖이 사회에 공헌하여 왔다.

서두에서도 잠깐 언급하였지만 정정웅 회장은 뿌리의 소중함을 누구보다도 소중하게 간직하고 있는 분이다. 그것을 수필 「어릴 때 들었던 그 말」에서 확인할 수 있다.

국민이 편하고 사회가 안정되려면 무엇보다도 윤리가 똑바로 서 있어야 한다. 그런데 날이 갈수록 이런 윤리가 사라지고 있다. 아무리 경제가 발전되어 생활이 넉넉하다 해도 윤리가 무너지면 사회가 불안하게 된다. 경제 수준이 높다하더라도 행복지수까지 높아지지 않는다.

—「어릴 때 들었던 그 말」

개천에서 용이 나는 가정이 있는가 하면 개천에서 하수물만 만들어 내는 가정도 있고, 왕대밭에서 왕대가 나오는 수도 있지만 왕대밭이 쑥대밭이 되는 가정도 있다. 그것은 순전히 가정교육에 의해서 결정된다고 그는 믿고 있다. 따라서 '아버지'가 된다는 것이 무거운 책임이 따르지 않으면 안 된다는 것을 강조하고 있다.

그는 할아버지와 어머니 밑에서 인간이 해야할 일과 그렇지 않은 일을 습득하며 자라왔다. 『동몽선습(童蒙先習)』에 '효는 모든 행실의 근본(孝爲百行之源)'이라는 말에서 보는 바와 같이 그는 극진한 효자였다. 아버지를 잃고 살아가시는 홀어머님을 지성을 다하여 모시었다. 그의 제1수필집의 절반을 오직 아버지와 어머니에 대한 그리움과 한을 기록했듯이 지금도 그는 돌아가신 어머님을 위해 온갖 효행을 다 한다. 공자님의 가르침대로 기거함에는 공경을 다 해 모시어 왔고, 봉양함에는 즐거운 마음으로 섬기었고, 몸이 아프실 때엔 근심과 걱정으로 밤샘을 다하여 모시었고, 돌아가실 때에는 슬픔을 다 해 정성으로 장례를 치렀고, 제사를 지냄에는 엄숙하고 경건한 마음(子曰 孝子之 事親也 居則致其敬 養則致其樂 病則致其憂 喪則致其哀 祭則致其嚴)을 다 하셨다.

> 처음 몇 해는 부담이 있었으나 세월이 지나자 자연스럽게 받아들여졌다. 그러다가 어머니가 돌아가신 후 어머니의 제사 문제로 여동생들과 몇 차례 의견 교환이 있었다. 처음 3년간은 아버지와 어머니를 분리하여 모셨는데 동생들이 합동으로 모시자는 의견이었다. 나는 처음에는 반대했으나 동생들의 본심이 올케의 고생을 덜어주고자 함임을 알고 동의해 주었다. 그래서 공식적으로는 아버지 제사와 함께 모시기로 결정 된 것이다.
>
> —「어머님의 제사」

그러나 정 회장은 동생들의 원에 의해 부모님 제사를 합동제사 형식으로 합의된 대로 모셨지만 그러나 그는 그럴 수가 없었다. 그래서 동생들도 모르게 아내와 함께 단둘이서 부모님 제사를 또 다시 모시는 헤프닝 같은 효심을 간직하고 있다. 그의 효심은 세태의 흐름과 야합을 허락하지 않는다. 허다한 사람들이 실용주의를 찬양하겠지만 그만은 그런 세태에 동의하지 않는다. 효심은 정신이다. 이런 정신이 단절될 때 전통정신이 무너진다는 것을 그는 이미 알고 있다.

생활이 없는 신앙은 허탄하고 실천이 따르지 않는 글은 생명이 없다. 참으로 아름다운 신앙은 사랑을 실천할 때 빛나고 좋은 글은 생활 속에 진실이 따를 때 감동을 준다. 그런 글은 우리의 영혼을 울릴 수밖에 없기 때문이다. 그래서 정정웅 사장의 글은 우리의 정신을 일깨우고 우리의 영혼을 흔들어 놓는 깊은 맛이 있다. 어쩌면 누구나 한번쯤은 읽어야할 교과서일지 모른다.

「노대통령의 임기말을 보면서」, 「읍소하는 정치는 이제 그만」, 「통치권자에게」에서 보여주는 것처럼 그의 시선은 날카롭다. 그가 살아온 길이 그렇듯이 세상과 타협하지 않고 당당하면서도 떳떳하게 스승 같은 존재로 살아가는 사람이 있을 때 우리 사회는 밝은 미래가 있다. 비록 정치가 병들고 교육이 병들고 사회가 병들어도 우리에게는 미래가 있다.

정정웅 회장은 단순한 기업가가 아니다. 신념과 철학이 있고 원칙과 소신이 있고 신뢰와 의로움이 있다. 그러기에 그는 길이 아니면 걷지를 않는 올곧음이 있다. 그의 앞에 천금이 들어와도 옳은 방법이 아니면 버리는 결단력의 기세가 있다. 정 회장은 한없이 혼탁하기만한 이 세상에 마지막 양심의 등불로 살아가는 영원한 우리 사회의 등불이요 스승으로 살아가는 사람이다.

> 그래서 지혜 있는 옛날 부자들은 인덕(人德), 가덕(嘉德), 수덕(修德)을 쌓았다. 배고픈 사람에게는 밥을 주고 옷 없는 사람에게는 옷을 주었으며 몸 아픈 사람에게는 약을 지어 주었다.
> 부자 대회가 있는 날은 그들의 훌륭한 얼굴을 보기위해 전국에서 많은 사람들이 모여들었다고 한다. 모범된 부자들을 널리 소개하여 다른 부자들의 귀감이 되도록 하였다. 그리고 나라에서 큰 상과 함께 벼슬도 내리게 했다고 한다.
>
> —「부자대회」

진정한 부자란 어떤 것인가에 대한 그 의미를 되새기게 하는 글이다. 돈을 위한 돈만의 부자는 진정한 부자라 할 수 없다. 참된 부자는 그것을 가치 있고 의미 있게 사회에 환원하는 데 있다. 그것을 정 회장은 너무도 잘 알고 있기에 때로는 봉사 활동을 통해 알게 모르게 빈곤층을 돕고 있다.

어쩌면 정정웅 회장은 니체의 이른바 '초인'의 상징적인 인물인지도 모른다. 니체는 '초인'이 되기 위해서는 성실하고 근면한 의무 수행의 단계를 거치면서 낙타같은 고행을 극복하고, 적극적이고 강인한 자주성을 가진 사자와 같은 불퇴진으로 살아갔듯이 그 또한 자유로운 창조적인 비둘기 같은 유연성과 더불어 튼튼한 뿌리를 키워왔다.

정정웅 사장의 글은 우리 사회의 이정표와 직결된다. 그는 가슴의 앙금으로 한의 세월을 보낼 수도 있었지만 그것을 씻어내고 대로의 길을 걸어왔다. 그것은 만인의 이정표가 되기에 충분하다하지 않을 수 없다. 결국 그것은 인간은 어떻게 살아가느냐에 대한 해답일 수 있다.

현실 인식의 다양성
— 정형표의 수필세계

1. 들어가는 말

많은 평자들은 수필이 본격 장르로써 활발하게 창작된 시기를 1930년 대로 보고 있는 것이 일반적인 견해다. 그러나 필자는 이 논의에 대해 동의하고 싶지 않다. 왜냐하면 고금을 막론하고 수필은 많은 사람들로부터 애용의 대상이 되었을 뿐 아니라 폭넓은 독자층이 형성되어 꾸준하게 창작되어 왔기 때문이다. 특히 우리나라의 고전 속의 수필들은 산문의 위엄을 잘 보여주고 있다는 사실 하나만으로도 수필이 얼마나 활발하게 문단을 지배해 왔던가를 증명하여 주고 있다.

이런 점으로 미루어 볼 때 수필은 과거에도 사랑을 받아왔지만 앞으로도 꾸준히 지식인들 뿐 아니라 많은 사람들의 사랑의 대상이 되리라 사료된다. 운문에 비해 산문이 두터운 독자층을 형성하고 있는 점도 접근성의 용이성도 있지만 그만큼 수필 읽기가 즐거움의 대상이 되고 있다는 사실도 외면할 수 없을 것이다.

모든 문학이 그렇듯이 수필 또한 보고 느낀 것을 자유롭게 쓰는 글임은 더 이상 언급할 필요가 없다. 여기에서 자유롭다는 말은 작가 고유의 특성을 의미할 것이다. 숨막히게 돌아가는 현실 속에서 우리에게 항상 부각

"

되는 것은 본질적인 삶의 문제다. 이 문제를 작가 개개의 성정에 따라 상상의 세계를 촉발시키고 격화시키며 미적 심화(深化)를 거쳐 탄식과 슬픔의 가치성을 촉발한다. 여기에는 도덕적 품성과 인격의 높이도 함께 드러남은 물론, 상상의 발전과 흥회(興懷)의 치열함도 함께 동반된다.

인간이 사물을 바라볼 때 존재하는 대로 바라보는 것이 아니라 생각하는 대로 바라본다. 그것은 작가의 내적 체험 내지 인격적 수준과 궤를 같이하고 있다. 긍정적인 시각과 부정적인 시각이 파생되는 소이(所以)도 여기에 따른다. 따라서 문학작품은 만들어 지는 것이 아니라 태어나는 것이다. 글은 바로 그 사람이라는 말도 여기에 해당된다.

정형표(鄭迥杓)는 법조인이다. 대구 달성 출신으로 경북사대 부고를 나와 경북대 법대 법학과 졸업 후, 사법시험에 합격하였고 대구지검을 시작으로 서울과 부산지검 검사를 역임하였고 현재는 변호사로 활동 중이다. 그 후, 〈영남일보〉 칼럼리스트로 활동하였고 《한국문인》으로 등단한 바 있다. 어떻게 보면 그는 혁명가라 할 수 있을 정도로 집념이 강한 대단한 노력파다. 지방대학 출신으로 최고의 자리를 누린 선택 받은 사람이 자신의 소임을 완수하고 남은 정열을 창작에 몰두하고 있다는 점이 그것이다. 어쩌면 그에게 있어서 문학은 마지막 인생을 불태우는 도구일지 모른다. 그러면서 많은 사람들에게 비전을 제시하고 더 나아가서는 우리 사회의 모순을 제거하는 법조인으로서 사명감을 다 하고자 하는 소명의식의 발로라는 생각이 든다. 두보나 이백이 현실주의 문학적 배경이 안민(安民)과 풍속의 순화에 두었던 것처럼 화자 역시 거기에 초점을 두고 있기 때문이다.

2. 체험적 정서의 날개

수필이란 어떤 문학일까? 여기에서 문학의 원론적인 문제를 제시하는 것은 진부할지 모른다. 그러나 수필을 꽃 피워내는 나무의 줄기와 이파리 같은 존재라 할 때, 그것은 어떤 문학보다도 그 진수의 자리를 차지하고 있다는 생각이 든다. 어느 장르 못지않게 수필은 독자의 가슴을 때리고 영혼을 울리는 절대적인 역할을 하고 있기 때문이다.

정형표의 수필이 독자들에게 울림을 주는 것은 생각이 전일(專一)하여 뜻이 나뉘지 않고 풍부한 지혜로 맑음을 창조하는 신의 선물 같은, 그래서 독자에게 따뜻하면서도 포근한 정감과 함께 대중들의 흐린 사고를 검증시키는 교량적(橋梁的) 역할로 작용하고 있는 점은 우리가 주목할 대목이다. 수필이 문학으로써 자리를 박탈당하는 이유가 바로 고르지 못한 사고의 나열 때문이라는 과거를 반성해 볼 때 정형표의 수필의 가치가 얼마나 폭 넓게 자리하고 있는가를 확인할 수 있다.

> 죽음의 순간을 맞이하여 욕심의 찌꺼기가 티끌만큼도 남아있지 않은 사람이라면 그는 이 세상을 훌륭하게 산 것이 된다. 죽음의 순간을 맞이하는 그날이 오면 우리 모두 후회 없이 살았노라고 말할 수 있어야 할 것이다.
>
> ―「죽음에 대하여」

죽음은 또 하나의 우리들의 삶이다. 출생이 서론이라면 죽음은 그에 대한 결론이다. 땀의 결과물이 바로 결론이다. 다시 말하자면 결론은 열매다. 농부가 농사를 짓는 것은 가을에 열매를 수확하기 위한 것이라면 우리의 삶도 죽음을 위하여 살아가는 과정이다. 그러므로 죽음을 두려워하는 사람은 삶의 과정이 결코 아름다울 수 없을 것이다. 소크라테스가 죽음 앞에 평화로웠던 것은 그가 깨어 있는 삶을 살았기 때문이다. 죽음은 끝이 아니라 하나의 출발이라는 것을 배우게 되는 것도 죽음을 마다하지 않는 초연함 때문이다.

죽음에 대하여 진지하게 접근하고 있는 정형표의 모습에서 초월적인 사생관이 발견된다. 감상(感傷)과 비통이 아닌 그리고 초조와 두려움이 아닌, 어떻게 살아가는 것이 바람직한 삶인가를 알렉산더의 말을 인용하여 논리적으로 접근하고 있는 것이 그것이다. 이렇듯 그는 때로는 논어를 때로는 불경과 노자 등의 전고를 인용하고, 때로는 명언과 예화를 종횡무진 촘촘한 그물로 가미하여 내용을 풍성하게 하여 독자의 눈과 귀를 확 트이게 하고 있다. 굴원과 사마천이 그랬듯이 그의 수필 편편이 사실주의 작가와 맥을 같이하고 있음도 그가 현실을 매우 중시하고 있기 때문일 것이다.

「작은 것을 소중하게」, 「평상에 누워 별을 헤고 싶어라」, 「삽짝이 그립다」, 「참살이, 가난의 추억」, 「나는 누구인가?」, 「늙어가는 법」, 「야생화의 죽음을 슬퍼하며」 등의 제목이 암시하듯이 그는 서정이면서도 회상적인 방법으로 삶의 깊은 문제를 예술적인 날개를 달고 접근하고 있다. 흐르는 물결에 생각이 머물듯이 그의 글이 자연스러우면서도 유연한 것은 정이 깊은 가운데 고금의 진리를 터득한 때문일 것이다. 그의 초연한 사생관 역시 확실한 사상적 근거에 의해 살아가고 있음이 발견된다.

> 삶의 재미는 바로 존재이유, 살아가야 할 추진력 그 자체다. 여기서의 재미는 단순한 유흥이나 향락과는 다르고 보람이 수반되어야 한다. 재미는 행복의 또 다른 표현이니 삶의 재미를 삶의 행복이라고 표현할 수도 있겠다. 재미는 살아가는 동안의 고통을 이겨내게 하는 원동력이다.

—「삶에 대하여」

삶의 존재 이유에 대한 작가의 확신이 담긴 글이다. 그는 말한다. 삶은 향락이나 유흥이 아니라 땀과 노력과 고통이 수반될 수 있는 과정이라고. 하지만 그 고통이나 땀은 삶의 원동력이라고 당당하게 부르짖고 있다. 일찍이 '일이 즐거우면 인생은 낙원이요, 일이 의무이면 인생은 지옥이다.'라는 M.고리키의 말이 생각나는 대목이다. 사실, 일은 권태를 몰아내고 나태와 가난을 몰아내고 절망을 몰아낸다. 그리고 거기에 신성함과 보람과 소망이라는 선물을 준다. 우리 인간의 최대 비극은 급료에 얽매어 일하고 있는 사람이다. 사랑은 사랑으로써만 보답되고 일은 일로써만이 보답된다는 말이 생각나게 하는 향기로운 수필이다.

화자의 작품 속에 자학이나 한숨이나 비탄이 등장하지 않는 것은 그만큼 일을 사랑하기 때문일 것이다. 허무주의나 염세주의 또는 체념의식은 자기를 침몰시키는 비애를 낳는다. 그러나 적극적인 삶은 사회 현실을 긍정적으로 이끌어내는 힘을 갖고 있다.

두보는 일생동안 유가(儒家) 사상을 굳게 신봉하였다. 그는 "법은 유가로부터 있고 마음은 어렸을 때부터 피곤하였네(偶題)"라고 하였는데 어려서부터 유가의 문학 창작과 관계 있는 원칙과 정신을 고생스럽게 학습한 데서 우러나온 사상이다. 그의 정치적 이상은 '임금을 요임과 순임금 위에 이르게 하여 다시 풍속을 순박하게 하리라.(奉韋左丞丈二十韻)'라는 것으로서, 요순과 같은 밝은 정치를 추구하였다면 정형표 역시 돈독한 유가의 가정에 교육을 받은 것이 그 사상의 근거가 된다.

정형표의 수필 또한 현실적 체험을 바탕으로 풍부한 상상력을 동원하여 농밀하고도 온축(蘊蓄)된 사리(事理)를 서술하되 과장하지 않고 분명하면서도, 그렇다고 화려하지 않고 질박하면서도 저속하지 않게 곧고 견실하게 표현하고 있다. 그래서 그의 수필은 허탄하지 않으며 내실이 있는 가운데 진리 속에 함몰된다. 사실속에 진실을 강조하고 허구를 배척하여 현실의 본질적인 면을 보여주는데 중점을 두었다고 볼 때 정형표의 수필은 두보의 시사와도 일맥상통한다.

중국 고대 문학에서는 현실주의 문학을 역사라고 불렀는데 정형표의 다음 작품도 그런 면에서 하나의 역사로 보는 것은 어떨까.

결혼식은 더 이상 일족간의 행사도 아니고 마을 전체의 잔치도 아니며, 혼주의 초대를 받았을 경우에는 혼인 당사자를 모르거나 혼인 당사자의 초대를 받았을 경우에는 혼주를 모르는 것이 보통이다. 친구의 자녀가 결혼한다면 혼인 당사자는 모르면서 친구를 보고 가는 것이므로 그냥 예식장에 가서 혼주인 친구에게 눈도장 찍고 축의금을 전달하고 음식이나 먹고 나오면 그만이고, 결혼식 자체도 규격품을 찍어내듯 서둘러 끝내고 만다. 그런 결혼식을 왜 하며, 왜 참석해야 하나? 하는 의문이 들기도 한다.

—「혼란스러운 경조사 풍조」

잘못된 우리 사회의 풍조다. 세상이 자꾸만 이상한대로 흘러가고 있다. 이를 개선하는 데는 혁명적인 운동이 필요하다. 그래서 잘못된 사회를 바로잡는 지도자가 필요한 것이다.

공자는 문예작품의 사회 현실에 대한 구체적이고 진실한 묘사를 매우 중시하여 시경(詩經)에서 수많은 작품을 보여주고 있다. 그 안에는 풍속의 성쇠(盛衰)를 이해하고 그 득실을 살펴서 통치 계급에게 정치적 조치를 취할 것을 제공하였다. 그것이 문학의 사회적 공헌이요 작가의 사명이기도 하다. 공자가 허탄(虛誕)한 문학을 배격한 것은 그러한 문학은 우리의 영혼을 파괴시키고 사회를 병들게하기 때문이다. 민본사상의 적극적인 면의 현실주의 문학은 인간을 번뇌와 망상에서 탈출하게 하는데 정형표의 문학 역시 이와 궤를 같이하고 있다.

3. 결론

화자는 사회적인 모순적인 문제를 가지고 접근하고 있다. 삶의 문제에서부터 살아가는 방법과 당면한 악습 등을 때로는 조용하게 때로는 박진감 넘치게 터치하고 있다. 그러나 제한된 지면에서 모든 문제를 논하는데는 한계가 있다. 화자의 수필을 풍부하게 인용하지 못한 것도, 그리고 제한적으로 몇 가지 문제만을 제시한 것도 제한성 때문이라는 점을 이해 바란다.

결론적으로 화자의 수필은 주제의 무게에도 불구하고 쉽게 우리의 가슴에 다가오게 하는 탁월한 감응력이 있다. 그리고 타락한 사회에 대한 문제 제시와 함께 참된 삶이 무엇인가를 전달하는데 고심하고 있다. 문학이 사회의 거울이라는 표현이 적절할 정도로 그의 수필은 이에 충분히 값하고도 남는다. 특히 뛰어난 형상력은 작가적 위치를 확보하는데 기여한 셈이다. 그의 수필 「관계」를 인용하는 것으로 이 글의 결론으로 대신하고자 한다.

　“이 세상에 존재하는 만물은 상호의존적이다. 그런 의미에서도 우리 모두는 서로에게 없어서 안 되는 더 없이 소중한 존재들이다. 누군가가 어떤 사람도 여섯 사람만 건너면 이 세상 누구와도 연결된다고 말한 기억이 난다. 공자가 『논어(論語)』의 「안연(顔淵)」편에서 “사해 안이 다 형제(四海之內皆兄弟也)”라고 하였듯이 세상 사람들 모두가 어디에서 무슨 일을 하든, 나와 관계를 맺었든 맺지 않았든, 나와 관계 없는 사람이란 있을 수 없다.”

이인적(異人的)인 수도인의 삶

― 청정심의 수필정신

인생이 가는 곳, 무엇을 닮았을까?
비홍(飛鴻)의 눈 내린 진흙탕을 밟는 것과 같지 않으랴?
비록 진흙탕 위에 발자국 남긴다 하더라도,
기러기 날아가 버리면 그 뿐, 동서를 구태여 가릴 필요가 있으랴?

청정심 선생의 수필을 읽으면서 소식(蘇軾)의 선시(禪詩) 한 편이 떠오른 것은 웬일일까. 어쩌면 그의 글에서 내 마음의 영혼을 온통 빼앗긴데서 나온 휘파람일지 모른다. 그만큼 그의 수필 한 줄 한 줄은 온통 내 마음과 영혼을 빼앗아갔다. 때로는 그의 고고함에 흥얼거렸고, 때로는 모종의 선의(禪意)의 희열감에 취했으며, 때로는 현사(玄思)와 묘오(妙悟)의 우아미에 나를 맡겼다. 그러는 가운데 중국의 전설적인 인물인 방산자(方山子)의 삶이 자꾸만 떠올라 창문을 열어보기 수십 번이었다.

방산자는 권문세가의 집안에서 태어났다. 그러나 그는 명예를 추구하지 않고, 관복을 찢고 산 속에서 살았다. 수도 낙양에서 장려한 원택과 수천 필의 재물을 거둬들였으나 그는 그것에 개의치 않고 오직 산 속에서 수도로 이인(異人)의 삶을 살아가는 길을 택하였다.

　청정심 선생 역시 현문(顯門)의 가문에서 자라서 현문(顯門)으로 출가하
였고 충분한 부와 세도도 갖추고 있다. 참으로 무엇 하나 부러울 것이 없
는 행복의 조건을 두루 갖춘 귀족이다. 그런데도 그는 그것에 개의치 않
고 하루 10시간 이상씩을 기도에 매달리는 삶을 살아가고 있다. 천일기도
만 해도 쉬운 일이 아닌데 만일(萬日) 기도생활에 정진하고 있다. 그것은
초인적인 삶이 아니고는 행할 수 없는 일이다. 새벽 12시면 부처님 전에
나아가 기도로 한 밤을 밝힌다는 것은 보통의 불심 가지고는 상상할 수
없는 일이다. 그것도 하루도 빠짐없이 행한다는 것은 말할 나위 없는 일
이다. 그렇게 그는 자신에게는 너무도 가혹한 이인적(異人的)인 삶을 살아
가고 있는 현대적인 방산자이다.

　기도생활 속에서 영혼의 만족과 행복 넘치는 부처님의 은총을 오래전
에 터득하였기 때문에 가능한 일이었으리라 생각된다. 그렇지 않고는 여
인의 몸으로 오밤중에 불전을 찾는 과감성을 이행하기에는 난감했으리
라. 세속의 속인이 맛보지 못한 또 다른 세계로 그 자신의 힘이 아니라 어
쩌면 부처님께서 내려주시는 원력으로 거슬러 올라갔을 수 있지 않을까
생각된다. 인간의 생명이 지푸라기처럼 하잘것 없는 삶이라는 것을 일찍
이 터득하였기에 그 같은 불도의 선열(禪悅)에 침잠할 수 있었을 것이다.

　그러므로 그의 수필은 온통 육각 에스트로겐을 담고 있다. 편편이 마음
에 평화를 주고, 우리의 영혼에 안식을 주며, 우리의 삶에 대한 바른 방향
을 제시해 주고 있다. 수필이라기보다 한 편의 종교서이고 작품이라기보
다 철학서다. 읽다보면 하늘에서 내리는 기려(綺麗)한 꽃잎들이 휘날리고
있는 환상에 젖게 된다. 박질무화(朴質無華)한 가운데 평담자연(平淡自然)의
운치에 젖게 하고, 속회사신(贖回捨身)의 진의가 수골생동(秀骨生動)하는 낙
토를 맛보게 된다. 그는 희소노매(嬉笑怒罵)의 소재를 심미이상(審美理想)의
구름으로 채색하는 필력을 가진 수필가이면서 보살이다. 그러기에 한 편
의 수필이 음울한 인생을 고환(高歡)시키고 답답한 하루를 청정한 신령(神
靈)으로 고취시키는 마력을 지녔을 것이다.

아무튼 그의 수필은 평안하고 안락한 안방 거실의 행복감에 젖게 한다. 묘사는 자상한 어머니의 품속의 따스함이 있고, 내용은 숭고한 아버지의 위험이 가슴을 시리게 하며, 정취는 우미한 할머니의 사려 깊은 사변의 속삭거림이 있다. 말하자면 청정심의 수필은 우리나라에서 새롭게 시도된 선수필(禪隨筆)이요, 돈오(頓悟)의 깨달음을 담고 있는 철리수필로 많은 독자들에게 오랫동안 기쁨에 젖어들게 할 것이라 생각된다.

오도(悟道)적 수행의 미학
— 청정심의 수필세계

1. 문학을 향한 구도

지식(知識)은 객관적 사실과 논리에 관한 과학적 정보라면 지혜(智慧)는 옳고 그름을 가려내는 심리적 영감의 작용이라 할 수 있다. 전자는 서양 문명의 축으로 이어졌고 후자는 동양의 문명의 정신의 구심점이 되고 있다. 따라서 서양의 지식은 모든 현상을 인식의 대상으로 삼는다. 이에 반해 동양적 사상은 사물을 통합적인 대상으로 조화(調和)와 안식(安息)을 그 목표로 한다.

따라서 서양인들의 지적욕구는 과학적 지식을 축적하여 엄청난 부를 이루어 냈지만, 삶의 근본적인 바탕을 탐구해내지 못하고 결국 니힐리즘으로 빠져들고 만다. 그래서 그들은 문명의 한계를 느끼고 동양의 선불교에 지속적인 관심을 갖고 있다. 한때 헤르만 헤세의 소설 『싯다르타』가 유행한 것도 어쩌면 이러한 정신적인 허탈감에서 벗어나기 위한 시대적인 외침이라 할 때, 지혜가 내재된 문학적 발로는 우리들의 관심의 대상이 되지 않을 수 없다.

문학이 결국 인간에 대한 구원의 메시지이고 보면 그에 대한 소임을 완수할 때 문학의 도는 확보된 셈이다. 다시 말해서 시나 수필은 단순한 문자적인 나열이 아니라 그 속에 인간의 영혼을 움직이는 기능을 다할 때 문학적 소임을 완수했다 할 것이다.

어떠한 종교도 갖지 않은 무신교자들은 신의 세계를 부정한다. 자신이 신이고 절대자이기 때문이다. 그들은 자신의 시선으로 선악을 구별하여 그것을 제단하고 평가한다. 그러나 윤리적인 선악은 상대적이기 때문에 신이 없는 윤리관은 참으로 위험을 내포하고 있다. 그러므로 예술의 힘은 제임스 조이스의 『젊은 예술가의 초상』에서 보듯이 종교적인 인생에서 문학적 심미성을 찾지 않을 수 없게 된다. 여기에서 작가의 정신의 영역을 이루는 원칙 앞에 이르게 된다. 따라서 이러한 원칙을 점검하는 절차로 청정심의 수필에 접근하고자 한다.

2. 빛을 찾아가는 여로

1) 선열(禪悅)의 신기(神氣)

옛날 서백(西伯)은 은나라 감옥에 갇혀있는 동안 주역(周易)을 저작하였고, 공자는 주나라에서 곤욕을 당했을 때 춘추(春秋)를 만들었고, 굴원은 초나라에서 추방을 당하자 이소경(離騷經)을 만들었다. 그리고 손자는 다리를 끊기고서 병법(兵法)을 만들었고, 사마천은 이능 장군을 변호하다가 궁형(宮刑)을 당하자 울굴한 마음을 이기지 못해 사기(史記)를 쓰게 되었다면, 청정심의 문학의 원천은 험준한 내적 고통을 이겨내기 위한 불심(佛心)이라 생각된다.

사실, 한(恨)은 원(怨)을 낳고, 원(怨)은 다시 난(難)으로 이어지는 것이 사회학의 통념이고 보면, 수신(修身)을 통하여 원을 호시(好施)로 전환, 그것을 복덕(福德)으로 재창출하기는 쉽지 않은 일이다. 그런데 화자 청정심은 불심을 뿌리로 삼아 개인적 사회적 감성 요소를 화해의 발전적 심미감으로 승화시키고 있다. 사마천의 사기에서 곡절 많은 스토리와 희극성 넘치는 갈등을 쏟아냄으로써 그의 생명이 새롭게 박동칠 수 있었다면 청정심의 수필정신 역시, 불심이 그를 지탱해 주는 원동역으로 거듭 태어나고 있음을 발견하게 된다.

인정사정없이 강하게 몰아치는 폭풍우를 피할 길이 없었다. 이 시간에도 폭우는 계속 퍼붓지만 어느 날엔가는 반드시 그칠 날이 있을 것이다. 억울하게 찢겨 가고 파인 상처 때문에 잠 못 이루고 아파한 날이 많았다.

상처를 준 자와 받은 자의 바른 심판은 반드시 하늘이 심판하여 준다. 또 그 아픈 상처로 인하여 지나온 우리의 삶을 뒤돌아보고 성찰하여 더욱 성숙될 수 있었고 노후를 멋지게 장식할 수 있다는 생각에 오히려 감사하다. 그런 폭풍우가 없었더라면 우리는 현실에 안주하여 발전 없는 한 생을 마감했을지도 모른다.

―「폭풍우」

우리의 현실은 언제나 고통스럽고 고달프다. 그리고 인간관계는 이해에 따라 두려움과 허망함으로 변질되는 것이 인심이요, 선량한 사람이 가혹한 대접을 받으며 악인이 좋은 자리를 차지하면서 살아가고 있는 것이 현실이다. 왜 이렇게 되어야만 하는가? 이 질문에 대한 해답은 이성(理性)에 의하여 해답을 구할 수밖에 없다. 결국 인과응보라는 윤회에 기탁하고 합리성을 내세에 맡기지 않을 수 없는 것이다. 따라서 고통 속에서 모든 것을 희생하여 억울한 내심의 가치와 자신이 그들에 대한 사랑을 더욱 강렬하게 의식하여 해결하는 방법이다. 그것이 바로 불교의 선(禪)사상이다. 잔혹한 현실을 자신의 희생을 통하여 오래도록 인내로 응시할수록 시련과 고통이 자신의 심령을 더욱 풍부하고 풍성하게 해 줌으로서 일반인이 느끼지 못하는 선열(禪悅)로 접어들게 된다. 그것은 해탈과도 같은 자아초월적인 환희심이다. 청정심의 일상은 이런 선열(禪悅)로 가득 차 있음을 발견하게 된다.

두 손을 모으고 한없이 절을 올리고 나서, 법당에서 무릎을 꿇고 경책을 열어 독송한다. 환회심이 하늘까지 올라가 닿는 느낌이 든다. 현존한 부처님이 중생들의 삶을 지켜보시고 계시는 도량, 성스러운 인연의 만남에 감사할 뿐이

다. 어떻게 나는 이렇게 신성한 도량에서 기도를 올릴 수 있었을까? 신기할 뿐
이다. 꿈인지 생시인지 기도시간 열 시간이 순간에 지나간 듯하다.

—「마음에 피는 우담화」

　　현실 생활 현상 속에서 초현실적이고 이상적인 불도와 합일하는 경계
선에 도달하고 있는 작가 청정심의 작품은 자연과 동화하고, 청정 무위한
우주적인 자아관과 일체를 이루고, 내가 우주요 우주 전체가 자아로 녹아
드는 경지, 그것은 일종의 득도와 같은 개념으로 보아도 될 것이다. 따라
서 기도생활은 물론 일상까지도 안락과 법열로 가득 차 있는 증거라 할
수 있겠다. 사람들은 배신이나 분노를 외부적인 요인에 의탁하지만 청정
심은 그것을 내면으로 소화하고 성찰로 다스리는 소중한 감정을 높이 사
지 않을 수 없다. 대개의 사람들은 자기의 아픔을 타인으로 돌리는 것이
습관화 되어 있기 때문에 사회는 산만하고 오물 투성이로 넘쳐나게 되는
것이다. 그러나 청정심은 배신당한 사랑에 분노의 표출이 아니라 자신에
게로 승화시키는 지고한 마음을 간직하고 있다.

　　호사다마(好事多魔)라 했던가. 한 가지를 얻으면 한 가지를 잃는 어처구니없
는 일이 발생하기 시작하였다. 세상에서 가장 믿고 의지하던 사람과 나 사이에
마구니가 끼어든 것이다. 주위의 가까웠던 사람들까지 나를 헐뜯는 거센 태풍
이 불어 닥쳤다. 그 여파로 긴 세월동안 나는 너무도 힘들었다. 다행이 은사 큰
스님의 교훈이 있었기에 모든 것을 인내할 수 있었다.

—「무일경수」

　　불도는 석가모니의 부정적 인생을 경험한 데서 시작됐던 것처럼 청정
심의 수도의 결심 또한 인생의 고뇌를 체험함으로써 시작된다. 사람들은
우리의 삶을 눈물의 고해라고 한다. 고해란 삶이 바로 고통 속에 놓여있
음을 의미한다. 세상에는 질병이 있고 부정이 있고 악인이 있다. 이런
것들은 고통을 자아낸다. 그러나 이런 것들을 청정심은 라이프츠의 철학

에서처럼 그것들을 쾌유하고 있다. '무일경수'는 모든 악을 멀리할 존재
가 아니라 오히려 그것을 반겨서 기도와 참선으로 녹여내는 초공리 사상
이다. 절대 자유의 자연 자체로의 높은 경계에 진입하고자 하는 그의 강
인한 수행정신을 보게 되는 것이다.

불교의 광홍명집(廣弘明集)에 이르기를 업에는 세 가지가 있다고 하였
다. 첫째가 현보(現報), 둘째가 생보(生報), 셋째가 후보(後報)라고 했다. 현
보는 선악이 이 몸에서 시작하여 고락이 이 몸에서 만들어지는 업보를 말
하고, 생보란 바로 다음 세상에서 만들어질 업보요, 후보란 이생 또는 삼
생 백천 만생이 지나서 받게 되는 업보를 말한다.

모든 슬픔과 억울함을 업보에 맡김으로써 현실 속의 불공평하고 불합
리한 것들을 망각하고 순종적인 삶을 이뤄내는 게 기도의 힘이라면 화자
는 이미 그것을 장구한 세월 속에 묵시적으로 수용하고 나아가 자기희생
을 통하여 신의 은전을 획득하고 있음을 알 수 있다.

그의 수필, 「내 마음에 피는 우담화」나 「무일경수」, 「만일기도 회향」,
「대불전에 켜진 촛불들」 등 대부분의 수필이 불교적인 가치에 그의 삶을
의탁하고 있을 뿐 아니라 일상인이 추구할 수 없는 초월적인 삶을 살아가
고 있음을 보여준다. 어쩌면 그는 "삶은 혹이 덧붙고 사마귀가 달린 것으
로 여기고, 죽음은 종기를 째고 등창을 터뜨리는 것"으로 생각하는 선학
(禪學)의 관념을 궁행하는 삶의 편린이 수필 속에 녹록하게 녹아서 단단한
의식의 성을 이루고 있다. 그래서 그의 수필은 우리의 정신을 맑게 하고
연꽃처럼 우리의 마음을 정결하게 씻어주고 있다. 어쩌면 청정심은 몸과
정신을 분리할 수 있는 것으로 보고, 몸은 비록 고행에 의탁하였지만 그
의 정신만은 신의 것으로 두고 있는, 말하자면 몸을 사랑하는 것이 아니
라 몸을 부리는 것을 사랑(使其形者也 愛使其形者也)하는 삶을 살아가고 있
는지도 모른다. 우주의 원리는 아름다운 정신에 있고 몸에 있지 않는 철
저한 대승적인 불교정신이라 할 수 있다. 그러니까 현실을 예술적으로 반
영하려는 진실성에 그의 삶을 두고 있음을 보게 된다.

2) 의식의 소망

이 세상에 정답을 알고 살아가는 사람이 몇이나 될까? 신이 아닌 다음
에 존재할 수 없는 일인지도 모른다. 그래서 인간은 신에 의존하고 자신
의 삶을 거기에 의탁하게 되는 것이다. 따라서 청정심 역시 예외일 수가
없을 것이다. 그의 「꿈」이란 수필에서도 삶의 불안요소를 발견하게 된다.
그러므로 그는 더욱 기도의 필요성을 절감했을 것이다. 원초적 기도의 출
발은 필자가 자세하게 규명할 수는 없지만, 그의 수필 「낭만주의자의 얼
굴」과 「별난 부부」에서 미세하나마 그 심리 상태를 찾게 된다.

하나의 세계관은 필연적으로 어떤 인생관을 낳게 되며, 하나의 인생관
은 필연적으로 어떤 종교관을 갖게 된다. 이 세상의 고통은 자아에 집착
하는데 출발하기 때문이다. 그러므로 그 집착에서 벗어나는 것이야 말로
마음의 평화를 유지할 수 있다는 것이 석가의 가르침이다. 모든 것을 분
리시키는 것이 아니라 전체적으로 보려는 불교적인 근원적인 태도를 「낭
만주의자의 얼굴」과 「별난 부부」에서도 만나게 된다. 그것은 화자가 적지
않은 신앙을 유지하고 있다는 것을 우리에게 확인시켜 주고 있는 수필이
라 할 수 있다. 화자 청정심은 '종교적인 인생이 가장 차원 높은 인생' 이
라는 키에르케고르의 사상에 충분히 근접하고 있다고 해도 될 것이다. 그
러므로 그의 수필을 읽고 나면 독자 또한 날개를 달고 하늘을 날으는 듯
한 어떤 평화감과 기쁨에 젖게 되는 것도 불교심에 우리가 감화되었음을
의미한다고 해도 될 것이다.

가끔 부부인연에 대해 생각해 본다. 그 동안 여러 가지 사정으로 남들처럼
다정하게 살지는 못했다. 열정은 아니었지만 곁에 있어 든든했고 남편이 외도
를 해도 돌아오겠거니 하며 기다렸다. 이런 나를 보며 사람들은 '씨앗을 보면
돌부처도 돌아앉는다는데 참 별난 사람' 이라고 했다. 그런데 나는 일 속에 파
묻혀 부부애라거나 사랑이라는 감정을 느낄 마음의 여유가 없어 남편에게는
신경을 써주지 못했고 아기자기하게 대하지도 못했다. 남편이 밖에서나마 기
쁠 수 있다면 괜찮을 것 같다는 생각을 했다. 진심이었다. 그런데 지금도 나를

아는 사람들은 어쩌면 그럴 수 있느냐며 이해를 못했다. 그러면서 우리에게 '별난 부부' 라고 했다. 그 말에는 많은 것이 내포되어 있음을 나는 잘 안다.

―「별난부부」

우리가 젊었던 시절에는 TV나 비디오 같은 것이 없어 영화를 즐겨보며 멋진 배우들을 선망했다. 최무룡이 한참 인기가 있을 때면 남편은 최무룡이로 불려졌고, 신성일이 한참 인기가 있을 때는 어디를 가나 신성일이라고 불렸다.

―「낭만주의자의 얼굴」

두 편의 수필은 살아오는 과정에서 얻어낸 부부간의 삶의 풍경화다. 부부간에는 때로는 삶의 지렛대도 되고 때로는 용기를 북돋아 주고 때로는 상처를 주는 대상도 된다. 이처럼 살아가는 과정은 날줄과 씨줄처럼 희(喜)와 비(悲)가 엇갈리고 맞물리며 교차되는 되는 것이 삶의 공통점이다. 마음이 통하면 천근의 무게도 가볍듯이 두 사람은 서로 간에 당기고 밀치는 과정에서도 적당한 리듬 속에 살아갔음을 알 수 있다. 그것에 대한 공과 사는 여기에서 논하고 싶지는 않다. 하지만 청정심이 기도에 정신을 집중하여 왔음을 감안한다면 현처(賢妻)의 자리를 꼿꼿하게 고수하여 왔음을 알 수 있다. 아내의 애정이 고스란히 남편을 향하여 한치도 흐트러지지 않고 수구초심의 발심을 엿보게 된다.

집을 지은 지 6년이 되던 해 내가 시집을 왔다. 시집을 온 지 44년이 되었으니 우리 집 나이는 50이 되는 셈이다. 스무 칸이 넘는 한옥으로 특히 대청마루 천장에는 원목의 대들보가 우람했고 2층 마루와 욕실, 중간마루 뒷마루로 둘러싸인 집이 퍽 아늑하다. 새댁 때는 여기저기 쓸고 닦으며 한옥의 고풍스런 분위기에 취해 살았다. 그러나 가족이 늘자 한옥 특유의 좁은 공간이 불편해 자주 집수리를 하게 되다보니 구석구석 손 안댄 데가 없다.

자주 집안 수리를 하고 살다보니 세월이 흘렀어도 늘 새 집에 사는 듯한 느낌이다. 더 욕심을 내자면 뜰 한 모서리에 작은 연못을 파서 수련을 띄웠으면 하는 마음이 들었다. 기도를 하다가 밖을 나서면 청초하게 피워 올린 수련 한 송이를 대하는 것도 그 또한 무량 설법이란 생각이 들어서다.

우리는 살아가면서 집이나 가재도구, 옷 같은 것은 마음에 들지 않거나 고장
이 나면 불편해서 금방 고쳐 쓰게 된다. 그런데 마음속에 잘못된 부분들은 깨
닫지 못하고 그대로 방치하며 살아가는 경우가 많다. 기도 속에서 깨달은 것은
'육체는 변해도 마음은 영원하다'는 것이다. 이러한 진리를 얻기까지는 참 많
은 시간이 흘렀다.

이 소중한 마음자리에 잘못된 부분을 찾아내어 하루하루 수리를 해가며 탐,
진, 치를 버리자고 다짐한다. 항상 정진하는 마음으로 매일 마음의 수리를 하
며 정돈하다 보면 언젠가는 내 마음도 명경지수(明鏡止水)같이 되지 않을까.

성현 말씀에 100년 쌓은 보배 탑은 끝내 무너져 티끌이 되거니와 깨끗한 마
음 닦는 것은 부처를 이룬다고 했다. 내 마음은 항상 수리중이고 정돈 중이다.
수리와 정돈이 끝나는 날 성불할 터인데 그 날이 언제 올까.

해도 해도 끝이 없는 마음 수리를 위해 오늘도 나는 부침이 심한 마음 밭 자
리 한가운데를 서성거리고 있다.

― 「마음수리」

약간 인용이 긴 감이 없지 않다. 그러나 그가 일상을 어떤 자세로 살아
가는 가를 엿보기 위해서 전문을 인용해 보았다. 여기에서 공자의 굴지
(屈指)와 일치되는 부분이다. 손가락 하나가 구부러졌다고 해서 일상생활
에 큰 지장이 있는 것은 아니다. 그런데도 사람들은 그 손가락 하나를 고
치기 위해서 온갖 묘방을 다 쓴다는 공자의 지론이다. 그렇지만 정작 자
신의 구부러진 마음자리를 바로잡기 위해서 혼신의 힘을 쏟는 사람을 보
지 못했다는 공자의 탄식은 오늘날에도 유효하다. 이 수필에서도 인간 절
도의 반항에서 생의 찬가로 통한 곡선으로 된 종교심이 발휘됨을 발견할
수 있다.

인생은 부조리하다. 종교가 아니면 그리고 자아성찰이 굴절이 생략된
다면 인생의 궁극적인 의미와 목표를 탐색할 길이 없다. 그것은 이성으로
서 그 자리를 규명하거나 근원을 정리할 방법이 없기 때문이다. 부조리한
인간의 탐구는 오직 진리라는 관념 속에 해결할 수밖에 없다. 그것은 우
주와의 침묵과의 대결에서 발견되는 자아성찰관이다. 불교에서에서의 선

(禪)사상이 바로 그것이다. 따라서 그는 그것을 철저하게 수행하는 보살상
을 살아가고 있는 이가 청정심이다.

3. 불도를 향한 도 정신

　노자는 『도덕경』 첫머리에서 "도를 도라 할 수 있는 것은 영원한 도가
아니며 명을 명이라는 하는 영원한 명이 아니다."라고 했다. 여기에서 말
하는 도(道)는 유교에서 말하는 도(道)와는 구별된다. 유교의 도는 도덕을
의미한다. 그러나 노자의 도는 그런 협의의 도가 아닌 자연의 도(道)다. 자
연의 도는 불교의 불도(佛道)와 그 맥을 같이 하고 있다.

　인간은 자연 속에서 태어나 자연 속에서 살다가 자연 속으로 되돌아간
다. 어찌 인간뿐이랴. 우주 만물에 존재하는 모든 사물에 해당되는 보편
적인 진리이다. 그러므로 자연의 순리를 따르고 그 순리를 준행한다면 인
간 구원은 저절로 성취된다. 불교의 구원관은 기독교 구원관과는 확연히
구별된다. 기독교의 구원은 자연의 진리성에 존재하는 것이 아니라 창조
자에게 절대권이 주어진다. 즉 기독교는 창조자와 피조자와 분리된다. 그
러나 불교나 도교는 그 분리되지 않는 특색을 가지고 있다. 그러므로 내
자신이 부처가 될 수 있다는 사상이다. 그것은 아심시불(我心是佛)이라는
명제에서도 잘 나타난다.

　칸트는 일찍이 '미는 도덕적 상징이다.' 라고 말한 바 있다. 이것은 청
정심의 수필작품에 대해서 매우 적절한 말이 아닌가 싶다. 청정심의 작
품은 도덕적인 인격의 우아함과 한편으로는 그 지행(志行)의 고결함으로
나타난다. 아무튼 오늘날 많은 불교 신도들이 있다. 그러나 청정심처럼
오직 전심전력을 다하여 부처님을 섬기는 사람은 그리 많지 않을 것이
다. 청정심의 불법수행의 정신은 인생의 깊이와 높이가 어마어마한 거산
과 거해를 이루고 있음을 보게 된다. 이를 위해 그는 부처님의 소망을 안
고 우리들에게 큰 가르침을 주고 있다. 그는 불법실천 작가로서 구체적인

체험을 수필에서 역력히 보여주고 있는 아름다운 마음을 가진 불교적 작가이다.

양웅(揚雄)의 문신(問神)으로 이 글의 결론을 내리려 한다.

어떤 이가 양웅에게 신(神)에 대해서 물었다. 그가 대답하기를, '마음이다.' 다시 물었다. '하늘에 전심하면 하늘 같고, 땅에 전심하면 땅 같다.' 천지는 신명도 헤아리기 어려운 것이다. 그러나 마음이 오로지 하면, 그것을 헤아리게 된다. 하물며 사람에게 있어서랴?

존재론적 긍정과 문학적 수용

― 탁현수 수필의 정신도

1. 문제 제기

'수필이란 무엇인가?' 그리고 '인생이란 무엇인가?'

이 두 물음은 사실상 정답을 찾을 수 없는 영원한 숙제로 남는다. 왜냐하면 두 물음은 삶과 사물이 서로 벗어날 수 없듯이 문학과 인간 역시 그 궤를 같이하고 있기 때문이다. 결국 삶의 궤적은 무수한 사물의 충격에 대한 반응이라면 문학은 바로 그 반응에 대한 응집된 산물이라 할 수 있다. 따라서 많은 사람에게 향수되고 있는 수필을 비롯해 시와 소설의 개념 또한 한 마디로 인생에 대한 정의를 내릴 수 없듯이 문학도 그렇다. 그래서 문학 비평가인 유협은 "한 문장을 헤아려 서술하는 것은 쉽지만 여러 말들을 논술하는 것은 어렵다"라고 말하면서 "식견이 병(瓶)과 대롱(管)에 있으니 어떻게 법도를 삼겠는가?"라고 피력한 바가 있다.

따라서 본 논의에서 수필의 실체를 밝히려는 노력은 유보하고 자기를 드러내는 방식, 가령 언어라는 도구를 수필에 어떻게 적용하였는가 하는 것을 살펴봄으로써 작가의 존재론적 가치를 규명하는 일에 초점을 맞추려 한다. 그것이 거듭되면 수필의 정의와 인간 질문에 대한 정답을 더 많이 확보할 수 있으리라 믿기 때문이다.

2. 화자적인 작품화

1) 사물의 형상화

소설이든 시든 모든 문학 작품의 제반 유형은 반드시 하나의 이야기를 독자에게 들려주는 행위로 구성되어 있다. 따라서 작품에는 반드시 화자와 청자로 짜여 있다. 즉 모든 작품은 독자를 전제로 만들어진다. 그러니까 독자 없는 작품은 이미 작품으로 그 가치를 소실 당했다고 해도 좋을 것이다. 따라서 수필의 질은 독자에게 얼마나 가치 있는 읽을거리를 제공하였느냐에 있다 하겠다.

특히 수필은 시와는 달리 화자의 얼굴이 노출된다는 점에서 타 문학과는 달리 많은 제약을 받게 된다. 즉 작가 자신이 화자가 되어 작품에 얼굴을 내민다. 여기에서 화자의 얼굴은 경험적인 자아로서의 모습이기 때문에 고백된다는 점에서 한계성을 드러낸다. 진솔한 자아의 고백을 담아 내기란 쉽지 않기 때문이다. 그래서 수필은 천편일률적이라는 비난의 대상이 된다. 그것이 수필이 갖고 있는 한계점이기도 하다.

그런데 탁현수는 이러한 한계성을 잘 극복해 내고 있다. 가령, 「초여름의 산야」 같은 수필을 보면 호수 같은 그의 세련된 필치를 유감없이 구사하고 있음을 발견할 수 있다. 자기 확대를 소화(素花)라는 여인을 근거로 자연적인 삶에 대한 욕구를 초여름의 산야초처럼 너무도 자연스럽게 드러나 있다. 따라서 독자는 산야초의 신선함에 끌려 자신도 모르게 먼 창공을 바라보는 아이로 변신되고 있는, 그러나 사실은 인조(人造)된 미에 대한 우회적인 조크를 던지고 있다는 점이다.

흔히 말하는 수필이 자기 고백적인 것으로 일상화 된다면 수필이 자칫 문학성에 대한 부정을 가져올 수 있는 위험을 안고 있는데 탁현수에게 있어서는 그런 염려를 하지 않아도 된다. 사실 한 사람의 고백적인 너스레를 읽는다는 것은 얼마나 따분한 일인가. 그러므로 작가는 비록 자신의 체험이지만 그것을 구조적으로 구성하고 하나의 주제를 선명화 함으로써 독자에게 아름답고 기름진 밥상으로 놓아주어야 하는 책임을 가질 수밖에 없는데 화자는 이런 단점을 극복, 세속화를 긍정하면서도 그것을 열렬한 필치의 시적 암시로 잘 녹여내고 있다.

> 비의 그런 마력은 가지가지 다양한 모습으로 다가와 행복하게 한다. 수줍은 듯 조용조용히 내려와 갓 피어나는 연초록 잎새 위를 또르르 구르는 봄비는 풋풋했던 어린 날이 떠올라서 좋고, 한여름 뭉게뭉게 피어오르는 흰구름을 몰아내고 한바탕 쏟아지는 소낙비는 건강한 삶의 모습처럼 상쾌하고 시원하다. 긴 바바리코트 깃을 한껏 세우게 만드는 가을비는 삶의 뒤안길을 헤매다가 문득 회억의 언덕을 넘는 중년의 중후한 모습을 연상시킨다. 슬픔도 기쁨도 담담하게 받아들여 승화시키는 완숙미, 그래서 가을비를 비 오는 날의 대표적인 풍경으로 치는지도 모르겠다.
>
> ―「비와 세월」

이렇듯 작가는 자신의 체험을 자의적으로 조작하여 사물의 어떤 진실을 드러내놓되 그것을 문학적으로 잘 장치해 놓고 있다. 그리고 한 주제를 다룰 때는 자신을 몰(沒)하여 하나의 이야기를 독자의 정서에 추상화하고 분명한 메시지를 끼워놓는데 게을리하지 않고 있다. 김윤식은 그것을 「타인의 눈」을 철저히 의식하는 행위로 그 방법을 눈치 채지 못하게 하는 온갖 방식을 들키지 않도록 문학의 향기로 끌고 가는 사르트르의 방식이라고 말한 바 있다. 그런 방식을 취하고 있는 것이 탁현수 수필의 특징이다. 그만큼 그는 감흥과 물화 내지 신사(神思)의 구상 속에 향기 높은 형상의 기법을 취하고 있어서 독자들의 시선을 모으고 있다.

2) 네 개의 단어

수필집 『한 걸음만 느리게』는 모두 6부로 되어있다. 1부 「오두막의 식구들」, 2부 「어머니의 터」, 3부 「꽃등불」, 4부 「뒤돌아보기」, 5부 「눈물의 의미」, 6부 「세월은 흔적을 남기고」 등 총 70여 편의 수필 가운데 가장 핵심적인 단어는 남편(아이들), 아버지(어머니), 가족(식구), 오두막집, 자연

등의 낱말로 집약된다.

사실 이런 낱말(제목)들은 화자 탁현수 뿐 아니라 모든 인류들에게 자신의 행복과 소망을 위해 살아가는데 절대적인 공동체이다. 그것은 개인으로서의 자신의 생명을 확인할 수 있는 인과적 관계로 이루어진 명제들이기 때문이다. 그것은 어류에 있어서 대천(大川)의 존재라 할 수 있다. 한 인간의 행복은 이러한 조건 위에서 싹이 트여진다. 그런데 오늘날 그 기초적인 논리가 무너지고 있다. 그것은 한 개인의 비극이기 전에 우리 사회의 비극이다. 화자는 어쩌면 이런 잘못된 우리 사회의 비극을 일찍이 감지하고 있었는지 모른다. 그래서 가족이라는 자신과 응결된 관계들을 성화(聖化)하고 싶은 강렬한 심리적 충동이 작용하였을 것이다. 혈육이 인생의 영원한 진리 위에서 표현된 꽃이라고 말한다면, 인연 역시 거기에 표상되어지는 한 떨기 꽃의 모양을 찾는 작업이라 생각하기에 이 단어들을 반복하였을 것이다. 한 떨기 꽃이 때로는 빛깔로, 때로는 모양으로 때로는 여울로 피어나듯이 탁현수 수필 역시 「오두막의 식구들!」로, 「모닥불」로, 「그 옛날 그 시절」로, 「어머니의 터」로 「혈연」으로 철따라 피어났을 것이다. 그것은 탁현수의 정신도요 내밀한 심리의 꽃이면서 일상의 들꽃이기도 하다. 그것이 때로는 자연의 품에 안겨있는 인간의 표상이라고 볼 수 있는 오두막집으로 노래되기도 한다.

3) 오두막집의 소박성

그렇게 어설프게 시작한 내 오두막도 이제 제법 모양새를 갖추어 밤이면 죽창으로 새어나오는 불빛이 마치 하나의 호롱등불 같다. 지붕 꼭대기에 장대를 달아 들고 나서면 밤길 몇 십리쯤은 지치지 않고 걸을 수도 있을 것 같다.

요즈음 나는 가까운 이웃들을 만나면 오두막 식구들의 이야기를 끊임없이 재잘거린다.

― 「창작의 공간」

여기에서 오두막집은 일반적인 의미의 오두막집이 아니다. 탁현수에 있어서는 자연성이면서 삶의 근원이다. 태초에 신이 존재했고 신은 자연을 창출하였다. 인간 또한 자연의 일부분이고 보면 화자 탁현수는 자연과 어떻게 조화를 이루면서 살 것인가를 늘 고뇌하는 작가라고 할 수 있다. 그러니까 그에게 자연은 인간 생활의 가치성으로 발전하게 되고 그것은 다시 삶의 존재론적 서식처로 자리 잡게 된다. 흙은 생명의 존재이듯이 탁현수의 문학은 가족(근원)이라는 집단에 절대 가치를 둔다. 궁극적으로 자연적인 삶을 추구하고 목가적인 삶을 지향하는 철학이 바로 오두막으로 응축된 셈이다. 즉 자연을 통해 삶의 본질을 탐색하고 독자들의 눈과 호흡을 주목시키는 문학적 의미망(意味網)을 치고 있다 하겠다. 다음 서문에서도 그 같은 현상이 잘 드러난다.

'모든 일에는 때가 있다'

농촌에서 나고 자란 내가 자연스럽게 보고 들어 꽤 어린나이에 깨우칠 수 있었던 말이다. 이 말에는 때를 놓치면 안 된다는 뜻도 들어있겠지만 경거망동으로 순리를 거슬러 일을 망치는 것에 대한 경종의 뜻이 더 깊이 숨어 있다.

언제부턴가 어떤 일을 일부러 찾아 나서기보다는, 때가 되면 어김없이 찾아오는 계절의 순회처럼 필연으로 다가오는 일에 순응하며 사는 것이 가장 편안함을 깨달았다. 유유히 흐르는 세월에 기대어 순리에 따르며 살아갈 수 있기를 늘 염원했고, 또 그렇게 살아보려 애쓰고 있다. 그래서인지 인생을 어떻게 살겠다고 계획을 세우고 그에 맞게 실천하는 일에는 서툴다. 오히려 결정의 순간이 오면 고요하게 가다듬은 마음 안에서 진실하게 울리는 직감의 소리에 귀를 기울이는 편이다.

그러나 단순한 일상의 삶에서나 자연과의 융화에서는 잘 통하던 그 방식이 질주하듯 빠르게 변해가는 사회의 다양성 앞에서는 순리에 대한 가치관마저 흐려질 때가 많다. 그럴 때마다 혼탁해진 마음속의 요동을 잡아줄 푯대가 필요했다.

―「서문」

때를 기다린다는 것은 바로 자연적인 삶에 대한 율을 의미한다. 모든 사물은 반드시 때가 있다. 움이 틀 때가 있고 성장할 때가 있고 익을 때가 있다. 곡식이 빨리 익지 않는다고 해서 모개를 뽑아내는 등의 인위적인 행위는 자연성에서 벗어나는 행위다. 꽃이 자연성에 의해 피어나는 것처럼 인간의 삶도 그런 과정 속에서 살아가야 함을 노래하고 있다. 그의 수필의 사상성도 자연성에 의해 기록되지만 문장 또한 그러한 순리성을 취하고 있다.

손 흔들던 희망의 밤이 있었습니다. 마당엔 모깃불 모락모락 피어오르고 하늘엔 별이 있던 밤, 할머니의 무릎을 베고 바라본 밤하늘은 신비롭기만 했습니다. 카시오페아, 황소, 전갈, 쌍둥이 등 수많은 별자리만큼이나 많기도 많았던 소망을 손가락 꼽으며 헤아려보곤 했습니다. 심연(深淵)처럼 푸르른 은하수를 건너면 유성이 떨어지는 산 너머 먼 곳까지도 갈 수 있을 것만 같았습니다. 마음 가득 희망을 담아준 그 밤이 그리울 때면 불현듯 푸른 하늘과 넓은 바다가 보고 싶어집니다.

— 「밤의 향기」

이른 봄 눈부신 아침 햇살이 아름드리 노송사이로 금실 은실을 쏟아 부으면, 우리는 백마 탄 왕자님이라도 내려온 듯 탄성을 지르곤 했다. 볼우물마다 아침 이슬 한 모금씩을 머금은 채 살포시 고개 숙인 진달래는, 훨훨 날아오르는 노랑나비를 유혹하느라 여념이 없었다. 그에 질세라 우리들은 꽃 속을 누비는 요정이 되어 나풀나풀 춤을 추었다.

— 「꽃등불」

수필이란 낱말 속에 숨어있는 의미의 세계화다. 햇살이 금실이 되고 금실은 진달래를 그리고 다시 나비가 요정으로 나타나 있다. 이런 시상은 자연성을 넘어서 특이한 심미적인 가치성으로 남는다. 문학의 본질적인 특성은 사회생활에 대한 형상적 반영에 있다면 그 의식은 작가의 의식 활동이기도 하다. 그러므로 작가의 독특한 심미적인 발견과 감수가 따르지 않고는 그 독창성을 발휘할 수 없을 것이다. 그러므로 졸렬한 작가는 영원히 남의 안경을 쓰고 사물을 본다고 할 때 탁현수는 이미 그 안경을 벗어 놓고 있다. 따라서 사물을 다각적으로 관찰하고 체험하고 분석하는 객관적 시각을 취하고 있다.

4) 수필, 마음의 푯대

> 글쓰기는 내 마음을 움직이는 푯대이다. 좀더 의미 있는 시선으로 사물에 다가가 그 심중을 헤아리고, 가늠하고, 양보해서 합일점을 찾아가는데 길잡이 역할을 해 준다.
> 늘 근사한 푯대를 마음에 내걸고 싶었다. 하지만 한 치의 오차도 없이 빈약한 주인을 그대로 닮아 있어서 갈팡질팡 길을 잃을 때가 많았다.
>
> ―「서문」

화자는 수필을 쓰는 이유가 분명하다. 이름을 드러내기 위함도 그렇다고 심심풀이 식으로 쓰는 것도 아니다. 오직 삶의 푯대를 삼기 위해서라고 분명하게 적고 있다. 탁현수에게 있어서 푯대는 바로 삶의 이정표 같은 절대치다. 필자의 이단적(異端的)인 해석이 될지 모르겠지만 수필집 『한 걸음만 느리게』는 필연적인 삶의 전제 조건의 상징(象徵)으로 해석할 수 있을 것 같다. 우리 인간은 생존으로써의 가족이란 인연을 떠날 수 없다. 죽을 때까지 같이 할 수 없다할지라도 다른 동물과 다른 점이 바로 가족이란 집단이다. 그만큼 그는 가족의 소중성을 간직하고 있다.

수필을 쓴다는 목적은 그가 자연적인 삶에서 벗어나지 않기 위한 일종의 율법적인 것으로 받아들여도 좋을 듯하다. 탁현수는 자연성을 벗어나지 않기 위해 삶에 있어서 엄격성을 취한다. 그의 수필이 조금도 어법의 이탈을 허락하지 않듯이 그가 살아가는 모습 또한 규율을 벗어나지 않는다. 그것이 탁현수의 모습이다. 그래서 그의 수필에는 화려한 수식어를 취하기보다는 그의 신념을 노래하고 가식보다는 부동을 노래한다. 「뒤늦게 받은 축복」, 「눈물의 의미」, 「유랑족」, 「꽃등불」에서도 그것을 발견할 수 있다. 다시 말해서 이러한 그의 수필은 그의 신앙의 본거지가 되고 생명의 요람이 되고 영원의 향수이면서 동경의 대상이 되어진다. 이렇게 그는 가족이라는, 혈육이라는 본거지를 철학적인 화신으로 받아드리는 문학을 취하고 있다.

　　어머니와 고모 가족, 그리고 우리 여덟 형제들은 부푼 마음으로 한 달 전부터 술렁술렁 준비를 했었다. 특히 금년에는 신정 휴일 뒤에 징검다리 토요일이 끼어 있어서 비공식적이지만 4일이나 쉴 수 있다는 기대감에 다른 해보다 더욱 더 들떠 있었다. 음식은 각 가정에서 특별 메뉴 한가지씩을 해오자느니, 놀이에 대해서도 미리 계획을 세워야 한다느니 아무튼 그동안 옥신각신 집집마다 전화통에 불이 났었다. 그러한 처제, 처남들의 동정을 살피던 남편은 집안의 맏사위이자 만남의 장소인 오두막의 주인으로서 본인의 계획을 말했다. 모두 도회지 아파트에서 살고 있으니 어른이고 아이들이고 할 것 없이 도시의 문명에서 훌쩍 떠나 생활해 보자는 것이었다. 그러자면 음식부터 인스턴트는 피하고 어린 날의 추억에 잠길 수 있는 우리 고유의 음식 종류로 하자고 했다.

—「그 옛날 그 시절로」

문학의 소재가 되는 것은 그 어떤 것도 가능하다. 분노에서 헛소리까지도 작품의 소재가 된다. 시대가 안고 있는 고민을 소재로 끌어간다는 것은 중요한 일이다.

지금 우리 사회는 심한 병을 앓고 있다. 그 가운데 더욱 심각한 문제는 가정이 해체되고 병들어간다는 사실이다. 가족(가정)은 신의 창조물이다. 신은 천지를 만들고 다음으로 인간을, 그리고 가정을 창조하여 이 세상을 끌어가도록 하였다. 본질적으로 가정은 삶의 초석이요, 서로가 의지하고 돕는 절대 운명체다. 그런데 그것이 무너지고 있다. 그것은 한 종교 단체의 도그마의 해체와 같다. 가정은 어떤 이해 논리가 성립되기 이전의 구원으로써의 미학적인 존재다. 탁현수는 그 미학적인 운명체의 존재를 노래한다. 수필 전반을 관류하고 있는 가족애의 육성은 화자의 혼이 생성의 기운만큼이나 활발하다. 자연 속의 인간, 인간속의 가족, 가족 속의 화자라는 끈끈한 고리를 맺고 있다.

3. 결론

탁현수 수필가는 글 쓰는 목적을 '내 마음을 움직이는 푯대'로 모든 사물을 "좀 더 의미 있는 시선으로 다가가 그 심중을 헤아리고, 가늠하고, 양보해서 합일점을 찾아가는데 길잡이 역할을 해 준다."라고 분명하게 선언한 바 있다. 그것은 한 작가로서 장점이면서 단점이 될 수도 있다. 자칫 작가로서의 고뇌와 치열성을 상실할 때 작가로서 완벽성을 일탈할 수 있기 때문이다. 그러나 그것은 기우로 받아드려도 좋을듯 싶다. 왜냐하면 가족이라는 공동체 속에서 선율이 잘 조화되는 합창을 부르고 있다는 의미로 해석하고 싶기 때문이다. 그래서 나는 이 점을 높이 평가하고 싶다. 고민과 집착, 삶의 존재와 허무 같은 고뇌는 삶이 곤고하다. 그러나 아침에 정원에 날아든 새는 신선하고 새로운 햇살을 보듬기 위해 환희 속에 둘 수밖에 없다. 그의 수필을 읽으면서 아침 새가 노래하는 장면을 여러 번 감상하는 기쁨을 맛보았다. 그것은 수채화에서 물을 타고 번져가는 오채색 빛깔처럼 환상과 같은 즐거움이었다. 현대인들은 소중한 가정을 인형의 집쯤으로 경계선을 그어 놓는데 많은 문제점이 노출된다. 헨릭은 이런 점에서 매우 실패한 작가다. 그는 한 여인의 자유는 파악했을지 모르지만 신의 창조물인 가정의 소중함을 도외시했기 때문에 오늘날 비난받아도 마땅하다. 따라서 평자는 탁현수의 수필을 높이 평가하는 데는 가정이란 구성원을 소중하게 간직한 정신 때문이다. 사람 냄새가 없는 문학, 즉 가정이 없는 개체는 사실상 완전치 못한 존재라 생각되기 때문이다. 다음 글에서도 긍정적인 자세로 살아가는 그의 정신도를 다시 살펴볼 수가 있다.

문득, 어린 시절의 전래 동화 「해님 달님」에서 친구들은 모두 해님이 되겠다고 했지만 나는 꼭 달님을 고집했었던 일이 떠오른다. 한줄기의 빛도 가지지 못한 달님이었지만, 해님이 헤프게 낭비해버린 빛을 모아 두었다가 어두움을 밝혀주던 달님이 무척이나 커 보였었다. 달님에겐 많은 별 친구들이 있어서 밤

하늘엔 항상 잔잔한 평화가 피어나고 있었다.

그 옛날 동화 속의 달이 되어보고 싶어지는 이 밤, 나와 인연을 맺은 많은 별들과 함께 하기 위해 가속기의 페달에 힘을 가한다.

—「빛과 어두움」

현실적인 방식을 통하여 초현실주의를 취하는 방식은 화자가 이 세상을 좀 더 긍정적으로 그리면서도 세속에 휩쓸려 살지 않았음을 보여주는 굴원의 사상을 보여준다. 현실의 어두움에 대하여 지극히 분노하고 한탄해하면서 그것과 어우러지지 못하는 유리된 현실, 즉 변형된 전원 활에 대한 구가라고 볼 수 있다. 이렇게 그는 일반적인 현실생활을 통하여 많은 사람들이 깨닫게 하기 위한 득의의 창작방법을 취하고 있다. 그것은 가족이란 근원적인 모체에서 피어나는 따뜻함이 그의 정신에 집약되어 있기 때문일 것이다.

꿈이 있는 삶, 영화 같은 인생

— 한영자의 수필정신

참으로 이상하다. 우연일까, 필연일까.

그러니까 지난여름, 나는 어느 산사에서 지루한 장마를 보내게 되었다. 지참한 몇 권의 책 속에 한영자의 수필집 『항아리에 그린 그림자』가 들어 있었다. 그 가운데 「빛과 눈」이란 작품에 눈이 멎었다. 창세기에 적혀있는 하나님의 음성을 듣는 듯한 묘한 감동 때문이었다.

> 빛이 눈 뜨니 아침이요, 빛이 눈 감으면 저녁이라, 빛 위로 영광과 신비뿐이요, 빛 아래로 하나님의 뜨거운 사랑과 은혜가 안개처럼 내리워 이 땅 위에 만물이 소생하고, 그 중에 인간이 제일이니, 그 얼마나 큰 축복인가.
>
> —「빛과 눈」

흥분된 마음으로 밑줄을 그었다. 이럴 때의 기분을 뭐라고 표현해야할까. 차분한 기쁨이라고 해야 할까. 형용할 수 없는 안식이라고 해야 할까. 아무튼 내 영혼을 맑게 헹궈내는 듯한 상쾌함이었다. 좋은 글을 읽고 난 후의 기분이 어떠한 것인가를 느껴본 사람은 알 것이다. 얼마나 행복감에 젖는가를.

『항아리에 그린 그림자』는 작가 자신의 자서전적인 이야기가 담아있기도 하겠지만, 기독교 정신의 바탕 위에 쓰여진 우리 시대의 사회학적 흥미를 보여주는 작품이었다. 무엇보다 작가 자신의 가치관, 특히 한영자 박사의 종교관 내지 예술관을 나타내는 수필이었다. 우리의 참 생명은 육신보다 영혼이라면 그 영혼의 카나리아가 노래하는 음성의 멜로디라 표현한다면 지나칠까.

"인간은 왜 사는가? 그리고 수필은 왜 쓰는가?"에서부터 "한영자는 누구인가?"라는 질문에 대한 명쾌한 해답에 이르기까지 이 한 권의 수필집 속에 아름답게 펼쳐있다. 선악과를 따 먹고 죄책감에 빠져있는 아담으로 하여금 '새로운 인간'으로 다시 태어나게 하는 구원의 의미가 풍성한, 말하자면 한영자 박사의 근원적 삶의 흐름과 문학적 터널에 대한 비의(秘義)의 향이 너울거리는 우리 시대의 꽃밭이었다. 나는 그 향에 젖어 오랫동안 옹알거리고 있었다.

사람들은 누구나 원만한 대인관계를 이루며 살기를 원한다. 그러나 일정한 선을 넘으면 용납하기를 거부한다. 그런데 이 수필 속에는 분결같이 곱고, 하늘을 향하여 부끄러움 없는 포용하고 인내하는 이웃에 대한 크리스천의 사랑의 복음이 골을 이루고 산을 이룬다. 수필이라기보다는 철학적 신앙에세이라고 분류하여도 이설(異說)이 없을 것이다. 결국 인간이라면 누구나 동일한 존재다. 그런데 그것을 거부하는데서 사회적 불화는 커진다. 그러한 불화를 진압하고 위무해주는 것이 한영자 박사의 문학의 흐름이다. 따라서 한 박사의 수필을 대하는 사람은 적어도 교회에서 하나님께 예배드리는 것 같은 그런 고귀한 시간적 경험이 된다는 데 문학적 가치성을 두어도 될 것이다. 더 진실되고, 더 참되고, 더 아름답고, 더 보람되고, 더 알찬 장엄한 삶의 계기를 숙성시키는 보고(寶庫)라는 명제에 순응하지 않을 수 없을 것이다. 그러기에 김봉군 교수는 "그의 인식은 하나님 신앙에서 유래하고, 묘사적 형상화는 그의 심미안과 탁월한 감수성에서 온다."면서 다음과 같이 그린다.

사람과 자연과 신끼리의 관계 복원을 위하여, 한영자 수필의 기호론적 지향
은 에덴의 언어에 와 닿는다. 회의, 환멸, 증오, 저주, 사망, 분열을 선동하는
자연주의적 폭력 혁명적 세속어 대신 믿음, 소망, 축도, 부활, 만남의, 에덴의
언어 복원을 위해 한영자의 심미적 자아는 분투한다.

— 김봉군, 「한영자의 수필세계」

‘에덴의 언어’라는 것은 바로 기도하고 봉사하고 자신을 굽어 살피고
참회하는 홍소(哄笑)의 아름다움이 아닌가. ‘회의, 환멸, 증오, 저주, 사망,
분열을 선동하는 자연주의적 폭력 혁명적 세속어 대신 믿음, 소망, 축도,
부활, 만남의 에덴의 언어 복원’이라는 말은 우리의 영혼에 기쁨이 되고
남녀노소가 함께 어우러져 꽃밭에서 춤추고 놀 수 있는 언어라는 말일 것
이다. 한영자 박사는 이같이 사물의 형상을 묘사하여 인간의 참됨을 일러
주고 일깨워준다. 많은 이야기를 그럴듯하게 꾸미지 않은데도 참된 삶에
방향제(芳香劑)가 되어주고 있다. 그의 초기 작품에서부터 이미 우리의 삶
에 폭죽이 되어 아름다운 섬광이 되어주었다면 현재의 그의 문학적 위치
야 더 말해 무엇하랴.

그의 문학적 열정이 그것을 확인해 준다. 69세의 나이로 문학박사 학위
를 받은 것이 그것이다. 연령은 숫자에 불과하다지만 이순의 나이에 학위
에 도전한다는 것은 결코 쉬운 일이 아니다. 그러기에 유수 일간지에서는
그를 극찬했을 것이다. 〈조선일보〉를 비롯해서 〈부산일보〉, 〈국제신문〉,
〈기독교신문〉, 〈한국여자 의사회보〉, 〈동의대신문〉 등은 그의 대단한 열
정을 대서특필했다. 특히 『일제 강점기 한국 기독교 시 연구』라는 논제를
한국 기독교에 대해 부정적으로 인식하던 일반적인 시각을 탈피한 것으
로 높이 평가했다.

흔히 수필을 시필(試筆)이나 취미 정도로 생각하는 사람들이 있다. 그것
은 개인의 자유이겠지만 한영자 박사에게만은 수필은 경문(經文)과 같은
원형이정(元亨利貞)이다.

"문학은 첫 사랑이며 애인이고, 의사라는 직업은 내 남편이다."
"직업은 의사지만 보람을 느끼는 것은 문학이다."

─ 〈동의대 신문〉, 2006. 4. 3

얼마나 단단한 오기(傲氣)같은 작가 정신인가. 하나님은 사물의 존재를 창조하고 인간은 그 가치를 서술하는 존재라면 한 박사는 오직 수필이라는 보화를 수확하는 젊은 일꾼이라고 표현하고 싶다.

한 박사의 경력도 화려하다. 이화여대를 졸업했다. 그것도 좋은 성적으로 말이다. 한때, 부산 침례병원, 전 국립부산병원, 청십자 병원에 봉직한 후, 한영자 의원을 개원하여 오늘에 이르고 있다. 그리고 1982년 「한국수필」로 추천을 받은 후, 철학과 접목된 새로운 문학지평을 열어 독자의 시선을 끌었다. 이어 한국수필문학상, 서울신문예협회상, 부산여성문학상, 노산문학상, 백제문학상, 열린문학상 등의 굵직한 상을 수상하였고, 한국수필작가회장, 부산문인협회부회장, 한국여류수필가협회부회장, 부산여류문학회장, 영호남수필문학회장 등 중직을 맡아 한국 수필문학 발전에 기여하였다. 그는 참 행복한 작가임을 알 수 있다.

이제 그는 박사학위를 취득하여 학문의 완숙기에 접어들었다. 그 바탕 위에 새롭게 출발할 각오를 펼쳐 놓는다. 더 좋은 수필을 쓰기 위한 노력과 함께 하나님을 위한 봉사적인 일로 노년을 마무리하겠다는 각오다. 18세기 영국의 애디슨(1672-1719)과 스틸(1672-1729)이 한 편의 수필로 당시 사회를 일깨웠듯이 이제 한영자 박사는 그런 대열에 서서 창작 작업에 열중할 것이다. 시간과 공간을 초월하는 보편타당한 진리, 정신적 심각성이나 위안성 같은 호소력을 가지고 우리에게 기쁨을 전달할 것이다. 그리고 칼바람 속에서 살아가는 가난한 영혼들에게 그는 칼바람을 녹이는 향기어린 삶을 살아갈 것이다. 벌써부터 그의 괄목할만한 새로운 지평이 기대된다.

정감의 포회(抱懷)와 종교적 애정

— 한영자의 인간과 문학

1. 평범한 두어 마디

조경희는 한영자를 "유독 어려운 사람들을 보면 그냥 있을 수 없고, 상처 입은 화초를 보고도 애잔해하며 조그마한 동정에도 감사한다."라고 지적한 바 있다. 또한 정영자는 "몽테뉴 형과 베이컨 형의 적절한 조화 속에 자신의 향기로운 삶의 바탕과 이 시대와 오늘의 현대인이 지향해야 할 뜨거운 인간애를 보여주고 있다."고 말했다.

이 두 사람의 말은 평범한 말 같지만 그 속에는 그가 어떤 사람인가를 어렵지 않게 이해할 수 있는 암시성을 지닌 말이 아닌가 한다.

그는 「잃어버린 달빛」이란 후기에서 "여기저기 흩어진 나의 분신들을 주어다 놓고 그것들을 다시 바라보면서 내 자신 스스로를 채찍질하고 새 출발을 굳게 다짐하는 거울로 삼고자 함에서"라고 언급한 바 있다. 우리는 이 대목에서 조경희와 정영자의 평가가 서로 조응됨을 알 수 있다. 그의 향기로운 인간애는 결국 이러한 그의 자성 속에서 꽃 피울 수 있었을 테고, 그것은 결국 수필 속에 중요한 요소로 나타났을 것이다.

그의 수필작품을 통독해 보면 그 같은 인간애를 도처에서 만나게 된다. 그것은 일상의 수필에서 느끼는 사회 수필과는 또 다른 양상으로 나타난다. 구체적으로 말한다면 수필이라기보다는 어떤 잠언서를 읽고 있다는 그런 인상이다. 그의 수필은 철학에 바탕을 둔 심미적이면서 정신적인 가치성에 그 기저가 있다. 따라서 그런 가치성은 인격적인 속성인 동시에 수필문학의 정신적 기능이기도 하다. 다음 말에서 그것이 확인된다.

> "이따금 나는 수필을 삶의 진주로 빚고 싶다. 시공을 초월한 아름다움과 영원불변의 진리로 빛나는 값, 진실 또한 티끌만한 죄로도 때 묻지 않은 순백의 결백을 지닌 진주."
>
> —「나의 수필작법」

이 말의 내연성을 좀 더 확대해 보면 '진실의 세계로 안내하는 애정 있는 삶'이라는 이야기이기도 하고 '순백의 미적 추구'이기도 한다. 일찍이 키이츠는 '미는 곧 진실'이라고 했듯이 그의 삶은 애정 속에서 나타나고 그의 애정은 미로 표출 된다. 그 애정과 미는 진실이라는 삶의 철학으로 이행되고 있다. 어찌 보면 그에게 있어서 수필은 진실이라는 가변체에 지나지 않는다. 애정에 차 있는 목소리를 들려 줄 수 있는 또 다른 진실이 있다면 그는 그 길도 서슴지 않을 것이다. 그만큼 그는 수필 속에서 하나의 대상을 굴절시켜 새로운 자아를 창조해 낸다는 의미이기도 하다.

그런 점에서 한영자는 수필가라기보다는 철학가 내지 성직자다운 분위기를 가지고 있다. 따라서 그의 문학은 결코 현학적인 어휘나 말의 유희를 허용치 않는다. 그는 일차적으로 주변에서 느껴온 사건들이나 우리가 흔히 겪었거나 보았던 사안들이 대부분이지만 시시콜콜한 대로 흐르지 않고 그것을 다시 정렬하여 하나의 잠언 같은 교훈으로 우리에게 메스를 가한다. 흔해빠진 이야기들까지도 여러 가지 창작 기법을 동원하여 현대인들의 상실된 영혼에 불을 붙여 놓고 있는 것이다.

그의 영혼의 모습은 할미꽃, 나무 또는 짚신, 달빛, 눈빛이나 움직임 속에서 무섭도록 아름답게 피어난다. 꽃의 향기는 인공이 가미되지 않는 자연성이 있듯이 그의 수필 또한 저절로 피어나는 한 송이 꽃처럼 향기롭다. 그러나 더 중요한 것은 그의 수필이 단층적인 구조가 아니라 다층적인 구조를 이루고 있다는 점이다. 예컨대 어떤 저항 위에 그만의 독특한 세계관을 얹어 놓는다. 그러면서 삶과 갈등, 종교와 봉사, 포회와 정감 등의 의미를 다층적으로 담고 있으면서 균형 잡힌 이미지의 고리들이 서로 맞물리어 미학성을 드러낸다. 사소하고 하찮은 그러면서 일시적이고 진부한 소재들을 구성화를 통해 그것들을 새롭게 의미화 하고 있다. 때로는 설화적인 수법으로, 때로는 설명적인 수법으로, 때로는 소설적 기법으로, 때로는 논리적인 기법으로, 때로는 묘사적 기법을 통해 다양화하게 도출시키고 있다. 그러면서 대상 이전의 것을 추구하는 상징성까지 곁들이고 있다. 한 마디로 독특한 미의 조형물로써 어떤 의도대로 하는 행위가 아닌 저절로 이루어진 자연성에 수필의 본질성이 있다 하겠다. 이 경우 그의 미학에서 읽을 수 있는 광명의 추구는 바로 작가 자신의 신념이라 할 수 있다. 지구가 태양을 둘러싸고 움직이듯이 그의 사고 또한 이렇듯 미를 둘러싸고 움직이고 있다. 이렇듯 그의 수필은 사물과의 교섭 관계에서 탄생되고 그가 생각하고 행동하는 것은 미의 바탕이 된다.

문학의 임무는 의상을 창조하는 데 있다. 따라서 그러한 의상은 반드시 작가의 미의식이 포함되는 것을 전제로 한다. 미의식은 때로 자기로부터 나온 미감을 반드시 객관적으로 검토하고 다른 사람으로부터 빚어진 감정을 뚫고 들어가 또 다른 체험적 세계를 형성한다. 따라서 그는 가장 쉽게 미감을 느끼고 통하는 그래서 사람들로 하여금 서로 어울리게 하는 수필을 낳는다.

게다가 며느리인 어머니는 그 가운데 끼어 앉지도 못하고 아이들 뒤에 엇비슷이 앉아서 보리 누룽지만 되씹고 있지 않은가. 그들은 서로서로 분신이면서도 하나인 양 사랑으로 똘똘 뭉친 채 더없이 행복해만 보였다. 비록 다해진 삼베 무명옷이라도 깨끗이 빨아 풀해서 다려 입은 옷매무새로 보아 혹시 그날 가족 중의 누군가가 맞은 생일날이 아니었을까.

— 「이 여름을 생각하며」

이는 시골길에서 보았던 어느 토담집의 이야기를 수필화한 것이다. 우리는 이 글을 보면서 행복의 실체를 깨닫게 된다. 보리밥도 제대로 못 먹는 가난한 토담집. 그러나 그 집에는 희망이 있고 꿈이 있다. 그리고 사랑이라는 아름다운 보석이 있다. 아니 참된 삶의 노래가 있다. 부가 행복의 전제 조건이 아니라는 것도, 가난이 결코 부끄러움이 될 수 없다는 문제 의식을 우리들에게 보여준다. 여기에서 우리는 행복이란 풍요 속에 존재하는 것이 아니라 부족한 데서 건져내는 보석이라는 사실을 다시 한 번 깨우치게 된다.

그의 수필에서 때로는 '징용이다, 학병이다, 처녀 공출이다.' 등의 시대적 고통을 고발하고, 때로는 개인사적인 아픔도 전달하고, 때로는 의사로서 건강 비법을 강설하기도 한다. 이렇듯 그는 수필 속에서 우리들에게 삶의 거시성을 보여주고 있다. 그것을 개안 내지 정신적인 매개물이라고도 할 수 있을 것이다.

2. 정감의 포회(抱懷)

수필은 언어의 예술이다. 그러므로 독자로 하여금 작품을 통한 즐거움을 맛볼 수 있도록 해야 한다. 뻣뻣이 죽어있고 굳어버린 대상을 살아 있는 생명체로 만들어 놓는다. 이야말로 현대 수필이 추구해야 할 방향이요 문학적 기능이라 할 수 있을 것이다.

수필가의 의식은 본래적으로는 우회나 왕복보다는 유창함과 솔직함을 단선적으로 취한다. 그러기에 사리의 핵심을 찔러야 하며 사실을 서술하는데 그 이치를 벗어나는 것을 피한다. 궁극적으로 말하자면 작가가 붙잡고 있는 밧줄이 작가와 멀리 떨어져 있지 않은 이치 속에 사물을 밀어 넣어야 한다.

지난 토요일 오후, 무슨 급한 볼 일이 있어서 부산 망미동 독고개로 지나간 일이 있다. 그 때 차가 한창 가파른 언덕길로 오르고 있는 동안 나는 무심코 차창 밖을 내다보다가 뜻밖에 어떤 장면을 목격하고 가슴이 뭉클했었다.

　머리가 하얀 할아버지가 연탄 손수레를 힘겹게 끌고 올라가는데, 이를 본 어린이 두 명이 쏜살같이 달려가 손수레 뒤를 힘껏 떠밀고 가는 게 아닌가. 책가방을 등에 진걸보면 아마 초등학교 1,2학년쯤 밖에 안 되어 보였다. 이 어린이들의 고사리같은 손목에서 힘이 있으면 얼마나 있을까마는 할아버지는 그냥 뒤를 몇 번씩 돌아보면서 싱글벙글 힘이 솟아나는 모양이다. 참으로 얼마만에 보는 흐뭇한 모습인가. (중략)

　그러자 젊은 엄마는 남의 자식 교육까지 참견하여 이래라 저래라 간섭한다고 도리어 화를 내며 여전히 그 애들을 방치해 두었다. 그러던 어느 날 노인댁에 멀리 있던 손자가 다니러 왔다. 그래 며칠 있는 동안에 옆집 아이들과 함께 놀다가 그만 노인댁 손자의 실수로 젊은 가족의 애들 눈에 모래가 들어갔다 해서 눈이 빨갛게 부어 오르자 젊은 부인이 우리 애들 교육 잘 시키라고 말고 당신네 손자 단속이나 잘 하라고 따지다가 그만 어른싸움이 되고 만 것이다. 이렇듯 삭막한 어른들의 이웃 사이에서 보고 듣고 자라나는 아이들에게 어찌 도덕정신을 길러 줄 수가 있으랴….

　그러나 아직도 우리는 희망이 있다. 해돋는 동방의 나라의 옛 뿌리가 있지 않은가. 연탄 손수레를 밀어주던 어린아이들의 순수한 사랑의 마음씨가 이 골목 저 골목에 꽃 씨처럼 뿌려진다면…하는 기대를 해 본다.

—「꽃씨」

　사건의 시작은 리어커를 밀어주는 어린 초등학생의 선행에서 시작된다. 그러나 이같이 착한 아이를 이기적으로 키우는 사람은 나쁜 엄마들이라는 시대적인 문제점으로 모아진다. 그러니까 훌륭한 아이를 나쁜 아이로 만드는 것은 바로 어머니가 범인이라는 사실을 우회적으로 고발하고 있다. 이는 실로 무서운 일이다. 좋은 재목을 굽은 재목으로 만드는 목수는 바른 목수가 아니다. 그러나 나쁜 엄마들을 우회적으로 설명하고 만다면 그 글은 시들고 만다. 오고가는 마음의 전달이 있어야 한다. 이것은 일종의 정감이며 정감은 물결을 이루는 바람과 같다. 마음은 때로는 바람이 되어 물결을 이루어야 한다. 그것을 수필의 맛이라고 해도 될 것이다. 그러므로 그것을 다시 살려내야 한다. 그래야 그것이 진정 사랑함이다. 그래서 이미 지나간 생각을 다시 잡아온다. 이것은 잊은 것이 아니요 잠시 묻어둔 격이 된다.

  몸짓, 손짓, 발짓, 꽃씨가 가는 곳마다 사랑의 꽃이 환하게 피어나리라. 채송
  화꽃, 봉숭아꽃, 민들레꽃— .

  이렇듯 경물(景物)속에서 정감을 낳고 정감에서 경물을 낳는다. 즉 사물을 체득하여 미묘한 경지에 들어가는 체물입미(體物入微)의 경지를 취하고 있다. 상과 상이 끊어지지 않고, 새록새록 정감을 일으켜 내는 것이 한영자 수필의 개성이요 맛이다. 그것은 구름이 얽히고 설키며 피어나듯이 수필적인 정감 역시 끊임없이 얽히고설킨 정감들을 구름처럼 피어난다. 어찌보면 신들린 언어들 같다. 서로 질서를 이루며 춤을 추고, 때로는 질서를 파고하며 원을 그리듯이, 그러면서 다시 회복하는 대열로 음악이 되어 흐르고 때로는 이야기가 되어서 왔다가 돌아가고, 돌아갔다 다시 돌아오는 원리를 이룬다. 손수레를 밀어주는 아이 이야기를 했다가 과보호하는 엄마들 이야기로 잠시 옮겨간다. 그러다가 꽃들을 사랑하는 아이로 다시 돌아온다. 이러한 원리는 한영자 수필 여러 곳에서 찾아 볼 수 있다.
  인간은 정신과 육신이 결합했을 때 존재 양상이 구체성을 띨 수 있듯이 글은 정감과 내용이 결합되었을 때에만 그 특유의 문학적인 행위가 시발하게 된다. 하나의 정감을 바꾸면 또 다른 의상이 생기고 그 의상은 정감이라는 옷 속에서 찬란하게 꽃을 피운다. 이렇듯 그의 수필은 이러한 사물의 이치를 포근히 감싸고돈다.

  내가 외출을 하기 위해 나의 크리닉 앞길 건너편에 서서 택시를 기다리고 있을 때였다. 무심코 맞은편 쪽을 건너다보던 중 뜻밖에도 X의원에서 바로 그 부인이 나오고 있지 않은가. 그녀는 전에 화상치료를 받았던 그녀의 딸 애 손목을 이끌고 나오다가 나와 눈이 마주치자 고개를 싹 돌리고 가버리는 것이었다.
  순간, 나는 하늘을 바라보았다. 푸른 하늘에서 벙글벙글 웃는 태양을 찾고

싶었다. 그러나 하늘빛은 그날따라 유난히 짙은 잿빛으로 쏟아져 내렸다. 태양
은 간 곳 없고, 허공에서 불어오는 한아름 바람결만이 나를 희롱하는 노래를
부르고 있었다.

얼레 얼레 신통방통
정을 주고 인심 잃고
얼레 얼레 신통방통
꿩도 잃고, 알도 잃고

　　작가의 정신엔 자기중심의 관심보다는 사물을 객관화시켜 일정한 거리
에 두고 있다. 여기에서 한영자의 동양적 전통 미의 의식을 만나게 된다.
그의 인간적인 진실이 가까운 거리에서 평행을 이루면서 그 가운데 더욱
깊고도 아름다운 인간적인 고뇌로 펼쳐놓는다. 그것은 눈치 빠른 독자만
이 찾아낼 수 있는 무언의 언어들이다. 톨스토이는 미적인 사물에는 모두
종교와 도덕적인 교훈이 포함되어 있다고 했듯이 그의 작품에는 어떠한
형태로든지 종교적인 미의식이 들어 있다.
　　미에는 인정도 있어야 하고 물리도 있어야 한다. 그 중 어느 한 가지라
도 결핍되면 미로써 완결성을 잃는다. 환자가 병원에 찾아온 것은 현상이
요, 환자를 믿고 보험 카드도 없이 진료를 해 주는 것은 휴머니즘이다. 모
든 환자는 똑같고 똑같이 대하여야 하지만, 작가가 바라보는 개별성도 지
니고 있어야 인간적이다. 이것이 바로 인간적인 진면목이다. 따라서 한영
자는 개별성이라는 인정에 의하여 창조해낸 대상이다. 그것은 개인의 정
취감에 의해서만이 가능하다. "미를 느끼는 것은 판단을 내리는 데 있지
않다."고 칸트가 말한 것은 심리 중에 어떤 이해득실을 초월함을 의미한
다. 문장 속에 그대로 인간이 투영된다면 그의 문학 속에서 한영자는 어
떤 환자에게도 따스한 사랑을 주고 있음을 볼 수 있다. 그리고 그것은 봄
바람처럼 언제나 그의 가슴속에 달빛이 되어 흐른다.

3. 어둠을 비추는 사랑의 불빛

그의 작업은 의사다. 따라서 정신적으로나 물질적으로나 상류층의 풍요 속에 존재하는 인물이다. 그런데도 그의 시선은 항상 가난하고 소외받는 사람들에게 머무는 따뜻함을 보여준다. 가진 것은 없으나 정직하고 성실하게 살아가는 그들에게서 풍기는 사람냄새를 사랑하고, 가난한 그들에게 따스한 인간의 훈풍을 쏘여주고 있다.

그의 작품 「평등이 숨 쉬는 땅」, 「상록수」, 「빛과 만남」, 「노인과 회전목마」, 「넉넉한 삶」, 「봄을 기다리며」, 「온풍」에서 보여준 바와 같이 그의 삶은 풍요한 삶을 누리며 사는 사람보다 가난하고 역경에 처한 사람들을 향하여 더 많은 애정을 쏟고 있다. 그러기에 그들에 대한 더 많은 시선을 보내고 있을 것이다. 그런 그의 사랑은 어쩌면 종교생활에서 비롯되었을 것으로 생각된다. 그는 보통의 사람으로 병고에 시달려 죽음의 문턱에 와 닿는 절망을 스스로 체험한 사람이다. 그리고 하나님께 매달려 기도와 간구로 그 은혜와 성령의 충만함을 받은 장본인이다. 그래서 그의 수필은 우리의 영혼을 깨우침으로 다가서는지도 모른다. 「최초로 반한 남자」, 「최후의 심판」, 「벽과 문」 등을 포함하여 그의 여러 작품에서 그의 강한 기독교 정신을 엿볼 수 있다.

그가 죽음이라는 절벽 위에 섰을 때 만난 그리스도와의 영적 만남은 그녀의 생을 감사와 사랑의 여울로 이어졌고, 가난한 사람들은 물론 하찮은 미물에게까지 연민의 정과 관심을 보이게 되는 계기가 된다. 따라서 그리스도의 사랑의 정신을 몸소 실천해가는 거듭 태어난 삶을 살아가는 것을 발견하게 된다. 그것을 기독교에서는 성결성이라 한다. 그의 다음 고백에서 그것을 볼 수 있다.

> "어차피 유한한 생명 완전함을 기대할 수 없는 이 세상에서 오직 우리가 기대할 수 있는 것은 신 밖에 없다. 기쁨보다는 눈물과 한숨이 행복 뒤에는 슬픔과 분쟁이 우리 사이에 끼어들어 고통스러운 마음을 도와 줄 이는 신 밖에 없다."

그는 최초로 반한 신과의 만남을 최고의 행운으로 삼고 그의 가르침대로 이 세상의 빛이 되고 소금이 되고자 부단히 자신을 성찰하며 살아가고 있다고 고백하고 있다. 그에게 그러한 삶의 의미를 준 중요한 계기가 수필과의 만남이고 보면, 문학은 그에게 또 하나의 구원자라는 측면에서 보더라도 그의 수필 정신의 흐름을 어렵잖게 관찰할 수 있다. 물질적인 것만 추구하면서 살아가는 오늘날의 각박한 세태에서 문자를 통해 들여다본 그의 삶이야말로 우리들에게 진정한 삶의 의미를 일깨워주는 별빛 같은 맑고 청아함의 강도를 어렵잖게 짐작할 수 있으리라. 또한 체질적으로 그가 살아온 길이 신앙에 터 잡은 삶이요, 성실한 인간애의 갈구에서 얻어진 영험인 것이다. 그는 지난날 병마에 죽을 고비를 맞기도 했는데 거기에서 그는 신앙에 의지한 채 밤새 기도를 드리는 장면에서, 그리고 새벽 4시가 되자 혀가 굳어지더니 방언이 시작되었다는 신앙 체험의 고백에서 그가 얼마나 독실한 기독교인인가를 알 수 있을 것이다.

「봄을 기다리며」, 「생의 여울목에서」, 「지는 세월앞에서」 등등 많은 수필이 생의 어둠을 불사르고 사랑을 실천하는 신념에 찬 글들로 그의 종교적 이행과정에서 성취된 것임을 알 수 있다. 따라서 문학의 본령인 '인간 구원'을 착실히 수행하고 있음이 확연히 드러난다. 현재까지도 그의 마음의 변화를 잃지 않는 가운데 오직 그의 시선은 애정으로 찬 밝음을 추구하고 지향한다.

그 작은 몸체를 서로 서로 모아 부수어 죽여서 큰 하나로 빚어낸 피의 결정체. 바로 선혈과도 같이 기름을 짜낸 것이다. 그러므로 그들은 대의를 위해 자신을 기꺼이 바쳐 공동체의 자아를 추구했고 실현시킨 것이다.

만일 이 참깨들이 농촌에 남아서 밭에 뿌려졌다면 어찌 되었을까. 그들은 아마도 본능적인 범주에서 그저 평범한 일생을 마쳤으리라. 싹을 묻혀 흙에서 썩어졌으리라. (중략)

내가 보다못해 아기를 방에 뉘어 재우자고 했더니, 민망한 표정으로 방에 들어와 젖병을 물리면서 아기를 재우려고 애를 썼지만 아기는 끝내 자지 않고 울기만 했다. 이 아이는 평소에는 큰 아빠의 등에 업혀야만이 울음을 그치고 잠을 잔다는 것이다. 또 네 살 난 꼬마도 우리가 아무리 과자를 주고 유혹해 보아도 아랑곳 하지 않고 아빠와 큰아빠만 졸졸 따라다녔다. 공사를 다 마친 뒤, 그들은 곧 이 마을을 떠나 다른 동리로 이사를 간다고 했다. 이유는 '아내를 잃은 마을이 싫다'. '눈물을 글썽이는 아우와 아우의 불행은 자기 때문이다' 면서 눈시울을 붉히는 형의 엇갈린 말로는 다 설명할 도리가 없을 것 같았다.

―「생의 여울목에서」

그가 생각하고 행동하는 밑바탕의 힘은 바로 인간애라는 것이 재차 확인된다. 그리고 가난하고 불쌍한 이웃을 걱정하고 가슴 아파하는 삶을 동행하고 있다. 때로는 그들을 향하여 눈물도 흘리고 그들에게 부드러운 손길을 준다. 그리하여 소박하고 사랑스러운 아름다움을 손이 닿는 대로 마음이 가는 대로 붙잡아 두는 삶을 지향한다. 가슴 아픈 일이나 아름다운 일들을 모두 그의 문자적 의미망 위에 어떠한 형태로든지 올려놓는 애정을 취하고 있다. 그것은 장식적인 의미가 아니라 실천적인 정신 요소로 나타나기 때문에 독자들의 마음을 흔들어 놓는 것이다. 이것은 그만이 가질 수 있는 수필의 표정이기도 하다. 문학이란 실제 생활을 속박 중에서 해방시켜 주어야 하며, 삶의 즐거운 대상이 되어야 한다. 그런 면에서 그는 극단적인 사실주의와 되도록 많은 거리를 둔다. 다시 말해서 공중에 누각을 짓고 그곳에서 바람을 쏘이는 그런 낙천적이고 환상적이고 유희적인 문학이 아니라 삶을 위한 문학 교육적인 정신을 담고 있다 할 수 있다. 그것은 그의 문학의 장점이면서 약점이 될 수 있다. 그러한 기저는 어디에 바탕을 둔 것일까. 아마도 현실에 초점이 맞추어지고 그것에서 크게 벗어나지 않는 관념들로 살아온 그만의 환경적인 요소들 때문으로 생각된다.

그러나 이 같은 약점은 경험 이상의 자리에서 드러낸 그의 예술적 기량의 한 패턴으로 이해해도 좋을 것이다. 이를 달리 표현하면 그의 작품이 늘상 우리 주변에서 느껴온 사건들을 그 나름의 관점으로 해석하고 형상화한 데 그 가치가 있다는 의미이기도 하다.

> 나는 그 순간, 분명히 보았다. 그의 눈빛에서 그가 사랑하고 있는 뜨거운 가슴에서 신의 눈빛 같은 거룩한 빛이 반짝 빛나는 것을.
> 그때 임군의 얼굴은 어둠이 걷히고 안개조차 녹여버릴 듯 청아한 하늘 빛깔이었다. 그것은 오직 신만이 빚을 수 있는 그런 마음이었다.
>
> —「빛과 만남」

우리의 대명절인 설날 몸을 마음대로 움직이지 못하면서도 실로 건강하게 살아가는 임 군의 삶을 바라보면서 쓴 글이다. 왜 그는 모든 사람들이 축제 속에 들떠 있는 날 임 군을 생각해 냈을까. 그리고 어두운 그림자 없이 남에게 봉사하며 살아가는 임 군 이야기를 우리들에게 들려주려고 했을까. 이 자리에서 그가 그리워하며 찾고자 하는 세계는 어둡고 가난하게 살아가는 이를 위한 구원의 불빛일 것이며 그러기에 그가 현실적으로 그들을 돕고 사랑한 사실은 그다지 중요하지 않다. 이렇듯 그는 사물을 체득한 경지에 들어가서 우리의 어두운 그림자를 시원하고도 아름다운 기쁨으로 펼쳐 놓는다. 이는 무엇이든 사상의 터널을 뚫고 들어가 거기에서 생명을 향수하고 터득하는 일이었으며 그래서 우리는 그의 작품을 읽을 때 깊숙한 인정과 도리를 느끼게 되는 것이다.

결론적으로 그의 몇 권의 수필을 읽을 때마다 느끼는 것이지만 한영자는 여느 수필가와 같지 않다는 점이다. 이미 앞에서 논급한 바지만 그는 수필이 수필 이전의 철학성을 지니고 있다는 독특성이다. 그것은 순전히 기독교적인 정신세계에서 얻어진 수확이라 생각된다. 그것은 한 마디로 한영자다움이라 말해도 좋을 것이다. 현학적인 표현이나 환상적인 애매함이 없는 착실한 언어 진행은 그가 얼마나 진솔한 성품으로 문학에 접근하고 있는 지를 알 수 있다.

해석학적 수필 비평의 새 영역

— 김학 수필 평론집 『수필의 맛 수필의 멋』

중견 수필작가 김학 선생이 처음으로 수필 평론집을 냈다. 참으로 대단한 작가다. 그는 서문에서 '수필과 사랑 나누기 45년'이란 용어를 쓰고 있다. 그것은 수필과 한 몸이 되어 살았다는 얘기다. 먼저 그의 서문 일부를 읽어보자.

> 또 한권의 책을 엮는다. 『수필의 맛 수필의 멋』, 10권 째다. 수필과 사랑을 나누며 세월을 보내노라니 그렇게 되었다. 앞으로 또 몇 권이나 더 책을 내게 될지는 나도 모른다. 다만 건강이 허락하는 한 꾸준히 그리고 부지런히 글을 쓰고 또 쓸 것이다.
>
> —「수필과 사랑 나누기 45년」 서문

서문에서 보는 바와 같이 그가 얼마나 수필을 사랑하고 있는가를 확인하게 된다. '수필과 사랑을 나누며'라는 표현은 이미 그가 수필과 일체를 이루고 있음을 알 수 있다. 그런데 다음 구절이 내 마음을 서글프게 한다. '앞으로 또 몇 권이나 더 책을 내게 될지는 나도 모른다.'는 표현이다. 그것은 미래를 장담할 수 없는 건강일 것이다. 김학 선생과 내가 만나 수필과 교류한지 엊그제 같은데, '건강이 허락하는 한' 단서가 나를 몹시 슬품으로 몰아넣은 것이다. 그러나 나는 김학 선생의 건강을 믿는다. 그는 언제나 우호적이고 언제나 애정적인 삶을 살아가기 때문에 건강도 그리 관리하리라 믿기 때문이다.

평론집 『수필의 맛 수필의 멋』 속에는, 김동필, 김영곤, 김용관, 김재희, 김정길, 백송룡, 손경호, 안세호, 양용모, 유영희, 이광우, 이윤상, 임광순, 이용만, 이재인, 이종승, 이종택, 이태현, 이한기, 정주환, 장병선, 조명택, 최선옥, 하재준 등 25편과 자신의 수필 이야기를 닮은 한 편을 보태서 모두 26편이다. 비록 평론이라 이름 하였지만 또 한 편의 수필 같은 부드러움으로 평을 해 놓아서 읽기에 아주 편하게 써 놓은 또 하나의 수필이라고 해도 좋을 만큼 수필로 쓴 평론이다. 아마 미래의 수필은 이렇게 쉽게 그리고 재미있게 쓰는 것이 독자와 밀접할 수 있을 것이라는 생각이 든다.

오늘날 일부 평론 가운데는 지나친 이론을 펴다보니 내용과 형식이 서로 어긋나는 평론이 다수를 이루고 있다. 그런데 『수필의 맛 수필의 멋』에는 정감비평이라고 이름 붙여도 좋은 인간적인 데 중점을 두고 평을 한 점에 대해 가치를 두고 싶다. 그 사람은 어떤 사람이고, 어떤 성격을 지닌 사람인지 쉽게 접근이 되는 평론집이라는 생각이 든다. 사실, 평론이란 말처럼 그리 쉬운 것이 아니다. 왜냐하면 자신이 읽고 어디가 잘 되고 어디가 잘못되었는지 그것을 구체적으로 조목조목 언급한다는 것은 그리 만만한 일이 아니기 때문이다. 그래서 애매모호한 단어와 고답적인 언어를 동원하여 비평을 하는 예가 많다. 특히 추상적인 언어들을 동원하는가 하면 프로이트를 들춰내어 읽는 독자로 하여금 혼란을 야기 시킨다. 그런데 김학 선생의 평론은 그 사람의 직업, 작가의식, 교우관계 등을 섭렵함으로써 작가와 작품을 쉽게 접목시켜 평을 해 놓았기 때문에 누구나 접근하기에 용이한 평론집이라 할 수 있다. 특히 '그 글은 재미있다.', '그는 인기가 대단했다.', '체험보다는 사색적이다.', '부드러운 문장이다.', '무엇인가 우리에게 가르쳐 주는 것 같다.', '글을 쓰는 재주가 있다.',

‘마음이 시원하다.’는 등의 자신에 넘치는 주장들에 평론이지만 수필같
은 재미를 주고 있다. 이런 비평은 정신적인 인식 세계에서 이루어진 비
평이기 때문에 해석학적 비평으로 봄직하다.

　김학 선생은 지금 왕성한 활동을 하고 있다. 펜클럽 한국본부 부이사장
으로서 뿐 아니라 한국 수필계를 이끌어가는 중진이다. 그러면서 전북 지
방에서 수필 보급을 위해서 후진들을 양성하고 있다. 그 줄기가 더욱 뻗
어갔으면 한다.

　칼 마르크스가 인류를 위하여 『자본론』 글을 썼듯이 김학 선생도 어떤
목적 속에 창작된 거작이 나와 우리들의 혼을 흔들어 주고 세상을 깜짝
놀라게 할 날이 오리라 믿는다.

반어법에 대한 철학성

— 최병호 수필집 『그러나, 그렇지만』

필자가 우허 최병호 선생과 만난 것은 90년대 초반쯤이라고 기억된다. 수필가 정인자 씨의 소개로 처음 알게 된 것이다. 말하자면 우허 선생은 정인자 씨의 은사로 그녀가 무척 흠모했던 스승이라 했다. 그는 우허 선생에게 수필을 쓰도록 권유했던 것으로 기억된다. 그러나 그는 한마디로 거절하더라는 말을 전해 들었다.

그뒤 우허 선생은 수필을 쓰게 되었고, 자연히 어울리면서 그의 인품에 반해 자연스럽게 친밀한 관계를 갖게 되었다. 그가 수필을 쓰게 된 동기를 논강 선생에게 공을 돌리고 있지만 아마도 그 깊은 뿌리는 그의 서문에서 밝혔듯이 중학생 때부터라는 것을 알 수 있다. 그리고 우허 선생이 글을 쓰지 않으면 안 될 중요한 사실을 다음의 수필에서 발견하게 된다.

삶 자체를 수필처럼 살 수는 없을까. 밑천을 다 털고도 격을 잃지 않는 그러면서도 웃음이 절로 나고 재치가 넘치는 그러면서도 누구나 공감하는 진실과 아름다움이 그윽한, 그런 삶을 영위할 수 없을까. 글 이전에 일상 자체를 글 쓰듯 산다면 그보다 값진 일이 또 어디 있을까. 그런 상념을 나는 늘 떨치지 못하고 살아가고 있다.

— 「삶 자체를 수필처럼」

이렇게 그는 수필을 쓰는 삶을 추구해 왔다. 격을 잃지 않으면서도 진실하고 아름다운 삶, 그러면서도 웃음을 잃지 않고 재치가 넘치는 삶을 살아왔음을 알 수 있다. 사실 그가 문단에 얼굴을 내민 것은 얼마 되지 않는다. 그런데 그의 활동 폭은 물론, 그의 수필의 중후성은 괄목할 만큼 큰 텃밭을 이루었다. 그의 인품만큼이나 수필 또한 철학적인 심오성을 갖고 있어서 경탄을 금치 못하는 가운데 읽기를 거듭하였다.

수필집 『그러나, 그렇지만』의 이중 반어법이 암시하는 것처럼 그의 수필 전체의 흐름이 직선적으로 내보여지지 않는 삶의 문제를 우회적으로 제기하고 있다. 이것은 인간의 생의 발견을 경험한 것으로 일종의 영혼의 발견이라 할 수 있다.

'그러나' 는 긍정에 대한 부정법이다. "그렇지만"은 그 부정에 대한 또 부정이다. 결국 부정은 긍정으로 되돌아오는 변이적인 화법을 사용하고 있다. 여기에 그의 삶의 전체성이 드러나 있다. 이 세상은 부정도 없지만 긍정도 없다. 인간은 모순속에서 삶을 살아간다. 논리는 어디까지나 논리일 뿐이다. 그리고 그 논리는 자기 주장에 대한 분칠이다. 따라서 인간은 그 누구도 본인 자신을 절대자 위치에서 판단한다. 그러한 인간의 내면성을 화자는 정면적인 논법을 가하지 않고 우회적 논법으로 은밀하게 제시하고 있다.

따라서 화자는 평범한 삶의 일상을 통해 무의미함, 허무함, 잃어버림 등 현실에 부딪혀 오는 수많은 상황을 이중 화법을 통해 충분한 자아성찰의 시간을 독자에게 제공한다. 화자의 중심이 되는 수필의 주제는 비록 화자의 삶의 중후성을 통해 저차원적인 우리들의 삶에 대한 깨우침을 준다. 「부부도」에서 보여 주는 것처럼 다소 심리적인 수법을 원용해가면서 비창으로 기울어져 가는 인간의 삶을 리얼하면서도 유려한 필치로 묘사하고 있는 점이 그의 수필의 독특성이라 하겠다.

중국의 당나라 시인 두보는 시의 구성법과 장중한 언어로 시대의 고통과 민중의 고뇌를 노래한 것이라면 우허의 수필은 역설적인 구성법과 진지한 언어로 인간의 삶의 문제를 시간과 공간속에서 초월의 수단으로 삼고 있다. 「고스톱 유감」은 토속적인 삶에 화자의 상상력이 첨가되어 세태를 파헤치고 그 비판에까지 이르고 있으며, 「우리 집 마당」은 아련한 동화성을 안겨주면서 성숙한 인간학을 담고 있다.

삶의 문제성을 음미할수록 인생에 있어서의 깊은 맛이 나는 시적인 예민한 영혼과 정직한 심상, 고향에 대한 순진한 동경 등이 깊이 있게 다루어지고 있다. 일상에서 늘 만날 수 있는 그렁저렁한 이야기들도 그의 붓끝을 통해서는 인생에 대한 깊고 은밀한 어떤 알갱이로 홍진의 초월성을 준다. 그만큼 사물을 직관하는 그의 응시력이 뛰어날 뿐 아니라 20세기를 결산하는 대표작이라 할 만큼획기적인 작품이다. 그는 대충대충 살아온 삶이 아니라 작가로서 확실한 철학성 위에 살아왔다.

모두 6부 66편으로 되어 있는『그러나, 그렇지만』은 어쩌면 무궁하고 끝없는 인생에 대한 한없이 쓰러지고 다시 일어서서 또 달려야 하는 우리 인생에 무수히 던져지는 화두들이다. 화자는 풍부한 체험과 깊은 통찰력을 내면정신과 접합시켜 놀라운 상상력을 통해 사실적인 수법으로 그려놓고 있다. 「사양노을」의 우정을 그려놓은 걸죽한 방담은 얼마나 멋스러운 우정들이며, 「나를 우울하게 하는 것들」, 「여자의 마음」 등은 현직에 있으면서 쓴 수필로 기록성을 뛰어넘는 구성력이 돋보인다. 「빈손으로 이루다」, 「재고조사」는 현실의 고발이면서도 표현력 때문에 지루하지 않다. 그리고 「보리밥」, 「고향의 맛 찬물」 등에서는 소박한 그의 옛 삶을 더듬어 볼 수 있다. 오랫동안 도시 생활을 해 온 그이지만 그의 가슴에는 아직도 고향이 정신적인 지주로 자리매김해 있다.

그의 수필의 특징은 부정과 긍정의 화법말고도 또 있다. 여유와 유머의 수법이다. 「부부도」, 「사양노을」, 「두 개의 통장」 같은 작품이 그 좋은 예다. 이 작품 곳곳에서는 저절로 미소짓게 하는 유머가 우리의 가슴을 상쾌하게 한다. 까르륵 터트리는 폭소가 아닌 은근히 입가에 번져오는 미소다. 어쩌면 이제는 모든 것에서 다 벗어난 편안함 같기도 하고 아니면 아무리 급해도 뛰지 않는 옛 선배의 여유같기도 한 그런 넉넉함과 감칠맛이 친근감을 준다.

이러한 감칠맛은 말줄임표와 같은 침묵으로 남루한 속모습을 닫아주고, 그 말줄임표를 아예 말없음표로 전환하여 속살을 감추고 있음을 볼 수 있다. 그래서 향기로만 그것을 눈치챌 수 있게 하고 충족되지 못한 욕망을 역설적인 기법을 통해 잠재우고 있다.

강조해 말하거니와 우허 선생은 비록 작가로서의 연조는 짧지만 그의 수필의 완벽성은 몇 십년을 뛰어넘고 있다는 데 그의 재질을 주목할 필요가 있다. 이토록 완벽하면서도 시적 기교와 튼튼한 구성법으로 수필을 쓰는 작가가 그리 흔지 않다는 점은 우리가 잘 안다. 최근 문학적 상황으로 볼 때에 수필 아닌 작품을 들고 무당처럼 설쳐대는 세상에 우허 선생 같은 작가를 만날 수 있다는 것은 우리 수필계의 기쁨이기에 두서 없이 평을 얹어 본 것이다.

오색 찬란한 풀꽃들은 아름답게 산에도, 들에도, 우리들 가슴속에도 핀다. 생활에 찌든 이들에게는 삶의 여유를 되찾아 주기도 하고 웃음을 안겨주기도 한다. 어떤 풀꽃은 너무도 작아 눈에 잘 띄지 않지만 어딘가 드러내는 듯하면서도 숨어 있고 화사한 듯하지만 은은한 자태는 자연의 아름다움이다. 수천년의 세월을 담고 있는 자연 그대로의 신비로움을 어찌 감히 흉내낼 수 있을까.

이들의 꽃 중에서도 복수초는 눈이 채 녹기 전, 눈 속에서 노란 꽃잎을 피어내는 자연의 멋을 뽐내기라도 하는 듯 당당하다.

전설 속의 여인 같은 꽃.

젊었을 때 보았던 복수초는 첫사랑의 연인만큼이나 그리웠다. 조심스럽게 한 포기를 캐서 학교 온실 옆, 나무 밑에다 심어놓고 사흘이 멀다하고 틈틈이 서로는 남다른 정을 나누었다. 명년 봄. 꽃이 피어 씨앗을 맺게 되면 이를 받아 증식을 하려고 은근히 기대도 했다. 그런데 이게 웬일인가. 김을 매던 사람들이 풀로 오인하고 뽑아버린게 아닌가. 그리운 이를 떠나 보낸 사람마냥 멍청히 서서 텅 빈 자리만 내려다보고 있으려니 이토록 허무하고 안타까울 수가 없다. 생명의 소중함이 바로 이런 것이었구나.

오랜 세월을 두고 욕심을 내던 식물이라서 더욱 아쉽고 애지중지 여겨온 정이 서려 있어서고 나의 잃어버린 젊은 날의 사랑도 숨어 있을 것만 같아서다. 세월이 가면 사람은 몸도 마음도 변할 수 있지만 자연과의 사랑은 변함이 없다.

복수초는 예나 지금이나 그대로이건만 왜 인생은 이렇게 쓸쓸하게 변해가고 마는가. 잃어버린 젊은 날이 황금 같은 꽃잎처럼 그렇게 아름다운 복수초로 피어났으면….

삶의 내밀한 비밀

— 황필호의 『백두산, 칼리만자로 설악산』을 읽고

이 땅의 지성인이라면 철학자 황필호 교수를 모르는 사람이 없을 것이다. 그만큼 그는 한국 철학계의 거두다. 특히 그는 생활 철학을 강조했고 우리의 생활 속에서 철학적인 삶을 심어 놓기 위해서 이에 대한 운동을 펼친 철학자이기도 하다. 말하자면 이론 속의 철학이 아닌 우리의 일상 속에 철학의 진실을 옮겨보자는 운동을 편 장본인기도 하다. 그래서 한때 '생활 철학 연구회'를 법인으로 만들고 그 직을 수행하면서 어느 철학자의 편지를 발행하기도 했다.

그러나 대중문화의 홍수 속에서 우리의 정신을 일깨우는 수준 높은 잡지를 읽어 주는 사람은 그리 많지 않아, 7년 만에 재정 적자를 견디지 못하고 발행을 중단하고 말았다. 이는 그가 우리 사회의 건전성을 위하여 얼마나 많은 노력을 경주하고 있는가를 잘 알 수 있는 대목이다.

황 교수의 호는 우공(又空)이다. 비우고 또 비운다는 뜻이다. 이렇게 그는 일생을 비우면서 살아왔다. 학창 생활에서도 그랬고, 군대 생활에서도 그랬고, 대학 강단에서도 그랬다. 그러다 보니 불이익을 받고 살아온 한 사람이다. 그것을 정진홍 교수는 '씨름하면서 사는 사람이다.'라고 쓰고 있다. 그러나 그 씨름은 명예를 얻기 위한 씨름이 아니라 보다 좋은 사회를 만들어 보기 위한 염원이다.

　그가 산을 좋아하는 이유도 어쩌면 마음을 비우기 위한 연습장으로 활용하고 있는지도 모른다. 그의 수필집 『백두산, 칼리만자로 설악산』에서 '산을 사랑하는 사람은 사람을 사랑하는 사람이다.'라는 표현에서도 그것을 잘 알 수가 있다. 산이란 항상 그 자리에 있다. 그리고 변하지도 않는다. 그래서 공자는 산을 인자에 비유하고 있다.

　따라서 산행의 느낌과 함께 시를 곁들인 수필집 『백두산, 칼리만자로 설악산』은 어쩌면 그의 삶의 철학을 담았는지도 모른다. 종교학자이면서 철학가인 그는 산행 속에서 여러 종교를 만나고 있다. 그 속에서 인간이 느끼는 감정을 솔직하고 담백하게 산속에 훑어내고 있다.

　수필집은 모두 4부로 23편의 글이 수록되어 있다.

　제1부 「백두산과 천지:아버지와 어머니」는 억겁의 세월을 의연하게 한반도를 지켜주고 있는 백두산 천지를 노래하고 있다. 한민족의 부모가 되어주고 언젠가 통일이 되어 남북의 한민족이 얼싸안고 춤을 출 수 있도록 간절히 바라는 화자의 마음이 담겨 있다. 그는 아버지를 일찍 여의고 어머니 밑에서 자라면서 애비 없는 자식이라는 소리를 듣는 것을 가장 무서워했다. 그는 아버지 없는 자식으로 살면서 잘못된 생각을 고백하고 있다.

　백두산을 품어 안고 그간의 한을 노래로 담아서 지난 날의 삶을 회오하고 새로운 깨달음에 눈물 젖는다. 그것은 화자가 일생일대의 품고 지녔던 응어리인지도 모르고 화자의 실제의 어머니일 수도 있고 상징적인 어머니일 수도 있을 것이다. 그러나 여기에서는 화자를 낳고 길러준 어머니가 아닌가 한다. 그러기에 "예수꾼이었던 어머니는 머리의 하느님보다 가슴의 하느님을 보여 주셨고, 보통사람이었던 어머니는 받는 사랑보다 주는 사랑을 보여 주셨고 상식이었던 어머니는 자신보다 가정의 소중함을 보여 주셨습니다."라고 고백하고 있을 것이다.

　제2부의 「킬리만자로, 마지막 산」에서는 영원한 떠돌이라 해서 '돌이'

라는 이름으로 형님에게 보내는 편지 형식을 빌려서 글을 쓰고 있다. 화자는 그간의 삶을 정말 떠돌이로 살아왔는지도 모른다. 무엇을 쌓아두지도 않은 채 빈 손으로 그렇게 살아왔음은 그가 바로 '떠돌이' 임을 잘 말해주고 있다.

킬리만자로의 동물세계는 약육강식과 밀림의 법칙이 지배한다. 동물의 세계는 닥치는 대로 잡아 먹는다. 그러나 인간은 그보다 더욱 잔인하다. 썩은 음식, 썩은 돈, 썩은 명예까지 게걸스럽게 먹어댄다. 인간은 하이에나보다도 더 흉측한 동물임이 분명하다. 그 하등 동물 세계 속에서 화자는 밟히고 씹히며 살아왔다. 그래서 눈물도 많았고 한도 후회도 많았다. 그리고 지금은 세월 저편에서 자신을 향하여 외치고 있는 것이다. "이 세상을 떠나기 전에 직접 올라가는 마지막 산일 수도 있고, 또 다시 멀리서만 바라보는 마지막 산일 수도 있다."고. 그래서 화자의 목소리는 알 수 없는 비애로 가득하다. 헤밍웨이의 소설의 주인공과 같이 환상 속의 마지막 산일 수도 있다는 표현에서 화자의 소리없는 울음을 들을 수 있는 것이다.

제3부의 「설악산:깨달음으로 가는 길」에서는 바다에 접하지 않은 충청북도 괴산 출신인 화자의 유년시절, 유난히 산을 좋아했던 기억으로 거슬러 올라간다. 1972년 교통사고의 후유증으로 산과의 인연을 잠시 접었던 그가 다시 겨울 설악산을 찾으면서 자신에게 새로운 도전장을 제시한다. 그것은 그의 새로운 희망일 수도 있다. 가다가 못 가면 다시 돌아올 마음으로 도전한다. 앞에서 '산을 사랑하는 사람은 사람을 사랑하는 사람' 이라고 말했듯이 그는 사람을 사랑하는 법을 익히기 위해서 산을 다시 찾은 것이다.

우리들의 짧은 삶은 그만치 많은 사람을 사랑하고 죽어가라는 의미인지도 모른다. 닥치는 대로 덫에 걸린 대로 먹어치우는 사람은 동물은 될지언정 사람은 아니다. 살아 있는 사람은 사랑할 줄 아는 사람이다.

제4부의 「자연과 초자연」에서는 산을 통해서 본 자연과 인간의 조화로

운 삶을 노래하고 있다. 자연의 경관에 경탄만 내지르고 사진 찍는 데 급급해 하는 사람들에게 자연과 대화를 나눠 볼 수 있는 장을 열어주고 있다.

그가 산을 왜 찾고 좋아하는지에 대한 이유가 분명하게 잘 드러나 있다. 첫째는 인간은 자연의 일부분이기 때문에 산을 찾는다. 결국 순리의 법칙과 어우러짐의 법칙을 그곳에서 배우기 위해서 일 것이다. 두 번째는 자연의 법칙뿐만 아니라 초자연을 배우기 위해서. 초자연의 세계라는 것은 자기를 벗어난 삶을 말한다. 이백이 그러한 삶을 살아왔고 두보와 굴원이 그러한 생을 살아왔다. 산에 미친 사람은 계절을 가리지 않듯이 사랑에 젖은 사람은 자신의 명예를 꿈꾸지 않는다. 산에 올라가서 인간이 자연의 일부분이라는 평범한 진리를 새삼스레 깨닫게 되듯이 사랑을 알아야 삶이 무엇인지도 알게 되지 않을까.

황필호 교수는 철학자다. 그래서 이 짧은 글 속에는 사실 알 수 없는 내밀한 그의 철학의 세계가 가득가득 담겨져 있다. 그것을 천학(淺學)한 내가 파헤쳐내기에는 역부족이다. 그래서 문학, 그것도 수필을 쓰는 사람으로서 얕게 짚어볼 수밖에 없었음을 못내 안타깝게 생각한다. 제목이 의미하는 것처럼 킬리만자로는 험악한 인간세계를 단적으로 말하고자 한 것이라면 백두산은 모성애를 담고 있는 말인지도 모른다. 백두산은 우리의 영산이다. 역시 화자에게는 그의 어머니가 백두산보다 더 크고 위대함을 말하고 싶어서 그런 이름을 붙였을 것으로 생각된다. 이제 황혼에 찬 목소리를 거두고 좀 더 당당한 젊은 목소리로 우리 앞에 서 주었으면 하는 마음이다.

행복의 성(城)쌓기

— 이정희의 수필집 『人꽃』

하나의 작품에는 작가의 사상이라 해도 좋고 작가의 삶의 철학이라 해도 좋을 작가만의 인생관 내지 철학관, 종교관, 처세관, 가치관이 어떤 형식으로든지 들어있기 마련이다. 그래서 작품이란 재능만으로 씌어지는 것이 아니다. 그 나름대로 사상관과 철학관이 정립되어야 한다. 비록 평범할지라도 평범한 대로의 가치성을 지니고 있어야 작품이 창출된다.

『人꽃』이란 수필집 이름을 눈여겨 볼 일이다. 제목만 보아도 그 글이 무슨 내용인지 알 수 있을 것이다. '사람꽃' 이다. 그 말 속에는 얼마나 많은 인간에 대한 애정이 파닥거리는가를 알 수 있을 것이다.

『人꽃』은 아주 평범한 일상의 이야기를 기록한 수필이다. 말하자면 아주 조그마한 일상의 이야기들이다. 그러나 위대한 진리는 이러한 일상의 하찮은 사건들에서 발견할 수 있다. 아주 평범한 것은 아주 위대한 것들이요, 비범한 것들이라 해도 좋을 것이다. 우선 『人꽃』 그것들을 만들어 낸 작가에게도 그것을 읽는 독자에게도 부담을 주지 않아서 좋다. 그러면서도 그 속에서 알 수 없는 행복감에 젖을 수 있어서 좋다. 우리는 남의 행복을 통해서 내 행복을 맛볼 수 있다는 것은 즐거운 일이 아닌가.

특히 이 책은 우선 제목이 재미있다. 『人꽃』은 바로 '사람꽃' 이라는 뜻이다. 얼마나 재미있는 말인가. 사람을 꽃으로 비유한 것 자체가 흥겹고 재미있다. 아니 어떤 행복한 잔치에 초대된 기분이다. 먼저 책장을 펼치면서 화자가 얼마나 행복의 꽃다발 속에 파묻혀 살아가고 있는가를 느낄 수 있다. 말하자면 행복의 노래 잔치에 참여한 기분이다.

대부분의 사람들은 글을 쓸 때, 단어나 문장을 꾸며 쓰기에 바쁘다. 외모가 준수하고 화려한 사람일수록 인격이 빈약한 것처럼, 꾸미면 꾸밀수록 내용이 허하다. 이런 면에서 우선 이정희의 『人꽃』은 가치를 지니고 있다. 진솔함은 꾸미지 않는데 있듯이 이정희의 수필은 꾸미지 않는 그 자체로 내용이 풍부하다.

이렇듯 이정희의 글들은 미사여구의 꾸밈없다는 데서 편안함을 느낀다. 평범한 일상의 이야기를 글로 썼듯이 평범한 언어들로 이야기를 만들어 냈다. 우리가 살아가면서 그냥 간과해 버리는 일들을 주의깊게 관찰하고 생각함으로써 독자로 하여금 한 번씩 생각하게 하는 깨우침을 준다. 솔직하면서도 담백한 언어로 그러면서도 군더더기 없이 깔끔한 문체로 몇 번을 읽어도 질리지 않게 그려 놓았다. 그 속에서 우리는 작가의 인품이나 성격, 일상의 모습을 발견할 수 있는 것이다.

작가는 적든 많든 작품을 만들어낼 때는 작품에 따른 사회적인 책임이 따른다. 모든 일에 긍정적이면서도 애정의 시선을 유지하는 일이다. 교육은 콩나물을 기르듯이 해야된다는 표현, 또는 유행하는 쌍꺼풀을 다룬 수필을 통해서 오만한 현대인들에게 삶의 정체성과 함께 인간의 존재적인 가치를 깨우치고 있다.

특히 산모의 고통을 무지개빛 고통으로 표현한 것처럼, 추상적이 아니고 구체적인 언어의 용법은 얼었던 우리의 마음을 용해시키고 화해시키는데 충분한 역할을 다하고 있다고 해도 좋을 것이다.

제4부

사실과 진실사이

1. 만해 축전 주제 발표
2. 한필자, 김학, 오학영, 이운룡 시인
3. 황금찬 선생과 함께

사실과 진실사이

한 남자가 약국에 들어가 말했다.

"딸꾹질 멎는 약 좀 주세요."

"예, 잠시만 기다려 주세요!"

약사는 한참동안 약을 찾는 척하더니 갑자기 달려들어 남자의 뺨을 철썩 후려치는 게 아닌가. 뺨 맞은 남자는 영문을 몰라 벌건 얼굴로 바라보고 있는데 약사는 히죽거리며 말한다.

"어때요? 딸꾹질 멎었죠?"

어이없는 남자는 성난 얼굴로 약사를 쳐다보며

"나 말고, 우리 마누라란 말이에요."

요즘 시중에 떠도는 유머이다. 오판한 약사(藥師). 게다가 고객의 인격마저 무참히 밟고도 태연해하는 약사. 참으로 어이없는 일이다. 어떻게 뺨을 때려 치료하겠다는 생각을 했을까. 물론 누군가가 웃자고 만들어낸 유머일 것이다. 그렇다고 유머 자체가 의미없는 허드레 말장난은 아니다. 유머 속에 분명 뼈대가 있고 핵이 있다. 요즘 정계(政界)에서는 이런 유머 같은 형태가 벌어지고 있다. 모 정당에서는 너도나도 대통령감이라고 자천으로 얼굴을 내민다. 두꺼운 얼굴들이다. 어떻게 자신이 대통령 재목(材木)이라고 생각하고 있는지, 참으로 그 인격이 뜨악하다. 꼭이 딸꾹질을 귀뺨으로 처방하는 약사보다 더 추악하다. 한 나라를 운영하는 대통령 자리는 아무나 나설 수 있는 자리가 아니다. 한 국가의 운명을 좌우하는 책임 있는 자리다. 대통령은 꼭 될 사람이 되어야 국민들이 고통을 받지 않는다. 우리는 지금 그 고통을 뼈저리게 체험하고 있지 않은가. 대통령은 총명과 지혜도 뛰어나야 하지만 그 전에 덕망과 품위를 갖춘 지도자의 격을 갖추고 있어야 한다. 그런데 너도나도 대통령이 되겠다니 얼마나 웃기는 일인가. 국민들을 얕보는 것 같아 분이 치민다.

더위 탓에 말이 엉뚱한대로 흘러간 것 같다. 그러나 자신이라는 주제(主題)를 모르면 자신이 대통령감이라는 환상에 빠질 수도 있듯이, 약사가 주제를 파악하지 못하면 남의 뺨을 후려갈길 수도 있다. 글도 마찬가지다. 비록 하찮은 글이더라도 그 문장 속에는 반드시 말하고자 하는 핵이 들어있다. 핵(주제)은 작가가 말하고자 하는 작가의 철학이다. 그런데 작가가 정확한 철학이 없으면 글은 흔들리고 만다. 이런 글은 글의 흐름이 일관성이 없다. 따라서 독자도 헷갈리게 된다. 이 달에도 그런 글이 눈에 띄었다. 한 편의 수필에서 많은 애기를 전달하는 것보다는 하나의 이미지를 선명하게 전달해 주는 게 좋다. 단수필 한 편을 소개한다. 오정순의 수필이다.

> 남을 헐뜯는 병에 걸린 사람의 처방전에는 '사랑의 알약 약간' 과 '정성이 깃든 선물 한 꾸러미' 라 적혀 있습니다. 원인과 병명을 알면 치료가 빠르지요.
> 물질과 마음을 같이 하여야 환자는 회복이 빠릅니다.
> 주의 사항에 '기교는 백해무익' 이라 적혀 있습니다. 진실만이 효력을 냅니다. 그런 환자일수록 의사의 처방에 아주 민감합니다.
>
> ──「사랑이란 처방」

꿰뚫은 인간의 심리, 그 속에 삶의 의미와 조화가 통합되어 있는 지혜의 작품이다. 이것은 인식을 넘어 실천적이라는 것을 특징으로 하고 있다. 이런 작품은 우주적인 진리에 기반을 둔 작품이어서 오래도록 음미할

가치가 있다

샘물이 깊으면 줄기가 무성하고 뿌리가 깊으면 그 열매가 풍성하다. 말이란 밖으로 나타나는 것도 있지만 안으로 숨는 말도 있다. 그래서 문학의 아름다움은 밖으로 드러나지 않은 함축의 원리에 그 미가 있다. 그런데 수필을 쓰는 작가 가운데는 이런 함축의 원리를 외면하다. 「사랑이란 처방」이 중후한 맛을 갖게 되는 것은 이런 함축의 원리 때문일 터다. 왜냐하면 인간은 사고(思考)를 통해서 우주와 진리를 머리 속에 생각하고 이해하기 때문이다.

수필이 외면 받는 이유 가운데는 크게 두 가지가 있다. 하나는 앞에서 말한 함축(含蓄) 원리의 빈곤이요, 또 하나는 좁은 일상에 흡수되어 살아가고 있는 인간들로 하여금 높은 하늘과 반짝이는 별들, 넓은 사막을 헤치며 노래하는 드넓은 광야 속의 산맥을 흔드는 거대한 목소리를 담지 못하기 때문이다. 이런 목소리가 없는 작품은 독자들에게 평화로운 안식을 줄 수 없다. 수필도 소설처럼 거대한 영혼의 목소리를 안고 있거나 아니면 시처럼 음미할 수 있는 중후성이 있어야 한다. 따라서 수필도 변해야 한다. 잘못 만들어 놓은 수필론에 함몰되어 일상성의 넋두리에서 벗어나지 않으면 수필은 독자들로부터 외면 받을 수밖에 없다. 그러니까 독자를 잃는 것은 장르의 문제성이라기보다는 순전히 작가의 몫이다.

운문이든 산문이든 일정한 창작의 법칙이 있는 것 같지만 크게 보아서 무법의 세계가 창작의 세계다. 이것이 창작의 오묘성이다. 소인은 자신이 머무는 곳이 자신의 집이라 생각하지만 현인은 천하가 자신의 집인 것처럼, 큰 작가는 일정한 스타일을 벗어난 독특성을 취한다. 좋은 작품은 현실을 인식하고 현실을 반영하되 현실 그 자체가 아니다. 그런데 수필 작가들 가운데는 현실 그대로를 쓰는 것이 수필이라 생각하고 있다. 현실은 글의 소재가 될지언정 작품은 아니다. 수필에서 사실의 서술은 어떤 이치를 이야기하기 위한 소재(사실)를 동원한데 불과하다. 그러므로 그 사실 속에는 반드시 사리(事理)의 핵심을 찌르는 내용이 있어야 한다. 솔직성과 유창함을 귀하게 여긴다는 말은 사리의 핵심을 소중하게 여긴다는 말이다. 과거에는 우회나 왕복을 오직 운문에서 소중하게 다루었으나 산문에서도 그 방법을 할 수 있다.

거듭 말하거니와 수필의 사실성은 과학이나 역사의 진실성과 다르다. 묘사하는 내용이 사사건건 모두 현실 생활 가운데 실제로 존재하기를 바라지 않기 때문이다. 여기에 수필의 허구가 존재해야만 하는 이유가 성립된다. 그것은 심미적(審美的) 이상의 집중적인 표현으로 그것은 결국 실제 생활보다도 더욱 집중적이고 더욱 개괄적이며 더욱 높고 더욱 아름답기 때문이다. 그러나 그 허구는 현실생활이 기초가 되어야 하고 임의적이거나 주관적으로 만들어 내는 것은 아니다. 그것은 시인 원진(元眞)은 창작의 특징을 진진가가(眞眞假假)라 표현한 바 있다.

眞賞畫不成
畫賞眞相似
참맛을 바란다면 그림을 그릴 수 없고
그림으로 즐기기를 바란다면 비슷한 것으로 족하다네.

그러니까 작품 속의 진(眞)을 표현할 뿐이지, 실제로 진(眞)이 아니라는 사실이다. 진짜를 가짜로 여기고 가짜를 진짜로 여겨야 하는 것은 예술과 현실의 관계 문제다. 그러나 그 진실은 단순한 현실의 복제(複製)도 사진(寫眞)과 같은 사실성의 반영이 아니다. 창작이란 현실이라는 재료를 가지고 그것을 가공하고 정련하고 개괄하여 아름답고 신선한 공구를 만들어 내는 산물(작품)이다. 그것을 인식하지 않으면 수필은 언제나 일상성을 벗어나지 못하는 지루한 나팔일 수밖에 없을 것이다.

8, 9월호의 수필 이야기로 돌아가 보자. 이 달의 수필 가운데 눈에 띄는 작품으로 왕옥현의 「달개비」란 작품이 평자의 시선을 끌었다. 문장을 다루는 솜씨가 능숙하고 유연하다. 좋은 글이란 이렇게 읽어 내려가기가 순조롭고 행복하다. 그리고 무한한 상상의 기쁨을 맛보게 된다.

　　쪽빛 닮은 두 장의 날개가 부챗살처럼 펼쳐지자 미인의 가녀린 속눈썹 같은
꽃술이 드러난다. 상공을 향해 살짝 치켜 올린 모습이 요염하다. 길가장자리와
담벼락을 에두르며 꽃을 내놓은 달개비. 파랑 요정들이 초록 풀밭에 소풍이라
도 온 듯 사뿐히 내려앉은 자태에 난 그만 반해버렸다.

—「달개비」의 서두

　이 글의 서두 부분이다. 서두는 글 전체의 암시적 요소다. '달개비에 반
해버렸다'로 다음 문장을 이어주고 있다. 그리고 서두의 부챗살, 속눈썹 같
은 꽃술, 소풍, 사뿐히 내려앉은 자태 등의 단어들이 새로운 정경을 만들며
생명 넘치는 정감으로 살아 움직인다. 너무 자연스럽고 소박한 표현들이
달개비가 단순한 잡초의 퇴적이 아니라 생기 넘치는 화초로서 환생하고 있
다. 마치 실타래를 풀어내는 것처럼 앞뒤 문단이나 문장이 연관성을 이루
며 주제와 호응을 이루고 있다. 또한 마지막 부분에는 '달개비를 들여다보
느라 쪼그렸던 자리를 털고 일어났다'면서 서두와 종결을 잘 매치시키면서
깔끔하게 통일성을 이루어냈다. 게다가 달개비에 대한 기본적인 정보를
설명함에 있어 지루하지 않게 풀어내는 기교의 치밀성이 매우 뛰어났다.
　전영순의 「거울」도 재미있게 읽었다. 작가는 작품으로 자신을 이야기
한다. 「거울」의 구조는 간단하다. 자신의 얼굴에 낀 주근깨에 대한 이야기
다. 개인적인 사사로운 이야기이지만 지루한 감을 주지 않는 것은 탄탄한
문장력 때문일 것이다. 글의 내용이 재미가 있든 없든 간에 독자에게 흥미
를 주지 못하면 그 글이 어필되지 않는다. 그런데도 불구하고 이 글이 호
응되는 것은 자신의 심회를 모가 드러나지 않게 고백하는 진실성 때문일
것이다. 다만 옥의 티라면, "거울 속에서 나는 ~ 자평(自己陶醉)한다."[1]의
문장이 서두와 조화를 이루지 못하고 있다는 점이다. 삭제되었다면 좋지
않았을까. 그러나 지루해질 일상 속의 이야기를 명쾌하고 흥미롭게 이끌

---

1 전영순, 「거울」, p.187 4행.

어내는 재주를 지닌 작가로 보아도 될 것 같다.

이명의 「말의 씨앗」은 삶의 자세가 얼마나 중요한 것인가를 생각하게 하는 작품이다. 말은 그 사람의 인격이요 사상성이다. 그러므로 말을 통해서 그 사람의 격을 평가하게 된다. 자신의 경솔했던 체험담을 흥미롭게 이끌어냈다. 긍정적인 삶이 얼마나 소중한가를 독자로 하여금 한 번 더 자신을 돌아보고 깨닫게 하는 내용이었다.

최복순 「이웃의 조건」은 한 편의 일기처럼 읽혀지는 작품이다. 아파트라는 특수문화에 살면서 상대방을 존중하고 배려하는 마음을 갖는다는 것은 인간으로서 가장 기본적인 예의일 것이다. 평범한 일상의 이야기지만 일반적으로 가지고 있는 사고의 깊이가 쉽게 공감되면서 남을 통해 자신을 돌아보며 남에게 소중한 이웃이 되고자 하는 글쓴이의 고운 마음이 전달된다.

「소요문학회」 특집 가운데 신경순의 「가족」이 선자의 시선을 모았다. 우선 군더더기 없는 선명성이 맑은 하늘을 보는 기분이 들었다. 아쉽다면 중후성이 부족하다는 점이겠으나 작가의 고귀한 삶의 진정성이 배면에 깔고 있어서 무난하게 커버되고 있다. 생명의 연소와 함께 빛을 발하는 난로처럼 작가의 행복한 미소가 드러난다.

남상례의 「인맥」도 너스레가 없어서 읽을 맛을 주었다. 동경의 여유를 주었다면 좀더 감칠맛이 있었을 것이다. 정감이 없이 지나치게 간결하다 보니 보고문 같은 단조로움이 아쉬움으로 남는다. 정감을 덧칠해 주었다면 더 좋은 글이 되었을 것이다.

문학이란 결코 현실의 복제도 아니고 사진과 같은 사실의 반영도 아니다, 문학이란 사물의 본질을 어떻게 펼쳐 보이느냐에 있는 것이요, 사실을 설명하자는데 있는 것이 아니다. 그러기 위해서는 부득불 허구를 사용하게 된다는 점을 인식했으면 한다. 그리고 허구는 거짓을 말하는 것이 아니라 작품을 조형하기 위한 수법이라는 것도 이해해 주었으면 한다.

《한국문인》

수필, 그 이상화(理想化)

1.

또 한해가 시작되었다. 2007년은 영원히 만날 수가 없는 세월의 뒤안길로 사라졌다. 한해가 가고 또 한해가 시작되는 것은 물리적으로 볼 때 아무런 변화가 없는데, 보내는 세월 앞에 우리의 가슴이 허허한 것은 어째서일까. 정말이지 지난 연말에는 적막감을 감출 수가 없었다. 그런데 새해라는 2008년의 이름표를 달자 알 수 없는 것들이 가슴속에서 옹알거린다. 그러고 보면 시간 속에 어떤 신비로운 힘이 담겨 있는 것일까. 그래서 그런지 사람들은 새해가 되자 '복 많이 받으십시오'라는 인사말을 서로 주고받는다. 도대체 그 복이란 무엇일까. 옛 사람들은 '복'이란 의미를 대개 부귀공명에 두었다. 아마 오늘날 많은 사람들도 여기에 목매인 것 같다. 지난 선거에서 흩어지고 모이는 패거리를 보면서 그들의 얼굴에서 공명을 갈구하는 모습이 허허롭게 느껴졌다. 대하처럼 도도히 흘러가는 그 시간 속에서 그 무엇인가를 얻기 위한 몸부림을 어떻게 표현해야할까.

고려 때 중신 최해(崔瀣)의 수필 작품 한편이 생각난다. 여기에 삶이란 무엇인가에 대한 해답과 함께 문학적 의미가 담겨 있는 것 같아 서론을 옮겨본다.

은자의 이름은 하계인데 혹은 하체라고도 부른다. 창괴는 그 성씨이다. 대대로 용백국 사람으로 본래는 두 글자로 된 성씨가 아니었으나 우리 음이 느린 까닭으로 그 이름 때문에 성이 달라진 것이다.

은자는 어려서 이미 천리를 알 만큼 영특하였으나 학문을 하는데 끝까지 집착하지 못하는 성격 때문에 널리 볼 뿐 깊이 탐구하지 못하였다. 게다가 은자는 성미가 온전하지 못하여 윗사람에게 아부할 줄 모르고, 술을 즐기되 두어 잔이면 남의 장단점을 꼬집기를 좋아할 뿐 아니라, 한번 들은 이야기는 그것을 귀에 담아주지 못하고 함부로 말하기 때문에 사람들로부터 사랑을 받지 못한 까닭이다.

은자는 개연히 공명에 뜻을 세웠으나 세상이 그를 받아주는 이는 아무도 없었다. 벼슬에 오르려는 기회가 있었으나 번번이 내침을 받았다. 가까운 벗들이 애석하게 생각하고 말조심하라고 자주 권면하였으나 그는 받아들이지 못했다.

중년에 이르러서는 자못 후회하였으나 이미 때는 늦었다. 그러나 사람들은 그가 우리와 새장에 갇힐 수 있는 성격이 아니라는 것을 알았기 때문에 은자를 벼슬길에 올려 쓰기를 꺼렸던 것이다. 은자는 이 세상에 더 이상 뜻을 두지 않았다. 스스로 자책하여 말하기를 '그 동안 나와 가까운 친구는 참으로 착하고 아름다웠다. 그런데도 나를 받아들이는 사람은 아무도 없었다. 많은 사람의 신임을 얻는다는 것이 참으로 어려운 일이구나.'

이것은 그의 단점이다. 그러나 또 한편으로 생각하면 장점이 되기도 할 것이다. 그가 노년에 이르러 갑사의 한 스님을 따라가 논밭을 빌려 농사꾼이 되었다. 그리고 그 농원 이름을 취족농원(取足農園)이라 이름하고 자호를 예산농은(猊山農隱)이라 했다. 그리고 좌우명을 지었으니

'너의 논 너의 밭은 삼보의 은혜라.

족함을 취하고 어찌 이를 잊으랴.'

은자는 평소에 불교를 좋아하지 않았으나 갑자기 그의 땅을 빌려 농사짓는 자가 되었으매, 일찍이 품었던 뜻의 어그러짐을 자책하여 이에 스스로 희롱하였던 것이다.

—「예산(猊山) 은자전(隱者傳)」

여기에 우리 인간의 본질을 엿볼 수 있다면 문학은 그 본질을 잘 담아내는 일이 아닐까. 그러나 아무렇게나 담아낸다고 해서 문학이 되는 것은 아닐 것이다. 어떤 소재를 형상과 구상을 거쳐 이상화의 장치를 통해서만 가능할 터다.

2.

많은 사람들이 도덕적 관점에서 문학을 접근하려 한다. 그리고 어떤 울타리를 쳐 놓고 문학의 범주를 그 속에 끼워 넣으려 한다. 한유(韓愈)의 문이재도(文以載道)는 물론 현대의 혁명문학이나 실천문학에 이르기까지 문학을 실용적 세계 속으로 끌어들이려고 하고 있다. 게다가 현대 문학 이론가들은 문학적 장르를 몇 사람들의 논의를 바탕으로 망을 쳐 놓고 있다. 그것은 잘못된 생각이다. 특히 수필을 현실적 자각을 바탕으로 하는 문학이라는 애매한 논의 같은 것이 더욱 그렇다.

두메산골 한 노파가 카뮈의 작품 『이방인』을 읽을 때 어머니의 죽음 앞에서도 눈물 한 방울 보이지 않은 무르소의 패륜적인 행동을 보고 자기도 모르게 칼을 들고 흥분한다면 도덕적 관점에서는 타당할지 모른다. 그러나 이는 한없이 어리석은 일이다. 그것은 의기(義氣)라기보다 하나의 광기(狂氣)다. 때와 장소, 그리고 상황을 구별 못한 의기는 광기인 것이다. 따라서 도덕이란 실제 인생의 규범이지만 문학은 실제 인생과 거리가 있다는 사실을 인식하지 않으면 안 된다.

문학은 물론 모든 예술은 실제 인생과 거리가 있다. 말하자면 문학은 극단적인 사실주의와는 서로 용납될 수 없다. 사실주의의 이상은 인생과 자연을 묘하게 닮도록 하는데 있다. 만약 문학이 정말 인생과 자연의 경계(境界)를 닮게 하는데 절대 목적을 둔다면, 문학적 미감(美感)을 제대로 감상할 수 없게 된다. 생각해 보자. 한 미녀의 나신의 사진을 보는 것과 '사랑의 신 비너스'와 같은 나체 조각이나 프랑스 화가 앵그르의 '샘물 긷는 여인'과 같은 나체 그림들을 대하는 것과 어떤 차이가 있을까. 실체의 나신의 사진을 보는 것보다 조각상을 보는 것이 성욕을 자극하지 않을 뿐 아니라 그 작품 속에서 숙연하게 어떤 미감을 우러러 감상하게 된다. 그것은 무슨 이유에서일까. 사진은 너무나 자연과 가까워서 실물과 마찬가지로 사람들의 실용적 태도를 일으키게 한다. 그러나 조각과 회화는 모두 다소의 형상화와 이상화를 지니기 때문에 어느 정도는 부자연스러워도 사람들에게 실제 인생 중의 한 부분으로 잘못 생각하게 하지 않는다. 나신(裸身)은 현상이면서 하나의 실체다. 그리고 조각상보다 더 실제적이다. 그러나 더 중요한 것은 사진이나 조각상은 하나의 그림자에 불과하다는 사실이다. 말하자면 현상이지만 실체는 아니다. 따라서 미감은 실체보다 더 강력한 힘을 발휘한다는 것을 염두에 두지 않으면 안 된다.

이렇듯 사람들의 미감(이미지)은 무의식적으로 내재하는 미감(이미지)에 끌린다. 그것들은 감각을 통하여 지각으로 통합되고 그 지각은 다시 사고(思考)를 낳는다. 미감(이미지)에는 고정된 틀이 없다. 그리고 정지된 이미지는 한 계통으로 존재한다. 정지된 이미지는 그 계통의 말단이다. 그것은 상식으로 통하고 상식은 선입견의 온상이다. 그리고 미감적인 이미지는 여러 방향으로 통하면서 다방면에서 지원을 받는다. 인간의 사고와 경험이 무궁하기 때문이다.[1]

문학 작품이나 예술 작품 가운데는 현실에 맞지 않는 것이 너무도 많다. 가령, 이지상의 서유기에 나오는 손오공이나 카프카의 『변신』에 나오는 독충으로 변신하는 그레고르 삼사, 연극에서 배우들이 연기를 보면 유난히 굽이 높은 신발을 신으며 연출하는 음성과 태도가 평상시 말하는 것과 많이 다르다. 고대 예술의 조각가들은 인체 비례를 추상화(抽象化)하여 왕왕 천편일률적인 것을 탈피하였다. 가령, 몸 전체는 정확하게 머리 길이의 여덟 배가 되어야 하며, 팔과 다리는 머리의 수배가 되는 식의 인물의 사지를 부자연스럽게 구부려 표현하였고 중세기의 고딕식 대사원의 조각은 인물의 사지를 부자연스럽게 늘려서 표현하였다. 중국과 서양 고대 회화는 모두 원근법과 명암을 쓰지 않았다. 이러한 예술상의 형식화는 예술적 미감을 극화시킨 것이다. 그 속에는 지극한 이치가 들어 있는 것이다. 말하자면 사물의 아름다움은 실체의 도형으로는 아름다워 보이지

---

1 최성배, 『시각적 이미지 마당』, 전주대학교 출판부, 1998.12.10.

않는다. 약간의 빗나감을 포함하고 있어야 한다. 따라서 수필 또한 사실의 기록이라기보다 엄격한 현상 속에 우연적인 진리의 요소를 받아들임으로써 예술적 미감을 극대화 할 수 있는 것이다. 아직도 이 면을 소홀히 여기는 작가가 너무 많다는 것이 수필의 질을 저하시키는 요인이다.

3.

《한국문인》 12월과 1월호에 운문에 비해 수필의 비중이 많이 차지하였다. 그러나 필자가 요구하는 수필은 찾아볼 수가 없었다. 게다가 고뇌하는 작품도 찾아 볼 수 없었다. "문장은 시세에 의하여 지어지게 되고, 시기는 만물과 부응하여 지어지게 된다." 백거이(白居易) 말처럼 살기 좋은 세상이어서 그런지도 모른다. 누가 무어라 해도 좋은 세상임에는 틀림없다. 우리 손으로 통치자를 뽑을 수 있으니 얼마나 자유를 만끽하고 있는가.

신작 수필란의 육정숙의 「백비」는 아름답고 잔잔한 표현이 마음을 끌었다. 저절로 가슴에 차분하게 저미는 듯한 글이었다. 필자의 겸허함, 그리고 다소곳함, 다독거림, 자신의 성찰 등은 인간의 자연화의 어떤 극치라고 명명해도 될 것이다. 요컨대 소위 인간의 자연화는 천인상통(天人相通)의 감응을 이루는 생물적 국한을 초월하는 세계라 할 수 있다. 특집으로 '혈액형과 인연' 이란 주제를 다루고 있다. 어떤 의미를 얻고자 이런 난해한 주제가 주어졌을까. 접근하기가 꽤 까다로운 주제라 생각된다. 그런데도 원로답게 무난하게 잘 소화해 내고 있었다.

김혜식의 「삐딱한 시선에 이끌려」가 눈길을 끌었다. 제목이 호감을 주었다. 마지막 부분에 남편과의 만남을 '어쩜 그는 삐딱한 나에 대한 시선으로 나를 거듭날 수 있게 한 유일한 사람인지도 모른다.' 라고 이 글을 맺고 있는데, 제목과 글의 전개와 마무리가 팽팽하게 잘 유지되고 있었다. 특히 글이 정적이면서 한편으로는 마치 졸졸 소리를 내며 흘러가는 동적인 느낌이 우리의 인식을 평안하게 감싸 주었다.

신동소의 「낯선 기억」은 흥미로운 제목과 혈액형에 얽힌 사건이 개연성 있게 써진 글이었다. 서두 '서울 시내의 전경은 실오라기 하나 걸치지 않은 낯선 여자의 나신과도 같았다.' 라는 부분을 통해 이미 이 제목의 개연성과 함께 낯선 기억의 주인공이 여성임을 암시적으로 확충시키면서 북한산에서 희미하게 들려오는 여인의 울음소리가 들려온다는 표현을 도입한 기법이 영명(靈明)스럽다. 그리고 화자의 잘못된 인식을 여인의 입을 통해 자신이 A형이라는 것을 독자들에게 혼란을 주면서 사실은 그 여인의 혈액형은 B형이라는 반전이 독자에게 진한 재미를 더했다. 탄탄한 문장력을 가지고 있는 작가였다.

장정식의 「정은 피보다 진하다」는 인간에 대한 사랑이 한 개인에서부터 인종을 넘어선 세계적인 사랑까지 이르는 작가의 따스하고 푸근한 정이 물화의 경지를 느끼게 하였다. 혈액형이 몇 가지로 나누어져 있지만 정이 인간을 하나로 묶어내는 힘이 얼마나 강한가에 대한 감응적 쾌락을 주었다.

정건섭의 소설적인 기법을 취한 「혈액형이 맺어준 인연」, 안장환의 「내가 좋아했던 여자」는 과학적인 소재를 바탕으로 혈액형에 대한 추억을 미학적으로 접근하고 있었고, 최이락의 「씨도둑 이야기」는 전통적인 체험을 정감있게 전달해 주고 있다.

《청탑수필문학회》 12명의 작품이 실려 있었다. 글이 전체적으로 무게가 있고 겸손한 아름다움이 곤혹스럽게 담겨 있었다. 곤혹스럽다는 의미는 빈곤층에게는 자칫 오만함으로 비출 수도 있다는 의미이다.

문옥희 「아바나의 크리스마스」는 서두에서부터 깊은 명상에 빠지게 하는 기법을 통해서 아바나의 호텔에서 헤밍웨이가 수년간 머물렀다는 것을 회상하면서 그에 대한 삶을 추적해 내려는 의지가 호감을 주었다. 필력이 대단한 멋진 감수성이 있는 작가라 여겨질 만큼 심연에 젖어들게 하였다. 그러나 헤밍웨이와 아바나 호텔과의 연결고리를 짓지 못한 채 다른 방향으로 글이 흘러서 명쾌감을 주지 못한 것이 아쉬웠다.

김미옥의 「호박이 있는 풍경」은 호박에 대한 따스함이 포근하게 잘 배어 있는 글이다. 이 글은 '~던가, ~닌가, ~터다. ~인지라. ~이다. ~었다. ~했다. ~뿐이다. ~보다. ~일이다. ~보련다. ~는지.' 등의 다양한 어미의 구사가 전체적으로 글의 리듬감과 함께 생동감이 있었다. 평범한 내용이라도 글이 매력적으로 느껴지게 하는 데에는 이 어미의 역할이 얼마나 중요한가를 알 수 있다. 마지막에 '몇몇 이웃 마주 앉아 뜨거운 호박죽 후후 불어가며 웃음꽃 피우는 소박한 정 나눌 눈 내리는 날이 기다려진다.'는 이 문장에서는 시각, 미각, 청각, 촉각 등의 감각적 이미지가 선인들로부터 이어 내려온 후덕한 인심과 정감을 느낄 수 있었다. 다만 중간부분에 '겉과는 달리 속이 상했더라' 라는 문장은 특별한 이미지를 주지 못했다. 생략 했으면 좋았지 않았을까.

　문홍규의 「마라톤 중독 증후군」은 제목처럼 이 글도 달리고 있다는 생각이 들 정도로 작가의 생각이 잘 드러나 있는 글이다. 뭔가에 몰두하고 열정적으로 할 수 있다는 것은 참 행복한 일이다. 시원하고 즐겁게 달리는 인생을 살고 있는 작가의 삶을 닮아보고 싶었다.

4.

　흔히들 수필은 시처럼 비유와 상징으로 암시하는 문학도 아니고, 소설이나 희곡처럼 허구로 얽어놓은 문학도 아니라고 말한다. 물론 시처럼 극단적인 상징성은 취할 수 없을지 모른다. 그러나 수필 또한 얼마든지 상징화 할 수 있을 뿐 아니라 소설의 범주를 내왕하면서 수필적인 허구의 기법을 자유롭게 구가 할 수 있을 때 수필의 우월성을 확보하리라 생각된다. 따라서 수필은 다른 장르가 취할 수 없는 통합성 내지 종합성을 지닌 문학이라는 것을 염두에 두었으면 한다. 여기에는 수필가의 많은 노력이 전제되어야 한다. 그래서 수필은 미래의 문학인 것이다.

《한국문인》

관념(觀念)과 통찰(洞察)

1. 창의적인 사고

소동파(蘇東坡, 1036-1101)를 모르는 사람은 있을지 몰라도 적벽가(赤壁歌)를 모르는 사람은 없을 것이다. 적벽가를 지은 이가 바로 소동파다. 이 작품은 문장의 궤범(軌範)으로 많은 사람으로부터 사랑을 받고 있는 걸작이다. 그만큼 소동파는 뛰어난 작가다. 그에 숨겨진 비화를 엿듣는 것으로 이 달 월평의 실마리를 삼고자 한다.

어느 날 저녁을 먹고 난 다음에 소동파는 첩(妾) 세 사람을 앞에 놓고 물었다.
"그대들이여! 지금 내 뱃속에는 무엇이 들어 있다고 생각하는가?"
한 여자는 저녁에 먹은 밥이 들어 있다고 말했고, 다음 여자도 그와 비슷한 말을 했다. 그러나 세 번째, 조운(朝雲)이란 첩은 두 여자와는 전혀 다른 말을 했다.
"나리의 배 속에는 철 지난 모든 사물에 대한 상념으로 덧칠되어 있습니다."
소동파는 무릎을 쳤다. 그리고 조운(朝雲)의 상상력에 박수를 쳐주었다.

두 여인은 관념적인 사고, 즉 일상의 틀에 매인 생각을 털어놓은 여인이라면, 조운(朝雲)은 관념의 틀을 벗어난 신경(神境)의 창의성을 가진 여인이라 할 수 있다. 눈에 보이는 단순성만을 이야기 하는 것은 일상의 관념에 지나지 않는다. 보이지 않는 세계, 아무나 볼 수 없는 세계를 보는 것이 뛰어난 발상이요 창의적인 사고력이다. 그러니까 조운은 상식의 틀을 부정한 여인이라면, 두 여인은 평범한 일상적 상식의 틀을 벗어나지 못한 단순 사고라 할 수 있다. 관념적인 작가는 첫 번째 여인과 같은 말을 할 수 있을 뿐이다. 그러나 통찰력을 지닌 지혜의 작가라면 조운의 목소리를 낼 것이다. 묻는 사람이 소동파이고 보면, 그 물음 또한 단순한 것이 아니었음을 조운은 이미 간파한 것이다. 이러한 통찰력을 다른 말로 파격적인 발상, 또는 각조(覺調), 관조(觀照), 정견(正見), 지혜(智慧)라 명명해도 좋을 것이다.

걸작이란 관념(觀念)을 넘어선 파격을 취한 작품이다. 피동적이며 소극적인 사고를 벗어난, 주체적이고 적극적인 화경(化境)의 경지의 세계를 구가한 것이 걸작이다. 채석장(採石場)에 많은 돌들이 널려 있다. 그것은 생명이 없는 단순한 사물(돌덩이)에 불과하다. 그러나 차갑고 굳은 돌덩이 속에서 살아 꿈틀거리는 생명의 소리, 즉 '숨 막혀 죽겠으니 빨리 꺼내주시오' 라는 영성(靈聲)의 음성을 들을 수 있어야 한다. 그 소리를 듣고 작품화 한 것이 바로 화경(化境)이다. 조각가 사다비드(David d'Angres, pierre Jean, 1788-1856)같은 사람이 바로 그런 화경(化境)의 예술가라 할 수 있다. 그는 돌을 대하면 그 외침을 따라 정신없이 정으로 돌을 쪼개는 뛰어난 작가라면, 조운(朝雲) 역시 소동파(蘇東坡)가 어떤 뜻을 품고 있는가를 관조(觀照)한 여인이라 할 것이다.

화경(化境)의 작품은 쉽지 않다. 몇 세기만에 나올까 말까 한다. 그러므로 기대하기는 무리다. 이 달은 지난달에 비해 좋은 작품이 월등히 많았다. 기쁜 일이다. 하지만 짧은 지면에 그것을 다 언급할 수 없다. 앞에서 언급한 그 가운데 좀 더 창의적이고 통찰력 있는 작품을 중심으로 살펴보려 한다.

2. 여자가 되는 날의 그 이데아

　'여자가 되는 날' 이란 특집이 먼저 눈에 들어왔다. 여자가 된다는 것은 무엇을 의미하는 것일까. 완전성을 의미하는 것일까. 그렇다면 그 완전성은 어디에 기준을 두어야 하는 것일까? 그 기준성이 이 작품의 주제성(主題性)이 되어야 한다면 그 기준을 소홀히 생각할 수 없을 것이다. 예컨대 「파도(波濤)」란 제목이 주어질 때, 눈에 보이는 파도만을 이야기 한다면 그 작품은 단순성을 벗어나지 못한 것이다. 파도는 인생의 역경이나 고난일 수도 있고, 더나가서는 내 마음의 갈등이 될 수도 있다면, 여자가 되는 날 역시 '첫날밤' 도, '출산의 고통' 도 비로소 여자가 되는 날이 아닐까. 또한 사랑이라는 단어를 깨달은 날 또는 사랑의 고백을 받은 날도 그 자신이 여자임을 새삼스레 깨달을 수도 있을 것이다. 특히 전통 사회에서 여자가 되는 날은 순종과 복종의 외길이거나 인격적인 수도(修道)도 여인이 되는 날일 수도 될 것이다. 그런데 초경에 초점이 맞추어진다면 일차적 시각에 머무른 단순 사고에 지나지 않을 것이다.

　그 가운데 변영희 「황당의 극치」는 다른 작품과는 구별된다. 물론, 이 작품 역시 초경이라는 사건으로 글을 전개하고 있기는 하지만, 단 한군데에서도 '초경' 이라는 단어를 찾을 수 없을 만큼 깔끔한 단어 처리가 평자의 시선을 끌었다. '아랫도리에 괴상한 기미가 감지되었다. 섬뜩한 그 무엇! 노란 장판 바닥에 진홍의 액체가 뚝! 흉물스런 자국, 악마의 흔적처럼 붉은 점이 하나둘 늘어갔다. 끈적하고 뜨겁고 야릇한 냄새, 너는 이제부터 확실하게 여자가 되는 것이란다.' 라는 신선한 표현을 구사하여 초경이라는 직접적인 단어를 감추고 감성으로 대치함으로써 그 의미를 한결 옥립(玉立)의 경지로 끌어 올리고 있다. 또한 초경을 겪는 여자 아이들의 세밀한 감수성과 정감의 움직임을 계절의 변화(늦여름에서 초가을로 계절이 바뀌고 있었다)를 통해서 자연스레 전이시켜 주고 있어서 수필의 의미를 참신하게 해 주었다. 그리고 평안했던 초경전의 소녀기의 심리를 적절하게 구사해 놓고, '장마철 빗줄기에도 운치가 묻어나고 일곱 빛깔 무지개도 자주 떴다.'라는 묘사를 통해 초경 이후에 접하게 될 무한한 미래의 신비롭고 영원한 이데아의 세계를 그려주므로 작품의 밀도를 더해 주었다. 그러나 세밀한 구성, 다양한 기교성에 비해 제목이 너무 가볍고 초경이라는 일차적인 사건만을 암시해 주어서 이 글의 무게가 감소된 감이 없지 않다.

서인숙「석류빛 그 초경의 기억」에서는 초경을 '빨간 석류가 툭 떨어진 것이었다.'라는 표현은 상(象) 밖의 상(象)을 발견할 수 있는 것이라고나 할까. 십대 소녀의 보석같은 꿈이 그 속에서 피어나고 있음을 강하게 암시하고 있어서 역량있는 작가라는 느낌이 들었다.

'깜짝 놀라 살펴보니 아, 석류구나, 석류는 알알이 튀어나갔다. 반은 우물에 떨어졌고, 반은 하얀 교복에 쏟아졌다.'라는 문장을 서두에 복선으로 처리한 것이라든지, 초경 사건을 치룬 이후의 '집으로 돌아오는 언덕길에서 본 바다는 놀로 붉게 물들어 있었다.'라는 표현들은 작가 자신의 삶의 변화와 함께 깊어지는 인생의 날들을 예고해 주는 그 변증이 심도있게 나타났다. 다만, 글의 첫머리에서 '초경'이라는 직접적인 표현과 함께 그에 대한 정의를 내린 점과 '열심히 공부해야지 굳게 다짐했던 나는 착하고 가난한 우등생이었다.'는 문장은 이 작품의 격을 상하게 하는 불필요한 문장이란 생각이 든다.

3. 파주 문학회의 옹골한 식구들

《파주 문학회》 15명이란 거대한 식구들의 잔치가 부러울 만큼 탄탄한 목소리를 가지고 있다. 비록 시지역이라고 하지만 아직 시골의 범주를 벗어나지 못한 신생도시가 파주다. 그런데 어느 지역보다도 거대한 단체들이 단단한 목소리를 가지고 있다는 점이 눈여겨 볼만하다. 특히 특집란에 참여한 모든 작품들이 고른 수준이어서 몇몇 작품을 논한다는 것이 마음이 편치 않을 정도로 모두가 일가를 이루고 있었다.

문학이란 한 마디로 인생에 대한 추구다. 문장이 화려한 것은 그만큼 화려한 인생을 살고 싶은 욕구요, 불후의 명작을 낳고 싶은 것은 작가의 영원한 세계관의 추구라고 할 수 있다. 그래서 문학은 우리의 삶을 벗어날 수 없다면 파주문학회는 이미 이런 경지를 터득하였다는 생각이 든다.

특히 신윤자의 「마음 따라서」의 수필을 읽으면서 그런 느낌과 함께 알 수 없는 애상에 젖어 평자의 가슴을 짓눌렀다. 그것은 살아가면서 얻어진 깨달음의 지혜이기 때문일 터이기도 하지만 '어떻게 사는 것이 바른 삶일까?'에 대한 그 물음에 일종의 해답을 담고 있기 때문인지도 모른다. 살아간다는 말은 다른 말로 죽어간다는 의미도 된다. 죽는다는 것은 두려운 일이다. 따라서 아름다운 죽음을 준비해야 한다. 그것은 죽기 전에 깨닫는 삶을 살아가는 일이다. 신윤자의 글이 맛깔스러운 것은 이런 세월을 좇아서 만물을 바라보고 번다함의 의미를 강하게 암시하는 우회성의 탁절(卓絕)함 속에 그 해답이 담겨있기 때문일 것이다. 삶의 조명에 대한 형상적인 생동감, 모종의 철저한 해탈을 요구하는 작가의 심경이 문장 사이사이에 깊숙이 감추어져 있어서 읽는 이의 정감에 따라 더 많은 의미를 주고 있다.

김덕임 「감나무」는 제목과 내용이 일치를 이루는 글로, 아파트 단지 내에 뽑혀질 감나무에서 유년시절을 아름답게 추억해 내고 있다. 그리고 뽑혀질 감나무와 선 곳에 다시 뿌리는 내리고 산다는 것에 대한 말미 부분이 서두를 받쳐 주고 있다. 좋은 글이다. 하지만, 서두 부분이 장황하다보니 정작 작가가 하고 싶은 이야기를 다 하지 못하고 결론의 몇 줄에 집중되어 있는 점이 아쉬움으로 남는다.

김옥례 「까치밥」은 일상적인 일들을 적었음에도 지루하지 않고 잔잔한 감동을 주고 있다. 까치밥이라는 것을 통해 선인들의 넉넉한 정서와 함께 사물에 작가의 사상을 곁들여 그것을 친절하게 풀어내는 솜씨가 두드러진다. 말하자면 문장의 간결성, 자연성, 그리고 통일성, 일치성 등 이런 것들이 작품의 조화를 이루고 있으면서 자신의 성찰로 글을 마무리하고 있다는 점이 돋보였다.

신옥림「오래된 선물」은 정감 어린 글이다. 누구에게나 유년시절은 소중하고 아름답다. 비록 유년시절이 무척이나 화려하거나 거칠고 고달팠더라도 나이 들어 기억을 더듬어 보면 그 시절이 그리운 정감을 안겨준다. 이런 점감의 세계를 다양한 기교를 구사하여 독자와의 거리를 좁히면서도 독자로 하여금 더욱 마음을 열게 하고 있다. 특히 마지막 부분의 작가의 어휘선택은 작가의 역량을 가름해주는 대목이다. '약속이나 한 듯이 여기저기서 지갑을 열었다. 우정이 있기에' 라고 글을 맺는데 이는 상세한 정감이 한층 이 글의 품격을 끌어 올려주고 있다.

이정님「꽃의 정체」는 청각적이고 희화적인 글이어서 생동감이 넘쳐나는 가운데 청신한 문장과 함께 아기자기하게 물 흐르듯이 흘러가고 있다. 읽기가 참 편하다. 자유분방한 감정을 거침없이 쏟아내기란 쉬운 일이 아니다. 그런데 작가는 여름날의 소나기처럼 독자들에게 시원한 청량감을 주고 있다. 원동력을 가진 작가임에도 불구하고, 더 많은 감동을 주지 못하는 것은 제목과 글의 내용의 괴리 때문이다.

정말 하고 싶은 이야기를 좀 더 깊고 세밀한 내면을 치밀한 구성력을 갖추었다면 희열을 맛보게 되었을 작품이었을 것이다.

우선정「감자꽃」은 시각적, 청각적 이미지가 잘 살아있고, 어휘사용이 두드러진 부분들이 강한 인상을 주었다. 역량 있는 작가로 보인다.

최혜숙「해창만 너른 들에 서니」, 이 작품 또한 회화적이고 시적인 감수성과 묘사력이 풍부한 작품이었다.

4. 아홉 사람의 목소리

신작 수필에 김학, 이기진, 하현옥, 고연숙, 김동환, 김용준, 변애선, 손영선, 이건순 등 아홉 사람의 목소리가 무게 있게 실려 있다. 이 가운데

30여년 이상을 오직 수필만을 사랑하며 수필 속에 살아온 중견작가들이 눈에 띤다. 이들은 이미 여러 차례 언급되었으므로 제외하려 한다. 장자와 열자는 우언(寓言)으로 상(象)을 빌린다고 했다. 우언은 바로 상징적 방법이다. 노장도 이에 맞장구를 친 바 있다. 그것이 '말은 뜻을 다할 수 없는(言不盡意)' 것으로써 언어는 사람의 사유 내용을 모두 표현할 수 없고, 뜻은 단지 말없이 깨달을 수 있을 뿐이라는 말로 상징의 기법을 설명한 바 있다.

고연숙 「숲에서 줍는 야생의 작은 행복」을 읽으면서 이러한 우언가상(寓言假象)이 생각난 것은 우연의 일치가 아니다. 장자처럼 일반적인 사물을 통하여 도의 경계를 설명한 것처럼 고연숙 작품 또한 그런 기법을 담고 있었기 때문일 것이다. 여기에서 숲은 자연이고 인간은 그 자연성의 가지에 지나지 않는다. 그러므로 인간은 그것을 벗어날 수 없는 존재이고 보면 문명 속에 살아가는 자신의 이상을 체현한 것인지라, 이상 세계를 그려내고자 한 것이 작가의 의도가 아닌가 한다. 이것은 고연숙 수필의 특징으로 현실을 초탈하고자 하는 변증적인 사상이라고 생각하고 있다. 아무튼 그의 수필은 모순적 우리의 삶을 대립이라는 현대문명의 각을 세워서 형이상학적으로 인식시켜 주는 수준 높은 작품이다. 다만 아쉽다면 제목은 그 글의 가장 핵심적인 요소이다. 그러기에 제목은 상징적이어야 하고 간결해야 한다. 이런 점에서 「숲에서 줍는 야생의 작은 행복」이라는 제목은 너무 길다는 느낌이 든다.

변애선 「느낄 수 없어」는 가장 멋진 글로 제목부터 무척 흥미롭고 신선하다. 무엇을 느낄 수 없다는 것인지 제목부터 독자에게 호기심을 주고 있다. 서두에서 흥미를 주어서 독자를 긴밀하게 끌어당기고 있는 수법이 예사롭지 않다. 작가의 주장이 강하고 생각이 강한데도 독자가 거부하고 싶지 않은 것은 자신들에게도 작가와 같은 고정관념과 시각으로 살고 있다는 것을 깨우쳐 주었기 때문이다. 작가의 이야기가 하나의 사건으로만 국한되어 있다면 이 글은 어쩌면 평범할 수도 있었으리라. 그러나 자신의 경험과 영화, 책 내용을 통해 자연스럽게 확대시켜서 독자들을 자연스레 설득당하게 하는 작가의 능란한 문장 처리가 빛을 발하고 있다. 결말 부분의 여운처리 또한 작가로 하여금 거듭 읽고 생각하기를 은근히 강제하고 있어 무척 상쾌하고 통쾌한 마무리를 보여준다.

5. 마무리를 하면서

'관념(觀念)과 통찰(洞察)' 은 하루아침에 획득되어지는 장치는 아니다. 본래의 기질도 갖추어야 하고 많은 독서를 통해야 수확될 수 있는 노력물이라는 사실을 먼저 인지해야 할 것이다. 그만큼 글이란 고통 없이 얻어질 수 없는 산물이다.

인간은 지상에서 가면을 쓰고 살아가기 일쑤다. 그것은 누구나 막론하고 다같이 동행하는 항해의 수단이다. 내가 어떻게 진실로 인격적인 사람이 되고 그러한 삶을 살아가느냐에 있기보다는 남들이 어떻게 나를 보아주느냐에 더 신경을 쓰고 살아간다. 여기에서 수필은 사실의 고백이 될 수 없는 문학이라는 사실이 명명백백하게 드러난다.

따라서 문학이란 사실을 고백하느냐에 있는 것이 아니라 우리의 삶의 단면을 어떻게 보이느냐에 있다 할 것이다. 그리움이 꽃으로 화하고 꽃이 다시 그리움으로 나타내는, 그래서 그 속에서 무한한 빛을 찾아내는 것이 수필이고 보면 수필가는 어떻게 작품을 쓸 것인가? 하는 고민에서 벗어날 수 있지 않을까. 그리고 이러한 깨달음도 하나의 통찰이 아닐까.

《한국문인》

문학과 종교

일찍이 시인 매슈 아놀드(1822-1888)는 문명에 병들고 있는 사회를 비판하면서 상류사회는 '야만인', 중류사회는 '속물', 하류사회는 '인간 이하의 인간'이라고 표현한 바 있다. 어쩌면 오늘의 현실을 지적해 놓은 말 같다. 어려운 우리의 경제 현실은 야만인과 속물과 인간 이하들이 버무려 놓은 비빔밥을 만들어 놓은 것 같다. 사람이 존재하는 곳마다 싸움과 아우성이다. 그 어디에도 평화의 노래는 없다. 신성해야할 종교마저 그것을 대신하지 못하고 있다. 종교가 제 목소리를 내지 못하고 있기 때문에 사람들이 불안한 현실을 감당하지 못하고 있다. 그러므로 문학이 그 불안을 붙잡아 주고 다독거려 주는 임무를 대신해 주어야 한다. 작품을 통한 아름다움과 경건함, 끝없는 이상과 평화, 그리고 거기에서 받아들이는 최상의 안식, 이런 것들로 문학이 고갈된 심령을 채워주어야 한다. 시인 매슈 아놀드는 오직 문학(문화)만이 이것을 시정할 수 있다고 지적한 바 있듯이 잃어버린 종교 대신 문학이 그 몫을 대신하여 주어야 한다. 그런데 문학이 병든 심령을 쓰다듬어주지 못한다면 이미 그 존재 의미가 없다. 앞으로 수필이 종교를 대신하는 문학으로 자리 매김하여 주기를 바라는 마음이다.

《월간문학》 3월호에는 8편의 수필이 발견된다. 다른 때에 비하면 많은 양이 아닌가 한다. 그 가운데 장생주의 「장미 한 송이」가 시선을 끈다. 꼭 이 피천득의 「장미」라는 수필을 대하는 것 같다. 그만치 수필이 깔끔하고 감칠맛이 있다. 그동안 섬 마을 학생들에게 열과 성을 다하여 가르치고 육지로 발령이 되어 섬마을을 떠나오면서 학생들이 안겨 준 꽃다발로 통해 이런저런 생각의 뜰을 거니는 작가의 심리가 차분하게 그려져 있다. 20여년을 한결같이 자신의 뒷바라지를 묵묵히 해온 아내에게 주기 위해 많은 짐 속에 챙겨 온 꽃다발. 그러나 배 안에서 갓난아이가 그 꽃다발을 가지고 놀면서 돌려주기를 거부한다. 하지만 작가는 오직 아내에게 주어야 한다는 일념에서 장미 한 송이로 겨우 달래 놓고 부두에 마중 나온 아내에게 꽃다발을 선사한다. 그러나 아내는 말없이 꽃내음을 맡아보고는 뒷좌석에 올려놓는다. 그러다가 부두에서 누군가를 기다리고 있는 낯선 소녀에게 아내는 그 꽃다발을 선사한다. 여기에서 장미는 단순한 장미가 아니다. 그 의미가 확대된다. 최초에 장미를 건네주는 학생이 장미처럼 아름다운 마음이었듯이 배 안에서의 아이도, 그리고 부둣가의 그 소녀도, 장미를 건네준 아내도 똑같은 장밋빛 아름다움을 간직한 공동체다. 그리고 지금까지 자신의 울안에서 벗어나지 못한 채 장미꽃처럼 해맑은 웃음을 지으며 살아가는 아내의 모습에서 화자는 아름다움을 재발견하게 된다. 역시 확대된 재발견이다. 구체적인 체험과 우리말의 구사가 자연스러워서 글이 흐르는 시냇물 소리처럼 그렇게 편안함을 준다. 게다가 시적인 분위기가 글의 향을 더 해 준다.

박장원의 「동(動)」은 우리에게 많은 것을 생각하게 하는 수필이다. 석굴 법당 안에 새겨진 '동(動)' 자를 사진기에 담아 와서 현상하면서 '동(動)'에 대한 화두를 풀어내기에 애를 쓰는 그의 사유의 깊이가 이 작품의 맛이다. 움직임이 극진해지면 고요함이 되지만 인간이란 어차피 포부만 키울 뿐, 그에 달하지 못하고 빈수레격이라는 그의 넋두리가 공감으로 다가선다. 그러나 움직임 속에 고요가 있고 고요함 속에 움직임이 있음으로 사물의 색깔을 바로 볼 수 있다면 비록 빈 수레일망정 열심히 끌다보면 어느 날엔가 무언가를 잡을 수 있지 않을까? 인간이 어떻게 살아야 하는가의 화두를 던져주는 사색적인 수필이다.

정원모의 「90년을 하루처럼」은 하루가 다르게 급속도로 변모해가고 변천되어 가는 현대에도 여전히 미욱스럽도록 자신의 외길을 걸어가고 있는 사람들을 보면 오히려 반갑고 정이 간다. 그 시류에 편승하지 않고 한 세기를 그 모습 그대로 설렁탕집을 운영하고 있는 이문설렁탕집을 통해 숭늉 맛처럼 구수한 인정을 그려내고 있는 가슴 훈훈한 수필이다. 쉽게 세태에 손쉽게 편승하며 살아가는 현대의 장인정신을 가지고 살아가는 사람들이 그리워지는 마음이다. 이문설렁탕 집에 대한 내용이 구체적이어서 좋은데다가 이를 끌고 가는 글 솜씨도 무난하다.

김지헌의 「백 한 번째의 사나이」는 독자에게 흥미를 가지고 다음 글을 읽게 만드는 긴박감을 주는 수필이다. 수필에 있어서 구성이 얼마나 중요한가를 말해 준다. 차분히 독자를 흥미와 긴장과 스릴 속으로 이끌어 가는 기교가 뛰어나고, 배 안에 발을 내딛는 순간 얼마나 긴장을 했는지 살아 돌아온 그가 오히려 유령처럼 보였다는 능청스러울 정도의 그의 문장 솜씨가 마음을 사로잡을 뿐 아니라 유머스러운 표현이 수필의 수준을 더해준다. 문장 구성이나 절제된 언어묘사가 작자의 역량을 보여주고 있다.

이옥자의 「난지도」는 현대인의 이기와 탐욕과 비정을 난지도를 통해 고발하고 있는 수필이다. 난지도는 그동안의 서울 시민의 고마운 배설구였는 데도 단지 그곳에서 나온 악취로 인해 버려진 땅이라는 오명과 함께 서울 사람의 치부로 인식되어 왔다. 그러나 그 악취가 자신에게도 책임이 있다는 생각을 해보지 않은 서울 사람들에게 난지도가 구릉이 아닌 새로운 산으로 태어난다. 모두에게 외면당하면서도 난지도는 생명의 의지를 잃지 않고 초록빛 명소를 만들어냈다. 그래서 가장 불결한 것을 포용하던 습관대로 바람이 실어다 준 생명들을 안아 씨앗을 틔우게 된다. 난지도는 인간으로 하여 잃었던 꿈을 자신의 힘으로 다시 되살아난 것이다. 그의 끈질긴 생명력으로 그리고 끝없는 용서와 사랑으로 그도 살고 인간도 살린 것이다. 자연의 무한한 사랑과 생명력을 다시 한 번 일깨우게 하는 글로 인간성 상실의 시대를 살아가고 있는 우리들에게 많은 것을 시사해 준다. 평범한 소재라도 쓰기에 따라서 이렇게 좋은 글이 될 수 있다는 것을 보여주는 작품이라고 할 수 있다. 마무리가 좋다.

김옥련의 「사성(捨聖)」은 삶에 있어 버릴 줄 아는 지혜와 용기가 얼마나 우리의 삶을 홀가분하게 하고 빛나게 하는 것인가를 다시 상기시키는 수필이다. 무소유의 즐거움에 대해 많은 사람들이 입으로는 말하지만 그것을 행하기란 쉬운 일이 아니다. 그래서 그 경지에 이른 사람을 성인이라 우러르지 않던가. 집착에서 벗어날 수 있는 용기를 가졌다면 생사도 고뇌도 모두 초월할 수 있다는데 왜 인간들은 그 거추장스러운 소유물을 만들기에 그리도 버거운 삶을 살아가는가. 버리는 일 그 연습은 우리가 죽는 날까지 풀어나가야 할 과제가 아니던가. 내부에서 준비된 글이어서 자기 체험으로 다가섰기 때문에 더욱 공감이 간다.

심원구의 「사람은 죽었다」는 인간이 인간이기를 포기한 혼돈의 시대에서 그 책임소재를 니체에게까지 거슬러 오늘의 세태를 꼬집는 그의 울분에 공감대를 갖게 하는 수필이다. '인간을 유혹의 대상으로 하는 사람은 산이 매양 견제하여 우주의 질서를 완전히 더 큰 간계를 저지르지는 않았지만 이젠 인간이 사탄보다 약해졌으니 이 우주를 혼돈으로 이끄는 어떤 엉뚱한 짓을 할지도 모른다.'는 그의 염려가 바로 우리가 당면한 현실인지도 모른다. 혼돈과 인간성 상실의 시대에 있어 아직은 깨어있는 사람들이 할 수 있는 부분은 어떤 것일까. 그러나 신도 죽이고 사탄도 죽일 수 있는 인간의 능력이라면 또한 선도 살릴 수 있지 않겠는가. 그래서 사탄보다 악해진 인간도 구할 수 있지 않겠는가. 이것이 유일의 희망일까. 신을 죽인 니체를 기다리는 일, 바로 인간구원의 열쇠는 인간이 쥔 것이 아니던가. 글이 좀더 쉬운 문장으로 새롭게 구성했더라면 훨씬 내용이 감절의 빛을 발휘했을 터인데 하는 아쉬움을 준다.

좋은 수필은 누구에게나 '아! 그렇지. 그래, 참말 그렇지!' 하고 느끼게 된다. 그런 동질감을 주지 못하는 수필은 일단은 좋은 수필이 못된다. 수 필이라고 해서 꼭 실제 경험한 사실 그대를 쓰는 것은 아니다. 수필은 하 나의 사건을 어떻게 형상화 시키느냐에 있는 것이요, 사실 그대로를 기록 하는데 있는 것이 아니다. 그러므로 구성상 수필에 허구가 요구된다면 과 감히 도입해야 한다는 사실을 언급해 둔다.

조현세의 「새들은 제각기 짝이 있다」는 의미있는 수필이었다. 몰지각 하고 무분별한 남아 선호사상에 야기된 오늘날의 능력 없는 남자들을 결 혼을 할 수 없거나 처녀를 수입해 올 지경에 이른 현실을 일깨우는 수필 이다. "새들도 짝이 있는 데"라는 작가의 탄식이 바로 자연에 순응하고 분수를 헤아리게 하는 죽비의 소리다.

《월간문학》

인생 탐구, 그리고 수필

궁극적으로 문학이란 결국 인생탐구다. 수필이든 시든 소설이든 그 양상은 서로 다를지 모르지만 결국 인생탐구일 것이다. 한 생명이 이 세상에 태어나서 죽을 때까지 희로애락의 많은 우여곡절의 길을 걷게 된다. 그 길은 단순한 것 같지만 작가의 투시력으로 본다면 복잡하고 미묘하다. 그 환경에 따라서 살아가는 방식이 다르고, 그 의지에 따라서 삶의 태도가 다르다. 험난한 고난 속에서도 바르게 살아가는가 하면 부러울 것이 없는 조건 속에서도 불만과 불평으로 살아가는 사람이 있다. 이렇게 삶의 방식은 여러 형태다. 이러한 여러 형태의 삶의 몸짓을 탐구하고 서술하는 것이 문학이다.

수필이 비록 짧은 산문이지만 구조적 미학이 요구된다. 단순하고 헤픈 얘기가 아니라 거기에서 인간의 어떤 본질성을 규명하여야 하고 오래오래 되씹어볼 수 있는 철학성이 내재되어야 한다. 표피적인 이야기가 아니라 진지하고 명상적인 삶이 추구되어야 하고 시정의 잡담이 아닌, 영혼의 절규가 표현되어야 한다. 그리고 거기에서 새로운 생명을 잉태하여야 하고 마음의 평화와 용기를 가져다 주어야 한다.

《월간문학》 3월호에 7편의 수필이 게재되어 있다. 김수봉의 「안 놀아주기」, 윤주홍의 「아내여 미안하다」는 인간의 내면을 다룬 수필이고, 김소경의 「열쇠」, 조효현의 「체면」, 조명래의 「가슴에 명예를」, 주연아의 「가라오케 신드롬」은 우리 사회가 안고 있는 병적인 문제를 다룬 수필이다. 그 가운데 김수봉의 「안 놀아주기」가 시선을 모은다. 씨의 수필은 평소에 탄탄한 문맥으로 우리의 관심을 끌고 있다.

사람들은 살다보면 삶의 무게에 짓눌려 혹은 부질없는 오해에서 가까운 사람들과 소원해질 때가 더러 있다. 그럴 때마다 자신도 모르게 다가오는 몸서리치는 외로움을 만난다. 그 속에서 다른 사람과 어울려 살아간다는 것은 얼마나 아름다운 일인가를 깨닫게 된다. 사실 친구를 사귄다는 것은 타인과 자아와의 일원화에 대한 확인이다. 그래서 인간은 끼리끼리 짝을 짓고 호흡을 맞대고 살아간다. 뫼르소는 태양빛이 너무 강렬하여 총으로 사람을 쏘았다고 했지만 그건 단순한 이유일 뿐, 결국은 혼자만의 견딜 수 없는 고독 때문에 저질러진 범죄다. 뫼르소는 그의 어머니에게 마저 분리된 고독을 안고 살아갔다. 따라서 그 살인은 타인과 철저한 이원화에서 저질러진 것이다. 그러므로 놀아 줄 친구가 존재한다는 것은 또 하나의 자아의 확인이다. 그리고 친구는 타인이면서 동시에 자기인 것이다.

「안 놀아주기」는 막내의 초등학교 시절의 이야기에서부터 서두가 시작된다. 그리고 중년 시절의 자신의 주위 친구 애기로부터 B씨의 파멸적 친구관계가 화제의 중심을 이룬다. 그러나 이 작품의 특징은 하나의 화제를 탐정적으로 탐색하는 미적 흥미성에 있다. 그러면서도 우리에게 다가오는 어떤 엄숙성이다. 사실 같이 논다는 것은 끊임없는 생명활동의 하나다. 그러므로 작가의 '놀기 속에는 끊임없는 생산 활동이 있다. 함께 어울려 놀며 아이들은 탐구와 창조를 이루어 내고 어른들의 세계에서도 경쟁과 양보, 슬기와 미덕, 나를 다스려 갈 채찍을 찾는다.' 는 작가의 고백은 자아의 이원화가 일원화 되는 심층적인 작가의 인생관을 보여준다. 따라서 '안 놀아주기' 는 사람의 수평적인 자아충돌적인 요소를 낳게 된다. 그리고 그러한 충돌은 사회 현상의 엄호를 받으며 철저히 고독 속으로 고립화되어가는 사회현상을 낳게 된다. B씨의 술자리에서 사람 씹기는 결국 자아의 고립현상이며 인격 현상으로 또 하나의 대립적인 친구관계를 생산한다. 아무튼 우리들이 안겨들지 못한 삶에 대한 회한과 아픔을 생각하는 수필이다. 마지막 대단원에 "못 놀아 주는 괴로움이 그들에게도 있겠지만 안 놀아 주는 것 같은 섭섭함이 내겐 와락 두려움이 되어 가슴을 때리는 것이다"라는 말을 넣어서 여운을 남긴 것도 이 글을 높이 사고 싶은 이유다.

김소경의 「열쇠」는 현대인들의 부정적인 요소를 다룬 글로 열쇠가 없어도 좋은 세상을 갈망하는 작가의 염원과 함께 건망증을 그린 작품이다. 외출을 하려면 열쇠부터 챙겨야 하는 우리의 현실. 옛사람들은 그리 많은 열쇠가 요구되지 않았다. 그만큼 문을 잠그지 않아도 될만큼 선량한 사람들이 많았다. 대문을 개방하고 살았고, 문을 잠그지 않고 잠자리에 들 수 있었다. 그러나 오늘은 낮에도 집안에 있는 문을 죄다 잠그고도 편안할 수가 없다. 그 뿐 아니다. 문을 딸 때도 사람을 확인하고 문을 열어주어야 한다. 열쇠를 지니지 않고 살 수 있다면 현대인이 누릴 수 있는 행복의 조건이라는 화자의 지적은 현대인의 일그러진 형상을 보는 것만 같다. 그것은 마음의 여유와 함께 서로가 못 믿는다는 상징적 의미를 지닌다. 날이 갈수록 남이 열지 못하는 열쇠가 만들어지고 나부터 쉽게 열리지 않는 그런 열쇠를 찾는다는 결구는 우리를 슬프게 한다. 어떤 글은 읽으면 문장에 금방 싫증이 나는데 이 작품에서는 처음부터 끝까지 입체감을 이루고 있어서 신선감이 도는 글이다.

윤주홍의 「아내여 미안하다」는 아내에게 바치는 한 편의 서사시를 읽는 기분이다. 사람들은 다양한 삶 속에서 인생을 꿈꾼다. 그러다가 어느덧 황혼이 찾아오고 기다리지도 않은 노년에 이른다. 그리하여 지난 젊은 날을 회상해보면 살아온 시간들이 모두 아픔뿐이다. 혼자서 잘나서 그렇게 살아온 것 같지만 더듬어보면 많은 사람들의 사랑이 있었기에 가능하다는 것을 터득하게 된다. 특히 성실하게 살아온 남자 뒤에는 고생한 아내가 있음을 어느날 느끼게 된다. 그것은 어쩌면 늙었다는 증거일지 모른다. 젊어서 몰랐던 진실을 늙어서 알게 된다는 것은 다행한 일이겠지만 한편으로 삶의 결산이라는 점에서 하나의 회오를 안게 된다.

세월의 두께만큼 쌓여가는 것이 부부의 정이다. 그러고 보면 표현하지 않아도 말하지 않아도 안으로 쌓여만 가는 것이 부부간의 정이요 부부간의 신뢰다. 주제를 강화시키기 위해 젊었을 때 아내에게 소홀했던 여러 상황을 자세히 설명하고 있다. 젊은이의 글이라면 약간 궁색성이 있었겠지만 노년에 든 작가의 글이어서 되레 아내를 향한 작가의 깊은 사랑이 가슴을 뭉클한다. 톨스토이는 이반 일리치의 죽음에서 인생의 참 동반자가 바로 자기의 몸종이었음을 죽음을 앞두고 발견하게 되었듯이 작가는 노년에 이르러 자신을 위해 참 희생자가 아내였음을 말하고 있다. 작가의 조용한 인품과 함께 아내에 대한 집중적인 표현이 이 글을 더욱 심화시켰다.

조효현의 「체면」은 의연하게 살아가는 한 선비의 삶을 그린 수필이다. 양심을 헌신짝처럼 내팽개쳐버린 현대인들은 자신의 아픔은 손톱 밑의 가시에도 엄살을 부리면서도 이웃의 생사를 헤매는 고통 앞에서는 눈 하나 까딱하지 않는다. 그러나 작가는 여기에서 꿋꿋한 선비정신으로 체면을 중시하며 세속적인 것에 연연하지 않고 살아간다. 오랜만에 높은 선비정신을 만나게 되는 것 같아서 기분 좋은 일이다.

자신을 향한 부단한 단속은 구속 같으면서도 오히려 세상을 걸림돌 없이 살아갈 수 있는 비결일지 모른다. 개성이 강한 수필이다. 자칫 자만에 빠질 염려가 있는 글이어서 독자의 오해를 살 요소도 없지 않다. 그러나 살아있는 정신이 우리를 감동케 하고 있다.

조명래의 「가슴에 명예를」은 선정적인 것에 길들여져 살아가는 청소년들을 바라보면서 천 년 전 화랑들의 가슴에서 꿈틀거렸던 뜨거운 정의감과 살아있는 꿈과 이상을 심어주고자 하는 글이다. 옛날 화랑에게는 화랑정신이 있었다. 그 정신이 국토를 통일하는 밑바탕이 되었고 그 사회를 이끌어가는 소중한 정신이었다. 그런데 입시에 내몰리고 과외 마당에 시달리고 있는 요즘 아이들은 설문지를 통해 조사한 바와 같이 국가관, 민족관이 상실되었다. 우리에게는 공동체 의식이라는 선진화된 미풍양속이 언제부터인가 이기심과 지역이기주의가 늘어나고 눈앞의 쾌락과 향락만을 좇고 있음을 안타까워하고 있다. 오늘의 아이들에게 화랑들의 가슴에 살아 꿈틀거렸던 것과 같은 명예를 간직했으면 하는 작가의 정신이 뜨겁게 우리의 가슴을 누른다. 그러나 '더욱 빛나는 오늘이다'[1]를 '필요한 오늘이다'라고 표현하는 것이 좋을 성 싶다.

주연아의 「가라오케 신드롬」은 요 근래 일본 문화에 젖어가는 우리의 세태를 안타까워하며 우리문화의 길에 대한 고뇌를 담은 글이다. 모두 우리의 놀이 문화에 대해서 각기 반성해 볼 수 있는 글이다. 우리 주위의 평범한 소재로 글을 쓸 수 있다는 것은 작가의 역량이라고 할 것이다.

반인자의 「내 마음 속의 나침반」은 시를 사랑하고 생활하는 것을 삶의 지표로 살아가는 작가에서 꽃향기가 묻어난다. 아무리 각박한 현실에서도 시의 향기와 감동 속에 빠져 산다면 어찌 삶이 삭막할 수 있겠는가. 시와 함께 하는 삶, 시를 삶의 정신적 지주며 마음속의 나침반으로 지니고 사는 삶이 절실히 요구되는 시대가 아닌가 싶다. 작가의 인품을 맛볼 수 있는 구수한 글이다.

남의 글을 평한다는 것은 쉬운 일이 아니다. 평이라는 것은 어디까지나 작가만의 시선이기 때문에 절대적일 수는 없다. 그러므로 작가들은 평에 너무 과민할 필요는 없다. 다만 참고하는 정도로 이해하면 될 것이다. 따라서 독자들도 평에 너무 의존해서 작품을 읽을 필요는 없다. 작품이 그 사람의 개성이라면 평 역시 평자의 개성이고 보면 평자의 개성에 따라 작품을 평가한 것 아닌가. 이 달의 월평도 그런 시선으로 본다면 무리가 없을 것이다.

《월간문학》

---

1 조명래, 「가슴에 명예를」, p.180 14행.

수필을 쓰는 사람들

지금 우리는 국가적으로 실로 어려운 시대에 놓였다. 소득 만 불 시대라고 거드름을 피우던 그 잘난 거만과 오만이 하루아침에 굴욕으로 둔갑했다. 그 잘난 선량들에서부터 시골 촌부에 이르기까지 한때 해외여행으로 인천국제공항은 온통 북새통을 이룬 적이 있다. 그리고 보따리마다 외제품으로 넘쳐났다. 정말로 주제 파악을 못했던 우리네들의 추한 모습이었다.

한 국가가 튼튼하려면 먼저 주제를 파악하는 것, 즉 자기 자신의 얼굴을 바로 보는 일이 중요한 일이다. 자신들의 꼬락서니를 제대로 볼 줄 알아야 될 것이다. 대통령은 대통령대로 장관은 장관대로 국회의원은 국회의원대로 국민은 국민대로 자기를 제대로 보는 것은 바로 사는 일이다.

그런데 우리 주위에는 자기 주제를 제대로 파악할 줄 아는 사람이 그리 많지 않은 것 같다. 쥐뿔도 없으면서 요정을 드나들고 자질도 없는 사람이 선량이 되겠다고 정치에 줄을 댄다. 그래서 나라가 이 꼴이 되고 이 모양이 된 것이 아닐까.

수필에 있어서도 중요한 것은 주제를 파악하는 일이다. 화자가 그 작품에서 전하고자 하는 생각이 바로 서지 않으면 이미 그 작품은 작품화 되지 않는다. 주제는 바로 사람의 얼굴 모습이다. 글을 읽을 때 마음에 다가오는 울림, 어떤 교훈이나 암시 등에서 화자의 생각들이 우리 가슴이 와 닿는 것, 그것이 바로 글의 주제라고 할 수 있을 것이다.

그런데 제아무리 읽어도 화자가 무엇을 이야기하고자 하는지 알 수 없는 글, 앞뒤가 서로 연결이 안 되는 혼란한 글이라면 그 글은 주제가 없는 글이요, 주제가 없는 글은 작품이 될 수가 없다. 그것은 흡사 얼굴 없는 사람과 같다.

《월간문학》 2월호에는 다섯 편의 수필이 실려 있다. 그 가운데는 주제가 없는 수필이 눈에 띄었다. 작가가 무엇을 이야기 하고자 하는지 필자의 평안으로는 도시 종잡을 수가 없었다. 그리고 문장과 구성이 소홀한 작품도 눈에 띄었다. 그런 글을 대할 때마다 수필 쓰는 사람으로서 얼굴이 뜨겁다. 우리 수필 작가들이 다 같이 반성하는 의미에서 이런 저런 군더더기를 늘어놓는 것으로 이 달의 월평을 대신할까 한다. 양해 있기를 바란다.

초나라에 손숙오라는 청렴결백한 정승이 있었다. 그는 초왕을 도와 어진 정치를 펴는데 큰 공헌을 했다. 그는 많은 세월을 공직에 몸담았지만 너무 청렴했기 때문에 자손에게 물려줄 재산이 없었다. 그는 임종을 앞두고 아들을 불렀다.

손숙오는 한통의 유서를 아들에게 남겨주고 이내 눈을 감았다. 아들은 아버지의 유서를 들고 초왕을 찾아갔다. 유서의 내용은 임금의 은혜에 감사하다는 것과 자기 아들은 벼슬을 감당할 인물이 못 된다는 것, 그리고 오랜 전쟁으로 백성들이 고생하니 군사를 쉬게 하고 백성들을 편안하게 해달라는 내용이었다.

손숙오를 아끼던 왕은 그의 죽음을 무척 슬퍼했다. 그리고 손숙오의 아들에게 벼슬을 주려 했으나 아들은 벼슬을 받지 않고 교외에 나가 농사꾼이 되었다. 그는 끼니를 제대로 잇지 못할 정도로 가난하게 살아갔다. 초왕도 그를 잊고 있었다.

당시 초나라에 인기 배우가 있었다. 우맹이었다. 우맹은 난쟁이인데다 익살스러워서 그가 나타난 자리는 언제나 웃음꽃이 피었다.

어느 날 우맹이 교외에 나갔다가 손숙오의 아들이 지게를 지고 가는 것을 보았다. 우맹은 자기 눈을 의심했다. 그래서 눈을 씻고 다시 보았다. 역시 손숙오의 아들이 확실했다. 비록 대신이 죽긴 했지만 그래도 일국의 대신의 아들인데 헤진 옷을 입고 거지 신세로 살아간다는 것은 너무하다는 생각이 들었다. 우맹은 그에게 달려갔다.

"귀한 분의 자손이 어찌 이리도 가난하게 살아가십니까?"

그러자 손숙오의 아들은 이렇게 대답했다.

"우리 아버지가 이 나라의 대신이었지 내가 대신은 아니잖은가? 그리고 내 아버지께서 나에게 남기신 재산이 없으니 이렇게 사는 것이 당연한 일이 아닌가."

그 길로 곧장 집에 돌아온 우맹은 손숙오가 살았을 때 입던 옷과 같은 것을 마련하고 그의 목소리와 행동 그대로 모방하여 밤낮없이 연습에 열중했다.

마침 궁중에서 큰 잔치가 있었다. 초왕은 우맹을 초청하여 그날의 흥을 돋게 했다. 우맹은 손숙오로 변장하고 무대로 나갔다. 왕은 무대에 나타난 손숙오를 보고 크게 놀라 자기도 모르게 소리쳤다.

"아니! 손숙오 아닌가! 내 요즘, 그대 생각이 간절했다. 경은 지금부터 내 옆에 있어 나를 도우라."

연극을 하던 우맹이 오히려 놀라 자기는 손숙오가 아니라고 말했다. 왕은 손숙오와 비슷한 사람만 보아도 마음이 놓인다며 우맹에게 벼슬자리를 주겠다고 말했다. 그러자 우맹은 좀 더 생각해 보겠다고 하고는 무대에서 사라졌다.

잠시 후 나타난 우맹은 벼슬자리를 거절하며 노래를 불러댔다.

"탐관오리는 못할 짓을 일삼고, 청렴결백한 관리는 할 짓만 다 한다네.

욕심 많은 관리는 더럽고 야비한 짓으로 자손을 위해 돈을 모으고, 청렴한 관리는 높고도 깨끗해서 그 자손은 헐벗고 굶주린다네. 그대는 초나라 정승 손숙오를 잊었는가. 그가 죽자 자손은 밥을 빌어 먹으며 쑥대밭에서 살고 있는데 왕은 지난날 손숙오의 공로를 생각한다고 하는가?"

초왕은 우맹의 노래를 들으며 하염없이 회오의 눈물을 흘렀다. 노래가 끝나자 왕은 우맹에게 손숙오의 아들을 데려오게 했다. 그리고 지난날의 잘못을 뉘우치며 편히 살게 해 주었다.

짤막한 이 우화는 우리 작가들에게 무엇을 어떻게 해야 하는가를 잘 들려주고 있다. 청렴결백하게 살아가는 관리가 버림받고 탐관오리가 떵떵거리고 살아가는 현실을 우맹은 그냥 지나치지 않았다. 우맹은 예술가로서 예술가답게 자기가 할 수 있는 힘을 다하여 현실을 예술로써 표현했던 것이다. 그는 표정에서부터 대사, 그밖의 의상과 소도구에 이르기까지 손숙오의 정신을 살려내기 위해서 온갖 정성을 다 쏟은 것이다. 그 결과 초왕을 감복시키고 만 것이다. 이것이 바로 예술가의 정신이다.

노래와 표정을 통해 왕을 감동시킨 우맹의 연극은 예술이 어떤 것이어야 하는가를 잘 말해주는 것처럼, 작가 역시 사물을 표현하기 위해 얼마나 많은 노력을 해야 하는가를 가리켜주고 있다. 우맹은 한 사물을 표현하기 위해 그 표정에서부터 목소리까지 완벽을 기하기 위해 밤낮없이 연습했던 것이다. 말하자면 진실의 전달을 위해서 혼신을 다 한 것이다.

수필 작가 역시 작품을 통하여 인간의 잘못된 삶을 반성케하고 진실된 삶을 보여주어야 하며, 때로는 여러 삶을 통해서 인간이 걸어 가야할 바른 길을 제시해 주어야할 막중한 책임이 있고 보면 그 작품의 감동은 그만 두고라도 적어도 주제만은 분명하고 확실해야지 않을까.

윤승원의 수필 「실종된 겸손시대」 역시 자기 주제 파악을 못한 사람들의 이야기가 아닌가 한다. 작가의 말처럼 문학인은 작품으로 승부를 걸어야 할 것이다. 그런데 시중 정치 잡배처럼 허영에만 정신을 쏟고 있는 사람이 없지 않다.

문인이란 어떤 사람인가. 같은 음식을 먹어도 배설(表現)하는 것은 뭐가 달
라도 달라야 하는 사람들 아닌가. 말과 글 속에서 향기가 배어 나는 사람들이
어야 하지 않은가. 적어도 선비를 자처하는 문인이라면 정치꾼의 업적 떠벌이
나 말장난을 흉내 내고 배워서는 안될 일이다. 나 이런 사람이니 찍어 달라고
자기 자랑에 급급해할 게 아니라 부족한 사람이 큰 모임의 일꾼이 되기를 자처
하고 나섰으니 — 주변의 성화 때문에 억지로 떠밀려 나왔다고 해도 좋다 —
너그러이 보아 달라고 양해부터 구하는 것이 작가적 겸사요, 양심이 아닐까?

그게 아니어도 문인들은 작품으로 승부를 걸어야 한다는 것을 누구보다도
잘 안다. 문단의 어느 원로 작가는 "작가는 작품으로 말해야 한다"며 언론사의
인터뷰나 일체의 사진 찍기조차도 거부해 문단은 물론 일반 사회에서도 크게
추앙을 받고 있지 않은가.

모름지기 작품으로 존경받아야 할 단체에서 이렇다 할 작품 하나 내세울 수
없는 사람이 씌워 줘도 마다해야 할 감투나 명예욕에 눈이 멀어 허둥대는 모습
을 보인다면 역겨운 일이 아니겠는가?

—「겸손 실종시대」

현대를 일컬어 자기 PR 시대라지만 내용 없는 PR은 일종의 거품이다.
거품의 인격은 사기술이요, 내용 없는 인격이다. 그런 사람들은 자기만
똑똑하고 자기만 능숙하고 자기만 잘한다는 독선과 아집으로 뭉친 사람
이다. 말하자면 겸손이 상실된 사람이라고나 할까. 오늘의 세태는 우월감
과 당당함만이 생존의 무기로 가치화 되어 버렸고, 겸손은 못난 사람의
수호신으로 전락되었다.

윤승원의 말이 아니래도 우월주의에서 벗어나야할 것이다. 서로가 서
로를 의심하고 헐뜯는 흙탕에서 탈출해야 할 것이다. 작가의 글은 문장도
탱탱하고 작가의 목소리도 탱탱해서 우리들에게 더욱 공감대를 주는 글
이다.

그리스의 철학자 소크라테스의 어머니는 산파였고 아버지는 석공이었
다. 자연히 소크라테스는 어릴 때부터 아기가 태어나는 것과 멋진 조각품

이 만들어지는 것을 자주 보았다. 어머니를 따라다니며 막 태어난 아기를 보고 신기해하였고 아버지 일터에 가서는 방금이라도 울부짖을 듯한 사자를 보며 놀라워했다.

어느 날 소크라테스는 아버지의 일터를 찾았다. 돌무더기 가운데서 일하는 아버지를 유심히 쳐다보다가 소크라테스는 물었다.

"아버지, 참 이상해요. 어떻게 어머니는 이웃집 아주머니네 가서 그렇게 예쁜 아기를 만들어낼까요? 없던 아기가 갑자기 생겼잖아요."

아버지는 빙긋 웃었다.

"아니란다. 애야, 아기는 그냥 생겨난 것이 아니란다. 이미 아주머니 뱃속에 있었어. 다 자란 아기가 자기 엄마 뱃속에서 답답하다고 우는 소리를 엄마가 듣고는 아이가 이 세상으로 잘 나올 수 있도록 도와주는 것뿐이야."

어린 소크라테스는 고개를 끄덕이며 또 물었다.

"아버지, 아버지는 어떻게 사자며 여신상을 만들어내나요? 그저 거칠고 흉한 돌덩어리로 어떻게 아름다운 여신상이며 용감한 사자를 만들어낼 수 있느냐구요?"

"사자도 여신도 돌덩어리 속에 살아 있단다. 내가 멋진 날개가 휘날리는 사자를 조각하려고 돌덩어리를 갖다 놓으면 돌 속에서 사자는 울부짖는다. 돌 속에서 답답하다고, 자기를 자유롭게 해달라고. 나는 그 사자의 외침을 따라 그를 가둔 돌덩어리를 깬단다. 그를 자유롭게 해주려고 애쓰는 거야. 그러면 흉한 돌덩어리 속에 갇힌 사자가 제 모습을 드러내는 거란다."

어린 소크라테스는 그 말을 곰곰 새겨들었다.

나중에 그가 어른이 되어 많은 젊은이들이 따르는 스승이 되었을 때 학문하는 방법으로 '산파술'을 이야기했다. 아기를 잘 낳도록 하는 기술이란 뜻이다. 즉, '너는 아무것도 몰라' 또는 '이건 이거야'라고 말하는 대신 자연스럽게 묻고 대답하게 함으로써 공부하는 사람 자신이 자기의 무지를 깨닫도록 하는 방법이다. 그는 다른 사람에게 무엇을 가르치려고 애쓰기보다는 그 사람 속에 있는 것을 이끌어내는 데 힘썼다고 한다.

에게해의 노을(한동희)

어린시절 서해에서 바라보았던 일몰의 기억은 작가의 잠재 의식속에 깊게 들어 앉아 언제든지 그리움의 대상으로 작가를 유혹한다. 그래서 작가는 무의식 속에서도 늘 일몰을 찾아 방황한다. 중년의 나이에 지중해라는 영화에서 받은 감동을 안고 에게해를 찾은 작가. 그러나 여정에 쫓겨 애석함을 안고 다음 여정지로 발길을 옮겼으나 카이로로 향하는 비행기 안에서 일몰의 장관과 만나 어떤 카타르시스적인 경지를 엿보는 수필이다.

일몰의 의미가 작가의 연령에 따라 달라져감을 엿볼 수 있는데 이것이 바로 수필의 묘미인 듯하다. 젊은 날에는 희망으로 인식되던 일몰이 중년에 이르러서는 안식의 그림자, 탄생을 준비하는 예비의 빛으로 받아들이는 작가의 심리적 변화가 흥미롭다. 죽어서 바다에 묻혀 그의 품에 안기고 싶을 만큼 강한 일몰을 향한 그의 연정이 느껴지는 수필이다.

아름다움을 창조하는 기쁨(김정오)

근원적으로 아름다움이 무엇인가를 찾아나선 글이다. 작가는 이 수필 속에서 아름다운 문장이란 간결한 함축 속에 사회와 역사에 대한 문제 의식과 인생의 깊고 오묘한 문제들을 감동적으로 다룬 글이라 말하고 있다. 그리고 아름다움이란 학문적인 진리를 넘어 성(聖)의 가치에 이어질 때 지극히 높은 위치에 군림한다고 했다. 숨막히는 세상에서 우리에게 꿈을 갖게 해주고 숨통을 틔여주는 생명수와 같은 아름다움, 가장 아름다운 것은 진실과 통하고 가장 아름다운 사람은 자신의 일을 사랑하면서 최선을 다해 살아가는 것이라고 말하는 수필이다. 작가는 그 말을 하기 위해 너무도 많은 인용된 이야기들로 그의 의도를 차라리 흐렸지 않나 싶다.

《월간문학》

수필이라는 이름의 오해

1.

필자가 기회 있을 때마다 수필을 '붓가는 대로 쓰는 글'이라는 문자적 해석의 오류를 몇 번이나 지적한 바가 있다. 그런데도 이에 대한 학계의 침묵이 계속되고 있는 일은 안타까운 일이 아닐 수 없다. 수필이 문학이라는 데는 아무도 이의를 제기하는 사람은 없다. 그런데도 불구하고 수필을 '붓가는 대로 쓰는 글'이라는 종전의 관행에 익숙해 있다. 적어도 수필이 문학이라면 그 정의가 글자 해석에 의존할 수 없다는 것은 자명한 일이다.

일찍이 당나라 때 중국의 당순지(唐順之)는 시를 "오직 붓 가는 대로 써 내려 가기만 하면, 곧 뛰어난 시가 된다."라고 주장한 바 있다. 그러나 시인들은 그 말을 그 누구도 취하지 않았다. 수필을 쓰는 사람만이 그것을 삼경의 불빛처럼 아끼며 사랑하고 있는 것이다. 굳이 말하자면 이규보가 주장한 것처럼 수필은 '소설'이라는 말이 더 어울릴지도 모른다. 자잘한 이야기요, 소시민적인 이야기이기 때문이다.

모든 문학은 그 줄기가 하나다. 일상생활과 밀접한 관계를 맺고 있는 것이 문학이며, 문학과 끊임없이 관계를 맺어 나가는 것이 우리의 생활이다. 문학이란 언어에 지나지 않는다. 그러나 그 언어가 귀중한 까닭은 그 뜻이 형상화되었기 때문이다.

2.

한편의 수필을 쓴다는 일은 조각가가 조각하는 일만큼이나 어려운 일인지도 모른다. 그 헝크러진 목재를 소재로 조각가의 의도에 의하여 나무를 깎고 다듬는다는 것은 그렇게 쉬운 일이 아니다. 어느 부분을 살리고 어느 부분은 깎아내려야 한다. 수필 또한 누누이 언급하는 일이지만 불필요한 말은 제거하고 꼭 필요한 언어만을 살리는데 작품의 성패가 있다는 사실은 누구나 다 아는 사실이다. 그런데도 많은 수필작품들이 그에 미치지 못하고 있는 것도 사실이다. 구성이 허술하다보면 수필이 문학인가(?)하는 의문을 갖게 된다. 시시콜콜한 그저 그렇고 한 얘기를 주저리주저리 늘어놓는 일은 삼가는 것이 좋을 것 같다.

《월간문학》 1월호에는 안재진의 「화엽이 들어있는 초청장」, 조흥제의 「젓가락문화」, 이윤희의 「보자기」, 이창란의 「부모님의 유훈」, 오혜정의 「양풍미속」, 이승철의 「양조장 문화」 등 모두 6편의 수필이 수록되고 있다.

안재진의 「화엽이 들어 있는 초청장」은 제목 그대로 화엽이 든 초청장을 받아 들고 느낀 심경을 쓴 소품이다. 그 옛날 인생의 길목 어디쯤에서 만났던 국화꽃같은 한 여인과의 사연을 통해서 과거의 삶을 반조하고 세속의 부귀영화를 버리고 들국화처럼 살아가는 한 친구의 삶 속에서 작가의 미래를 암시하고 있다. 잃음과 현실 속에서 애틋함을 피력할 뿐 너무 깊게 파고 들어가는 것을 피하고 있다. 꽃이란 언제 어디서나 사람의 가슴을 움직이게 하는 어떤 마력을 가진다. 화엽 속에서 옛사람을 향한 우수어린 추억이 안개 속에 피어난 안개꽃 무리처럼 아름답게 묘사되어 있다. 그리고 자연처럼 살아가는 친구의 삶의 모습도 작가자신의 미래를 그리는 한편의 시가 되어 독자의 가슴에 긴 여운으로 남는다. 마치 내 자신이 화엽이 든 초청장을 받아든 듯한 착각에 빠지게 하는 것 같다. 생활을 즐기고 있는 단면이 아름다운 물이랑과 함께 화자의 심경과 일치를 이루고 있어서 한편의 시를 연상케 한다. 묘사가 뛰어난 수필이다.

조홍제의 「젓가락 문화」는 우리 한민족 고유의 젓가락 문화를 실감나게 그리고 있다. 이 땅에 사는 사람이라면 그 속에 씌여진 젓가락에 대한 애정의 동의를 보여주리라 믿는다. 화자는 젓가락 속에서 우리의 전통적인 생활문화의 맥까지를 짚어내고 있다. 문장이 작가의 정신을 관통하고 있다고나 할까. 수천년 동안 우리 밥상에서 선조들과 애환을 같이했던 우리 고유의 젓가락이었다. 손가락을 많이 움직여야 하는 젓가락 덕으로 장인들의 솜씨를 창출해 내기도 했던 젓가락 문화가 포크 문화로 바뀌어져 가는데 대한 우려의 눈빛이 우리 모두에게 다가서면서, 사라져 가는 고유 문화를 다시 한번 상기하게 하고 있다. 가장 민족적인 것이 가장 세계적이라는 느낌을 덧붙인다면 지나친 과장일까.

이윤희의 「보자기」는 앞에서 우리의 젓가락 문화를 이야기 했듯이 전통적인 우리의 보자기의 다양성을 보여준 수필이다. 그는 우리의 옛 보자기를 이야기하기 위해서 여러 형태의 보자기를 그리고 있다. 보자기는 우리의 옛 여인들의 주위에서 빼놓을 수 없는 물건이다. 보자기는 자신의 일상생활을 아름답게 가꾸어 주는 물건이면서도 한국 여인의 정서이기도 했다. 옛 여인들은 횟대보 상보 조각보 등에 수를 놓아 그 보에 자신의 마음까지도 소중히 싸서 간직하였다. 그만큼 그 시절의 여인들은 자기가 사용하는 물건을 소중히 아름답게 간직하려는 고운 마음뿐만 아니라 모든 인연들도 그렇게 소중하게 간수할 줄 알았다. 작자는 보자기의 미덕을 닮고 싶어 했다. 모든 것을 오지랖 넓게 싸안을 수 있는 그런 보자기의 미덕을 엿볼 수 있다. 흔한 보자기를 통해 깊은 사색을 끌어낼 줄 아는 작가의 시선이 곱다. 간결하게 잘 쓰여진 수필이다.

이창란의 「부모님의 유훈」은 자상하면서도 인정 많은 풍류로 한생을 살다간 아버님, 그리고 그런 아버지를 묵묵히 내조하는 순종적이면서도 앞을 내다볼 줄 아는 지혜로 과감히 실천하는 용기있는 어머니를 회고한 수필이다. 부모가 자식에게 끼치는 영향이 얼마나 지대한 것인가를 알 수 있는 교훈적인 글로써 이야기가 화자 자신의 이야기인데도 그 자신의 이야기로 들리지 않고 있다. 아마 그것은 전통적인 우리들의 모습이어서 그럴 것이다. 돌아가신 분을 향한 사모의 정이 글 행간 행간에서 우리의 가슴을 찡하게 하며 부모자리에 선 우리의 모습을 다시 한 번 되돌아보게 하고 있다. 문장이 깔끔하지 못한 게 흠으로 남는다.

이승철의 「양조장 풍경」은 해방 후 양조장의 변천 과정을 통해 가난했던 시절의 농민들의 생활상과 정취를 엿볼 수 있는 글이다. 벌금을 물어가면서도 술독을 숨겨두고 은밀히 우리 고유의 술을 즐겼던 그 시절의 순박하면서도 멋스러운 우리 민족의 정서가 뭉클 피어나는 술내음처럼 묻어난다. 역시 문장이 좀더 정갈했으면 하는 아쉬움이 있다.

오혜정의 「양풍미속」은 우리의 전통적인 윤리와 서구의 기독교문화와의 갈등을 슬기롭게 풀어가는 지혜를 엿볼 수 있는 수필이다. 한국적인 전통적인 미덕으로 볼 때는 성공한 케이스이겠으나 독특한 기독교의 윤리관으로 볼 때는 실패담으로 볼 수 있다. 그러나 가족을 세상의 어떤 것보다 사랑하는 아름다운 마음씨를 높이 사고 싶다. 어떤 각질에 갇혀 정말 중요한 것을 잃고 사는 우리들에게 많은 것을 생각하게 하는 수필이라고나 할까. 글의 후미가 좀 어수선한게 흠으로 남는다.

이상으로 평이라기보다는 약간의 감상을 덧붙여 보았다. 솔직히 말해서 이 달에는 눈에 확 들어오는 수필이 없었음을 애석하게 생각한다. 다음 달을 기대해 본다.

《월간문학》

문학적 가치와 그 내용

　한 작품에 대한 문학적 '가치'를 평가하는 요소는 여러 가지가 있다. 그 요소 가운데 우선인 것은 무엇보다도 '재미성'이다. 재미없는 작품은 이미 독자의 손에서 멀어질 수밖에 없다. 그렇다면 그 '재미성'이란 무엇인가? 그것을 구체적으로 언급하기란 그리 간단하지 않다. 그러나 쉽게 말하자면 내용에 끌려 손에 떨어지지 않는 것, 즐겁고 한없는 평화로운 기쁨을 얻는 것, 정신적 위안과 행복을 얻는 것, 영혼의 안식과 함께 자신의 상처를 다스리는 것, 삶을 자각하고 새로운 의식에 눈을 뜰 수 있는 것, 자신의 삶을 반조하고 인생의 깊이를 깨우칠 수 있는 것, 삶에 대한 용기와 자신감을 심어주는 것, 혼탁한 정신과 병든 마음을 정화시켜 주는 것, 참되고 진실 되게 살고자 하는 의식을 심어주는 것 등으로 요약될 수 있을 것이다. 따라서 이 달의 작품 가운데 어떤 작품이 가장 '재미성이 있는 작품이었는가?' 라는 것에 대하여는 독자 나름대로 이미 그 해답을 얻었을 것으로 믿는다.

　이 달에 선보인 작품은 모두 일곱 편이다. 작품을 평가하는데 어떤 명확한 기준이 없고 보면 평자에게 그만큼 부담을 주는 일이 된다. 결국 평자의 취향이나 지적 수준에 맡길 수밖에 없는 일이다.

사실, ‘좋은 작품이다’ 라고 평을 받은 사람은 기뻐하겠지만 ‘잘못된 작품이다’ 이라는 평을 받은 사람은 심통이 결국 평자에 대한 반감으로 작용할 수 있다는 것을 생각하면 솔직히 평자로서는 진땀이 날 수밖에 없다. 따라서 필자의 평이 어떤 절대성을 지닌 것이 아닌, 다분히 평자의 지극히 주관적이라는 것을 전제로 읽어주었으면 한다.

작품이란 하나의 생명체를 지닌 유기체(有機體)다. 여기에는 수많은 요소들이 집합되어 하나의 작품이 형성된다. 그러므로 어느 하나라도 결격 사유가 발생되면 작품이 크게 손상당하고 만다. 작품에는 내용과 형식이 있는데 형식은 사건의 배열이라면 내용은 주제를 담고 있는 사건의 전개다. 다시 말해서 형식은 음식을 담고 있는 그릇의 독특한 디자인이라면 내용은 독자들에게 구체적으로 전달해 주고자 하는 메시지다. 따라서 본 논의에 있어서는 형식적인 것에 대해서는 좁은 지면 관계로 제외하고 내용을 중심으로 작품을 평가하려 한다.

사실 수필의 중요한 포인트는 내용보다는 그 형식에 있다고 생각하고 있다. 윤오영의 「달밤」이나 「왜 울었던고」, 그리고 피천득의 「오월」과 주요섭의 「할머니」 같은 수필 등은 독특한 형식 때문에 작품으로서의 가치를 누리고 있다. 그러나 지난달에 게재된 작품들은 모두가 같은 형식을 취하고 있어서 논의에서 제외시키기로 한다.

필자는 작품을 대할 때마다 항상 느끼는 것은 작가의 타고난 재능이란 것에 대하여 실감하곤 한다. 그러니까 심혈을 기울인 목소리와 천부적인 재능의 목소리가 구별된다. 최은지의 「낙서의 향수」와 김해순의 「꽃 그림자 되어」 두 작품은 바로 재능을 가진 목소리라는 것을 직감할 있다. 그런 작가는 힘들이지 않고 작품을 술술 써내는 재주를 지니고 있다. 그러다보니 작품에 대한 진지성과 심오성을 잃을 때가 많다. 진지성과 심오성(深奧性)이 결여된 작품은 하늘을 나는 꽃 이파리처럼 화려한 율동성은 존재할 지라도 그 깊이를 잃을 염려가 있다. 이런 작품은 읽고 나면 허망하다. 그것은 화려한 잔치 끝의 적막감 같은 것이라고나 할까. 좋은 작품이란 독자의 가슴 속에 추억처럼 오래오래 남아 있어야 한다. 그래서 작품은 재능만으로 부족하다. 거기에 작가의 위대한 사상이나 철학이나 종교가 주어지지 않으면 안 된다.

따라서 최은지의 「낙서의 향수」와 김해순의 「꽃 그림자 되어」는 지나친 감성에 흐른 나머지 사건의 전개에 대한 논리성을 추스르지 못한 점이 약점으로 남는다. 즉 김해순의 「꽃 그림자 되어」는 신비감이 있을 정도로 문장의 흐름이나 묘사력이 매우 뛰어난 작품이다. 그러나 '어느 날 쪽문 밖으로 작업장을 옮기면서 당신은 누구도 그곳을 허용하지 않았다는 내용은 이해가 되지 않는다. 화자는 이미 할아버지의 작업장이 '쪽문 밖' 이라고 앞[1]에서 적고 있다. 그런데 그 다음 페이지에서는 그 '쪽문 밖' 을 집에서 가까운 거리가 아닌 먼 저자 거리, 어느 지점에 자리한 공간으로 기록하고 있다. 그래서 할아버지의 소식을 엿듣기 위해서 계란 장사를 동원하였고 그 인편에 음식을 들려 보냈다[2]는 것은 독자를 혼란스럽게 만든다.

최은지의 「낙서의 향수」 역시 이 달의 수작이다. 그러나 20년 뒤의 자화상[3]에 대해서는 명확하지 않다. '20' 을 차라리 '미래' 로 표현하였다면 혼란이 없을 것 같다. 그리고 '낙서에 대한 부연 설명'(16~20행)은 글의 흐름을 방해하고 있다. 글의 맥은 물줄기처럼 거침없이 흘러야 한다. 아무튼 「낙서의 향수」와 「꽃 그림자 되어」 두 작품을 이 달의 수작으로 꼽고 싶다.

김경희의 「얼굴」은 노련미가 돋보이고, 이데레사의 「아름다운 시드니」는 무난한 기행문이다. 김나경의 「반상기」 역시 좋은 작품이었으나 반상기를 자녀가 아닌 타인에게 주기까지는 친밀하다는 그 이유 말고도 각별한 동기가 있을 것이다. 그런데 그 부분이 생략되어 흠으로 남는다. 그러나 소녀 같은 뛰어난 감수성을 지니고 있어서 좋은 작가의 소양이 보인다.

《월간문학》

---

1 최은지, 「낙서의 향수」, p.199, 11행.
2 위의 책, p.200, 5~8행.
3 위의 책, p.201, 12행.

수필에서의 상상의 문제

인간을 위하여 예술은 언제나 반항한다는 카뮈(A.camus)의 항변에 동의를 한다면 수필은 이에 가장 근접된 문학이라 할 수 있을 것이다. 왜냐하면 새로운 창조적 시도는 반항에서 크게 확장되고, 그 확장된 반항에서 인간 내면의 참을 명료하게 탐구할 수 있는 것이 바로 수필문학이기 때문이다. 따라서 내면적 서정에 가장 충실할 수 있고 일상을 소재화 하기에 수필문학만큼 편리한 문학도 없을 것이다.

그러나 여기에 문제는 남는다. 정(情)을 펴면서도 그 속에 주장이 지나치게 강하거나 사실을 있는 그대로만 전달하는 글이라면 문학적인 수필과는 틈이 발생할 수도 있기 때문이다. 문학적 수필은 일정한 형식을 요구하지 않으면서 스미는 듯이 이해시키고, 판단을 서두르지 않고도 작가만의 독특한 기법을 갖는 그런 새로운 창조물이라는 것을 염두에 둘 필요가 있다.

이러한 창조물은 주제를 향해서 작가가 시시콜콜하게 설명하여 독자로 하여금 참여할 수 있는 공간의 세계를 앗아가는 허물을 범하지 않는다는 점에서 주제를 암시적으로 감추고 있는 시와 같다고 할 수 있다. 따라서 독자로 하여금 물상(物象)에 대하여 상상하고 거기에 동참할 수 있는 기회를 제공하여 주는 여유를 준다. 그것은 독자를 존중하는 일이기도 하려니와 작가의 품위이기도 하다.

그런데 많은 수필작가들은 이런 기초적인 것을 외면하고 있다. 친절하게도 사건의 진술을 지나치게 참여한다거나 시시콜콜한 부분까지를 설명해 주려는 작가가 의외로도 많다는 사실이다. 이런 수필은 독자로 하여금 짜증나게 한다.

허창옥의 「눈물」은 이러한 짜증을 대부분 씻어주고 있다. 80대의 노부부의 삶을 감동 있게 그린 좋은 작품으로 글이 간결해서 좋았다. 왕사진은 글을 쓰는 법을 용(龍)을 그리는 것에 비유한 바 있다. 신룡(神龍)을 그리는데 온 몸을 그리는 것보다, 다만 구름과 안개 속에서 드러난 '하나의 비늘, 하나의 발톱'을 그리는 것으로 충분하다는 것이다. '하나의 비늘, 하나의 발톱'은 '실(實)'의 부분이고 구름과 안개 부분에 가려진 부분은 용에 대한 상상으로 '허(虛)'의 부분에 해당한다. 즉 발톱과 비늘은 구름과 안개 속의 상상으로 획득되어진 용의 허의 부분과 서로 결합하여 생생하고 핍진한 살아있는 용의 형상을 구성하듯 허창옥은 「눈물」에서 노부부의 외형적인 것만을 전달해 줌으로써 내면의 심리는 독자의 자의에 맡기고 있다. 따라서 독자는 자신의 노년의 경지를 끝없이 생각하게 한다. 이렇게 독자가 그 작품에 참여할 수 있는 공간을 제공해 준다는 것은 중요한 일이다. 그러나 마지막 문장 '그만하면 됐지, 내 입으로 뇌어본다'는 군더더기다.

전애희의 「검은 태양이 뜨던 날」은 제목 밑에 '세태기행'이란 소제목을 달고 있다. 현 세태가 가는 곳마다 웃을 일보다는 거슬리는 일이 많은 것은 사실이다. 그러나 감정을 조금만 성숙시켜 한 발 물러나 포용성을 갖고 썼더라면 더욱 문학적으로 승화되는 글이 되지 않았을까하는 생각이 든다. 작품을 읽으면서 맹자의 다음 구절이 떠올랐다. '치우친 말은 그 가리고 있는 바를 알고, 음란한 말은 그 빠져 있는 바를 알고, 간사한 말은 그 떨어져 있는 바를 알고, 피하는 말은 그 곤궁한 바를 알게 된다

(詖辭知其蔽, 淫辭知其所蔽陷, 邪辭知其所離, 遁辭知其所蔽窮)’고 했다. 참고가 되었으면 한다.

김길웅은 평소 튼튼한 작품을 써 온 작가로 정평이 나 있는 작가다. 「무후방친(無後傍親) 제삿날」 역시 문장이 매끄럽고 용어의 사용이 적절하고 문장이 활달하여 사이사이에 익살스러움까지 갖게 한다. 게다가 이치를 숭상하고 조상을 경모하는 제주도 특유의 전통을 그대로 존속하고 있는 풍성한 맛이 배어있을 뿐 아니라 애련하면서도 인생의 감개가 역동성을 주고 있어 청신하기까지 하다. 우리의 삶, 자체가 하나의 암호라면 살아간다는 일은 어쩌면 그 암호를 푸는 작업일지 모른다. 선조를 모시는 제례 역시 그 작업의 하나라고 생각할 때 화자의 가문은 이 지상에 빛나는 무늬를 수놓고 있다는 경건함이 종교적인 분위기까지 갖게 한다.

함윤의 「세월」은 무난한 작품이다. 역시 튼튼한 문장이 마음에 든다. 꽤 높은 수준의 작품이다. 다만 옥에 티라면 ‘예비군 훈련을 받고 돌아온 아들이 만세를 부른다.’의 다음 문장은 ‘동원 예비군 졸업 만세’로 표현했으면 어떨까. ‘동원 예비군 졸업했다.’로 표현하려면 그 앞 문장이 ‘예비군 훈련을 받고 돌아온 아들이 함성을 지른다.’ 쯤으로 표현해야 할 것이다. 그리고 175쪽의 3행 ‘단순히’에서부터 4행 ‘후련하다’와 175쪽의 6행에서 8행은 어쩐지 작품 전체의 흐름을 방해하고 있다는 생각이 든다. 그러나 바쁘게 쓰다보면 이런 실수는 필자도 흔히 범하고 있다. 전체의 튼튼한 문장으로 보아 작가의 실수라 여겨진다.

이종옥의 「꽃과 숲은 명작을 꿈꾼다」는 표현이 신선하고 경쾌해서 읽는 이로 하여금 즐거움을 주는 글이었다. 그리고 시적 감각이 뛰어난 재능이 있는 작가라는 생각이 든다. 그러나 ‘꽃과 숲’이란 제목이 더 어울리지 않을까 한다. 젊은 기백 때문일까. 너무 자기도취에 빠진 느낌이 든다. 그리고 ‘박꽃 닮은 님의 얼굴’[1]과 ‘그 사람 얼굴이 되고’[2]는 글의 흐

---

1 이종옥, 「꽃과 숲은 명작을 꿈꾼다」, p.177.

름에 도움을 주지 못하고 있다. 그 사람에 대해 쓰지 않으려면 차라리 언급을 하지 않는 것이 좋았을 것이다.

육다휘의 「하나 더 달린 열매」는 서간형식을 취한 수필이다. 이런 글은 쓰기가 비교적 쉽지만 자칫 진부함을 벗어날 수가 없는 흠을 가져올 수가 있다. 큰 흠은 없지만 이 글 역시 그에서 크게 벗어나지 않고 있다는 생각이 든다.

이 달에 여섯 편의 수필은 다른 장르에 비해 월등하게 적은 편수다. 게다가 타 장르에 비해 분량도 적은 것을 감안한다면 인색할 정도의 배려라는 생각이 든다. 이런 문제를 제기하는 데는 나름대로의 고충이 있어서다. 여섯 편으로 월평을 쓰기에는 한계가 있기 때문이다. 편집자의 배려를 부탁드린다.

《월간문학》

---

2 앞의 책, p.178.

사고하게 하는 수필

흔히들 수필은 '보고 느낀 것을 생각나는 대로 자유롭게 쓰는 글'이라고 말한다. 그렇다면 여타의 문학은 '보고 느낀 것을 생각나는 대로 자유롭게 쓰는 글'이 아닌, '일정한 생각과 일정한 틀 속에서 자유롭지 않은 가운데 쓰는 글'이라는 말이 된다. 이 주장에 동의할 사람은 과연 몇이나 될까.

원래 문학의 출발점은 자유로움에서 발생하고, 그 분출된 감정을 자연스럽게 녹이는 하나의 작업이다. 그리고 문학의 서술 대상은 체험의 구체화다. 인간은 누구나 보고 느끼고 생각한다. 그것이 체험이다. 그리고 그 체험 속에서 어떻게 살아가는 것이 뜻있는 삶인가를 스스로 터득하게 된다. 그 터득이 바로 철학이다. 인생을 진지하게 살기 위해서는 터득된 철학을 바탕으로 삶을 영위하듯이 문학 또한 문학이란 옷을 벗고 철학이라는 옷을 갈아입을 때 좋은 문학이 된다. 문학과 철학은 확연히 구분되지만 문학적 가치는 결국 철학적 차원에서 결정된다. 신의 존재에 대한 문제를 제기한 도스토예프스키, 시간에 대해 새로운 철학적 견해를 설파한 프루스트, 주체와 자아에 대해 심도 있게 다룬 톨스토이의 『이반 일리치의 죽음』 등 수많은 걸작들은 철학과의 불가분의 관계 속에 놓여있는 것이 좋은 예다. 시나 수필 역시 예외일 수 없다. 좋은 시, 좋은 소설, 좋은 수필은 반드시 철학적 옷을 입고 있다. 그 옷을 벗어버리면 문학은 그 깊은 맛을 상실하고 결국 의미 없는 언어만 남게 된다.

이영도의 「잡초처럼」이나 김동인의 「수정비둘기」, 윤오영의 「왜 울었던고」 주요섭의 「할머니」 등은 모두 인간의 삶의 본질에 대한 떼어버릴 수 없는 철학적 울타리가 단단히 둘러져 있는 작품이라는 사실을 염두에 둘 필요가 있다. 이렇듯 문학에는 철학이 엉켜있으므로 해서 비로소 작품의 깊이를 얻게 된다.

이달에 꼭 집어내어 거론할 만한 작품이 없는 것도 그런 연유에서다. 그것은 서두에서 말한 것처럼 심화되지 못한 체험, 즉 철학적 깊이를 갖추지 못한 데 그 원인이 있다 할 수 있다. 이는 작가들의 수필에 대한 인식부족이 아닌가 한다. 작가들은 '수필=생각나는 대로' 라는 등식에 지나치게 충실한 느낌을 준다. 수필도 타 문학과 똑같이 다양한 측면에서 접근해 주기를 바란다. 신문 서술식 수필 쓰기의 접근법은 앞으로 불식되어야할 수필의 중대한 과제라 생각된다.

신길우의 「양계장 닭들의 외출」은 무거운 소재였다. 더욱이 그것을 철학적으로 접근하기에는 만만한 일이 아니다. 화자는 닭들의 삶에서 인간의 비정성(非情性)을 무난하게 소화해 내고 있지만 그것을 철학의 끈으로 이어주지 못하고 있는 약점을 안고 있다. 비정성(非情性)보다는 인간의 본질적인 문제로 접근했더라면 심도있는 작품이 되었을 것이다. 인간의 삶도 닭장 속의 삶과 크게 다를 것이 무엇이겠는가. 설교나 논리는 독자의 무궁한 정취를 빼앗아 가지만 영혼의 체득은 독자에게 깨달음을 준다. 또 하나 주문하고 싶은 것은 불필요한 문장의 나열이다. 문장의 절제에 대해 주의를 기울여 주었으면 싶다. 그러나 닭들의 외출을 통한 희망에 대한 암시성은 좋은 착상이다.

서양순의 수필 「물은 생명의 동반자」는 물의 중요성을 다룬 작품이다. 문학의 사회적 역할을 충실히 이행한 작품이라고나 할까. 하지만 문학적

에세이가 되자면 작품에 창조성이 주어져야 한다. 물은 모든 생명의 원천이라는 것은 일상적 상식이다. 이런 상식성은 독자의 흥미를 끌지 못한다. 또 하나는 주제 문제다. 물의 중요성에 주제의 무게를 주었으면 좋았을 것이다. 그런데 물의 효용성까지 다루다보니 주제가 산만했다는 느낌이 든다.

전성순의 「그날」은 한 마디로 소설식 수법의 수필이다. '화장하는 손끝이 떨렸다' 는 이야기로 글이 시작된다. 일종의 궁금증과 호기심은 독자로 하여금 강력한 인상을 주는 효과를 주고 있다. 이야기 전개 역시 절제된 문장, 긴박한 호흡으로 구수하게 전개되고 있다. 그 사건을 끌고 가는 기교도 구성도 뛰어난 작품이다. 정(情)이란 원래는 성정(性情)에서 빚어지는 것으로 중국 시전(詩傳)의 근본이기도 하다. 그 본질적인 정을 화자는 격조있게 처리해 놓은 수법이 예사롭지 않다. 결말 처리도 수준급이다. 이 달의 우수작으로 꼽고 싶다.

오기환의 「초대하지 않은 손님」과 매강의 「디지털과 아날로그」는 나이든 사람들이면 누구나 체험할 수 있는 내용이다. 체험 속에서 우러난 글은 맛이 있다. 영혼의 내면에서 분출된 글이기 때문이다. 이런 글은 생각을 전달하는 글이 아니라 생각하게 한다. 그래서 실감이 있다. 문장의 흐름도 돋보였다. 그러나 오기환의 「초대하지 않은 손님」은 서두 부분이 자연스럽지 못하다. 서두는 본문에 대한 암시다. 따라서 서두부분의 손자에 대한 화제는 이 글의 중심이 되어야 한다. 그런데 '건망증' 에 대한 내용이 중심을 이루고 있다. '수퍼마켓(5행)' 에서부터 글이 시작되면 어떨까 하는 생각을 해 본다. 「여자의 마음」과 「한라산과 해녀」는 논리성에, 「무인도에서」와 「조약돌 광고」는 구성력에 좀 더 신경을 써주었으면 한다. 그리고 「수행과 수양」은 수필의 소재를 고려했으면 싶다. 그러나 평자의 주장이 모두 정당한 것이 아니므로 심각하게 생각할 필요는 없다. 그저 웃어주는 것으로 받아드렸으면 한다.

글이란 독자에게 생각하게 하고 삶을 진지하게 더듬어 보게 하는 충격을 주어야 한다. 그리고 삶을 새롭게 하고 자신을 되돌아보게 하는 내밀성이 있어야 한다. 따라서 문학에서의 언어는 단순한 언어가 아니라 하나의 삶이 되는 언어여야 한다. 그러므로 화자가 전달하고자 하는 주제가 선명해야 하고 그 속에 담고 있는 의미가 우리의 감성을 건드릴 수 있는 철학성이 함께 해야 한다. 그런 글은 우리로 하여금 삶을 느끼게 하는 것이 아니라 생각하게 한다. 이 땅의 많은 수필가들은 그런 글을 썼으면 한다.

《월간문학》

수필의 도(道)

활시위를 떠난 화살, 옛 사람들은 그것을 세월이라 비유했다. 어느덧 봄의 찬가를 부른지가 엊그제 같은데 벌써 한 해를 마감하는 겨울로 접어들고 있다. 그래서 그럴까. 마음과 정신이 으스스하다.

《한국수필가》도 이번 7권(통권)을 마지막으로 금년을 마무리하는 것 같다. 이렇듯 마무리라는 단어 앞에 서면 어쩐지 가슴 시리다. 인간의 유한성 때문인지도 모른다.

나는 가끔 자문해 본다. 국기가 바람에 흔들리는 것은 바람 때문일까. 국기 그 자체의 연약성 때문일까? 아니면 우리의 마음이 움직이기 때문일까? 아무튼 세월이 나를 버리는 것 같기도 하고 내가 세월을 버리는 것 같기도 하다.

지난 호 《한국수필가》에 발표된 작품은 모두 91편이다. 작품 한편 한편을 꼼꼼이 읽으면서 느낀 것은 수필에 더 많은 애정을 쏟았으면 하는 간절함을 감출 수 없었다. 이 세상에 쉬운 일이 있으랴만, 아마 수필 쓰기처럼 어려운 문학도 없으리라. 그런데 세상 사람들은 수필을 여기의 문학이라고 쉽게 표현한다. 이런 말을 들으면 당혹감과 함께 그들에게 묻고 싶어진다. '여기(餘記)'는 이미 문학의 울타리를 벗어난 것이라고. 따라서 수필문학을 부정하는 말이라고….

금년 호를 장식하는 의미에서 이번 호는 특별한 내용으로 평란을 대신하는 것을 양해 바란다. 내 깊은 속내를 충분히 통찰해 주었으면 한다.

'진정 어떤 수필이 좋은 수필인가? 그리고 그런 수필은 어떻게 쓰는 것이 좋은가?' 에 대한 해답이라 해도 될 것이다.

1. 필부언(必不言)과 불필용(不必用)의 측면(法則)

「이색(李穡)의 답문(答問)」이라는 글에 다음과 같은 '문장의 도' 가 있다.

한 제자가 어느 날 이색(李穡)을 찾아와서 물었다.

"선생님, 문장은 어떻게 쓰는 것이 좋을까요? 그 방법(道)에 대해서 듣고 싶습니다."

선생은 대답했다.

"꼭 해야 할 말은 꼭 하고, 꼭 써야할 이야기는 필히 쓴 뒤에 붓을 놓는 일이지(必言必言 必用必用 止矣)."

"좀 더 자세한 설명을 듣고 싶습니다."

"표현이 사실성과 멀어도 그것이 사물의 이치에 접근되는 것이라면 그것을 사용할 줄 알아야 할 것이요, 내용이 실제와 무관해도 그것이 바른 이치를 설명하는데 필요하다면 과감히 들어 쓰는 기법을 지녀야 한다네(言遠矣 或補於 近. 用迁矣 或類於正)."

제자는 이해가 잘 되지 않았다. 그래서 또 다시 그 다음을 물었다. 선생은 말했다.

"듣고 본 것이라 해서 전부 말하고 표현하는 것이 아니요, 써야할 내용이라 해도 전부 쓰지 않는 것, 그것이 진실로 모든 것을 다 쓰는 것이라네(言必不言 用不必用 不亦眞乎)"

제자는 혼란스러웠다. 그래서 또 물었다.

"그렇다면 어느 것을 모범으로 삼아서 글을 써야할까요?"

선생은 말했다.

"스승이란 그 어디에도 없다네. 흔히 사람들은 사람의 말이나 책에 있다고 생각하는데, 진짜 스승은 스스로 깨달아 아는 것(得)이야. 스스로 깨달아 안다는 것(得)은 요순 이래로 지금까지 변함이 없는 이치라네, 내 말뜻을 알겠는가?(師不在人也 不在書也, 自得而已矣. 自得也者 堯舜以來 未之或改也)"

세월은 흘러 어느덧 10여년의 시간이 지났다. 문장의 도를 묻던 그 제자가 다시 찾아와 사례하며 말했다.

"전에 선생께서 하신 말씀을 이제야 깨달았습니다. 종신토록 그 말씀대로 열심히 공부하겠습니다."

—『목은집(牧隱集)』

위에서 인용한 글은 많은 상징성을 담고 있다. 그리고 자득(自得)의 경지가 어떤 경지인가도 함께 말하고 있다.

글을 쓴다는 것은 보고 들은 것을 모두 그대로 쓰는 것이 아니다. 자서전도 그렇고 감상문도 그렇다. 필요한 말, 필요한 사건만을 선택하여 쓴다. 그것은 흡사 원정(園丁)의 칼날과 같아서 원정이 어떤 수형(樹型)의 나무를 만드느냐에 따라 자르기도 하고 보강하기도 한다. 한 편의 수필도 마찬가지다. 작가가 추구하고자 하는 내용이 무엇이냐에 따라 그것을 자르고 부쳐야 한다. 그것이 구상이요, 구현이다.

2. 허구(虛構)라는 투시법(透視法)

인간은 단순하지 않다. 복잡한 내면성을 가지고 있다. 때로는 갈등하고 미워하고 사랑하고 애착하고 망상하고 고통하고, 때로는 이론적인 사유 세계가 아닌, 예술적 환상 속에서 몽경(夢境)과 같은 현실과 분리된 상상 속으로 빠질 때가 있다. 더 나가서 현실을 벗어난 신의 세계까지 이어지고 있다. 일종의 환상성이다. 특히 하나의 작품에 피가 흐르고 생명이 돌게 하자면 눈에 보이는 것 가지고는 복잡한 심령의 세계를 다 표현할 수가 없다. 그래서 우유(寓喩) 같은 고도의 기법이 응용된다. 그것이 문학의 임무다. 제침문(祭針文), 규중칠우쟁론기 같은 수필이 그런 류라 할 수 있다.

그런데 수필에 있어서 사실의 기록이어야 한다고 생각하는 사람들이 많다. 사실 그대로를 기록한 신문의 기사를 문학이라 할 사람은 아무도 없을 것이다. 그렇다면 수필은 무언가 사실과 다른 '무엇'이 있다는 말이 아니겠는가. 그것은 바로 '수필의 허구'다. 이 문제에 대해 아직도 많은 수필가들이 혼란을 느끼는 사람들이 많다. 여기에는 두 가지 잘못이 있다. 하나는 문학에 대한 근본적인 인식결여요, 두 번째는 '허구(虛構)'라는 단어적 해석에 대한 인식 착오다. 모든 문학에 있어서 허구는 꼭 필요한 창작기법이다. 쉽게 말하자면 허구는 하나의 구상과 구현의 방법이다. 구현과 구상 속에 우유(寓喩)가 있다. 그리고 우유(寓喩)를 크게 확대하면 '허구(虛構)'가 된다.

강소강(張少康)은 그의 창작론에서 다음과 같은 시를 예로 들었다.

眞賞畵不成
畵賞眞相似
진짜로 즐기면 그림을 그릴 수 없지만
그림으로 즐기면 참으로 비슷하다네.

만약에 지나치게 사실(진실)만을 강조한다면 화가는 단 한 획도 그림을 그릴 수 없다. 그러나 진정 그림의 이치를 알고, 그림을 그리는 화가라면 그림 속의 내용이 비록 현실과 분리된 것(相似)이라 할지라도 거기에서 그림에 참된 이치를 찾아내어 그린다. 그러므로 그림 그 자체가 참(眞)은 아니다, 참(眞)은 그림 밖에 있다. 어떤 창작이든 없는 것(虛)과 사실(事實), 거짓(假)과 진실(眞實)이 서로 긴밀하게 연관되어 있을 때 진실에 접근할 수 있는 것이다.

윤오영 역시 그의 『수필문학입문』에서 허구에 대해 다음과 같이 말한 바 있다.

"몸이 약하고 상상력이 풍부한 한 소년이 자기보다 나이 많은 소녀에게 사랑을 바쳤다. 떨어져 상상하면 다시없는 선녀다. 만나보면 그렇지 못하다. 여기에서 번민한 끝에 창에서 떨어져 죽는다. 죽었다 살아난 뒤에는 멍청이가 되어서 그 소녀와 결혼한 보람도 없이 죽어간다."

프루스트는 말한다. '인생은 이 소년과 방불하니 인생을 살려고 하지 말고, 꿈꾸라' 고 말하고 있다. 따라서 '수필이란 반드시 사실의 기록이어야 한다고 생각하는 사람들이 있기 때문에 이 글을 인용하였다.' 라고 말하면서 '자기의 생각이나 감정을 표현하기 위해서는 이것(사건)을 구상화(具象化) 할 필요가 있고, 따라서 상징적인 우유(寓喩)도 필요한 것이다.' 라고 적고 있다.

우유(寓喩)란 바로 자기의 생각을 다른 사물에 빗대어서 자기의 생각을 은근히 말하는 형식이다. 그림과 글이란 다같이 무엇을 그리기 위한 것이다. 사물의 형상을 묘사하여 그 진짜 모습을 그리려는 작업이다. 억지로 비슷하게 그리기는 쉽다. 그러나 그 생명력과 기상과 정신까지를 그리기는 쉽지 않다. 비슷하게 그린 것은 그 형상만 묘사한 것이라면 참된 글은 그 웅혼한 기상과 의경의 본질까지를 그려내야 한다. 그래서 불가불 '허구' 라는 투시법(透視法)을 사용하게 되는 것이다. 허구는 사실에서 벗어나는 일이 아니라 사실에 근접하기 위한 문학적 장치인 것이다.

3. 소동파의 충언

소동파가 말했다.

"시를 지으려면 반드시 시를 지을 때, 짓기 전에 이미 어떤 이미지를 고정시켜버린다면 이는 반드시 훌륭한 시를 짓는 시인이라 할 수 없을 것이다."

그렇다. 고정 관념은 창작을 망치는 행위가 아니겠는가. 물외(物外)의 형상을 묘사하여 물체(物體)의 형상을 바꾸는 기법이 필요하다는 것을 수필가들이 인식해 주었으면 한다. 사실성만을 고집하는 고정 관념을 가진다면 훌륭한 수필을 낳지 못하고 그저 수더분한 잡상만 늘어놓게 된다는 것도, 그리고 오늘날 수필이 문학으로서 날개를 펴지 못하는 것도 여기에 약점이 있다는 사실까지도.

계간 《한국수필가》

수필을 쓰는 이유, 그리고 정신

1. 좋은 글의 요건

일에는 반드시 어떤 목적이 있기 마련이다. 목적이란 말이 적당치 않다면 의도라는 말로 대치해도 될 것이다. 집을 짓든 농사를 짓든 기계를 돌리든 거기에는 반드시 그 일에 합당한 어떤 목적이 있기 마련이다. 글에도 마찬가지다. 그 글을 쓰게 된 의도, 즉 목적이 있다. 아마도 목적 없는 글을 쓰는 사람은 아무도 없을 것이다. 그런데 글을 읽다보면 그 글을 쓰게 된 목적이 무엇인지 혼선을 가져오는 일이 가끔 눈에 띈다.

수필을 흔히 잡문이라는 표현을 쓰는 데는 이런 이의 글 때문인지 모른다. 일상적인 소재를 취급했다고 해서 잡문이 되는 것은 아니다. 문학의 소재는 어차피 일상을 벗어날 수 없다. 그렇다면 잡문이란 말을 듣는 것은 글의 소재에 있는 것이 아니라 글의 짜임새에 있다고 할 수 있다. 의도가 정확하지 않는 글, 애매모호한 추수적(追隨的)인 글, 그런 글은 결국 잡문이 될 수밖에 없다. 무사안일(無事安逸)한 이야기를 그야말로 무사안일하게 늘어놓는다는 것은 실로 짜증스러운 일이다. 적어도 한 편의 글 속에는 작가가 쓰고자 하는 의도가 정확하고 분명하게 제시되어야 할 것이다. 그렇게 되자면 진지한 구상과 설계, 집필의 정성과 노력, 반복적인 퇴

고과정이라는 단계가 반드시 병행되어야 할 것이다. 이런 일은 약간의 시간과 정성만 기울인다면 얼마든지 해낼 수 있는 일이다. 그런데 너무도 성의 없이 써진 글이 가끔 발표되는 것을 발견할 수 있다. 어떻게 하면 글이 되고 어떻게 하면 글이 되지 않는 것쯤은 습작을 통해서 충분히 답습되어야 할 것이다. 이유야 어쨌든 시답지 않은 글을 쓴다는 것은 작가의 자세라고 볼 수 없을 것이다.

계간 《한국수필가》 겨울호에 게재된 작품은 모두 77편이었다. 77편 전부를 다룬다는 것은 우선 지면이 그것을 허락지 않거니와 또한 불필요한 일일 것이다. 오동나무 이파리가 지는 것을 보고 가을이 깊어지는 것을 알 수 있듯이 몇 편의 작품만으로 다른 작품들의 수준을 알 수 있기 때문이다. 따라서 작품 몇 편만을 논급해 보려한다.

2. 웃음, 그리고 해학

'해학과 기지'를 수필의 특성 중의 하나라고 알고 있는 사람이 의외로 많다. 그러나 이것은 수필의 특성이 될 수 없다. 생각해 보자. '해학과 기지'가 수필의 특질이라면 그렇지 않은 작품은 수필작품의 특질에서 벗어난 작품이라고 설명될 수 있을 것이다. 그렇다면 한국 수필작품 가운데 '해학과 기지'가 넘쳐나는 작품이 몇 편이나 된다고 생각하는가? 아마도 쉽게 떠오르는 작품이 없을 것이다.

사람은 각자 개성이 있다. 그러므로 타고난 기질이 다르고 그 성격이 다르다. 그래서 예술의 풍격은 천태만상일 수밖에 없다. 유협은 인간의 기질을 재(才), 기(氣), 학(學), 습(習) 등 네 가지로 분석해 놓고 있다. 그 가운데 재(才)와 기(氣)는 선천적인 것에 해당하고 학(學)과 습(習)은 후천적인 방면에 속하는 요소라고 적고 있다. 전자는 순전히 천부적인 요소라면, 후자는 지식과 노력 그리고 환경과 밀접한 관계가 있다. 전자는 노력보다는 천부적인 것이요, 후자는 개인의 정성과 노력의 부분이다.

따라서 '해학과 기지' 는 천부적인 재주다. 그러므로 아무나 구사할 수 있는 것이 아니다. 특별한 재주를 가진 사람만이, 특별히 다룰 수 있는 특별한 부분이다. 말하자면 고지능(高知能)의 선천적인 문학 수법이다. 이런 뛰어난 기질의 작품을 읽으면 우선 마음이 통쾌하다. 그리고 가슴 속이 시원하다. 작가 가운데 해학과 기지가 넘쳐나는 작품을 한 편도 쓰지 못한 작가가 많은 것도 이런 연유에서이다.

이광천의 「나의 기쁜 젊은 날」이 그런 작품에 해당된다. 지난날의 한 토막의 추억을 희극적으로 이끌어가는 솜씨가 대단하다. 재치와 기지가 은근히 웃음을 가져오게 하는 재미가 독자를 흥겹게 해 주고 있다. 게다가 그 결미 또한 소설적인 극점을 취하고 있는 것도 이채롭다. 하인과 주인의 자리가 바뀐 상황에서 미소를 머금지 않을 사람이 아무도 없었을 것이다. 소설을 쓸 수 있는 역량을 가진 작가로 생각된다. 굳이 단점을 지적하자면 수필로써는 좀 지루하다는 느낌이 든다. 수필은 소설과는 달리 긴축미가 요구된다는 것을 참고해 주었으면 한다.

3. 심미감(審美感), 그리고 관조미(觀照美)

예술, 특히 문학은 정감의 표현이다. 그러므로 논리 사유와는 거리가 있다. 심미감은 순전히 개체의 직관적 깨달음 위에 획득되어지는 도의 개념 같은 것이다. 한마디로 말하면 일상에서 획득되어지는 깨달음 같은 것이다. 그것은 유가(儒家)에서 말하는 '일상의 삶의 질서가 바로 도(道在倫常日用之中)' 라는 표현과, 선가(仙家)에서 말하는 '물을 긷고 장작을 패는 것도 하나의 도' 라는 언어와 서로 맞닿는 것이라고 해도 될 것이다. 완전한 유의식도 아니고, 그렇다고 무의식도 아닌 인간의 최고의 미의식이 도라고 볼 때, 그것은 순수와 통하는 영역이다. 순수는 전수할 수도, 그렇다고 노력으로 구할 수도 없는 것처럼 개체의 감성의 묘오성(妙悟性)은 현실적 감성 생활에서 얻어지는 일종의 깨달음(悟道) 같은 것이다. 이것은 연륜(年

輪)과 영적(靈的) 생활에서 탐색되어지는 순수의 개념으로, 문학을 문학답게 하는 영역이기도 하다. 기독교에서는 이것을 성령(聖靈)이라고 표현되어지는데 중국의 원굉도(袁宏道) 역시 성령(聖靈)이라고 표현하여 하나의 문학파를 형성한 바 있다. 충(蟲)이 나비로 변신 하듯이, 문학에 있어서는 문학의 옷을 벗고 철학의 옷으로 변신하는 일을 성령의 부분으로 표현할 수 있을 것이다. 세계적 명작들이 하나같이 오도적인 변신을 가져왔다는 사실을 감안한다면 해답이 될 것이다. 예컨대 '이층집'을 글로 쓴다면, 이층집의 구조나 그곳에 살고 있는 사람의 이야기를 제아무리 재미있게 다루었다 해도 그것은 성령에 접근한 작품이라 할 수 없다. 적어도 인간의 내재적인 사상 속에 이층적 구조, 즉 선과 악의 동거 같은 의미를 추출해 내야할 것이다.

이런 오도성을 지닌 작품이 몇 편 눈에 띄었다. 탁현수의 「조화를 위한 조율」, 이혜안의 「빛-미로 게임」, 김규순의 「나눗셈은 더 어렵다」, 김계순의 「다름에 대하여」 등이 이에 해당된다. 탁현수의 「조화를 위한 조율」은 굴원의 작품을 접하는 느낌이 들었다. 현실의 어두움에 대하여 지극히 분노하고 한탄하여 결연히 그것과 어울리지 않고 하늘과 땅을 오르내리면서 이상을 추구했지만 결국 현실을 잃어버리지 않았듯이 탁현수 역시 가정이란 집단의 각자 꿈틀대는 개성 속에서도 조화를 위한 조율을 통하여 정신적으로 화합하고 질서에 동화하여 새로운 질서를 만들어 내는 도(道)를 만들어 내고 있다. 이는 정신적인 깊이를 갖지 않으면 조화를 해칠 수 있을 것이다. 이혜안의 「빛-미로 게임」은 미로게임, 아리랑, 빛 등 세 개의 소주제를 가지고 자신의 삶에 대한 꿈을 제시해 놓고 있다. 말은 뜻을 다할 수 없는(言不盡意) 것으로써 언어는 사람의 사유 내용을 모두 표현할 수 없고 단지 말없이 깨달을 뿐이라는 말이 생각나게 하는, 깊은 의미를 머금고 있는 작품이다. 재(才)와 기(氣)를 겸비한 선천적인 재질을 가지고 있는 작가로 여겨진다. 김규순의 「나눗셈은 더 어렵다」는 볼테에르의 『캉디드』를 읽는 기분이 들었다. 상식인의 관점에 서서 상식적인 생각을 야유하는 듯하다. 하나 더하기 하나는 결코 둘이 아니라는 진리를 일러주고 있다. 모든 악은 멀리하는 것이 아니라 오히려 반겨야 한다는 볼테에르의 주장대로 형이상학적인 철학을 담고 있는 작품이다. 김계순의 「다름에 대하여」는 영적(靈的)인 작품이다. 종교에 접하지 않고는 쓸 수 없는 내용이다. 이런 깨달음은 종교나 영적 사고를 거치지 않고는 얻기 어려운 일이다. 싸움은 왜 일어나는가? 서로 다름을 깨닫지 못하는데서 일어난다. 왜 남을 비방하는가? 자신은 그러한 존재가 아니라는 착각에서 빚어진 것이다. 알고보면 인간은 누가 누구를 비난할 자격을 가진 사람은 아무도 없다. 그것을 깨달을 때 비로소 삶의 의미가 주어진다. 양심을 두엄간에 던져버린 정치인이 아니고서는.

4. 삶, 그리고 일상의 의미

'제재의 다양성'을 수필의 특성이라는 논리를 펴고 있다. 그렇다면 시와 소설은 제재의 구속을 받는다는 의미가 된다. 여기에 동의할 사람은 아마도 없을 것이다. 모든 문학은 그 틀의 문제요 제재의 문제는 아니다. 문학이란 명패를 단 것이라면 어떠한 울타리도 존재할 수가 없다. 다만 있다면 그 틀에 따라 시가 되고 소설이 되고 수필이 되고 희곡이 될 뿐이다. 문학의 목표 또한 '인간구원'을 목표로 한다는 점에서 동일하다. '영탄'이나 '회고'는 자기 구원이라면 '악의 고발'이나 '사회계도'는 인간구원이라 할 수 있다. 앞으로 수필을 논할 때 문학의 원론에서 접근해야지 지엽에서 접근한다면 결국 수필은 주변문학을 벗어날 수 없을 것이다. 오늘날 수필문학이 제 길을 찾지 못한 것 중의 하나는 나무의 가지에서 접근하여 왔기 때문이라 생각된다.

사회적인 문제를 다룬 것으로 김은숙의 「그 청년」, 황종찬의 「양심 되찾기라도」, 방원석의 「빈자리와 어린이」는 이 시대를 살아가는 사람들에게 많은 의미를 주고 있는 작품이었다. 앞의 작품은 시대적인 고통이라면 두 작품은 상업주의가 가져온 폐해다. 앞의 작품은 한때 데모가 시대적인 양심을 대변하는 것처럼 보인 때도 있었다. 그리고 용기 있는 사람만이 할 수 있는 무사처럼 여겼다. 그러나 사회정의라는 것은 그리 간단한 것이 아니다. 그 동기가 명예를 얻기 위해서 출발했다면 결과가 제아무리 좋아도 찬성할 수 없다는 것을 암시하고 있는 작품이 아닌가 한다.

지면에 일일이 언급은 못하지만, 최원현의 「감을 따며」, 전선자의 「노화백과 백원 의미」, 하현옥의 「지진과 땅주름」, 권흥기의 「맨발이 할아버지의 추억」, 나기채의 「부부싸움 칼로 물베기」, 최옥영의 「그 마음을 담고 싶다」, 하종갑의 「차 한 모금의 의미」, 한은숙의 「닭소리」, 김학량의 「질경이」, 김학의 「즐겁게 사세요」, 정일묵의 「가을과 낙엽의 단상」, 이동휘의 「연실누나」, 권도한의 「행복론」, 서동애의 「설날」, 이학용의 「눈꽃처럼 복이 쌓였으면」, 매원의 「또 하나의 작은 행복」, 박관순의 「산사의 오솔길」, 이산의 「터널의 끝은 보인다」, 배억 「모과나무의 추억」, 임지윤의 「가족」, 이홍식의 「당산봉을 오르며」 등, 읽어보고 싶은 작품이었다. 그 가운데 임지윤의 「가족」, 이홍식의 「당산봉을 오르며」, 하종갑의 「차 한 모금의 의미」, 매원의 「또 하나의 작은 행복」은 정결미가 철렁거렸다. 뛰어난 작가라는 생각이 들었다. 그리고 정일묵의 「가을과 낙엽의 단상」, 최원현의 「감을 따며」는 옛 추억을 생각하게 하는 리얼한 작품으로 손꼽힌다. 박수를 보내고 싶다.

그런데 권영재의 「내 유년의 화첩」, 김신애의 「까치밥이 된 감꽃」, 박관순 「산사의 오솔길」은 잘 쓴 작품이었으나 「내 유년의 화첩」은 서두와 본문이 이질적이라는 생각이 들었고, 「까치밥이 된 감꽃」은 추억으로 일관했더라면 좋았을 것이다. 그런데 감에 대한 설명이 작품을 혼란하게 만들었다는 생각이 들었고, 「까치밥이 된 감꽃」은 제목을 「오솔길」로 했다면 더 빛이 났을 것이라는 생각이 들었다.

‘주마간산(走馬看山)’이라는 말이 있다. 나 역시 한정된 지면 때문에 그런 길을 걷지 아니했나 싶어 독자들에게 미안하다는 생각이 든다. 아무튼 한 편의 글을 쓴다는 것은 대단히 힘든 작업임에 틀림없다. 왜냐하면 하나의 생명체를 만들어 내는 일이기 때문이다. 우리가 한 인간을 볼 때 외모도 중시하지만 그 마음도 중시하는 것처럼 글이란 문장도 잘 갖추어야 하지만 마음, 즉 내용이 영성을 갖추고 있을 때 더욱 좋은 글이 된다는 점을 명심하여 주었으면 한다.

계간 《한국수필가》

수필의 구상

    지난해 겨울호에 이어 이번이 두 번째 평이다. 이번만은 가슴을 후련하게 해 줄 수 있는 작품을 기대했었다. 그런데 그런 기대를 저버리게 해서 몹시 아쉬웠다는 것을 먼저 짚어둔다. 그만큼 수필 쓰기란 쉽지 않은 일인지도 모른다. 수필이란 아무 이야기나 쓴다고 해서 작품이 될 수 있는 것이 아니다. 거기에는 치밀한 구성도 따라야겠지만 무엇보다도 주제가 분명해야 한다. 그리고 문장이 튼튼해야 한다. 그저 그런 이야기를 질질 끌고 다니는 산만한 이야기는 될 수 있을지언정 작품은 될 수 없다.

    이번호의 작품을 탐독하면서 절실하게 느낀 것은 작가의 치열한 작가 정신의 결핍이었다. 물론 현대의 분망한 와중에 그런 침잠의 시간이 허락되지 않을지 모른다. 그렇지만 되는 대로 아무 이야기나 두서없이 쓰는 것은 본인 작가를 위해서도 그렇지만 수필이란 이름을 위해서도 삼갈 일이다. 오늘날 수필이 변두리 문학으로 밀려난 것도 이런 작가의 안이한 태도 때문이 아닌가 한다.

    한 편의 좋은 작품을 탄생하기 위해서는 주체와 객체의 합일의 경계, 즉 물화(物化)의 경지에 이르러야 한다. 당나라 화가 한간(韓幹)은 말(馬)을 그럴 때 그 자신이 말 모양을 하고 그림을 그렸다고 한다. 그것은 그가 전심전력을 다하여 골똘하게 생각하였기 때문에 주위의 일체를 잊어버렸을 뿐 아니라 자신의 몸도 자신의 존재도 잊어버리고 오직 그리고자 하는 객체와의 합일의 경지에 이르렀던 것이다. 글을 쓸 때에도 이처럼 표현하고자 하는 대상에 몰입하지 않고는 정교한 작품을 창작할 수 없는 것이다. 그러므로 창작이란 온 정신과 마음이 묘사 대상에 경주되고 생각과 사고가 집중된 결과라는 사실을 뼈아프게 새겨두지 않으면 작가로서 승리할 수 없을 것이다.

요 임금때 공수(工倕)라는 인물이 있었다. 그의 공예수준은 매우 높아서 조물주가 만든 것처럼 마음으로 헤아리지 않아도 손가락이 물과 함께 화하듯이 그렇게 저절로 이루어진다고 하였다. 이러한 경지를 물화(物化) 내지 신화(神化)의 경지라고 한다. 모든 작가는 오로지 공수의 정신을 본받을 수 있다면 창조의 작품도 신화의 경지에 이를 수 있을 것이다.

유영미의 「할미꽃 생각」은 할미꽃에 담긴 슬픈 전설을 주제로 하고 있다. 그리고 그런 현대의 풍조를 풍자해서 쓴 글이다. 자아를 반성의 계기로 삼는 의미에서 한 번 읽어 볼만한 글이다.

김혜숙의 「산 일번지」는 지난날 우리들이 겪었던 쓰라린 추억을 담고 있다. 요즘 신세대들에게는 조금은 생소한 이야기로 들릴지 모른다. 그러나 그것은 선배세대들이 체험했던 이야기들이다. 좀 더 치밀한 구성으로 그리고 구체적으로 썼다면 우리들의 심장을 뚫는 감동으로 다가왔을 것이다.

윤석조의 「거울」은 이 달의 대표작으로 꼽을 만한 작품이다. 다른 작품에 비해 구성이나 표현이 무리없이 조화된 작품이다. 그리고 김병돈의 「제주의 명산 산방산」은 산방산의 정취와 자연 환경을 묘사한 작품이다. 좀더 경쾌한 문장으로 구사했더라면 훨씬 감칠맛이 났을 것이다.

김두은의 「문주란을 그리며」는 한 평생을 교사로 보낸 자긍심을 쓴 작품이다. 그의 투철한 직업관이 시선을 끈다. 그런데 결미 부분은 어쩐지 어색하다는 느낌이다.

　지나치게 쓴 소리만을 한 것 같아서 미안한 마음이다. 그러나 보다 더 좋은 작품을 기대하는 욕심임을 이해 바란다. 다음호에는 보다 더 완숙된 작품을 기다려본다.

《지구문학》

수필에 있어서의 개성

서예에 있어서 작가마다 각기 고유의 서체가 있듯이 문학에 있어서도 작가 나름의 고유한 풍격이 있다. 그 풍격이 자리매김할 때 작가로서 그 완성의 경지에 들어설 것이다. 추사가 유명한 서예가로 기림을 받을 수 있는 것도 바로 그만의 독특한 추사체라는 고유 브랜드를 갖고 있기 때문이라면 수필 작가에게도 그런 고유브랜드가 없다면 작가로서 기림을 받을 수 없을 것이다.

오늘날 수필이 '그렇고 그렇다'는 평을 받는 것은 바로 작가에 있어서 고유한 브랜드가 없다는 말이기도 하다. 고유한 브랜드란 작가의 독특한 풍격이다. 풍격은 일종의 개성이다. 그것은 사람마다 타고난 소질이면서 학습이다. 즉, 천부적인 재기(才氣)의 기초위에 어떻게 학습하느냐에 따라 그 개성이 확대되고 발전한다. 다시 강조하자면 '학습'은 그것을 어떻게 갈고 다듬고 연마하느냐 하는 방법이다. 예컨대 글이 전아하고 아름다운 문장, 깊고 통달한 문장, 말이 장대하고 정이 놀랍도록 표현된 문장, 뛰어나고 의협심이 강한 문장, 가볍고 민첩한 문장, 긍지가 높고 중후한 문장, 간략하고 평이한 문장, 오만하고 방종한 문장 등은 각기 작가의 개성에 따라 얻어진 소산들이다. 이렇듯 각기 개성을 지닌 문장들은 그 향기

(香氣) 또한 독특성을 가지고 있다. 글의 구성이나 작가의 사고가 정밀한가 하면, 사고의 흐름이 깊고 단어가 정선되어 있고, 우리의 가슴을 시원하게 뚫어주는 울림이 있는가 하면, 문체가 열렬하여 깊은 감동을 주기도 한다. 그리고 창끝이 드러나는 운치가 있는가 하면, 출렁거리는 정감이 있는 가운데 숨어있는 문의의 오묘함이 있고, 어떤 문장은 생각이 광활해서 많은 것을 생각하게 하고, 숨어있는 혈기가 이치를 감추고 문사(文思)가 넘쳐나기도 한다.

이달의 많은 작품을 읽으면서 작가 나름의 독특한 개성미를 발견할 수 없다는데 아쉬움을 접을 수 없어서 작품의 풍격에 대하여 장황하게 늘어놓게 되었다. 앞에서 언급한 바와 같이 우리는 일정한 학습을 통해서 상당부분의 풍격(개성)을 보완하고 그 독특성을 아울러 줄 수 있으리라 생각된다.

이달에 신작수필로 모두 14편의 새로운 작품이 선을 보이고 있다. 그러나 수필의 색깔이 여름의 나뭇잎처럼 서로가 비슷한 아쉬움이 남는다. 그러나 다행인 것은 종전의 작품에 비해 그 수준이 고르고 상당히 수준을 갖춘 작품들이 많아서 평자로서 여간 기쁜 마음이 아니다.

《지구문학》 가을호 가운데 우선 눈에 띄는 작품으로 오경자(吳景子)의 「나만 늙은 것이 아니군요」다. 오랫동안 수필을 써온 중견문인답게 문장을 훔치고 꿰매는 솜씨가 여간 뛰어난 수작이었다. 이야기는 갤러리 전시장을 찾아 그림을 감상하는 것으로 시작된다. 그리고 전시장의 사진을 관람하면서 지난날의 추억을 오버랩 시키는 가운데 화제를 이끌어 가는 솜씨가 한 편의 추억 영화를 보는 것처럼 너무 자연스럽고 재미가 있다. 게다가 지난날의 추억 속에서 현재로 돌아오는 시점 처리가 이 글의 주제를 안고 있어서 수필의 맛을 더해 준 작품이다. 다음으로 김가영의 「별 쏟아지던 밤」은 한 소녀의 아린 가슴을 보는 것 같은 감칠맛을 보여주었고 거기에 따른 비윤리성이 드러나지 않아 성공한 작품이 아닌가 한다. 서경의의 「수필과 사진」은 작품의 착상이 참신했다. 그러나 그것을 잘 비교와 대조를 통하여 수필의 성격을 규정해 주는 데는 논리성이 빈약했다는 느낌이다. 그것을 좀더 구체적으로 접근한다면 수필의 성격을 좀더 재미있게 규정할 수 있으리라 생각된다. 최영숙의 「욕심」은 무난한 작품이었다. 작가의 이런 달관된 마음을 갖기까지는 인생이란 많은 형극의 길이 존재하였으리라 생각된다. 이강우의 「낡은 운동화」와 안성수의 「말, 말, 말 많은 세상 속에서의 단상」 두 편은 이 시대를 살아가는 사람들에게 들려주어야할 잠언이 아닌가 싶다. 앞의 작품은 작가의 내핍정신이 삶의 질을 아름답게 하는 뿌리가 된다면, 뒤의 작품은 이 사회의 어떤 율을 세우는 데 큰 지침이 되리라 생각된다. 오늘의 우리들은 우리의 삶이 가난해서 서러운 것이 아니라 우리의 정신이 가난하기 때문에 서러운 것이요, 세상이 썩고 어지러워서 마음이 아픈 것이 아니라 우리들 자신들의 마음이 썩고 어지럽기 때문에 서글픈 것이다. 그런데 세상은 항상 자신을 보지 못하는데서 정치도 사회도 나도 썩고 병든 것이다. 두 작품에서 이런 속내까지 염두에 두고 작가는 이 작품을 썼을 것이라 생각된다.

이번으로 2004년의 내게 맡겨진 계평은 마무리를 짓는다. 2005년은 좀더 좋은 작품을 만났으면 하는 기대와 함께 다음 평자에게 이 배턴을 넘긴다. 독자들의 가정에 큰 기쁨이 함께 하기를 빈다.

《지구문학》

창작수필을 사랑하는 목소리들

수필문학계의 원로 유혜자 선생과 변해명 선생이 각각 《조경희 문학상》과 《월산문학상》 수상자로 선정된 것을 기쁘게 생각한다. 두 작가는 초창기부터 오직 수필만을 신념있게 지켜온 수필계의 큰 나무로 한국수필의 발전을 위하여 많은 노심초사를 보태왔다. 지면을 통하여 그 공로를 되새기면서 박수를 보내는 바다.

얼마전 한 수필 평론가로부터 다음과 같은 서신을 받은 바 있다. 수필문학이 '창작문학(創作文學)'이라면 '언제 어느 과정을 거쳐서 창작문학이 되었는지 그 이론적인 근거를 여러 사람에게 요청한 바 있으나 이에 대한 답변을 받지 못하였다' 면서, 필자에게 그 이론적 근거를 요구하는 협조문을 보내온 것이다. 수필을 쓰고 강의해 온 한 사람으로서 그 뜨거운 열정을 높이 산다. 그러한 열정이 수필을 한층 끌어올리는 계기가 되리라 생각된다.[1]

해묵은 논란을 다시 끄집어낸다는 것은 마음 내키는 일이 아니지만 그

---

[1] 졸저 「한국근대수필 문학사」, 신아출판사와 「수필의 양식과 구성의 원리」, 한국문화사 속의 「수필문학 무엇에 대하여 고민하는가」를 읽어 보셨으면 한다.

질문에 대한 참고가 될까 해서 몇 가지 문제를 잠깐 짚고 넘어가지 않을
수가 없을 것 같다.

　수필에 대한 시비는 어원적 해석에서부터 출발한다. 수필(隨筆)을 '붓가
는 대로 쓰는 글'이라는 홍매(洪邁)[2]의 말을 잘못 인용한 데서 수필을 '변
두리 문학'으로 밀어낸 계기가 되었다. 사실, 홍매는 그의 호를 따서 『용
재수필(容齋隨筆)』이란 책 제목을 사용한 것 뿐 그 이외 아무런 의미도 없
다.[3] 그것은 논리에 대한 전개목적은 물론 수필을 논하기 위한 것과는 거
리가 멀다. 다만 한 작가로서 개인 문집을 상재할 때 '수필'이란 명칭을
문집명으로 사용하였을 뿐이다. 그런데 후에 누군가가 그것을 원용(援用)
하면서부터 거기에 날개를 달아 수필문학의 특성으로까지 이어 놓았던
것이다. 첫 단추가 잘못 꿰어진 바람에 수정할 틈도 없이 시간의 흐름을
타고 정석화 되어 버린 것이다.

　그 후 수필을 '진실과 사실의 체험 문학', '생활을 재구성하여 미학적
으로 형상화 한 문학' '허구가 배제된 사실의 기록' 등등의 여러 견해가
첨가되면서 수필이 제2의 문학권처럼 된 것이다. 그러나 이러한 정의를
가만히 들여다보면 많은 모순을 안고 있음을 쉽게 발견할 수 있다. 여기
에서 말하는 진실은 무엇이고 사실은 어디까지를 말하는가. 인간은 수많
은 허물과 죄의 그늘로 덮여있는데 수필에서 사실대로 고백하고 있는 작
가는 과연 몇 사람이나 될까. 그리고 수필이 생활의 재구성이라면 시와
소설은 생활의 재구성이 아니란 말인데 생활은 바로 체험이요 소재가 된
다. 그 체험과 소재가 바탕이 되어 문학이 생산되어지는데 시(詩) 역시 이
에서 벗어날 수 없다. 말하자면 생활은 문학의 절대적인 종자가 되는 것

---

2 호는 용재(容齋), 자는 경로. 南宋 饒州, 鄱陽의 사대부 출신(1123년~1202년). 明朝 李翰은
　용재수필을 평하기를 사람들에게 선을 권하고 악을 버리도록 경고하고 있으며 사람들을 기
　쁘게도 하고 생각케 한다. 견문을 넓혀주고 옳고 그름을 판단할 수 있도록 일깨워주며 의심
　을 해소하고 사리를 밝게 하고 세속을 교화시켜주고 있다.
3 이대규, 『수필의 해석』, 신구문화사, 1996. 6. 20, p.20.

이다. 그리고 수필이 '허구가 배제된 사실의 기록' 이라면 얘기는 달라진다. 왜냐하면 그것은 넌픽션으로, 그렇게 되면 수필의 문학성은 물론 그 창작성까지 부정하는 셈이 된다.

다시 언급하지만 문학이란 원래 울타리가 없었다. 그리고 있을 수도 없다. 다만 편의에 의하여 만들어진 틀로 서양의 문학 논의가 수입되면서부터다. 원래 우리 선인들은 시, 수필, 소설, 이렇게 울타리를 쳐 놓지 않았다. 시와 산문을 넘나들면서 자유롭게 문학 활동을 하였다. 그리고 박지원의 『호질(虎叱)』이나 『양반전(兩班傳)』도, 시대를 풍자한 한 편의 수필이었다. 그러나 서양의 문학이론이 전개되면서 후에 소설로 분류된 것들이다. 시와 산문은 상호 배격하는 성질의 것이 아니라 상호 보완하는 관계에 있는 것이다. 시에 산문의 요소가 전혀 없다면 그 시는 부족한 시이며, 반대로 시의 요소가 전적으로 배제된 산문은 불가능한 일이다.[4] 따라서 시는 산문을, 산문은 시를 서로 넘보아야 한다.

허구와 사실의 문제도 수레바퀴와 같은 것이다. 수레의 중간에 공간이 없다면 굴러가지 못할 것이며 축이 없다면 그것은 바퀴가 아니다. 실(實)을 말하기 위해서 허(虛)를 사용해야 하고 허를 말하기 위해서 실을 이용하는 것이 문학적 구성법이다. 무(無)는 유(有)에 의지하고 유는 무에 의지하는 것과 같다. 즉 이실출허(以實出虛)다. 왕사진은 그것을 용의 그림에 비유한 바 있다. 즉 신용(神龍)은 그 모습을 다 그리는데 있는 것이 아니라 구름과 안개 속에 가려진 하나의 발톱과 하나의 비늘을 그리기만 해도 된다는 것이다. 발톱과 비늘은 실(實)의 부분이요 구름 속에 가려진 것은 상상으로 얻어진 허의 부분이다. 그것을 이색은 "말해야 할 바라고 해서 다 말하지 않고(不必言), 써야할 바라고 해서 다 쓰지 않는(不必用) 것이 또한 참(眞)이다."라고 하였다.[5] 그리고 주백강(周伯强)은 『삼체당시(三體唐詩)』에

---

4 이창국, 『문학비평이야기』, 한신문화사, 1995. 3. 30.
5 이색, 『목은집』 답문.

서 경(景)이 실이라면 의(意)는 허라고 하였다. 창작 과정에서 사실과 허구
는 동전의 앞뒤처럼 결합되어 그 내용을 진실되고 풍부하게 만든다. 허사
(虛寫)는 측면적이라면 실사(實寫)는 정면적이고, 전자는 간접적인 것을 주
로 한다면 후자는 직접적인 묘사를 보조로 삼는다. 말하자면 예술의 허구
는 현실적 근거가 없는 제멋대로의 날조가 아니고 그 작품으로 하여금 더
넓은 개연성을 갖고 더 깊은 사회성을 반영하기 위한 것이다. 그것은 현
실 가운데 무수한 진실의 내용을 정련해 낸 것이다. 예컨대 장자의 호접
몽(胡蝶夢) 같은 것이 그것이다. 나비라는 궤환(詭幻)을 통하여 사람이 볼
수 없는 것까지 있는 것으로 보게 하는 장치인 것이다. 이렇게 사람의 마
음이 엮어낸 상은 사실이 아니지만 객관 물상을 보여주는 데 그 뜻(意)이
있는 것이다. 좀더 부연하자면 기이(奇異)함 가운데 올바름(正)이 있고, 허
환(虛幻)함 가운데 참(眞)됨이 있는 것이다. 따라서 하나(一)를 들어서 만을
설명하고, 만(萬)을 들어서 하나를 설명하는 것이다. "말이 사실에서 멀어
도 혹 가까운 이치를 기울(補) 수 있고, 씀(用)이 실제와 무관해도 혹 바른
이치를 따를 수 있다."[6]는 것이 그것이다. 요컨대 수필, 즉 문학이란 어떤
내용을 그대로 전하는데 목적이 있는 것이 아니라 그것을 이정화(移情化)
하여 독자들의 의식을 틔워주고 감동을 통하여 어떤 종류의 영향을 받도
록 구성하는 일이다. 그러므로 모든 장르는 사실상 잣대로 엄격히 구별되
어지는 것도 되어질 수도 없는 상호 교환과 보완의 관계인 것이다. 만약
에 이런 관계와 노력들이 배제된다면 그것이 진정한 문학의 영역에서 행
세할 수 없다.

　현대는 산문의 시대다. 서점 서가에 넘쳐나는 산문집을 보더라도 그것
을 부인할 사람은 없을 것이다. 문학을 애호하는 사람이라면 거의 산문집
한권 읽지 않은 사람이 없을 정도다. 그만치 현대는 산문이 문학의 주류
를 이루고 있다. 그런데도 수필이 의붓자식으로 취급당하는 것은 장르의

---

6 위의 글.

문제가 아니라 작가의 문제로 꼽고 싶다. 윤오영, 피천득, 정진권의 수필을 대하면 절로 감흥(感興)을 만난다. 윤오영의 「달밤」이나 피천득의 「5월」, 정진권의 짧은 수필들은 수필의 영역에서 압권을 이룬다.

지난 7월호에는 좋은 수필을 읽는 기쁨을 맛보았다. 모두가 튼튼한 문장들이었다. 수필의 숙제 가운데 가장 큰 문제는 문장이다. 그런데 이번 작품은 세련된 문장을 갖추고 있는 작품들이어서 즐거운 마음으로 읽을 수 있었다. 문장은 쓰면 쓸수록 좋아지게 되어 있다. 긴 문장보다는 짧은 문장이, 리듬이 없는 문장보다는 리듬이 있는 문장이 좋다. 그리고 긴 문장 뒤에는 짧은 문장을 받쳐줄 때 글이 맛깔스럽고 탄탄하다. 그 다음은 문학의 가치를 높여주는 감흥이다. 감흥(感興)있는 작품은 즐겁고 얼굴에 미소를 짓게 하고 마음에 평화와 행복을 안겨준다.

그 가운데 정인조 씨의 작품 「촉」이 시선을 끌었다. '촉'은 생명력의 원천이다. 작가는 그 생명력의 원천을 도외시 했던 젊은 시절 잘못을 되돌아보면서 인간의 삶의 근원성을 파헤쳐 가고 있다. 이 작품에서 문학적 가치를 논하기 전에 우선 드러나는 사실은 작가의 생명의 근원이, 즉 독자들의 공감의 토대가 성(性)의 초월성의 자체가 아닌 그 밀착성에 놓여 있다는 공감대와 함께 창조의 기쁨이 그 안에 내재되었음을 암시하고 있다. 인간관계에서 부부처럼 가까운 관계는 없다. 그러나 부부관계라는 것도 성의 문제만은 초월되지 않는 영원한 갈등을 안고 살아가는 극복할 수 없는 과제다. 다시 말하자면 가까운 사이가 더 많은 고통과 상처를 주는 끈질긴 밧줄이 된다. 그것은 무엇을 의미하는가. 비록 도학자연해도 성은 생명성의 중심점에 있다는 사실을 우리들에게 교훈으로 주고 있다. 다시 말하면 성 자체에서 진실을 본다는 것이 아니라 성이라는 프리즘을 통하지 않고는 어떤 진실도 붙잡을 수가 없다는 것을 알고 있는 것이다. 그래서 그것을 더 붙잡고 빼앗기지 않으려 하는지도 모른다. 작가의 부부간의 서먹한 관계가 너무 멀리 와 버린 것도 거기에서 벗어날 수는 없을 것이다. 작가의 노년의 고독하고 공허한 삶 역시 촉의 상실이라면 인간이면 누구나 거쳐야할 과정인지도 모른다.

박순업의 「시어머니」는 문장에 군더더기가 없어서 읽기에 편했다. 그리고 긍정적인 삶의 자세가 평자에게 호감을 주었다. 우리가 작품을 읽는다는 것은 그 내용을 읽는다는 뜻이며 재미있었다는 것은 그 내용에 대하여 영향을 받았다는 말이 된다. 다시 말해서 그 글 속에서 도덕적인 교훈이나 정신적인 위안 내지 자아를 통찰하는 시간을 갖게 되고 시대적인 의식의 눈을 뜰 수 있음을 말한다. 대개의 글들은 고부간의 갈등이나 자식의 효에 대한 불편한 심정을 시시콜콜하게 늘어놓기 마련이다. 그러나 작가는 알맞은 말을 골라내어 너그럽게 보아 넘기지 못했던 일반적인 고부간의 관계를 화자는 폭넓은 마음을 담아 독자들에게 삶의 방향을 제시해 주고 있다. 문학은 부정적인 사고보다는 긍정적인 사고를 대중들에게 선물하는데 그 효용성이 있는 것이다.

이정기 씨의 「언젠가는」는 삶의 가치관을 고양해 주는 글이었다. 씨의 글을 읽으면서 위대하고 심오한 톨스토이의 단편 「세 가지 질문」을 읽는 마음이었다. 톨스토이는 이 작품에서 "만일 우리가 어떤 일을 시작해야 할 적합한 때를 항상 알 수 있다면, 그리고 중요시해야 할 사람과 피해야 할 사람을 항상 안다면, 마지막으로 지금 해야 할 가장 중요한 일이 무엇인지 항상 알 수 있다면, 무슨 일을 하든 실패하지 않을 것이다."[7]라고 삶을 관류(貫流)하는 글을 남겼다.

이정기의 「언젠가는」 역시 우리들의 세속적인 나태한 삶을 회월(晦月)의 하늘에 찬란한 아침의 광선이 쏟아지는 듯한 깨달음을 주는 글이었다.

"지금 하자. 더 늦기 전에. '언젠가' 라는 단어가 아닌 '지금부터' 라는 말로 고쳐 쓰기로 했다. 그리하여 늦었지만 오래전부터 가졌던 꿈을 실행에 옮길 꿈을 가졌다."

---

7 톨스토이 단편 「세 가지 질문」.

결론은 아주 간단하다. 지금 바로 이 순간(瞬間)이 가장 중요한 때다. 그런데 사람들은 지금 이 순간의 소중성을 망각한 채 내일이라는 미래로 던져 놓고 세월만 허탄하게 보내면서 스스로 한숨짓는다. 그것을 자각한 작가는 귀한 순간들을 '언젠가는' 말로 가치를 속여 온 것에 대하여 자각하고, 이제부터 "순간순간에 최선을 다하고 싶다."고 다짐하고 있다. 좋은 글의 작가의 아름다운 숨결을 접하는 것이다. 따라서 글의 평가는 작가가 아니라 독자가 평가한다. 이 말을 뒤 짚으면 독자가 즐길 수 있는 텍스트라고 말할 수 있다.

그 이외에 좋은 작품이 많았지만 지면 관계상 일일이 거론하지 못함을 아쉽게 생각한다. 다음호를 기대해 본다.

《한국수필》

한국수필의 방향과 작가적 정신

한국 문인협회에 등록된 수필가가 무려 2,777명에 이른다. 등록하지 않은 문인까지 합하면 3천 명이 훨씬 능가할 것으로 추산된다. 시(詩) 다음으로 수필 인구가 다수를 차지하고 있다. 90년대에 비하면 수필인구가 폭발적으로 늘어난 셈이다. 수필 인구가 늘어난다는 것은 그만큼 수필이 사회적 욕구가 높아진다는 뜻이고 보면 박수를 칠 일이다. 따라서 이에 걸맞는 질적 향상도 관심의 대상이 되지 않을 수 없다하겠다.

다산(茶山) 정약용(丁若鏞)은 글을 쓰기 위해서는, 먼저 경학(經學)으로 문장의 기초를 다진 후에 다음으로 역사책을 필히 읽을 것을 권하였다. 그래야만이 국가관을 확립할 수 있다는 것이다. 역사를 통하여 군왕(통치자)들이 국가를 잘 다스리게 된 이유와 그렇지 못한 이유 등의 근원이 학습될 때 비로소 바른 국가관을 가질 수 있다는 것이다. 지난날 통치자들이 나라를 잘 다스리고 세상을 구했던 글들을 즐겨 읽고 마음으로 항상 모든 백성에게 나누어 주겠다는 자혜로움과 만물을 자라게 하는 사랑의 마음과 뜻을 가진 뒤라야만 비로소 참다운 글을 쓸 수가 있다는 것이다. 그런 광덕(廣德)의 사람이 된 뒤에 때때로 안개 낀 아침, 달뜨는 저녁, 짙은 녹음, 가랑비 내리는 것을 보면 문득 시상이 떠오르고 구상(構想)이 일어나서 저절로 읊어지고, 저절로 천지자연의 소리가 맑게 울려 나온다고 하였다. 이는 바로 글 쓰는 이가 제 역할을 해낼 수 있는 조건이라 할 것이다.

또한 "시(수필)를 쓰려면 통치자를 사랑하고 나라를 근심하지 않는 것이라면 문학이 아니며, 높은 덕을 찬미하고 세속을 개탄하지 않는 것도 문학이 아니다. 훌륭한 사람을 찬미하고 나쁜 행실을 풍자하며 선을 권하고 악을 경계한 것이 아니라면 문학이 아니다. 그러므로 뜻을 세우지 않고 학문이 온전하지 못해 사람이 마땅히 지켜야할 바른 도리를 알지 못하고, 통치자를 성군으로 만들어 백성들이 태평성대를 누리도록 하는 마음을 갖지 못한 자는 글을 쓸 자격이 없는 것이다." 이어서 그는 문학은 작가의 품성과 심성을 닦는데 유용한 수단으로 사용되어야 한다고 강조하였다. 예스러우면서도 힘차고 늠름하며 장엄하고 광활하고 청량하고 깨끗한 기상에 마음을 쏟아야 올바른 작품이 될 수 있다는 것이다. 단지 미미하고 아주 사소하며 가볍고 단편적인 사고와 엷은 시각으로 경물(景物)을 바라보는 그런 글은 올바른 것이 아니라면서, 개탄을 금치 못한다고 탄식하였다. 글을 쓰는 사람으로서 깊이 되새겨 볼 일이 아닌가 한다.

장마가 한창인가 했더니 벌써 조락의 계절로 접어들었다. 무서운 기세로 세상모르게 우거지고 넓어지던 이파리들도 생장을 멈추었다. 머지않아 우리 앞에 황량한 들판이 펼쳐질 것이다. 변하는 것이 자연의 순리라지만 높은 나이에 접하고 보니 가는 세월이 야속하기만 하다. 그러나 어쩌랴. 태어나면 떠나고 만나면 헤어지는 것이 우주의 법칙인 것을.

《한국수필》 8월호(2011)에 그러한 자연의 이치들을 생생하게 펼치고 있다. 삶의 여정에서 수많은 고갯길과 수없이 보고 느껴온 인생, 내지 자연 경물의 아름다움에 순간 취하고 순간 경탄하고, 순간 분노했을 작가들의 왕성한 목소리를 하나하나 정성스레 탐독하였다.

그 가운데 정희천의 『역사가 흐르는 수필』, 「그 무덤, 그 치욕의 역사를 아는가」, 너무도 감명 깊게 읽었다. 홀로 서지 못하는 덩굴나무는 다른 것에 의지하여 뻗어가기 마련이다. 등나무가 그렇고 능소화가 그렇고 담쟁이가 그렇다. 홀로 서지 못하는 민족도 마찬가지다. 담쟁이처럼 강한 나라에 기생하면서 살 수밖에 없다. 우리나라 역사를 보면 잘 들어난다. 바로 치욕의 역사 바로 그 자체다. 여순감옥 현장을 가보면 치가 떨린다. 독립 운동가들의 살갗을 찢고 몽둥이로 짓이긴 흔적들이 그대로 남아있다. 지금 우리가 통일 못하는 이유도 외세의 등살 때문이다. 부끄럽게도 지난 역사 속에서 때로는 명나라에 때로는 당나라에 때로는 러시아에 때로는 프랑스에, 일본에 겨우겨우 기대며 살아난 덩굴나무 민족이다. 지금은 사실상 미국에 의지하고 있다면 거짓일까. 그런 미국마저 현재 일본의 손을 들어주고 있다는 엄연한 현실을 잊어서는 안 된다. 앞으로 우리가 고난(苦難)을 당하지 않는다는 보장은 없다. 아니, 더 심각한 위험이 닥칠지도 모른다. 이조의 당쟁으로 정약용이 귀양살이를 하고 이순신 장군이 감옥에 갇혀 국력이 쇠약했듯이 우리는 지금 그 길을 다시 걷고 있다. 포퓰리즘에 갇혀있는 정치권은 국가의 위기를 절감하지 못하고 있고, 시민들은 민주와 인권이라는 이름으로 국가의 발전을 저해하고 있다. 그들은 우리 민족이 외세로부터 얼마나 많이 학살당하고 얼마나 많은 사람들이 억울하게 죽어갔는가를 생각하지 않는 것 같다. 제대로 미래를 볼 줄 아는 사람들이라면 강대국이 우리나라를 향하여 옥죄어 오고 있는 현실 앞에 숨소리를 죽이며 미래를 대처해야 할 것이다. 그런데 우리 민족은 지금 잘 먹고 잘 입고 있으면서도 국가의 고마움을 모른다. 한 여름 밤의 매미처럼 노래를 부르면서도 불만에 가득 싸였다. 매미는 겨울을 생각하지 않는다. 오직 여름만 존재할 뿐이다. 땅을 잃은 민족은 다시 일어설 수 있지만 역사관을 잃은 민족은 흔적도 없이 지구상에서 영원히 사라지게 되어 있다.

지금 우리는 역사의 현실 앞에 냉정해야 한다. 일제에 나라를 빼앗겼던 어둡고 괴로웠던 일은 그만 두고라도 자본주의도 포퓰리즘이라는 거대한 장벽 때문에 선진 민주국가들이 흔들리고 있다. 신사의 나라 영국에서조차 젊은 층들이 난리를 일으키고 있고, 거대한 미국마저 지진을 일으키고 있다. 이것은 좋지 않은 조짐이다. 우리가 지금 정신을 차리지 않으면 또 다시 나라를 잃는다. 그 때 울고 불어봐야 소용없다. 지금 우리가 잘 먹고 사는 것은 어떤 통치자 때문인가 지난 역사를 더듬어 볼 필요가 있다.

지금 중국에서는 동북공정(東北工程)이 한창 진행되고 있다. 말하자면 우리의 역사를 말살하기 위한 계획이다. 이런 현실을 심각하게 받아드리고 있는 국민이 얼마나 될까. 이는 실로 가슴 떨리는 일인데도 말이다.

동북이란 길림성, 요녕성, 흑룡강성 등 삼성(三省)을 말한다. 그리고 공정(工程)은 쉽게 말하면 과정(課程), 즉 프로젝트이다. 길림성, 요녕성, 흑룡강성 등 삼성(三省)은 만주 벌판으로 우리나라 선구자들이 말을 몰았던 고구려 땅이다. 그 기름진 우리의 땅을 일제 때에 박탈당하였다.

그런데 중국사회과학원에서는 지난 2002년 2월부터 5년 계획으로 고구려의 역사의 흔적이 생생하게 남은 현장을 파손하거나 훼손 내지 은폐하면서 고구려 역사를 왜곡하는 프로젝트를 추진 중이다. 여기에는 많은 학자가 동원되고 있다. 고구려 고분군과 그 외의 많은 유적은 물론 심지어 한글과 아리랑의 노래까지 중국역사 속에 넣어 세계문화유산으로 신청을 해 놓은 실정이다. 한글을 그들의 문화유산으로 등록되면 우리는 아이티 산업에 다시 돈을 주고 사용권을 얻어야 하는 막대한 경제적 손실도 가져오게 된다. 2001년 북한이 고구려 고분군을 세계문화유산으로 등록하려는 신청을 방해한 일도 그들의 공정의 하나였기 때문이다. 80년 중반까지만 해도 고구려사가 한국사임을 인정했던 중국이었다. 그런 중국이 세계의 지탄을 받으면서까지 역사를 왜곡하는 데는 큰 음모가 숨어있다. 고구려사를 중국사로 유입하면 고구려, 발해, 단군시대와 고조선역사가 모두 중국으로 귀속됨은 물론 한강이북까지 그들의 땅으로 인정하게 된다. 한반도의 남북통일 후를 대비하여 조선족의 정체성과 간도영유권을 확고히 하여 우리나라를 종속국가로 예속시키려는 음모인 것이다.

중국보다도 더 치밀한 계획을 세워야 할 우리나라다. 서둘러 상고사부

터 체계적으로 연구해야 할 인재를 길러야 할 것이다. 그런데 교과 과정
에서조차 역사 과목을 필수 과목에서 제외시켜 버린 우리의 교육부는 혹
여 중국에 예속된 교육부는 아닌지 의심될 지경이다. 그렇게 국가의 미래
를 예견하지 못하는 관료들이 행정부와 정치권에 모였을까. 이렇듯 넋 나
간 통치가 또 어디 있단 말인가. 역사는 그 나라 국민들의 자본이면서 민
족의 정령이다. 그리고 현재와 미래의 발판이다. 그런데 우리가 우리의
역사를 알지 못하면 국민정신을 기를 수도 우리나라를 사랑하는 애국심
도 키울 수가 없다. 애국심은 역사관에서 생출 된다. 따라서 역사는 민족
의 에너지요 정신이다.

그런 면에서 정희천의 역사가 흐르는 수필, 「그 무덤, 그 치욕의 역사
를 아는가」는 시기적절한 수필이다. 생각하면 심장이 무너지는 일이다.
우리나라엔 귀 무덤도 있고 코 무덤도 있다. 생생한 역사의 현장을 답사
하고 가슴에 새기는 교육이 필요하다. 정약용의 주장처럼 역사를 알 때
국가관을 가질 수 있고 그런 국가관 속에 글이 생출 될 때 우리 사회의 에
너지가 되는 문학작품이 창조된다.

역사 얘기가 좀 장황했다. 하지만 우리가 각성하지 않으면 안 시기다.
우리 수필가들만이라도 국가를 위한 충정을 갖고 좋은 수필을 쏟아내기
를 바라는 평자의 간절한 염원이다. 정약용의 글을 인용한 것도 그런 충
정에서였다.

『작가의 여행가방』에 모셔진 김애양 수필가의 「자빠지는 가방」은 여행
에서 경험했던 에피소드를 사실적 기법으로 재미있게 풀어내고 있다. 가
방을 뒤지는 세관원의 모습에서 창피와 모멸감이 화자의 심장을 짓누르
는 긴장감을 준다. 그러나 결과는 예상을 뒤엎고 무기류가 아닌 칼이 나
오자 세관원의 멋쩍은 표정을 익살스럽게 녹여놓고 있다. 그것은 바로
"요리경연대회에 다녀오세요?"라는 반전이다. 반전은 극적 효과를 거둠
으로써 작품의 재미를 더한다. 치밀하면서도 주제를 압축해 가는 일가견
을 가지고 있는 작가로 평가된다.

이미정의 「특별한 선물」은 새로운 일상의 도형들이 촉촉한 이슬이 되어 아름답게 안겨주고 있다. 생각에 따라 마음은 사랑이 될 수도 있고 저주도 될 수도 있다. 돌멩이 하나에서 고부간의 정감으로 승화되어 구체적으로 사건을 구술하고 있는 것은 낙원의 꽃보다 아름답다. 삶의 깊이가 느껴져서 한 송이 장미꽃을 보는 것 같다.

김성렬의 「독채 선세」 다양하게 부딪쳐 오는 삶의 문제를 깊이 있게 다루고 있다. 사랑하는 사람을 잃는다는 것은 실로 엄청난 상실감이다. 뼈마디가 쑤시는 아픔을 안으로 숨기고 담담히 표현한다는 것은 그만큼 인생달관에서 오는 작가의 역량일 것이다. 파도에 씻겨서 둥글둥글하게 된 바닷가 돌이 된 화자는 다시 그 파도가 그리워 그 속에 묻혀 있는 것만 같다. 하재준의 「사랑」도 재미있게 읽었다. 사랑은 만고불변하는 위대한 숨소리가 아닌가. 필력의 연륜만큼이나 수필이 고수한 맛이 있다.

바라건대 다음호는 수필 작가들의 가치관과 국가관이 숨어있는 그래서 이 어려운 시대를 극복할 수 있는 힘 있는 작품을 기대한다.

제5부
수필장치와 의식의 미

1. 수필세미나 주제발표
2. 시인 이기반, 최중자
3. 조경희 선생과 함께

유머와 위트의 미학

— 유머와 위트의 차이성

1. 이끄는 말

일상생활에서 유머와 위트만큼 인간에게 활력을 주는 장치도 없을 것이다. 그런데도 이에 대하여 관심을 기울이는 사람은 그리 많지 않다. 더욱이 전문적인 연구의 수준은 아직 영세성에 머무르고 있다. 다행이 최근에 몇 군데 평생 교육원과 대학원에서 전문가를 양성하고 있으나 아직은 기초적인 단계에 머무르고 있는 실정이다.

지난날에 비하면 우리의 경제적인 삶의 질은 상당한 수준에 이르렀다. 그러나 우리가 마음껏 웃고 즐길 수 있는 목가적인 환경은 삶의 수준과 함께 병행하지 못하고 있는 안타까운 현실이다. 인간에게 의식주가 해결된 다음은 미학적 삶과 접근하지 못하면 인간의 생활은 저질화 내지 혼란을 가져오기 쉽다.

따라서 선진 문화의 대열에 들어서기 위해서는 유머와 위트의 생활화가 절대적 과제로 등장된다. 만약 시대의 변혁 속에서 유머와 위트를 제거한다면 남는 것은 사회적 어둠의 그늘과 탄식이 흐를 뿐이다. 오늘날 자살자가 늘어나는 것도 마음껏 웃고 즐길 있는 상항적(常恒的) 공간을 잃었기 때문이라 생각된다.

인간의 삶에 있어서 항상 굵은 햇살만 존재하는 것이 아니다. 번개와 천둥이 치고 슬픔과 좌절과 고뇌가 따른다. 이런 험난한 세상에 마음껏 웃을 수 있는 소재가 있다는 것은 참으로 크나큰 축복이 아닐 수 없다.

베이컨과 램, 가디너, 버나드 쇼, 체스터톤, 밀른 등은 대표적인 유머리스트로 신의 축복을 받은 사람들이다. 그리고 우리나라에서는 김삿갓, 봉이 김선달과 이상재, 그리고 정수동, 오성과 한음 등이 그 대상이다. 이들의 일화나 뛰어난 유머를 읽으면 그야말로 행복의 터널을 걷는 기분이 든다. 따라서 이 글에서는 유머와 위트에 대한 그 '차이성은 무엇인가?' 에 대한 기초적인 면만을 다루고자 한다. 그리고 앞으로 이에 대한 깊은 연구가가 확대되기를 기대하는 바이다.

2. 해학과 유머와 위트의 차이

유머와 위트의 차이는 존재할까? 존재한다면 얼마만큼 일까? 일찍이 찰스 브룩스는 유머와 위트의 차이를 구분 지을 수 없다고 하면서도 그것에 대해 굳이 그 차이를 둔다면, 유머는 사람들에게 항상 즐거움을 주는 것이라면, 위트는 사람을 곤경에 빠뜨리는 곤혹성이 있다고 설명한 바 있다. 또한 유머에 능한 사람은 다정한 눈매에 도톰한 몸매를 지닌, 그러면서도 밤늦도록 함께해도 좋을 최상의 동료와도 같은 존재라면, 위트가의 혀는 당나귀를 모는 채찍처럼 날카로우면서도 뭔가 캐내려고 하는 예민한 코를 킁킁거리는 깡마른 피조물처럼 상대방에게 위해(危害)를 가하는 존재라고 정의 한 바 있다. 필자 역시 이에 동조하지 않을 수 없다.

우리의 언어 가운데 해학(諧謔)이란 단어가 있다. 이 말이 서구어의 유머와 위트에 필적할만한 언어가 아닌가 한다.

유머와 위트는 웃음을 공유하는 면에서는 동일하지만, 그 본질 면에서는 분명한 차이가 드러난다. 전자는 단비처럼 카타르시스를 해소하는 정화의 기능이 있는 달콤하고도 고소한 웃음이라면, 후자는 어떤 형상화 속에 소화되지 않고 동화되지 않은 쓴 웃음이다.

국어사전에 유머를 '익살스러운 농담, 또는 해학'으로, 풀이되어 있고, 위트를 '기지(機智), 해학(諧謔), 재사(才士), 희극배우(喜劇俳優)'라고 정의되어 있다. 따라서 해학(諧謔)은 유머와 위트를 포함한 동일성의 단어라고 해도 전혀 무리가 없을 것 같다.

그러면 유머와 위트와 해학(諧謔)의 동일서을 알아보기로 한다. 먼저 해학(諧謔)의 글자를 파자해 보기로 한다. 해(諧)는 言+皆의 합성어로 말(言)과 말이 다 함께(皆) 조화를 이룬다는 의미다. 즉 해어(諧語), 해조(諧調), 해창(諧暢), 해화(諧和), 해희(諧嬉), 해희(諧戱) 등의 의미로 서로가 잘 어울려 조화되고 화합되는 동행자적인 의미를 내포하고 있다. 김열규(金烈圭)가 말한 것처럼 "공명의 탈법이고 공감의 파격"이라 할 수 있다.

그리고 학(謔)은 言+虐의 합성어로 말(言)이 사납다(虐)는 의미로 해랑(謔浪), 해소(謔笑), 해극(謔劇) 등의 뜻으로 상대방을 존중하는 것이 아니라 희롱하고 빈정거림의 의미를 내포하고 있다.

따라서 해(諧)는 유머러스한 감정의 터치로 즐거움과 편안함을 유지하는 것이라 면, 학(謔)은 야유 내지 풍자적이고 자극적인 요소를 많이 가지고 있다. 김입(金笠)의 한시가 그 대표적이라 할 수 있다. 따라서 유머는 베르그송이 말한 대로 긴장 해소와 신경의 완화라면, 위트라는 개념은 상대방을 경멸하는 의미를 강하게 풍기고 있다. 구체적인 예를 들어보기로 하겠다.

　　"여보세요. 목욕탕 수도관이 터져서 집안이 물난리거든요. 빨리 좀 와서 고쳐 주세요."
　　"지금 당장은 못 가는데요. 순서가 있어서요. 좀 기다리셔야 하겠는데요."
　　"기다리란 말이죠? 아무튼 최대한 빨리 와 주세요. 그 동안 애들한테 수영이나 가르치고 있죠, 뭐."

얼마나 여유가 넘쳐나면서도 재치있는 대응인가. 또한 긍정적이고 화해적인 사고인가. 이처럼 유머는 딱딱하고 어색한 상황을 매끄러우면서도 부드럽게 만든다. 일종의 윤활유와 같은 기름이라고나 할까. 마음으로 상상력을 가득 채워주면서도 동시에 살아갈만한 진실을 상봉하게 된다. 그러니까 인간에게 해가 되는 말장난이 아니라 그 속에서 진실을 파악하고 동시에 지고지순(至高至純)의 희열을 맛보는 장치다. 그러므로 유머를 잘 사용하는 사람은 조미료와 같은 존재로 환영의 대상이 된다. 굳어 있는 상황을 실크처럼 편안하면서도 말랑말랑하게 바꾸어 주면서도 인간과 인간 사이의 틈을 없애주고 분위기를 화해의 자리로 전환시켜 준다.

세상을 살다보면 많은 스트레스를 받게 된다. 스트레스는 우리 몸이 경색되었음을 의미한 다. 유머는 바로 이런 굳은 마음을 유연하게 풀어주고, 닫혀있는 마음의 세계를 햇살 고운 세상 밖으로 끌어내고 나아가서 절망을 희망으로 전환 시켜준다.

> 어떤 미모의 배우가 버나드 쇼에게 애정을 고백하였다.
> "당신과 내가 결혼한다면 당신의 좋은 머리와 나의 미모를 닮은 아이가 나오지 않겠어요?" 라고 하자, 버나드 쇼
> 는 "그런데 당신의 나쁜 머리와 나의 외모를 닮으면 어찌 하겠소."

그녀를 얼마나 무안하게 그러면서도 살벌한 대응이며 한 인간의 자존심에 상처를 주는 말인가. 그것을 되돌려 이렇게 말했다면 어떨까. "그래요, 당신은 내일이면 당신의 마음이 변할 것 같은데요."라고 가벼운 조크를 했다면 분위기는 100% 달라졌을 것이다. 이처럼 위트(諧)는 인간에게 상처를 주고 불편한 심기를 안겨준다. 그리고 사람을 세상 밖으로 밀어낼 뿐 아니라 인간을 저주하는 강한 폭발성을 지니고 있다. 인간에게 불안함을 주는 것은 죄악이다. 인간에게 틈을 조성하고 상처를 주는 화법은 세상을 혐오스럽게 만든다.

'해학(諧謔)'은 말하자면 사물을 거꾸로 보는 화법이다. 그래서 해학의 정의를 탈속(脫俗), 탈법(脫法), 또는 파격(破格), 초속(超俗)이라는 말로 대체

하기도 하는 것을 보면 '방자(放恣)'와 매우 흡사하다 하지 않을 수 없다. 기존의 예풍을 무시하는 화법이기 때문일 터다.

일종의 사시적(斜視的)인 사고로 무애자득(無碍自得)이란 무례(無禮)가 들어있기 때문일 것이다. 매미가 이슬을 매미가 먹으면 아름다운 노래가 될 수 있지만 독사가 마시면 독이 되듯이 무애자득(無碍自得) 역시 성자(聖者)에게는 천의무봉(天衣無縫)의 자유로움을 안겨주지만 속인에게는 방자(放恣)와 무모를 낳을 수도 있기 때문에 경계해야할 대상이기도 하다.

영국에 방자한 공무원이 있었다. 그는 사람을 골탕 먹이기를 취미로 삼고 있었다. 소설가 이면서 목사인 스위프트와 함께 식사하는 자리에서 그가 입을 열었다.

"목사님, 악마와 목사 사이에 소송이 일어난다면 어느 쪽이 이길까요?"
"당연히 악마가 이기지 않겠소."
"그럴까요? 그 이유를 듣고 싶군요?"
스위프트는 여유 있게 웃으며 대답했다.
"그거야, 관청의 관리들이 모두 악마 편이기 때문이지요."

스위프트는 위트를 유머로 전환시켜 놓았다. 그가 만일 얼굴을 붉히며 버럭 화를 냈더라면 공무원이 의도한 대로 저속한 인간으로 평가되었을 뿐 아니라 인격적인 모멸감까지 내해야 했을 것이다. 그러나 그는 유머로 받아 넘기는 마음에 여유오 재치가 있었기 때문에 상대방의 공격을 대응할 수 있었던 것이다. 이처럼 유머는 여유 속에서 생산된다. 따라서 유머는 절제되고 정제된 감정과 초월된 사상의 넉넉함이 자리할 때 가능한 일임을 확인하게 된다.

김삿갓이 천하를 주유할 때였다. 어느 촌락의 강촌에 이르렀다. 공교롭게도 사공은 처녀였다. 주기(酒氣)가 얼큰한 그의 가슴 속에는 알 수 없는 농기가 흘러넘쳤다. 배에 올라 타자마자 그는 다짜고짜로 처녀 뱃사공을 향해 입을 열었다.

"여보 마누라~"

무심히 노 졌던 처녀 뱃사공이 화들짝 놀라 뒤를 돌아보았다. 능청스럽게 웃음을 흘리는 김삿갓. 처녀는 잔잔한 미소를 흘리며 입을 열었다.

"어째서 내가 댁네 마누라란 말이요?"

"내가 당신의 배(船-腹)에 올라탔으니 내 마누라가 아닌가."

강을 다 건넜다. 배에서 김삿갓이 내리자 처녀 사공은 입을 열었다.

"아드님, 잘 가요."

깜짝 놀란 김삿갓, 뒤돌아보며 쏘아 붙였다.

"내가 어찌 처녀의 아들인감."

"내 뱃속에서 나갔으니 내 아들이 아닌감."

이렇듯 유머는 받고 치는 즐거움이 있다. 건조하면서도 무미하고 머쓱한 분위기를 달궈놓는 아늑함이 있고 온돌방 같은 온화함이 있다. 어찌 생각하면 모욕적인 말일 수 있지만 김삿갓의 농담을 가볍게 받아 치는 시골 처녀의 입담이 인간적인 향기가 난다.

유머는 일상의 틀에서 벗어남이다. 그것을 도덕적이고 상식적인 측면의 잣대를 들이 될 때 유머는 창조될 수 없다. 만약 그러한 잣대로만 살아간다면 우리 사회는 견딜 수 없는 지옥으로 만들어 질지 모른다.

3. 수필에 있어서 해학성(諧謔性)

한때 수필의 영역 내지 그 특징을 해학적이라고 정의를 내린 학자들이 대부분이다. 그러나 필자는 이에 동의하고 싶지 않다. 왜냐하면 해학(諧謔)은 한 개인의 개성이면서 기질이기 때문이다. 개성과 기질은 일종의 선천적인 재기(才氣)이다. 그것은 사람마다 다를 뿐 아니라 학습될 수도 없고 유전될 수도 없는 고유성을 지니고 있기 때문이다. 특히 해학성(諧謔性)은 은수(隱秀)와 동일체로써 말 밖의 중첩된 의미를 담고 있으면서 홀로 아무도 본받을 수 없는 독수성(獨秀性)이 잠재한다. 따라서 그 언어의 조직은 너무도 정교하면서도 교묘하고 그러면서도 너무도 치밀하게 조작 되어서 학습될 수도 그렇다고 본받을 수 있는 성질의 것이 아니다. 그런데 그것이 어떻게 수필의 영역적인 특징이 될 수 있단 말인가. 수필작품에 있어서 유머와 위트를 활용하지 못하고 있는 이유도 독수성(獨秀性) 때문일터다.

따라서 한 개인의 고유한 재기(才氣), 그 자체가 문학 장르의 특징으로 규정된다는 것은 엄청난 모순이다. 창작에 있어서 맑고 탁함이나 재치나 재기는 인위적인 힘으로 어찌할 수 없는 천부적인 가치다. 예컨대 보리나 밀은 인간의 배를 채워주는 데는 동일할지 모르지만 그 성분이 각각 다르듯이 부모 자식 간에도 재기는 어쩔 수 없는 것이다. 후천적으로 보완하면 어느 정도는 학습될 수 있을지 몰라도 인간의 주관적인 의지대로 고치고 변화될 수 없다.

모든 문학은 보편적인 특성을 가진다. 따라서 수필 역시 시나 소설과 마찬가지로 그 보편성에서 벗어날 수도 벗어나도 안 될 것이다. 그런데 수필을 한 개인의 독특한 재기(才氣)를 그 영역적 특징으로 규정한다는 것은 엄청난 모순이다. 그리고 또 한 가지가 있다. 타 장르와 달리 수필만을 체험적인 요소로 영역을 협소화 하고 인간의 무한한 상상력을 국한한다면 수필의 문학성을 제거해 버리는 결과를 낳고 말 것이다. 수필 역시 함축성과 함께 상상적인 세계를 지향하는데 날개를 달아주어야 할 것이다.

따라서 웃음이 그 바탕이 되는 골계문학은 수필의 요소로 작용할 수 있지만 특징이 될 수 없음은 당연하다. 유머와 위트는 영국 수필의 오랜 전통을 가지고 있지만 우리나라의 경우 아직 전문적인 작가를 발견하기가 어려운 것도 선천적인 재기의 부족 때문일 터다. 그러면 유머와 위트의 그 차이성을 확인해 보도록 하겠다.

여러분, 내 이름을 소개해 볼까요….
애리수, 이것이 내 이름입니다. 보통 사람은 다 이름이 두 잔데 나는 욕심이 많아서 한 자 더 많습니다. 무엇이든지 남보다 더 잘해 보자는 욕심, 이런 것은 가져도 괜찮지요?

혹간 나와는 반대로 외자 이름을 가진 사람도 있으나 이왕이면 많은 것이 좋지 적은 것이 좋을 리는 없을 것입니다. 형제도 많아야 좋고 머릿속에 공부도 많아야 좋고, 그러니까 내 이름도 한 자나 두 자 이름보다 훨씬 좋단 말입니다. 참말 그렇다고 생각하지요.

애리수! 어떻습니까? 참말 좋은 이름입니다. 여러분 한 번 불러 보셔요. 크게 부르기도 좋고, 가만히 부르기도 좋고, 참 이름 치고는 아주 멋쟁이입니다.

그런데 여러분! 난 좀 섭섭한 일이 있습니다. 이름자가 셋이라고 놀리는 사람이 있어요. "메리수"니 "앨수"니 하는데 이런 것은 좋은 편이고 심하면 "메리치" "멜치"합니다. 참 기가 막혀요. 그것뿐인가요. 우리 오빠 동무는 중학교에서 요새 서양 말깨나 배웠는지 나만 보면 "앨스킴" "앨스킴"하며 놀려 댑니다. 이름이 서양사람 같다고요. 그러나 여러분, 내 얼굴은 절대로 서양사람 같지는 않습니다. 둥글둥글한 예쁜 얼굴이라고 모두들 그러는데요.

이런 일도 있습니다. 요전에 우리 집 셋방에 형우네가 이사를 왔는데 그날 저녁에 형우 어머니는 나를 보고 "네 이름이 뭐지?"하고 묻기에 "애리수예요" 하고 대답하니까, 내 얼굴을 한참 들여다보더니 "애, 너의 아버지가 서양 사람이냐?"하고 묻습니다. 세상에는 참 건방진 사람도 많아요.

우리 학교 김 리수 선생님은 나를 보시면 "네 이름에는 혹이 달렸다. 혹……네 이름에는 혹이 혹…"하십니다. 내 이름에서 "애"자를 떼면 김 선생님 이름이 되는데 그 '애' 자를 혹이라고 합니다.

내가 선생님 이름에는 "머리가 없는데요….."하면 "아하하하" 웃으시면서 "아, 참 그렇던가?" 하십니다.

또 장난을 좋아하시는 박 선생님은 어떤 때는 "매리수" 어떤 때는 "메리수, 이름이 멋장인데!" 하시며 빙글빙글 웃으십니다. 그럴 때마다 나는 부끄러워 얼른 달아나지만, 속으로는 여간 기쁘지 않습니다.

　　－김애리수 : 내 이름.

저절로 미소가 흐르는 초등학교 학생의 작품이다. 얼마나 긍정적인 사고를 지녔는가. 게다가 화해적인 성격인가. 임어당의 말처럼 유머는 하늘에서 내린 단비처럼 우리 모두를 행복하게 하고 화해의 축복 속으로 여행하게 한다고 했듯이 유머는 우리의 삶에 있어서 발생되는 많은 부조리와 갈등을 따뜻한 인간애로 승화 시키는 작업이다.

어느 시인은 이렇게 노래했다.

"바닷가에 서서 파도 뒤흔들리는 배들을 바라보는 것은 한가지 즐거움이며, 성(城) 안의 창가에 서서 성 안의 싸움을 내려다보는 것은 또 다른 즐거움이다. 언제나 공기 맑고 고요한 진실의 언덕에 서서 그 아래 속세의 골짜기에 난무하는 과오, 탈선과 방랑, 안개나 폭풍우를 내려다보는 것과 비교될만한 즐거움은 없다."고 했듯이 유머 역시 그러한 공간을 제공하여 인간의 자만심을 동정이 아닌 진실 쪽으로 움직여 선의 잣대를 향해 가는 삶의 노래라 생각된다.

김삿갓은 우리나라의 대표적인 풍자(위트)문학 작가이다. 풍자문학은 위트를 상위 개념으로, 정치, 경제, 사회제도 등의 불합리 온갖 사회적인 모순에서 도출된 문학이다. 그러므로 인생을 백안시 하는 조소와 비난과 공격 속에 개선의 목적이 내포되었다.

김삿갓은 안동 김씨로서 60년의 세도를 자랑하는 상류사회의 집안에서 태어났다. 그러나 홍경래의 난 때, 그의 조부인 김익순이 평북 선천부사로 재직하면서 적군에 항복하였다가 참형을 당하는 한의 사연을 간직하고 있다. 그것이 화근이 되어 그는 자학과 방랑으로 일생을 마친 불우한 일생을 보내야만 했다.

김삿갓이 천하를 주유하는 어느 추운 겨울날 어두워지자 서당을 찾아 재워 주기를 청했다. 그러나 마을 훈장은 미친 개 취급하며 받아주지 않았다. 이에 김삿갓은 다음과 같은 시 한수를 써놓고 홀연히 사라졌다.

書堂乃早知(서당내조지)
房中皆尊物(방중개존물)
生徒諸未十(생도제미십)
先生乃不謁(선생내불알)

서당을 일찍 알고 보니
방안에 모두 귀한 분들이구나.
생도는 열 명도 못되는데
선생은 와서 뵙지도 않네.

참으로 민망한 시다. 하지만 시의 내용으로 보면 전혀 눈치 챌 수 없는 아주 평범한 한 편의 시에 불과하다. 이렇듯 그는 자신의 서운함을 날카로운 시 한수로 불만을 털어내는 천재성을 발견하게 된다. "내조지", "개존물", "제미십", "내불알"이라는 욕 속에는 사나운 인심에 대한 폭발성이 들어있다. 즉 서당은 내조지요, 방 가운데 사람들은 개존물이며 생도들은 제미십이요 선생은 내불알인 것이다. 위트는 남의 결점을 다른 것에 빗대어 비웃고 폭로하면서도 현실의 부정적 현상이나 모순 따위를 빗대고 비웃는 쓸쓸함이 있다.

요즘 같은 복잡한 시대에 살아가자면 새로운 미학을 찾지 않으면 숨 막일 수 있을지 모른다. 인심을 정화시키는 것은 윤리학자들의 몇 마디 훈계가 아니라 먼저 해학적인 발상을 유발하여 그 착하고 아름다운 본성을 기르는 것부터 시작하여야 한다. 만약 김삿갓에게 위트 넘치는 해학이 없었다면 그에게 남은 마지막 자존심마저 지키지 못하고 일찍이 삶을 포기했을지 모른다. 그러나 그에게 넘치는 풍자시를 자유롭게 구사할 수 있는 탈출구가 존재했기 때문에 한이 서린 굽은 마음을 달랬을 것이다.

세상은 촘촘한 이해라는 그물로 짜여 있다. 그것을 탈출하기 위해서는 유머와 위트의 미감을 활용하는 사회적 분위기를 전환시키는 일은 시급한 과제라 아니할 수 없다. 하루 속히 그러한 사회를 기대한다.

수필장치와 의식의 미

— 광복 60년, 수필문학의 기질과 흐름

1. 머리글

광복 60년, 우리나라는 정치, 경제와 사회, 문화 전 분야에 걸쳐 엄청난 변화를 가져왔다. 그 중 문학분야에서도 예외는 아니다. 시와 소설, 그리고 아동문학에 이르기까지 시대적 변혁에 대응하였고, 수필문학 역시 타 장르 못지않게 그 소임을 수행하는데 충실했다고 생각한다.

그런데도 불구하고 우리 사회는 물론 문단에서조차 시와 소설 등의 작품에 쏟아지는 일련의 관심과는 다르게 수필문학만은 냉대를 받아온 채 해방 60년 동안, 주변문학을 벗어나지 못하고 외곽에서 서성거리고 있다. 주지하다시피 소설사(김태준, 1933), 시가사(조윤제, 1937), 연극사(김재철, 1933) 등이 30년대부터 출간되었으나 광복 60년이 흐른 지금까지도 수필문학은 아직도 이렇다할 문학사 한 권 없는 실정이다.[1] 역사와 철학은 물론이고 정치 사회사상까지도 문학 장르로 포괄했던 것처럼 광의의 관점으로 따진다면 오히려 수필문학이 문학사의 주류라 할 수도 있을 터인데, 조동일 이외는 아예 문학사에서 수필문학을 거론조차 하

---

1 정주환, 『한국 근대수필문학사』, 신아출판사, 1997. 3. 20.

지 않고 있다.[2]

사실 상당수의 수필작품 가운데는 여타의 장르를 능가할 만큼 문학성
이 뛰어난 작품이 많은데도 불구하고 장르가 수필이라는 이유만으로 제
대로 평가 받지 못한 데는 수필문학이 본격장르로서 대응하지 못한 내적
특성(수필의 특징은 '전 장르를 포괄하는 평범하면서도 비범한 형식을
취하는데 있다') 때문이기도 하겠지만 그보다는 수필을 보는 외부의 인
식에 더 큰 문제가 있는 것으로 생각된다.

따라서 필자는 이 글에서 수필문학의 문제점을 짚어본 뒤 수필문학의
흐름과 함께 본격문학으로 성장하지 못한 것에 대한 해결방안 제시와 앞
으로 나아가야할 방향에 대해 말해보고자 한다.

2. 해방과 분단, 그 흐름

윤오영은 『韓國隨筆精選』을 펴내면서 서문에 한국 수필문학의 발달 과
정을 다음과 같이 적고 있다.[3]

제1기, 학자 언론인의 주도 밑에 국한문 혼용체에서 벗어나 자유로운 현대
문의 기초를 닦은 문장으로 구체를 근간으로 한 달의(達意)의 문장이었다. 작
가로 정인보, 최남선, 안재홍, 송종우, 장덕수, 최원순을 필두로 문일평, 박달
성, 유광렬, 차상찬 등이 문명을 날리고 있다. 그 가운데 수필문장이란 각도에
서 단재 신채호의 「역사상 일천년래 제일 대 사건」을 들 수 있다.

제2기, 소설가들에 의해서 언문일체의 현대문이 확립된 시기이다. 이광수,
염상섭, 현진건, 나도향을 필두로 많은 혁혁한 작가들이 나타났다. 그 가운데
김동인의 「수정비둘기」를 들 수 있다.

제3기, 문학가들의 문장에 의하여 우리 문장이 정착되기 시작한 것이다. 양

---

2 임헌영, 「현대 한국수필의 위상」, 《수필학》 9집, 2002. 1. 20.
3 윤오영, 『한국수필정선』, 관동출판사, 1995. 12. 20.

주동, 이은상, 박종화를 필두로 문단 학계와 언론계의 원로급 인사에 많다. 그 중에 가람 이병기의 「가람문선서」을 백미로 꼽을 수 있다.

제4기, 수필문학 태동기로 제 각각 문학적 문장을 구상하여, 개성적 문체를 세워보려고 노력하는 작가들이 나타났다. 이상, 이효석, 박태원 등을 들 수 있다. 그 가운데 성공한 작가로 이효석이 있다.

제5기, 수필문학의 개안기로 의식적으로 수필문학을 표방하고 나선 문인들이다. 김진섭, 이양하를 필두로 상허 김용준, 노천명이 활약하였으나 오늘날 수필가로서는 노천명을 들 수 있다.

문학사에 대한 정리는 시간을 두고 더 많은 논의가 필요하리라고 생각한다. 그러나 아직 이렇다할 체계적인 정리가 없는 현실에서 윤오영의 주장은 성과 있는 작업이라 하겠다. 따라서 문학사에 대한 학문적 접근이 영세하다는 것은 수필문학이 그만큼 변두리 문학으로 자족해 왔다는 것을 잘 말해 주고 있다.

1) 수필문학의 모색기(摸索期)

수필문학이 우리의 근대문학에서 문학의 장르로 적극적으로 의식되고 씌어지기 시작한 것은 1930년대에 해외문학파에 의해서의 일이 아닌가 한다. 물론 그 이전에도 상화(想華) · 수상(隨想) · 만필(漫筆) · 감상(感想) 등 잡문류의 글들이 무수히 쏟아졌다. 그러나 그 이전에는 수필이 문학의 한 장르라는 의식이 수반되지 않는 가운데 다분히 자연발생적인 성격을 띤 것이었다.

한국문학사에서 수필문학의 형성이 고전 수필의 기행적 성격을 계승하고, 서구 수필의 개성적 시각을 수용한 이원적 근저에서 출발할 수 있었던 것은 김진섭, 이양하의 서구적인 문예사조의 본격적인 도입이 있었던 점과 밀접한 관계가 있다. 그리고 일제의 식민지 정책이 3 · 1 운동 이후 문화정치를 표방한 결과 많은 신문, 잡지가 간행되기에 이르렀는데, 이러한 저널리즘의 붐은 본격 수필의 성장을 촉진시키는 계기를 마련하

게 된다.[4]

해방 이후 벅찬 감격과 환희가 넘치는 정감으로 모든 사물을 새롭게 보는 인식이 확산되었던 당시 시나 소설은 활발하게 민족 정서를 분출하였지만 수필문학만은 암중모색의 황소걸음으로 장르의 정착을 보이기까지 상당 기간 혼란 속에서 발전해 나갔다.

그런 가운데 다행히도 윤오영, 피천득, 이양하, 김소운, 한흑구 등을 만날 수 있었다는 것은 수필문학의 미래를 열어주는 데 큰 힘을 주었다. 그러나 이에 앞서 윤오영이 주목한 대로 수필문학 태동기의 작가로 이상, 박태원, 이효석의 역할을 소홀하게 생각할 수는 없을 것이다. 그 이유로 이들은

첫째, 개성적으로 독특한 문체를 구축하려고 노력하였고,

둘째, 자기들의 내적 체험에 충실하였으며,

셋째, 그들의 산문은 그들의 시, 소설과 일관한 작가정신을 잃지 않았다[5]는 것을 꼽고 있다.

그 다음 개안기(開眼期)의 작가로 윤오영은 김진섭, 김용준, 이양하를 들고 있으며, 그 이유로 문학의 연인은 혼(魂)과 화분(花粉)인데 이들은 그러한 혼과 화분을 가지고 수필문학을 의식적으로 창작에 접근하였다[6]고 말하고 있다.

이렇듯 수필문학을 표방하고 창작 수필을 의식적으로 시도한 김진섭, 이양하를 만날 수 있다는 것은 수필문단의 큰 소득이라 하지 않을 수 없다. 소위 해외문학파라고 말하는 이 두 사람은 일찍부터 수필의 독자적

---

4 이상배, 「식민지 시대의 수필문학」, 단국대 논문집 23집, 1989. 11.

5 윤오영, 『한국수필정선』, 관동출판사, 1976. 12. 20.

6 임헌영은 「현대 한국수필의 위상」(《수필학》 9집)에서 1950~60년대를 철학적 인생론이 붐을 이룬 시기로 보고 대표작가로 김태길, 안병욱, 김형석을 들었고, 60년 이후를 감상주의 수필과 정치사회적인 비평 수필로 구분하고 전자의 수필가로 이어령, 전혜린을 후자로 한승헌, 김중배, 김동길을 꼽았다. 1970년대 후반부터 80년대까지의 수필가로는 이기형, 김정길, 이나미, 법정스님을 들었다.

영역을 개척해 나가는데 앞장섰다. 물론 이 두 사람이 수필에 예술적 의상을 입혀 놓기까지는 이태준(李泰俊)과 김용준(金瑢俊)의 업적을 무시하지 못할 것이다. 이태준(李泰俊)과 김용준(金瑢俊)은 한국 수필문학의 선구자적 역할을 충실히 해 온 사람이다. 그러나 두 사람은 화려한 업적에도 불구하고 빛을 얻지 못했던 것은 이태준은 소설가로서 그 위상이 너무 높았기 때문이라면, 김용준은 화가로서 그 자리가 너무 컸기 때문에 수필가로서의 위상을 제대로 평가받지 못했던 것이다.[7]

김용준, 이태준은 이상, 염상섭과 함께 이 땅에 수필문학을 싹 트인 개안기 작가였지만[8] 여기로 수필창작을 하였기 때문에 수필의 위치를 한층 높은 자리에 끌어 올리는 데는 그 몫을 다하지 못하였다. 그러나 김진섭과 이양하는 이들에 비해 작품의 수준이 이에 미치지 못했지만 수필만을 쓰는 순수 전문작가였기 때문에 그 작품보다는 평가가 더 높았던 것을 알 수 있다.[9]

> 수필을 자그마한 호수같은 수필과 도시의 運河的 수필로 분류할 수 있다. 전자는 전문적 수필이요, 후자는 소설가나 평론가 혹은 시인을 겸한 작가의 수필인데, 작은 호수는 그것대로의 미가 있지만, 작은 규모의 세계에 자족하는 반면, 운하는 멋진 다리도 설치된 운하 구역의 미를 거느리면서 앞으로 흘러 스미는 곳이 많고 강으로도 확대되기도 한다. 물론 바다(장편소설)로 합류될 수도 있다. 전자의 수필의 세계는 안온해서 그 당시가 일제 식민지 시대인지를 전혀 알 수 없게 만드는 반면, 후자의 수필은 일제시대의 위기적 수필들이다.
>
> — 이보영, 『현대수필 작가론』(수필과 비평사, 1997), p.20.

---

7 김우종, 위의 책, p.136.

8 윤오영, 『수필문학입문』, 관동출판사, 1977.

9 김윤식은 『한국근대문학 사상비판』(일지사, 1989. 9. 29, p.339.)에서 이양하의 수필 「나무」는 유아적 사고의 전형적 형태라면서 산문의 계열에 들 수 없는 글이라고 저평가 했고, 김진섭의 수필은 체험으로써 서정의 결여, 관념으로써의 병적인 서정을 면치 못했다고 비판한 바가 있다.

이보영의 지적처럼 수필 내용면에서도 전문가와 비전문가의 창작 내용이 달랐고 보면 수필 전문작가의 수필은 비전문가에 비해 당시 시대의 독자적인 목소리를 갖지 못하고 시대에 순응하는 옅은 목소리, 즉 목가적인 안온한 세계를 그렸던 것으로 판단된다. 예컨대 김용준『근원수필』, 이태준의『무서록』은 시나 소설에서 맛볼 수 없는 튼튼한 문장과 섬세한 감각적 언어로 객관적인 세계로 환치하여 높은 문향과 함께 짙은 감동을 펼쳐 보인 반면, 이양하는 「나무」에서 보는 것처럼 주어진 여건에서 숙명대로 자족하는 모습을, 김진섭은 「무두의 인간」에서처럼 거울 속의 자기 자신이나 과장하여 말하는 관대한 한 사람의 문자인생[10]같은 나른한 목소리를 가지고 있었던 것이다. 이것을 미루어 볼 때 순수 수필작가는 타 장르를 겸한 작가에 비해 에고이즘적이었지 않나 생각된다.

2) 수필문학의 혼란기(混亂期)

해방 이후 70년대까지는 수필문학은 혼란기를 맞는다. 맹아기와 개안기(開眼期)를 거쳐 오면서 경제 성장과 함께 수필문학 또한 왕성한 성장을 가져온다. 수필전문 잡지의 창간과 함께 각종 수필문학 단체가 창립되면서 수필 인구도 기하급수적으로 늘어난다.

> 오늘날 수필이 대량으로 발표되고 출판되고 수필문학인이 문학가의 서열을 차지하고, 수필에 대한 설명과 이론이 많은 때는 일찍이 없었다. 그러나 양적 생산이 반드시 질적 향상을 뜻하는 것은 아니며, 문학가의 서열을 차지했다고 반드시 수필이 문학 작품으로 향상되는 것은 아니다. 일인일설(一人一說)의 수필론은 차라리 혼란과 무질서를 초래할 뿐이다. 문학인으로서 자세는 우리 태동기의 작가를 못 따르고 작품의 수준은 우리 개안기의 작품들만 못한 것이 일반적인 사실이다.[11]

---

10 김종, 「상상력의 운동 현상」, 『현대수필작가론』, 수필과 비평사, 1997. 8. 11.
11 윤오영, 위의 책.

참으로 부끄러운 지적이다. 적어도 수필의 세계를 말하려면 확고하면서도 뚜렷한 수필관이 확립되어야 할 것이다. 몇 편의 수필을 썼다고 해서 수필론을 말할 수는 없을 것이다. 수필론을 얘기하기 위해서는 '문학이 무엇인가?' 라는 튼튼한 문학적 소양위에 비로소 수필론을 말해야 할 것이다. 그런데 70년대는 김진섭, 이양의 수필론을 거드는 것으로 그것이 수필문학의 정법인양 각기 한 마디씩 거들어서 수필을 아무나 그리고 아무렇게 쓰는 문학으로 인식하는데 수필가 모두가 한 몫을 거들었던 것이다. 따라서 '붓가는 대로' 쓰면 수필이 되는 것으로 착각한 가운데 우후죽순처럼 수필문학의 백가쟁명의 혼란기를 겪는다.

이런 와중에 윤오영과 피천득의 등장은 한국수필을 문학으로 올려놓는데 큰 몫을 다 하였다. 이 두 작가는 전문 수필가로 그러면서 순수 작가로 우리 수필문학을 이끌어온 대부 역할을 다해 왔다. 특히『수필문학입문』은 수필문학을 학문으로써 접근하는데 귀중한 논리를 제공하였다. 그의 저서『고독의 반추』와 함께 피천득의 「수필」은 수필의 진수를 보여주는 좋은 작품이다. 그러나 김진섭과 감광섭이 수필을 '붓 가는 대로 쓰는 글' 이라는 식의 논리에 비해 상당히 학문적으로 진보하였지만 이들의 논리에서 크게 벗어나지는 않았다는 것은 아쉬움으로 남는다. 특히 피천득의 「수필」이라는 작품은 그야말로 작가 개인의 생각을 적은 한 편의 수필 작품에 지나지 않는다. 그런데 학계에서는 그것을 수필논리의 정석으로 받아들이는 큰 오점을 남기게 된다. 오점은 여기에 머무르지 않고 일선 교육현장에서 '수필이란 무엇인가?' 라는 교재로 활용하는 웃지 못할 현상까지 벌어졌고 보면 수필문학이 논리 면에서 얼마나 허술하였던가는 그만두고라도 일선 교육 현장에서 수필문학이 학생들에게 잘못 가르치게 된다. 김윤식 역시 이 문제에 대하여 신랄하게 비판한 바 있다.[12]

---

12 김윤식 위의 책 '수필' 은 한 편의 시인데도 불구하고 마치 논리적인 「수필론」의 일환으로
   착각하여 시험문제를 내고 분석을 한다는 것은 실로 가소로운 일이다. 물론 시를 논리적

이것만 보더라도 수필문학이 이론적인 체계가 얼마나 중요한 것인가를 잘 말해주는 일이라 하겠다. 따라서 논리성의 빈약으로 인하여 수필문학은 보호받지 못하고 잡초 밭에서 얼마나 시달려 왔는가를 짐작할 수 있는 대목이다.

임헌영은 이에 대해 '피천득의 「수필」은 우리 시대의 드문 명편이면서도 여기에 속박 당한 채 머리 깎인 삼손처럼 맥을 못 추는 오늘의 한국 수필이 너무 가엾다는 생각이 든다.' 면서 '수필문학 수업을 하려는 입문자의 대부분이 이 글을 기본 텍스트로 삼기 때문에 더 이상 정신적 관찰의 레이더망이 확산되지 않음을 종종 보게 된다[13]' 고 지적한 바가 있다.

70년대는 수필의 양적 풍요로움에 상대적으로 질적 저하를 가져 왔다고 본다. 그것은 수필의 정의가 바로 수필(隨筆)이라는 낱말 풀이식의 해석에 머물렀다는 점을 먼저 지적하지 않을 수 없다. 분명 수필문학의 정의는 그야말로 한 편의 수필 쓰기로 참으로 희극적인 일이라 아니할 수 없다. 이는 학문적으로 용납할 수 없는 일로 수필을 문학권에서 축출한 주범이라 하지 않을 수 없다. 모든 문학의 정의는 개념의 정의가 먼저 내려지고 명칭은 그 다음의 조건이다. 그런데 수필은 명칭이 먼저 부여되고 그 명치의 해석을 수필의 개념으로 부여되는, 그래서 그 명치의 노예가 돼 버린 꼴이 되었다. 따라서 수필문학이 바른 개념조차 갖지 못하다보니 독자들에게 혼란을 불러일으킬 수밖에 없었던 것이다.[14]

으로 다루지 말란 법은 없다. 그러나 시의 애매성(多義性)의 전제없이 멋대로 재단하는 것은 아니다. 수필은 수필이며 청자연적은 청자로 된 사물일 뿐이다. 그것이 동일하다는 것은 말도 안 된다.

13 임헌영, 《수필학》, 한국수필학회 9집, 2002. 1. 20.

14 시와 소설 희곡 등은 글자 풀이식의 정의에서 벗어났다. 오직 수필만은 '붓가는 대로 쓰는 글' 이라는 글자 풀이식이라면, 시를 '귀글', '풍류가락' 이라 해야 할 것이며, 소설은 '자 잘한 이야기' 또는 '잔소리' 등으로 정의 되어야 할 것이다. 그런데 시는 자연, 인생 등의 모든 사물에 대하여 일어나는 정서, 감흥, 상상, 사상 등 일종의 운율 형식으로 표현 서술한 것' 이라 하였고, 소설은 '상상력과 사상의 통일적 표현으로써 인생과 미를 산문체로

그러나 《수필문학》은 한국수필문학회가 창립되면서 계간 《한국수필》
과 월간 《수필문학》(김승우)의 창간은 수필을 활성화 하는데 획기적인 계
기가 되었다고 생각한다. 그것은 수필을 발표하는 장이 되기도 했지만 수
필 인구를 흡입하는 유인책이 되었고, 뒤이어 한국문인협회에서 발행하
는 《월간문학》에서 수필작가를 배출하였다. 따라서 《현대문학》에서도 수
필작가를 배출하는 등 수필문학이 비로소 문단에서 관심을 갖기 시작한
것은 실로 괄목할만한 발전이라 하지 않을 수 없다.

3) 수필문학의 성장기(成長期)

1980년대에 들어서면서 수필의 모색기를 맞는다. 전국 〈한국일보〉에서
수필작품을 신춘 모집을 하게 되고 《현대문학》에서도 수필신인을 배출하
는데 동참하게 된다. 그리고 전국 지방마다 동인활동이 결성되는 등 활발
하게 움직이고 수필문학에 대한 본격적인 연구가 전개된다. 그것은 정진
권에 의해서 최초로 수필에 대한 석사학위 논문이 발표된 것이다. 『현대
수필문학의 이론적 모형 연구』와 『한국현대수필문학론』 두 권이다. 더욱
이 과거 애매한 수필론에서 한층 체계적이고 문학적인 논리를 갖추었다
는데 큰 의미가 있다.

정진권의 수필은 편편이 문학성을 지니고 있듯이 그의 수필에 대한 논
리 연구는 아직 미개척 분야를 새로운 이론적 모형을 과학적이고 체계적
으로 심도 있게 분석하여 수필이 엄현한 문학 장르임을 일깨워 주는데 절
대적인 역할을 했다고 본다.

그는 이 책에서 수필문학론에 대한 종래의 잘못된 이론을 비판 수정하

나타내는 예술' 이라 정의하였다. 그렇다면 수필 역시 '정련된 언어로 내용과 형식이 혼연
히 조화된 산문의 형식' 이라는 말로 수정되어야 할 것이다. 그런데 '붓가는 대로 쓰는 글
로 어떤 양식에도 해당되지 않는 산문' 이라는 표현이 과연 문학적 논리로 합당하다고 생
각하는가.

고, 수필문학을 문학적으로 조명하여 문학으로서의 수필의 위상을 정립
시켰다. 그리고 수필문학의 구성요소를 다양하게 규명해 놓고, 현대수필
문학의 특질을 다음과 같이 구명해 놓고 있다.

첫째, 수필은 붓가는 대로 써지는 유우머와 위트, 소재의 다양성, 개성
적, 무형식의 형식 등이 한국수필의 특질이 아니며

둘째, 한국수필문학은 3단(그 변형 포함) 내지 병렬적 구성을 취하는
시적 방법의 서술적 산문으로 10매 내외의 길이라는 사실이며

셋째, 현대수필문학은 '객관적으로 제시된 사물+주관적으로 반응하는
정신' 구조가 주류를 이룬다는 사실을 지적했다.

이는 수필계는 물론, 국문학계에서 지금까지 논의된 수필론과는 배치
되는 것이어서 일부 학자에 따라서는 거부 반응도 없지 않았겠지만, 수필
을 문학적으로 접근하는 신선한 연구 결과로 받아들이고 싶다.

또한 수필문학을 문학적으로 접근하려는 노력이 한국수필문학회에서
도 매년 실시되었다. 그것은 매년 개최하는 하계 세미나를 개최하여 수필
이 안고 있는 문제점을 하나하나 짚어간 것은 수필문학을 문학으로 접근
하는데 기여한 바가 크다고 하겠다.

1982년 10월 속리산에서 「한국 수필의 어제 오늘」이라는 주제로 수필
이 걸어온 길과 앞으로 가야할 방향을 짚어보았고, 1983년 '수필문학의
독자성'으로 수필문학이 타 장르에서 가지지 못한 고유성에 대해서, '수
필의 허구성'으로 수필의 폭넓은 길을 알아보려고 노력하였다. 그리고
다음해(1984)는 '장편수필의 가능성'으로 수필의 다양성을 모색해 보았
고, 제4회(1985) 때는 '수필문학의 문학성' 문제와 '수필문학의 창작의
조건' 그리고 '한국 수필의 문제점과 제언'을 가지고 진지한 논의가 있었
다. 그리고 다음해(1986)는 '수필문학의 해학의 문제'로 '한국수필의 문
학적 선개(1987)'로 수필문학이 안고 있는 문제점을 점검하고 이를 계기
로 좋은 수필을 쓰기 위한 진지한 토론이 있었다.

앞에서 거론한 주제에서 보다시피 수필문학이 문학으로서 아직 논리를

갖추지 못했다는 것을 알 수 있을 것이다.

그러나 우리 사회의 삶의 질이 향상되면서 수필문학은 1990년대 들어서면서 호황기를 맞는다. 그리고 수필전문지로 《수필공원》, 《현대수필》, 《월간에세이》, 《창작수필》, 《수필과 비평》 등의 잡지가 창간되면서 수필춘추시대를 맞는다. 따라서 전국적으로 수필을 쓰고자 하는 작가를 배출하여 수필 발전에 큰 공헌을 하게 된다. 그러나 중요한 것은 수필은 호황기 속에 보다 더 수준 높은 작품을 창출해내지 못하고 소시민주의 낙관 내지 하품하는 소리로 일관한다는 점에 대해서는 자각해야 할 것으로 본다.

3. 몇 가지 오해

1) 수필의 특질

현동염(玄東炎)은 「수필문학에 대한 각서」[15]에서 이상적인 수필에 되려면 '생산 현장에서 체험한 바를 실감 있게 기록함으로써 약동하는 산 인간의 생생한 자태를 보여주어야 한다.' 면서 현실 속에서 살아있는 인간의 모습을 강조, 수필의 사실성을 주장하였고, 임화는 「수필론」[16]에서 좋은 수필의 요건으로 일상의 사소한 일들을 사상의 높이에까지 고양하고 마치 거목의 하나하나의 잎들이 강하고 신선한 표적이듯 일상사 모두가 작가가 가진 높은 사상, 순량한 모랄리티의 충만한 표현으로서의 가치를 품어야 한다고 주장하였다. 그렇게 되기 위해서는 작가의 사상이 도그마에서 교양으로 혈육 속에 용해되고, 또한 교양은 그 사람의 모든 생활과 감정의 세부에까지 침투하여, 그것이 그의 생활의 전부를 통하여 여유 있고 자유로운 한 개인성으로서의 '모랄' 로 작용할 때 비로소 가능한 것이라며 좋은 수필의 요건을 작가의 치열성에 그 가치성을 둔 바 있다.

---

15 〈조선일보〉, 1933. 10. 21~10. 23.
16 〈동아일보〉, 1938. 6. 18~6. 22.

그런데 이러한 문학적인 논리가 수필의 문학의 정당한 논리로 정립되지 못하고 수필의 대부격인 김광섭과 김진섭 등의 해외 유학파들의 수필의 논리와 함께 피천득의 「수필」이 수필론으로 굳어진 데서 수필문학은 뿌리 없는 문학이 되고 말았다. 먼저 이들의 논리의 모순점을 잠깐 짚고 넘어가겠다.

수필의 특질을 '붓 가는대로 자유롭게 쓰는 글'이라는 주장을 모든 독자층들이 바이블로 받아들였다. 따라서 누구나 손쉽게 쓸 수 있는 글로 인식되면서 수필은 '아무나', '아무렇게' 쓸 수 있는 '여가의 문학'이라는 생각을 암암리에 심어놓게 되었다. 따라서 수필만은 비전문 작가의 글로 정착되어 문학에서 멀어지게 된 것이다. 더욱이 수필의 정의를 글자풀이 식으로 '붓(筆)가는 대(隨)로 쓰는 글'이라는 문학적 정의는 우선 상식적으로도 납득이 되지 않는다. 이런 식으로 문학의 정의를 내려야 한다면 소설은 '자잘한 얘기'로 시는 '귀글'로 정의되어야 할 것이다.

이렇듯 잘못 내려진 정의 때문에 우리의 국어사전에조차 수필을 '어떤 주의가 없이 생각난 대로 쓴 글(만필, 상화)', '그때 그때 본대로, 들은 대로, 느낀 대로를 붓 가는 대로 적어낸 글, 또한 그러한 글투의 작품(상화, 에세이)'이라고 정의되어 수필은 그 출발부터 잘못 들어선 것이다.

이 말은 중국 남송 때의 홍매(1123–1202)의 글에서 연유한 것으로 생각된다. 그러나 홍매가 말한 '붓 가는 대로'라는 말은 작품의 서문으로 그 진의는 율격이 엄격한 시문에 비해 비교적 자유롭게 집필하였다는 겸양에 대한 의미로 진술한 것이다. 그것은, 다음 문장 '게으르다'는 표현이 그것을 잘 말해 주고 있다. 따라서 수필에 대한 정의와는 무관하다 할 수 있다.

또한 '개성의 문학'이란 말도 그렇다. 이 말을 역으로 표현하면 개성이 표출되지 않으면 수필이 아니라는 말과 동일하다. 따라서 시와 소설 등 타 장르는 개성이 없는 문학이라는 말이 된다. 그러나 뷔퐁의 말이 아니라도 '글은 바로 그 사람이다.'는 말을 누구나 인정하고 보면, 개성이 드러나지 않는 글은 없다고 해야할 것이다. 그런데 어떻게 그것이 수필문학의 특성이 될 수 있단 말인가? 작품을 연구하는 것은 바로 작가의 사상성을 연구하는 것이라면, 사상성은 바로 작가의 개성과 철학이 아우러진 것이다. 그런데 수필을 개성의 문학으로 특성을 말하는 것은 무리라는 생각이다.

그리고 수필의 특성을 '유머와 위트의 문학'이라고 적고 있는 것도 마찬가지다. 이 말 역시 수필에 대한 오해를 불러올 소산이 크다. 유머어와 위트는 우리의 마음을 시원스럽게 씻어준다. 그러나 문제는 유머어와 위트를 아무나 할 수 없다는 데 더 큰 문제가 있다. 상당한 지혜를 요구하는 언어의 구사자만이 할 수 있는 특수 표현이다. 그런데 그것이 수필의 특성이라면 유머와 위트가 없는 수필작품은 사그리 수필작품에서 폐기처분해야 할 것이 아닌가.

또한 '고백적인 문학'이라는 말도 마찬가지다. 만일 수필이 자기 고백적인 것으로 일상화 된다면 그것을 읽는 독자들은 얼마나 따분할 것인가. 이는 자칫 문학에 대한 부정을 가져올 수 있는 위험을 안고 있다. 한 사람의 일상성의 '그렇고 그런' 시시콜콜한 고백을 읽는다는 것은 큰 형벌이 아닐 수 없다. 아니, 문학이라고 말하기에는 좀 어색하지 않을까. 수필은 적어도 신선하면서도 참신한 얘기, 무언가 재미있고 도움이 되는 그러면서도 우리의 생각을 열어주는 이야기가 담겨져야 할 것이다. 또한 진실의 고백이라는 말은 더 큰 모순을 안고 있다. 어디까지가 진실인가. 그렇다면 수필화된 작품은 에누리 없이 작가의 모든 진실된 내면의 고백이란 말인가. 현실적으로 인간은 정직하지 못하다. 그렇다면 시인이나 소설가에 비해 수필가는 더 많은 거짓말을 하고 있을지 모른다. 시와 소설가는 작가가 숨어있다고 생각하지만 수필만은 노출되기 때문에 자연히 내면의 진실을 얼마든지 숨길 수밖에 없다.

아무튼 감정적인 논리가 문학의 논리로써 합당성을 지닐 수 없다. 적어도 문학의 논리는 객관성과 보편성을 지니고 있어야 한다. 그리고 문학적 접근성이 타당해야 한다. 그런데 수필의 논리는 그야말로 이론적인 논리가 아니면 정감적이다. 이런 잘못된 논리성 때문에 수필이 변종문학으로 전락되었다는 불만을 버릴 수가 없다. 이렇듯 수필문학은 온전하지 못한 불균형 속에서 성장하여 왔다. 그 결과 이파리는 무성하되 그 열매를 맺지 못한 채 들러리 문학으로 전락되고 말았다.

광복 이후, 어수선한 정치 상황의 악조건 속에서도 시와 소설의 활발한 성장과는 달리, 수필문학은 미정지(未整地)의 환경 속에서 소품 정도의 푸대접 속에서 아주 미미하게 발전해 온 것도 이러한 논리의 모순성 때문으로 본다. 따라서 어느 정도 지식인이라면 누구나 쓸 수 있는 글로 특별한 기교나 창법(創法)을 요구하지 않는 글로 인식되었던 것은 당연한 일이다. 그렇기 때문에 70년대까지만 해도 시나 소설가로 자처하는 사람은 있었지만 수필가라는 이름을 달고 나온 사람은 없었던 것이다.

또한 현대수필문학의 한 전범으로 기록될 만큼 많은 사람에게 회자되고 있는 피천득의 「수필」이 수필문학의 문학론으로 일선 학교에서 가르친 것은 실로 수필문학에 큰 누를 끼치는 일까지 벌어졌다. 그것이 피천득 개인의 미적 감정을 담은 한 편의 수필일 수는 있어도 그것이 수필의 특질은 될 수 없다. 그런데 수필은 '청자연적이다'는 논리 속에서 수필의 특성을 가르쳤던 것은 교육계의 큰 실수였던 것으로 깊이 반성을 하여야 할 것이다.

이는 수필문학의 기교에 대한 설명이나 명칭 등에 오해가 있었다는 김우종 교수의 말에 적극 동감하지 않을 수 없다. 수필은 그 명칭 자체가 '붓 가는 대로 쓰는 글'이기 때문에 어떤 규칙에도 매이지 않는 자유분방한 형태일 수 없으며 따라서 이런 해석대로라면 수필은 문학이 될 수 없다. 또한 '무형식의 기교'라는 설명도 그렇다. 그것은 자유분방한 형식이다만 외형적 조건일 뿐이고 실제로는 거기에도 형식과 기교가 있다는 뜻도 되지만 외형적으로는 무기교의 조건을 지니고 있는 이상 그것은 문학 장르로서의 독자적인 영역을 지니기 어렵다. 문학은 어디까지나 예술이고 예술은 기교이며 장르는 형태상 독자적 특성에 의해서 설정되는 것이기 때문이다. 물론 무형식이라는 것도 시나 소설과 구별되는 특성은 되지만 그것은 역사, 철학, 경제, 의술, 종교 등 다른 온갖 분야의 산문과 형태상 구별이 없기 때문에 문학 외적인 잡문일 수밖에 없다.[17]

2) 수필의 허구문제

수필의 허구성의 문제에 대하여 열띤 논쟁을 가져오기도 했다. 이 논쟁은 아직도 끝이 나지 않았지만 수필문학을 폭 넓게 수용하려는 노력으로 높이 평가하지 않을 수 없다하겠다.

이 문제는 정진권의 「허구성에 대하여」라는 논문에 대하여 김시헌이 이의를 제기하면서 논쟁이 발단되었다.

김시헌이 《수필공원》 2호에 '수필에 있어서 허구는 원칙적으로 허용되지 않아야 하고 어떤 방법으로든지 암시되어야 마땅하다'고 내세웠다. 이에 정진권은 《수필공원》 3호에 '허구와 수필 — 김시헌 선생에게 답함'을 게재하여 이에 반박 허구의 당위성을 주장하였다. 즉 수필의 내용을 사실로 믿음으로써 수필에는 허구가 개입될 수 없다(지엽적인 것은 가능하지만)는 시정되어야 할 것이며 '독자의 그러한 통념을 변화시키고 허구를 도입함으로써 수필문학의 창조적 지평을 확대해 보자' 라고 언급하였다.

다시 김시헌은 《수필공원》 4호에 '다시 수필의 허구에 관하여 — 정진권 구성론을 재론함' 을 게재하여 독자들의 관심을 끌었다.

이 논쟁은 잠시 머물다가 정진권이 1989년 《수필문학》 11월호에 '수필문학 허구의 재론' 을 게재하여 수필의 허구성의 개연성을 주장하였다.

수필문학이 문학의 5대 장르에 속한다는 것에 이의를 제기할 사람은

---

17 김우종, 「근대수필」, 수필과 비평, 2000, 1, 2월호.

아마 없을 것이다. 그렇다면 수필문학은 분명히 문학인 것만은 사실이다. 따라서 문학이 되자면 '예술적인 언어의 구조'를 이루어야 한다. 언어의 구조를 다른 말로 문학적 장치라고 해도 될 것이다. 따라서 '허구'라는 장치는 문학에서는 절대 필요한 도구다. 만약에 문학에서 '허구'를 빼놓고 문학을 말할 수 없을 것이다. 그것은 목수장이에 있어서 톱과 같은 연장인 것이다.

그런데 우리 수필문학계에서는 '허구'를 말하면 혀에 거품을 내미는 사람이 많다는 사실은 우리가 주의 깊게 생각해 볼 일이다. 이런 밀폐주의 답답함 때문에 수필을 문학을 위축시켰을 뿐 아니라 문학성에서 탈출시키는 계기를 제공, 수필문학을 문학권 밖으로 축출하는데 가속화 시켰던 것이다.

문학이란 사람들의 심미인식을 체현한 것이며, 그것은 객관사물을 반영함과 동시에 사람들의 그것에 대한 감정과 태도를 포괄하고 있다. 그러므로 작품은 객관현실을 정확한 반영일 수도 있고 또 현실 속에는 결코 존재하지도 않고 완전히 허구적이고 환상적인 물상(현실)의 반영일 수도 있다. 예컨대 문학 작품 속의 수많은 혼백과 괴물의 형상은 현실 생활에는 결코 존재하지 않는다. 이것은 하나의 물상이라면 하나의 정신이 환화(幻化)한 물상이다. 굴원이 향초와 미인으로 현인을 비유하고, 나쁜 새와 나쁜 풀로 소인을 비유한 것과 같다. 이렇듯 문학 예술 중의 형상은 사람 생각 중의 형상이고, 사람들이 현실물상을 인식하고 연구한 후 자신의 심미 원칙에 따라서 허구를 행한 결과이다. 그러니까 작가가 어떤 사상과 의도를 표현하는 수요에 따라 허구를 행하고 과장된 상상을 할 수 있으므로 객관적으로 설명하는 것으로 문학의 소임을 다할 수 있는 것은 아니다. 따라서 수필문학에서 '허구'라는 단어가 거부 반응을 일으킨다면 '문학적 장치'로 받아들여도 좋을 것 같다. 그래도 납득되지 않는다면 오늘날 신문이나 광고란을 보면 쉽게 납득하게 될 것이다. 시중 광고란에는 사실도 숨어 있지만 사실 아닌 과장 내지 허풍도 숨어있다는 사실을 인식한다면 허구에 대하여 새롭게 알게 될 것이다. 만약에 약 광고가 광고의 내용대로라면 이 세상에 병을 가질 사람이 없을 것이며, 아파트 광고가 사실 그대로라면 우리나라에 건설된 모든 아파트는 모두 상품의 질과 좋은 환경과 교통의 요지 속에서 살아갈 수 있을 것이다. 그런데 사실은 그렇지 않은데 문제가 있다면 인간의 사상과 정감을 담은 고도의 작품에서야 더 말해 무엇 하겠는가. 선을 이야기하기 위해서는 악을 동원해야 하고 한 사람을 칭찬하기 위해서는 그렇지 않은 사람을 핍박할 수밖에 없다.

허구를 인정하는 대표적인 작가는 김열규와 정진권이다. 사실을 사실적으로 받아들이기 위해서라도 허구를 받아들이는 것은 수필문학의 영역을 확대하는 길인 것이다.

사실 수필문학은 타 문학에 비해 독자와 친근미가 있는데다가 독자와 가깝다. 그리고 그 영역 또한 넓을 뿐 아니라 생활 문학으로서 대중과 깊이 호흡할 수 있는 장점을 지니고 있다.

그런데 그 자리를 스스로 좁혀 놓았기 때문에 본격성이 무시당한 것이다. 허구심리를 배격한다든지 극적 효과를 얻기 위한 어떤 장치를 필요로 한다든지 하는 것에 수필의 특성을 두지 않고 문학으로서의 효과를 얻을 수 있는 장치를 부정한다는 것은 참으로 불행한 일이다.

아무튼 수필문학은 평범한 장르 같지만, 사실은 평범하지 않는 장르다. 따라서 쓰기가 쉬운 것 같지만 사실은 고도의 문학적인 역량이 없으면 접근하기 어려운 장르다. 그런데도 현실적으로 그렇게 생각하지 않고 헤픈 문학으로 생각하는데 문제가 있다. 또한 수필문학은 시와는 달리 화자의 얼굴이 노출된다는 고정 관념 때문에 타 문학과는 달리 많은 제약을 받아 왔다. 즉 작가 자신이 화자가 되어 작품에 얼굴을 내미는 수법을 취하고 있다. 여기에서 화자의 얼굴은 경험적인 자아로서의 모습이기 때문에 고백적이 된다는 점에서 수필은 참으로 다양한 목소리를 내기가 여간한 용기를 요하게 된다. 그러므로 허구를 받아들인다면 이 문제는 자연히 해결

될 수 있을 것으로 본다. 더불어 천편일률적이라는 비난에서 벗어날 수 있을 것이다.

4. 결론

소설이든 시든 모든 문학 작품의 제반 유형은 반드시 하나의 이야기를 독자에게 들려주는 행위로 구성되어 있다. 그러므로 한 작품에는 반드시 화자와 독자로 짜여 있다. 즉 모든 작품은 독자를 전제로 만들어진다. 그러니까 독자가 없는 작품은 이미 작품으로 그 가치를 소실 당했다고 해도 좋을 것이다. 따라서 수필의 질은 독자에게 얼마나 가치 있는 읽을거리를 제공하였느냐에 있다 하겠다. 말하자면 흥미성과 문학성이다.

이제 한국 수필은 양적인 팽창을 가져왔다. 2천 년대는 그것을 질적으로 끌어올리는 승화의 세기가 되어야 할 것이다. 여기에서 필요한 것은 소재는 작가 자신의의 체험이지만 그것을 평면적으로 나열하기보다는, 구조적으로 구성하고 하나의 주제를 선명화 함으로써 독자에게 아름답고 기름진 밥상으로 놓아주어야 하는 책임을 져야 할 것이다. 따라서 여기에서 자신을 몰(沒)하여 하나의 이야기를 독자의 정서에 추상화하고 분명한 메시지를 전달하는 수법이 요구된다. 김윤식은 그것을 타인의 눈을 철저히 의식하는 행위 그것을 눈치 채지 못하도록 하는 온갖 방식을 취하지 못하도록 하는 사르트르의 방식이라고 얘기한 바 있지만, 수필을 감흥과 물화 내지 신사(神思)의 구상 속에 향기 높은 형상의 기법을 취한다면 좋을 것이다. 또한 대개가 그렇고 그런 이야기로 일상화 되어 있는데 탈출할 수 있는 근거도 허구에서 깊이 연구될 과제로 남겨둔다. 시든 소설이든 수필이든 작품의 승부는 장르에 있는 것이 아니라 그 재미성에 있다. 결국 수필의 질은 모든 사람이 다가설 수 있는 재미성을 담는데 있다. 따라서 미래는 가볍게 읽을거리를 독자가 찾게 될 것이고 보면 결국 모든 문학이 수필로 쏠리게 되리라 생각된다.

따라서 수필작가들의 끊임없는 노력도 필요하겠지만 또 하나의 문제는 비평가들의 수필문학을 긍정적으로 수용해 주는데 수필이 독자들로부터 더욱 관심을 갖게 될 것이다. 그리고 수필을 연구하는 학자들은 고전 수필 가운데 명 수필을 다시 선정하는 일과 월북 작가들을 포함한 근대 수필과 현대 수필들도 다시 정리되어야 할 것이다. 그리고 교과서에도 피천득의 「수필」이 수필의 논리로 받아들이는 일에 대해서 수필계에서 한 목소리를 내야할 것이다. 따라서 수필 양식을 광의적으로 해석하여 소설까지도 수필 양식에 포함되는 일과 문학사에서 수필에 대한 평가도 함께 이루어지도록 분발하는 자세를 보여 주어야 할 것이다.

수필의 허구에 대하여

1. 문학이란 무엇인가

'수필의 사실과 허구'에 대한 것을 논하기 위해서는 먼저 문학이 무엇인가부터 짚어가는 것이 순서일 것 같다. 만약 수필이 문학이라면 그 범주를 넘거나 벗어나서는 안 되기 때문이다. 부끄럽게도 한때 '수필도 문학인가(?)'라고 시비를 벌인 적이 없지 않았다. 지금도 일부 작가들 가운데는 그러한 생각을 버리지 못하는 사람이 없지 않지만 대체로 문학으로 보는 것이 학계의 정설이다. 시, 소설, 수필, 평론, 희곡 등을 문학의 5대 장르라 칭하고 있는 것을 보아도 그것이 확연히 드러난다.

'문학이란 무엇인가?'라는 질문을 받았을 때, 그것을 한 두 마디로 설명하기란 매우 어려운 작업이다. 그만큼 문학은 쉽게 정의될 수 없는 영역이다. 그러나 간단히 정의를 내리자면 언어로 표현하는 예술이라고 할 수 있다. 예술은 아름다움을 창조하는 일이고보면 문학 역시 그것을 창조하는 일에서 벗어날 수 없을 것이다. 구와스타르라고 하는 학자는 "문학이란 개인의 여러 가지 제약을 받아가면서 스스로를 하나의 행위로서 표현하려고 하는 노력의 결과"라고 말했다. 그러나 이런 어려운 말보다는 '인간적 표현의 모두를 포괄하는 것'이라고 정의를 내린 G. 미쇼(불란서

문학자)의 말에 손을 들어주고 싶다. 아무튼 문학이란 다양한 기법을 통해서 우리들에게 무엇이 옳은가에 대한 해답과 함께 새로운 삶의 의미를 제공해주는 것이라 생각된다. 따라서 문학이란 동굴 속 같은 것이어서 다가가면 갈수록 멀어지고 바라보면 무지개 빛 환상을 주는 묘한 존재이면서 달빛과 같은 은은한 존재이기도 하다. 그러나 '문학이란 경험적 실재에 의해 보장될 수도 없고 구체적인 여러 대상에 의해 구체화 될 수도 없다.' 는 사르트르의 말을 생각한다면 문학이 얼마나 난해한 영역인가를 확인할 수 있을 것이다.

2. 수필의 사실과 허구에 대하여

수필도 엄연한 문학이라는 차원에서 접근할 때 수필의 허구성을 비로소 논할 수 있기 때문에 그 정의를 개략적으로 언급해 보았다. 따라서 문학에 있어서 허구(虛構)는 문학의 필수 요건으로 그것이 생략될 때 이미 문학의 목적을 달성할 수 없는 필수 불가결한 요소라는 것을 전제하여 둔다.

'오늘날 수필이 문학이 될 수 있는가?' 하는 의문을 낳게 된 이유도 허구류(虛構類)의 문학의 본질적인 문제를 제쳐두고 지엽적인 문제에 매달리기 때문에 그러한 문제가 노출되지 않았나 싶다. 사실 수필의 허구문제는 논의의 가치가 없는 일이다. 타 장르와 달리 오직 수필만이 사실의 문학이라고 고집한다면 수필은 그 순간부터 이미 문학의 울타리를 벗어난 셈이다. 왜냐하면 허구를 제외한다면 그것은 이미 문학적 권리를 상실하였기 때문이다. 문학이란 '무한성' 이며 '불가능성' 이며 시간과 장소를 초월하는 '의식성' 이다. 그런데 그것을 제한하는 것부터가 문학권 밖으로 밀어내는 일이 될 수밖에 없다.

마르크스주의는 어떠한 사물이라도 모두 모순되어 있는 쌍립의 대립과 통일의 표현이라고 가르쳐 준다. 문학 작품도 예외가 될 수 없다. 시든 소설이든 수필이든 많은 내부적 모순과 통일을 가지고 있다. 정경(情景)의 문제, 형신(形神)의 문제, 가진(假眞)의 문제, 일(一)과 만(萬)의 문제, 실허(實虛)의 문제, 이취(理趣)의 문제, 의세(意勢)의 문제, 문질(文質)의 문제, 통변(通變)의 문제, 풍골(風骨)과 사채(辭采)의 문제, 자연(自然)과 법도(法度)의 문제, 환(幻)과 진(眞)의 문제, 사(似)와 불사(不似)의 문제 등 실로 다양하다.

수필문학에서 항상 문제시 되고 있는 것이 바로 가진(假眞) 내지 실허(實虛)의 문제가 아닌가 한다. 그런데 중국 유명한 시인, 원진(元積)은 그의 시론(詩論)에서 허구(虛構)라는 문제를 상당히 진지하게 다루고 있다. 먼저 그의 양자화화(陽子華畵)의 시에서 그림이란 비유를 통해서 허구문제를 설명해 주고 있다.

眞賞畵不成
畵賞眞相似
진짜로 즐기면 그림을 그릴 수 없지만
그림으로 즐기면 참으로 비슷하다네.

그러니까 지나치게 사실(진실)만을 강조한다면 화가는 단 한 획도 그림을 그릴 수 없지만, 진정 그림의 이치를 알고 있는 화가라면 필연적으로 그림 속에서 현실과 서로 비슷한(相似) 것을 표현할 뿐 아니라 거기에서 그림에 대한 만족을 느낄 수 있을 것이라고 말한다. 그러니까 그림 자체가 참(眞)은 아니라는 것이다. 참은 그림 밖에 있다는 것이다. 어떤 창작이든 없는 것(虛)과 사실(事實), 거짓(假)과 진실(眞實)이 서로 간에 긴밀하게 연관되어 있다는 것을 염두에 두어야 한다.

수필문학 뿐만 아니라 어떤 유형의 예술작품이든 진실성을 외면하는 작품은 존재하지 않는다. 문학 작품은 그 진실성에 바탕을 둔다. 왜냐하면 모든 작품은 반드시 현실성을 반영하기 때문이다. 그러나 그 진실성은 과학이나 역사성을 말하는 것이 아니다. 또한 묘사하는 작품성이 현실 속에 그대로 존재하기를 바라지도 않는다. 그 이유는 문학은 현실(사실)을 기초로 하되 실제 현실보다는 더 집중적이고 더욱 개괄적이고 더욱 높고 우아해야 하기 때문이다. 그러므로 허구를 배척할 수도 없을 뿐만 아니라 또한 허구가 존재하지 않으면 예술성을 획득할 수 없는 것이다. 다시 말해서 '진'을 강조하기 위해서 '허'를 이용하는 것이다. 원진(元稹)은 두보의 시를 인용하여 허구 문제를 설명하고 있다.

天開圖畵卽江山
하늘이 그림을 펼치니 바로 강산이라네

여기에서 진짜를 가짜로 여기고 가짜를 진짜로 여기고 있다. 이것은 시의 맛을 살려내는 묘미다. 만약 이런 맛을 없앤다면 시는 이미 문학으로써 가치성을 많이 손상당할 것이다. 수필에 있어서도 이 점을 깊이 이해하지 않으면 안 된다. 문학이란 결코 현실의 복제도 아니고 사진과 같은 사실의 반영도 아니다. 문학이란 사물의 본질을 어떻게 펼쳐 보이느냐에 있는 것이요, 사실을 설명하자는데 있는 것이 아니다. 그러기 위해서 부득불 허구를 사용하게 되는 것이다. 따라서 문학이란 참 속에 거짓이 숨어있고(眞眞假假), 거짓 속에 참됨(假假眞眞)이 들어있다는 것을 인식하지 않으면 안 된다. 완전한 진(眞)만을 추구하는 사진(寫眞)에 있어서도 그렇다. 한 피사체와 동(同)이되 부동(不同)의 원리를 추구하고 있는 것이 사진이다. 마땅히 같으면서도 또한 같지 않아야 하는 원리다. 이런 오묘한 원리를 펼치자면 허구를 사용하지 않고 어떻게 문학이라는 큰 아성을 지킬 수 있겠는가.

흔히들 허구를 완전한 픽션으로 단순하게 생각하고 있는 사람들이 의외로 많다. 그러나 허구라는 말을 오해해서는 안 된다. 그런 해석은 문학의 본질성에서 벗어난 해석이다. 허구라는 것을 문학의 한 기법으로 생각해야 한다. 사실을 사실대로 말하지 않고 그것을 돌려서 표현하는 오묘성(奧妙性) 쯤으로 이해하면 될 것이다. 중국의 문학자 장소강(張少康)은 허구를 정의하기를 "반쯤 생소화하고 반쯤 익숙해지는 것(須半生半熟 方見作手)"이라고 설명하였다. 그러니까 허구의 목적성을 하나의 사물을 전형화를 위한 작업인 것이다. 따라서 허구가 있기 때문에 사람들이 그 글을 읽고 생소하게 느끼는 것이다. 그러나 허구는 어디까지나 현실을 바탕으로 하기 때문에 때로는 닮음도 있고 그렇지 않은 것도 있다. 그러므로 현실적 진실을 깊이 반영할 수가 있는 것이다. 다음 글을 읽어보자.

> 청대 초기의 하이손(賀貽孫)은, 창작이란 쓰고자 하는 사물을 깊이 체험과 탐색을 거친 나머지 창작 과정으로 진입하는데 그 과정이 바로 허구의 과정이라고 진술한 후, '지극히 거짓인 일'이지만 도리어 '지극히 참된 노력으로 하는 것', 따라서 허구는 '매우 참되고 진실한 것'이라고 말하였다.
>
> 세상에는 지극히 참된 글이 거짓된 것으로 의심되는 것이 있다. '전국책(戰國策)'은 변론을 늘어놓은 것이 그림자를 붙잡는 것과 같고, 장자(莊子)가 논설을 지은 것은 바람을 그린 것에 비유되며, 용이 나타나고 새가 나는 것은 애초에 정해진 것이 없고, 물결이 변하고 구름이 구부러지는 것은 형으로 구하기 어렵다. 그러나 이것은 환상적인 붓과 텅빈 창자로 모두 실상진체(實相眞體)에 의지하는 것이다. 그러므로 글을 짓는 것은 허구를, 거짓됨이 바로 곧 참되다는 것을 말하는 것이지 참됨에 반대되는 거짓을 말하기 위함이 아니다.
>
> — 하이손(賀貽孫)

이실출허(以實出虛)는 실로써 허를 나타내는 것이요, 이허출실(以虛出實)은 허로써 실을 나타내는 것이다. 문학에서 이런 허구성은 문학을 문학답게 하는 기법으로 현실 생활 가운데 무수한 진실된 현상을 정련해 내는 일이다. 일찍이 명대(明代)의 사조제(謝肇淛)는 그의 오잡조(五雜俎)라는 글에서 '소설이나 잡문(수필), 잡극을 창작하려면 반드시 허와 실이 서로 섞여야 비로소 유희 삼매(三昧)의 붓이 되고, 또한 정과 극이 극치에 이르러 멈춰야 그 있고 없음은 따질 필요가 없다.'라고 말하였다. 허(虛)와 실(實)이 서로 섞인다(虛實相半)는 것은 허구를 사용하지만 그러나 그 본래의 진실을 벗어나서는 안 된다는 뜻이다. 요컨대 문장은 허하게 표현되지만 그 내용(理致)은 반드시 진실해야 한다는 것은 수필문학의 예술성을 취하는 길이며, 생활의 진실과 예술적 진실은 서로 구별된다는 점을 혼동하거나 무시한다면 수필을 처음부터 문학이라는 울타리 속에 넣는 일은 포기하여야 할 것이다.

3. 결론

　인간의 소재는 동일하다. 심장이 있고 마음이 있고 얼굴이 있고 선이 있고 악이 있고 자랑이 있고 부끄러움이 있다. 권력을 얻고 싶고 부귀도 갖고 싶다. 이것이 인간의 소재다. 서양인이나 동양인이나 모두 여기에서 벗어나지 않는다. 벗어나려 애쓰지만 벗어날 수 없는 것이 인간이다. 그래서 중이 되어 산으로 들어가 보고 신부가 되어 속세에서 벗어나고자 애쓴다. 하지만 벗어난 것 같지만 벗어나지 못한다. 그 마음이 그 마음이다. 모두 소재가 같기 때문이다. 그래서 연속극이 만들어지고 문학이 만들어지는 것이다. 소재가 다르다면 불가능한 일이다. 다르다면 다만 외모가 다를 뿐이다.

　문학도 마찬가지다. 시, 소설, 수필, 평론, 희곡 등은 그 소재가 모두 동일하다. 그리고 그 기법도 같다. 다르다면 얼굴(양식)이 다를 뿐이다. 그러므로 수필이란 문학도 문학의 큰 틀에서 접근해 주지 않으면 안 된다.

　풍몽룡(馮夢龍, 1574-1646)의 『경세통언(經世通言)』의 서문으로 이 글의 결론을 삼을까 한다.

　　역사는 다 참된가? 반드시 그렇지 않다. 그렇다면 다 거짓인가? 반드시 그렇지 않다. 그렇다면 거짓됨을 버리고 그 참됨을 남겨두었는가? 반드시 그렇지 않다. 사람은 반드시 그런 일이 있는 것만도 아니고 일은 반드시 그 사람과 걸려있는 것만도 아니다. 그 참됨 것은 금궤석실(金櫃石室)의 빠진 것을 보충할 만하지만, 거짓된 것도 역시 하나님이 격려하고 찬양하고 권유하며 슬피 노래하고 탄식하는 뜻이 있다. 일이 참되면 이치가 거짓되지 않은 것은 곧 일이 거짓되더라도 이치도 역시 참된 것이니, 교화에 해가 되지 않고 성현에 어긋나지도 않는다. 하물며, 문학(文學)이나 경사(經史) 전적(典籍)이 어찌 이에서 벗어날 수 있으랴.

《제주수필》

지방분권화시대의 수필의 방향

1. 서론

지방자치시대가 개막되면서 획일주의에서 탈피, 각 지방마다 개성주의 문화에 대하여 관심을 갖게 되었다. 종전에는 중앙정부의 통제 때문에 독자적으로 정책을 제안하고 결정하지 못했지만 이제는 그러한 간섭을 받지 않기 때문에 각 지방 정부마다 각종 축제와 같은 특별한 문화 상품에 관심을 쏟고 있다. 이것은 종전의 의식주를 위한 산업화 정책에서 질 높은 문화 공간 시대로 전환되어 가고 있는 것을 의미하는데, 이 같은 맥락에서 볼 때 미래의 사회는 아름다운 환경과 함께 깨끗한 문화 공간, 즉 마음을 녹일 수 있는 시와 음악, 그리고 그림과 조각이 있는 우리의 영혼을 안식할 수 있는 향기로운 고급문화에 대한 공간을 추구하고 있음을 말해 주고 있다.

이러한 추세를 감안할 때, 지방분권화시대는 무엇보다도 산업과 문화의 두 가지 현상이 상호 대립되고 분리되는 조건을 생각해 왔던 형태를 벗어나 그것을 상호 조화하고 통합, 그 지역이 소유하고 있는 정통성의 문화를 독창적으로 창출하여 새로운 관광 상품으로 접근하지 않으면 안될 것이다. 여기에서 문학의 위치는 매우 중요한 자리를 차지하고 있다고 해야 할 것이다. 지금까지는 시나리오나 희곡, 비디오상품, 컴퓨터 게임 등이 그 수요를 감당했다면 미래의 문화는 본격문학으로서의 시와 소설, 그리고 수필과 동화 등이 소비자의 욕구를 충족시키지 않으면 안 될 것이라 생각된다. 그것은 종전의 흥미 내지 퇴폐성의 문화에서 탈피, 그 향수 계층이 보다 더 고급화를 원하고 있기 때문이다. 따라서 문학이 그 지방의 문화를 주도할 때, 어느 문화보다도 부가 가치를 높일 수 있는 자원으로 활용될 수 있을 것이다.

그러므로 지방정부는 지방 문학의 활성화는 곧 지역 문화의 활성화란 전제하에 문학인과 함께 고민하면서 그것을 어떻게 키우고 접근해야 할 것인가에 대한 방안이 강구되어야할 것이다.

2. 지역문학으로서의 소재(자원)와 작가

1) 문학 자원(소재)으로서의 울산

울산은 옛날부터 지리적으로 해안을 끼고 있어 대외적인 교역활동이 왕성했으며 군사적 요충지의 기능도 함께 가지고 있었던 중요한 지역이다. 처용설화가 그것을 뒷받침해 주듯이 왜를 비롯해서 동남아, 나아가 중동지역에까지 대단히 넓은 교역 망을 유지했던 것으로 추측되며 이것은 울산은 중요한 항구도시였다는 것을 증명해 주고 있다. 그리고 오늘날에 울산은 공업 도시로서 눈부신 경제 활동의 중심지로 각광을 받고 있는 것을 간과하지 않을 수 없다.

이러한 역사적인 지역의 특성을 가지고 있으면서도 그것을 문학화하여 세계적인 문화 상품으로 브랜드화하기보다는 버려진 도시, 오염된 도시, 썩어가는 도시라는 인식을 지울 수 없게 되었다는 것을 행정 당국자나 문학인들은 책임감 있게 받아들여야 할 것이다.

또한 울산은 많은 전설과 설화(개변천신, 기따온 병영성, 동축사 팥죽, 앙금할망구 반지터, 열박산과 김유신, 윤웅바위, 처용랑, 치술신모의 망

부석, 태화사지와 자장율사)를 탄생시킨 고장인가하면 토속신앙과 민요, 훌륭한 토산품과 많은 문화재를 보유하고 있다. 뿐만 아니라 어느 고장에서도 볼 수 없는 명산(가지산 신불산 영취산, 간월산, 고헌산, 무릉산, 문수산, 천황산, 재악산)과 역사성을 지니고 있는 강(태화강, 화이강, 동천강)과 해안(간절곶, 일산해수욕장, 주전해변, 정자해변)이란 자연을 보유하고 있다. 이처럼 타 지역보다 우수한 문화적 환경을 갖고 있는 아름답고 향기로운 울산이다. 이를 바탕으로한 질 높은 문학 작품을 가지고 있어야 할 것이다.

2) 울산지역의 작가들의 활동에 대한 편모

여기에서 필자는 지방 작가들이 얼마나 많은 관심을 가지고 울산 지방의 문화를 소재로 작품화 했는가를 살펴보기로 하겠다. 그것은 과거를 조명함으로써 자각의 계기로 삼아서 미래의 지역문학의 발전의 기틀을 마련하자는 의미에서다.

울산 지역의 현대문학의 활동은 오영수(소설)를 필두로, 박종우(시), 박상지(소설), 함홍근(시) 등을 들 수 있겠지만 주로 외지에서 활동하였기 때문에 지역성을 대표할만한 문인으로 논의하기에는 다소 서먹한 점이 없지 않다. 지역문인으로는 1945년 10월에 발족한 김용호, 이용우, 김태근의 울산문우회를 들 수 있겠다. 일찍이 동요작가 서덕출은 어린이 잡지에 동요를 발표하였으나 병마로 활발한 활동을 보여주지 못하였다. 그 후 (1947) 이용우가 향토문예지《태화강》을 발간하였고, 1950년대에는 문학, 미술, 음악이 어우러진 시화전을 개최하여서 활성화를 꾀했다. 1954년 10월 김태근이 '백양문학회'를 설립하고《백양》을 창간하였으며 명곡감상, 시낭송회, 향토시화 릴레이전 등을 가졌다. 1966년 3월 김종한과 이기원이 주도하여 〈한국문인협회〉 울산지부가 창립되었다. 함홍근은 문협 울산지부 창립이후에 울산에 정착하였지만, 실제로 울산에서 문학활동을 시작한 사람은 김종한(동화) 이기원(시) 두 사람이라 할 수 있다. 이기원은 1962년 국제신문 재직 중에 투병을 시작하여 1965년 《현대문학》지의 추천을 마치고 1989년 타계할 때까지 병석에서 벗어나지 못하였다. 오영수와 박상지는 만년에 낙향하여 지내다가 고향 땅에 묻혔다.

문협 울산지부 창립회원으로는 김어수, 이상숙, 김태근, 조홍제, 최종두, 김종한, 김헌경 등이 참여하였다. 그동안 개별적이고 미약했던 문학 활동이 문협 지부의 창립을 계기로 활발하게 전개되었다. 창립당시 10여명이던 회원이 1969년 4월 《울산문학》 창간호가 나올 무렵에는 20여명으로 늘어났다.

1960년대 중반에서 1970년대 초까지 울산의 문학행사로는 시화전이 전부였다. 거의 매년 송년 시화전을 개최하였으며, 개인 또는 그룹 시화전과 시낭송회 등을 개최하였다. 그 외에 백일장, 문학강연, 출판기념회 등도 다수 마련하여 문학 분위기를 고취하는 한편 외부 강사를 초청하여 문학 강연회를 열었고, 1971년 울산공업축제 행사의 하나로 한글백일장을 개최하고 김동리, 오영수 선생을 초청하여 문학의 밤을 개최하였다. 그 외에도 안수길, 임옥인, 조연현 등 저명 문인들을 초청 문학강연회와 간담회 등을 가졌다.

1970년대 이후 울산에서도 다수의 문학 동인이 활동을 시작하였는데 최종두, 조홍제, 김인섭 등을 필두로 《처용촌》을 결성하였고, 1972년 10월에는 시동인지 《잉여촌》 제10집을 울산에서 발간하였는데 장승재, 이준웅, 박종해, 김성춘 등이 참여하였다. 1981년 4월에는 《우향》이 결성되어 이연옥, 김춘애, 이숙희 등 미혼여성들이 참여하였고, 다음해인 1982년 4월에는 시동인지 《변방》을 박종해, 최일성, 김종경, 신춘희, 문영, 이충호, 김종철 등이 창간하였으며, 1983년 1월에는 울산수필동인회의 《개운수필》 창간호가 나왔다.

그러나 1969년 창간하였던 《울산문학》은 1973년까지 제3집을 내고 한동안 침체해 있었으나 제8대 지부장 조홍제가 사재를 동원하여 6년 만에 속간(4집, 1979년)하여 지금까지 계속되고 있다.

한편 1996년 10월 울산작가회의(민족문학작가회의 울산지회)가 창립되었고, 고문에 김석규, 회장에 김태수가 선출되었다. 울산작가회의는 창립 기념으로 문화예술회관 야외공연장에서 제1회 환경백일장을 개최하였으며, 동년 울산문학상(1995년)이 제정되어 제1회 수상자로 김성춘(본상), 문선희(창작지원금)가 선정되었다.

1998년 8월 정자 바닷가와 동구 울기등대, 울산교육연수원, 현대예술관 등에서 '제1회 울산바다 문학제'를 개최하였다. 글동이 캐릭터 탄생을 알리고 자작시 낭송, 나쁜 책 태우기, 바다백일장, 문학강연 등이 열렸다. 김종길(시), 천승세(소설), 박태일(시), 최영호(평론) 등이 강사로 초청되었다. 바다문학제는 1999년 8월 '제2회 울산바다문학제'와 2000년 8월 '제3회 울산 전국바다문학제'를 마지막으로 중단되었다.

2001년 9월에는 울산의 환경과 문학의 만남을 모색해 보는 울산문학과 환경 심포지움이 열렸다. 「울산문학과 암각화」를 주제로 선정하고 김열규(인제대), 임세권(안동대), 전호태(울산대)가 「울주의 바위그림과 문학」, 「고고학적 측면에서 본 울산의 암각화」, 「미술사적 측면에서 본 울산의 암각화」에 대하여 주제발표를 하였다.

여기에서 작가 개개인의 작품 현황을 살펴보지 못한 점은 매우 아쉬운 점으로 남는다. 이는 발표자의 자료 수집 부족임을 시인하더라도 문학 단체나 동인의 활동에도 이 지역을 소재로 특집 한번 다루고 있지 않다는 사실은 지역성에 대한 애정부족으로 생각하지 않을 수 없다. 따라서 울산 지역 문인들은 앞으로 차별화할만한 지역의 문화를 문학적으로 승화시킬 책무를 지녀야 함을 인식할 필요가 있다. 그리고 더욱 안타까운 것은 울주 바위의 암각과 울산의 암각화는 대단한 관심거리인데도 불구하고 일회성의 심포지엄으로 끝나고 문인들로부터 관심 밖의 일로 밀려나고 있다는 사실이다. 그 가운데 다른 지방과 차별성을 가질 수 있는 것이라면 전국 문인들의 시선을 모으기에 충분한 부가가치가 있는 '바다문학 축제' 역시 단명으로 끝나고 말았다는 것도 아쉬운 일로 남는다. 특히 울산은 공업 도시로서의 근로자와 사용자, 그리고 지역 산업의 성과 등을 문학으로 진지하게 다룬 문학을 배출하지 못했다는 점도 언급해 두지 않을 수 없다.

3. 지역문학으로서의 수필의 활성화 방안

1) 문학에 있어서 지역성

일찍이 괴테는 '가장 지역적인 것이 가장 세계적인 것'이라고 말했는가 하면, 톨스토이는 '우주 중심에 서고자 하면 자신이 살고 있는 마을을 노래하지 않으면 안 될 것이다.'라는 말을 던진 바 있다. 그리고 앙드레 지드는 '가장 민족적인 문학이 가장 세계적인 문학'이라고 했듯이 지역적인 것이 바로 세계적인 것이 될 수 있다는 것을 작가나 행정 당국은 다 함께 염두에 두어야 할 것이다. 누군가가 도시에는 문학이 없다는 말을 했는데 그 말은 역으로 생각해 보면 도시는 지역성이 없다는 말이요, 더 나아가서 생명의 본원인 그 뿌리가 없다는 말일 것이다. 따라서 지금까지 세계적인 문학은 대개가 지역의 고유문화를 꽃피운 차별화한 문학이라고 볼 때 지역 문인들의 역할은 막중하다고 말하지 않을 수가 없을 것이다.

독일의 경우만 하더라도 향토문학을 특성화하여 세계에 꽃피웠던 사실을 인식해야 한다. 그러니까 노르웨이의 뾰른손은 「아르네」란 작품을 통하여 지방 특유의 풍물이나 풍속을 작품화하여 노벨상을 탔는가하면, 미국 문학 역시 동부에서 출발하여 서부와 남부로 확대되면서 역사 발전의 축과 궤를 같이 하면서 지역 문학을 낳았고, 지역을 차별화한 문학으로 성장 발전하였다. 에머슨 소로우는 뉴잉글랜드 지역성을 다루었는가하면, 어빙 쿠퍼는 뉴욕북부지역을, 그리고 마크 트웨인은 남부를, 윌라 케이더는 남서부의 미시시피강을 지역의 영적인 존재로 부각시켜 세계화하는데 공을 이루었다.

우리의 예만 들더라도 이성선을 통해서 설악산의 웅혼함과 신령스러움이 살아나고, 김용택을 통해서 섬진강의 생명이 샘솟고, 채만식의 「탁류」를 통해서 금강이 기억되었다면, 김영랑을 통해서 강진이라는 지역이 부각되고 서정주를 통해서 선운산의 동백꽃이 사랑을 받았다. 그렇다면 수필 또한 치열한 작가 정신만 있다면 얼마든지 가능할 것이다. 특히 울산은 처용가와 암각화에 대한 옛 문화의 흔적이 남아 있는데도 그것을 수필로 꽃피우지 못했다는 것은 수필가들의 작가 정신 부족으로 볼 수 있다.

2) 지역문학으로서 수필의 활성화 방안

지금까지는 지역의 특성을 시나 소설이 세계화 하는데 앞장섰다면 앞으로는 그것을 수필이 감당해야 할 것이다. 물론 소설이나 시가 감당해야 할 부분이 없는 것은 아니다.

그러나 수필은 시나 소설이 가지고 있는 단점을 모두 수용할 수 있기 때문에 타 장르보다는 접근성이 더 용이하다 하겠다. 단적인 예로 소설의 복잡한 구성을 배제한다거나 지나친 상징화로 대중과 유리된 시와는 달리 누구나 편하고 쉽게 읽힐 수 있다는 장점이 있다. 그러므로 우선 지역의 명승지나 문화 유적지를 누구나 흥미롭고 그러면서도 쉽게 접할 수 있는 수필로 지역의 문화를 접근한다면 많은 독자들을 끌어 모을 수 있으리라고 생각된다.

한 소재를 서사화하여 장편수필로 엮어내는 방법도 있을 것이며 시를 곁들여서 진술하는 방법도 좋을 것이다. 예를 든다면 에머슨 소로우처럼 그 지역이 가지고 있는 자연, 즉 강이나 산 또는 어떤 형상물을 역사의 주체자로 보고 그것을 서사화 하여 수필로 형상화한다면 세계적인 문화 상품이 될 수 있을 것이다. 여기에서 중요한 것은 산을 노래할 때, 단순한 산을 그리는 것이 아니라 살아있는 생명체로서의 산의 정령을 담아낼 때 좋은 수필이 될 수 있을 것이다. 그 방법으로는 이곳 지역의 산을 중심으로 매년 작품집을 만들어 내고, 거기에서 우수한 작품을 대내외에 읽히도록 하는 방법도 있을 수 있겠고, 각 동별로 역사성을 기록하여 호기심을 불러일으키는 방법도 있을 것이다. 아무튼 작가는 지역이 가지고 있는 소재를 충분한 답사와 자료를 확보하고, 여기에 따르는 애정과 철학을 가지고 주제를 탐구해 내야 할 것이다. 그래서 고도의 문학적 장치와 풍부한 내용을 담아내었으면 한다.

3) 인적 자원의 양성과 행정지원

여기에 문학의 인적 자원에 대한 중요성이 부각된다. 문학예술이 그 생명력을 획득하기 위해서는 훌륭한 작가가 전제된다고 볼 때, 지역 정부는 작가 양성과 발굴에 역점을 두지 않을 수가 없을 것이다. 그러므로 한 작가가 마음 놓고 창작 활동을 할 수 있는 재정적인 지원은 물론, 지역민과 함께 할 수 있는 문학 참여 프로그램을 개발하여 시민과 가까이 있는 문학으로 육성 발전시켜야 할 것이다.

특히 지역 학생들이 지역 문학에 관여할 수 있는 다양한 문화 정책도 펴내야 한다. 지역 작가와 함께 작품의 세계를 직접 체험할 수 있는 프로그램을 만들기에 앞서, 지역 작가들의 작품을 어느 때든지 항시 감상할 수 있는 문학 공간이 마련되어야 한다. 적어도 한 지역이 독특한 문화로서 자리하자면 그 작가를 성장시켜 줄 수 있는 향수자가 있어야 하고 작가가 마음껏 창작을 할 수 있는 환경을 당국은 제공하여야 한다.

불란서의 앙드레 말로(Andre Malraux)는 재임기간동안(1959~69) 문화부의 목적을 민주화 보급과 창작에 두어 창작지원을 정책의 제일 수단으로 둔 바 있으며, 그의 후임(1971~73)인 자크 뒤아멜(Jacques Duhamel) 역시 문화 정책을 통해 문화의 향수 계층을 확대하는 사업을 계속 추진한 것도 지역성의 문화를 상품화하기 위한 정책 때문으로 본다.

따라서 지방정부에서는 문인들에게 자생적으로 맡기는 예술정책이 아니라 그것을 지원하고 활용하는 예술정책을 추진함으로써 지역예술의 자생력을 배양해야 한다. 그러기 위해서는 지방자치단체와 문인들 간에 역할 체계가 조정 되어야 하며 문화예술 행정 능력을 높이기 위한 환경조성이 뒷받침 되어야 한다. 그러므로 문화행정과 관련행정과의 연계를 강화하고, 조직·인력·사업·일반행정 체계 등을 어떻게 개설하고 운영할지 깊이 탐색해야 할 것이다.

또한 지방의 정보 매체(케이블, 지역신문, 지역각종 매체)를 최대한 활용하여 다원적으로 접근하는데도 주력을 해야할 것이다. 전파형 제품과 문화상품은 상호접근하고 있기 때문에 지역의 이러한 매체를 활용하여 앞에서 언급한 지역의 자연의 자원을 문학적으로 형상화하여 그것을 지역 사람들에게 널리 인식시키는 것도 그 지역의 특수성을 보존하는 일일 것이다.

4. 결론

앞으로 국가의 정책도 질 높은 문화적 삶을 제공하는 프로그램으로 진행되겠지만, 지방 정책 또한 국민들의 문화적 삶을 향상시키는 차원에 머무르지 않고 적극적인 사회경제적 가치를 창출하는 자원으로 확대되어야 할 것이다. 이미 높은 부가가치를 창출하는 문화산업은 초고속 정보망 인터넷 새로운 정보저장매체 위성방송 등 과학기술의 발달과 더불어 이미 성장했지만, 지역 문화정서를 담고 있는 문학은 아직 활로를 찾지 못하고 있는 실정이다.

세계 각국은 문학화의 상품을 문화경제 및 문화관광 상품들로 주목받는 사실을 인식하고 문학을 통해서 지역문화를 되살리고 독특한 문화를 창출해 내기에 안간 힘을 쏟고 있다. 따라서 각 지방 정부는 이러한 선진국의 변모가 아니더라도 지역 문화의 이미지를 높이고 널리 전파 하는데 크게 기여한다는 점을 인식하여 지역 문화의 중심 자리에 문학을 세우지 않으면 안 된다. 따라서 지역정부에서는 문학인을 어떻게 성장시키고 상호 협조할 것인가에 대한 협의체를 구성한다든지 그에 대한 적절한 방안을 연구하지 않으면 지역의 후진성을 면하지 못할 것이라 생각된다.

(울산지역세미나)

‖ 참고문헌 ‖

尹五榮, 『수필문학 입문』, 관동출판사.

윤오영, 『수韓國隨筆精選』, 관동출판사.

김윤식, 『한국근대문학사상 비판』, 일지사.

정진권, 『한국수필문학 연구』, 신아출판사.

______, 『한국수필문학의 오늘』, 학지사.

조동일, 『한국문학통사 1-6』, 지식산업사.

尹在根, 『수필론산고』, 문학수첩.

장세진, 『수필문학을 위하여』, 훈민.

______, 『역사현실과 문학』, 신아출판사.

장소강, 『중국고전문학 창작론』, 법인문화사.

鄭周煥, 『수필의 양식과 구성의 원리』, 한국문화사.

______, 『너무 쉬운 수필작법』, 신아출판사.

______, 『한국근대수필문사』, 신아출판사.

______, 『수필문학 무엇에 대하여 고민 하는가』, 수필과 비평사.

______, 『현대수필작가론 상하』, 수필과 비평사.

윤재천, 『수필학』, 한국수필문학회 1-9호.

이상배, 「식민지 시대의 수필문학」, 『단국대 논문집』 23집, 1989. 11.

현동염, 「수필문학에 대한 각서」, 〈조선일보〉, 1933 10. 21~10. 23.

임 화, 「수필론」, 〈동아일보〉, 1938. 6. 18~6. 22.

계간 《한국수필》, 한국수필문학회.

‖ 연 보 ‖

- 1941. 10. 16 　全北 高敞郡 星松面 鶴天里 172 晉州鄭氏 提學公派 諱 藝公의 32 代孫이신 休穆(號 漁樵)과 慶州 崔氏 一順 사이에서 삼남일녀 중 장남으로 출생 아호 汕巖, 秋堂, 夏林. 한학자인 조부 추파(영원) 으로 부터 초등학교와 중학교 재학 시 방학을 이용 『추구』, 『학어 집』, 『명심보감』 등을 배움. 조부님은 손자의 재주를 퍽 아끼시다.
- 1955. 3. 3. 　학천국민학교 3회 졸업.
- 1958. 3. 3. 　고창중학교 졸업. 이후 서울로 가출하여 점원으로 일하다가 귀향 하여 전남 영광군 홍농면 풍암리 덕림정사에서 한문을 수학하였 으며, 유림회 주최 한시백일장에서 최연소자로 입상.
- 1960. 3. 　원불교 중앙단원에서 수학하였으며 정읍 불교포교당에서 선운사 로 입산 3개월만에 환속.
- 1961. 10. 28.(음) 　淸州 韓氏 晳普씨의 2녀(吉子)와 혼인.
- 1962. 2. 8. 　법성상업고등학교 졸업.
- 1962. 3. 2. 　원광대학교 교학과 원불교 장학금으로 입학했으나 1학년 수료 후 자퇴.
- 1962. 9. 25. 　장남 기천 출생.
- 1963. 3. 2. 　경희대학교 국문과에 편입학.
- 1964. 5. 6. 　군입대 관계로 경희대학교를 휴학했으나 논산훈련소에서 신체검 사 불합격으로 귀향, 농사에 종사하며 〈농어민보〉사 주재기자로 농촌운동에 참여.
- 1964. 8. 8. 　장녀 기순 출생.
- 1965. 3. 5. 　성송재건학교를 설립, 진학 못한 농촌 청소년에게 중학과정을 지 도하면서 고향마을(어림)에 마을문고를 설치하여 독서교육과 4H 운동을 폄.
- 1966. 2. 1. 　〈전북일보〉 대산지국을 설립하고 초대 지국장으로 지역사회발전 에 유익한 기사를 씀.
- 1966. 5. 4. 　육군 입대.

• 1966. 10. 28.　　차남 재호 출생.

• 1969. 2. 7.　　차녀 기옥 출생.

• 1969. 2. 24.　　원광대학교 국문학과 졸업.

• 1969. 5. 6.　　육군 제대.

• 1969. 8. 25.　　全南 演士 演說大會 成人部 特等狀.

• 1969. 3. 2.　　고창 모양고등공민학교에서 교편을 잡음.

• 1969. 9. 1.　　전남 고흥중학교 전임강사로 발령받음.

• 1970. 3. 15.　　나주 남중학교, 영광여자중학교(1971~73), 고창중학교 새마을 주임(1974~76), 대성중학교 교무주임(1977~79), 전주여자상업고등학교 연구주임 등을 지냄.

• 1971. 2. 18.　　삼녀 기라 출생.

• 1971~1973.　　월간 《전남교육》, 〈전남매일신문〉, 〈전남일보〉, 《월간호남》 등에 다수의 수필작품 발표.

• 1971. 12. 18.　　월간 《전남교육》지 주최 17회 독서주간을 맞이하여 전남 도내 교원 독후감 모집에 최고상 당선(교육감상 수상).

• 1972. 11. 2.　　한국 자유교양추진회 교원 논문 및 독후감 모집에 각각 입선 전남 교육감상 수상.

• 1972. 10. 21.　　경찰의 날에 전남경찰국장으로부터 청소년지도에 대한 감사장 받음

• 1973. 10. 1.　　문교부 시행 중등학교 교사자격 검정고시에 응시하여 전국 최초로 한문과 교사자격증 취득.

• 1974. 3. 1.　　고창중학교로 발령.

• 1974. 5. 7.　　삼남 재혁 출생.

• 1974. 8. 20.　　전북교육연구대회에서 「전북방언고찰」로 특선을 받았으며 동 논문이 중앙대회에서 2등급으로 입상되어 교련회장상 받음.
고창청년회의소(JC)회원으로 활동.

• 1976. 6. 20.　　〈경향신문〉에 수필 「내 고향의 여름」 발표.

• 1977. 3. 1.　　대성중학교로 발령.

• 1977. 10. 5.　　수필문학진흥회 회원, 한국어문학회원(1977), 한국언어문학회(1982)

• 1977. 10. 15.　　제1수필집 『길』(한일출판사) 출간 이후 김동필, 김학, 정덕룡 등과 문단 교류가 시작되었음.

• 1978.　　월간 《수필문학》에 「첫눈」, 「건전한 동심」, 《시문학》에 「한문교육」, 「샘터」, 「눈」, 《월간 수상》에 「코예찬」 등을 발표하는 등 본격적으

로 수필을 쓰기 시작했으며 서해방송의 고정프로인 〈밤의 여로〉
에 4개월간 수필 집필.

- 1979.   불모의 전북수필문단에 수필문학회 창립의 필요성을 절감하고 정
덕룡, 김동필, 김학 등과 몇 차례 회합을 갖고, 전북 수필문학회의
산파역을 맡아 창립하였으며, 《전북수필》 초대 주간을 맡음. 《신
동아》에 「외로운 동심」, 《여성동아》에 「교사는 싫어요」, 「시문학
에 부줏돈」 등 발표, 이 때가 가장 황성한 창작기간이었음.
- 1979. 10. 5.   전일방송에서 수필 「봄나들이」로 금상 수상.
- 1980. 7. 2 .   농민문학회를 창립하고 《농민문학》지 주간을 맡음.
- 1980. 11. 5.   월간 《새농민》지 주최 문예현상 모집에 수필 특상 수상.
- 1980. 11. 5.   제2수필집 『아직도 못다한 말』(유림사) 발행.
- 1981~1983.   전북대학교 의과대학 부속 간호전문대학 강사.
- 1982. 6. 25.   제3수필집 『꿈이 오는 길목에서』(유림사) 발행.
- 1981. 8. 1.   《월간문학》 35회 「국향」으로 신인상 수필부문 당선.
- 1982. 3. 3.   원광대학교 대학원 원우회 회장 당선.
- 1983. 2.   원광대학교 대학원에서 석사학위 취득, 동 대학원장으로부터 공
로패 받음.
- 1983. 5. 1.   국제펜클럽 한국본부 회원.
- 1983. 7. 25
  ~1985. 7. 25.   民族統一 全北協議會 統一文藝懸賞募集 심사위원.
- 1983. 9. 13.   초·중등 전북교육위원회 문예작품 심사위원.
- 1983. 9. 16.   중등학교 교사임용 후보자선정 경쟁시험 전북도 출제위원(한문과).
- 1983. 11. 5.   『한국한시감상』(맥밀란) 발행.
- 1984.   농민문학회 창립 주간 역임.
- 1985. 1. 22.   國土統一院 長官 表彰狀.
- 1985. 3. 2.   호남대학교 강사.
- 1985. 6. 30.   제4수필집 『영원으로 피어나는 사랑의 숨결』(신아출판사) 발행.
- 1986. 3. 1.   호남대학교 전임강사.
- 1985. 11. 1.   《대표에세이》 주최 〈수필문학의 과제〉 주제 발표.
- 1986. 3.   광산라이온스회원, 한국어문학회 광주전남이사, 국립광주박물관 협
회이사, 광주기독교 방송 〈CBS칼럼〉 고정집필, 광주교육대학 강사.
- 1986. 9. 1.   한국어문교육 研究會 理事.

• 1986. 9. 10.　　　『한문의 이해』(신아사) 발행.

• 1986. 11. 5.　　　『문장강론』(신아출판사) 발행.

• 1987. 11. 1.　　　《대표에세이》회장 역임.

• 1988. 5. 28.(음)　부친 소천.

• 1989. 3. 1.　　　光州敎育大學 講師.

• 1989. 4. 1.　　　제5수필집 『내 안에 너를 가두리』(문학관) 발행.

• 1989. 7. 1.　　　제6수필집 『영원한 내 가슴 속의 별자리』(신아출판사) 발행.

• 1989. 7. 8.　　　『논어 에세이』(문학관) 발행.

• 1989. 9. 1.　　　〈호대신보〉사 主幹.

• 1989. 10. 2
　　　～2007.　　　光州地方檢察廳 少年善導委員會 主催白日場 심사위원.

• 1990. 3. 1.　　　호남대학교 대학원 국어국문학과 주임.

• 1990. 3. 2.　　　《시와 의식》편집위원.

• 1990. 9.　　　　『현대수필 창작입문』 발행.

• 1990. 9. 7.　　　月刊《職業 뉴스》常任 顧問.

• 1990. 10. 2.　　　고창군《三鄕誌》편찬지도위원.

• 1990. 6. 10
　　　～1991. 6. 12.　광주직할시교육위원회 공·사립유치원교사 창작동화대회 심사위원.

• 1990. 4. 12
　　　～1994. 12.　　광주 Y.M.C.A. 문예창작대학 및 창작교실 지도교수.

• 1990. 6. 16.　　　〈전국대학신문〉 주간교수 협의회 주최 세미나에서 〈대학신문사
　　　　　　　　　　의 방향〉 주제 발표.

• 1991. 7. 17.　　　한국수필가협회 주최 심포지움 〈수필문학의 문제성 제기〉 주제 발표.

• 1991. 8. 5.　　　한국수필가협회 이사.

• 1991. 10. 2.　　　《월간문학》신인상 심사위원.

• 1991. 11. 21.　　儒敎振興對策 委員會 硏究委員.

• 1991. 12. 24
　　　～1992.　　　全州日報 新春文藝 심사위원.

• 1992. 2. 1.　　　한국문인협회 이사.

• 1991. 2. 1.　　　한국수필가협회 이사.

• 1992. 3. 1.　　　韓國新聞藝協會 理事.

• 1992. 4. 25.　　　《文藝韓國》지도위원.

- 1992. 5. 10.　　全北隨筆文學賞 受賞.
- 1992. 6. 2.　　《월간문학》 신인상 심사위원.
- 1992. 7. 31.　　광주직할시 《광산구지》편찬위원회 집필위원.
- 1992. 8. 27.　　전주우석대학교 대학원 국어국문학과 박사과정 입학.
- 1992. 9. 2.　　《文藝韓國》 신인상 심사위원.
- 1992. 9. 1~2003.　《수필과 비평》을 창간, 주간맡음.
- 1992. 9. 1.　　수필창작 아카데미 소장. 한국현대수필 문학연구소 소장.
- 1992. 9. 24.　　고창찬가현상공모 심사위원.
- 1992. 10. 1.　　《대표 에세이》 주최 세미나에서 〈수필문학과 바람직한 커뮤니케이션의 방안〉 주제 발표.
- 1992. 11. 5.　　전북문인협회 주최 〈전북수필문학의 비평적 진단〉 주제 발표.
- 1993. 4. 1.　　《藝術光州》 편집위원.
- 1993. 8. 15.　　평론집 『隨筆文學, 무엇에 대하여 고민하는가』 발행.
- 1993. 11. 21.　　光山區歌 현상공모 심사위원.
- 1994. 3. 1.　　호남대학교 부교수 승진.
- 1994. 1. 10.　　光山文人協會長.
- 1994. 2. 22.　　韓國隨筆文學賞 受賞(한국수필가협회).
- 1994. 2. 1.　　한국갤럽조사 연구소 국정모니터.
- 1994. 3. 1~6.　　〈무등일보〉 「아침시론」 집필.
- 1994. 11. 30.　　《光山文學史》 발행.
- 1995. 1. 10.　　한국문인협회 감사.
- 1995. 3. 30.　　수필집 『튀는 교수 깨는 남자』 발행.
- 1995. 4. 15.　　간염으로 광주 기독교병원에 입원.
- 1995. 12. 26.　　광주문학상 수상.
- 1995. 10. 20.　　광주검찰청 주최 백일장 심사위원.
- 1995. 10. 30.　　통영시 문인협회 주최 초청강사.
- 1996. 2. 24.　　전주 우석대학교 국어국문학과 문학박사학위 취득.
- 1996. 6. 17.　　간염으로 다시 전남대학병원에 입원.
- 1996. 8. 2.　　정봉구 교수의 적극적인 권유로 퇴원과 함께 요로법 시행.
- 1996. 9.　　이심 선생의 알선으로 버드나무한의원(서울)에서 치료받기 시작함.
- 1996. 10. 1.　　로고스 성도대학 입학.
- 1996. 12.1.　　서울 무송한의원에서 치료를 받기 시작함.

- 1996. 10. 20.　　한국비평문학회 주최 〈문학과 상업주의〉 학술 발표.
- 1997. 2. 17　　건강을 찾고자 '단학' 수련.
- 1997. 3.　　『한국근대수필문학사』 발행.
- 1997. 5.　　〈광산신문〉 논설 위원.
- 1997. 7. 25.　　고창문화원 문화학교 수필초청 강사로 3개월간 강의.
- 1997. 7. 29.　　〈한국일보〉 초청 한국문학인 대회에 참석.
- 1997. 8.　　『현대수필작가론』 발간.
- 1997. 11. 1.　　3년 기라 김광재와 결혼.
- 1997. 11. 29.　　〈고창문학상〉 수상.
- 1997. 11. 30.　　어등산 전적비문 찬함.
- 1998. 2. 1
  ~1999 12. 30.　　어등산 학술조사 조사위원장.
- 1998. 2. 1　　군산《서해문학》 지도교수.
- 1998. 6. 12~17.　　중앙공무원 연수원 강의.
- 1998. 11. 20.　　〈고창문학상〉 심사위원.
- 1998. 11. 25.　　선운산 삼인국민학교 교정에 문학비 건립.
- 1999. 2. 1.　　진주정씨 교수 종친회장.
- 1999. 3. 3.　　한국비평문학회 이사.
- 1999. 3. 2.　　로고스 연구원 입학.
- 1999. 5. 15.　　용아 박용철 선생 전국 백일장 심사위원장.
- 1999. 6. 25.　　『너무 쉬운 수필작법』 발행.
- 1999. 5. 29.　　《대표에세이》 문학회 주최 주제 발표.
- 1999. 9. 21.　　한국비평문학회 주최 〈생태문학에 대하여〉 학술발표.
- 1999. 12. 1.　　용아 박용철 기념 논문집 발행 위원.
- 1999. 12. 25.　　진주정씨 호남 종친회 종보 편집위원장.
- 2000. 3. 1.　　어등산 99골 학술 조사위원장.
- 2000. 4. 25.　　신광교회의 내분으로 산수 서광교회로 옮김.
- 2000. 5. 1.　　광산 시민연대 고문.
- 2000. 7. 27.　　『다시 보는 논어』(금산출판사) 발행.
- 2001. 2. 1.　　한국문학비평가협회 이사.
- 2001. 3. 1.　　호남대학교 국어국문학과 학과장.
- 2001. 5. 10.　　광산예술인협회 부회장.

- 2001. 6. 1.   중앙어문학회 이사.
- 2001. 7. 30.   로고스 연구원 연구과정 이수.
- 2001. 8.   湖西大學校 聯合 神學大學院 牧會神學科 入學.
- 2001. 10. 1.   『믿음을 올바르게 세우는 성경에세이』(신아출판사) 발행.
- 2001. 10. 20.   검찰청 주최 청소년 백일장 심사위원.
- 2003. 8. 30.   『수필의 양식과 구성의 원리』 발행.
- 2003. 3. 1.   《대한문학》 창간 및 발행인.
- 2005. 3. 1.   국제펜클럽 한국본부 이사.
- 2005. 6. 29.   평화대사(일본연수).
- 2005. 7. 29.   『쉽게 쓴 수필창작론』(푸른사상사) 발행.
- 2005. 3. 1.   광성문화원 강사.
- 2006. 3. 1.   일산 MBC 문화원 강사.
- 2007. 2. 23.   전국 진주정씨 종친회 홍보위원장.
- 2007. 1.   한국문인협화 부이사장 출마.
- 2007. 2. 28.   정년퇴직(황조근정훈장 받음).
- 2007. 3. 1.   경기대학교 강사.
- 2007. 3. 1.   호남대학교 명예교수.
- 2007. 6. 1.   (사)어린이문화진흥회 이사장 취임.
- 2010. 4. 15.   현대수필대표선집. 『국향』(신아출판사) 발행.
- 2010. 4. 17.   2녀 세라 윤태성과 결혼.
- 2010. 9. 6.   모친 소천(고향 선산에 안장).
- 2010. 10. 15.   『겨울로 꽃을 피우고』 발행.
- 2010. 11. 26.   소월문학상「한국문인회」수상.
- 2010. 12. 18.   대천 리치벨리에서 가족과 함께 조촐하게 칠순잔치.
- 2011. 5. 1.   《선운산문학마당》 동인.
- 2011. 3.   한국문인협회 이사.
- 2011. 7.   문산종합복지관 수필강의.
- 2011. 8. 4.   중국세미나참석(평화행동).

隨筆의 구성과 양식

인쇄 2011년 10월 10일 | 발행 2011년 10월 20일

지은이 · 정주환
펴낸이 · 한봉숙
주간 · 맹문재 | 편집 · 지순이 | 마케팅 · 이철로

펴낸곳 · 푸른사상사
등록   제2-2876호
주소   서울시 중구 초동 42번지 아시아미디어타워 502호
대표전화   02) 2268-8706(7) | 팩시밀리   02) 2268-8708
이메일   prun21c@yahoo.co.kr / prun21c@hanmail.net
홈페이지   www.prun21c.com

ⓒ 정주환, 2011

ISBN 978-89-5640-862-0 93810
 값 28,000원

☞ 저자와의 합의에 의해 인지는 생략합니다.
    이 책의 전부 또는 일부 내용을 재사용하려면 사전에 저작권자와 푸른사상사의
    서면에 의한 동의를 받아야 합니다.
    e-CIP 홈페이지(http://www.nl.go.kr/cip.php)에서 이용하실 수 있습니다.
    (CIP제어번호 : CIP2011004213)